KB163033

어니언 마말레이드

Onion Marmalade

백서하 장편소설

III

어니언 마말레이드 Ⅲ

초판 1쇄 인쇄일 | 2021년 3월 22일
초판 1쇄 발행일 | 2021년 3월 31일

지은이 | 백서하
펴낸이 | 박성면
펴낸곳 | (주)동아

출판등록 | 제406 - 396010025100200700071호
주소 | 경기도 파주시 문발로 115, 세종대학교출판부 206호
전화 | (031)8071 - 5201
팩스 | (031)8071 - 5204
E - mail | bear6370@hanmail.net

정가 | 12,800원

ISBN 979-11-6302-468-2 (04810)
       979-11-6302-443-9 (set)

ZERONOVEL

ONION

III

어니언 마말레이드

Onion Marmalade

백서하 장편소설

MARMALADE

동아

contents

Chapter 14
모든 문은 여는 방법이 있다 (2)

만찬은 메인 다이닝 홀에서 이루어졌다. 왕실 가족들은 며칠 전부터 와 있었던 터라 요즘따라 혼수 상태에 자주 빠지는 왕과 그 옆을 지키는 왕비를 제외하고는 대부분 자리에 함께하고 있었다. 가장 상석에 태자 부부가 앉고 양쪽으로 왕자와 왕녀가 자리를 했다. 로건, 알렉산드르, 크리스티나…… 그리고 웬만해서는 행사에 참여하지 않는 쌍둥이들. 그래도 가족은 가족이라 결혼을 하지 않은 왕족들은 거의 다 자리한 상황에서 위그와 비비안의 존재는 당연히 가장 큰 주목거리일 수밖에 없었다.

비비안은 느긋하게 스테이크를 썰었다. 그들의 앞쪽에는 디텔 공작 부부가 앉아 있었고, 위그의 옆에는 크리스티나 왕녀가, 비비안의 옆에는 엘버린 공작 부부와 엘버린의 두 남매가 앉아 있었다. 신의 장난인지 아닌지 미묘하기 그지없는 자리 배치였지만, 노련한 두 사람은 잔뜩 긴장한 얼굴의 크리스티나도, 맞은편에서 두 사람을 눈으로 쏘아 죽일 것 같은 디텔도, 옆에서 자꾸만 생글생글 웃으며 말을 거는 엘버린 공작 부부도 거의 다 자연스럽게 흘려보냈다.

그렇게 메인 디시를 다 마친 뒤 본격적으로 만찬의 가장 중요한 단계…… 디저트를 올리고 본격적으로 대화가 시작되는 시간이 다가오자 비비안은 냅킨으로 느긋하게 입을 닦으며 천천히 허리를 폈다.

아니나 다를까 그때, 갑자기 제이슨이 입을 열었다.

"공작 부인, 식사는 만족스러웠나?"

"환대에 감사드립니다."

"한동안 건강이 안 좋았다던데, 잘 먹어야지. 안 그런가, 이디에트 공. 괜히 귀족원이다 왕실이다 뭐다 신경 쓰지 말고, 아내 건강에도 신경을 쓰는 게 좋겠어."

"염려해 주셔서 감사합니다. 제 아내의 건강은 꽤 괜찮아지고 있습니다."

위그가 차갑게 대답했다. 그러나 그의 말이 끝나자마자 디텔 공작이 입을 열었다.

"공작 부인의 건강을 괜히 공께서 깎아 드시고 계시는 건 아닌지 더 궁금하군."

"정말 말도 안 되는 걱정을 하고 있군. 디텔 공작께서는."

"아무래도 사교계에 소문이 자자하지 않나. 이래저래 들은 게 있어서 그래. 물론 공이야 부정하겠지만."

"그 소문이 하도 자자해서, 제 소문까지 들으시고 제 동생을 그렇게 법정에 세우셨나요?"

그때였다. 디텔의 말에 조용하게 물로 입가심을 한 비비안이 천천히 입을 뗐다. 순간 디텔의 얼굴이 굳어졌다. 엄연히 말하자면 비비안은 그의 앞에서 피해자가 되었으면 되었지 절대 가해자는 될 수 없었다. 리암 사건을 알고 있는 대부분 사람들의 눈에도 그것은 당연한 사실이었다.

"디텔 공께서 그렇게 사교계의 가십거리에 관심이 많으시니……. 디텔 공작 부인의 근심마저 덜어 가신 것 같습니다. 아쉽게도, 사교계 가십거리를 분별하는 능력은 없는 것 같지만."

"로젤리스의 비극은 나도 꽤 유감이나, 이 자리에서 할 말은 아닌 것 같군."

"먼저 가십거리를 꺼내신 건 디텔 공작 각하셨습니다. 안 그런가요, 태자비 전하?"

순간 평소와 다름없이 조용하게 앉아 있던 엘리미아가 조금 놀란 듯이 눈을 동그랗게 떴다. 위그 또한 비비안의 행동을 예상하지 못한 듯했으나, 곧바로 엘리미아에게 답을 원하듯 고개를 돌렸다.

비록 갑작스러운 행동이었으나 엘리미아는 빠르게 상황을 파악한 듯싶었다. 그녀는 디텔 공작을 향해 고개를 돌리더니, 더없이 차가운 얼굴로 입을 열었다.

"디텔 공. 이렇게 좋은 날에 굳이 그런 말을 꺼내는 건 무슨 의도인지 모르겠다. 이디에트 공작 부인의 참사에 심지어 발을 얹은 건 디텔 공이 아닌가."

그녀의 서늘한 목소리에 제이슨의 얼굴이 설핏 굳었다. 디텔 공작은 잠깐 상황을 살펴보는 듯하다가, 고개를 숙이며 입을 열었다.

"제가 경박했습니다. 태자비 전하. 송구하옵니다. 태자 전하."

"딱히 송구할건 없지. 디텔 공작은 어디까지나 들은 걸 이야기했을 뿐."

디텔 공작의 말에 제이슨이 갑자기 입을 열었다. 와인 잔을 기울이며 읊조리자, 엘리미아가 언짢은 얼굴을 했다. 그러나 그때, 비비안이 그녀를 직시했다. 그 순간 엘리미아는 왠지 모르게 뭔가 한마디를 해야 할 것 같은 느낌에 휩싸였다. 동시에 저를 응시하는 위그의 눈빛까지……. 그녀는 조금 망설이다가 천천히 입을 열었다.

"사교계의 소문이 다 사실이라면, 세상은 이미 별 황당한 일로 가득 차 있을 겁니다."

"태자비. 오늘따라 말이 많은데."

제이슨의 목소리가 명백히 차갑게 식었다. 웃음기 섞인 평소의 모습이 아닌 그의 분노가 적나라하게 드러나는 언사였다. 그리고 그 이유는 엘리미아가 드러내 놓고 그의 말에 반기를 들었다는 것. 디텔 공작이 슬며시 웃었다. 오늘 태자비가 왜 갑자기 이러는지는 모르겠으나 그녀는 태자가 가장 싫어하는 걸 건드렸다.

'열등감으로 가득 찬 종자들은 제 말에 반기를 드는 걸 제일 싫어하지.'

디텔 공작이 속으로 읊조렸다. 제이슨은 태생이 제2왕자인 것만큼 지독하게 '정통성'이라는 것을 싫어했다. 그는 제 형을 죽이고 왕좌에 올랐다. 태어날 때부터 제2왕자, 차남, 위에 누군가가 한 명 있다는 사실은 그의 역린이었다.

그리고 엘리미아는 그 역린을 시험하고 있었다.

사람들은 왜 갑자기 엘리미아가 이렇게 공식 석상에서 제이슨의 말에 토를 다는지 알 수 없었다. 자신의 동생 부부를 감싸 준다기엔 위그 이디에트는 엘리미아의 보호를 받을 만한 인간은 아니었다. 또한, 어느 모로 보나 제이슨은 아무리 자신의 아내라도 타인에게 양보 따위를 하는 사람은 아니었다. 결국 다들 마음속에 의문을 안고 눈치만 살피고 있는데, 엘리미아가 갑자기 실소를 흘렸다.

"제가 벙어리도 아니고 말을 못 할 이유가 있나요?"

"평소에 기껏 벙어리 행세를 하더니, 이제 와서 동생을 감싸려고 하는 것인가?"

제이슨의 언사는 더욱더 노골적인 비아냥으로 변했다. 뒤에 시립해 있던 고용인들마저 입을 꼭 다문 채 두려움에 떨었다. 제이슨의 성격상 이곳에서 누구 하나는 죽어야 일이 풀릴 것 같았다. 그러나 아쉽게도 엘리미아는 시작은 비비안이었어도 괜히 오기가 났는지 딱히 물러설 염을 하지 않는 것 같았다.

그것을 증명하듯 엘리미아가 입을 열었다. 아니, 열려고 했다. 그러나 그때, 그녀의 시야 속으로 고개를 젓고 있는 위그가 보였다. 그녀의 시선을 따라 제이슨이 고개를 돌려 위그를 힐긋거렸다. 그리고 곧, 그가 비릿하게 웃으며 말했다.

"태자비의 동생도, 태자비보다는 생각이라는 게 있군."

엘리미아는 속에서 울컥 차오르는 게 있었으나 위그의 말대로 입을 다물었다. 대신 그녀는 고개를 돌리더니 천천히 숨을 내쉬며 입을 열었다.

"보는 눈이 많습니다."

"그래, 보는 눈이 많다는 걸 태자비도 알고 있지. 그럼에도 굳이 그렇게 입을 놀려 댔고 말이야."

"제 실책입니다."

엘리미아가 순순히 고개를 숙이자 제이슨의 얼굴에 만족감이 서렸다. 그러나 그는 여전히 엘리미아가 갑자기 그의 말에 대꾸를 한 것이 마음에 들지 않는 모양이었다. 곧 그가 고개를 돌려 위그를 응시했다.

"공이 태자비를 살렸어."

제이슨의 말에 위그가 미간을 좁혔다. 어디서 감히 살리네 마네……. 위그가 입을 열려고 할 때, 갑자기 비비안이 그의 손을 꽉 잡았다. 입 다물라는 뜻이었다. 위그가 말을 삼켰다. 대신 비비안의 낭랑한 목소리가 다이닝홀을 울렸다.

"태자 전하께서 태자비 전하께 함부로 하지 못할 것을 저희는 안답니다."

"부인, 말을 하기 전에는 생각이라는 걸 하는 게 좋겠군. 지금 내가 이디에트를 두려워한다는 말을 하고 싶은 건가?"

"태자 전하께서는 이디에트를 두려워하지는 않으시지만, 태자비 전하를 잃는 건 두려워하시겠죠."

비비안이 생글거리면서 웃었다. 그녀의 말이 끝나기도 전, 귀족들이 황당하다는 얼굴을 했다. 제이슨이 엘리미아를 어떻게 대하는지는 모르는 사람이 없다. 그들은 대부분 제이슨이 엘리미아를 지독하게 혐오하고 경계한다고 생각했고, 그럼에도 지금까지 살려 둔 이유는 이디에트 때문이라고 여겼다. 그런데 이제 와서 하는 말이, 마치 제이슨이 엘리미아를 아쉬워한 다는 듯한 뉘앙스라니.

그러나 비비안의 눈빛은 한 치의 흔들림도 없었다. 그녀가 천진하게 웃었다. 제이슨의 뱀 같은 눈빛이 그녀의 눈에 얽혔다. 공기가 지독한 냉기로 차올랐다. 그러나 비비안은 여전히 생글생글 웃으며 그것을 받아들였다.

그도 그럴 것이…….

"……그래."

그녀는, 이곳의 그 어떤 귀족도 이해하지 못하는 짙은 열등감을 어떤 식으로 해소해야 하는지 알고 있었다. 만약 그녀의 추측이 맞는다면, 제이슨은 엘리미아를 단순히 혐오하고 증오하지 않는다. 주도권은 절대 제이슨에게 있지 않았다.

"그렇지."

그리고 그 순간 비비안은 자신의 추측이 진실임을 확인했다.

제이슨은 무슨 생각을 하는지 길게 숨을 들이쉬고 다시 웃었다. 이제 그의 눈에서 그 예리한 칼날은 사라지고 남은 건 예의 건들건들한 미소였다. 그는 천천히 엘리미아를 향해 고개를 돌렸다. 엘리미아는 제이슨의 이 갑작스러운 태도에 조금 당황하는 듯하면서도 어느 정도 익숙해졌다는 듯이 입을 다물었다. 그때, 제이슨이 갑자기 엘리미아의 손을 잡았다.

"그래, 맞아. 공작 부인의 말이. 내가 어떻게 감히 우리 태자비에게 험하게 대하겠어."

"그렇지요?"

비비안은 생긋 웃었다. 그녀는 이제 위그의 손을 놓았다. 곧 제이슨이 아무런 일도 없었다는 듯이 호탕하게 웃으며 디텔 공작에게 말했다.

"디텔 공도 그래, 우리 이디에트 공이 소문만 무성하지 언제 진짜로 도를 넘는 행동을 한 적이 있던가? 심지어 부인께서 저리도 아름답고 현명하신데."

"송구합니다. 전하."

"그래, 분위기가 이상해졌군. 엘리미아, 잔을 들어. 얼굴 풀고."

삽시에 얼어붙었던 분위기가 녹는 듯했다. 귀족들이 분분히 잔을 들었다. 위그 또한 그다지 유쾌한 얼굴은 아니었으나 천천히 잔을 들었다. 그의 시선은 온통 제이슨과 엘리미아에게 가 있었다.

곧 잔이 부딪치는 소리와 함께 다이닝 홀은 다시 화기애애한 분위기로 넘쳐났다. 최소한 표면적으로는 그런 상황이었다. 엘버린 공작 부인과 뭔가 이야기를 나누던 비비안은 자신의 앞에 놓인 디저트를 한 입 베어 물었다.

"이디에트 공작 부인께서는 여전히 지혜로우시네요."

"엘버린 공작 부인께서는 항상 제가 처음 들어 보는 칭찬만 하시고요."

"어머, 그렇지만 저는 항상 이디에트 공작 부인은 참 총명하다고 생각했어요."

비비안은 엘버린 공작 부인의 말을 그저 흘려들으며 가볍게 미소를 흘렸다. 가끔 곱게 자란 여자들이 그녀에게 호감을 드러내는 건 별로 이상한 일이 아니었다. 그러나 엘버린 공작 부인이 생긋 웃으며 말을 잇자 그녀가 살짝 멈칫했다.

"어쨌든 저는 바보가 아니니까요."

비비안은 묘한 눈길로 엘버린 공작 부인을 보았다. 그녀가 활짝 웃고 있었다. 비비안은 엘버린 공작 부인이 순진하고 착할지언정, 그렇다고 멍청하지는 않다는 사실을 깨달았다. 하긴, 백작 영애로 한평생 사랑받고, 공작 부인으로 집에서 사랑받는 귀부인이 멍청할 리가. 그러나 비비안은 원래 착한 영악함과 총명을 즐겼기에 그저 엘버린 공작 부인을 향해 웃어 줄 뿐이었다.

그녀가 다시 와인 잔을 들고 몸을 살짝 바로 할 때, 로건의 시선이 그녀에게 꽂혔다. 그리고 그 순간, 우연하게 위그의 시선이 로건에게 꽂혔다.

비비안은 나긋하게 웃으며 와인 잔을 들었다. 그때, 위그가 제 잔을 그녀에게 내밀자 비비안이 습관처럼 그에 살짝 부딪치는 시늉을 하며 와인을 마셨다. 물처럼 자연스럽게 흘러가는 일련의 행동에 로건이 고개를 돌렸다.

무척, '평화로운' 만찬이었다.

* * *

만찬이 끝난 뒤 비비안과 위그는 방으로 돌아왔다. 헤더는 비비안의 몸을 꽁꽁 싸매고 있는 드레스를 한 겹 두 겹씩 벗겼다. 커튼 뒤에서 부스럭거리는 소리를 듣던 위그가 느긋하게 화장대에 몸을 붙였다. 약간씩 상처를 건드렸는지 신음 소리가 나긴 했지만, 그는 미간을 좁혔을 뿐 뭔가 말을 하지는 않았다.

'내게도 그런 열등감이 있거든.'

그는 커튼 뒤에서 옷을 갈아입는 비비안의 잔영만 빤히 응시하다가 그녀가 한 말을 곱씹었다. 오늘 만찬에서 그녀가 갑자기 화두를 엘리미아에게 던진 건 아마도 그녀의 가설을 증명하기 위해서였을 것이다. 그 정도는 그 또한 예상할 수 있었다. 다만 그가 신경 쓰고 있는 건 그녀가 어떻게 제이슨의 생각을 알아챘고, 그래서 결국 그의 마음을 시험할 수 있는가 하는 것이었다.

그녀는 자신이 열등감을 갖고 있다고 했다. 그런데 무엇에 대한? 아무리 생각해 보아도 이해할 수 없었다. 결국 그는 머리를 짜내며 이해하는 것을 멈추었다. 비비안이 그렇게 말했으니 그런 것이겠지. 그녀는 다른 건 몰라도 자신과 타인과 이 세상에 대해서는 누구보다도 정확하게 파악하고 있었다. 그래서 그는 더 이상 생각하지 않기로 했다. 알고 싶었으나 알 필요가 없다고 생각했다.

좌륵.

그때 커튼이 열리고 헤더가 나왔다. 비비안은 얇은 슬립으로 갈아입은 상황이었다. 얇디얇은 천 아래 늘씬한 몸매가 그대로 드러났다. 비비안이 고개를 살짝 옆으로 갸웃거리다가 갑자기 웃었다.

"왜, 새삼스러워?"

"제이슨은, 왜 엘리미아를 건드리지 못하는 거지?"

"어렵게 참가한 시합에서 승리를 거두었는데, 당신이라면 그 트로피를 마구 던져 버리고 싶겠어?"

비비안은 무슨 당연한 소리를 하느냐는 듯이 웃었다. 헤더가 목욕물을 받으러 간 사이, 그녀가 침대에 앉았다. 위그는 그녀의 말을 곱씹다가 눈을 가늘게 떴다. 딱히 더 따지고 싶은 생각은 없었다. 비비안 또한 그의 태도를 예상했는지, 그저 웃을 뿐이었다.

위그가 자신의 크라바트를 풀 때였다. 갑자기 노크 소리가 들려왔다. 비비안은 살짝 고개를 갸웃거리다가 느긋하게 침대에 누웠다. 욕실에 있던 헤더가 소리를 듣고 나와 문을 열었다. 원래 귀족들에게는 손수 문을 열 의무가 없을뿐더러, 누군가가 귀족들의 문을 함부로 열 자격도 없었다. 부부가 쓰는 방이라면 보통 아내의 시녀가 맞이한다. 물론 저택 내에서는 지켜지지 않는 룰이었지만 밖에서는 달랐다.

헤더가 밖으로 나가자 비비안이 욕실로 향했다. 문틈으로 상황을 힐끔 본 그녀의 시선이 날카롭게 변했다. 헤더의 얼굴이 조금 난감해 보였다. 그러나 그녀는 못 본 척하고 욕실로 몸을 옮겼다. 곧 말을 끝냈는지 헤더가 들어왔다. 위그가 무슨 일이냐고 묻는 소리가 들렸지만, 헤더가 웃으면서 대꾸했다.

"귀부인의 초대장입니다. 각하."

"어느 가문의?"

"그건……."

그때였다. 욕실에 있던 비비안이 느긋하게 헤더를 불렀다.

"쓸데없는 소리 그만하고 들어와 시중이나 들어."

곧 헤더가 욕실로 들어왔다. 비비안이 날카롭게 눈을 빛내며 물었다.

"에단이지?"

그리고 그녀의 물음이 떨어지자마자, 헤더가 침착하게 손에 있는 편지를 건냈다.

"사실, 별거 아니긴 한데 그래도 각하 앞에서 저도 모르게 거짓말이 나왔어요."

비비안은 대답 대신 편지를 열었다. 실제로 헤더의 말대로 별거 아니긴 했다. 내일 이디에트 공작과 함께 사냥을 갈 터인데, 너도 다과회에 남는 대신 같이 가는 게 어떻겠냐 하는 것이었다. 내일의 사냥 일정에 대해서는 그녀도 알고 있었다. 원래 사냥은 남자들과 승마에 관심 있는 미혼의 귀족 영애들이 종종 즐기는 스포츠였고 귀부인들은 대체적으로 다과회를 열곤 했다.

사냥이야말로 귀족들이 즐기는 가장 훌륭한 스포츠였다. 아쉽게도 비비안은 딱히 말을 타거나 몸을 쓰는 운동에는 관심이 없었다. 그러나 로건은 그녀에게 사냥을 권유했다. 그게 무슨 뜻일까……. 비비안이 생각하다 피식 웃었다. 더 생각해 볼 여지도 없었다.

"밀회라도 하려는 건가."

"네? 그냥 사냥 요청이 아닌가요?"

"숲은 무리에서 떨어져 나가기 딱 좋은 곳이지."

"그럼 당장 거절하고 올게요."

"아니. 그럴 필요 없어."

비비안은 편지로 톡톡 입술을 건드렸다.

"이제부터 에단, 아니, 로건에게서 온 말은 전부, 위그에게 알릴 필요 없어."

순간 헤더의 얼굴이 의문을 품었다가 새하얘졌다. 종종 귀부인들이 정부와 밀회를 즐기는 상황에서 시녀들이 거짓말을 해 주는 거야 이상한 일이 아니다만, 그게 자신의 임무가 된다고 생각하니 피가 싸늘하게 식는 것 같았다. 그러나 그녀는 비비안의 명령을 거절하는 법이 없었고, 엄연히 말하자면 위그도 며칠 전에 사생아 파문이 일어났으니 별거 아니라고 스스로 합리화를 하고 말았다. 그리고 그녀의 뇌 내에 스쳐 지나간 모든 생각을 읽은 비비안은 묘한 미소를 지으며 편지를 넘겼다.

"태워."

"네, 네. 감쪽같이 태울게요."

비비안은 무슨 전장에라도 나가는 듯 비장한 얼굴을 하는 헤더를 보며 피식 웃었다.

'생각보다 일이 쉽게 풀리겠네.'

로건의 의도가 무엇인지는 알 수 없었다. 그러나 그 의도가 무엇인지 안다고 해도, 비비안으로서는 딱히 달라질 게 없었다. 그녀는 이미 확신을 내렸고, 결정을 내렸다.

'좀 미안하긴 하네.'

그렇게 생각하며 비비안이 슬립을 벗었다. 헤더가 들어오기 전에 먼저 따뜻한 물에 들어간 그녀는 자신의 배에 여실하게 남아 있는 상처를 응시하다가 눈을 천천히 감았다.

로건…… 에단. 문득 스무 살의 그때가 떠올랐다. 그녀는 아직 풋내기 상단주였고, 굳이 말하자면 그를 꽤 사랑했다. 사랑…… 그래. 사랑이었다. 그가 그녀를 사랑한 것처럼. 그리고 꽤 긴 시간이 흘러서 어느 날 밤…….

'비비, 사랑해.'

'갑자기?'

'나와, 결혼하지 않을래?'

'…….'

'진심이야. 사랑해.'

갑작스러운 고백에 그녀가 뭐라고 답했던가. 조금만 시간을 달라고 했던가, 아니면 아무 말도 하지 않았던가. 기억은 나지 않는다. 그러나 어쨌든 그녀는 그를 거절했고, 두 사람은 마지막으로 눈물 젖은 밤을 보냈다. 그 뒤로 그가 바첼론을 떠났고, 다시 돌아왔다. 그녀가 결혼했다는 소문을 듣고. 그러나 그녀의 옆에는 다른 사람이 있었다.

'당신은 나를 사랑하나?'

글쎄, 그전에, 당신 대답을 먼저 들어 봐야겠지?

그렇게 생각하며 비비안이 뜨거운 물에 온전히 몸을 담갔다.

* * *

덜컹거리는 마차는 무자비하게 안에 있는 사람을 괴롭혔다. 라니사는 우중충한 창밖을 보면서 얼굴을 일그러뜨렸다. 아무리 눈에 안 띄는 게 좋다고 해도 그렇지, 이렇게 말도 안 되는 환경이라니. 이럴 줄 알았다면 제일 처음 디텔이 그녀를 찾아온 그날부터 그냥 밖에 내쫓아야 했는데.

'이디에트 공작이 놔준 모양이라지?'

이디에트 공작가에서 나오자마자 집으로 갔지만 그녀를 기다리고 있는 건 다름 아닌 디텔 공작이었다. 어떻게 알았는지 혀를 내두르자 디텔 공작은 그럴 줄 알았다는 듯이 웃으면서 자리에서 일어났다.

'네 성격이야 내가 잘 알지.'

'대체 일 처리를 어떻게 하는 거예요! 내가 그 방에서 얼마나 무서웠는지 알아요? 이제는 나도 몰라. 그년한테 협박당해서 이 아이가 당신 아이라고 했으니까 알아서 해요.'

'그년이라.'

라니사의 말에 디텔이 얼굴을 일그러뜨리며 웃었다. 역시 그럴 속셈이었다. 아이를 그의 것으로 만들어 똑같은 추문거리를 만드는 것. 그러나 아쉽게도 이 추문거리로 그가 잃을 건 없다. 비비안과 달리 그에게는 안정된 가정과 아이들이 있었다.

라니사는 입을 째고 웃는 디텔 공작을 어이없는 눈길로 보았다. 곧 그녀는 디텔 공작이 또 무슨 말을 할세라 급히 말을 덧붙였다.

'혹시나 해서 말하는데, 저를 이디에트 공작가로 들여보낼 생각은 추호도 하지 마세요. 다시는 감금당하고 싶지 않으니까!'

'그럼, 감금당하지 않으면 상관없다는 건가?'

'또 무슨 짓을 하려고요!'

'공작가에서 나올 때 돈을 얼마나 받았나?'

라니사는 입을 다물었다. 감금당했다는 사실이 너무 충격적이어서 돈을 챙기고 나올 생각 자체를 못 했다. 그도 그럴 것이 누가 감히 그 공작 부부 앞에서 돈 이야기를……

'그건 각하께서 알 바가 아니에요.'

'내가 알 바 아니면, 그 아이는 어떻게 하려고?'

'굳이 못 할 이유가……'

'과연 내 뜻을 거스르고 수술을 감행해 주는 이가 있긴 할까?'

'……'

'설사 어찌어찌 아이를 지운다 하더라도 자칫하면 평생 돈도 못 벌어먹을 텐데. 네가 잘하는 게 그것밖에 없지 않나. 배고파 죽으려고?'

라니사는 얼굴을 와그작 일그러뜨렸다. 그녀가 고개를 확 돌렸다. 그 독기 서린 얼굴에 디텔 공작이 입을 열었다.

'돈이라면 내가 줄 수 있어.'

'다시는 안 한다고 했어요! 그리고 나도 먹고살 만은 하거든요!'

'언제부터 네 인생의 목표가 먹고사는 것이었지?'

디텔 공작은 라니사의 모든 말 한마디 한마디를 조롱하고 있었다. 그러나 라니사를 더욱더 화나게 한 것은 그의 말이 맞았다는 것이었다.

사실이 아닐지라도 현재 그녀는 이디에트 공작의 아이를 가졌다고 소문이 난 상태였다. 그런 그녀를 정부로 다시 맞아들일 간 큰 남자는 없었다. 그렇다고 일을 해서 돈을 벌기에는 그녀는 할 줄 아는 게 없었을뿐더러 돈이 들어오지도 않았다.

'대체! 저더러 뭘 하라는 거예요!'

'이번 바로데의 별장. 그곳으로 와. 훌륭한 무대가 될 거다. 많은 사람들이 봤으니 너를 어쩌지도 못해. 그럼 약속한 대로 돈은 주지.'

'흥. 저번처럼 또 누구 하나 대충 들여보내서 얼버무릴 생각은 하지 마요.'

'내가 언제 얼버무렸지?'

'……네? 저번에 그 의사로 위장해서 들어온 사람. 당신이 보낸 게 아니었…….'

'아니야. 나는 사람이라는 걸 보낸 적이 없어. 아무래도 이디에트 공작 부부가 뭔가를 한 것 같군.'

'그런……!'

라니사는 속았다는 생각에 울컥하다가 다시 디텔 공작의 말에 속을 가다듬었다. 그래서 그녀는 비비안과 위그가 왜 군이 그런 식으로 그녀에게 사람을 보냈는지, 자신이 그 의사에게 무엇을 써 주었는지 깊이 생각하지 않았다.

그저 위험에서 도망치자 잃은 것들이 못내 아쉬웠다. 거기에 디텔이 바람까지 불어넣자 그녀는 너무 자연스럽게 자신이 갖지 못한 것들을 가져올 궁리를 했다.

"그래, 안 그래도 명예도 다 잃고 집에 감금까지 당해 보았는데 이대로 다 잃을 수는 없어."

그녀는 덜컹거리는 마차 속에서 읊조렸다. 디텔 공작이 보내 준 것이었다. 초라했지만 눈에 안 띄게 조용하게 오라는 말이 생각나 그녀는 불평하지 않았다.

'물론, 이번에는 누구 하나 완전히 믿는 건 안 돼.'

그녀는 멍청하지 않았다. 최소한 본인은 그렇게 믿었다. 이대로 디텔 공작의 말만 듣고 저택에 들어가서 비비안과 위그와 적이 되면 그녀로서는 더욱더 위험할 게 뻔했다. 그러니 그녀는 이제 그 누구도 믿지 않은 채, '딜'을 할 예정이었다.

마차는 계속해서 덜컹거렸다. 휘영청 밝은 달빛 아래 마차가 짙은 나뭇가지 아래 어둠에 달려 들어갔다.

* * *

위그는 평소와 다를 바 없이 일찍 일어났다. 딱히 출근이 필요 없는지라 비비안은 군이 제 몸을 혹사시키지 않았다. 쿠션에 얼굴을 묻은 채 오랜만에 잘 자고 있는 그녀의 이불을 머리까지 채워 올려 주고, 발을 덮어 준 그는 캐노피를 조심스럽게 연 뒤 침대에서 나갔다. 두꺼운 커튼이 이중 막이 되어 주어 방은 꽤 어두웠다. 그것을 쳐 낸 뒤, 반쯤 햇빛에 물든 방 안에서 화장대 앞으로 간 그는 캐노피 안에서 그림자에 가려진 채 자고 있는 비비안을 거울 너머로 보다가 조용하게 시종을 불렀다.

이윽고 평소와 다름없이 씻고 메인 룸에 딸린 드레스 룸에서 옷을 갈아입은 뒤 나오자, 어느새 비비안이 깼는지 잠에 젖은 눈으로 저를 응시하고 있었다.

"깨어났나?"

위그는 비비안에게 다가갔다. 비비안은 대답 대신 손을 뻗었다. 그것을 잡고 침대에 앉자 비비안이 기지개를 폈다. 위그는 윗몸을 굽혀 비비안의 이마에 살짝 이마를 댔다. 오늘도 미열은 없었다. 비비안은 눈을 다시 감았다. 그에 위그가 그녀의 머리카락을 정리해 주며 속삭였다.

"오전에는 별 일정이 없다. 나는 제이슨과 사냥을 나갈 테니 당신은 방에서 자."

"……흐음."

"당신이 안 나간다고 해도 엘리미아는 별말을 하지 않을 거다."

"공작 부인으로서의 의무를 다해야 한다고 계약서를 적어 놓고?"

"몸이 불편할 때는 남편한테 사랑받아 버릇 잘못 든 아내 역할도 나름대로 할만 해."

비비안은 웃음을 흘렸다. 어처구니없다는 그녀의 미소에 위그가 이번에는 그녀의 이마에 입을 맞추었다. 그녀가 언젠가 뿌리라고 선물한 산뜻한 향수 냄새가 그녀의 코에 맺혔다. 비비안은 천천히 눈을 뜨고, 조금 더 또렷해진 정신으로 입을 열었다.

"그럴까? 그럼 엘리미아한테는 당신이 말해. 아, 나가는 길에 헤더한테도 말해 줘. 오늘은 방에서 쉴 거라고."

"알았다."

"아, 그리고, 내가 아프다고 말하는 걸 잊지 마."

"당신이 딱히 그런 명예에 신경 쓰는 사람은 아니라고 알고 있는데."

"그럭저럭 괜찮은 이유가 있는데 굳이?"

위그는 몸을 일으켰다. 비비안은 정말로 나갈 생각이 없는지 그대로 그를 향해 손을 저었다.

"아, 헤더더러 아침 준비해 오라고 하는 거 잊지 말고."

"그건 당신이 직접 줄을 당겨도 상관없을 거라고 생각하는데."

"귀찮아."

위그는 어이없는 얼굴로 그녀를 보았지만 결국 그녀의 말대로 했다. 곧 사냥용 외투를 걸친 그가 장갑을 끼며 방에서 나갔다. 굳이 비비안이 시키지 않아도 이맘때쯤이면 그녀가 깰 것을 예상했는지, 아니면 그녀가 외출을 할 거라고 생각했는지 헤더는 이미 아침을 들고 밖에서 기다리고 있었다. 수프를 보아하니 온 지 얼마 안 된 것 같았다.

"비비안은 오늘 쉴 거다."

"네…… 네?"

위그의 담담한 목소리에 헤더는 벼락 맞은 토끼처럼 화들짝 놀랐다. 이어서 그녀의 눈동자에 새겨진 의문과 당황을 발견한 위그는 눈을 가늘게 떴다.

"왜 그러지?"

"아니, 오늘 스케줄이 잡힌 게 있는데."

"귀부인들과의 다과회는 참여하지 않는다고 된다고 했어. 오후에 느긋하게 나올 수도 있겠지만 오전에는 괜찮아. 왜, 비비안이 따로 오전에 뭔가 일러둔 게 있나?"

"아닙니다. 각하. 그저 어제 귀부인의 초대가 있어서 그럽니다."

"아, 그거라면. 어차피 그런 초대가 많을 테니 굳이 신경 쓰지 않아도 돼. 비비안이 안 와도 그쪽도 실례라고는 생각 못 할 거다. 이디에트 공작 부인이니."

"네. 알겠습니다."

헤더는 최대한 침착하게 말을 이었다. 그녀의 얼굴에는 위그가 눈치챌 정도의 이상한 기색이 있었다. 그러나 그는 굳이 그녀를 더 캐묻지 않았다. 다만 그가 조금 생각에 잠긴 듯 길게 숨을 들이쉬고 내뱉었다.

"이제 들어가."

"네, 각하."

헤더는 급히 이 상황을 모면하려는 듯 방으로 들어갔다. 그녀의 뒷모습을 빤히 보던 위그가 의미심장한 얼굴을 했다.

"각하?"

"어제 누가 비비에게 단독으로 초대장을 보냈는지 알아봐."

"알겠습니다."

요한은 갑자기 못 박힌 듯이 서 있는 위그를 이상하다는 표정으로 봤으나 그가 걸음을 바로 움직이자 뒤를 따라갔다.

위그는 얼굴을 굳혔다. 기실 그는 애초에 비비안과 바로데로 오면서 그녀가 안주인으로서 특별히 나서서 뭔가 해 주길 바라는 건 아니었다. 계약 초기라면 당연히 그녀를 억지로 침대에서 내올 테지만 지금은 달랐다. 그는 최소한 그녀가 덜 자신을 혹사시키기를 바랐고, 엘리미아의 다과회 같은 의미 없는 친목에 굳이 비비안을 던질 이유는 없다고 생각했다. 하물며 엘리미아 본인도 제 다과회가 의미 없다고 생각하는 상황에서야.

그리고 비비안 또한 제가 아프기 시작한 뒤로 위그가 과하게 저를 감싸고도는 걸 알았기에 그가 그녀의 일거리를 덜어 줄 때 굳이 거절하지 않았다. 그런데 오늘은…… 좀 이상했다.

그렇게 생각한 그가 천천히 아래층으로 내려갔다. 그 순간, 그는 계단에 서 있는 인영을 보고 얼굴을 일그러뜨렸다. 정말 인정사정없이.

"이디에트 공?"

"……로건 왕자 전하."

위그는 왜 로건이 이곳으로 올라오는지 알 수 없었다. 바로데 별장은 말이 별장이지 사실상 성이었다. 왕족들과 게스트인 귀족들이 묵고 있는 곳은 엄격하게 분리되었다. 심지어 이디에트 부부는 그 분리된 동쪽 성의 위층을 거의 독식하다시피 하고 있었다. 이곳에 로건이 올라오는 상황은 아무리 봐도 그들 부부 중 누군가를 만나러 오는 것으로밖에 보이지 않았다.

그리고 그 누군가는 필히 비비안이리라.

"왕자 전하께서 이곳에 웬일이십니까."

"잠깐 볼일이 있어서."

"이쪽으로 더 올라가면, 왕자 전하께서 만날 만한 사람은 오직 저뿐인데.

저는 전하와 딱히 할 말이 없습니다."

고요하기 그지없는 복도에 울리는 목소리가 깊었다. 마치 그대로 눈앞에 있는 이를 물어뜯어도 이상할 것 없었다. 그 뒤에 숨어 있는 의도는 뻔했다. 그는 마치 제 영역을 지키는 짐승처럼 로건을 위협하고 있었다.

그러나 로건은 딱히 물러서지 않았다. 온화하고 부드러운 얼굴 위로 가벼이 미소를 띠었다. 그는 위그와 딱히 교섭이라는 걸 한 적이 없었다. 위그가 그를 싫어하는 것만큼 그 또한 위그에게 염증을 느꼈다. 위그뿐만이 아니라, 왕실의 중심에서 얽히는 이 더러운 역량 겨루기에.

"이 층에, 꼭 공 혼자서만 있는 건 아니지."

"당당하기 그지없군. 이제는 거리낄 게 없는 건가?"

결국 로건의 담담한 어투에 위그는 그대로 둘 사이에 있던 마지막 예의를 찢어 버렸다. 계단의 꼭대기에 고고하게 서 있는 그의 짙은 녹안이 아래를 내려다보았다. 로건은 부드럽게 웃었다. 그러나 그의 눈에 담긴 짙은 혐오도, 딱히 우호적이지는 않았다.

"애초에, 거리낄 게 있지 않았지?"

"과거에 목을 매는 성정이었나?"

"모두들 잊지 못할 과거 하나쯤은 갖고 있어. 설사 내가 아니더라도 비비의 마음속에는 이미 무덤이 있지."

위그의 눈썹이 꿈틀거렸다. 로건은 서늘하게, 그러나 미소를 지으며 말했다.

"그 무덤에는 이미 죽은 이가 살고 있고. 아마 공은 평생 대신하지 못할 사람 말이야."

"그래, 그래서 너를 찾았지."

이번에는 로건의 표정이 미묘해지는 상황이었다. 위그는 고개를 들며 느긋하게, 그러나 확실하게 읊조렸다.

"너는, 영원히 죽은 이의 대역일 수밖에 없다. 너는 그 여자의 과거고,

흘려보내고 싶은 시간일 뿐이야."

"그러는 공은."

"하지만 나는, 그 여자의 현재지."

"……."

"알겠나. 차이를?"

로건은 입을 다물었다. 그의 부드러운 얼굴 위로 그늘이 졌다. 위그는 비릿하게 웃었다. 그래, 저 남자는 영원히 그녀의 과거다. 첫사랑이 으레 그러하듯이, 과거의 내가 얼마나 순수했는지 되짚어 보는 일종의 매개체에 불과했다. 그러니 딱히 무서울 건 없었다.

그래, 무서울 건 없는데.

'기분은 더럽군.'

위그는 한 걸음 한 걸음 내려갔다. 그는 로건을 이 위로 올려 보낼 생각이 없었다. 비비안은 아침을 먹고 있다. 그 사적인 공간은 그의 것이었다. 이 어리석은 왕자가 그녀와 얼마나 많은 밤을 보냈든, 아니면 얼마나 많은 사랑스러운 시간을 공유했든 결국 그녀가 동요할 만한 제안서를 내놓은 건 자신이었고, 그녀에게 필요한 이익을 줄 수 있는 남자도 자신이었다.

생사를 넘나드는 그 시간에, 리암에게 찔린 그 순간에도, 그 뒤에도, 미열에 리암의 이름을 부르던 그 밤 한 순간 한 순간까지도 그 사적인 시간, 그녀의 마음속에 있는 가장 어둡고 치졸하고 더럽고 원초적인 욕망 모두, 그가 소유한다.

이곳은 경계선이었다. 단순한 계단 하나뿐인데 이대로 로건을 더 올려 보낼 수 없었다. 이곳은 그의 영역이었고, 저 방에 있는 여자는 비비안 로젤리스였다. 위그 이디에트와 손을 잡고 있는 여자. 그의 목숨 줄을 잡고 자꾸만 그의 인내심을 시험하다, 어느 순간엔가 그의 인내심을 다 마모시키고 결국 그 목을 잡게 한 여자.

"그럼, 이만 내려가. 이곳에 너를 환영하는 사람은 한 명도 없어. 비비까지도,

멍청하게 괜히 이디에트와 엮여서 이래저래 쓸데없는 표적이 되느니……."

"나는, 그녀를 위해 죽을 수 있어."

"……뭐?"

"공은 그게 가능하나?"

순간 로건의 입에서 나온 말에 위그가 얼어붙었다. 그는 로건이 지금 무슨 말을 하고 싶은지, 그리고 왜 그의 앞에서 이 말을 하는지 잠시 이해가 가지 않았다. 그러나 빌어먹게도 그는 무척 머리가 좋은 편이어서 로건이 하는 말을 빨리 알아듣고 말았다.

"지금, 당신을 앞세우라고."

"공과 비비의 결혼이 순수하다고 생각하지 않아. 최소한 뭔가 거래가 오 갔겠지."

"망상도 병이다. 엄연히 사랑해서 한 결혼이다."

"그렇다고 해도 상관없어."

"……."

"비비가 나를 이용해 뭔가를 하고 싶어 한다면, 나는 기꺼이 죽어 줄 수 있어. 그때 가서는 그녀의 마음속에 무덤이 하나 더 생기겠지."

"……."

"나는 그녀를 소유하고 싶지 않아. 나는 그저, 그녀를 사랑하고 싶을 뿐 이야. 나는 그녀를 위해서 수도를 떠났어. 그리고 내 이기심으로 수도로 돌 아왔지. 그 이기심의 대가를 죽음으로 갚아야 한다면, 기꺼이."

로건의 목소리는 낮았으나 확실했다. 위그는 그제야 이 유해 보이는 제3 왕자를 제가 잘 몰랐다는 사실을 깨달았다. 항상 붓과 종이를 들고 다니는 한량이라고 아버지가 말했다. 그러나 그 뒤에는 언제나 따로 붙는 평가 한 가지가 더 있었다.

'그런 자들이, 하나에 미치면 무섭지. 감성적인 놈들은 종잡을 수 없거든.'

그래, 그는 인정하자. 로건은 비비안을 사랑했다. 그녀의 무엇을 사랑하는지는 알 수 없으나 아마 그가 알지 못하는 비비안의 무엇인가를 사랑했겠지. 그리고 그것을 인정하기가 무섭게 배알이 뒤틀렸다. 다니엘 때와는 종류가 다른 것이었다. 다니엘이 수많은 정부들 중의 하나였다면, 이 남자는 비비안과 애정을 공유했던 이였다. 그조차도 감히 하지 못한 것.

그러나 그 깊은 애정, 심지어 목숨조차 내놓을 그 깊은 애정 뒤에 뭐가 있나. 위그의 얼굴이 서서히 굳어져 갔다. 그리고 얼마나 지났을까, 그의 눈동자가 서서히 분노로 물들어 갔다. 그가 천천히 한 걸음 한 걸음씩 내려갔다. 로건은 굳이 피하지 않았다. 그러나 몇 걸음 안 되는 그 상황에서, 위그가 분노에 가득 찬 서늘한 음성으로 읊조렸다.

"헛소리하지 마."

로건은 눈을 가늘게 떴다. 그는 위그가 보여 주는 분노의 근원이 그의 언사라고 생각했다. 제 것을 탐내는 수컷에 대한 본능적인 위협이라고 생각했다. 그리고 그것은 너무 당연한 것이었다. 위그 이디에트는 한평생 그 무리에서 가장 높은 곳에 군림했다. 제 여자를 빼앗기는 일은…….

"그 여자는 이제 더 누군가의 무덤을 품을 여유가 못 돼."

……당연히 용납을 못 하는데.

순간 미미한 미소를 품던 로건의 얼굴이 설핏 굳었다. 미소가 가뭇없이 사라졌다. 위그의 분노가 그에게 내리꽂혔다. 그것은 예상대로였다. 그런데 그 이유가, 예상과 달랐다.

"그 여자를 위해 죽은 남자들은 수도 없이 많아. 첫사랑은 그 여자를 살리려고 그녀를 밀치고 죽었고, 그녀의 동생은 그녀가 모든 것을 얻기를 기도하면서 죽었다."

"그래서……."

"그래서, 그녀는 원하는 것을 얻었지. 얻었으면 됐다고 생각하는 건가? 너는 대체 그 여자를 뭘로 보고 있는 거야. 그래서 그녀가 네 죽음으로 원하는 것을 얻으면 그저 좋아라 하면서 돈과 명예를 끌어안고 헤실헤실 웃는 사람으로 보이나?"

"비비는 절대 누구에게 소유될 사람이 아니다, 공. 그녀가 원하는 것은 절대 사랑 따위가 아니야. 그래서 그녀를 떠났고."

"그래, 말 한번 잘했군. 그 여자는 사람이다."

"공은 모르겠지만, 그녀는 누군가의 죽음에 눈물을 훔치면서 우는 여자가 아니야."

"그런 사람이지."

"공."

"그 여자는 사람이야."

순간 로건은 온몸에 힘이 다 빠지는 것 같았다. 위그 이디에트가 왜 그에게 이런 말을 하는지 알 수 없었다. 그러나 위그는 우습게도 비비안이 사람이라고 말하는 것으로 그의 모든 말을 부정했다.

"비비안이 왜 너를 떠났는지 알 것 같군."

위그가 낮게 읊조렸다.

"그 여자는 당신이 캔버스에 담을 여신의 조각상 따위 아니야. 당신의 그 사랑은 너무 과해서 언젠가 그 여자를 바닥에 던지고 너덜너덜하게 짓밟아 버릴 거다."

"건방지기 짝이 없군."

"그래, 건방지지. 내가 건방진 걸 제3왕자 전하께서 몰랐던 건 아니라고 생각하는데."

위그는 이제 더 이상 로건과 시간 낭비 따위 하고 싶지 않은 듯했다. 대신 그를 그대로 스쳐 지나갈 의도도 없었다. 그는 천천히 로건과 시선을 같은 높이에 했다. 그에 로건이 그를 응시하는 순간, 위그가 억세게 로건의 팔을 잡았다.

윽…… 미약한 비명이 흘렸다. 전장에서 감히 대항할 만한 이가 없던 남자였다. 로건이 사내들 중에서도 꽤 키가 크고 어느 정도 체격이 있다는 사실은 상대가 위그라는 현실 앞에 무력하게 부서져 내렸다. 그러나 위그의 얼굴에는 일말의 득의양양함도 없었다. 그는 순수하게 분노하고 있었다.

"비비안 로젤리스는 사람이다. 갖고 싶은 게 있고, 그것을 위해 수단과 방법을 가리지 않는다고 해서 그 대가를 즐겁게 받아들이는 악마가 아니야."

결국 그런 문제였다. 영웅이든 악녀든 악마든, 그 어떤 수식어가 붙든 간에 종국적으로 비비안 로젤리스는 인간이었다. 그래서 결국 리암의 장례식에서 울지 못했다. 그대로 우아하게 그 자리를 지켰다. 제가 해야 하는 것을 오롯이 감당할 생각으로. 온 세상이 그녀를 향해 수군거릴 때, 그저 그렇게 그곳에 존재했다.

"그녀를, 동정하는 건가, 공?"

로건의 목소리는 질문이었다. 조롱 따위 없는. 그러나 그 질의 속에는 위그가 그동안 담아 왔던 온갖 편견이 있었다.

"한때는."

위그는 깔끔하게 대답했다.

그래, 동정했다. 그렇게 아픈 과거를 갖고 있는 여자라고, 이렇게 대단한 여자인데 여자라서 '사랑하던' 때가 있었다.

"한때는?"

로건의 목소리는 조금 떨리는 듯했다. 그는 멍청이가 아니었다. 위그의 말에 담긴 그 감정을 그가 읽어 내지 못했을 리가 없었다.

위그는 다시 그 본래의 서늘함으로 돌아갔다.

"그래, 한때는."

"그럼 지금은."

"지금은⋯⋯."

로건의 물음에 멈칫한 건 위그였다. 그러나 그는 더 이상 로건의 그 감정적인 대응을 받아 주지 않았다.

"왕자 전하한테 고할 의무가 없습니다."

위그 이디에트가 작게 속삭였다.

"제 아내는 오늘 방에 있겠다고 했습니다. 그러니…… 왕자 전하와의 약속은 지키지 못할 겁니다."

위그의 그 정중한 목소리에 로건의 얼굴이 굳었다. 그가 제일 처음 돌아온 그날, 그날처럼 결국 너를 보지 않겠노라고 말한 이는 위그였다. 비비안이 허락했을까? 했을 것이었다. 위그 이디에트는 똑똑한 사내였다. 그는 선을 알았다.

로건의 반응을 살피던 위그는 어젯밤의 그 편지가 로건이 준 것임을 쉽게 알아챘다. 헤더가 무슨 생각으로 숨겼는지는 모르겠지만, 비비안의 시녀임을 감안해 볼 때 비비안에게 로건이 절대 가벼운 의미가 아니라는 것을 의미했다. 불륜이든, 작당이든. 그게 못내 기분이 더러웠다.

로건은 위그의 손아귀를 뿌리쳤다. 위그는 굳이 그를 더 위협하지 않았다. 로건은 제 옷을 정리하고 뒤돌아섰다. 그는 비비안의 선을 잘 알았다.

그 뒷모습을 보던 위그는 입매를 굳혔다. 그대로 저 자식의 모가지를 비틀면…… 제이슨이 좋아하려나. 문득 그렇게 생각하던 위그가 이를 악물었다.

비비안도 좋아할 것이었다. 겉으로는.

그러나 그는 더 이상 그녀가 무엇을 잃는 꼴을 보고 싶지 않았다. 그 여자는 울지 않겠지만, 그가 그 꼴을 볼 수 없었다. 칼에 찔린 리암에게 필사적으로 기어가는 그 모습은 영원히 그의 머릿속에 박혔다. 그럼에도 원하는 것을 얻는다.

비비안 로젤리스는, 여자고, 인간이고, 이성적이고, 똑똑하며 원하는 것을 위해 물불 가리지 않는다.

그리고 그녀를 이루는 이 모든 요소는 인과 관계가 없다. 그저, 그렇게 존재할 뿐이었다.

그가 위그 이디에트로 존재하듯이.

* * *

사냥이 끝날 무렵, 해는 이미 중천을 지나 지고 있었다.

사냥광인 제이슨은 이 사냥에서 가장 활발하게 뛰어다닌 사람이었고 그것을 증명하듯이 세 마리의 여우와 두 마리의 토끼, 그리고 한 마리의 사슴을 잡았다. 평소라면 적당하게 제이슨의 뒤를 따라다니며 일부러 약간씩 져주며 동태를 살폈을 위그는 오늘따라 아예 사냥을 포기한 듯 매 두 마리만 잡고 대부분을 말 위에서 보냈다.

결국 석양이 지고 사냥을 마친 남자들이 돌아올 무렵, 제가 얼마나 용맹했는지 동물의 사체를 자랑하는 무리들 중에서 관심을 끈 위그는 귀부인과 귀족 영애들의 선망 어린 시선 속에서 태연하게 말에서 내리고 장갑을 벗었다.

엘리미아는 그저 귀부인들과 귀족 영애들 무리에서 고고하게 서 있었다. 형식적으로 제 남편의 장갑을 벗겨 주었지만 그마저도 손을 대기 싫어하는 게 보였다.

그러고 보니 비비안은 어디에 있지. 그는 엘리미아에게 그녀가 오늘 한 번도 얼굴을 들이밀지 않았냐고 물을까 하다가 그만두었다. 어차피 방에 있겠지. 일할 데도 없는데 굳이? 그가 생각하는데, 갑자기 꽤 낯이 익은 부인 한 명이 그에게 다가왔다.

"공작 각하. 공작 부인께 가 보시는 게 좋을 겁니다."

"무슨 일 있나?"

"방금 제 시녀가 전하기를, 불청객이 이디에트 공작 부인의 이름을 대며 바로데에 왔다고 합니다. 물론 왕실 별장인지라 경비가 삼엄하여 함부로 접근을 하기가 어려웠을 테지만, 이렇게 당당하게 여기로 온 것을 보면 필히 디텔이나 누군가의 허락이 있었을 겁니다."

"불청객이라면."

"그 소문의 계집."

순간 위그가 멈칫했다. 삽시에 그에게서 흘러나오는 짙은 살기에 귀부인은 크흠 헛기침을 했다. 이디에트 휘하 가문의 안주인인 그녀는 비비안을 그다지 좋아하는 편은 아니었으나 기본적으로 같은 편이라는 인식은 있었다. 그리고 무엇보다도 비비안의 존재보다는 라니사가 더욱더 눈에 거슬렸다.

'그런데 왜, 헤더가 알리지 않았지?'

위그는 요한에게 장갑과 외투를 맡기고 성큼성큼 걸음을 옮겼다. 그때, 갑자기 제이슨이 그를 불렀다.

"이디에트 공, 어디로 가는 것이지?"

"제 아내의 건강이 좋지 않아 가 보려고 하는 중입니다."

"이런. 그리고 보니 이곳에서 보이지도 않는군. 남편이 사냥에서 이리 좋은 성적을 거두었는데도 관심 한번 없다니, 퍽 무심한 부인이야."

"제가 나오지 말라고 했습니다."

"그래? 한데 뭐, 부인이 이 짧은 시간에 뭔가 큰일이 있을 리가 없고……. 우리는 우리들끼리 가볍게 와인을 기울이는 게 어떤가."

제이슨의 제안에 위그가 미간을 좁혔다. 그는 라니사의 등장이 어쩌면 디텔과 태자의 합작이거나, 적어도 태자가 그 사실을 알고 있다고 판단했다. 그리고 이디에트가 혼란스럽기를 바라는 디텔의 성정상 라니사와 비비안이 단둘이, 그것도 보는 눈이 있는 왕실 별장에 있다면 필히 어떤 소동이든 생길 게 뻔했다. 심지어 라니사는 지금 임신을 했다. 어쨌든 비비안에게 누명을 씌우기는 딱 좋은 환경이었다.

"송구하오나 제 아내에게 가 본 뒤, 다시 전하를 뵙겠습니다."

"공. 공사와 시비는 가려야지. 지금 왕명을 거역하는 것인가?"

"전하. 제 아내의 안위는 한낱 공사 따위로는 구분이 되지 않는 이야기입니다."

제이슨의 얼굴이 완전히 일그러졌다. 그러나 위그는 딱히 두려울 게 없었다. 제이슨은 이디에트를 경계해 왔다. 그리고 현재는 의심하고 있지. 알렉산드르가 앞에 세워져 있다면 조용조용하게 해치워야 하지만, 그들 앞에는 방패막이 여럿 있었다. 로건, 알렉산드르, 그 누구를 의심해도 이디에트에는 좋은 일만 해 줄 것이었다.

그렇게 생각한 위그가 고개를 까닥였다. 제이슨의 표정은 더할 나위 없이 사나워졌다. 그때였다. 갑자기 멀리서 유유하게 보이는 인영에 모두의 이목이 쏠렸다. 석양빛이 우아하게 지는 와중에 화려한 양산이 먼저 시야에 안겨 왔다. 다가오고 있는 것은 귀부인이었다. 하얀색 프릴이 달린 드레스가 팔랑거렸다. 둥그런 치마, 단단하게 조인 코르셋, 풍만한 가슴, 가는 목과 도드라진 쇄골, 위로 고아하게 말아 올린 머리카락이 일말의 흐트러짐도 없이 품위가 흘러넘쳤다.

"비비?"

인영의 정체를 쉽게 알아본 위그가 작게 읊조렸다. 사냥터로 오고 있는 인영은 다름 아닌 비비안이었다. 그녀는 평소와 달리 머리카락을 깔끔하게 위로 올리고, 그저 앞머리 몇 올만 느슨하게 한쪽으로 흘러내리게 한 뒤, 화려한 꽃과 프릴로 장식된 커다란 모자, 그리고 아래는, 풍성한 드레스를 흔들며 사뿐사뿐 오고 있었다.

위그는 성큼성큼 비비안에게 걸어갔다. 비비안은 나긋하게 웃으면서 팔을 뻗었다. 사람들 앞에서 이러는 것도 익숙했기에 위그는 바로 비비안을 품에 안았다.

"태자 전하와 태자비 전하를 뵙습니다."

"그래, 건강이 안 좋다더니……."

"아, 건강은 좋지 않지만, 그래도 얼굴을 드러내야 할 것 같아서. 마침, 소개해 드릴 분도 있고."

위그는 갑작스러운 비비안의 등장에 약간 얼굴을 굳혔다. 그러나 곧, 그는 저 뒤에 있는 또 다른 인영을 보고 저도 모르게 손에 힘을 주었다. 비비안이 미약하게 신음을 흘리자 그가 그제야 팔에서 다시 힘을 풀었다.

"라니사 블레이드."

"익숙한 얼굴이죠, 디텔 공작?"

라니사의 등장에 디텔 공작이 피식 웃었다. 그는 이 계집이 왜 이러는 것인지 의아해진 모양이었다. 비비안은 달콤하게 웃었다. 그리고 곧, 천천히 입을 뗐다.

"다름이 아니라 레이디…… 라니사 블레이드께서, 디텔 공작의 아이를 가졌다기에 제가 데려오고 있었어요."

삽시에 적막이 흘렀다. 라니사 블레이드…… 그 이름을 곱씹던 이들은 그가 위그 이디에트와 소문이 난 그 여자라는 것을 깨닫고 경악하고 말았다.

한동안 수도에서 소문이 사그라졌기에 그럭저럭 처리를 했다고 생각했는데 왜 저 여자가 저기에 있지? 심지어 이디에트 공작 부인과 함께. 사람들은 슬슬 밀려오는 의문을 구태여 숨길 염을 하지 않았다. 그리고 그 의문 뒤에는, 비비안이 방금 읊조린 그 말이 곧장 따라붙었다.

"디텔 공작의 아이라니."

엘버린 공작 부인이 충격을 먹은 듯 읊조렸다. 그러나 비비안은 그녀가 진짜로 충격을 먹었다고는 생각하지 않았다. 진짜로 충격을 먹었으면 저래야지. 그녀는 방금까지 고고하게 턱을 들고 있던 디텔 공작 부인의 얼굴을 보며 속으로 읊조렸다.

"네, 디텔 공작 각하의 아이를, 가졌다고 제게 도움을 청해 왔기에."

"헛소리."

디텔 공작은 빠르게 반응했다. 비비안이 이런 수작을 쓸 거라는 것은 알고 있었으나 되레 모든 귀족들이 다 보고 있는 곳에서 이렇게 라니사를 끌고 올 줄은 상상도 못 했다. 그의 분노 섞인 눈빛이 라니사에게 꽂혔다.

라니사는 움찔하다가 고개를 푹 숙였다.

"이게 무슨 황당한 짓거리요, 이디에트 공작 부인."

"가련한 계집이 도움을 청하기에 도와준 것뿐입니다. 디텔 공."

"저…… 레이디 블레이드가 지금 내 아이를 가졌다고. 상식적으로 그게 가능한가?"

"불가능할 건 없지."

위그는 지금 상황이 어떻게 돌아가는지는 알 수 없었다. 그러나 비비안이 라니사를 데리고 이곳에 왔다는 것은, 기필코 뭔가 생각이 있다는 것을 의미했다.

"지금……."

디텔 공작은 너와 스캔들이 난 계집을 왜 나한테 떠미느냐고 버럭 소리를 지르고 싶었으나 제 품위를 지켰다. 어차피 먼저 스캔들이 터진 건 이디에트였다. 그쪽이 라니사에게서 어떤 말을 들었다고 주장한들 이디에트가 급해서 저를 물었다고 주장하면 끝이었다.

"헛소리를 하는군. 기껏 사냥터에 와서 한다는 소리가."

비비안은 싱긋 웃으며 위그의 품에 살짝 기댔다. 제이슨의 뒤에 서 있던 로건의 차분한 눈길이 그녀에게 꽂혔다. 그리고 알렉산드르까지……. 지병이 있다는 쌍둥이는 굳이 사냥에 끼우지 않은 모양이었다. 그녀는 조만간 죽여야 할 왕족들을 차례로 살펴보다가 마지막으로 제 남편에게 시선을 던졌다.

"오래 서 있었더니, 다리가 아파."

"전하. 일단…… 안으로 드시는 건 어떻습니까. 무엇이 되었든 굳이 레이디 블레이드의 존재로 전하께서 차가운 바람을 맞으며 밖에 있어야 할 이유는 없습니다."

비비안의 말이 끝나자마자 디텔 공작이 제이슨을 안으로 들여보내려고 했다. 위그는 제이슨을 설득할 수고를 덜어 그저 담담하게 서 있었다.

제이슨은 디텔 공작 부부와 위쪽을 번갈아 보다가 무슨 생각을 하는지 갑자기 웃음을 흘렸다. 습관처럼 흘러나오는 그의 미소는 절대 호의는 아니었다.

"굳이 공들의 사생활에 신경을 쓸 이유는 없지. 그렇지만 이곳이 어딘지는 잊지 마."

"송구합니다. 전하."

위그는 일말의 성의도 없이 인사를 건넸다. 제이슨의 의도는 뻔했다. 두 사람이 알아서 싸우고, 결과는 너무 시끄럽게 내지 말 것. 그러나 그는 제이슨이 이 문제에 대해서는 디텔 공작의 손을 들어 줄 걸 알았다. 정말 영악하다. 이디에트의 손을 잡을 것도 아니면서 그의 충성을 원하다니. 미치지 않고서야 저렇게 탐욕스러울 수가.

제이슨이 사냥터를 빠져나가자 대부분 귀족들 또한 그곳을 떠났다. 비비안은 느긋하게 그들을 향해 웃어 주었다. 그리고 위그에게 이만 가 보자는 듯이 웃었다. 그러나 그때, 디텔 공작이 마지막까지 남아 있었는지 그의 목소리가 들렸다.

"이만 태자비 전하의 옆으로 돌아가시오, 부인."

디텔 공작 부인의 얼굴이 싸늘하게 식었다. 그녀의 시선은 라니사에게 꽂혀 있었다. 그리고 비비안, 위그를 거쳐 마지막으로 자신의 남편을 본 그녀는 고고한 귀부인답게 입꼬리를 살짝 말아 올렸다.

"깔끔하게 처리해 주시길 바랍니다. 그럼."

디텔 공작 부인은 그야말로 천상 귀족이었다. 귀족가에서 나와 귀족가로 시집간 여자였다. 그녀는 이러한 상황을 익히 들어 왔으나, 정말 놀랍게도 디텔 공작의 여자관계가 위그보다 덜 난잡한 편이었고, 그가 남편으로서는 그럭저럭 괜찮았기에 이렇게 공개적으로 모욕을 당하는 건 또 처음이었다.

그러나 그녀는 끝까지 귀족으로서의 품위를 잃지 않고 위그와 비비안에게 차례로 눈짓으로 인사를 한 뒤 시녀와 자리를 떴다. 비비안은 나른하게 웃으며 양산을 헤더에게 넘겼다. 그녀의 위로 석양빛이 화사하게 흩뿌려졌다.

"아, 요즘 양산은 왜 이렇게 무겁게 만드는지 몰라."

"이디에트, 얘기를 좀 나누지."

디텔 공작은 그것이 위그인지 비비안인지 확실하게 꼽지 않았다. 그러나 두 사람을 호명한 것치고 그의 시선은 라니사에게 꽂혀 있었다. 라니사는 그 눈빛을 받고 움츠러들었다. 그러나 왜 자신이 이러고 있는지 다시 생각이 나 억울한 얼굴로 허리를 폈다.

"아, 레이디 블레이드를 데려가려는 것이라면……."

"이딴 계집 따위 누가 데려간다는 것이지."

"그래도 공의 아이를 가진 여자인데 그리 무심하게 굴 것까지야."

"위그 이디에트. 이러는 것이 네게 무슨 좋은 점이 있나? 이렇게 모든 이들 앞에서 말을 한다고 달라지는 것이 있다고 봐?"

"어머, 디텔 공도 참."

물음은 위그를 향한 것이었지만 답은 비비안이 했다. 그녀는 장갑을 낀 손으로 입을 막으며 요사스럽게 웃었다. 그 미소가 마치 꽃처럼 화사하고 황홀했다.

"애초에 귀족들 앞에서 모든 것을 다 터뜨리려고, 라니사 블레이드 양을 이곳으로 부른 게 아니었나요? 그래서 제가 수고를 대신 덜어 준 것 뿐이었어요."

"내 아이를 가졌다고? 그런 어처구니없는 말을 해 대면서?"

"내 아이를 가졌다는 말도 하는데 공의 아이를 못 가질 것까지야."

비비안에게 한 말이나 이번에 받은 것은 위그였다. 무심하기 짝이 없어 건방지게까지 보이는 그의 얼굴에 디텔 공작이 경멸 섞인 얼굴을 하다가, 다시 화두를 비비안에게 돌렸다. 하나 이번에 그의 말은 비비안의 서늘한 목소리에 잘렸다.

"비비안 이디에……."

"비비안 로젤리스 이디에트. 내 본래의 성을 까먹으면 곤란하죠. 바로 한 달 전인가, 이 성을 가진 어떤 청년이 바로 당신 손에 죽었는데."

"네 동생은 네가 죽였다."

"부정하지는 않죠. 그렇지만 내가 기분이 나쁘니까."

비비안은 천진하게 웃었다.

"기분이 나쁘면, 뭐 하나 죽이는 게 인지상정이니까."

위그는 비비안의 눈동자에 서린 그 짙은 분노와 살의를 읽어 냈다. 디텔 공작의 말 한 자 한 자가 그녀의 역린만 골라서 밟고 있었다. 리암이 왜 죽었는지 비비안보다 더 잘 아는 사람은 없다. 그러나 그녀는 지금 화가 머리 끝까지 난 상태였고, 그래서 화풀이 대상이 필요했을 뿐이었다.

그런데 하필 라니사가 왔다. 그 배후에는 디텔이 있었다. 비비안의 칼날이 디텔에게 안 가면 그게 이상한 것 아닌가.

"위그 이디에트, 저런 계집을 아내로 맞이한 너도 정신이 나갔군."

"왜? 나는 무척 행복한데."

"최소한의 시비도 못 가리는 계집을……."

"그게 매력이지."

"하."

"그래서, 최소한의 시비나 잘잘못을 가리면서, 네가 파 놓은 함정에 하나 하나 당하기를 바라는 건가? 디텔 공, 인생 그렇게 날로 먹으려고 하지 마라. 날로 먹은 건 필히 대가를 치르게 되어 있어. 제1왕자의 심복이었다가 태자가 바뀌자마자 줄을 갈아탄 것으로 이미 네 운은 다 끝났어."

디텔 공작의 표정이 어둡게 변했다. 그가 이를 갈았다.

"네 아비였지. 제1왕자를 죽인 건."

"그렇게 태자가 된 이의 옆에서 바로 꼬리를 흔든 게 너고. 덕분에 제이 슨이 이디에트와 힘겨루기를 해도 무조건 네 손을 잡지 않는 게 아니겠나. 그 나이를 먹고도 아직도 새파란 젊은이에게 제 충성을 증명해야 한다니,

역시 디텔이란……."

디텔 공작이 이를 갈았다. 위그 이디에트의 입에서 나온 것은 진실이었다. 디텔은 굳이 누구에게 충성을 바치지 않는다. 그리고 실제로 고위 귀족들 그 누구도 왕실에 충성을 바치지 않는다. 제1왕자는 태자가 되기에는 손색이 없는 이였다. 그래서 훗날을 위해 적당히 충성을 바쳤을 뿐이었다. 한데 이디에트가…… 저 이디에트의 빌어먹을 부자가, 갑자기 제이슨을 태자에 올리고 제 가문 출신의 태자비까지 만들었다.

당연하지만 청천벽력이었다. 바로 제이슨에게 자신의 충성을 바쳤으나 제이슨은 쉬이 디텔을 믿지는 않았다. 어디까지나 이디에트와의 힘겨루기에 그가 필요했을 뿐.

이디에트는, 귀족들 사이에서는 항상 경외의 대상이었다. 선대 공작보다도 저 새파랗게 어린 치가 공작이 된 뒤에는 더 했다. 어린 시절에 선대가 제 아들을 전장에 내보낼 때는 무슨 무인을 키우려고 저러는 것이냐고 비웃었는데 선대 공작은 예상보다도 훨씬 생각이 있는 자였다. 결과적으로 위그 이디에트는 절대 전장에서 만나고 싶은 상대는 아니었다. 사람 죽이는 일에 눈 깜박하지 않았고, 도덕관념은 더 없다. 필요에 의해서는 물불을 가리지 않는다. 그 증거 중의 하나가 그의 품에서 방긋방긋 웃는 저 여자였다.

정상적인 인간이라면, 정상적인 귀족이라면 가문을 위해 평민 계집과 결혼하지 않는다. 그것도 제 오라비를 죽였다는 그 악마 같은 계집과. 위그와 비비안은 워낙에 사교계에 관심이 없어 몰랐겠지만 두 사람은 사교계에서 그리 통했다.

악마 같은 년이 악마와 결혼했다고.

"라니사 블레이드."

디텔 공작의 낮은 목소리가 평야를 울렸다.

"네 배 속의 아이가 누구의 아이인지, 잊었나?"

라니사는 움찔거렸다. 물론 그녀는 자신이 왜 이곳으로 왔는지 잊지 않았다. 그래서 별장에 오자마자 그녀는 비비안을 찾았다. 두려움이 없었던 건 아니었다. 하지만 이번에 그녀를 본 사람은 한없이 많았다. 특별히 저택이 아닌 밖에서 만나자고 했다. 그런데 정작 나온 사람은 비비안의 시녀인 헤더였다.

'따라오세요.'

어쨌든 저택으로 들어가는 것 같지는 않았다. 실제로도 저택으로 들어가지 않았다. 특별히 오늘 사냥이 있다고 해서 이곳으로 왔다. 그런데 헤더를 따라가자, 그곳에 있는 사람은 평소와 달리 화려하게 차려입은 비비안이었다.

'또 이곳에서 보네. 유감이게.'
'제가……'
'우리의 약속을 깬 대가는 톡톡히 받지. 저번의 그 서신, 아직 잊지 않았겠지?'

그게 끝이었다. 그리고 비비안은 그녀를 데리고 이곳으로 왔다. 이유는 모르겠지만 함부로 입을 열면 안 될 것 같았다. 라니사는 그 정도 생각은 있었다. 위그는 비비안을 위해 기사들을 여럿 남겨 놓았다. 라니사가 헛소리를 했으면 뒤를 지키고 있던 기사들이 절대 가만히 있지 않을 것이었다.

디텔 공작은 라니사를 힐끔 보았다. 저럴 줄 알았다. 그러나 어차피 스캔들이 난다고 해도 그는 잃을 게 없었다. 까짓것 명예? 귀족들의 명예는 어마어마하게 중요한 것이나 필요에 따라 하찮은 것이기도 했다.

"이디에트 공, 이건 그다지 현명한 선택이 아니야. 라니사의 존재로 잃을 게 많은 건 엄연히……."

디텔은 이제 침착함을 찾은 듯 길게 숨을 들이쉬었다.

"이디에트 공작 부인이다."

"……."

"어차피 이 아이가 내 것이라고 주장해도 이디에트 공은 이 상황에서 간계를 벗어나지 못해. 그렇게 되면 이 아이의 혈통은, 이 아이가 태어날 때 다시 확정이 되는데 그전까지 과연 부인이 버틸까?"

디텔의 말에 위그가 얼굴을 굳혔다. 디텔 공작의 말이 맞긴 했다. 그가 제일 처음 걱정한 상황도 그것이 아니었던가. 그러나 그는 이제 당황하지 않았다. 대신, 그가 비비안의 허리를 감싸 안으며 느긋하게 말했다.

"버티지 못할 게 있나?"

"재미있군."

"그깟 돈……."

위그는 느긋하게 말을 내뱉었다.

"가져가라고 그래."

"이디에트 공작 부인. 남편의 금전 관념에 교육이 필요한 것 같군."

"딱히요. 저도 비슷한 생각이거든요. 라니사 블레이드 양, 어디 한번 내 돈을 바닥이 보일 때까지 써 봐. 다 쓸 수 있으면 내가 진 걸로 하지. 디텔 공, 필요하다면 공도 와서 써 보세요. 조상이 남긴 땅과 재산으로 먹고살면서, 공이 언제 그렇게 거액의 돈을 써 보겠어요?"

"미쳤군."

"미쳤죠. 처음에는 분노를 했는데 지금 생각해 보니 굳이 화를 낼 필요가 없더군요. 공은 나와 내 남편이 그런 걸로 갈라질 거라고 생각했나 본데, 정말 어리석은 생각이었어요. 디텔 공, 나는 돈이 너무 많아요. 너무 많아서, 사람 하나 더 없는다고 변하지 않아요. 그리고 또 뭐가 걱정이겠어요? 이 아이가 디텔 공의 아이인지 내 남편의 아이인지 확정이 되지 않는다면, 디텔 공작가의 재산도 위험해지는데."

"······!"

"나야 돈이 워낙에 많아서 상관이 없지만, 디텔 공은 좀 어려울 거예요."

디텔 공작은 어이가 없어 실소를 터뜨렸다. 이렇게 직접적으로 나올 줄은 몰랐다. 단순하고 무식한 방법이었지만 우습게도 해결할 방법이 없었다. 그러나 그것보다도 그를 더욱더 어이없게 한 것은, 비비안이 기꺼이 자신의 재산을 내놓으면서도 위그를 버리지 않는다는 것이었다.

대체 왜?

그는 라니사를 힐끔 보았다. 라니사는 이미 얼굴이 하얗게 질렸다. 만약 비비안이 이렇게 나온다면 그녀는 꼼짝없이 아이를 낳아야 했다. 최소한 몇 달은 더 아이를 품고 있어야 했다. 그럼, 그럼 어떻게 지운단 말인가. 그게 가능한가? 디텔 공작의 얼굴을 보건대 제 목적을 달성하지 않으면 돈을 줄 생각이 추호도 없는 것 같았다.

'쓸모없는 것.'

디텔은 속으로 읊조렸다. 비비안과 위그가 어떤 식으로든 찢어져야 그에게는 유리했다. 그런데 그게 불가능했다. 되레 쓸데없는 짐만 안게 된 꼴이었다.

"아, 그리고."

그때였다. 비비안이 갑자기 생각났다는 듯이 손뼉을 짝 쳤다.

"하나 더 알려 드리자면, 제가 조만간 상인 협회가 차지한 센트럴 블록의 상가를 전부 매입할 예정이에요. 디텔 공의 꼬락서니를 보아하니, 아무래도 그치들이 같이 합류한 것 같거든요."

"억측도 심하군."

"원래는 매입할 생각이 없었는데, 괘씸해서요. 밥줄 하나 정도는 남겨 드리려고 했는데, 어디서 감히 주제도 모르고 내게 기어올라? 안 그래?"

"부인, 예를 지키는 게 좋겠군."

"예는 무슨. 너도 지키지 않았으면서."

"끼리끼리라더니. 정말이지 그 남편에 그 아내군."

"아, 그리고 한 가지 더."

비비안의 얼굴에는 더 이상 미소가 없었다. 그녀는 온전히 식어 버린 얼굴로 서늘하게 입을 열었다.

"그 센트럴 블록을 사는 데, 내 모든 재산이 들어갈 거야."

"⋯⋯?"

"그래서 나는 곧, 남은 거라고는 경영권밖에 없는 거지가 되지. 아 물론, 내가 한 시간에 버는 돈이 디텔이 한 달 바득바득 벌어야 되는 돈이라는 걸 감안해 볼 때 나는 한 이틀 정도 지나면 다시 부자가 되겠지. 애초에 부자가 돈이 많아서 부자인 건 아니잖아? 돈을 버는 경로가 많아서 부자지."

디텔 공작은 얼굴을 일그러뜨렸다. 설마⋯⋯.

"그렇지만 그 새롭게 얻은 재산은 내 손에 들어오지 않을 거야. 구체적으로 누구의 손에 들어가는가는 비밀이니까 알려고 하지 마, 다쳐. 어쨌든 한 가지 확실한 건, 나는, 당신과 라니사 블레이드의 손에, 한 푼도, 줄 생각이 없다는 거야. 공한테 주느니 차라리 돈을 중앙 광장에 모아 놓고 화형식을 하겠어."

"이⋯⋯."

"나는 한평생 다른 사람의 주머니 속의 돈을 벌어 왔어. 디텔 공, 이제는 그 다른 사람이, 공이 되었을 뿐이야."

말을 마친 비비안이 비릿하게 웃었다. 디텔 공작은 어차피 그녀가 자신의 돈을 끔찍하게 아껴서 위그와 틀어질 것이라고 생각했지만, 기실 그녀는 돈에 연연하지 않았다. 로튼의 경영권, 그 모든 산업이 그녀의 발아래 있으면 결국 로튼은 그녀에게 영원히 돈이 뽑히는 화수분이나 마찬가지였다.

그래서 재산? 그따위가 뭐라고. 그녀는 조카가 많았다. 언니도 있었다. 여차하면 은행에 담보로 맡겨서 동결시켜도 상관없었다. 그까짓 돈은 문제가 아니었다. 디텔의 얼굴이 일그러지는 것에 비하면야.

"나는 구두쇠가 아니야. 돈을 써야 할 때는 잘 써. 그런 의미에서 라니사 블레이드가 당신의 돈을 다 써 버리면, 그때 디텔 영지는 내가 수복하지."

"……!"

"남편, 그때 가서 선물로 줄게."

"싫다. 디텔의 손때가 묻은 건 아무리 거절하겠어."

"알았어. 그럼 채소나 심어서 야채 사업이나 해야겠어. 리즈가 싫어하는 당근만 가득 심어 놓고 줘야지. 비료도 천연으로 쓸 거야. 디텔 공, 심심하면 농부로 취직해요. 보수는 넉넉하게 줄 테니까."

비비안이 생긋 웃었다.

위그는 디텔 공작의 얼굴을 보다가 피식 웃었다. 그는 이미 이 상황에 분노해 비비안의 말을 듣는 것 같지 않았다. 그에 위그가 비비안을 안고 걸음을 옮겼다. 비비안 또한 곱게 웃으며 그를 따라 걸음을 옮겼다.

그때였다.

"비비안 로젤리스."

디텔 공작의 분노 섞인 목소리가 공기 속에 퍼졌다.

"대체 왜, 이렇게까지 하는 것이지? 내가 너라면 절대 이렇게 행동하지 않아."

"디텔 공. 승리자가 트로피를 부수는 걸 봤나요?"

"……?"

"내 남편이 바로 내 트로피예요."

곧, 그 말만 남긴 채 비비안과 위그가 자취를 감추었다.

* * *

"내가 당신의 트로피라는 게 무슨 뜻이지?"

방으로 돌아오자마자 비비안이 지친 듯이 모자를 침대에 집어 던졌다.

그녀가 이렇게 성질머리를 마구 부려 대는 것도 위그와 있을 때다. 그리고 대부분의 그 성질머리에는 이유가 없었다. 그것을 알기에 위그가 제일 먼저 물어본 것은 방금 전 그녀가 디텔 공작을 향해 한 말이었다.

비비안은 그가 이것부터 물어볼 줄은 몰랐다는 듯이 입꼬리를 말아 올렸다.

"왜, 본인이 물건 취급 당했다니까 기분 나빠?"

"그래. 그렇지만 그 전에 궁금할 뿐이야. 누구한테 보여 주기 위한, 누구와 경쟁해서 얻은 트로피인지."

"정말 아쉽게도 오는 내내 그 생각을 한 것 같은데."

비비안은 곱게 말아 올린 머리를 거칠게 풀어냈다. 그러나 헤더의 솜씨로 한 올 한 올까지 반듯하게 빗어 올린 머리카락이었다. 결국 풀어내다가 반쯤 산발이 된 그녀가 한숨을 푹 쉬었다. 이제 그녀의 얼굴에는 방금 전의 노련함이 없었다. 그녀가 고개를 돌렸다.

"별 의미 없어."

"별 의미가 없다고?"

"정말 아쉬운 일이지만, 그렇다고 우리 둘이 왕을 바꾸려 하고 있고 그게 크리스티나라서 지금 이런다고 말을 할 수는 없잖아."

확실히 비비안의 말은 맞았다. 그러나 엄연히 말하자면 더욱더 그럴싸한 이유를 대도 상관없었다. 트로피라니, 평소라면 또 무슨 헛소리겠거니 넘어갔겠지만 며칠 전에 비비안의 입에서 열등감과 트로피라는 말을 들어서 그런지 왠지 모르게 특별한 의미가 있을 것 같았다.

그러나 비비안은 캐낸다고 말해 주는 인물이 아니었고 그 또한 굳이 말하기 싫은 상대를 캐내는 사람은 아니었다. 그게 그의 호기심을 지워 주지는 못하지만 그는 종종 비비안을 상대로 타협을 했기에 오늘도 자연스럽게 화제를 바꾸었다.

"그럼 다른 걸 묻지."

"아, 그 전에 옷 벗는 거 좀 도와줄래?"

"내가 시녀도 아니고."

그렇게 말하면서 위그는 얌전히 비비안의 뒤에 섰다.

화장대 앞에 앉아 있는 그녀의 뒤편에 서자 새삼스럽게 예전이 떠올랐다. 한 1년 전의 일인데 10년은 지난 것 같았다. 그때까지만 해도 그가 궁금했던 건 이 옷 속에 있는 것이었다. 솔직히 지금도 딱히 거부를 하고 싶은 존재는 아니었지만.

그런 위그의 속셈을 눈치챘는지 비비안이 비웃음을 흘렸다. 그러나 그녀는 이 남자가 그녀를 상대로 어떤 감정을 품든 어차피 그녀의 뜻을 따를 것을 알았다. 그것을 증명하듯 그는 꽤 진지하게 그녀의 목 언저리에 있는 리본을 풀었다. 항상 느끼지만 그녀가 이례적으로 귀부인의 모양새를 할 때마다 위그가 그녀의 옷을 벗겨 주곤 했다.

"그래서 묻고 싶은 게 뭔데?"

"아, 잠깐만. 리본이……."

"지금 안 물어보면 기회가 없어."

"로건이 오늘 당신을 사냥에 초대했나?"

위그의 목소리는 마치 기다렸다는 듯이 묵직하게 그녀에게 다가왔다. 조용하게 거울을 응시하던 비비안이 눈썹을 까닥였다. 그러나 그녀는 대수롭지 않은 듯이 웃었다.

"그래."

"그런데 내게 말을 안 했고?"

"그거야 내가 나갈 생각이 없으니까. 꼭 말해야 돼? 그 수많은 초대장 일일이 보고받은 습관 같은 건 없었잖아."

"로건의 초대장이 진짜로 그 초대장과 성질이 같은 것이라고 생각하나?"

"다를 이유가 있어?"

비비안은 거울 너머로 눈을 동그랗게 떴다. 마치 진심으로 위그에게 묻는 듯했다. 그러나 위그는 이제 비비안의 표정 따위에 그녀를 믿을 정도로 비비안을 잘 모르지 않았다. 그는 등에 있는 리본을 세 개째 풀어낸 뒤, 천천히 허리를 조이는 코르셋 끈을 풀었다. 툭, 드레스가 갈라졌다.

"달라."

"뭐가?"

"다른 남자들은 당신의 정부였지만, 로건은 당신의 연인이었으니까."

위그는 굳이 돌려 말하지 않았다. 돌려 말할 이유가 없었다. 어차피 돌려 말해도 비비안은 다시 핵심을 찌르는 문제를 물어볼 것이었다. 그게 아니면 일부러 핵심을 빗겨 나가 그만 답답해지거나.

"당신이, 로건을 사랑했으니까."

"그게, 당신에게 중요해?"

위그는 비비안이 단 한 마디로 다시 며칠 전의 그 화제로 돌아왔음을 느꼈다. 그는 비비안의 드레스 위쪽을 벗겨 냈다. 화사한 레이스와 프릴이 달린 보정 속옷이 눈에 띄었다. 그리고 새하얀 피부, 문득 그녀의 배 쪽에 남아 있는 칼자국이 그의 머릿속을 가득 채웠다.

이 예쁜 몸 위에서, 유일하게 남아 있는 '흉터'.

비비안은 갑자기 침묵하는 위그를 힐끔 보고 웃었다. 어차피 위그는 대답하지 않을 것이었다. 그리고 그녀의 예상대로 그는 대답하지 않았다. 그에 그녀가 천천히 자리에서 일어나려는데, 갑자기 꽤 큰 힘이 그녀의 어깨를 눌렀다. 그녀는 다시 자리에 앉았다.

"왜 이래?"

"아직 옷, 다 못 벗겼어."

"시녀 같다고 툴툴댈 때는 언제고."

"나한테 중요해. 그자가, 당신에게 접근하려고 한다면 말이지."

비비안은 입을 다물었다. 거센 훈련에 굳은살이 박인 손가락이 그녀의 어깨를 쓸고 천천히 옷을 아래로 쓸어 냈다. 어깨에 걸린 드레스 윗자락에서 손을 온전히 빼냈다. 보정 속옷만이 남았다. 비비안은 입꼬리를 말아 올렸다.

"그자가 내게 접근하면, 당신에게는 뭐가 나쁘지?"

"기분이 더러운데."

"그럼 해 봄 직한데."

비비안이 곱게 눈을 접었다. 그러나 그녀의 눈동자에 가득 실린 웃음은 분명한 장난기였다. 진심으로 하는 말은 아니었다. 겨우 그것 때문에 로건과 불륜이라도 저지르라니, 수익과 지출을 생각했을 때 영 형평성에 맞는 행동은 아니었다.

비비안의 모습과 달리 위그는 진심이었다. 그는 로건이 비비안 앞에서 괜히 알짱거리는 게 싫었다. 단순히 그가 비비안과 연인이었다거나, 비비안이 그에게 마음을 주어서가 아니라. 그냥, 로건의 존재가 왠지 모르게 리암과 겹쳐 보여서. 심지어 그는 사랑을 이유로 희생을 말했다. 너를 사랑하니 죽어 줄게. 그런데 정말…… 자신이 죽으면 상대가 행복할거라고 생각하나.

비비안의 마음속에는 무덤이 있다. 그 무덤에는 죽은 첫사랑이 있다. 리암도 있다. 그녀가 사랑하는 오빠도 있다. 그리고 가족도 있고, 수많은 이들이 있다. 그 죽음의 무게를 감당하면서 살아야 한다. 거기에 로건까지 더하면, 그녀는 어디까지 감당할까.

"나는, 절대 당신보다 먼저 죽지 않을 거다."

순간 위그는 저도 모르게 읊조렸다. 비비안은 몸을 돌리고 고개를 돌렸다. 하얀 속옷 위로 드러난 상반신이 예뻤다. 옅은 회색 머리카락이 은은하게 그 위로 쏟아졌다. 그것을 만지작거리다가 위그가 시큰둥하게 말했다.

"죽어도 당신이 먼저 죽어."

"정말 원대한 이상이야. 내가 이루어지게 두지 않을 거지만."

"정 믿기지 않으면 내기라도 해?"

"정말 쓸잘데기 없는 걸로."

비비안은 고개를 돌렸다. 그러나 다시 위그와 시선을 맞추었다.

"해. 그럼."

위그는 입꼬리를 말아 올렸다. 그러나 두 사람은 곧 자신의 행동이 어이없어졌는지 동시에 한숨을 쉬었다.

위그는 곧 그녀의 머리를 만지작거리던 손을 내렸다. 그래서 라니사 블레이드는 어떻게 된 일인지 물어보려고 했을 뿐이었다. 그러나 그 순간, 갑자기 비비안이 팔을 뻗어 그의 손을 꽉 잡았다. 저도 모르게 그 힘에 이끌려가자 풍만한 가슴께를 감싼 프릴과 맨살의 감촉이 그대로 전해져 왔다.

"벗겨 줄 거면 마저 벗겨."

"헤더를 실직자로 만들 예정인가?"

"그 아이의 노고를 감소해 주려는 착한 주인의 의도지."

그렇게 읊조리며 비비안이 손에 힘을 주었다. 말캉한 살갗에 그의 손이 그대로 묻혔다. 손가락을 살짝 접자 손끝에 레이스 속옷이 잡혔다. 그대로 손등 위로 익숙한 살 내음이 감겼다. 그대로 잡아당기면 찢어질 게 뻔했다. 그리고 비비안의 뜻은 그것에 가까웠다.

위그는 한숨을 쉬었다. 하여튼 그대로 넘어가는 법이 없다.

"그 전에 라니사 블레이드는 어떻게 된 건지 물어봐도 될까?"

"아, 걔. 보나 마나 디텔 공작이 보냈겠지. 어차피 우리도 예상했잖아. 그대로 순순하게 물러날 것 같지는 않다고. 일부러 빨리 내보내려고 의사까지 보낸 거 아닌가?"

"그건 맞지만, 이렇게 빨리 올 줄은 몰랐어. 심지어 제이슨도 아는 상황 같던데."

"그 태자는 가만 보면 할 일이 없어. 정말 별 구경을 다해."

"그래도 이렇게 된 이상 처리는 해야겠지."

"괜찮아. 디텔이 알아서 처리할거야. 우리가 급할 게 뭐가 있어? 그깟 돈, 가져가라고 해. 어차피 내 손에서 빠져나간 돈, 다시 벌 수 있어."

"진짜 돈을 동결시키고 케이트 아래로 전이할 건가?"

"못 할 게 뭐가 있어? 그리고 언니가 셋째를 임신할 때 내가 분명 말했어. 대륙에서 가장 돈이 많은 이모가 있으니, 안심하고 기어 나오라고. 그 말을 이행할 때가 되었지? 우리 케이트는, 이제 대륙에서 몸값이 가장 높은 아기가 될 거야."

비비안이 새물거리며 웃었다. 곧 그녀가 손을 뻗어 그의 목을 감쌌다. 위 그는 한쪽 손을 뻗어 그대로 그녀의 허리를 안아 화장대에 앉혔다. 곧 그가 달콤하게 속삭였다.

"키스뿐이다."

"내가 개야? 왜 그렇게 달래는 것처럼 말해?"

"그럼 나는 수의사인가? 매일 새벽마다 당신이 낑낑대는 건 아닌지 확인하는 것도 지쳤어."

"당신 가만 보니까 화술이 많이 늘었어. 어디서 배운……."

그때였다. 비비안의 말이 끝나기도 전, 커다란 그림자가 그녀를 덮쳤다. 비비안은 자연스럽게 눈을 감았다. 가슴에 걸려 있던 손이 자연스럽게 아내로 밀려 내려갔다. 그리고 질펀한 입맞춤. 두툼한 혀가 입술을 가르고 속을 헤집었다. 얽힌 숨결 사이로 달큰한 침이 섞여 들어갔다.

비비안은 뒤로 몸을 뺐다. 차가운 거울에 맨살이 닿았다. 허리에 간당간당하게 걸려 있는 옷을 더듬던 커다란 손이 그녀의 허리를 잡았다. 풍만한 가슴 언저리가 짓눌렸다. 마치 그대로 그녀를 잠식하듯 그대로 눌어붙은 그 위압감이 그대로 쏟아졌다. 그러나 비비안은 위그가 주는 그 짙은 무게를 굳이 거부하지 않았다. 머리카락이 거울에 짓이겨 더욱더 산발이 되었다. 맞댄 속살 사이의 뜨거운 열기가 흩어지지 않아 비비안은 더욱더 그에 매달렸다.

곧 단단한 손이 그녀의 목을 감쌌다. 그리고 마치 제가 얼마나 그녀를 탐내는지 오롯이 각인시키듯, 천천히 새하얀 살결을 타고 내려왔다. 차가운 살갗을 매만지는 손이 익숙했다. 비비안은 저도 모르게 나른하게 한숨을 흘렸다.

그 사이로 힘겨운 호흡이 짓눌려 왔다. 그 순간, 거짓말같이 위그가 입을 뗐다.

"하아."

비비안은 길게 숨을 흘렸다. 새빨간 입술에 피가 가득 몰린 듯 살짝 도톰하게 부어올랐다. 침으로 반들거리는 그 입술을 손가락으로 훑고 위그가 입을 열었다.

"씻지?"

"그래야지."

"헤더를 불러 주지."

"그 전에."

그때였다. 또 뭐가 남았는지 비비안이 그를 불러 세웠다. 그리고 그가 고개를 돌리는 순간, 비비안이 그의 뺨에 입을 가볍게 맞췄다.

"가끔은 순하게 이런 것도 해야지."

비비안은 화장대에서 내려온 뒤, 줄을 당기고 헤더를 호출하고선 바로 드레스 룸으로 들어갔다. 그녀의 뒷모습을 응시하던 위그가 쯧 혀를 찼다.

"옷 다 벗은 주제에 순하기는."

그는 잠시 불편한 몸을 어떻게 해야 할까 고민했다. 그러나 그에게는 선택지가 없었다. 곧, 그가 욕실 문을 열었다.

* * *

라니사의 등장이 필히 누군가에게 불편함을 안겨 줄 것은 자명했지만 정말 놀랍게도 그 누군가는 이디에트가 아닌 디텔이 되었다. 대체 나는 어쩌라는 거냐며 고래고래 소리를 지르는 라니사를 제대로 감시하라고 기사들에게 명령을 내린 뒤, 디텔 공작은 별관으로 들어왔다.

그러자 이번에 그를 기다리고 있는 것은 정말 한 치의 예상도 어긋나지 않게 디텔 공작 부인의 분노였다. 그녀는 제 남편이 들어오자마자 바로 침대

위에서 쿠션 하나를 들어 제 남편에게 던졌다.

"말해 봐요. 대체 뭘 어쩌려는 건지!"

"부인. 진정하시오."

"진정은 무슨! 그 계집애가 진짜로 당신 아이를 가진 건 아니겠죠?"

"헛소리. 지금까지 살면서 내가 부인을 배신한 적이 있소?"

공작의 말에 디텔 공작 부인은 두 번째로 든 쿠션을 그대로 내려놓았다. 귀부인으로서의 추태는 한 번 부리면 됐다. 그리고 공작의 말은 맞았다. 이래저래 가끔 젊은 계집들과 추문이 났고 정부를 들였어도 디텔 공작은 그 추문을 오래 끌고 가는 법이 없었다. 당연히 사생아 따위가 생길 리가 없었다.

"그럼 대체 어떻게 된 거죠? 왜 이디에트 공작 부인은 당신 아이라고 하는 거예요."

"딱 보면 모르겠소? 우리를 함정에 빠뜨리려는 것이지."

"당신이 무슨 짓을 했겠죠. 보나 마나. 그 여자가 그러지 않고서야 디텔을 굳이 겨냥할 이유가 없잖아요."

정말 놀랍게도 디텔 공작 부인은 제 남편과 30년 넘게 산 만큼 제 남편의 성정을 너무 잘 알았다. 사랑 때문에 한 결혼은 아니었으나 그래도 그가 먼저 한 청혼이었다. 적당한 상대였기에 결혼했고 적당한 상대였기에 어지간한 스캔들은 그냥 보아 넘겼다. 그러나 이건 엄연히 질이 달랐다.

"그 계집애가 배가 불러서 디텔의 문턱을 넘는 꼴은 절대 못 봐요."

"그건 나도 보고 싶지 않소."

"흥. 깔끔하게 처리해요. 그러지 않으면 오라버니한테 이를 테니까."

오라버니…… 바첸 후작. 그자가 디텔 상대로 뭘 할 수 있을 리가 없었다. 기껏해야 내 동생에게 그런 식으로 상처를 줬냐고 한마디 넌지시 하겠지. 첫째 아들의 나이가 거의 위그만 했는데 디텔 공작 부인은 여전히 제 오라비한테 도움을 청하곤 했다. 디텔 공작은 그저 그게 아이 같은 여자한테 홀린 제 어린 날의 치기라고 생각하고 바첸 후작에게 한 걸음 물러서 주곤 했다.

"어쨌든 곤란하오. 라니사 블레이드 그 계집이 무슨 소리를 할지 모르겠지만 로튼의 그 계집에게 편지가 있거든."

"무슨 편지요?"

"라니사 블레이드가 내게 아이를 책임지라고 하는 편지."

"뭐라고요? 당신 설마 진짜로……!"

"거짓이오."

"맹세해요. 만약 거짓이면…… 거짓이면."

디텔 공작 부인은 제 남편에게 내릴 만한 적당한 벌이 없다는 것을 깨닫고 한숨을 푹 쉬었다. 디텔 공작은 조금 전 제 머리를 때린 쿠션을 들고 침대에 있는 아내에게 다가갔다. 툭 쿠션이 떨어지고, 그가 엉덩이를 붙였다.

"부인. 어쨌든 이건 절대 흥분해서 해결되는 일은 아니오. 무엇보다도, 이 디에트의 그 둘이 원하는 게 바로 부인이 내게 신뢰를 잃는 것일 게 뻔하오. 그러니 부인은 무슨 일이 있어도 내 지지자가 되어 주어야 하오."

"지금 나더러 당신에게 어떻게 무한한 신뢰를 보내라는 것이에요? 모든 상황이 당신을 가리키고 있어요. 위그 이디에트가 여성 편력이 있다는 건 사실이지만 결혼한 뒤에 두 사람이 얼마나 붙어 있는지 모르는 사람이 없어요. 심지어 그 계집의 동생이 죽던 그날에, 그 계집을 진찰한 의사가 뭐라고 떠벌리고 다니는지 알아요? 그 위그 이디에트가 죽을 것 같은 얼굴을 했대요. 제 부인의 생사에."

"헛소리군. 그자가?"

"어쨌든 소문이 그렇게 났고, 우리가 아니더라도 대부분 두 사람이 서로 사랑한다고 생각할거예요. 심지어 위그 이디에트는 한번 관계를 끊은 여자와 다시 만난 전적이 일절 없어요. 무엇보다도, 이 스캔들이 난 뒤 이디에트 공작 부인의 행보가 너무 굳건했다고요. 마치 그 스캔들을 하나도 신경 쓰지 않듯 행동하잖아요!"

디텔 공작 부인의 말에 디텔 공작은 입을 다물었다. 사실이었다. 오히려 위그 이디에트의 일관성 있는 행동에 비비안이 보여 준 태도, 스캔들이 난 뒤의 잠잠함 때문에 사람들은 슬슬 이 스캔들을 그저 그런 종류의 것이라고 판단했다.

"곤란하군."

"라니사, 그 여자를 어떻게 처리할 방법은 있어요?"

"아, 그건 그다지 어렵지 않지. 어차피 사람 하나 처리하는 것쯤은 별거 아니니까. 그저…… 내가 곤란하다고 한 건 그렇게 된다면 두 사람을 갈라놓을 만한 계기가 없다는 것이었소."

"대체 왜 그렇게 두 사람을 갈라놓지 못해서 그래요?"

"그 계집의 돈이 있는 한, 위그 이디에트는 끝까지 살아남을 수 있소."

"진짜 그뿐인가요? 당신이 경계하는 건 단순히 돈이 아닌, 이디에트 공작 부인이겠죠."

"……당신은 가끔 무서울 정도로 예리해."

"사람들은 다 그 계집이 권력을 위해 어쨌니 해도, 최소한 눈이 있는 사람이라면 다 알았을 거예요. 만만한 계집이 아니에요. 당신 남자들이 그 계집을 모멸할 때, 귀부인들은 대충 그녀가 만만하지 않을 거라고 생각했다고요. 엘버린 공작 부인을 보세요. 그 계집을 얼마나 좋아하는지."

"역시, 당신은 현명하오."

"당신 남자들은 여자들에게 어마어마한 편견을 갖고 있어요."

"그래그래, 내 실책이지."

제 남편의 태도에 디텔 공작 부인이 눈을 흘겼다. 어쨌든 중요한건 이디에트가 디텔을 공격했다는 것이었고 제 남편은 이디에트 공작 부부의 관계를 갈라놓으려고 한다. 그러면……

"만약 이디에트 공 쪽이 무리라면, 부인 쪽을 노려보는 건 어떤가요?"

"그건 좀 곤란하오, 남은 건 둘째 오빠뿐인데, 그 오빠 쪽을 다시 건드리면 어떤 상황이……"

"말고, 염문설이요."

"염문설?"

"이디에트 공작 부인과 염문설이 날 만한 사람이 없나요? 그래서 이디에트 공작이 분노할 만한 상대요. 당신도 알다시피…… 남자들은 그런 쪽으로 예민하니까. 누군들 제 아내를 빼앗기고 싶지 않을 거예요. 심지어 소문이 사실이라면 더 분노하지 않을까요? 사랑하는 여자의 배신에?"

"흐음."

디텔 공작은 미간을 찌푸렸다.

"그런 사람이 있긴 한데."

"누구요?"

"로건 왕자. 그런데 그 왕자는 잘못 건드렸다가는 태자의 오해를 사기 십상이라 조금 애매하군. 가까이하지 않는 게 좋긴 한데, 태자 전하는 또 그렇게 우리의 행동에 적극적으로 가담하지 않을 거란 말이오."

디텔 공작은 생각보다 상황이 별로인지 얼굴을 일그러뜨렸다. 그러나 한쪽으로 희망이 생기긴 했다. 염문설이 아니더라도 로건은 분명 이용할 만한 가치가 있었다.

'태자는 현재 로건의 존재가 가장 껄끄럽겠지. 갑자기 수도로 돌아왔으니까. 그의 의도야 이래저래 추측이 갈리지만, 뭐, 굳이 사실이 중요한가? 어떻게 보이나가 중요하지. 태자와 위그 이디에트와 로건, 이 셋을 서로 싸우게만 하면.'

거기까지 생각한 디텔이 잠시 비릿하게 웃었다. 어쨌든, 방법은 항상 있었다.

* * *

다음 날 아침, 비비안은 역시 공식 석상에 얼굴을 드러내지 않았다. 어차피 며칠 뒤가 대륙력으로 새로운 한 해가 시작되는 날이고 귀족들의 연회가 열리는 날이라 위그는 굳이 그녀를 억지로 밖으로 내보내지는 않았다.

그리고 무엇보다도 공식 석상에 참여하면 로건을 볼 수도 있었다. 비비안은 위그의 마음을 안다는 듯이 생긋 웃었다.

"오늘은 손님을 맞이할 거야."

"손님?"

"이제 슬슬 일을 해야지 않겠어? 우리가 놀자고 이곳으로 온 건 아니잖아. 당신은 나가 봐, 제이슨과 어딜 간다고 하지 않았나?"

"사냥."

"……또?"

비비안은 대체 그게 뭐가 재밌냐는 듯이 얼굴을 일그러뜨렸다. 위그는 옷을 입고 그녀에게 다가온 뒤 허리를 굽혀 입을 맞추었다. 쪽, 가벼운 입맞춤 뒤 위그가 읊조렸다.

"나도 궁금하다. 어쨌든 오늘까지만 참으면 돼."

"아, 내일은 다른 행사야?"

"하루 정도는 쉬겠다더군. 모레가 연회니까."

"아. 그, 제이슨은 혹시 파괴적인 걸 좋아하나?"

"딱 봐도 전쟁을 좋아하고 사냥을 좋아할 만한 인간으로 보이지 않나?"

"당신은 마치 안 좋아한다는 듯한 얼굴이네?"

"글쎄, 나는 딱히 뭔가 싫고 좋아하는 게 없어."

"있잖아. 당신은 나를 좋아하지."

"미쳤군."

"어디 한번 부정해 봐."

"이만 나가지. 혹시라도 로건이 오면⋯⋯."

달깍, 문을 연 위그가 잠시 말을 골랐다. 그는 어제 로건이 그에게 쫓겨 났다는 말을 비비안에게 하지 않았다. 잠시 고민하다가 결국 그가 말을 내 뱉었다.

"로건이 오면 패서 내보내라."

"알았어."

"그리고 헤더한테는 거짓말하는 일을 안 시키는 게 좋겠군. 거짓말을 너 무 못해."

탁. 말을 마친 뒤 위그가 방에서 나갔다. 뒤로 비비안의 낭랑한 웃음소리 가 흘렀다.

"귀엽기는."

비비안은 느긋하게 자리에서 일어났다. 어차피 로건이 이 층으로 올 이유 가 없다. 물론 언젠가는 오게 하겠지만 그게 지금은 아니었다. 현재 그녀는 할 일이 많았다. 일단⋯⋯ 손님맞이부터 하고. 그리고 태자한테 줄 뒤늦은 '감사절' 선물을 준비해야 했다.

씻고 평소와 다름없이 치장을 마친 비비안이 느긋하게 테이블 옆에 앉았 다. 헤더가 내온 차와 디저트를 조금씩 먹은 뒤, 그녀가 손을 뻗었다. 헤더 가 눈치 빠르게 그녀의 손에 뭔가 쥐여 주었다. 어젯밤에 로튼 상단에서 온 전보였다.

"흐음. 준비는 잘돼 가는가 보네?"

"아무래도 사유지였던 곳이라서, 어렵지는 않았어요."

"그래?"

비비안은 전보를 넘기다가 다시 그것을 내려놓았다. 그때였다, 갑자기 밖 에서 누군가가 노크를 했다.

"들어와."

"이디에트 공작 부인을 뵙습니다."

"보아하니 내 손님이겠군."

"네, 부인의 비서와…… 리디아 세믄이라는 분께서 오셨습니다."

시종의 말에 비비안이 생긋 웃었다. 그녀가 헤더를 향해 눈짓했다. 헤더가 고개를 끄덕이더니 방을 나갔다. 비비안이 시종을 향해 다정하게 읊조렸다.

"내 방으로 들게 해."

"알겠습니다."

비비안은 차를 한 모금 마셨다. 뜨뜻한 차가 그녀의 입가에서 향내를 풍기고 있었다. 그리고 얼마나 지났을까, 밖에서 걸음 소리가 들리더니, 다시 노크 소리가 들려왔다. 그에 대꾸하자 곧 문이 열렸다. 그 사이로 보이는 인영에, 비비안이 화사하게 웃었다.

"어서 와요. 리디아 양. 초대에 응해 줬네요."

그리고 그녀의 말이 끝나자마자 클로에의 뒤편에 서 있던 리디아가 잔뜩 경직된 얼굴로 입을 열었다.

"다, 단주님을 뵙습니다."

리디아의 얼굴에는 긴장감이 가득 서려 있었다. 그도 그럴 것이 그녀는 자신이 이곳에 왜 서 있고, 어떻게 서 있을 수 있는지도 제대로 파악을 할 수 없었다. 그녀의 기억에 따르면, 그녀는 분명 며칠 전에 비비안에게서 온 편지를 받았을 따름이었다. 그 편지에는 그녀를 경악하게 할 만한 몇 글자가 쓰여 있었다.

[바로데 별장으로 와요. 재밌는 구경을 시켜 주죠.]

그게 무슨 뜻인지 몰라 세믄 교수에게 도움을 청했다. 세믄 교수는 그 편지와 제 조카를 번갈아 보다가 뭔가 짐작한 게 있는 듯이 길게 한숨을 내쉬었다.

'가는 게 좋을 거다.'

'진, 진짜요? 그렇지만 그곳은 전부 귀족들이 있는 곳이고, 잘못하면 와, 왕족도 만날 수 있어요.'

아무리 유명한 교수의 조카라고 하나 결국에는 평민. 리디아는 왜 갑자기 자신이 이런 곳에 초대받았는지 알 수 없었다. 그러나 세믄 교수는 그녀에게 가는 게 좋겠다는 말만 남겼다. 결국 리디아는 비비안의 초대에 응했고, 그녀가 출발 준비를 하던 날, 클로에가 그녀를 데리러 왔다고 집으로 찾아왔다.

"여기 앉아요."

비비안은 상냥하게 웃으면서 자신의 앞에 있는 의자를 턱짓했다. 리디아는 주변의 눈치를 보다가 쭈뻣쭈뻣 자리에 앉았다. 아무리 학술원에서 귀족들을 만난다고 하나 여기는 성질이 달랐다. 그곳은 학교였고, 그저 다들 비슷비슷하게 수업을 받는 곳이었다.

"내가 왜 리디아 양을 이곳으로 불렀는지 궁금한 얼굴이군요."

"사실, 좀 이해가 가지 않기는 해요. 저는 이곳과 너무 어울리지 않는 것 같아요."

"사람이 어울리지 않는 자리는 없어요. 리디아 양이 이곳에 있다면, 그 범위만큼 리디아 양의 영지인 것이에요."

"아."

"차를 들어요. 이제 곧 손님이 오려면 시간이 걸릴 것 같으니까."

"또, 누가 오나요?"

리디아가 기겁하는 것을 본 비비안이 피식 웃었다.

"소개해 주고 싶은 사람이 있어서 불렀어요."

"저, 호, 혹시 이디에트 공작 각하는 아니시죠?"

리디아는 자신이 상상하기에 가장 높은 사람의 이름을 대면서 조심스럽게

물었다. 왠지 모르게 그게 현실성이 있어 보여서 더욱더 무서웠다. 생각해
보니 눈앞의 여자는 이디에트 공작 부인이었다. 그녀는 종종 학술원에서 이
디에트의 이름을 들었다. 심지어 역사 교과서에서 왕실과 관련된 모든 사건
에, 전쟁에, 이디에트의 이름이 걸렸다.

그러나 정작 그녀의 용기는 비비안에 의해 무참하게 짓밟혔다.

"제 남편이 뭐가 볼 게 있다고."

"……."

리디아는 왠지 모르게 더욱더 불안감에 휩싸였다. 그러나 그녀는 입을 다
물 수밖에 없었다. 그리고 얼마나 지났을까, 밖이 소란스러워지는 듯했다.
그와 동시에 노크와 함께 헤더의 목소리가 들려왔다.

"단주님. 태자비 전하께서 오셨습니다."

"네?"

리디아는 자리에서 벌떡 일어났다. 갑자기 태자비라니……. 그녀는 안절
부절못하고 치마를 쥐어뜯었다. 이러는 게 어디 있어. 그녀가 속으로 울상
을 짓는데 문이 무자비하게 열리고 한 무리의 인영이 방에 들어왔다.

"태자비 전하를 뵙습니다."

비비안은 느긋하게 자리에서 일어났다. 리디아는 엉거주춤한 자세로 인
사를 해야 하나 말아야 하나 고민했다. 그녀는 이곳에 오기 전, 동기를 탈
탈 털어서 배워 온 예의를 상기하며 입을 다물었다. 귀족들은 자신보다 더
지위가 높은 이에게 먼저 인사를 건네지 않는다. 단 하나, 초대한 경우를
제외하고는.

"흐음."

리디아는 왜 비비안이 굳이 이 방으로 태자비를 불러왔는지, 그리고 왜
자신이 이곳에 있어야 하는지, 대체 상황이 어떻게 돌아가는지 알 수 없어
그저 고개만 살짝 숙이고 조용하게 제자리를 지켰다. 살짝 위를 보자 한 무
리의 귀부인들이 눈에 안겨 왔다.

가장 앞에 있는 사람이 바로 태자비겠지. 엘리미아 이디에트……. 이름을 들어 본 적이 있었다. 꽤 아름답다고 들었는데 정말 넋이 나가게 예쁘구나. 그녀가 속으로 생각하는 동안, 엘리미아가 입을 열었다.

"그래서 군이 제가 크리스티나까지 숨겨 주면서 이곳에 와야 하는 이유가 무엇이죠?"

'크리스티나?'

왠지 모르게 익숙한 이름이었다. 리디아는 잠시 제 기억을 더듬었다. 어쩐지 왕녀 중에 크리스티나라고 있었던 것 같은데 우연이겠지. 크리스티나를 숨긴다니, 갑자기 무슨 일인가 싶었지만 비비안이 생긋 웃었다. 곧 문이 닫혔다.

"아무래도…… 왕녀 전하 홀로 오면 눈에 띄니까요. 그렇지만 저는 어제 마침 아프다는 것을 핑계로 자리를 비웠고, 오늘 오전도 아프다고 자리를 비웠으니 태자비 전하께서 오는 것은 무리가 아니겠죠."

"그렇긴 한데……. 뭐, 단주가 크리스티나를 만날 일이 무어 있는지는 모르겠지만, 어쨌든 필요한 일이라고 믿어요."

"물론 필요한 일입니다."

"그럼 저희는 이만 나가죠. 이제 '아픈' 이디에트 공작 부인이 멀쩡하다는 걸 보았으니 말이지요."

그렇게 말한 뒤 엘리미아가 뒤돌아섰다. 리디아는 이렇게 순순히 태자비와 태자비 뒤의 레이디들—아마 시녀로 추정되는—이 나가는 것을 보며 눈을 껌벅껌벅했다. 그리고 인파가 쭉 쓸려 나가자 그 사이로 작달막한 체구의 여자가 남아 있었다.

"왕녀 전하."

순간 리디아는 기절하고 싶은 것을 참으며 숨을 들이쉬었다. 진짜 왕녀다, 진짜 공주님이다. 금발에 녹안을 가진 진짜 공주님이야. 동화책이 아니라.

그러나 리디아의 충격은 전혀 눈에 넣지 않은 채 비비안이 생긋 웃었다.

"리디아 세튼 양, 이분은 크리스티나 왕녀 전하이십니다."

"와, 왕녀 전하를 뵙습니다."

리디아는 두근거리는 마음을 애써 숨기며 예를 취했다. 크리스티나가 의문스러운 얼굴로 자신을 빤히 보는 게 느껴졌다. 곧, 그녀가 입을 열었다.

"저를 부른 게, 이…… 레이디를 소개해 주기 위한 건가요?"

"네. 왕녀 전하, 이 아가씨는…… 현재 예델 법학원의 원장이자 법학계의 손꼽히는 권위자 중에 한 명인 세튼 교수님의 조카이며, 예델 법학원의 첫 번째 여학생임과 동시에 미래에는 아마 여왕 폐하를 보필하여 상속권 문제에 큰 도움을 줄 대법관 유망주랍니다."

비비안의 말이 끝나기가 무섭게 리디아는 얼어붙고 말았다. 그녀는 자신의 귀를 의심할 새도 없었다. 비비안이 한 말은 너무나 명확했다.

여왕 폐하, 그리고 상속권.

갑자기 해일처럼 어마어마한 정보가 밀려왔다. 그러나 리디아는 자신이 여기서 무슨 반응을 보이면 안 된다는 것을 알았는지 최대한 담담하게 굴려고 노력했다. 비록 새하얘진 얼굴을 감출 수는 없었지만.

"그게 무슨 말이죠?"

그리고 비비안의 말에 충격을 먹은 사람은 비단 리디아뿐만은 아니었다. 그녀는 저보다 나이가 한두 살 정도 어려 보이는 리디아를 응시하며 눈을 동그랗게 떴다.

"그러니까 지금 이 학생이, 미래에 저를 도와줄 것이다?"

"폐하를, 최초의 여왕을 보필하기에는 훌륭한 존재죠. 평민이라서 귀족들 세력 싸움에도 휘말릴 일이 없고 집안에 학계 권위의 절반을 책임지는 어른도 있어요. 예델 법학원 최초의 여학생…… 이 타이틀 하나면 화제성도 어마어마하죠. 학계는 물론이고 귀족들까지 이목을 집중할 게 뻔해요."

"이론적으로 그렇긴 하지만."

"물론 당분간은 어려울 거예요. 대법관이라는 게 그렇게 쉽게 되는 게 아니니까. 하지만 상속권 개혁의 주력군이 된다면 역사서에 이름을 남기며 화려한 데뷔식을 마칠 수 있어요. 한 50년, 100년이 지나면 아마 여자들의 귀감이 되어 학계에 오래오래 남겠죠."

"상속권 문제는 학계의 힘만으로는 부족해요."

"하지만 여왕 하나의 힘으로도 부족하죠. 왕녀 전하는, 적당한 제왕학 교육을 받아 본 적이 없으니 관련 법률을 어떻게 다루어야 하는지도 모르실 테고. 제 남편, 그래요, 그자는 적당하게 힘을 보태 줄 수 있겠지만 결국 그자도 법학은 문외한이에요."

"제가 배울 수 있어요."

"그런 데에 시간 낭비 하지 마요."

비비안은 크리스티나를 향해 살풋 웃었다.

"군주는 가장 박식하고 똑똑한 사람일 필요가 없답니다. 세습으로 이어져 오는 왕실에 그런 걸 바란다는 것 자체가 우스운 일이죠. 저는 애초부터 왕실 세습에서 정당성과 현명한 군주를 찾는 게 우스웠어요."

"단주!"

"하지만 군주는 가장 박식하고 똑똑한 사람을 옆에 묶어 둘 필요는 있죠. 왕녀 전하. 그게 전하께서 왕이 되기 위해 반드시 필요한 것이에요. 천재를 옆에 두면서 적당하게 이용하고, 적당하게 적으로 돌리지 않고, 현명하다는 이름 아래 감춰진 권력을 휘두르는 것도요."

크리스티나는 더 이상 말을 하지 않았다. 비비안은 눈을 곱게 접으며 천천히 자신의 자리에 앉았다.

"권력은 예술이죠. 권력가는 예술가고, 얼마나 잘 다루나에 따라 망작이 되기도, 명작이 되기도 해요."

리디아는 침을 꿀꺽 삼켰다. 자신이 왜 이곳에 있는지 알 것 같았다. 그녀는 멍청하지 않다. 비비안의 호의로 예델 학원에 들어간 그녀는 그 배후에 반드시 자신의 삼촌이 있을 것이라고 생각했다. 어느 정도 세문 교수의 얼굴을 봐서 이루어진 결정일 게 뻔했다. 그래서 더 열심히 해야 한다고 생각했다. 삼촌의 얼굴에 먹칠을 하지 말아야지. 그저 그렇게 생각했는데, 설마하니 단주가 노리고 있는 게 자신일 줄은.

"한동안은 제 변호사로 쓸 거예요. 법관이 되려면 일단은 기본적인 실무부터 제대로 해야 하고, 차근차근 배워 갈 필요가 있으니까요."

"왜 굳이 이 학생이죠?"

"진짜 이유를 몰라서 묻는 말씀이신가요?"

"여자라서?"

"네."

비비안은 무척 당연하다는 듯이 고개를 끄덕였다. 순간 리디아는 왠지 모르게 자존심에 타격이 가는 것 같았다. 그녀는 자신이 무척 훌륭하다고 생각했다. 굳이 여자라는 이름을 앞세우지 않아도 그녀는 자신이 법학원에서 손에 꼽히는 존재라고 생각했다.

그러나 그녀는 아무 말도 하지 않았다. 비비안은 그런 리디아를 힐끔 보고 느긋하게 웃었다.

"오늘은 그저 왕녀 전하께 소개를 해 드리고 싶었습니다. 그리고 방금부터 서 계시던데, 이런 무례를 저지르다니 저도 참 생각이 없군요."

그러나 크리스티나는 현재 혼란에 빠져 이것을 무례라고 생각할 여지도 없었다. 그녀는 천천히 비비안의 옆에 놓인 의자에 앉았다. 비비안은 이번에 리디아를 향해 눈짓했다. 그녀는 비비안의 맞은편에 앉았다. 이제 세 명이 빙 둘러앉은 테이블 위에서, 비비안이 느긋하게 입을 열었다.

"그래서 리디아 양, 내가 방금 한 말을 어떻게 생각하시나요?"

"제게 거절의 기회가 있나요?"

"물론 있죠. 그렇지만 결국 승낙하게 될 거예요. 어떤 방식으로든. 다만…… 굳이 거절을 하고 싶은 이유가 조금 궁금하긴 해요."

"지금까지 생각해 보지 못한 문제라서 그래요."

"그렇군요. 그건 거절보다는 보류에 가까운 문제 같은데."

"상속권 개혁, 여왕 폐하라니. 저는 그런 복잡한 문제를 생각해 본 적이 없어요. 그저 노력해서 법관이 되고 싶어요."

"그렇군요. 그럼 노력의 방향을 이쪽으로 한번 잡아 봐요. 물론 건실히 노력해서 올라가는 방법도 있지만, 가끔은 지름길이 통할 때도 있으니까요. 그렇죠, 왕녀 전하?"

리디아는 입을 다물었다. 비비안의 말이 맞았다. 그녀도 그 정도는 알고 있었다. 그러나 너무 갑작스러워서 어떻게 말을 해야 할지 몰랐다. 게다가……

'왕녀 전하는 딱 봐도 내가 탐탁지 않은 눈빛인데.'

그녀는 크리스티나의 눈길을 보았다. 순간 크리스티나가 그녀를 향해 살짝 웃어 주었지만 억지 같다는 생각을 버릴 수가 없었다. 비비안은 찻잔을 비웠다.

"그럼 리디아 양도 오랜 시간의 여정에 좀 지쳤을 테니, 좀 쉬게 해 주는 건 어떨까요? 왕녀 전하?"

"그러죠."

비비안은 나긋하게 웃으며 클로에를 불렀다. 곧 리디아는 얼떨떨한 얼굴로 인사를 마쳤다. 비비안의 의도는 명확했다. 약간의 시간을 갖고 천천히 곱씹으라는 의미였다. 그리고 다른 쪽으로는 아마 크리스티나와 할 얘기도 있겠고.

리디아는 왠지 모르게 이 상황이 무척 자존심이 상한다고 생각했다. 여자라서 비비안의 가장 좋은 패가 된 것도 자존심이 상하는데 크리스티나가 왠지 불쾌해하는 것 같아서 기묘하게 더 자존심이 상했다. 그러나 그녀는 자신이 딱히 상황을 가릴 때가 아님을 알고 빠르게 방을 나갔다.

탁. 문이 닫히고 비비안이 물었다.

"왕녀 전하는 일단 표정 관리를 하는 법부터 배워야겠군요. 리디아 양이 어마어마하게 자존심이 상한 얼굴로 나갔어요. 너무 노골적으로 불만스러운 얼굴을 하는 게 아닌가요?"

"불만스러운 적은 없어요. 실제로 훌륭한 학생을 소개해 주는데 제가 거절할 이유도 없고요. 다만……."

"다만?"

"다만, 왜 굳이 저 학생인지가 궁금해요."

"대답은 드렸던 것 같은데."

비비안은 쿠키를 집어 들었다. 아삭, 느릿하게 그것을 씹던 비비안이 손수건으로 손을 닦았다. 곧, 그녀의 시선이 크리스티나에게 던져졌다.

"아무래도 왕녀 전하께서는 그 대답이 더욱더 불만스러운 모양이군요."

"단주. 내가 이런 말을 하는 게 고까울 수 있어요."

"하세요."

"바첼론의 상속권은 몇백 년 동안 이어진 뿌리 깊은 전통이에요. 마치 자연법…… 신의 의지에 그대로 부합되는 그런 법이죠. 이미 단순히 법이냐 아니냐의 문제가 아니에요. 그것은 이미 사람들의 마음속에 완전히 뿌리를 박은 고목과도 같아요."

"그래서요?"

"그리고 내가 하려는 건 그 뿌리를 온전히 뽑는 거예요. 당연하지만 그 반동도 어마어마할 거고 절대 저 혼자의 힘으로 가능하지는 않죠."

"그래서, 왜 경험과 위망과 신뢰가 가득한 세믄 교수가 아닌 리디아 양을 소개시켜 줬냐, 그 뜻이군요."

비비안은 확실하게 핵심을 짚었다. 크리스티나는 움찔했으나 침착하게 비비안을 응시했다. 그녀는 비비안 앞에서 가식이나 적당한 대의로 자신을 포장하는 게 아무런 쓸모도 없음을 알았다. 그래서 그녀는 꽤 노골적으로 자신의 의도를 드러냈다.

비비안은 느긋하게 의자 등받이에 몸을 기댔다. 곧 그녀가 입을 열었다.

"간단하게 말하자면, 리디아 양을 옆에 두면 세믄 교수가 그대로 따라올 거예요. 자신의 조카딸의 입학을 위해 허리까지 굽혔던 사람이에요. 그만큼 조카의 생각을 지지해 주고 지켜 줄 분이란 말이죠."

"……알고 있어요."

"그래도 제 대답이 납득이 가지 않는군요. 그럼 제가 묻죠. 왕녀 전하, 제가 만약 지금 학술원에서 수석을 차지한 한 남학생을 왕녀 전하께 소개해 드려도, 같은 반응일 건가요?"

순간 공기가 싸늘하게 얼어붙었다. 크리스티나의 얼굴이 분노로 차올랐다. 그러나 그녀는 굳이 그 분노를 표출하지 않았다. 다만 흔들리는 눈빛으로 천천히, 한 자 한 자 내뱉었을 뿐이다.

"지금 저더러 리디아 양이 남자가 아니라서 불만스러운 거냐고 물으신 건가요?"

"네. 왜, 무례한 질문이었나요?"

"네. 무척이나요."

"왜죠?"

"저는 왕좌를 위해 단주를 찾은 사람이에요!"

"아, 맞아요. 형제를 죽이고 이미 정점에 오른 저를 찾아왔죠. 내가 여자고, 왕녀 전하를 이해할 것이라고 믿으면서. 현명했어요."

"그런데 제가 성별 때문에 지금 저 학생을, 그렇게 편견 어린 시선으로 보았다고 말씀하시는 건가요?"

"네, 저는 단순한 질문이었어요. 그게 이상한가요? 편견이 있는 게 그렇게 부끄러울 일인가요?"

"최소한 저한테는 무례한 질문이었어요! 그건 부끄러워야 할 문제가 맞아요!"

"우습군요. 그럼 이제부터 저는 왕녀 전하 앞에서 제가 여왕이 되고 싶다고 말해도 되나요?"

"무엄하다!"

"왜, 나는 왕의 딸이 아니고, 너는 왕의 딸이라서? 너는 고귀한 푸른 피고, 나는 천한 평민의 핏줄이라서? 우습군, 정작 찢어 보면 푸른 피도 아닌 것이 내가 고귀한 혈통이 아니라서 여왕이 되지 못한다고 하다니."

순간 방 안의 온도가 영점으로 내려간 듯 싸늘하게 식어 내렸다. 크리스티나는 입을 다물었다. 그녀는 비비안의 말속에 숨은 뜻을 읽어 낼 수 있었다. 그래서 반박할 수 없었다. 그녀는 결국 떨리는 목소리로 입을 열었다.

"나는, 당연히 그렇다고 교육을……."

"그 남자들도 같아요. 그게 옳다고 교육을 받았어요."

"……내가 내세운 대의가 틀렸다고 말하고 있는 건가요?"

"설마."

비비안은 피식 웃었다.

"마땅히……라는 건 언제나 존재해 왔어요. 대의라는 것도 언제나 존재해 왔고. 하지만…… 인간은 대의 속에 숨기에는 지나치게 모순적이고 이기적인 존재지요. 대의명분은 너무 쉽게 깨져요. 그 겉가죽을 겉에 쓰면 그럭저럭 타인을 공격하는 데 좋은 핑계가 되어 줄지언정, 오래가지는 못해요. 그래서 대의가 깨지고 논리가 깨지면, 전하는 어떻게 할 건가요?"

"세상에 완벽한 사람은 없어요."

"그 말을 어디 한번 적한테 가서 해 봐요. 들어 줄지."

"……."

"왕이라는 건 꽤 기묘한 존재예요. 결국 누군가의 위에 군림한다는 것, 결국 누군 위에 있고 누군 아래에 있고. 그 자체가 얼마나, 불공평한 일인가요."

"그럼 어떻게 해야 하죠?"

"인정해야죠."

"……무엇을?"

"전하께서 원하시는 것은 결국 권력이고, 그 나머지는 온전히 권력을 향하는 수단과 방법에 불과하다는 것을."

"……."

"나는 그렇게 이겼어요. 만약 전하께서 원하시는 것이 올바른 말을 하는 학자라면 권하지 않는 방법이에요. 그렇지만 만약 원하시는 것이 여왕이 되는 것이라면, 이것보다도 더 좋은 전술은 없을 거예요."

크리스티나는 흔들리는 얼굴을 했다. 살면서 그녀에게 이런 것을 가르쳐 준 사람은 아무도 없었다. 기회도 없었고 그녀도 배울 생각을 하지 못했다. 그저, 원초적으로 이건 뭔가 잘못되었다고 생각했을 뿐이었다. 그러나 그 깊숙이에는, 그녀조차도 인지하지 못하는 오만이 있었다.

크리스티나는 고개를 숙였다. 모르겠다. 저를 꽁꽁 싸매고 있던 대의와 정당성이 사라지자 그녀에게는 이제 아무것도 남지 않았다. 그래서 여왕이 되고 싶은가? ……되고 싶다. 그러나 그 욕망의 근원을 그녀는 알지 못했다.

"저는 왜 왕이 되고 싶었을까요?"

크리스티나는 자신의 물음이 무척 멍청하다고 생각했다. 그러나 비비안은 웃지 않고 진지하게 답했다.

"왕이 되고 싶은 데에 이유가 필요하냐고, 왕녀 전하께서 말씀하셨던 걸로 기억하는데."

"그때는 전제가 있었어요. 오라버니도 되는데, 왜 여자라는 이유로 내가 되지 못해야 하는가 하는. 하지만 성별이나 그 어떤, 그러니까 불합리함에 대한 의심을 모두 걷어 내니까, 제가 여왕이 꼭 되고 싶은 이유를 모르겠어요. 나는, 왕녀로서 딱히 고생을 하고 자란 것도 아닌데. 왜."

"사람들은 여자들의 사정을 좋아하죠. 남자들에게 괴롭힘을 당했다거나, 배신을 당했다거나. 어쨌든 이래저래 불쌍하고 가련한 이유를 들면서 여자들의 욕망을 합리화시키기에 바빠요. 자칫하면 악녀라는 오명을 뒤집어써야 하니까. 여자들이 구렁텅이에서 일어나 세상에 복수하는 이야기는 예전부터 꾸준하게 극작가들의 클리셰였죠."

"단주도 그러했나요?"

"나는 좀 미친개였죠. 뭐가 됐든 가지면 됐어요."

비비안의 말에 크리스티나가 피식 웃음을 흘렸다.

"하지만 그래도, 저는 단주가 영웅이 될 자격이 있다고 생각해요."

"나도 그렇게 생각해요. 애초에 세상이 삐뚤어졌는데, 굳이 나도 그 대의를 못 이용할 건 없죠. 왜 내 남편은 영웅인데 나는 악녀냐면서……. 뭐, 그런 식으로 억울함을 외칠 수 있죠. 기실 인간이 잘못한 건 잘못한 것임에도 불구하고, 대의가 나를 그럭저럭 괜찮은 사람으로 보이게 한다면야."

"방금 전까지만 해도 저를 비난하셨으면서."

"비난은 아니었는데 그렇게 들렸군요. 저는 그저 알려 드리고 싶었을 뿐이에요. 대의를 굳이 버릴 필요는 없어요. 실제로 그게 일정한 사람들에게 먹혀 들어가는 건 사실이니까. 그저…… 자신이 쥐고 있는 무기의 약점 정도는 아는 게 좋지 않나요?"

"저는…… 대의를 한층 벗기고 나면, 제가 어떻게 여왕이 되어야 할지 모르겠어요. 사실 제가 왕이 될 자격이, 그만한 능력이 있는지도 모르겠어요."

"상관없어요. 그런 건 배우면 되니까. 이제 다시 왕녀 전하의 말로 전하를 설득해 보죠. 제이슨도 태자가 됐는데……."

"내가, 못 될 이유는 없죠?"

순간 크리스티나는 그만 실소를 터뜨렸다. 모르겠다. 결국 다시 원점으로 돌아왔는데 뭔가 허한 느낌이었다. 그러나 그녀는 여전히 딱 그 정도 패만 쥐고 있었다. 결국 그사이에 잃은 것은, 그녀를 채우고 있던 강한 오만함이었다. 내가 옳다는 그 근거 없는 오만.

"리디아 세른 양이 믿음직스럽지 못한 건 사실이에요. 물론 단순히 남자가 아니라, 뭐, 인정하죠. 남자였다면 저도 어느 정도 본능적으로 더 호감을 품었을 것 같기도 하네요."

"자신의 내면에 있는 편견을 정시하는 건 꽤 중요하죠."

"하지만 그것뿐만 아니라 저 학생은 아직 제대로 세상을 접해 보지 못한 것 같아요. 물론 저도 왕실 속에서 곱게 자란 화초긴 하지만, 아시다시피 왕실과 사교계는 보통 사람을 권력에 있어서 민감하게 해요."

"저도 알아요. 그래서 슬슬 익숙해지게 하려고 이곳으로 불렀어요."

"너무 과격한 방법 아닐까요? 순진해 보이던데."

"왕녀 전하도 만만치 않게 순진해요."

"……."

크리스티나는 비비안이 자신을 놀린다는 사실을 깨달았는지 입을 꼭 다물었다. 비비안은 피식 웃었다.

"사람은 편견에서 벗어나기 어렵죠. 세상에 편견이 가득한 이상. 그것을 초월해서 마치 자신이 절대적인 심판자처럼 구는 건 무척 어리석고 위험한 행동이에요."

"그래도 저는 대의라는 게 필요하다고 봐요. 누군가는 옳고 그르다는 말을 해 줄 필요가 있어요."

"물론이죠. 우리가 권력과 힘을 탐낼 때 그게 틀렸다고 말해 줄 누군가의 존재는 꼭 필요해요. 어쩌면 권력을 탐하면서 대의를 앞세울 수도 있고. 인간은 복잡한 존재니까요. 그러다가 결국 적이 아닌 같은 편의 공격에 무너지기도 해요. 정의로운 사람이 불의한 인간이 되는 것도 한순간, 불의한 인간이 개과천선하는 것도 한순간이죠."

"흥미롭네요. 그렇게 복잡한 생각은 해 본 적이 없어요."

"할 필요가 없어요. 이런 건 저처럼 돈 많고 시간 많은 사람이나 할 생각이에요. 왕녀 전하는 그저, 자신의 목적만 확실하게 하세요."

"……."

"목적을 이루어 권력의 가장 꼭대기에 앉아 있다면, 그때는 그 누구도 왕녀 전하의 대의를 함부로 공격하고 우습게 여기지 못할 거예요. 물론 이게 자신의 이상을 실현하는 유일한 방식은 아니지만, 수많은 방법 중에 꽤 괜찮은 것이기도 하죠."

크리스티나는 뭔가 생각을 한 바가 있는 듯 자리에서 일어났다. 그러나 그녀는 곧, 다시 비비안을 향해 입을 열었다.

"저는, 단주가 대의를 무엇보다도 중요시할 것이라고 여겼어요. 그러니까…… 여자는, 남자와 평등해야 한다는 것 말이죠. 그래서 저는 단주가 제가 왕이 되면 제 훌륭한 책사가 될 것이라고 여겼어요. 당신은 똑똑하고, 과감하니까."

"나는 누가 내게 대의와 명분을 씌우는 걸 질색해요. 실제로 그렇게 씌우다가 된통 먹은 인간이…… 마침 이 방을 저와 함께 쓰고 있군요."

비비안이 속눈썹을 팔랑거렸다. 그녀는 환하게 웃었다.

"뭐, 지금은 개미 눈곱만큼 좀 달라진 것 같긴 하지만."

"제가 단주님께 건 기대와 대의도, 결국 허황한 것이었나요?"

"네. 나는 대의를 위해 움직이지 않아요. 내게 라벨을 붙여 주는 것도 의미 없는 행동이죠. 물론 내게 아무런 영향도 줄 수 없는 사람들이 그러는 건 내 알 바 아니지만, 나와 관계라는 것을 맺고 있는 사람들이 그러는 건 좀…… 혹독한 대가를 치르게 될 거라."

"그렇군요."

"물론 나는 내가 이룬 것들을 예로 들면서 대의를 가르치고, 마땅함을 말하기도 해요. 비록 나는 그것을 따르지 않았지만, 입바른 말인들 누가 못하겠어요. 저도 제 남편을 상대로 설교질을 잘한답니다. 요즘은 내가 아무리 해도 처들어 먹지 않아서 문제지만."

그렇게 말한 비비안은 어깨를 으쓱했다.

"하지만 뭐가 됐든, 내 선택과 모든 행동을 전하께서 내게 갖고 있는 그 일말의 인상으로 판단하고 재단하지는 말라는 말이에요.”

내게 멋대로 기대하고 실망하지 마라. 내가 무슨 행동을 하려고 하는지 예상하고 그것을 따르지 않았다고 멋대로 나를 좌우지할 생각 하지 마라.

모든 것은, 비비안 로젤리스, 그녀가 원하는 대로.

크리스티나는 가볍게 웃고 방을 나갔다.

옆방에서는 엘리미아가 기다리고 있었다. 곧 사람들의 발걸음 소리가 방에서 멀어지자 비비안은 느긋하게 마지막 쿠키를 집어 들었다.

“역시, 다른 사람한테 하는 말은 항상 번지르르하다니까.”

대의고, 이름이고, 결국 허황한 것이지만, 비비안 로젤리스가 인간이라는 사실 아래 그녀 또한 결국에는 그 속에서 온전히 벗어날 수 없으리라. 그녀 또한 그 속에서 끊임없이 출구를 찾는다. 다만 조금 더 격렬하고, 타인보다 조금 더 빠른 방식으로. 그 차이였다. 그러나 결국에는 인간인, 그 아이러니.

비비안은 실소를 터뜨렸다.

그야말로 우습기 그지없는 덫이었다.

Chapter 15
적의 굴복을 나의 쾌락 아래 짓밟아라

사냥을 마친 뒤 위그는 방으로 돌아왔다. 어제와 달리, 정확히 말하자면 이전과 달리 사냥터에서 정신없이 날뛴 그는 제이슨의 두 배 되는 전적을 얻고 사냥을 끝냈다. 꽤 무서운 사실이지만 그럼에도 위그는 딱히 피곤함을 느끼지 못했다. 애초에 제이슨에게 적당하게 져 주는 습관을 들여 그렇지, 최소한 이 바첼론의 그 어디에도 무력치로 그를 이길 만한 인간은 없었다.

"하여튼 수컷이라니까."

"⋯⋯?"

외투를 벗던 위그는 방금 들은 말이 진짜로 제 아내의, 그 비비안의 입에서 나온 것인지 의심했다. 그가 천천히 고개를 돌리자 비비안이 새물새물 웃었다.

"아니, 오늘 왕녀 전하와 오만과 편견에 대해서 한번 얘기를 나눠 본 김에, 새삼스럽게 편견이라는 단어에 어울리는 말을 해 보았어."

"정말 완벽한 헛소리군. 당신 요즘따라 의미가 불분명한 말을 자주 하는 것 같다."

"이해를 하지 못한 것 같으니 풀어서 말해 주지. 남자들만의 싸움에서 이긴 승리자답다는 의미였어."

위그는 그제야 깨달았다는 듯이 헛웃음을 흘렸다. 굳이 부정할 필요는 없었다. 사냥은 왕족과 귀족들이 꽤 즐기는 운동이었고, 동시에 귀족 남자들이 우열을 가리는 묘한 과정이기도 했다. 그 증거로 어제까지만 해도 득의양양했던 제이슨의 표정이 좋지 못했다.

"그리고, 그 남자가 내 남자고"

"또 왜 이러지?"

"이번 건 그냥 감탄이었어."

비비안이 의미를 알 수 없는 말을 하는 건 하루 이틀 일이 아니었기에 그는 그냥 입을 다물었다. 비비안은 그의 학습 능력이 재미있다는 듯이 웃었다.

"오늘 크리스티나 왕녀를 만났어."

"그래?"

"세믄 교수의 조카도 불렀고, 두 사람을 소개시켜 주었지."

"꽤 좋은 조합이군. 이래저래 훗날 여왕이 원하는 걸 하기에는 도움이 되겠어."

"그럼 이제 슬슬 우리도 움직여야지?"

"뭘?"

"잊었어? 감사절 선물. 아직 안 줬잖아."

위그는 그제야 오랫동안 잊고 있었던 것을 깨달은 얼굴을 했다.

"그러고 보니 그런 게 있었군. 뭘 준비했지?"

비비안은 길게 숨을 내쉬었다. 진짜로 잊고 있었던 건가, 아니면 기억을 하고 있었는데 굳이 말을 하지 않고 있었던 건가. 그녀는 눈을 깜박였다. 1년 전에 비하면 그야말로 장족의 발전이었다. 이것을 발전이라고 칭해야 할지 모르겠지만.

"언제는 날 믿지 못해서 보채더니."

"보채…… 그때는 우리 둘 사이에 신뢰라고 할 만한 게 없었어."

"지금은 더 없는 것 같은데?"

비비안이 천진하게 웃으며 눈을 동그랗게 떴다. 위그는 그저 네 마음대로 하라는 듯이 고개를 절레절레 저었다. 물론 1년 전에 비해 두 사람 사이는 꽤 많이 복잡한 상황이었다. 그러나 위그는 이제 비비안이 뭔가를 준비한다면 절대적으로 실패할 리가 없음을 누구보다도 잘 알았다. 그리고 그가 안다는 그 사실을 비비안 또한 알았다.

"어차피 당신이 뭔가를 준비했다면 보통 스케일은 아니겠지."

"잘 아네."

"군수 물자를 가져갔다는 점이 조금 마음에 걸리긴 하지만."

"군수 물자가 어디에 쓰일 것 같은데?"

"내가 그걸 어떻게 아나. 웬만한 사람들이 하는 행동을 하면 그건 당신이 아니지."

의외라는 듯이 비비안이 웃었다.

"꼭 그렇게 생각할 필요도 없어."

말을 마친 뒤 그녀는 침대에 누웠다. 몸에서 힘이 쭉 빠져나가는 느낌이었다. 그녀는 이 며칠간, 특히 리암의 죽음 뒤로 종종 자신이 건강 면에서 예전보다 많이 못하다는 사실을 깨달았다. 그렇다고 해서 그녀가 할 수 있는 건 없었다. 그때, 겉옷을 다 벗은 위그가 그녀의 옆에 다가왔다. 비비안은 침대 시트에 얼굴을 절반 묻고 그를 올려다보았다. 아래에서 보자 새삼스럽게 그가 얼마나 커다랗고 단단한 체격의 소유자인지 확실히 실감이 났다.

비비안은 그를 향해 읊조렸다.

"씻고 와."

"물을 데우는 중이야."

"주인이 오기 전에 물도 안 데워 놓고 뭘 하는 거람."

"그러게 말이야."

비비안은 그렇게 읊조리며 눈을 살짝 감았다. 금세 옅은 잠이 확 몰려왔으나 그녀는 지금 자면 밤에 자지 못한다는 사실을 깨달았다. 그에 다시 눈을 뜨고 몸을 일으키는데, 갑자기 밖에서 노크 소리가 들렸다.

"이 시간에 누구지."

지금쯤이면 저녁 식사 준비로 분망할 때다. 그들 부부가 태자의 눈에 잘 보일 필요 없다고 여겨 방에서 노닥거린다고 해도, 다른 사람들까지 그러라는 법은 없기 때문이었다.

곧 노크 소리와 함께 헤더가 들어왔다. 그녀는 얼굴 가득히 불쾌감을 표하며 입을 뗐다.

"라니사 블레이드 양이 뵙기를 청하는데요."

"싫다고 해."

헤더의 말의 끝나기가 무섭게 위그가 단칼에 거절했다. 그의 태도에 비비안은 흥미로운 얼굴을 했다. 그러나 그녀도 굳이 위그의 말을 부정할 필요를 느끼지 못했다. 그도 그럴 것이 그녀는 같은 사람에게 두 번의 기회를 주는 일이 없었다.

헤더는 두 사람의 의견이 일치함을 확인하고 허리를 숙였다. 이윽고 그녀가 나가고 몇 초 뒤, 밖에서 라니사 블레이드의 목소리가 들려왔다.

"도와주세요!"

"저런. 방음이 별로군."

"도와주세요, 각하! 부인! 제발…… 아악! 읍."

순간 처절한 비명 소리가 끊기고 인기척이 한데 몰려왔다. 기사들이 그녀를 끌고 나가는지 더 이상의 소란은 없었다. 비비안은 무심한 얼굴을 했다. 현재로서 그녀는 라니사 블레이드를 굳이 죽일 생각이 없다. 라니사 블레이드는 이 전쟁에서 상대의 가장 큰 패가 아니었다. 쓸모없는 무기를 하나 꺾어서 힘 낭비를 할 생각이 없었다.

동시에 그녀는 라니사 블레이드를 이용할 생각도 없었다. 상대의 가장 큰 패가 아니라는 것은, 그만큼 그녀에게도 별다른 이용 가치가 없다는 것을 의미한다.

물론 비비안과 위그는 알고 있었다. 이대로 라니사 블레이드를 밖에 내 버려 두는 건 비비안으로서도 어느 정도 잃을 게 많긴 했다. 하지만 전에 말했다시피 그녀에게는 잃어도 별것 아닌 것이었다. 그녀는 돈을 사랑했지 만 돈 자체를 사랑하지는 않았다. 그 어떤 힘도, 쓰지 않을 때는 매력을 잃 는다.

이제 라니사 블레이드가 가진 아이의 아비라고 의심되는 사람이 둘이다. 디텔 공작은 이것으로 비비안과 위그를 갈라놓고 라니사 블레이드에게 바 람을 넣어 위그를 상대로 부양 의무 주장이라도 하고 싶었던 모양이었지만, 안타깝게도 이디에트 측은 일전에 라니사가 써 준 편지를 근거로 디텔이 자신에게 먹물을 뿌리고 있다고 주장할 것이었다.

그리고 판례에 따르면 재판관은 열에 아홉은 디텔과 이디에트의 공동 의 무를 주장할 것이고, 그렇게 된다면 디텔이 라니사를 통해 비비안의 재산을 건드린 만큼 비비안도 디텔의 재산에 손을 쓸 수가 있다. 라니사 블레이드 를 조종하는 건 일도 아니다.

'뭐, 이렇게 된 이상 디텔이 더 이디에트의 부양 의무 어쩌고 하면서 난 리를 칠 일은 없겠지만.'

비비안과 위그 모두 잘 알았다. 라니사 블레이드를 그대로 방에 가둬 놓는 것도 딱히 나쁠 건 없지만 그렇게 된다면 디텔에게는 아무런 위해도 가지 않는다. 그리고 비비안은 손해를 조금 감수하고서라도 디텔이 어마어마한 스트레스와 압박에 시달리기를 바랐다. 그래서 사람을 찾아 라니사에게 보 내고, 그녀의 필적을 얻어 내고…… 결국 그녀가 밖으로 나가게 해 달라고 애원하게 했다.

뭐, 너무 쉽게 무릎을 꿇어서 약간 허무해지긴 했지만.

"내보내 줄 때 나갈 것이지."

비비안이 읊조리자 위그가 웃었다. 그도 같은 생각이었다. 내보내 줄 때 나가는 것이 좋았을 것을. 다시 기어오니 저런 결과가 빚어지는 것이었다.

"디텔에서 가만히 있으려고 하지 않겠군. 그러니 저러는 것이겠고."

"가만 보면 머리가 적당하게 좋은 것도 흠이야. 그냥 무식하게 살면 쥐도 새도 모르게 웃던 채로 죽을 수 있을 텐데."

신랄한 말을 아무렇지도 않게 꺼내며 비비안은 느긋하게 웃었다.

기사들의 기척조차 사라진 복도가 잠잠해졌다. 크라바트를 잡아당기며 욕실로 가는 위그의 뒷모습을 응시하던 비비안이 눈을 깜박거렸다.

라니사가 저렇게 나왔다는 것은, 디텔이 더 이상 그녀의 편이 되어 주지 않음을 의미한다. 그렇다면 디텔은 또다시 다른 패를 잡아 떠나리라. 그럼 다른 패가 될 만한 게 뭐가 있는가. 비비안은 몇 가지를 짚어 보았다.

'이미 나와 위그를 붙여 놓으면 저들만 손해라는 것을 아는 자들이야. 그렇다면 우리 둘을 떼 놓으려고 혈안이 되어 있겠지. 우리 둘을 또 떼어 놓을 만한 존재가……'

있다.

그것도, 보란 듯이.

순간 머리가 지끈거려 그녀가 자리에서 일어났다. 바로데로 올 때 챙겨 왔던 약을 뒤적거리다가 병뚜껑을 열었다. 입 안에 약을 털어놓고 그녀가 길게 한숨을 쉬었다.

약점은 없애는 게 좋다. 그러나 없애기 전에 이용하는 것도 좋다.

그녀는 자신을 보던 로건의 그 미련 뚝뚝 떨어지는 얼굴을 상기했다. 그는 아마 그녀를 위해 죽기를 서슴지 않을 것이었다. 그런 남자였다. 위그와는 다른, 비비안 로젤리스를 위해 죽을 수 있는, 수많은 남자들 중의 하나.

그리고 굳이 죽겠다고 오는 남자를 살리는 취미는 없었다.

'일단 디텔이 어떻게 나오는지 보고, 로건 쪽은……'

비비안은 위그가 들어간 욕실 문을 빤히 응시했다.

'저 남자부터 해결해야겠군.'

그렇게 생각한 그녀가 새물거리며 웃었다.

* * *

"감사절 선물?"

"네. 전하. 내일 혹여 바로데의 끝, 영지의 북서 방향에 있는 초원으로 가지 않으시렵니까."

만찬은 평소와 달리 그리 화기애애하지 못한 분위기에서 이루어졌다. 오늘 위그에게 꽤 많은 사냥감을 강제적으로 양보해 주어야 했던 제이슨은 얼굴에 불쾌함을 가득 써 붙이고 만찬에 참여했다. 그러나 제이슨의 표정이 좋지 못함을 알면서도 위그는 그를 달래 줄 생각 따위 하지도 않았다.

그 틈을 노렸는지 디텔 공작은 끊임없이 제이슨과 대화하며 비위를 맞추었다. 그렇게 대화가 내일 일정으로 흘러갈 즈음, 하루 정도는 쉬어야겠다고 말하자마자 비비안이 입을 열었다.

감사절 선물을 아직 진상하지 못했는데, 혹여 내일 시간이 되면 함께 선물을 보러 가지 않겠느냐고.

제이슨은 안 그래도 위그 때문에 불쾌한 와중에 비비안이 선물을 바치는 게 아니라 '가지러 가야' 한다고 말한 것에 더욱더 기분이 나쁜 듯했다. 그리고 그의 표정을 보아 낸 비비안이 해사하게 웃었다.

"물론 태자 전하께서 다망하시다는 것을 압니다. 하나…… 훗날 바첼론의 주군으로서 그 위명을 높이 기릴 역사적인 순간을 갖는 것이니 부디 걸음을 하여 주시옵소서."

"바첼론의 위명이 겨우 공작 부인의 선물에 달렸다?"

"그건 아니지만, 꽤 큰 아쉬움이 될 것입니다."

비비안은 생긋 웃었다. 어차피 제이슨이 여기에서 승낙을 하지 않아도 상관없었다. 그녀에게는 아직 카티야가 있었다. 그리고 정 안 되면 굳이 제이슨을 데려가지 말고 나머지 귀족들을 데려가도 상관없다. 중요한 것은…… 오롯이 하나, 그녀가 이러한 선물을 준비했음을 많은 이들이 알아야 한다는 것이었다.

그러나 곰곰이 생각해 보던 제이슨은 무슨 생각을 했는지 갑자기 흔쾌히 고개를 끄덕였다. 대신, 그가 엘리미아를 짚으며 입을 열었다.

"하면 태자비도 함께하지."

"황송합니다."

마침 제이슨이 사냥을 나가지 않으면 하루 종일 시달려야 할 것 같은 불안감에 휩싸이던 엘리미아는 조금 밝은 얼굴을 했다. 어쨌든 제이슨의 비위를 맞추는 일이었다. 저번에는 카티야를 진상했는데 이번에는 무엇을 할까 조금 궁금하기도 했다. 그들 남매는 의외로 비비안에게 신뢰가 꽤 깊었다.

"무엇인지 궁금하군."

"전하께서 평생 받아 본 그 어떤 선물보다도 가치가 있으리라고 장담합니다."

"꽤 자신만만한데?"

비비안은 제이슨의 말에 묘한 웃음을 띠었다.

당연히 자신만만해야 한다.

그녀는 호기심 반, 그리고 불안감 반으로 자신을 보는 눈길에 차례로 웃어 주었다. 그리고 그사이 다시 걸려든 익숙한 눈길…… 로건이 그녀를 응시하고 있었다. 언제나 그렇듯 차분한 눈길이었음에도 불구하고 그 속에 있는 의미를 모를 정도로 비비안은 생각이 없지 않았다. 그리고 그것을 발견한 사람은 비단 그녀뿐만은 아니었는지, 디텔 공작이 입을 열었다.

"로건 왕자 전하, 만찬에서 그리 귀부인을 응시하는 것은 예가 아닙니다."

"내가 언제부터 공에게 예우를 가르침받아야 하는 입장이었는지 모르겠군."

언제나 조용조용했던 왕자였기에 대꾸가 돌아온 것이 의외였는지 디텔이 눈썹을 까닥였다. 그 사이로 제이슨의 웃음소리가 찾아들었다.

"그만하게, 디텔 공. 내 아우가 설마 사심이 있어서 그리 보았겠나. 그저 내일의 선물이 궁금해서 그리 본 것이지. 안 그래?"

"그렇습니다. 형님."

"그래. 그래도 공식적인 자리에서는 예우를 지켜야 하는 법이다. 알겠느냐?"

로건은 답 대신 고개를 끄덕였다.

비비안은 느긋하게 로건을 응시했다. 그리고 그때, 위그가 갑자기 손을 뻗어 그녀의 손을 잡았다. 식탁 아래서 벌어지는 노골적인 독점 선언이었다.

비비안은 살짝 시선을 제 접시로 옮겼다. 그리고 곧, 그녀가 포크를 내려놓았다.

만찬은, 계속 이루어졌다.

* * *

원래 사소한 일까지 변덕이 심한 성정은 아니었는지라 제이슨은 다음 날 아침, 꽤 흔쾌히 마차에 몸을 실었다. 당연히 귀족들도 저마다 복잡한 얼굴을 하면서 그 뒤를 따랐고, 비비안과 위그는, 정확히 비비안은 미리 처리해야 할 일이 있다는 것을 핑계로 가장 마지막에 출발했다.

"바로데의 변방이라."

탐탁지 않은 얼굴로 마차에 몸을 싣고 떠나는 디텔 공작 부부를 내려다보던 위그가 작게 읊조렸다. 바로데는 130년 전 왕이 인접국인 칸트와의 전쟁에서 승리한 뒤 전리품으로 받아 온 작은 영지였다. 수도와 거리가 멀지만 산 좋고 물 좋은 자연 지대라 사냥이나 휴식에 딱 좋아 당시 왕실은 바로데를 휴양지로 썼다.

그리고 당연하지만 왕실 휴양지의 인접 영지를 아무 가문에게 하사할 리가 없는 왕실은 당시 이디에트와 반하며 꽤 득세하던 에가트 백작가에 바로데의 북서에 있는 영지를 하사했다. 다만 안타깝게도 70년 전 왕위 암투에 휘말려 들어 멸문한 뒤, 결국 그 영지는 이디에트 손에 들어왔다. 더 안타깝게도 제이슨의 행패로 인해 이디에트마저 근래에 다시 대외에 팔게 되었지만.

그나마 다행인 것은 건국과 함께 하사받은 영지가 아니라 판매가 가능하다는 점이었다. 위그는 아무리 돈이 급해도 절대 고유의 영지를 사고팔지 못하는 귀족들의 처지가 더 슬픈지, 아니면 위급할 시에는 하사받은 영지로 연명을 해야 하는 자신의 처지가 더 우스운지 잠시 고민하다가 고개를 저었다.

어쨌든 지금은 슬플 이유가 없었다. 비비안이 결혼한 뒤 7억 케이즈를 갚아 주면서 이디에트가 팔아 버렸던 영지를 다시 사 왔기 때문이었다. 비비안은 이혼할 때 주겠다며 손에 땅 문서를 틀어쥐고 내주지 않았으나 어쨌든 이디에트는 다시 과거의 영광을 회복할 여지가 있었다. 그것만으로도 다행이긴 했다. 물론 위그는 쓸모도 없는 황폐한 땅이라 딱히 미련을 두지는 않았지만.

"우리도 가야지?"

위그는 고개를 돌렸다. 어느새 비비안은 외투 하나만 남겨 놓은 채 뭔가를 보고 있었다. 그의 목소리에 비비안이 고개를 끄덕거렸다. 언제 왔는지 어제 저녁에 갑자기 나타난 클로에는 오늘 아침 일찍 급하게 마차를 타고 나갔다.

"기다려 봐. 루크한테 마지막으로 체크하라고 일렀어?"

"일렀습니다."

"화가들은……."

"오늘 새벽에 다 도착했어요."

"화가?"

순간 위그는 얼굴을 일그러뜨렸다. 화가도 아니고 화가'들'. 선물을 보이는데 왜 그게 필요한지 그는 알 수 없었다. 그러나 화가들이 모여서 춤을 출 리는 없었다. 그렇다고 또…… 그림이라도 단체로 그려서 올리려는 건가? 그러면 왜 변방으로 굳이 가야 한단 말인가. 대자연 속에서 뭐 숲의 정기라도 받으려고 하는 게 아니라면.

"이쯤이면 알려 줄 수도 있는 것 아닌가?"

"알고 싶어?"

"딱히……."

"진짜?"

"알고 싶다."

"그럼 안 알려 줄 거야."

위그는 입을 다물었다. 그럴 줄 알았다. 비비안은 나른하게 눈웃음을 흘렸다.

1년 전의 선물 세례는 일종의 아첨이었다. '우리가 이렇게 잘 보이려고 한다'는. 더불어 카티야를 바치면서 이디에트의 성의도 보여 주어야겠지. 그때는 알렉산드르를 앞에 내세웠으니 당연히 그럴 수밖에 없었다. 제이슨은 이디에트가 신뢰감을 주지 않으면 바로 경계를 할 인물이었고, 알렉산드르는 그의 왕위 계승 순위 바로 아래에 있는 인물로서 그 경계를 바로 받으니까.

그러나 현재는 다르다. 오히려 제이슨은 이미 슬슬 이디에트를 마음에 들어 하지 않는 상황이었다. 지금 와서 아첨을 한다고 한들…… 뭐가 달라지나? 엘리미아는 하루 빨리 왕실에서 벗어나려고 하고 있고 카티야도 조만간 왕실에서 나가야 했다. 디텔은 노골적으로 이디에트를 공격하고 있고 제이슨은 그런 그의 만행을 참아 주고 있었다.

'게다가 로건이 자진해서 그물에 걸려들려고 하고 있는 와중에야.'

"이제 가자. 우리도."

비비안은 자리에서 일어났다. 왠지 모르게 그녀의 의도가 단순히 '감사'에 그칠 것 같지는 않았다. 그러나 그는 이번만큼은 그녀를 신뢰하기로 했다.

곧 두 사람 또한 마차에 몸을 실었다. 비비안은 마치 여행이라도 가듯이 느긋하기 그지없었다. 그리고 얼마나 지났을까, 천천히 마차가 숲속으로 접어들자, 위그가 미간을 찌푸렸다.

"대체 선물을 어디에 숨겨 놨기에?"

"이제 좀 참을성 생겼다고 칭찬해 주려고 했는데, 또 보채기 시작하는 거야?"

"당신 같으면 안 궁금하겠어?"

"뭐, 그렇긴 하지. 딱히 숨길 이유도 없지만…… 가 보면 알아. 설명해 주기도 귀찮고."

그러나 비비안이 숨길수록 왠지 모르게 그리 단순한 일이 아닌 것 같았다. 물건 하나로 이렇게 시끄럽게 굴 여자가 아닌데…… 위그가 읊조리는데, 갑자기 환한 빛이 마차 속으로 스며들었다.

"아, 다 왔다."

곧 마차가 멈추었다. 안쪽에서 발을 내딛던 위그는 곧 자신의 앞에 펼쳐진 광경에 미간을 찌푸렸다. 그의 앞으로 먼저 출발한 마차들이 먼 곳에 즐비하게 있었다. 그리고 제가 멈춘 곳과 정확히 몇십 미터 떨어진 곳에는, 언제 세팅해 놓았는지 다과회가 한창이었다.

그러나 문제라면, 그 다과회의 장소가 벼랑과 얼마 떨어지지 않은 곳이었다는 것이었다.

그는 얼굴을 스쳐 지나가는 겨울바람에 입을 딱 벌렸다. 멋있다기에

낭떠러지 위는 이미 앙상한 나뭇가지와 하얀 눈으로 뒤덮여 온전한 황폐 그 자체였다. 낭떠러지 아래 펼쳐진 설원은 하나도 멋있지 않았다. 오히려 나무 한 그루 없이 앙상하기 그지없는 황원이었다. 멀리에는 제 영지에 귀속된, 정확히 말하자면 비비안이 산 그 영지의 고성이 덴그러니 있었다. 이딴 광경을 보기 위해 굳이 이 먼 곳에 올 이유가 없었다. 그렇게 생각하는 것은 비단 그뿐만이 아니었는지, 추운 날씨에 볼 거 하나 없는 풍경까지 더해져서 제이슨은 이미 표정이 그리 좋지 못했다.

"뭐 해? 이제 다 봤으면 좀 나를 마차에서 꺼내 줘."

"당신 지금 뭐 하자는 거지?"

이미 귀족들은 추운 날씨에 불쾌함이 최고조로 달한 상태였다. 위그는 비비안을 향해 얌전히 손을 뻗었으나, 그녀가 바닥에 발을 붙이자마자 급히 물었다.

"대체 뭘 보여 주고 싶은 거야?"

"그건 내가 묻고 싶은 말이군."

그리고 위그의 말이 끝나자마자 디텔 공작의 비아냥거리는 소리가 들려왔다. 옆에 있는 디텔 공작 부인은 이미 따뜻한 물이 담긴 가방을 꼭 끌어안고 있었다. 아무리 하나같이 두꺼운 모피를 몸에 걸쳤다고 하나 추운 건 추운 것이었다. 그들은 이제 비비안이 보여 주려는 것이 무엇인지 기대도 하지 않는 것 같았다.

"이제 곧 보여 드리겠습니다."

"부인, 부인의 장단에 맞춰 주는 것은 이게 한계다. 카티야만 아니었으면 굳이 이곳으로 오지도 않았어."

무슨.

제이슨은 무조건 올 사람이었다. 기실 그녀는 카티야의 입에서 이미 제이슨의 입장을 들었다. 이디에트가 올해 감사절 선물을 바치지 않아 무척이나 불쾌하다고 했었다. 그러나 그 불쾌함 뒤에는 은근한 기대도 있었다. 작년에 비비안이 그에게 바친 것들은, 역사상 그 어떤 제왕도 한꺼번에 누리지 못한 것이었다. 심지어 지금 병상에 누워 있는 국왕조차도.

비비안은 생긋 웃었다. 마치 아이를 달래듯 그녀가 예를 취하더니 더없이 진중한 얼굴로 입을 열었다.

"송구하옵니다. 전하. 하나 전하의 위명에 걸맞은 선물을 준비하기 위한 것입니다."

"내 위명 두 번 차리다가 죽겠군."

"곧 선물이 진상될 것입니다."

"이 자리에서 바로 받아 볼 수 있는 건가?"

"그것은 어려우나……."

"뭐?"

"그것은 어려우나, 무척 흡족하시리라고 믿습니다."

말을 마친 비비안이 뒤를 힐끔 보았다. 그 순간 클로에가 다과회 장소와 적당하게 떨어져 있는 곳에 서 있던 이들에게 눈짓했다. 일곱 명이나 되는 이들이었다. 그것도 전부 사내. 안 그래도 추운 날씨에 기분까지 더러워졌던 제이슨이 한계치에 도달한 듯싶었다. 그 옆에 있던 디텔이 피식 웃었다. 저 계집이 무슨 선물을 준비했는지는 모르겠지만…….

그때였다.

일곱 명의 사내들이 제가 들고 온 가방을 꺼냈다. 긴장한 얼굴을 뛰어넘어 비장하기까지 한 얼굴이었다. 그러나 그들을 힐끔 본 로건의 얼굴이, 갑자기 미묘해졌다. 그도 그럴 것이 그로서는 한 번쯤 본 얼굴들이었다. 보지 않을 수가 없었다. 왕실 화가는 아니지만, 미술계에서는 꽤 이름이 있는 이들이었다.

그리고 그때, 갑자기 위그의 품에서 시계를 더듬거려 확 꺼낸 비비안이 눈을 느릿하게 깜박거렸다. 정오까지 아직도 2분 정도 시간이 남았다. 그녀의 행동에 위그가 작게 읊조렸다. 정확히 말하자면 마치 으르렁거리듯 말했다.

"설마 이 자리에서 저 화가들에게 이 광경을 그리게 할 생각은 아니지?"

"안 돼?"

"미쳤나? 설마 진짜 그거인가? 사람이 안 산 지 50년도 넘은 성이 그릴 게 뭐가 있다고, 심지어 아래는 나무 하나 없는 황폐한 황무지인데 지금⋯⋯."

"그래, 곧 철거할 성이지. 그럴 거면, 우리를 위해 어느 정도 좋은 일 정도는 해 줄 필요 있잖아?"

말을 마친 비비안이 시계를 탁 닫았다. 다시 그것을 제멋대로 위그의 품에 쑤셔 넣은 뒤, 그녀가 생긋 웃었다.

"전하. 페르디아체 전역을 아십니까."

앞뒤 하나 없는 그녀의 질문에 제이슨이 얼굴을 찌푸렸다.

"모를 리가 없지. 오늘의 바첼론을 있게 한 전역이 아닌가."

페르디아체 전역은 바첼론의 전대 왕조인 아케이든 왕실을 무너뜨린 전역이었다. 아케이든과 현재 바첼론 왕실의 왕권 다툼이며, 동시에 바첼론의 초대 국왕이 왕위에 오른 계기가 되기도 했다.

그리고 비비안을 포함한 바첼론의 모든 사람들은 페르디아체 전역이 왕실에게 얼마나 중요한 의미를 갖는지 알았다. 그것은 바첼론 왕실의 상징이고, 제왕의 왕권을 수립한 역사적인 사건이었다. 모든 국왕들은 대관식 날에 반드시 선왕들의 초상화가 걸린 방에서 맹세를 했고, 그 속에는 페르디아체 전역을 헛되이 하지 않겠다는 내용이 필히 들어가곤 했다.

당연히 이곳에 있는 왕족과 귀족에게도 그 의미가 어마어마했다. 비비안이 생긋 웃었다.

"지금까지 페르디아체 전역을 복구한 그림은 수도 없이 많았지요. 한데 그 누구도, 심지어 왕실 화가조차도 그 웅위한 장면을 복구할 수 없었습니다."

그것은 너무 당연한 일이었다. 물론 크고 작은 전역을 기록하는 사관이 있는 것은 사실이었지만, 그렇다고 해도 직접 전쟁의 한복판에 뛰어들어서 그림이나 그려 대는 화가는 없었다. 심지어 있다고 해도 위그 이디에트가 그것을 승낙할 리 없었다. 그는 전쟁에서 잔챙이들이 목숨 아까운 줄 모르고 날뛰는 것을 극도로 혐오했다.

"그리하여 제가 준비했습니다."

"무엇을?"

"전하는, 역사상 첫 번째로 페르디아체 전역의 시작을 알리는 로즈바든 왕성 침략을 가장 생생하게 그린 그림을 손에 쥐실 겁니다."

순간 옆에서 비비안의 말을 듣고 있던 위그의 얼굴이 확 굳었다. 그는 그제야 짐작을 할 수 있었다. 감사절에 쓸 것이라고 군수 물자를 필요로 하던 여자, 그리고 뭐라고 했던가…… 어차피 귀족들이 안다고 해도, 절대 모방할 수 없다고 했던가. 그것을 깨닫자마자 위그가 비비안의 팔을 잡았다. 그때, 갑자기 멀리서 종탑의 소리가 들려왔다.

뎅…… 뎅…….

정오. 12시, 열두 번의 종소리가 끝나면.

그 순간이었다.

쾅!

귀를 찌르는 굉음과 함께 매캐한 연기가 피어올랐다. 땅을 흔드는 어마어마한 위력에 귀부인들과 귀족 영애들이 비명을 질렀다. 귀족들마저 입을 딱 벌리고 커다랗게 눈을 뜬 채 말도 안 되는 광경을 응시했다. 이윽고 커다란 성은 연기에 잔뜩 집어 먹히고, 희뿌연 시야 아래 그 끝을 고하기 시작했다.

그리고 그 순간, 비비안이 읊조렸다.

"자, 그리세요."

한 번도 본 적 없는 상황에 입을 벌리고 있던 화가들이 급히 제정신을 찾았다. 빠르게 붓을 찾았으나 그래도 정신을 찾기가 힘들었다. 오랜 역사를 자랑하던 고성이었다. 몇십 년 동안 사람 하나 살지 않고 새로운 주인을 찾던 성의 일부가 서서히 무너져 내리기 시작했다. 그리고 곧⋯⋯.

콰과광!

귀족들은 충격을 받아 자신들이 낭떠러지에 있고 방금까지 춥다고 투덜대던 사실을 잊은 듯했다. 화가들은 성이 무너지는 것을 눈에 담으며 분주히 손을 놀렸다. 한때 어마어마한 위용을 자랑했던 백작가의 성이다. 그것이 역사의 뒤안길 속으로 사라지며 먼지가 되어 바스러지는 순간. 전쟁의 서막을 알리기에는 더없이 훌륭한 장면이었다.

전역을 복원한다.

피 냄새, 포화의 불길, 그 어떤 고성도 오가지 않는 현장이었으나 싸늘해서 더욱더 무서웠다. 심지어 헤더마저도 입을 헤벌리고 보는 와중에 비비안만 여유롭게 서 있었다. 그리고 얼마나 지났을까, 성의 가장 꼭대기에 있던 탑이 와르르 무너지는 순간, 위그가 번뜩 정신을 차린 듯이 비비안을 뒤로 잡아당겼다. 비비안은 굳이 거부하지 않고 순순히 물러나 주었다. 위그의 분노에 가득 찬 목소리가 그녀의 귀를 울렸다.

"미쳤나? 저 성이 어떤 의미를⋯⋯."

"문화적, 역사적 가치 하나 없는 몇십 년짜리 성이야. 심지어 건축학자의 말로는 5년 이내로 무너질 게 뻔한 성이라더군. 내가 미쳤다고 진짜로 그렇게 비싼 성을 무너뜨리겠어?"

"무슨 소리지?"

"저 성, 이디에트에 수복되기 전에 만들어진 거 아닌가? 그치들이 저 성을 지을 때쯤 이미 이디에트에 잔뜩 빼앗길 대로 빼앗겨서 돈이 없었다고 하더군. 그렇지만 귀족들이란 원래 체면치레에 목숨을 거는 치들이라⋯⋯ 어찌어찌 완성은 시켰는데 결국 위험한 건물이 되었지. 다행이게도 아직까지 사람이 산 적이 없어 사고는 나지 않았지만. 어떻게 알았는지 묻지 마. 내가 상인 협회에 있을 때 이래저래 서고에서 재밌는 기록들을 봤거든."

한마디로 어차피 무너질 존재를 좀 더 화려하게 무너뜨렸다는 것이었다.

비비안은 멍청이가 아니었다.

"원래는 바다에 배를 한 열 척쯤 세워 놓고 폭탄으로 터뜨리려고 했는데. 생각해 보니 수지가 이쪽이 더 맞더라고."

"아무리 그래도 그렇지, 이번 행동에 들어간 돈이……."

"2억 케이즈."

"……?"

"왜, 당신 빚보다 훨씬 적어. 당신의 군수 물자를 제외하고 들어간 재료 비야. 당신도 참, 대단한 인물이야. 어떻게 철거 공사 하는 것보다 더 많은 돈을 빚지지. 그 와중에 이디에트는 아직도 파산을 안 하다니, 역시 망해도 삼대가 먹고 사는 귀족이라 그건가."

위그는 그만 할 말을 잃었다. 무모했다. 심지어 의미도 없었다. 이 세상에 이렇게 정신 나간 짓거리를 할 수 있는 사람은 없었다.

아, 비비안 로젤리스 빼고.

그 누구도 겨우 그림 하나 그리자고 이런 짓을 벌이지 않는다. 그것도 생동감을 위해서라는 이유로. 그는 잠시 자신의 생각을 정정해야 했다. 저건 미친 게 아니라…… 미친 게 아니라 뭐지? 그는 자신이 미쳤다는 형용사를 제외하고 좀 더 적당하게 사람을 욕할 만한 단어를 모르고 있다는 사실이 너무 원통했다. 그러나 성은 이미 무너졌고 화가들은 이미 빠르게 붓을 놀리고 있었다. 그들 모두 이 찰나의 시간을 더욱더 생생하게 표현하기 위해 노력하고 있었다.

"촌스럽게 왜 그래, 철거 공사 처음 봤어?"

"저렇게 요란스럽게 철거하는 건 처음 본다. 심지어 제이슨 표정을 봐."

비비안은 느긋하게 제이슨에게 시선을 돌렸다. 그는 하나도 기쁜 표정이 아니었다. 오히려 그의 얼굴이 점점 굳어지고 있었다.

비비안은 입꼬리를 말아 올렸다.

"애초에 즐거우라고 바친 선물이 아니었어. 당신이 몰랐을 리가 없잖아."

위그는 할 말을 잃고 말았다. 그래, 알고 있었다. 군수 물자를 달라고 했을 때부터 어렴풋이 비비안이 절대 '평범하게' 상황을 이끌어 나가지 않으리라는 사실을 알았다. 아무리 그래도…….

"페르디아체 전역은 현 왕실의 입장에서는 분명히 기념비적인 의미가 있다."

"하지만 그 시작인 로즈바든 왕성 공략은……."

"엄연히 반역이다."

이름은 전역이나 결국에는 반역이다. 왕족들만큼 반역을 싫어하는 존재도 없었다.

애초에 감사절 선물이라는 명목이었지만 기실은 일종의 선전 포고였다. 비비안 로젤리스와 위그 이디에트는, 마음만 먹으면 이 정도는 아무것도 아니라는, 그리고 어쩌면 다음에 무너질 성은 단순히 곧 철거될 몇십 년짜리 성이 아닐 수도 있다는.

"이디에트 공작 부인."

"마음에 드십니까, 전하."

전방을 뚫어져라 응시하던 제이슨이 천천히 숨을 들이쉬더니 비비안을 불렀다. 비비안은 여상스럽게 웃었다. 그 옆에는 어느새 침착한 얼굴을 하고 있는 위그도 서 있었다. 두 사람의 표정은 태연자약하기 그지없었다.

비비안은 나른하게 웃었다. 귀족들은 상인들을 혐오한다. 그러나 그들의 재산을 탐내지. 한때는 귀족들이 재부의 대부분을 끌어모으던 시절이 있었다. 그러나 결국 바다와 인접한 바첼론에서 상인들은 돈을 더 모을 수밖에 없었다. 그렇게나 진부하고 마땅한 이야기였다. 당연하지만 그중에서 가장 돈이 많은 인간도 생길 수밖에 없었다.

그러나 그 누구도 그게 비비안 로젤리스일 수는 없다고 생각했다. 한 10년 전까지만 해도, 이 세상에 성을 무너뜨리면서 그림을 그리게 하는 미친 사고방식의 소유자가 겨우 서른도 안 된 계집이라니.

"돈이 어마어마하게 들었겠군."

"전하의 기쁨을 위해서라면."

제이슨은 아직 다 무너지지 않은 고성을 힐끗 보았다. 그는 이디에트의 힘으로 태자가 되었다. 그리고 그의 손에 이디에트의 목줄이 있었다. 그 문서 한 장이면 이디에트는 아예 귀족원에서 내쫓기고 반역자가 된다. 그러나 그가 지금까지 입을 다물고 있었던 이유는, 그렇게 된다면 그의 명예 또한 바닥을 칠 게 뻔했기 때문이었다. 아니, 명예뿐만 아니라 그의 위치도 위태로울 수 있었다.

국왕은 아직 살아 있다. 거의 죽어 가는 노친네라도 아직 목숨이 붙어 있다면, 태자를 바꿀 수는 있었다. 그래서 입을 다물고 있었는데.

그 입을 다물고 있는 사이에, 저 여자가 들어왔다.

듣도 보도 못한 계집. 귀족도 아니고 사내도 아니고 그래 봤자 상인 계급이라고 비웃던 사이에 어느새 왕실 국고를 채운 돈의 절반 이상을 차지하는 재부를 가지게 되었다. 그래서 온갖 방법을 다 대 돈을 거두려 했더니 이디에트 공작 부인이 되어 어느새 권력 암투에 손을 얹기 시작했다. 디텔이 그에게 속삭인 적이 있었다. 그저 그런 계집이라고 얕보면 안 된다고.

디텔은 틀렸다. 저건 그저 그런 계집이 아니라고 얕보면 안 되는 수준이 아니었다.

저건, 반드시 죽여야 하는 존재였다. 위그 이디에트와 함께 포장해서, 아예 죽여 버려야.

'하는데.'

어떻게?

위그 이디에트는 지금 귀족원을 손에 쥐고 있다. 지금까지 전장에서 쌓아 왔던 명망으로 군사를 움직이는 데는 그만 한 인재가 없었다. 왕실 기사단의 삼분지 일을 조직한다고 쳐도 어마어마한 숫자다. 전쟁은 단순한 머리싸움이 아니다. 위그 이디에트의 가장 큰 약점은 재정이었다. 그런데 그 재정을 비비안 로젤리스가 메꾼다.

비비안 로젤리스는 여자고 평민이었다. 위그 이디에트는 남자고 귀족이었다.

그리고 두 사람 다 같은 야망을 품고 있었다.

난공불락의 요새였다.

제이슨은 그제야 깨달았다. 비비안 로젤리스가 그에게 선물한 것은 그림이나 전쟁의 풍경 따위가 아니었다. 그녀가 그에게 준 것은 어마어마한 힘에서 오는 위협이었고, 그녀가 원하는 것은…….

"그래, 정말 기쁘군."

……굴복이었다.

철저한 굴복. 이 자리에 있는 남자와 여자를 더한 모든 푸른 피들의 굴복.

비비안은 제이슨의 눈길에 가라앉아 있는 짙은 분노와 침착함을 읽고 웃었다.

그리고 얼마나 지났을까.

"이만 가지."

제이슨은 굳이 말을 더 하지 않았다. 그러나 평소와 비슷한 웃음은 더 이상 그의 눈에 서려 있는 경계를 지워 주지 못했다. 곧 제이슨이 천천히 앞으로 걸음을 옮겼다. 비비안은 그를 만류하지 않았다. 그 사이로 엘리미아와 로건, 그리고 충격받은 크리스티나의 눈길이 차례로 그녀에게 꽂혔다. 예상했던 것이라 비비안은 여유롭게 웃었다.

"당분간 카티야가 좀 고생하겠군."

비비안의 담담한 한마디에 위그는 한숨을 쉬었다. 그러나 그는 더 격한 반응을 보이지는 않았다. 어차피 비비안의 미친 짓은 유구했고, 새삼 생각해 보니 그녀가 뭘 하든 그에게는 더 이상 신선하지 않았다. 위그는 비비안에게 이미 습관이 된 지 오래였다.

그때였다.

"미쳤군."

지나가듯 읊조리는 디텔 공작의 목소리에 비비안이 어깨를 으쓱했다.

"빈곤은 인간의 상상력을 제한하지. 이해해 주자, 남편."

그러나 그녀의 얼굴에는 이미 짙은 미소가 깔려 있었다. 위그는 그런 비비안과 아직도 무너지는 성을 번갈아 보다가 무심하게 읊조렸다.

"그런데 위험하지 않나? 불 같은 건 안 나?"

"그냥 철거야."

"연기는……."

"효과를 위해 옆에서 좀 뭔가를 태우긴 했는데, 금방 끌 수 있어. 옆에 바로 호수가 있거든."

"그래."

위그는 한숨을 쉬었다. 그래, 아무렴, 이 정도는 이제 그도 익숙했다.

그때였다.

"이디에트 공, 공작 부인."

작게 읊조리는 목소리에 두 사람이 고개를 돌렸다.

"태자비 전하?"

"아직 안 갔어?"

아무래도 제이슨이 마차에 오른 뒤 다시 돌아온 모양이었다. 엘리미아는 아직도 충격이 가시지 않은 얼굴로 두 사람을 번갈아 보다가, 길게 한숨을 쉬고 입을 열었다.

"좀, 돌아가서 대화를 요청해도 될까? 내가 지금 갑자기 피곤해져서 말이야."

"물론이죠."

"그러지."

엘리미아는 이구동성으로 입을 여는 부부를 응시하며 입을 꼭 다물었다.

그녀는, 왠지 모르게 눈앞에 있는 두 사람이 끔찍하게 닮았다는 생각을 멈출 수가 없었다. 크리스티나가 그런 말을 할 때는 무슨 소리냐고, 어떻게 그 단주를 제 동생 따위와 비교할 수 있냐고 웃었는데. 이제 보니…….

엘리미아는 한숨을 쉬었다. 그러나 비비안과 위그는 꽤 침착하게 서로를 응시하다가, 느릿하게 다시 연기가 피어오르는 고성을 보았다.

화가들은 여전히 붓을 놀려 대고 있었다.

* * *

"대체 이게 무슨 일인지 물어봐도 될…….."

별장으로 돌아오자마자 엘리미아가 황급하게 입을 열었다. 그러나 나란히 서 있는 제 동생과 비비안을 번갈아 보던 그녀는 어떻게 말을 끝맺어야할지 몰라서 입을 다물었다. 비비안은 군이 엘리미아에게 말을 편하게 하라는 입발림 소리를 하지 않았다. 그녀는 위그 이디에트와 계약을 맺었다. 그리고 그녀가 하는 일은 필히 이디에트 가문은 물론이요 한때 공녀였던 엘리미아에게도 어느 정도 영향이 있으리라.

위그는 비비안이 대답을 할 생각이 없는 듯하자 무심하게 입을 열었다.

"무엇을 듣고 싶은 거지?"

"이렇게 제이슨을 자극해서 좋을 게 뭐가 있냐는 말이야."

"딱히 자극이라고 생각 안 하는데."

"자극이 아니기는! 오늘 일로 제이슨은 필히 이디에트에 위협을 느낄 거야."

"태자 전하께서……그동안 위협을 느끼지 않으셨나요, 이디에트에?"

비비안은 느긋하게 침대에 앉았다. 그녀의 태도는 딱히 태자비를 향한 경의로는 보이지 않았다. 애초에 그녀는 현재 태자비가 아닌 엘리미아 이디에트에게 말을 하고 있었다.

엘리미아는 순간 말문이 막힌 듯했다.

그녀는 비비안을 힐끔 보았다. 제이슨에게 이디에트의 약점이 있다는 말을 할 수가 없었다. 그것은 이디에트의 가장 큰 목줄이었다. 엘리미아의 주저함을 눈치챈 위그가 한숨을 쉬었다. 그러나 그는 엘리미아에게 뭔가를 해명하기 전에 비비안을 향해 시선을 돌렸다. 당신이 저지른 일이나 해명하라는 의미였다.

비비안은 굳이 위그의 뜻을 거절하지 않았다. 그녀가 엘리미아를 향해 말했다.

"어차피 태자 전하는, 이디에트를 어떻게 하지 못해요."

"그건 아닐 거예요. 엄연히 그자는⋯⋯."

"손에 가진 게 없거든요. 물론 한때는 있었죠, 카티야가 들어가기 전까지는. 그런데 지금은 없어요. 그게 제 손에, 정확히 말하자면 로튼 휘하의 은행 금고에 얌전히 있으니까. 3중 보안과 함께."

비비안은 차분하게 엘리미아의 말을 가르고 입을 뗐다. 그 순간, 엘리미아가 눈을 크게 떴다. 그녀가 고개를 홱 돌려 제 동생을 응시했다. 어느새 테이블에 기댄 위그가 무심하게 읊조렸다.

"맞다."

"어쩌다가."

"어쩌다가, 저 여자 손에 들어갔냐고?"

위그가 엘리미아의 말을 받았다. 그러나 그의 싸늘한 목소리가 떨어지자마자 엘리미아는 입을 다물었다. 진짜로 이디에트의 그 문서가, 그녀의 아버지가 태자에게 남겼던 친필 서신과 각종 담보의 원본이 비비안의 손에 있다면 이제 그들의 목줄을 쥐고 있는 이도, 그녀가 두려워해야 하는 상대도 비비안 로젤리스였다.

엘리미아는 그 끔찍한 제이슨의 손에서 목줄을 훔쳐 냈다는 사실에 결코 기뻐하지 못했다. 아니, 그것은 오히려 그녀를 더 깊은 공포에 밀어 넣었다.

제이슨은 멍청한 얼굴로 제 아버지를 속였다. 그것은 그녀의 아버지가 저지른 가장 큰 실수였다. 그런데 그 실수를 비비안이 엎어 버리고 그들의 목을 죄던 것들을 쉽게 손에 넣은 것이었다.

제이슨은 당연하지만 그것의 존재를 아무에게도 알리지 않았다. 위그도 가문의 존속과 관련되는 문제를 비비안에게 알릴 리가 없었다. 귀족에게 가문은 전부다. 그렇다면 이 모든 것은 비비안 스스로 알아냈다는 것이었다. 심지어 그것을 손에 넣기까지.

"어떻게, 그렇게 되었나요?"

비비안은 엘리미아의 목소리가 훨씬 더 누그러진 것을 알아채고 감흥 없이 미소를 흘렸다. 그녀를 이용하려는 그 죄책감이 이제 공포가 되어 이 방을 가득 채웠다. 그러나 비비안은 그런 공포에 익숙했다. 오히려 즐길 수 있을 정도로.

"꽤 긴 이야기이죠. 간단하게 말하자면 카티야가 했어요."

"카티야……가?"

엘리미아는 숨을 들이쉬었다. 그저 곱상한 얼굴에 제이슨에게 바쳐진 선물인 줄로만 알았다. 물론 비비안의 오빠를 복상사시켰다는 소문이 돌긴 했지만, 그 또한 우연이라고 생각했다. 그녀는 묻고 싶었다. 만약 네 첫째 오빠가 복상사를 하지 않았다면, 심장 마비로 죽지 않았다면 그는 무사하게 살아 돌아왔을까.

그러나 물을 담이 없었다. 엘리미아는 잠시 자신의 머릿속을 정리했다. 일단은 눈앞의 상황부터 처리해야 했다.

"그럼 제이슨의 손에 이디에트의 목줄이 없으니, 일이 쉽게 해결되겠군요."

"꼭 그런 것도 아니다. 복사본이라도 파란은 충분히 일 수 있어. 귀족들이 멍청이도 아니고 복사본이라도 나왔다면 그들에게 불을 지필 가능성은 있으니까. 국왕이 아직 숨이 붙어 있으면 모를까 진짜로 태자가 왕위에 오른 뒤에는 충분히 핑계를 대고 이디에트를 제거할 수 있지. 그전에 우리는 빨리, 확실하게 움직여야 한다."

"그럼 오늘 그건, 대체 무슨 의도였어? 물론 제이슨에게 결정적인 목줄이 없다고 해도, 이렇게 요란스럽게 굴 필요는 없었잖아."

"그건."

"일종의 경고였어요."

위그의 말이 끝나기도 전, 비비안이 먼저 입을 열었다. 엘리미아는 멍하니 눈을 깜박거렸다.

"이제 곧 죽을 테니, 알아서 처신 잘하라는."

"그게 무슨 의미가 있죠? 오히려 제이슨의 경계를 불러일으키면 우리만 불리해져요."

"다시 원래 문제로 돌아왔군요. 제이슨이 지금까지 이디에트를 경계하지 않았나요?"

"그건 아니지만, 지금은 조금 더 현실적인 공포에 그 또한 물들어 있을 거예요. 나는 제이슨을 잘 알아요. 그는 한번 제대로 움직이면 별짓을 다할 인간이에요."

"그래도 군사는 못 움직이겠죠. 내 남편이 그만큼 대응할 여지가 있음을 아니까."

"다른 술수를 쓸 거예요. 이디에트를 교묘하게 무너뜨리려고 할 거라고요."

"태자비 전하, 왕권 다툼은 코르티잔 사이의 암투 같은 게 아니에요. 교묘하고 말고가 없어요. 물론 우리 모르게 뭔가 음모를 꾸밀 수야 있죠. 예를 들면⋯⋯ 나를 죽인다거나."

"그게, 아무렇지도 않나요?"

"그렇지만 내가 죽지 않으면 그만이에요."

엘리미아는 충격받은 얼굴을 했다. 사람이 어떻게 이렇게 무모할 수가. 그녀는 비비안이 좀 제정신이 아니라고 생각했다. 그 어떤 계략도 그녀 앞에서는 그저 아이들 장난 같았다. 사람들 모두가 그녀의 상황에 대해 동정과,

혐오와, 연민과, 수많은 것들을 보낼 때, 그녀 혼자서 마치 그녀가 가진 모든 것들이 당연한 것이라는 듯, 그렇게 굴었다.

"어떻게, 그럴 수가 있죠?"

엘리미아는 이제 이해할 수가 없었다. 기실 오래전부터 이해할 수가 없었다. 그러나 현재 그 생각은 최고조에 달했다.

"제이슨은 무슨 미친 짓이든 꼭 벌일 거예요. 로튼에까지 손을 쓸 거라고요."

"바첼론 절반의 산업이 내 손에 있어요. 왕실이 쥐고 있는 독점 산업 외에 내 손이 안 닿는 데가 없죠. 로튼이 무너지면 그동안 공고하게 쌓아 왔던 바첼론의 자금 체계가 무너지고, 산업 연계가 흔들리죠. 왕실은 당분간 절대 로튼을 무너뜨리지 못해요. 그들의 안위를 위해. 뭐, 장기간이라면 가능은 하겠지만 그것마저도 시간이 걸리는 게 사실이고."

"로튼의 명예에 흠집이 날 거예요."

"로튼은 이미 명예에 흠집이 난다고 망할 상단이 아니에요. 어차피 로튼이 망한다는 소리는 한 5년 전부터 들었죠. 매년 연말만 되면 내년에는 망할 것이다, 긴축할 것이다, 수도 없는 소리를 하고, 로튼의 브랜드가 얼마나 양심이 없고 사람들이 얼마나 혐오하는지 얘기가 오가요. 그런데 그게 무슨 쓸모가 있나요? 그들은 어차피 로튼을 욕하면서 로튼의 호텔에서 밥을 먹고, 로튼의 은행에 저축을 하고, 로튼의 무역 상단에 들어가지 못해서 안달을 낼 거예요."

"미쳤어……."

"당분간 로튼은 망하지 않아요. 아 물론, 그렇다고 왕권이 무너질 일도 없을 거예요. 내가 보기에 이 든든한 왕권은 적어도 한 300년 정도는 더 버틸 만할 것 같거든요. 어쨌든…… 그래서 제이슨이 또 뭘 할 수 있다고요?"

"그런 식으로 무모하게 부딪치면, 단주도 산산이 부서질 수 있다는 생각을 해 보지 못했나요?"

"내가 무모하게 굴지 않으면 나는 무조건 죽어요. 그렇지만 내가 무모하게 굴면, 나는 80퍼센트 정도의 승산이 있죠. 태자비 전하. 방금부터 명예니 뭐니 하지만…… 역사는 승자의 기록이에요. 승리자의 죽음은 유언으로 남지만, 패자의 죽음은 변명으로 남죠. 어차피 죽을 거 유언이라도 남기고 죽어야지, 안 그래요?"

엘리미아는 이제 할 말을 잃은 듯했다. 그녀는 뭔가 생각하다가, 결국 한숨을 쉬었다.

"제이슨은 아마 우리의 의도를 의심할 거예요. 그는 형제를 죽인 전적이 있는 사람이고요. 이디에트의 힘이 필요해서 남긴다고 쳐도, 만약 그가 로건과 알렉산드르를 죽인다면 우리는 왕위를 계승할 수 있는 이를 전부 잃는 거예요."

"정확하게 저희 생각에 들어맞는 행동이죠."

순간 위그의 미간이 꿈틀거렸다. 그래, 비비안의 궁극적인 목적은 그것이었다. 그는 제이슨을 자극하려고 한다. 제이슨은 생각이 있는 사람이었다. 설사 이디에트를 제거한다고 쳐도 만약 자신의 형제가 존재한다면 그것은 어마어마한 손실이 되리라.

존재하는 것이 해악만 되는 형제, 그리고 옆에서 적당하게 비위를 맞춰 주는 태자비의 가문.

제이슨이 먼저 손을 쓸 쪽이 어딘지는 너무 명확했다. 물론 그게 이디에트의 안녕을 보장해 주지는 못하겠지만.

그렇다고 해도 위그는 비비안이 이렇게 담담하게 이 말을 내뱉는 것이 불편했다. 그러나 엘리미아는 잠시 그녀의 생각을 이해하지 못한 듯 입을 뻐끔거렸다.

"왕위 후보가 없으면 대체 이 결혼의 의미가 무엇이죠?"

"그 의미는 내가 찾아."

순간 엘리미아의 말을 자르고 위그가 나섰다. 그는 더 이상 비비안을 앞에 내세울 의도가 없는 듯했다. 그러나 엘리미아의 시선은 전부 비비안에게 고정되었다. 그녀는 상황을 알 수 없었다. 제 동생을 한 번, 비비안 로젤리스를 한 번 본 그녀가 어처구니없는 얼굴을 했다.

"지금 그게 말이 돼? 우리는 분명 알렉산드르를 왕으로 세우려고 했잖아! 그리고 내가 이혼을 하고."

"알렉산드르는 두 번째 제이슨이 될 거다."

"우리가 손에 쥘 수 있잖아!"

"아버지가 그렇게 믿었지. 그리고 제이슨이 지금 어쩌고 있는지 생각해 봐."

"디텔과 제이슨을 함께 처리하면 되는 거 아니었어?"

"그럼, 또 다른 디텔 공작가가 다시 나타나지 않는다고 보장할 수 있나?"

"그래서 지금 뭘 하겠다는 거야! 왕위 후보를 다 죽이고 이디에트가 왕이라도 되겠다는 거야?"

"이디에트는 영원히 공작가로 남을 거다. 그렇지만 영원히 공작가로 남으려면, 왕실을 그대로 손아귀에 틀어쥐어야겠지. 그러기 위한 과정일 뿐이니 흥분하지 마."

엘리미아가 이해가 가지 않는다는 듯이 외쳤다. 그러나 위그와 비비안은 모두 침묵했다. 두 사람은 더없이 침착한 얼굴로 엘리미아를 응시했다. 결국 자신이 흥분했음을 깨달은 엘리미아가 입을 꼭 다물었다. 위그가 제 누이를 향해 입을 뗐다.

"너는 그저 평소 하던 대로 해."

"……나는 이해하지 못하겠어."

"이해해 달라고 한 적 없어. 제이슨은 죽여 주지. 애초에 그걸 원하는 게 아니었나?"

엘리미아는 고개를 살짝 옆으로 돌렸다. 그때, 갑자기 비비안이 입을 열었다.

"정 안심이 안 되면, 직접 죽이셔도 되고."

엘리미아의 의아한 눈길이 비비안에게 꽂혔다. 비비안은 자신의 앞을 막고 있는 위그를 옆으로 툭툭 쳐서 비키게 했다.

"태자비 전하께서 직접 손을 쓰셔도 된다는 말이었어요."

"상상만으로 꽤 즐거운 일이지만 나는 그치와 단둘이 있을 기회가 없어요. 차라리 카티야라면 모를까."

"카티야가 한다면 너무 티 날 거예요. 제이슨이 아무리 카티야에게 미쳐 있다고 해도, 설마하니 내가 카티야를 보낸 의도를 모를까. 그리고 아마…… 꽤 빠른 시간 내로 그 이디에트의 문서를 꺼낼 수도 있을 텐데 당연히 카티야가 의심을 받을 거고요."

"그럼."

"이건 태자비 전하만 할 수 있는 일이에요. 물론, 거절한다고 해도 상관 없어요."

"내가 왜 할 수 있죠?"

"태자 전하는 비전하를 꽤 사랑한답니다."

"역겨운 소리 말아요."

"아, 사람으로서 사랑하는 게 아니라, 트로피로서 꽤 아낀다는 말이었어요. 그러니까 말하자면…… 고분고분 적당하게 말 들어 주는 척과 거절 사이의 선을 잘 타면, 아마 이래저래 단둘이 있을 기회는 만들 수 있을 거예요."

"마치 뒷골목 여자처럼 굴라는 말로 들리는군요."

엘리미아는 이제 해탈한 듯 쓰게 웃었다. 그러나 비비안은 진지한 얼굴로 말했다.

"당신이나 일리야나 왜 다들 하나같이 제안을 받으면 자신이 창부 취급이라도 받았다는 듯이 생각하는지 모르겠어요. 당신들은 가진 게 몸뚱어리 밖에 없나요?"

"무례해요, 단주."

"진심으로 궁금해서 물어보는 말이에요. 적당하게 정신적 교감을 나누거나 말을 얹어 주고, 분위기를 타고, 틈을 노리고, 이런 기술적인 행동은 못하나요? 내 남편은 그동안 제이슨의 비위를 맞춰 주기 위해 영지를 수도 없이 팔았는데, 그럼 내 남편은 무슨 제이슨의 남첩이라도 되나요?"

"그런 끔찍한 말을 입 밖에 내뱉을 수 있는 당신의 정신머리가 부럽군."

"그렇잖아. 태자비 전하, 저는 지금 당신에게 침실 시중을 들라고 하는 게 아니에요. 그게 필요했으면 카티아에게 맡겼겠죠. 그리고 그런 저질스러운 수는 인생에 두어 번 쓰는 걸로 충분해요. 너무 많이 쓰면 그건 좀 생각이 없는 인간 아닐까요."

"……그러니까 단주의 말은, 지금 나더러 제이슨과 대화를 해 보라는 뜻이겠군요. 대화를 해서 무슨 생각을 하는지 알아보고…… 기회가 된다면 죽이라는 거군요."

"태자비라니, 이렇게 매력적이고 좋은 지위를 썩혀 둘 수는 없잖아."

여유로운 데다가 태자비 앞에서 쓰기에는 지나치게 건방진 말투였지만 이 방의 누구도 그 무례함을 지적할 생각을 하지 않거나 못했다.

비비안은 생긋 웃었다.

사람들은 흔히 왕실 암투에 음모와 계략이 난무할 것이라고 생각하지만, 그것은 어디까지나 국왕이 건재하고, 왕실이 룰 아래 돌아갈 때에야 유효한 것이었다. 권력 싸움은 생각보다 더 야성적이고, 잔인하고, 노골적이다. 그들이 해야 하는 것은 이제 암투가 아니었다. 그저, 적보다 늦게 죽는 것, 그렇게 홀로 살아남아 모든 것을 독식하는 것, 그뿐이었다.

"일단은 적당하게 태자와 거리를 조절하는 것부터 시작하죠. 마침 내가 이런 미친 짓을 벌였으니, 그쪽도 우리 의도가 궁금할 거예요."

"서로가 서로를 경계하면서?"

"원래, 같은 이불을 덮는 부부 싸움이 세상에서 제일 재밌는 법이에요."

그렇게 읊조리며 비비안이 활짝 웃었다.

엘리미아는 알 수 없었다. 진짜로 이렇게 된다면, 제이슨의 화살은 필연코 로건이나 알렉산드르 쪽으로 향할 텐데 대체 어쩌려고 그러는 것인가. 그러나 동시에 그녀는 물을 수 없었다. 비비안과 위그가 무엇인가를 꾸미고 있었다. 그녀는 알면 안 되는.

결국 엘리미아는 입을 다물고 방을 나갔다. 비비안의 말을 온전히 알 수 없으나, 어쨌든 제이슨의 동태를 살펴보긴 해야 했다. 특히 지금 같은 상황에 제가 접근한다면, 우리가 무슨 계획을 꾸미고 있다고 아예 선전 포고 하는 꼴이긴 하지만 그래도, 그녀가 뭔가를 하긴 해야 했으니까.

탁.

문이 닫히자마자 위그가 입을 뗐다.

"크리스티나를 왕으로 세울 거라는 말은 왜 안 하지?"

"당신도 안 했잖아."

"엘리미아를 잘 아니까."

위그는 엘리미아를 잘 알았다. 그녀는 귀족가의 영애로서 적당하게 총명하고 똑똑했으나 그렇다고 계략이나 음모 따위에 능숙하지는 않았다. 그녀에게 크리스티나를 여왕으로 세울 것을 알려 준다면 일을 오히려 그르칠 수도 있었다.

"제이슨을 진짜로 속아 넘길 수 있다면 애초에 지금까지 그렇게 가만히 왕실에 붙어 있으면서 아무것도 안 하지 않았겠지. 엘리미아의 작용은 그게 딱 적당해, 제이슨의 성취감을 만족시킬 만한 우아한 귀족 영애."

위그는 대꾸하지 않았다. 그러나 그는 비비안의 말에 동의했다.

그들은 이제 조금 더 노골적으로 나갈 필요가 있었다. 서로서로 견제하는 이 상황에서, 몰래 누군가를 뒤에서 조종하는 건 꽤 시간이 걸리는 행동이었다. 어차피 제이슨은 꾸준하게 이디에트를 경계하면서 제거하지 못했다. 그럼 차례로 죽여 버리는 쪽이 차라리 나으리라.

"제이슨이 제일 먼저 누굴 의심할 것 같나? 우리가, 만약 반역을 저지른다고 결정을 내렸다고 생각한다면."

"그게 중요한가."

"중요하지."

"왜, 아직도 내가 로건을 제거하지 못할 거라고 생각해서? 다시 말하지만 나는 아무렇지도 않아."

"아무렇지도 않은 것과 아무렇지도 않아야 하는 건 다른 문제지."

"또, 나한테 그렇게 된통 당하고도 나를 그렇게."

"이건, 인간으로서의 기본적인 감정이다."

"……."

"당신이 여자라서가 아니라."

비비안은 멈칫하다가 피식 웃었다.

"그렇긴 하네. 그렇지만 나는 인간으로서도 평범한 인간은 아니야. 나를 객관적으로 바라보려는 시도는 좋지만, 그렇다고 나를 인간으로서 과소평가하는 것도 좋지는 않아."

"과소평가한 적 없어. 당신이 로건을 못 죽일 거라고 생각하는 게 아니야. 다만, 죽더라도…… 조금 더, 정치적으로 죽어야 한단 말이지."

위그는 말을 삼켰다. 로건은 비비안을 사랑한다. 그래서 그녀를 위해 죽겠다는 말까지 했다. 하지만 위그는 절대 그가 비비안 앞에서 사랑을 속삭이며 비장하게 죽게 내버려 둘 수 없었다. 그는 확실하게, 정치적으로, 왕자로서, 왕권 아래 패자로서 죽어야 한다.

"이제 곧 로건을 만나 봐야겠군."

"만나서 나를 사랑하면 죽으라고 말하려고?"

비비안이 재밌다는 듯이 웃었다. 그녀의 미소에 위그는 침묵했다. 그리고 곧, 그가 뭔가 생각하더니 가볍게 말했다.

"글쎄, 그런 일은 없을 거다."

새물새물 웃고 있던 비비안이 조금 의외라는 얼굴을 했다. 왜, 얼굴에 물음을 써 붙였으나 그녀는 굳이 묻지 않았다. 묻지 않았기에 위그 또한 대답하지 않았다. 그저 시선으로 비비안을 스쳐 지나간 뒤, 시종을 불러 드레스 룸으로 들어갔을 뿐이었다.

비비안은 뭔가 생각하는 듯하다가 미묘한 얼굴을 했다. 왜 굳이. 기실 답이 나오지 않는 건 아니었다. 위그는 독점욕이 어마어마한 자였다. 순수한 사랑이든 아니면 오만한 전략적 사랑이든 그는 절대 '제 것'을 타인이 넘보는 것을 용납하지 않는다. 그래서 로건이 그녀의 앞에서 사랑을 속삭이는 꼬락서니 자체가 꼴 보기 싫을 수 있다.

그러나 왠지 모르게 위그는 단순히 그 이유 때문은 아닌 것 같았다.

답을 알 것 같으나 답이 나오지 않았다. 순간 더 생각하다가는 저도 모르게 확 휘말려 들어갈 것 같아 그녀는 빠르게 생각을 털어 냈다. 위그가 무슨 생각을 갖고 있는지 그녀는 알 수 없었다. 그러나 그녀는 반드시 크리스티나를 왕으로 세워야 했다. 왕으로 세워서, 그녀가 원하는 것을 얻어야 했다.

위그는 그녀에게 상속권이 더 필요한 존재냐고 물었다. 답은 당연히 필요한 것이었다. 그래야, 그녀의 이 인생이 오롯이 그녀 자신에게 귀속되니까.

"재미없다."

비비안은 홀로 중얼거렸다. 그러나 그녀는 다시 흥미로운 얼굴을 했다. 일은 재미없고, 음모는 시시하다. 그래도, 나름대로 평범하지 않은 인생이라, 그럭저럭 사는 맛은 또 있었다.

* * *

방 안은 정사 뒤의 짙은 열기로 가득 차 있었다. 마치 뱀처럼 사내의 몸을 칭칭 감은 여인이 달콤하게 웃으며 그의 어깨를 만지작거렸다. 밖에서 스며들어 오는 환한 달빛이 얼굴을 들이밀자 순간 눈부시도록 흰 여인의 모습이 차가운 공기 속에 훤하게 드러났다. 곧, 눈을 반짝이던 여인이 입을 열었다.

"무슨 생각 해요?"

마치 사탕처럼 달콤하게 녹아내릴 듯한 목소리였다. 카티야가 눈을 곱게 휘었다. 은은한 에메랄드 같은 녹안이 반짝였다. 곧 풍만한 여체를 끌어안고 제이슨이 의미심장한 얼굴을 했다.

"네가 그 단주를 만난 게 언제였지?"

갑작스러운 물음에도 카티야가 까르르 웃었다. 참 별걸 다 물어본다는 듯이, 은 쟁반 옥구슬 저리 가라 할 정도로 낭랑한 웃음소리였다. 그녀는 제이슨의 품에 파고들며 녹진하게 속삭였다.

"글쎄요, 잘 기억은 안 나요."

"어쩌다가 만난 건지는 기억나고?"

"제가 맞고 있었는데, 그분이 저를 발견해 주셨어요."

"왜 맞고 있었는데?"

"아……."

카티야는 말을 아꼈다. 그녀는 그다지 기억하기 싫은 사실이라는 듯이 얼굴을 찡그렸다. 그러나 그녀는 다시 웃었다. 씁쓸한 미소에 제이슨이 호기심 어린 얼굴을 했다.

"여자들한테, 맞고 있었어요."

단 한 줄로 요약되는 상황이었다. 제이슨은 별로 감흥 있는 이야기는 아니었는지 그저 가볍게 넘겼다. 카티야는 나른하게 웃었다. 이곳에서 그녀의 역할은 사내를 '유혹'하는 것이었다. 그리고 그녀는 거기에서도 사내를 '유혹'해야 했다. 그 사이에 무슨 차이가 있는지는 알 수 없으나, 그녀는 다시는 그곳으로 돌아가고 싶지 않았다.

"단주가 너를 구해 줬나?"

"네. 그랬죠. 그래서 그분께 감사의 마음을 안고 있고요."

기실 비비안이 한 일은 그저 그녀의 몸에 코트 하나를 덮어 줬던 것뿐이었다. 그러나 그 작은 일 하나를 선뜻 하려는 인간이 없었다. 그녀의 자매들은, 그래, 그걸 자매라고 표현하는 게 옳은지는 모르겠지만 어쨌든 그 자매들은 혹여 제가 눈에 띌까 봐 바들바들 떨면서 그녀를 보고 있었다. 그때, 우아한 모자와 나풀거리는 드레스를 입은 소녀가 다가왔다.

그리고 그 뒤는, 그녀도 알고 비비안도 아는 이야기였다.

"그래서 그 뒤로 그녀가 하라는 건 다 하고 있고?"

"제가 할 수 있는 거야, 그저 이 몸뚱어리 하나 바치는 것뿐이죠."

"그런 것치고 너는 과하게 매력적이야."

카티야가 웃었다. 안다. 그녀는 제가 가진 계집으로서의 매력을 믿었다. 믿지 않았다면 그렇게 과감하게 모든 일을 했을 리가 없었다. 그녀는 자신이 예쁘고, 사내를 홀리는 재주가 있음을 알고, 그것을 어떻게 써야 하는지 구석구석 모두 다 알았다. 그래서 결국 이 자리에 있는 거겠지.

"그래서 태자 전하의 곁에 있는 것이죠."

"단주가 보는 눈이 있었군. 계집이 계집의 가치를 알아보기 힘든데."

카티야는 길게 숨을 들이쉬었다. 그녀가 요사스럽게 웃으며 나른하게 중얼거렸다.

"그런가요?"

"하지만 단주는 좀 다른 치들과 다르니 그럴 만도 해. 그래서, 너를 보내 제 오라비를 죽게 했나?"

카티야는 피식 웃었다. 제이슨의 말투는 그야말로 담담하기 그지없었지만 그녀는 그 속에 들어 있는 뜻을 모르지 않았다. 일부러 제 오라비를 죽였나? 제이슨의 그 물음에 들어 있는 다른 질문에 카티야가 새물새물 웃으며 대답했다.

"전하는 농도 잘하셔."

"아닌가?"

"단주님의 오라버니는 심장 마비로 죽었어요. 저도 어떻게 된 일인지 모르겠지만 그저 갑자기 정신을 차리고 보니 죽어 있어서 제가 얼마나 놀랐는지 전하는 모르실 거예요."

"우연이었다?"

"전하께서 제 능력을 긍정해 주시는 건 꽤 즐거운 일이지만, 그 정도는 아니랍니다."

물론 카티야는 애초에 비비안이 사주한 내용이 제 오라비를 깔끔하게 '처리'하라고 한 것임은 말하지 않았다. 그것은 영원한 두 사람 사이의 비밀이었다. 카티야가 보낸 모든 편지는 비비안의 손에 있었다. 그러나 비비안이 보낸 편지는 이미 종적을 감춘 지 오래였다.

"흐음. 그럼 너는 왜 내게 왔지?"

제이슨은 카티야를 더욱더 품에 안았다. 그러나 그 팔에 들어간 힘을 카티야가 모를 리가 없었다. 그녀는 본능적으로 알아차렸다. 제이슨이 갑자기 그녀를 경계하기 시작했다. 그 이유는 아마도 오늘 비비안이 저지른 어떤 일 때문이리라.

'대체 무슨 일을 어떻게 하셨기에.'

카티야는 속으로 한숨을 쉬었다. 제이슨은 거칠게 대할 때면 진정으로 밑도 끝도 없이 상대를 거칠게 몰아붙이는 이였다. 그러나 그가 진짜로 무서울 때는 이렇게, 마치 자신은 아무것도 모른다는 듯이 상대를 시험할 때였다. 그리고 이럴 때일수록 제대로 답해야 했다. 그러나 카티야는 그걸 왜 묻느냐는 듯이 고개를 들었다.

"단주님께서 저를 보내셨을 뿐, 저는 잘 몰라요. 그저 태자 전하를 즐겁게 하라고 했어요. 그리고……."

"그리고?"

"그리고……."

카티야가 갑자기 살풋 웃었다. 그녀가 천천히 몸을 일으켰다. 화사한

금발이 구불구불 아래로 흘러내렸다. 마치 금이 그대로 흘러내리는 것 같았다.

그녀는 천천히 제이슨의 몸 위에 올라탔다. 제이슨은 굳이 그녀의 행동을 저지하지 않았다. 카티야는 천천히 손을 쓸다가 윗몸을 낮춰 제이슨과 얼굴을 가까이 했다.

"겸사겸사, 베갯머리송사도 하고?"

노골적이었으나 그래서 오히려 더 진실한 목적은 감춰져 있었다. 그 누구도 카티야가 단순히 제이슨에게 바쳐지는 일종의 선물 따위라고 생각하지 않았다. 그리고 비비안도 다른 이들이 그녀를 그렇게 여기기를 바라지 않았다. 카티야는 제이슨의 인형이어야 하고, 코르티잔인 동시에 그를 휘두르는 여자가 되어야 한다.

카티야는 그것을 알고 있었다. 여기서 아무 의도도 없었다고 하는 건 오히려 더 큰 의심을 불러일으키리라. 그녀는 영리하게 위험을 빠져나가는 법을 알았다.

"그래서 성공했나?"

"아직이요."

"성공하고 싶어?"

"네. 성공해서…… 전하를 휘두르고 싶어요."

카티야가 곱게 눈을 접었다. 제이슨은 빤히 그녀를 응시하다 몸을 벌떡 일으켰다. 순간 그가 카티야의 목덜미를 꽉 눌러 침대에 눕혔다. 카티야는 그 와중에도 까르륵 웃었다. 익숙한 광경이었다.

"감히 나를 휘두르려고 하다니 말이야."

제이슨이 카티야의 등에 몸을 밀착시키며 그녀에게 속삭였다. 그러나 그 목소리 속에 담긴 것은 분명 웃음기였다. 카티야는 그래서 저 또한 덩달아 웃었다. 곧, 제이슨이 바로 그녀의 목에 입을 댔다.

곧 방 안은 다시 열기로 차올랐다. 그러나 제이슨의 아래에서 철저하게 만들어진 희열을 내뱉으며 카티야가 속으로 읊조렸다. 아무래도 비비안이 조만간 자신을 빼낼 것 같다고. 그리고 그 이유는 분명 비비안이 제이슨을 어떤 식으로 자극해서이리라.

'미리 말해 주지.'

그렇게 생각하면서도 카티야는 딱히 분노하지 않았다. 그녀는 비비안 로젤리스를 잘 알았다.

그래서 그녀는 다시 웃었다. 그녀의 임무를 이행하듯.

* * *

로건이 '그' 비비안 로젤리스를 처음 만난 날, 그는 로건이 아닌 '에단'이었다.

"에단, 에단, 저것 봐, 저 여자가 로튼의 단주래."

예술을 꿈꾸는 모든 청년들이 꿈을 안고 모여드는 거리, 그 거리의 한구석에서 손님의 초상화를 그리고 있던 로건은 자신을 툭툭 치는 손길에 미간을 찌푸렸다. 그날은 그가 일주일에 몇 번 없이 '에단'으로 존재할 수 있는 기회였고, 그는 결코 그 기회를 낭비하고 싶지 않았기 때문이었다. 그럼에도 옆에서 호들갑을 떨던 동료의 목소리는 낮춰질 생각을 하지 않았고 결국 그의 손님마저 그 수군거림의 중심으로 고개를 돌리는 순간, 로건은 덩달아 고개를 들었다.

"누가 로튼의 단주……."

"저기, 저기, 저 파란색 드레스를 입은 여자 말이야."

자신의 팔을 흔들던 동료의 성화에 결국 그는 시선을 골목길의 끝으로 던졌다. 그리고 그 끝에 서 있는 것은, 화려한 물빛 드레스를 입은 채 모자를 짚고 있는 앳된 얼굴의 여자였다.

비비안 로젤리스…… 순간 로건은 저도 모르게 그 이름을 읊조렸다.

아무리 사교 활동에 관심이 없다고 하나 그 또한 들어 보았다. 수도에 소문이 자자할 뿐만 아니라 사교계에서도 종종 이름이 오르내리는 여자였다. 그리 긍정적인 평가는 없었지만, 그래도 아무런 배경도 없는 혈혈단신의 여자가 사교계의 화젯거리가 되는 것도 보통 일은 아니었다.

그러나 딱 거기까지였다. 애초에 사교계의 일에 관심도 없었거니와 뒤에서 누군가를 담론하는 취미 자체가 없었기에 로건에게 비비안 로젤리스는 딱 거기까지 있는 그런 존재였다. 하지만 비비안 로젤리스를 처음 본 그 순간, 그는 최소한 저 젊은 여자가 보통내기가 아니라는 것쯤은 쉬이 판단했다.

그러니까 비비안 로젤리스의 첫인상을 말하자면, 어딜 가나 주목을 받을 수밖에 없는 존재였다. 단순히 외적인 것을 말하는 게 아니라, 인간 저마다 갖고 있는 특이한 분위기가 그러했다. 그녀는 그 꾀죄죄했던 거리에서도 일말의 여유 하나 잃지 않은 채 느긋하게 걸음을 옮겼고, 그 모든 행동 하나하나가 그녀에게 시선이 갈 수밖에 없도록 만들었다.

왕실에서 수도 없이 많은 귀족들을 보았지만 그것과는 결이 달랐다. 사교계에서 가장 칭송받는 이디에트의 공녀…… 엘리미아 이디에트 또한 모든 이들의 주목을 받는 그러한 존재였지만 왠지 모르게 그런 종류의 것은 아니었다. 그럼 그 남동생 쪽인가……. 로건은 얼핏 제 형의 궁에서 몇 번 본 이디에트의 공자를 상기하다가 얼굴을 찌푸렸다. 어떻게 그런 종류의 인간에게 비비지. 로튼의 단주에게 지나친 실례였다.

결국 로건은 다시 캔버스로 고개를 돌렸다. 손님은 이미 고개를 온전히 돌린 뒤였다. 마지막 마무리만 하면 되었기에 그녀가 고개를 돌리지 않는다고 해도 이상할 것은 없었다. 마지막으로 오른쪽 아래에 사인을 마친 뒤 로건이 흡족스럽게 웃었다.

곧 손님이 그에게 돈을 건넸다. 아마 그녀는 평생 모를 것이었다. 자신을 위해 그림을 그려 준 것이 바첼론의 왕자라는 사실을. 그녀의 시선은 온통 로건의 얼굴에 있었다. 원래부터 보기 드문 미남이라 애초에 그를 찾아 그림을 받아 가는 여자 손님들 대부분은 그의 얼굴에 관한 소문을 듣고 온 것이었다.

곧 손님이 준 돈을 주머니에 넣은 로건이 캔버스를 닦았다. 그 순간, 갑자기 그의 위로 그림자가 졌다.

"안녕하세요?"

그는 고개를 들었다. 늘씬하고 야리야리한 여자가 그의 앞에 있었다. 새하얀 얼굴 위로 달콤한 꽃처럼 퍼지는 미소가 한없이 예쁜 여자였다. 천천히 모자를 벗어 뒤에 있는 시녀에게 넘긴 여자가 그를 보며 눈을 곱게 접었다. 시리도록 파란 눈동자가 맑고 깨끗했다. 오뚝한 콧날, 새빨간 입술, 백조처럼 가늘고 긴 목…… 우아하고 고귀했다. 사교계에 도는 그 모든 소문들이 무색하게, 여자는, 비비안 로젤리스는 딱 그 나이 대의 아가씨들이 갖고 있을 법한 깨끗하고 발랄한 이미지의 소유자였다.

"그림을 한 장 부탁드리고 싶은데."

"어떤 그림으로 원하십니까?"

"아무거나? 당신 눈에 보기에 가장 예쁜 거, 아무거나 하나 그려 줘요. 보수는 넉넉하게 드릴 테니까."

"그리고 싶은 것도 없으면서 왜 오신 겁니까?"

"그건…… 그야 이 골목에 어마어마한 재능이 있는 예술 청년이 한 명 있다고 해서 구경하러 왔지요. 더불어 그자가 그렇게 잘생겼다고 소문이 자자하기에. 제가 원래 잘생긴 남자들한테 좀 호기심이 많거든요."

말을 마친 비비안이 샐쭉 웃었다. 그녀의 얼굴에 비낀 미소를 본 로건이 한숨을 쉬었다. 안타깝게도 그는 방금 전 자신이 내렸던 판단을 시정해야 할 것 같았다. 눈앞의 여자는 딱히 맑고 순수하지 않았다. 그저, 그렇게 보여 주려고 할 뿐.

"확실하게 지정해 주지 않으면 그려 드릴 수 없습니다."

"이런, 화가들은 다 자기 나름의 영감이 있다던데. 재능을 그렇게 낭비하는 건가요?"

"그건 레이디와는 관계가 없을 겁니다."

"그럼. 나를 그려 봐요."

순간 말을 마친 비비안이 그의 앞에 있는 의자에 턱 앉았다. 그녀가 손에 들린 가방을 뒤에 있는 시녀에게 넘기며 말했다.

"헤더, 이거 좀 들고 있으렴, 지루하면 저기 카페 가서 뭐 좀 사 먹어도 돼."

곧 그녀가 고개를 돌리고 로건을 응시했다. 그녀의 곱게 휘어진 눈매를 보던 로건이 천천히 소묘 종이를 꺼내고 연필을 들었다.

비록 그녀가 왜 이러는지 알 수는 없었으나, 군이 그렇다고 밀어 낼 이유는 없었다. 천성적으로 다정한 그는 딱히 누군가를 극도로 좋아하지는 않았으나, 그렇다고 극도로 싫어하지도 않았다. 그는 곧바로 제 앞에 있는 게 그 이상한 비비안 로젤리스라는 사실을 잊고 말았다. 연필 끝이 사스삭거리며 종이 위에 흔적을 그려 냈다. 눈매, 코, 입, 하나 빠트리는 것 없이 담아 낸 끝에, 완성된 초상화를 받은 비비안이 눈을 깜박거렸다.

"당신에게 있는 재능은, 비단 얼굴뿐만은 아니었나 봐요."

"실례이십니다. 레이디."

로건은 한숨을 쉬었다. 그때, 갑자기 비비안이 천천히 종이를 내려놓더니 진지하게 입을 열었다.

"돈, 없죠?"

"……?"

"내가 돈을 줄 테니, 나랑 가지 않을래요?"

로건은 미간을 좁혔다. 이게 갑자기 무슨 말도 안 되는 일인가. 눈앞의 여자가 자신을 돈으로 사려고 하고 있었다. 물론 왕자인 그가 군이 이런 일에 자존심이 상할 이유는 없었다. 그러나 그녀는 그가 혐오하는 저 사교계의 모든 이들이 저지르는 행동을 하고 있었고, 그것이 순간 로건의 심기를 건드렸다. 그에 그가 처음으로 싸늘하게 읊조리려는데, 갑자기 비비안이 곱게 눈을 접으며 말했다.

"제 미술 선생님이 되어 주실래요?"

"……무슨 말씀이십니까?"

"제가 예전부터 그림 그리는 걸 꽤 좋아했는데, 안타깝게도 재능이 없어서요. 이래저래 그림을 사랑하는 이들과 소소한 모임을 갖고는 있지만, 그래도 제 지식에는 한계가 있잖아요. 그래서 그러는 거예요. 제 미술 선생님이 되어 주시든가, 아니면 로젤리스가에 와서 전속 화가가 되지 않을래요?"

"말도 안 됩니다. 레이디. 거절하겠습니다."

"그러지 말고. 잘 생각해 봐요. 좋은 기회예요. 당신이 유명해질 기회. 돈을 많이 벌 수도 있지 않나요?"

"예술적 가치는 돈으로 못 삽니다."

"하지만 예술가라도 땅 파먹고 사는 건 아니겠죠."

로건은 점점 눈앞의 이 여자가 이상해졌다. 그녀는 가장 순진하고 천진한 얼굴로, 그가 가장 혐오하는 말을 하고 있었다. 그 얼굴 때문인가, 표정 때문인가, 평소라면 그저 염증 어린 표정으로 지나쳤을 한 마디 한 마디를 그는, 되레 진지하게 듣고 있었다. 그리고 그게 계기가 되었던 걸까, 로건은 순간 이 여자가 진짜로 그림을 나름 사랑하는 게 아닐까 하는 생각이 들었다.

물론 빠르게 사라진 생각이었지만.

결국 로건에게 거절당한 비비안은 아쉽다는 얼굴을 했다. 그녀는 제 초상화와 로건을 번갈아 보다가 무슨 생각을 하는지 다시 방긋 웃었다. 그리고 곧, 그녀가 입을 열었다.

"내일 다시 오죠. 생각이 바뀌면 언제든지 로튼으로 와 줘요."

"그럴 일은 없을 겁니다."

"그래도."

순간 비비안이 화사하게 웃었다.

"나는 뭔가를 미치게 사랑하는 사람을 잘 알아봐요. 나는, 그쪽이 그런 사람 같거든요."

그 순간, 로건은 왠지 모르게 이 여자와 절대 떨어질 수 없는 모종의 인연이 생길 것 같다는 생각이 들었다. 그리고 그 생각은, 들어맞았다.

* * *

"하아."

로건은 눈을 감았다. 그때 비비안이 몇 살이었던가, 스무 살이었다. 그래. 로튼의 단주가 된 지 그리 오래 지나지 않았다는 그 여자. 그 말간 얼굴로 순수하게 열망에 들떠 있던 이. 그녀는 정말 한다면 하는 사람이었고, 그녀가 열흘째 골목에 왔던 날, 로건은 결국 그녀를 따라 로젤리스가로 가고야 말았다.

기실 말하자면 그건 호기심이었다. 대체 왜 이렇게 끈질길까. 그녀는 포기를 모르는 것 같았다. 그리고 그 포기를 모르는 성정이 원하는 것은, 정말 우습게도 예술이었다.

'나는 미술가들도, 배우들도, 예술을 즐기는 사람들도 좋아해.'

훗날 그가 물었다. 왜 그렇게 그들에게 뭔가를 해 주기를 즐기냐고. 그때 그녀가 뭐라고 했던가.

'바첼론에서 예술가들은 그저 귀족들의 놀음거리에 지나지 않아.'
'그렇지.'

'그럼에도 불구하고 제가 원해서 한다는 게, 얼마나 재밌어. 나는 그런 사람들을 좋아해. 자기가 원하는 것을 위해 앞이 보이지 않더라도 뛰어드는 사람.'

'그건 네가 그런 사람이어서가 아닐까.'

'그런가? 그런 것일 수도 있지만, 물론 그게 전부가 아니기도 해. 어렸을 때부터 돈이 많아지면, 꼭 내가 좋아하는 작가와, 화가와, 음악가와, 아무튼 내가 좋아하는 사람들에게 돈을 많이 퍼붓기로 했어. 그래서 그들이 내가 좋아하는 걸 더 많이 만들어 냈으면 좋겠어.'

그렇게 순수하다면 순수했고 영악하다면 영악했던 소녀였다. 그 뒷면에 어떤 이야기가 있는지 알면서도 빠져들 수밖에 없었다. 그래서 제가 이러면 안 되는 것을 알면서도, 결국 사랑했다. 신분을 숨기고, 애정을 말하고, 사랑한다고 하면 눈을 동그랗게 뜨다가 웃으면서 저도 사랑한다고 그렇게 말해 줬다.

그래서 그녀에게 죽은 첫사랑이 있다는 사실 또한 받아들일 수 있었다. 첫사랑이 그녀가 예술계에 그렇게 돈을 퍼붓는 이유라는 것도, 그녀가 첫사랑과 비슷한 남자만 골라 다녔다는 것도 결국 그는 받아들였다.

그 모습이 너무 아름다워서, 결국 그는 그녀를 사랑하며 동경했다.

그 동경이, 결국 왕자라는 신분을 버리고 도망치자는 제안으로 변하던 그 순간도, 그럼에도 거절당했던 그 순간마저도, 그 뒤도, 그 어떤 순간도 비비안 로젤리스를 사랑하지 않던 때가 없었다.

그런데 그녀의 종착점이, 위그 이디에트였다.

'그 여자는 당신이 캔버스에 담을 여신의 조각상 따위가 아니야.'

문득 으르렁거리며 읊조리던 그 말이 생각났다. 위그 이디에트는 비비안이 캔버스에 담을 여신의 조각상 따위가 아니라고 말했지만, 그것은 어디까지나 그의 시선으로 본 비비안 로젤리스에 불과했다.

'위그 이디에트, 너는 비비안 로젤리스를 모른다.'

그래, 그는 모른다. 그 여자가 어떤 것을 사랑했는지, 어떤 표정을 지었는지. 제가 좋아하는 연극 하나하나에 얼마나 기대 어린 표정을 지었는지.

그럼에도 불구하고 왜, 그 한마디가 그렇게 기분이 나쁜가.

그리고 왜, 그 한마디에 자신이 진짜로 비비안 로젤리스를 사랑했는지, 아니, 비비안이 그를 사랑했는지에 대한 의문부터 떠오를까. 비비안은 단한 번도 그의 앞에서 로튼의 이야기를 하지 않았다. 그의 앞에서 그녀는 항상 가장 순수한 소녀였고, 가장 즐거운 여자아이였다. 그래서 그녀가 그를 거절한 그날조차 그는 이해하지 못했다.

그래서, 나는, 진짜로 비비안 로젤리스를 알았는가.

결국 생각에 생각을 거듭하던 로건이 한숨을 푹 쉬었다. 그때, 밖에서 누군가가 문을 두드렸다.

"왕자 전하."

시종이 문을 열었다. 미간을 살짝 찌푸리는데, 그가 뭔가를 건넸다.

"이디에트 공의 초대장입니다. 나흘 뒤, 그러니까 새로운 한 해의 두 번째 날, 단둘이서 이자르의 숲으로 사냥을 떠나자고 하십니다."

로건은 편지를 빤히 응시했다. 그리고 곧, 그가 고개를 끄덕였다.

"그러지."

그래, 위그 이디에트, 나는 비비안을 잘 모를 수도 있다.

그렇다면 너는, 그녀를 얼마나 잘 아는가.

* * *

비비안과 위그가 바로데로 온 지 꽤 시일이 지났다. 그리고 그것은 곧 바첼론의 한 해가 거의 저물어 감을 의미했다. 비비안은 한 해의 종식을 예언하듯 펑펑 쏟아지는 눈을 조용하게 보다가 손을 내밀었다. 따뜻한 손에 눈이 닿기가 무섭게 물방울이 맺혔다.

"밖에 눈이 오는…… 뭘 하는 거지?"

방으로 들어온 위그는 얼굴을 찌푸렸다. 갑자기 들이닥친 눈으로 인해 야외 활동은 취소되었다. 애초에 눈이 오지 않아도 제이슨은 이 며칠 비비안의 미친 짓 때문에 딱히 밖에 나가고 싶은 마음이 없는 듯했다. 덕분에 어제부터 줄곧 방에 있던 위그는, 잠깐 엘버린 공작과 상회의 이야기를 하러 나간 사이에 침대에서 창문으로 자리를 옮긴 비비안을 보며 미간을 찌푸렸다.

비비안은 살짝 고개를 돌리고 팔을 거둬들였다. 성큼성큼 그의 옆으로 온 위그가 문을 닫았다.

탁, 창문이 닫히자마자 비비안의 손이 빨갛게 된 것을 본 그가 마뜩잖은지 얼굴을 구겼다. 그의 큼지막한 손이 그녀의 손을 감쌌다. 금방 장갑을 벗어 그의 손은 뜨뜻했다.

"왜 갑자기 감상에 젖고 있어?"

"그냥 눈이 와서 보고 있었던 것뿐이야. 한 해가 이렇게 빨리 가는구나 싶어서."

"……."

"리암의 사건이 지난 지 얼마나 되었다고. 우리가 만난 것도 거의 1년이지?"

"그런 걸 기억하고 있을 줄은 몰랐군. 결혼기념일도 기억 못 하면서."

"까다롭기는. 그러는 당신도 올해 내 생일 안 챙겨 줬잖아."

"그건."

위그는 입을 열려다가 결국 입을 다물었다. 그건, 그녀의 생일이 마침 그녀가 누워 있던 그 며칠간의 일이었기 때문이었다.

목숨이 오락가락하는데 생일을 챙겨 줄 새가 어디 있나. 심지어 깨어난 뒤에도 리암의 장례식이다 뭐다 이래저래 바빠서 차마 생일을 기념할 새가 없었다. 금방 장례식을 치른 집에서 생일 파티를 열기도 애매해서 결국 비비안의 생일은 그냥 넘어갔다.

"그래도 선물은 줬잖나."

비비안은 가볍게 웃었다. 그건 의외였다. 생일이 제법 오래 지난 뒤, 갑자기 생일 선물이라고 뭔가를 주기에 뭔가 했다. 꽤 새삼스러웠으나 그건 그녀에게 큰 감동이 되지 못했다. 그때까지만 해도 그녀는 리암의 죽음에 이미 반쯤 미친 상태였으니까.

"올해가 이렇게 가네. 우리는 언제 수도로 돌아가는 거야?"

"열 번째 날."

"리즈와 아리아는 뭘 할까."

"엄마와 즐겁게 놀겠지. 왜, 돌아가고 싶나."

"딱히. 그냥 궁금했을 뿐이야. 그러고 보니 로건과 약속을 잡는다고 한 건 잘됐어?"

"……그래."

위그는 편지를 보내자마자 바로 온 답장에 담담하게 대꾸했다. 비비안은 더 이상 묻지 않았다. 그저 묘한 얼굴을 하며 웃을 뿐이었다.

"이제 리디아와 만나서 간단하게 얘기라도 나눠."

"리디아 세믄?"

"응. 당신을 만나고 싶어 하던데."

"나를 왜?"

"몰라. 당신이 대단한 인물이라서 그러나 보지."

"당신과 만나면서?"

"사람들은 원래 쉽게 아는 사람이 대단하다는 사실을 잘 못 느껴."

"그러지."

위그가 답하자 방 안은 곧 정적으로 가득 찼다. 하얀 눈이 펑펑 내리는 사이 오직 싸늘한 냉기와 방 안의 온기만 얼기설기 얽혔다. 비비안은 새삼스러운 얼굴을 했다. 그러고 보니 올해…… 그래, 올해, 그녀는 위그 이디에트와 결혼했다. 꽤 오래전의 일 같은데 그게 겨우 1년이라고. 아니, 1년도 못 채웠지, 그녀는 잠시 뭔가 생각하다가 그만 웃었다.

그때였다.

"오늘 저녁 뭐 하나?"

"오늘 저녁? 연회가 있잖아."

"아, 그랬지."

위그의 반응에 비비안이 이상하다는 듯이 웃음을 흘렸다. 그러나 위그는 그저 입을 다문 채 그녀를 빤히 응시할 뿐이었다. 그리고 곧, 그가 갑자기 물었다.

"꽃 좋아하나?"

"응. 알고 있었잖아."

"그럼 됐어."

"왜, 꽃이라도 주려고? 한때 내 환심을 얻겠다고 장미를 가져오더니, 그 거 내가 제이슨한테서 그 서신을 빼낸 뒤로 완전히 끊겼어."

"그런 짓을 하고도 내가 꽃을 줬으면 했어?"

"아니."

위그는 어이없다는 듯이 한숨을 쉬었다. 비비안은 그를 보다가 웃었다. 어차피 한 해의 마지막 날이다. 그리고 그녀와 그는 오늘도 변할 게 따로 없었다. 비비안은 곧 헤더를 불렀다. 연회가 곧 시작될 예정이었다.

* * *

연회는 바로데 별장의 메인 홀에서 진행되었다. 제이슨은 언제 비비안한테 도발당했냐는 듯이 평소와 다름이 없이 웃고 있었다. 여상스럽게 위그의 품에 안겨 있던 비비안이 샴페인을 홀짝거렸다. 어차피 익숙한 사람, 익숙한 풍경이 다른 장소로 옮겨진 것뿐이었다. 다들 그저 평소와 다름없이 웃고 떠드는데, 리디아만이 마치 가시방석에 앉은 듯 안절부절못했다.

"리디아 양. 거기 케이크 좀 먹어요."

"네? 네!"

리디아는 씩씩하게 대답하고 비비안의 말대로 케이크를 한 입 덜어 입에 넣었다. 그사이 크림이 조금 떨어졌다. 이 며칠간 리디아 옆에서 친구가 되어 준 클로에가 급히 손수건을 내밀었다. 리디아는 비비안이 선물해 준 드레스에 혹여 자국이라도 남을세라 열심히 드레스를 들어 크림을 닦아 냈다. 그 일련의 행동이 기괴해서 위그가 얼굴을 찌푸렸다.

"왜 저러나?"

"이런 곳에 처음 와 보는 사람은 다 그래."

"당신은 내 집인 것처럼 행동했잖나."

"그건 이 세상이 다 내 것이라는 생각으로 사니까 그런 거고. 아, 리디아 양, 이거, 이거 맛있어요. 먹어 봐요."

리디아는 이제 비비안이 주는 포도를 들어 다시 입에 넣었다. 그러나 솔직히 말해서 그녀는 현재 자신이 먹는 게 포도인지 딸기인지 몰랐다. 그저 이 자리가 무척 불편했다. 그녀는 저 멀리에 서서 우아하게 제자리를 지키는 왕실 일가족을 힐끔 보았다. 마치 자신과는 다른 세계의 사람 같았다. 그녀는 학자 집안에서 태어난 것만큼 권세와 거리가 멀었다. 아무리 봐도 내가 낄 데는 아닌데. 리디아가 생각하던 중에 비비안이 입을 열었다.

"그래서 내 남편을 만난 소감은 어떤가요?"

"아."

비비안의 말에 리디아가 고개를 들었다. 순간 그녀는 소문의 이디에트 공작을 보고 침을 꿀꺽 삼켰다. 그녀는 위그 이디에트에 관한 이야기를 들어 보았다. 역사책에도 나오는 가문의 수장, 그 외에 간간히 평민들에게도 위그 이디에트는 꽤 구담 전설 속의 영웅 같은 남자였다. 그는 남자들의 동경의 대상이었고 여자들의 흠모의 대상이었다. 그렇게 크고 멋있다더라, 그렇게 용맹하다더라…… 이래저래 말이 내도는 것을 얼핏 듣긴 했는데, 역시 오늘 보니.

"음, 멋진 분이세요."

리디아의 비장하고 진지한 말에 순간 비비안이 눈을 동그랗게 떴다. 위그가 얼떨떨한 얼굴로 한숨을 내쉬는 와중에 클로에와 헤더가 입을 막고 웃음을 흘렸다.

그러나 리디아는 진심이었다. 꽤 멋있는 사람이었다. 물론 사람을 얼굴로 판단하면 안 되지만 그래도 위그 이디에트의 외모는 정말 멋졌다. 공작이라서 그런지 부티도 좀 나는 것 같고, 말하는 것도 진중하고, 멋있는 사람인 것 같은데, 안 되나? 리디아는 순진한 얼굴로 눈을 깜박거렸다. 비비안이 웃으면서 위그를 향해 읊조렸다.

"어때? 멋있대."

"……."

"리디아 양, 그래도 인생을 한 10년 정도 더 산 사람으로 조언을 하자면, 굳이 그렇게 나이 차이가 나는 남자를 찾을 필요 없어요."

"네, 네? 아니, 저는 그런 뜻이 아니었는데요!"

리디아는 순간 자신의 뜻이 어떻게 비춰질지 깨닫고 화들짝 놀라고 말았다. 평소에 이렇게 생각 없는 사람이 아니었는데, 너무 긴장해서 그만 헛소리를 내뱉은 것 같았다. 그러나 비비안은 그저 재밌다는 얼굴만 했다. 리디아는 그제서야 비비안이 자신을 놀린다는 것을 깨달았다.

결국 리디아는 자신의 한심함에 속으로 통곡을 하면서 애써 입을 다물었다. 비비안은 진하게 눈웃음을 쳤다. 그녀의 눈에 리디아는 꽤 똑똑하고 총명한 아이였다. 그러나 공부를 잘하고 눈치가 빠르다는 것과 사교계에서 적당하게 영리하게 구는 건 다른 일이었다. 비비안은 느긋하게 웃으면서 위그의 품에 파고들었다. 위그가 자연스럽게 그녀를 꽉 끌어안았다.

리디아는 비비안이 굳이 저를 더 놀리고 싶은 생각이 없는 듯하자 안도의 한숨을 쉬었다. 그러자 그녀의 시선이 전부 비비안과 위그에게 모였다. 비비안, 리디아 앞에서 그 어떤 남자도 필요 없다고 말할 듯이 굴던 그녀는 이제 대부분 귀부인이 그러하듯 제 남편에게 얌전하게 안겨 있었다. 아니, 정확히 말하자면 그런 듯했다. 그러나 위그가 비비안을 얼마나 다정하게 안고 그녀의 입에 뭔가를 넣어 주든, 비비안이 얼마나 예쁘게 웃으며 위그의 품에 있든, 리디아는 그것이 절대 '정상적인' 부부 관계로 보인다고는 생각하지 않았다. 물론 그녀는 그 생각을 하자마자 은근히 실례라는 것을 깨닫고 자신을 자책했다.

그때였다.

"그러고 보니 우리 리디아 양에게 관심이 많아 보이던 비올테의 영식은, 어디 있으려나. 인사는 했어요?"

순간 리디아가 얼굴을 확 일그러뜨렸다. 안 그래도 이 파티에 들어오자마자 발견한 놈이었다. 그는 리디아와 법학원에서 1, 2등을 다투는 이였고, 리디아와는 거의 앙숙에 가까웠다. 그러나 더욱더 리디아의 신경을 거슬리게 하는 것은 맨날 수업마다 그녀의 말에 시비를 걸면서도 항상 그녀의 일상에 불쑥불쑥 그가 나타난다는 것이었다.

"학교에서 질리게 본 얼굴이에요. 굳이 인사할 필요가 없어요."

"비올테? 그 비올테 후작가?"

"응. 그 영식이 우리 리디아 양과 연이 깊어서."

위그가 흥미로운 얼굴을 했다. 비올테 후작가는 이디에트와 디텔 그 어느 쪽도 아닌 중립 가문이었다. 굳이 말하자면, 엘버린 공작과 친한 무리들이었다. 그리고 엘버린 공작가와 친하다는 건, 어느 정도 깨끗하고 올바른

도덕관을 갖고 있다는 뜻이었다.

"괜찮은 가문이지."

"그렇지? 엘버린 공작가와 연이 깊다고 하던데. 그걸 보면 역시 사생활도 괜찮고."

"그렇지."

"친구를 잘 사귀어야 한다니까. 당신과 프레스트 후작을 봐. 역시 사람들은 비슷한 것들끼리 모여."

"그러는 당신은 나와 결혼했고."

"그 또한 끼리끼리라는 방증이지. 아, 리디아 양. 들었죠? 비올테 후작가는 꽤 괜찮은 집안이니까, 그 집 아들도 괜찮아요."

"저…… 제 억측일 수도 있지만, 저와 그 후작 영식은 그리 친하지 않아요. 물론, 다른 이성 간의 감정도 없고요."

"딱히 그런 뜻은 아니었는데. 친구로서 사귀는 방식도 있죠."

리디아는 자신이 조금 선을 넘은 것 같아서 얼굴이 발그레해졌다. 비비안은 방긋 웃었다. 리디아는 확실히 그런 생각이 없어 보인다. 그러나 비올테의 후작 영식은 그렇지 않은 것 같은데. 그녀는 방금부터 이쪽을 힐끔힐끔거리는 후작 영식을 보며 그만 웃고 말았다. 뭐, 당사자들이 알아서 할 일이었다.

곧 비비안은 신경을 끄고 위그의 품에 안겼다. 어차피 리디아와 위그도 서로를 알아 두었으니 나쁠 건 없었다. 어쩌면 먼 훗날 도움이 될 수도 있고. 그렇게 생각하는데 슬슬 연회 홀을 울리던 연주가 끝에 다다르고 있었다. 시간을 확인하자 자정이 가까웠다.

아니나 다를까 귀족들이 천천히 분주해지기 시작했다. 왕실과 친분이 있는 귀족들은 원래 새로운 한 해에 바로데의 별장에서 자신의 파트너와 첫 번째 왈츠를 시작한다. 그리고 왕과 왕비가 침상에 있는 지금, 오프닝 세리머니는 당연히 태자와 태자비의 것이었다. 그다음으로 이디에트 공작 부부,

디텔 공작 부부와 엘버린 공작 부부…… 차례로 귀족원의 상위 순서대로 입장하는 의식은, 그야말로 왕실 고유의 전통이었다.

곧 악대들이 천천히 자리를 이동하기 시작했다. 중앙이 비워지고 귀족들이 원을 그렸다. 헤더가 와서 비비안의 머리와 드레스를 만져 주었다. 곧 위그가 먼저 자리에서 일어나고 그녀에게 손을 내밀었다. 비비안이 자리에서 일어나 홀로 향했다.

리디아는 새삼 말로만 듣던 신년 연회를 이렇게 가까이 볼 수 있음에 놀라 눈을 깜박였다. 그리고 곧, 귀족들이 태자 부부와 세 쌍의 공작 부부에게 길을 내주었다.

그리고 얼마나 지났을까.

뎅…….

아스라하게 밀려오는 종소리에 악대들의 연주가 시작되었다.

태자와 태자비는 매년 하는 행사여서인지 꽤 익숙하게 손을 잡고 나갔다. 제이슨의 입가에 미미하게 달린 미소와 달리 엘리미아는 정말 노골적으로 아무런 감정도 없는 표정을 지었다. 곧 제이슨이 손을 내밀고 엘리미아를 잡자마자 홀에 첫 번째 원이 그려졌다.

그리고 곧.

"부인, 첫 번째 왈츠를 함께할 수 있는 기회를 주시겠습니까?"

"기꺼이."

위그가 손을 내밀자 비비안이 그 위에 손을 얹었다. 세 개의 드레스가 원을 그리며 홀에 나갔다. 비비안이 여유롭게 웃으며 살짝 허리를 숙이고 드레스 끝을 들었다. 우습게도 지독하게 안 어울릴 것 같았는데 너무 잘 어울려서, 위그는 저도 모르게 살짝 넋을 잃었다가 티 나지 않게 그녀의 허리를 잡아끌었다. 곧 왈츠가 시작되었다.

"그나저나 해마다 이 짓을 하면, 예전에는 어쨌다는 거야? 정부들이랑 나갔나?"

"미쳤나? 신년 연회의 첫 번째 왈츠를 정부와 추라고?"

"그런 전적이 있는 사람이 있다던데."

"아쉽게도 공작가에는 없어. 엘버린 공작은 당신도 알다시피고, 디텔 공작은 의외로 제 아내에게 꼼짝 못 하고, 아버지도 공식 석상에서는 어머니와 다니지 않으면 홀로 입장했으니까."

"선대 이디에트 공작은 새삼 보면 신기한 존재야. 정말 글러먹은 인성인데 묘한 데서 바르군."

"내 아버지는, 그랬어. 정부를 찾는 게 당연하다고 여겼으면서, 어머니가 불쾌해하면 선을 그었지."

"칭찬을 할까, 욕을 할까."

"그래서 나 또한 그렇다고 믿어 왔어. 귀족가의 가주로서, 부인의 지위를 보장해 주는 것은 절대적인 의무라고."

"정말 그럴싸해 보이는 개소리군."

위그는 웃었다. 그러나 아마 비비안을 만나지 않았더라면 그 또한 그렇게 생각했을 것이다. 그의 아버지는 지금 생각해 보자면 꽤 기묘한 존재였다. 그는 집 밖에 수도 없이 많은 정부를 거느리고 있었으나 절대 그 정부들을 집에 데려오는 법이 없었다. 아내가 자신의 일에 관여하는 것을 극도로 싫어했으나 반대로 자신 또한 가문 내적의 일에 관여하지 않고 전권을 일임했다. 그의 어머니는 꽤 세가 있는 왕국의 공주 출신으로서, 도도하고 자존심이 센 여자였다. 그녀는 자신의 남편을 사랑하지는 않았지만, 안주인으로서의 의무를 다하는 사람이었다.

"어쨌든, 그래서 지금까지 누구와 왈츠를 시작한 거야?"

"크리스티나."

"아 맞아, 혼담이 오갔다고 했지."

"이디에트와 결혼을 할 만한 신분의 미혼 여성이 그녀밖에 없었어."

마치 변명이라도 하듯 위그가 한마디 덧붙였다. 그러나 그는 갑자기 기묘해지고 말았다. 작년까지만 해도 크리스티나는 그에게 어쩌면 결혼을 할 수도 있는 막내 왕녀, 그저 그뿐이었다. 그러나 이제 그 왕녀는 그에게 주군으로 모셔야 할지도 모르는 이가 되었다.

그 사이의 간극은 순전히 그의 품에 있는 이 여자 때문이었다. 그는 비비안의 파란 눈동자를 보다가 그녀의 손을 살짝 들어 올렸다.

빙그르르 한 바퀴 돈 뒤 그녀가 다시 그에게 다가왔다.

"아쉽겠어? 왕녀 전하와 결혼하면 왕녀 출신의 아내도 얻고, 이디에트의 핏줄도 더욱더 고귀해질 텐데."

"제이슨 때문에 재산을 전부 탕진하고, 나는 파산하고?"

"음. 그건 좀 안 아쉽군."

"당신과 한 선택은 나로서 필연적인 것이었어."

"그런데 왜 하필 나였을까?"

"그건, 당신이 나를 구해 줄 수 있는 유일한 존재였으니까. 결혼은 꽤 좋은 눈속임이었지."

"용케도 이런 되바라진 평민 여자한테 도움을 구했군."

"당신도 파산의 위기에 놓이면 길거리에 있는 거지한테도 도움을 청할 거다."

"나는 파산의 위기에 놓이지 않아."

"그렇겠지."

이제 비비안이 살짝 걸음을 옮겨 위그와 등을 맞댔다. 그리고 작은 걸음으로 그와 멀어진 그녀가 생긋 웃었다. 마지막으로 그의 손을 잡은 뒤 그녀가 한 번 더 돌았다. 그리고 마무리…… 조금 숨이 차는지 그의 품에 등을 기댄 그녀가 조금 달아오른 얼굴로 말했다.

"아, 힘들어."

"테라스에 나가서 시원한 바람을 맞는 게 좋겠다."

위그는 마치 기다렸다는 듯이 그녀를 안았다. 곧 몇 개 가문이 연달아 홀에 나선 뒤, 태자 부부와 세 가문이 물러났다.

위그는 제가 말한 대로 그녀를 품에 안고 그대로 밖으로 나갔다. 헤더가 그것을 보더니 급히 비비안에게 모피를 걸쳐 주었다.

달깍.

커다란 창문이 열리고 테라스가 보였다. 차가운 공기가 얼굴을 때렸으나 비비안은 그제야 숨통이 트인다는 얼굴을 했다. 안쪽의 열기는 아직도 후끈했다. 비비안은 신기하다는 듯이 텅텅 빈 주변의 테라스를 보면서 읊조렸다.

"당연히 이런 곳에서 밀회를 즐기는 인간이 한둘쯤은 있을 줄 알았는데."

"이곳은 왕실 연회다. 그런 불건전한 일은 일어나지 않아."

"불건전이라니. 불건전한 걸 사랑하는 사람 속상하게."

비비안은 느긋하게 웃으며 테라스에 몸을 기댔다. 첫 번째 왈츠라……하여튼 왕족들과 귀족들은 별 의식을 사랑했다. 새로운 한 해면 어떻고 묵은 한 해면 어떨까. 결국 시간은 끊임없는 순간의 연속이었다. 시간에 단위가 있어야 한다면 초, 분, 시간, 일, 월, 년 그 어떤 것도 아니어야 했다. 시간의 단위는, 인간의 인생이어야 했다. 한 사람의 인생, 두 사람의 인생. 그리고 그녀의 인생.

그렇게 생각하던 그녀가 살짝 손을 만지작거렸다. 시원한 공기에 이제는 좀 살 것 같았다. 슬슬 추워진다고 그렇게 생각하며 그녀가 들어가자고 할 때였다.

갑자기 부스럭거리는 소리와 함께 그녀의 앞에 커다란 꽃다발이 한 아름 내밀어졌다.

"……?"

비비안은 눈을 깜박거렸다. 이건 또 뭐 하자는 전개지? 천천히 고개를 들자 위그가 담담한 얼굴로 그녀를 향해 그것을 내밀고 있었다. 화려하기 그지없는 새빨간 장미, 한 송이 한 송이 제대로 고른 듯 상한 구석 하나 없이 싱그럽기까지 했다. 밖에 꽤 오래 두었는지 장미는 이미 차가워져 있었다. 품에 안기도 어려울 정도로 커다란 장미 꽃다발에 결국 비비안이 입을 뗐다.

"이게 무슨……?"

"뇌물이다."

"……뇌물?"

"올 한 해도, 이디에트를 위해 돈을 많이 써 달라는."

비비안은 순간 할 말을 잃었다. 그러나 웃음이 입을 비집고 나오는 건 왜일까. 그녀는 그만 처음으로 이 남자 앞에서 어떻게 행동해야 할지 갈피를 잡지 못했다. 꽃, 장미꽃, 화려한 장미, 꽤 많은 장미, 꽃다발…… 뇌물이라기에는 지나치게 소박했다. 물론 장미는 무조건 상급 중의 상급일 게 뻔했고, 상태도 어마어마하게 좋았지만 그래도 그녀에게 주기에는 너무 허술한데.

그런데 왜…….

"좋네."

비비안은 저도 모르게 읊조렸다. 바첼론에서 실질적으로 가장 큰 권력을 누리는 남자가 가장 큰 재력을 가진 여자한테 선물로 장미꽃 한 다발을 선물했다. 밖에 가서 말해도 믿는 이 하나 없을 게 분명했다. 하나도 화려하지 않고 단순하기 그지없었다. 그저 꽃 한 다발, 어쩌면, 장난하냐고 화를 내도 이상할 거 하나 없는 '뇌물'.

그럼에도 불구하고 비비안은 꽃을 안았다.

"아주 현명한 선택이었어. 돈 되는 걸로 주면 이딴 걸 주냐고 비웃을 수 있었는데, 이건 뭐 꽃만 주니까 순간 어떻게 해야 할지 애매해."

"그러라고 꽃으로 준비했다."

"날이 갈수록 영악해지는 거 알지?"

"누구한테서 배운 거지."

비비안은 그만 웃고 말았다. 그녀는 살면서 수도 없는 꽃 선물을 받았다. 그리고 실제로 그녀는 꽃을 사랑했다. 향긋하고 달콤하고 예쁘고 화사한 걸 즐기니까. 그녀는 문득 위그가 꽃향기를 싫어한다는 것을 상기해 냈다. 아니나 다를까 위그의 표정은 다소 불편해 보였다. 물론 필사적으로 참고 있다는 그 부분이 바로 재밌었지만.

비비안은 길게 숨을 들이쉬었다. 그리고 곧, 꽃을 손으로 만지작거리다가 입을 열었다.

"정말이지, 꽃 한 다발로 내 돈을 퉁쳐 먹으려고 하다니."

"전략적으로 당신을 감동시키는 게 나한테 더 유리해."

"전략적으로……."

비비안은 그만 웃었다. 위그는 그런 그녀의 표정을 응시하다가 저도 모르게 웃음을 흘렸다. 기실 그가 이 꽃다발을 준비한 것은 꽤 충동적이었다. 안타깝게도 그 어떤 연애 소설에 나오는 프러포즈처럼 그렇게 오래 계획된 게 아니었다. 그저, 갑자기 생각나서 구해 오라고 했고, 그리고 줬다. 마침 오늘이 새로운 한 해의 첫 번째 날이라서.

두 사람의 관계는 딱 그러했다. 의도적인 감동도, 그 어떤 달콤함도 없다. 그저 생각날 때 준다. 그뿐이었다.

"추워."

"들어가지."

"응."

곧 위그가 그녀를 안았다. 새하얀 모피를 입은 여자가 새빨간 장미를 든다. 마치 피처럼 선명하게 퍼지는 그 선홍색이 왜 그렇게 아름다운가. 위그는 비비안을 내려다보다가 문을 열었다.

그저, 아름다운 순간이었다.

그렇게 한 해가 저물고 새로이 시작되었다.

　　　　　　　　＊　＊　＊

"어머나. 저기 좀 보세요."

왈츠가 울려 퍼지고 있는 홀은 이미 뜨거운 열기로 가득 차 있었다. 어느새 삼삼오오 흩어진 귀족들은 저마다의 이야기를 나누거나 가볍게 와인을 기울이고 있었고, 대부분 뿌예진 테라스의 창문 따위에 관심을 두지 않았다. 그래서 그런 것일까, 클로에와 소파에 남아 맛있는 것들을 먹던 리디아는, 엘버린 공작 부인의 감탄과 함께 갑자기 한쪽으로 몰린 시선에 조금 놀란 얼굴을 했다.

"뭐지?"

리디아는 눈을 깜박거리다가 테라스로 고개를 돌렸다. 비비안과 위그가 함께 나간 테라스였다. 물방울이 송골송골 매달려 뿌예진 창문 너머 무엇이 있는지는 확실하지 않았지만, 그래도 얼핏 비비안과 위그가 있다는 것은 알수 있었다. 곧, 새빨간 무엇인가가 하얀 옷을 입은 여자한테 넘어갔다. 리디아는 저도 모르게 사람들 틈에서 함께 감탄을 내뱉었다.

"저건……."

"장미예요."

클로에가 웃으면서 말했다. 오늘 아침 갑자기 요한이 미친 속도로 말을 타고 바로데를 떠나더니 저녁 즈음 장미를 들고 왔더랬다. 그에 클로에가 깜짝 놀라 무슨 상황이냐고 묻자, 요한이 귀찮다는 얼굴로 대답했다.

'각하께서.'

클로에는 입을 벌렸다. 확실하게 누구한테 준다는 말은 없었지만 비비안일 수밖에 없을 것이라고 여겼다. 그리고 실제로 그 꽃은 비비안의 품에 안겼다. 그게 왠지 모르게 뿌듯해서 클로에가 웃었다. 솔직히 말하자면…… 그리 자랑스러운 과거는 아니었지만 그녀가 정부로 있을 때까지만 해도 그녀의 기억 속의 위그는 저렇게 '쓸모없는' 선물을 하는 남자는 아니었다.

"이디에트 공작 각하께서 부인께 선물을 하시나 봐요."

"어머나, 다정하셔라."

삽시에 귀부인들 사이에서 웃음이 피어올랐다. 엘버린 공작 부인의 감탄에 너도나도 부러운 눈길을 보냈다. 리디아는 그게 그렇게 호들갑 떨 일인가 해서 눈을 동그랗게 떴다. 그녀가 보기에 이 결혼은 아무리 봐도 비비안이 천 수는 접고 들어가야 성사되는 결혼이었기 때문이었다.

어쨌든 객관적으로 수증기가 낀 창문을 사이에 두고 이디에트 공작 부부의 애정 표현은 꽤 큰 주목거리가 되었다. 얼마 전까지만 해도 라니사나 사생아의 소문을 곱씹던 이들은 이제 그딴 것은 다 머리 뒤로 넘겼다는 듯이 두 사람의 감정을 곱씹고 있었다. 저 빨간 게 과연 뭘까, 모든 이들이 힐끔힐끔거리는데, 곧 창문이 열리고 두 사람이 모습을 드러냈다.

"어머, 장미네요."

"이디에트 공작 부인, 정말 부러워요."

"거참, 엘버린 공작 각하에 이어서 이디에트 공작께서도 이리 애처가가 되시니."

"좋은 분위기죠. 아내를 아끼는 건 남편의 미덕이니까요."

비비안과 위그는 문이 열리자마자 자신들에게 쏠린 눈길과 말에 살짝 멈칫했다. 비비안은 살짝 의아한 얼굴을 했다.

"혹시나 해서 묻는데, 우리 방금 저 안에서 결혼하고 나왔어?"

"모른다."

비비안은 곧 장미 꽃다발을 헤더에게 넘겼다. 동시에 귀부인들이 그녀에게 다가왔다. 개중에는 이디에트의 세를 노린 이들도 있었고, 일부러 이 분위기에 그녀를 염탐하려는 자도 있었다. 그들에게 일일이 화답해 준 뒤, 비비안이 위그에게 걸음을 옮겼다. 그때였다. 멀리서 보던 엘버린 공작 부부가 두 사람에게 다가왔다. 그와 동시에 다른 귀족들이 약속이나 한 듯이 물러났다.

"부럽네요. 이디에트 공작 부인."

"이런 건 엘버린 공께서 가장 유명하시다고 들었는데."

"그래도요. 덕분에 안 좋은 소문도 사그라들고."

비비안은 그제서야 모든 이들의 태도가 엘버린 공작 부인 덕분임을 눈치챘다.

"흉흉한 소문은 좋은 말로 잠재우는 법이죠."

"고마워요."

"큰일도 아닌데요. 소문의 레이디를 디텔 공께서 왜 불러왔는지는 모르겠지만, 요즘따라 좀 시끄럽게 군다기에 귀족들 전부 다 불쾌해하고 있었거든요."

비비안이 웃었다. 위그도 묘한 얼굴을 하고 있었다. 곧 훗날에 언제 다과 모임을 하자는 형식적인 이야기가 오간 뒤, 비비안과 위그가 원래의 자리로 돌아갔다.

"오셨어요?"

"방금 누가 다녀가지는 않았나요?"

"아, 있긴 했는데 별로 중요한 사람은 아니에요."

비비안은 리디아의 대답과 클로에의 묘한 표정에 비올테의 후작 영식이 다녀갔음을 깨달았다. 그러나 그녀는 굳이 그것을 까발리지 않았다. 대신 웃으며 잔을 들었을 따름이었다.

"저…… 그런데 저희는 언제 돌아가나요?"

"아, 저런. 빨리 돌아가고 싶나요?"

"그건 아니고 그냥 궁금해서."

리디아는 자신의 생각이 들킨 듯한 부끄러움에 얼굴을 붉혔다. 비비안은 웃었다.

"곧 갈 거예요. 제 남편이, 아직도 하지 못한 일이 남아서."

순간 위그가 멈칫했다. 로건과 만나는 일을 말하는 것이었다. 위그는 한숨을 쉬다가 고개를 들었다. 그때, 2층에서 그들을 보고 있는 로건의 눈빛이 그에게 쏟아졌다. 그의 잔잔한 눈빛이 위그를 불편하게 만들었다. 그러나 결국 그는 비비안을 더욱더 끌어안을 뿐 별다른 말을 하지 않았다.

* * *

차가운 아침의 공기는 수렵을 하기에는 적격이었다.

물론 그렇게 생각하는 이는 전 세계에 위그 이디에트 혼자였으나, 그는 어쨌든 갓 눈이 내려 차가운 바람이 휘몰아치는 사이에서 로건과 단둘이 사냥을 나왔다는 사실이 꽤 흡족스러운 모양이었다. 따뜻한 바람이 솔솔 부는 사이에서 마치 귀부인들의 다과회처럼 그렇게 화기애애하게 흘러갈 분위기가 아니었다. 이 혹한 속에서도 허리를 세운 채 느긋하게 사냥감을 겨누고 있는 위그를 보던 로건은 슬슬 추위에 얼어붙은 손을 움직이다가 입을 열었다.

"이디에트 공이 이리도 유치한 걸 몰랐군. 혹한에 세워 놓고 본인의 체력 자랑을 해 우월감을 느끼는 성정이었나? 검 한번 안 잡아 본 이를 상대로?"

"검을 한 번도 안 잡은 건 수치가 아니나 그렇다고 자랑도 아니다. 겨우 이 정도가 내 자랑이라고 여겼다고 왕자 전하의 시종이 실직을 한 거군. 제 주인의 건강 하나 제대로 못 챙기다니 말이야."

애초에 둘만 나온 장소라 그런지 위그의 말투에는 일말의 존경도 없었다. 윤기 흐르는 새까만 흑마와 대조되는 은은한 하얀빛의 백마, 그리고 그 차이를 여실하게 드러내는 두 남자의 사이에 흐르는 것은 명백한 견제와 마뜩잖음이었다.

서로가 서로를 지독하게 싫어했다. 위그 이디에트야 원래 싫어하는 사람이 차고 넘쳤으니 이상할 것 없었지만, 누가 본다면 왜 로건 왕자가 한평생 관심 없던 귀족에게 저리 혐오를 드러내나 혀를 찰 수준이었다.

그러나 두 사람만이 서로에 대한 짙은 부정적 감정의 근원을 알았다. 그 것을 증명하듯, 얼마간 느긋하게 달그락거리는 말발굽 소리만 들리다가 로 건이 먼저 입을 열었다.

"비비는 아나? 공이 나와 수렵을 나온 걸?"

"굳이 숨길 이유가 없지. 이제 그녀는 네 이름을 들어도 그저 웃고 넘기 고 있어. 왜, 무슨 반응이라도 기대했나?"

"그렇게 길게 물은 적 없다. 과한 억측은 공이 하고 있는 것 같은데."

"미혼의 왕자의 입에서 내 아내의 애칭이 나오니 그러는 것이다. 왕자 전 하, 좀 선을 지켜. 오죽하면 디텔한테도 한 소리 듣겠어."

위그가 냉랭하게 답했다. 그야말로 일말의 흔들림 하나 없는 대화였다. 그러나 노골적인 적의는 감출 수 없었다. 안 그래도 로건의 물음을 듣고, 아침에 그를 만나러 간다는 말에 멈칫하던 비비안이 생각났기 때문이었다.

연회는 어제 끝났고, 위그와 비비안은 다시 평소와 다름없었다. 그가 비 비안에게 선물한 장미는 헤더가 잘 다듬어서 꽃병에 꽂았고, 이디에트가로 돌아갈 때 잘 갖고 갈 예정이었다. 그러나 오늘 아침 로건의 이름이 나오자 마자 비비안은 묘한 얼굴을 했고, 그 묘한 얼굴 위의 감정이 정확히 어떤 것인지 알 수 없어 결국 느낌이 묘했다.

'잘 다녀와.'

비비안은 결국 이렇게 한마디만 남겼다. 그것을 곱씹다가 위그가 쯧 혀를 찼다.

어제 금방 눈이 내려 그런 것인지는 모르겠지만 수렵장은 그렇다 할 만한 사냥감이 없었다. 물론 위그도 로건도 딱히 이곳에 수렵을 주 목적 으로 온 것은 아니었기에 상관없었다. 결국 침묵과 냉기만 풀풀 풍기던 그들의 앞으로 갑자기 토끼 한 마리가 깡충깡충 뛰어갔다. 위그는 그것을 보다가 한숨을 쉬었다. 굳이 쏘고 싶은 마음도 들지 않았다. 그때 로건이 입을 열었다.

"안 쏘나?"

"이제는 별거에 다 관심을 갖는군."

"사냥을 하자고 초대를 먼저 한 건 공이다. 그런데 정작 사냥에 가장 관심 없는 것도 공처럼 보여서 말이지. 아니면, 애초에 사냥을 하고팠던 게 아니라든가."

그의 말에 위그는 냉랭한 기색으로 총을 온전히 내려놓았다. 슬슬 숲의 가장자리에 들어왔다. 이 추운 날에 여기까지 오는 일은 없으니 듣는 귀도 없었다. 마침 위그 또한 주변의 동태에 꽤 민감한 편이었다. 말이 새어 나가는 일이 없음을 확인한 그가 대꾸했다.

"당연히 아니지. 내가 무슨 흥미가 있어서 왕자 전하와 이리 사냥을 오겠나."

"하면."

"이래저래 전해 줄 말도 있고, 제안을 할 것도 있어서 말이다. 단도직입적으로 말하지."

위그는 고개를 돌렸다. 그의 차가운 녹색 눈동자가 로건을 베어 버릴 듯 날카롭게 빛났다. 그러나 로건은 딱히 흔들리는 얼굴이 아니었다. 그는 차분하게 위그를 응시했다. 그에 위그가 다시 비릿하게 웃다가 고개를 돌렸다.

"어느 쪽부터 듣고 싶은 거지?"

"전해 줄 말."

"비비안한테서 미련 끊어. 공식 석상이든 아니면 사석에서든. 눈도 돌리지 마. 주시하지도 말고 곁눈으로도 보지 마. 그냥 네 세상에서 비비안 로젤리스를 지워 버려라."

"그걸 왜 공이 결정하는 거지?"

"내가 그 여자 남편이니까."

"말했을 텐데, 이 세상에 비비안 로젤리스를 소유할 수 있는 남자는 없다고."

"그건 비비안이 너한테 가겠다고 할 때 내가 말리면 할 수 있는 말이고. 지금 내 신경에 거슬리게 하는 건 내 아내가 아니라 너거든. 물론 그래서 이렇게 말로 끝내는 거다. 비비가 진짜로 네게 관심을 보이면 그때 너는 죽어."

"웃기는군."

"내가 비비안에게 손을 댈 수는 없으니까. 비비안에게 왜 너 따위에게 주의를 주느냐고 따지는 것과 왕족 시해를 비교해 봤을 때 후자가 더 간단하고 유쾌한 방법이지 않나?"

로건은 비웃음을 흘렸다. 이렇게 말한다고 달라지는 건 없다. 그러나 그가 여전히 담담함을 유지할 때, 위그가 입을 열었다.

"그리고 다음은 제안이다. 왕자로서 죽어."

순간 로건이 멈칫했다. 그러나 위그의 목소리는 더없이 평온했다. 그는 지금 왕자에게 죽으라고 명령을 내리고 있었다. 그것은 절대 제안이 아니었다.

위그는 로건이 저를 따라오지 않자 고개를 돌렸다. 로건의 싸늘한 시선이 그에게 꽂혔다. 누가 저 얼굴을 그 유약한 제3왕자라고 생각이나 하겠는가. 그러나 그는 로건이 저러는 이유를 알았다. 죽어, 라……. 로건은 충분히 죽을 수 있다. 그러나 그의 죽음은 비비안을 위한 것이지 위그가 좌우지할 수 있는 게 아니었다.

"건방지군. 공."

"왜?"

"내 죽음은 내가 결정하는 것이다."

"언제는 비비를 위해 죽을 수 있다고 하더니."

"그래, 나는 비비를 위해 죽을 수 있어. 하지만 그건 공이 결정할 수 있는 게 아니다."

"아니, 내가 결정할 수 있는 게 맞아. 나와 비비는 지금, 같이 묶여 생사를 함께하거든. 내가 원하는 게 그녀가 원하는 것이고 그녀가 원하는 게 내가 원하는 것이다."

"나는, 네 말을 들을 일이 없어."

"꼭 비비가, 네가 사랑해서 그렇게 절절매는 여자가 직접 나를 위해 죽어 달라고 읊조려야 죽겠나?"

"그러면 그렇게 말하는 공은, 그녀를 위해 죽을 수 있나?"

"아니, 나는 무조건 그녀보다 더 오래 살 거다."

더 오래 살아서, 그녀의 삶에 무덤 하나를 덜어 줄 것이다.

위그는 굳이 마지막 말을 내뱉지 않았다. 그러나 로건은 왠지 모르게 자신이 위그를 비웃을 수 없다고 생각했다.

그는 진심으로 말하고 있었다. 그는 비비안보다 더 오래 살 것이라고. 그럼에도 불구하고 로건은 자신이 진 것 같은 느낌이 온몸을 칭칭 감는 것 같았다. 위그가 낮은 목소리로 읊조렸다.

"왕자 전하가…… 아무리 왕위 암투에 어둡다고 해도 비비안이 그 성을 폭파시킨 게 무슨 의미인지 모르지는 않겠지. 앞으로 제이슨이 무슨 짓을 벌일지."

"이디에트의 뜻인가?"

"로젤리스의 뜻이기도 하지."

"비비안은 정치 싸움에 관심이 없어."

"없었겠지. 그러나 이제는 관심이 생겼을 수 있어."

"공이, 네가 그녀를 권력 싸움에 끌어들였나."

"왕자 전하의 입 속에 있는 비비안 로젤리스는 항상 그렇게 수동적이군. 어느 남자한테 소유당하지 않으면 겨우 공작 나부랭이한테 조종당해서 정치 싸움에 끼어들어. 그래, 그러니 비비가 결국 너와 떠나지 않은 것이다."

"……."

"그 환상적인 사랑은 집어치울 때가 되었어. 이제는 좀 현실적으로 굴 때다. 그리고 현실적으로 너는 죽어야 해. 나와 비비가 그것을 원하고 있으니까. 그래서 말하는 것이다. 왕자로서 죽어. 네가 비비를 위해 해 줄 수 있는게 그것이다."

"왕자로서 죽으라고……."

"그래, 왕자로서. 정치 싸움의 희생양으로서. 비비안 로젤리스와 무관하게 제이슨이나 나한테 정치적으로 죽어. 너를 위해서 그랬다는 절절한 선언 따위 없이, 비비안과 한 치의 관계도 없이."

"내가 그래야 하는 이유는?"

"비비안 로젤리스가, 너를 사랑했으니까. 그리고, 아직도 너를 마음에 두고 있으니까."

위그는 자신이 이 말을 내뱉고도 괜히 제 속이 뒤집어지는 것 같았다. 비비안은 로건을 사랑했다. 그리고 아주 사랑했다. 그는 그녀의 가장 순진할 때를 공유한 남자들 중에서 기억에 가장 큰 흔적을 남긴 남자였다. 그러나 거기서 멈추었으면 좋았을 감정은 우습게도 길고 긴 상흔을 남기고 결국 오늘날의 그녀까지 만들었다.

비비안에게 로건이 어떤 의미인가. 진지하게 생각해 본 적이 있었다. 그리고 아무리 생각해 보아도 남은 건 그저 긍정적인 의미밖에 없었다. 순진함, 사랑, 애정, 열망, 그리고 또다시 애정. 결국 생각에 생각을 곱씹어 보아도 그 결론이었다.

'로건을 사랑하나?'

그 대답에 비비안이 말했다. 자신은 사랑하는 사람도 죽일 수 있다고.

그러니까 결국 그 속에 담겨 있는 대사는 그것이었다. 아직, 사랑한다고.

그 사실이 그의 자존심을 갈가리 찢어 바닥에 흩뿌려 놓았다. 자존심인지 뭔지도 모르겠으나 속이 견딜 수 없게 불쾌해졌다. 그러나 자신의 마음을 온전히 뒤돌아 볼 기회도 없었다. 그저 속이 상했다. 마음이 상했고 그다음은 로건이라는 이름을 곱씹을 때마다 속이 울렁거리고 분노가 일었다.

결국 비비안이 로건과 이루어지지 못한다는 것을 알면서도 그랬다. 그에게는 그녀의 가장 가까운 곳에 있다는 사실이 주는 성취감마저 없었다.

그게 무엇인지는 모른다. 생각해 보니 전략적으로 사랑하는 상대, 그 상대가 마음에 두고 있는 남자. 그 모든 것들이 그에게는 대수롭지 않아야 했지만 그 또한 진지하게 생각해 볼 겨를이 없었다. 그저 한 가지, 만약 비비안이 진짜로 로건을 사랑한다면, 그는 정치적으로 죽어야 했다.

그 이유마저도 몰랐다. 결국 위그는 그것을 '그가 불쾌해서'라고 하기로 했다.

"비비안이 너를 마음에 두고 있는 한, 나는 네가 그녀의 앞에서 사랑을 속삭이면서 비장하게 죽는 걸 볼 수 없다. 그리고 그녀를 위한다는 이름 아래 로맨틱하게 죽는 것 또한 용납 못 하고."

"……."

"그러니 너는 정치적으로 죽어. 수많은 왕자들 중 한 명으로, 역사의 한 순간으로."

"비비가, 나를 마음에 두고 있다고."

순간 로건의 읊조림에 위그의 미간이 꿈틀거렸다.

"사랑한다는 말은 안 했어."

마지막 자존심이었지만 위그의 기분은 이미 불쾌해질 대로 불쾌해졌다. 로건이 다시 그의 앞에서 소유니 뭐니 어울리지 않느니 마니 그딴 소리를 하면 그는 기꺼이 이 총구멍을 로건의 머리에 댈 생각이 있었다. 그러나 위그의 예상과 달리 로건은 그러지 않았다. 그는 기뻐하지도 않았다. 그것이 분명 그를 꽤 기쁘게 하는 사실이 분명함에도.

대신 로건은 천천히 시선을 옮겨 위그를 응시했다. 위그는 무심하게 그것을 응수했다. 로건의 눈빛이 기묘한 감각으로 물들었다.

"위그 이디에트. 너는 비비안 로젤리스를 사랑하나?"

"좀, 그놈의 사랑 타령……."

"너는."

위그가 귀찮다는 듯이 쯧 혀를 찼다. 아직도 저 얘기인가. 제가 하는 말을 뭘로 들었나. 저 왕자의 머릿속은 왜 저렇게 꽃밭인가.

그러나 그의 생각과 달리 로건은 더 말을 잇지 않았다. 그저, 그렇게 꿰뚫어 볼 듯이 위그를 응시했을 뿐이었다.

로건은 입매를 굳혔다. 위그는 비비안이 자신을 마음에 두고 있다고 했다. 그 사실의 근거가 무엇인지 모르겠다. 그러나 왜 이렇게 그 말을 듣고도 하나도 유쾌하지 않은지 모르겠다. 그럼에도 비비안이 결국 그를 선택하지 않아서인가? 그러고도 결국 이디에트가 그녀의 선택이라서?

로건은 이제 위그와 저 자신의 차이를 곱씹기 시작했다. 그런데 우습게도 그 차이가 무엇인지 알 듯 하면서 몰랐다. 결국 이 자리에 남은 건 각자의 불쾌함을 안고 있는 두 사람뿐이었다.

"미안하지만, 나는 공의 제안을 받아들일 이유가 없어. 그럴 만한 가치가 없거든. 비비를 어떻게 대하는지는 내 마음이다. 그리고 죽음 또한 비비의 것이고."

"네 사랑은 왜 그렇게 제멋대로지?"

"오만하기 짝이 없는 공에게 그런 말을 들을 날이 있을 줄 몰랐군."

"그래, 나도 어지간히 글러 먹었는데 너는 더 글러 먹었군."

"공의 그 태도가 지금 상식적으로 어울린다고 생각하나?"

"안 어울릴 게 뭐가 있지?"

"내가 정치적으로 죽기를 바라면서 그렇게 오만하게 구는 게 맞는다고 봐?"

"뭔가 착각하는 것 같은데, 후자는 제안이다. 네가 비비안을 사랑하고, 비비안이 너를 마음에 두고 있다고 해서 하는 제안."

"……."

"설마 그녀를 사랑한다고 해서, 절절하게 그 앞에서 남자로 죽을 생각인 건 아니지?"

"내 사랑을 재단하지 마."

"재단한 적 없어. 진심으로 하는 소리다."

순간 로건의 얼굴이 완전히 일그러졌다. 되레 슬슬 짜증과 분노가 이는 것은 위그였다. 대체 왜 저렇게 사람 말을 알아듣지 못하는 거지? 그러나 위그의 그런 생각과 달리, 로건은 무척 분명하게 위그의 말뜻을 알아듣고 있었다.

어디 알아듣고 있다 뿐인가. 그는 위그의 말 뒤에 숨은 뜻도 알아채고 있었다.

로건은 말고삐를 꽉 당겨 쥐었다.

위그 이디에트가 하는 말의 저의야 분명했다. 위그와 비비안은 지금 왕실에 손을 대려고 하고 있었다. 그 목적이 누구인지는 모르겠으나 어쨌든 그게 로건이 아닌 이상, 그는 죽어야 했다. 위그가 지금 말하고 있는 것은 그것이었다. 죽을 때 죽더라도 비비안을 사랑해서 죽은 게 아닌 그저 왕자로서 죽으라고. 왜? 위그가 말한 이유는 그것이었다. 비비안이 아파하니까.

이래저래 포장에 포장을 더하긴 했으나 결국 그것이었다. 비비안이 아파하니까, 그것을 감당하게 하지 말라고.

그 말의 논리야 딱히 문제없었다. 그러나 로건을 화나게 한 것은 그 말을 지금 위그가 자신에게 하고 있다는 것이었다. 위그는 지금 비비안이 아파할 것을 걱정하고 있었다. 그게 파트너로서의 걱정인가? 천만에, 그녀를 조금이라도 안다면 그녀가 일을 하면서 얼마나 냉철한지도 알 것이었다. 파트너로서 그녀는 절대 무너지지 않을 성이었다. 그럼 그 걱정은 무엇인가. 남자가 여자에게 품을 수 있는 무수한 감정을 헤쳐 보고 또 헤쳐 보아도, 결론은 하나였다.

위그 이디에트는 비비안 로젤리스를 사랑한다. 그것도 아주, 철저하게.

그리고 그 애정은 결국 로건이 생각하지도 못했던 구석까지 파헤쳐서, 그의 사랑이 얼마나 오만하고 자기중심적인지까지 완벽하게 까발리고 있었다.

그럼에도 위그 이디에트는 결국 자신이 비비안을 사랑한다고 인정하지 않았다. 저 스스로의 감정을 알든 말든 상관없었다. 그러나 로건은 왠지 모르게 비비안은 그것을 알 것 같다고 생각했다.

어제 그 장미를 들고 테라스에서 나오던 그 표정마저 머릿속에서 맴돌았다.

비비안 로젤리스는, 위그 이디에트에게 어떤 감정인가.

결국 로건은 생각을 멈추고 입매를 굳혔다. 그는 위그 이디에트의 감정에 대꾸할 이유가 없었다. 들을 이유도 없었다. 사랑을 비교하고 그 사이에서 절망할 이유도 없었다. 부글부글 끓어오르는 분노를 겨우겨우 잠재웠다.

'그래, 저 남자의 말에 넘어갈 이유가 없지.'

그는 영원히 비비안의 말만을 들었다. 이대로 물러난다? 헛소리.

"오늘 말은 못 들은 걸로 하지."

"이래서 왕실 종자들은……."

"더 건방지게 굴면, 형님께 말씀드리지."

"말해. 뭘 어떻게 말할지 더 궁금하군. 내가 반역을 꾸미고 있다고 말하려나, 아니면 이디에트 공작이 내게 제안을 했다고 말하려나. 너도 생각이 있다면 알 텐데, 제이슨에게 너는 영원히 적이야."

"……."

"혹시나 해서 경고하는데, 괜히 비비안을 망가뜨려서 손에 넣겠다는 식의 생각은 안 하는 게 좋아. 일단 그 여자는 너같이 힘에 대한 개념이 없는 인간이 망가뜨릴 수 있는 여자가 아니고, 무엇보다도 헛된 짓 하면, 오늘처럼 평화로운 대화는 없을 줄 알아."

"평화라니, 웃기는 소리를 하는군."

로건은 더는 할 말이 없다는 듯이 말을 돌렸다. 달그락달그락거리는 말발굽 소리에 위그가 얼굴을 와그작 일그러뜨렸다. 한 번 말해서 처알아들을 거라는 생각은 안 하긴 했지만, 그것을 감안하더라도 로건의 반응은 다소 이상했다. 분노라기에는 애매했고 그렇다고 조소도 아니었다. 그러나 위그는 빠르게 채찍질을 했다. 방금까지 고요하던 수림에 갑자기 말발굽 소리가 어지럽게 피어났다.

'어쨌든 저렇게 된 이상, 쓸데없는 짓 하기 전에 빨리 처리하는 게 좋겠군.'

로건은 정치적으로든 비비안을 감안해서든 어느 쪽으로도 위그에게 유리한 존재는 아니었다. 그러기에 지금 빨리 확실하게 끊어 버려야 했다.

그렇게 생각하며, 그가 수렵 지대를 벗어났다.

그리고 그가 수림에서 나오자마자, 마치 기다렸다는 듯이 한 인영이 별장으로 향했다.

* * *

사냥터에서 나온 뒤 위그는 바로 별관으로 되돌아갔다. 그러나 방에 도착하자마자 그를 기다리는 것은 비비안이 아닌 텅 빈 침대와 비비안의 드레스를 정리하고 있는 헤더였다. 그녀는 방으로 돌아온 위그가 좌우를 훑자 바로 허리를 펴고 입을 뗐다.

"단주님께서는 카티야 님을 만나러 가셨어요."

"카티야를?"

위그는 살짝 미간을 좁혔다. 그러나 그는 빠르게 납득했다. 제이슨이 카티야한테 무슨 짓을 한 게 틀림없었다. 설사 그게 아니더라도 앞으로의 대책을 세워야 하는 것은 당연했다. 그 이전에 굳이 이렇게 다들 보는 바로데 별장에서 이야기를 나눌 필요가 있나 싶긴 하지만, 어차피 카티야와 비비안의 관계는 만천하가 다 아는 사실이므로 상관없었다.

"비비안이 오면 약 챙겨 먹으라고 해. 안 그래도 요즘 날씨가 쌀쌀해졌는데 본인은 열이 없으니 가끔 잊을 때가 있더군."

"알고 있어요. 그리고 설사 제가 잊는다고 해도 공작 각하께서 잘 챙겨 주시잖아요."

"그러니까 그 일을 네가 하라는 거다."

헤더는 분명 위그에게 질책을 받았는데도 그저 웃으며 고개를 끄덕였다. 말은 그렇게 해도 비비안 본인도 딱히 신경 쓰지 않을 때, 위그는 하루 종일 제시간에 맞춰 비비안의 입에 약을 넣어 주곤 했다. 시녀로서 딱히 나쁜 일은 아니었다. 드레스 정리를 마친 뒤 의자에 앉은 위그에게 따뜻한 차를 내주고, 헤더가 밖으로 나갔다.

"아, 요한 님."

요한은 헤더에게 인사를 한 뒤 방으로 들어갔다. 곧 헤더가 문을 닫고 나가자 요한이 입을 뗐다.

"각하, 태자 전하께서 뵙자고 하십니다."

"무슨 일이지?"

"예상대로, 방금 로건 왕자 전하와 이야기를 나눈 것을 집사가 보고한 것 같습니다."

"그래?"

위그는 그럴 줄 알았다는 듯이 웃었다. 곧 느릿하게 자리에서 일어나며 그가 웃었다.

"염탐이라도 하고 싶은 모양인데. 실컷 하라고 해. 가지."

곧 그가 방을 나갔다.

* * *

카티야의 전언이 비비안에게 도착한 건 위그가 로건과 사냥을 하러 나간 지 얼마 안 된 뒤의 일이었다. 일부러 시녀를 보내 만나고 싶다고 말을 남긴 카티야에 비비안이 조금 의아한 얼굴을 했으나, 그녀는 딱히 불쾌한 표정 없이 자리에서 일어났다.

어차피 별장에는 수도 없이 많은 왕실의 사람들이 있었기에 쪽지를 보내든 아니면 시녀를 보내든 거기서 거기였을 것이었다. 오히려 시녀를 보냄으로써 별로 이상할 것 없음을 드러내는 것도 나쁘지 않았기에, 비비안은 빠르게 씻은 뒤 옷을 갈아입고 카티야의 방으로 향했다.

곧 문이 열리자 카티야가 기다렸다는 듯이 웃었다. 제이슨이 나간 지 얼마 안 됐는지 방은 정사의 흔적이 가득했다. 딱히 보고 싶은 광경은 아니었기에 비비안이 미간을 찌푸렸다. 곧 시녀들이 들어와 커튼을 열고 방 안을 능숙하게 치우는 것을 보다가 비비안이 입을 열었다.

"어디서 오라 가라야?"

"제가 직접 갔어도 불쾌해했을 거면서."

카티야가 까르르 웃으며 말했다. 그녀의 말이 맞았기에 비비안은 가급적 침대와 가장 멀리 떨어진 곳에 있는 의자를 골라 자연스럽게 앉았다. 카트린이 그녀의 방에 들어올 때마다 이런 느낌이었겠군, 새삼스레 언니에게 못할 짓을 한 것 같아서 비비안이 반성하는데 카티야가 입을 열었다.

"이만 나가 보세요."

"창문은 열고 나가."

"추워요."

"옷 입어."

시녀는 태자의 총애를 받는 코르티잔과 이디에트 공작 부인 사이에서 조금 갈등했다. 카티야는 그녀의 갈등을 보아 내고 웃으며 창문을 열라 명령했다. 곧 시녀들은 카티야의 몸을 가릴 만한 이불 하나만 남긴 채 모든 세탁물을 들고 방을 나갔다. 비비안은 클로에의 손에서 외투를 건네받은 뒤 눈짓을 했다. 곧 클로에마저도 방 안에서 나가 오롯이 둘만 남자, 카티야가 입을 열었다.

"짓궂기는."

"시녀들이 하는 꼴을 보니, 네가 아직 유용하긴 한가 보구나. 시녀들이 코르티잔에게 취하는 태도는 영원히 태자의 총애에 정비례하니."

"아직까지는 그렇죠."

"아직까지는……이라."

비비안은 빙그레 웃었다.

"그래서 나를 부른 거니?"

"대체 무슨 짓을 하신 거예요? 며칠 전부터 태자의 기분이 상당히 좋지 않아요. 지금까지 저 정도로 기분이 안 좋은 걸 티 내는 건 처음 봤어요."

카티야의 말은 얼핏 들으면 질책하는 투였으나 우습게도 그녀의 얼굴에는 질책이나 분노보다는 호기심이 자리 잡고 있었다. 실제로 카티야는 현재 비비안에게 단순히 호기심에서 나오는 질문을 하고 있었다.

"그렇게 기대감 서린 얼굴을 하다니, 큼지막한 걸로 골라 말해 주지. 성을 폭파시켰어. 로즈바든 왕성 공략을 화가들이 본 적이 없다기에, 아, 정확히 말하자면 화가들이 그렇게 큰 성이 폭발하는 걸 본 적이 없다기에 직접 보여 주었지."

"……."

"왜 그렇게 봐?"

"제가 단주님을 알게 된 지 10년 정도 되는데, 단주님은 정말 볼 때마다 새롭게 제 인지의 한계를 돌파하시네요."

"그럼 인지의 한계를 더더욱 넓히렴. 사람이 상상력이 풍부해서 나쁠 것 하나 없단다."

카티야는 이마를 짚었다. 어쩐지. 그저 간간이 비비안이 좀 큰일을 벌였다는 말을 얼핏 듣긴 했지만 정확히 무슨 일인지 그녀에게 말해 주는 사람은 없었다. 그도 그럴 것이 태자의 눈치를 보는 그 누구도 이 '선물'의 이름을 입 밖에 내지 않았다.

"덕분에 저만 난처하게 되었어요."

"네 얼굴은 하나도 난처해 보이지 않는다만."

"마땅히 그래야 한다는 거죠. 곧 돌아가면 아마 제가 드린 그 서신을 다시 확인할 테고, 그것이 바뀐 걸 알면 저는 이제 큰일 나요."

"흐음."

"왜 그런 표정을 지으세요?"

"태자가 지금까지 정말 몰랐을까?"

카티야는 멈칫했다. 그녀는 눈을 깜박거리다가 피식 웃었다.

"알면서도 입을 다물었을 수 있겠네요. 굳이 의심을 밖에 드러내 놓을 필요는 없으니까요."

"제이슨은 사생활은 방탕해도 제왕으로서는 합격이야."

"놀랍군요. 그런 후한 평가를 내리다니."

"제왕은 현명한 사람을 형용하는 단어가 아니거든. 비열하든, 정정당당하든, 어쨌든 권력을 틀어쥘 만한 능력을 가진 인간을 말하지. 선대 이디에트 공작을 그렇게 손아귀에 넣은 걸 봐."

"그건 그자가 너무 멍청해서 그런 게 아닐까요?"

"카티야. 너라면, 네 딸을 사랑한다고 청혼하는 제2왕자, 그것도 평소에 제 형의 기에 눌려 그저 눈치만 보는 멍청한 왕자를 보면서 무슨 생각을 하겠어?"

"기회다…… 아, 그렇군요. 먼저 태자가 된 게 아니라, 먼저 이디에트의 사위였고 그다음으로 태자가 된 거로군요."

"선대 이디에트 공작은…… 물론 나도 어느 정도 내 남편에서 들은 이야기긴 하지만 내 아버지와는 딴판이야. 그자는 군이 제2왕자를 손에 넣겠다고 제 딸을 억지로 팔아넘기고 권세를 누릴 이유가 없어. 나라면 차라리 제1왕자에게 딸을 시집보내겠어."

카티야는 단번에 비비안의 말을 알아들었다.

"그러니까 태자가 먼저 엘리미아에게 관심을 보이고? 선대 공작께서 제1 왕자를 죽이고. 이건 좀 놀랍네요. 그렇게 사랑에 목을 맬 인간으로는 안 보였는데."

"그게 핵심이지. 제이슨은 엘리미아를 사랑한 게 아니야. 그저 일종의 승 리자로서 누리는 것들 중 하나였을 뿐이지. 그것도 사랑이라면 사랑이지만, 뭐 군이 내가 제이슨의 마음까지 일일이 파헤칠 필요는 없잖아?"

"그래서 이제부터 뭘 하실 예정인데요?"

카티야는 느릿하게 이불 안쪽으로 들어갔다. 비비안을 부른 건 그녀였 는데 되레 그녀가 비비안에게 묻고 있었다. 그리고 실제로 그녀가 묻고 싶은 것이기도 했다. 대체 일이 이렇게 되었고, 그다음은 뭘 어찌할 것이 냐는.

"그렇게 크게 태자 전하를 건드려 났으면 이유가 있을 거 아닌가요? 사실 다른 것 다 제쳐 놓고 그게 여쭙고 싶었어요. 대체 앞으로 무엇을 어떻게 하실는지?"

"오늘 내 남편이 로건 왕자와 사냥을 나갔어."

"세상에, 그 즐거운 광경을 제가 보지 못한 게 아쉽군요."

카티야가 깔깔거렸다. 비비안은 비웃음을 흘렸다. 그녀의 눈빛에 카티야 가 크흠 헛기침을 하며 다시 입을 뗐다.

"치정극의 주인공이 된 걸 축하드려요."

"나는 항상 치정극의 주인공이었어. 특히 정부 교체를 할 때마다 말이지."

"그렇지만 지금은 엄연히 다르죠. 그때는 아름다운 스폰서를 잡기 위한 남자들의 싸움이었다면, 지금은 진짜로 단주님을 사랑하는 두 남자 사이의

싸움이잖아요? 후자가 더 재밌있죠. 사람들은 종종 물질보다 정신적인 것에
더 미치기도 하니까."

"사랑이라……."

"설마, 이 지경까지 왔는데도 부정하실 건 아니시죠?"

카티야가 재밌다는 듯이 활짝 웃었다. 그러나 비비안은 대답 대신 서늘하
게 웃었다.

"그건 네가 상관할 바 아니지. 네가 상관해야 하는 건 다른 문제야. 내 남
편이 아무래도 꽤 대놓고 로건과 사냥을 나간 것 같아."

"그게 혹시 방금 전 태자 전하가 집사의 부름에 급히 방을 나간 것과 상
관이 있다고 하지는 않겠죠?"

"안타깝게도 그래."

"아, 저런, 로건 왕자 전하…… 이렇게 과녁으로 쓰이다니."

"순순히 과녁이 되어 줄지 안 되어 줄지는 모르지. 하지만 한 가지 확
실한 건 로건은 이제 제이슨의 적대 면에 있어. 그다음은 뭘 어떻게 해야
할까?"

"그런데 이쯤 되면 여쭙고 싶은 게, 대체 누굴 왕으로 올리고 싶은 거
예요?"

"그건 네가 알아서 맞힐 일이지. 나는 가르쳐 주고 싶은 생각이 없어. 단
한 가지……."

비비안은 꼬았던 다리를 천천히 내려놓았다. 미소를 듬뿍 담고 있던 그녀
의 눈빛이 싸늘하게 빛났다.

"내가 방금 해 준 제이슨의 이야기를 잊지 않았겠지?"

"네."

"그리고 지금 제이슨과 비슷한 상황의 왕자가 왕실에 한 명 있지."

"비슷한 상황……?"

"형의 빛에 가려 한평생 왕위를 탐내지 말아야 하는 왕자 말이야."

"……저런."

"그 왕자를, 좀 써먹어야 할 것 같은데."

비비안의 목소리가 낮게 방을 울렸다. 카티야는 천천히 이불에서 나와 몸을 세웠다. 왕실에서 제이슨에 가려져 빛을 보지 못하는 왕자는 꽤 많았다. 그러나 그중에서 로건은 애초에 왕위에 관심이 없고, 쌍둥이는 제이슨이 아니라도 빛을 내지 못한다. 그러니까 남은 사람은 한 명뿐이었다.

알렉산드르. 위그와 비비안이 입을 모아 제2의 제이슨이 될 것이라고 장담하는 왕자.

그리고 아직까지도 이디에트가 그를 왕으로 만들어 주기를 원하는 왕자.

"제일 처음 이디에트가 왕으로 올리려고 한 사람이 바로 그자라고 하지 않았나요?"

"형세는 항상 변하니까."

"그 왕자는 아직도 이디에트를 믿고 있을 텐데."

"그러니까 이제부터 안 믿게 해야지."

카티야는 살짝 미간을 좁혔다. 비비안은 생긋 웃었다.

"이디에트는 로건과 가까이할 거야. 그건 필히 소문으로 퍼질 테고, 이제부터 알렉산드르는 불안에 빠질 거야. 혹시 자신보다 더 서열이 높은 로건 왕자를 이디에트가 고른 게 아닐까 하는."

"하지만 로건과 단주님의 스캔들이 다소 불리하게 작용할 텐데요. 자신의 아내와 관계가 있는 이를 왕으로 세워 이디에트 공작이 얻는 게 없잖아요. 물론 이디에트 공께서 아내를 사랑하지 않는다면…… 뭐, 대충 그림이 맞을 수도 있지만 그렇게 애처가라고 동네방네 소문을 내고 다녔는데."

"카티야. 제이슨이 어떻게 태자가 되었지?"

카티야는 비비안의 물음을 조금 곱씹는 듯했다. 제이슨과 이디에트, 엘리미아 등등 이름을 한 번씩 되새기던 그녀는 문득 뭔가를 깨닫고 피식 웃었다.

"아, 이디에트 공작을 이용해 왕이 된 뒤, 그 아내인 단주님을 취한다? 그럼 공작님은?"

"그건 좀 고려를 해 봐야겠어. 나 혼자서 상상한다고 되는 시나리오는 아니거든."

카티야는 그만 웃고 말았다. 비비안은 귀찮다는 듯이 얼굴을 일그러뜨렸다.

"이럴 줄 알았으면 사랑이니 뭐니 그렇게 친한 척을 안 하는 건데. 그럼 아내를 왕자에게 바쳐 왕위를 도모한다…… 꽤 괜찮은데."

"이디에트의 자존심상 그런 건 절대 불가능할 거예요."

"딸도 바쳤는데?"

"그건 선대고요."

"하긴 나도 생각해 보니까 너무 역겹고 저속해. 물론 왕실과 귀족들 사이에 아내를 보내서 코트티잔으로 만드는 상황이 어디 적겠냐마는. 이디에트는 그럴 이유가 없으니까."

"그럼 알렉산드르 왕자를 어떻게 할까요?"

"너는 제이슨의 정부지. 알렉산드르에게 접근해. 접근해서…… 그 열등감을 자극시키고."

"시키고?"

"그 뒤는 내가 해."

"저런, 궁금한데."

"이미 너무 많이 알았어."

"제가 혹시 단주님을 배신할 거라는 예상은 없나요?"

카티야의 물음에 슬슬 자리에서 일어나려던 비비안이 멈칫했다. 곧 그녀가 화사하게 웃으며 대꾸했다.

"너는 내 도구지. 네 생사는 내가 알아서 해."

"그렇죠."

"나는 네가 죽길 바라지 않아. 그래서 어떤 상황에도 너를 죽이지 않을 거야. 그렇지만 카티야, 나는, 너를 죽는 것보다 못하게 살릴 수는 있어. 모르지 않겠지?"

"……정말이지. 농담도 못 한다니까?"

"나는 너랑 농담할 새가 없어. 빠르게 처리해야 하거든."

비비안의 냉랭한 목소리에 카티야가 눈을 깜박거렸다. 그녀는 알고 있었다. 비비안은 절대 농담을 하는 게 아니었다. 다만 예전이라면 이런 식으로 위협적으로 굴지는 않았을 것이었다. 리암의 죽음 뒤, 그래, 그것을 기점으로 비비안은 마치 거리낄 게 없다는 듯이 굴었다. 카티야는 알 수 없었다. 리암의 죽음이 비비안에게 어떤 흔적을 남겼는지, 그녀는 마치 인성의 마지노선이 지워진 인간 같았다.

비비안은 장갑을 꼈다. 곧 그녀가 갑자기 생각났다는 듯이 물었다.

"그런데…… 내가 찾으라는 건 아직이야?"

"안타깝게도, 하지만 목표는 대충 잡혔어요."

"맨날 울면서 살려 달라고 하는 걸 듣는 것도 짜증 나. 빨리 찾아."

"네."

말을 마친 비비안이 방문을 나갔다. 그런 그녀의 뒷모습을 보던 카티야가 묘한 표정을 짓다가 한숨을 푹 쉬었다.

* * *

카티야와 만난 뒤 비비안은 바로 방으로 돌아왔다. 테이블 위의 다과를 치우던 헤더가 그녀를 향해 허리를 굽혔다. 비비안은 제가 나가기 전에 다과를 든 적이 없음을 깨닫고 위그가 다녀갔음을 눈치챘다. 아니나 다를까 헤더가 웃으며 입을 열었다.

"방금 전 공작 각하께서 돌아오셨어요. 그런데…… 요한 님의 말씀을 듣고 다시 나가셨구요."

"어디로 갔지?"

"태자 전하께서 호출을 하셨다고 해요."

"아."

비비안이 고개를 끄덕였다. 제이슨은 성미도 급한 모양이었다. 그렇게 바로 공작을 부를 정도면. 하긴, 저라도 꽤 급하긴 하겠다. 그렇게 생각하는데, 갑자기 누군가가 노크를 해 왔다.

비비안은 외투를 벗고 침대에 살짝 누웠다. 조금만 걸어 다녔는데도 힘이 쏙 빠지는 것 같았다. 시계를 보자 곧 약 먹을 때였다. 어차피 태자와 이야기가 끝나면 위그가 곧 올 것이었다. 그녀가 잊어도 위그가 잊지 않기에 별 상관이 없었다. 그렇게 생각하는데 밖에 나갔던 헤더가 난감한 얼굴로 방에 들어왔다.

"저, 단주님."

"무슨 일이지?"

"로건 왕자 전하께서⋯⋯."

비비안은 무심한 눈길로 문을 힐긋거렸다.

"지금?"

"아니, 단주님께서 편하실 때 만나 뵙자고 하십니다. 밖에 서 있는 이는 시종이고요."

비비안은 몸을 일으켰다. 그녀는 잠시 이마를 짚었다. 뭔가 생각하는 듯하다가, 그녀가 입을 열었다.

"위그가 언제 나갔다고 했어?"

"30분 전에요."

"그럼 곧 오겠네. 좋아. 지금 오라고 해."

"⋯⋯네?"

헤더는 잠시 비비안의 말에 숨겨진 주어를 알아듣지 못해 반문했다. 그러나 비비안이 나른하게 웃으며 말했다.

"로건더러 지금 오라고 해."

"어딜요?"

"방에."

"……!"

"기다리고 있겠다고, 그러니 빨리 오라고 전해, 가급적, 내 남편이 오기 전에 말이야."

혜더는 어떻게 반응해야 할지 몰랐다. 그러나 비비안은 꽤 진지했다. 주인의 명령이었다. 혜더가 입을 꼭 다물다가 알겠노라고 한 뒤, 몸을 돌렸다. 곧 그녀가 방을 나가자 비비안은 살짝 시선을 내리깔았다가 다시 자리에서 일어났다.

'언젠가는 넘겼어야 하는 과정이지.'

화장대 앞에 앉아 향수를 만지작거리다가 그녀는 속으로 읊조렸다. 이 며칠 동안, 아니, 정확히 말하자면 리암이 죽은 뒤부터 그녀의 주위를 맴돌던 남자의 모든 체취 하나하나가 그녀에게 꽂혔다. 그러나 비비안은 그것으로 모자랐다. 이제는, 그녀도 '확인'을 해야 할 때였다.

그렇게 생각한 뒤, 그녀는 다시 방으로 들어온 혜더를 향해 입을 열었다.

"옷 갈아입게 좀 도와줘."

"알겠습니다."

혜더는 흔들리는 얼굴을 했으나 결국 비장하게 고개를 끄덕였다. 그녀는 비비안이 틀린 선택을 할 리가 없다고 생각했다. 언제나 그래 왔으며, 앞으로도 그러할 것이었다.

* * *

로건은 생각보다 더 쉽게 떨어진 비비안의 승낙부터 뭔가 이상하다고 생각했다. 그럼에도 불구하고 비비안의 방으로 가는 걸음은 이미 그의 의지를 벗어났고, 마치 불륜이라도 저지르러 가는 이처럼 그리 유쾌하지는 않았다.

물론 그 불쾌함은 결코 위그를 향한 죄책감 같은 건 아니었다. 어차피 엉망으로 얽힌 이 관계에서 누가 누구를 향해 죄책감 따위를 품을 이유는 하나도 없다. 그는 다정하고 부드러운 인간이었으나 결국에는 왕실의 핏줄이었다. 우습다, 왕실에서 가장 그 핏줄을 혐오하고 권력을 부정하는 인간이 제 사랑을 위해 그 핏줄을 긍정하다니. 결국에는 위그 이디에트의 말대로 그는 오만한 인간이었던 건가.

비비안의 방으로 오는 길에는 사람이 없었다. 애초에 그리 자랑할 만한 일은 아니었거니와 비비안의 별관 아래에도 많은 귀족들이 머무는 것은 아니었기에 다행이었다. 뭐가 다행이라는 것이지…… 그가 속으로 읊조렸다. 그러다가 정신을 차려 보자 이디에트 공작 부부의 방문 앞이었다.

이디에트 공작 부부.

너만큼은 부부라는 말에 어울리지 않을 거라 생각했는데.

그는 속으로 쓴 물을 삼켰다. 그는 아직도 미련을 버리지 못했다. 그러나 원래 사랑에 미련을 버리는 것만큼 어려운 일도 없다. 그게 결혼이든 상대가 사랑하는 사람이 있다는 사실이든 어떤 것이든 감정만큼은 어렵다. 그래서 결국 그 또한 답을 들어야겠다. 그게 진짜 위그 이디에트의 말대로 이기적이고 오만한 감정이라고 해도.

곧 가벼운 노크 소리가 울렸다. 헤더가 문을 열고 나왔다가 토끼 눈을 했다. 그러나 그녀는 능숙하게 옆으로 물러선 뒤 그를 위해 길을 내 주었다. 그가 방으로 두 발을 전부 내딛자 약속이라도 한 듯이 헤더가 문을 닫고 자리를 피했다.

"비비."

방 안에 은은하게 울려 퍼지는 목소리는 에단의 것이었다. 그것을 식별해

낸 듯 창가에 서 있던 비비안이 고개를 돌렸다. 그녀는 외출할 때와 다른 홈드레스를 입고 있었다. 위로 말아 올린 머리카락은 귀부인의 것처럼 고귀했다. 단정하고 고아한 머리 장식이 커튼 사이를 비집고 들어온 햇빛에 반사되었다. 잔머리가 흘러나온 아래 길고 곧은 목, 살짝 몸을 돌리자 파인 드레스의 앞섶에 공기 속에 드러난 도드라진 쇄골. 로건은 그 쇄골을 알고 있었다. 언뜻언뜻 보이는 가슴골과 그 아래 풍만한 가슴을 지나면, 예쁜 매듭과 함께 드레스가 화려하게 펼쳐진다.

그야말로 귀부인이 집에서 할 수 있는 가장 고귀한 옷차림이었다. 저 위에 숄 하나 더 하면 손님을 맞이하기에는 꽤 적당했다. 비비안의 모습은 마치 네가 만나고 있는 사람이 이디에트 공작 부인이지 비비안 로젤리스가 아니라고 말하고 있는 듯했다. 그러나 결국 로건의 눈에 그녀는 비비안 로젤리스로 보였다.

"나를 만나고 싶다고 했다며, 앉아. 아, 어차피 왕자로서 온 건 아닌 것 같으니 편하게 말할게."

비비안은 의자에 앉으며 맞은편을 턱으로 짚었다. 로건은 잠시 주저하다가 결국 의자에 앉았다. 비비안은 자신의 손에 들린 뜨뜻한 물을 보다가 그제야 생각났다는 듯이 입을 열었다.

"차는 없어. 우리 대화에 굳이 헤더를 끼울 필요는 없는 것 같아서."

"차를 얻어 마시려고 온 건 아니야."

"그럴 것 같았어. 저번부터 사냥 대회에 오늘은 만나자는 요청까지. 말해 봐, 무슨 급한 일이 있기에 편지도 아니고 그렇게 만나고 싶었어?"

비비안은 의자에 몸을 기대고 고개를 돌렸다. 투명하리만치 깨끗하고 맑은 파란색 눈동자가 로건을 직시했다. 한때는 저 눈이 웃음기만 담을 때가 있었다. 그러나 너무 오래전에 지나가 버렸다. 로건은 자신이 과거를 회상하러 온 것은 아니라는 걸 알았다.

"오늘 위그 이디에트를 만났어."

"알아. 사냥을 나간다고 하던데. 이 눈 가득 쌓인 곳에서 무슨 사냥을 한다고."

"애초에 사냥이 목적이 아니었으니까."

"그럼?"

"나더러, 너한테서 관심을 끄라고 하더군."

순간 비비안이 풋 웃음을 흘렸다. 그러나 그 웃음은 경악보다는 예상이 적중한 것에 대한 희열에 가까웠다. 그 속에는 은근히 위그의 행동에 대한 모종의 긍정마저도 들어 있었다. 그녀는 따뜻한 물을 한 모금 마신 뒤 다시 고개를 들었다.

"그래서 너는 뭐라고 했는데?"

"그 전에 먼저 물어도 돼?"

"물어."

"위그 이디에트를 사랑해?"

비비안은 눈을 느릿하게 깜박거렸다. 그녀는 마치 오늘 이 물음이 반드시 나올 것을 알았다는 듯이 딱히 경악하지 않은 얼굴을 했다. 그러나 동시에 그녀는 굳이 대답하지도 않았다. 그저 담담하게 웃으면서 대꾸했을 뿐이었다.

"왜 갑자기 그걸 물어보는 건데?"

"네가 만약 그 남자를 사랑한다면, 나는 기꺼이 내 감정을 접을 수 있어."

"네가 감정을 접든 말든 그건 내가 알 바 아닌 것 같은데. 내가 누굴 사랑하든 사랑하지 않든 그것 또한 네 알 바는 아니고."

"그 남자는, 네가 나를 사랑한다고 했어."

순간 비비안이 멈칫했다. 이것은 그녀도 예상을 하지 못한 말이었다. 위그가, 그 남자가 로건을 상대로 자신이 로건을 사랑한다고 했다고. 어떻게 얻은 결론인지는 알 수 없었으나 그녀는 위그가 저 나름대로 열심히 머리를 굴려 얻었을 것이라고 생각했다.

그럭저럭, 꽤 진실과 들어맞는 결론, 그러나 동시에 진실과 꽤 거리가 멀리 떨어진 결론.

그녀가 로건을 사랑하느냐 사랑하지 않느냐 하는 물음에 굳이 대답하라고 하면 글쎄, 그녀 본인도 정확히 대답을 할 수 없었다. 세상에 있는 수많은 종류의 사랑 속에서 굳이 한 가지를 집어 그녀의 앞에 내놓아 로건을 사랑한다는 결론을 낼 수는 있었으나, 우습게도 그 결론은 그녀가 모든 것을 다 버리고 로건에게 향할 정도로 설득력이 있지는 않았다.

그러나 다시 한번 사랑하는가…… 라는 물음을 묻는다면. 아마도, 사랑하는 것 같다. 스무 살, 가장 찬란하던 그때에 사랑하던 그 남자. 그저 단순히 단주가 되었다는 그 희열에 제가 가진 것들을 자랑하지 못해서 안달 내던 그날. 그녀의 인생에서 가장 순수하고 걱정 없던 때를 공유한 남자였다. 그래서 사랑하나? 사랑했다. 로건이 수도로 돌아온 그 순간, 다 잊었다고 생각했던 감정이 다시 피어올랐다.

그러나 결국에는 그뿐이었다. 그녀는 그와 함께하지 않았다. 그의 제안을 거절하고 우울하게 방 안에 처박혀 사흘을 있다가 그녀는 다시 멀쩡하게 나와 일을 했다. 그 모든 것들은 그녀를 변화시키지 못했다. 실연을 해 슬픈 여자, 그게 한계였다.

그러나 그게 진짜 사랑인가. 그녀가 사랑하는 게 진짜 로건이, 에단이 맞긴 한가.

혹시 그녀는, 로건이 아닌, 그 시절의 저 자신을 사랑하는 게 아닌가.

다시 돌아가라고 하면 돌아가지 않겠다. 그 시절의 기억은 딱 그 정도였다. 달콤하고 아름다웠으나 다시 돌아가라고 하면 돌아가지 않을. 기실 인생의 그 어느 지점에 다시 돌아가라고 해도 돌아가지 않을 것이었다. 그녀가 잃었던 모든 것을 다 얻을 수 있다고 해도 현재의 삶만 못하다.

그래서 현재의 삶은 누구의 것인가. 첫째로 비비안 로젤리스의 것이고, 둘째로는 그런 비비안 로젤리스의 옆에서 함께하는 위그 이디에트의 것이었다.

그래, 결론은 쉽게 났다. 그러나 위그 이디에트가 로건을 향해 비비안이 로건을 사랑한다고 말했다는 걸 들은 순간, 왜 이렇게 속이 울렁거렸을까.

그녀는 생각보다 감정을 잘 숨기지 못하는 모양이었다. 그게 첫째로 그녀를 울렁거리게 한 이유였다. 그리고 둘째는…….

"어쩌다가 그 말이 나왔어?"

비비안의 핵심을 찌르는 물음에 로건은 입을 다물었다. 위그는 로건에게 두 가지를 요구했다. 하지만 그는 첫 번째 요구밖에 말하지 않았다. 그가 숨긴 두 번째 요구는 그것이었다. 왕자로서 죽으라는 것. 로건은 그것을 생각하고 또 생각하다가, 결국 말하지 않았다. 그는 위그가 비비안을 사랑한다는 사실과 연관되는 일말의 가능성과 요소를 입 밖에 내고 싶지 않았다.

그러나 로건이 침묵을 하는 순간, 비비안은 깨달았다.

"그 남자는, 너한테 왕자로서 죽어야 한다고 했구나. 정치적으로."

위그가 했던 말과 똑같았다. 표현도 틀리지 않았다. 어쩌면 저렇게 똑같을까. 어쩌면 저렇게 한 치의 오차도 없이 서로를 잘 알까. 그것을 비비안의 입에서 다시 확인한 로건은 절망에 가까운 기분에 휩싸였다. 그는 비비안을 사랑한다, 그러나 영원히 비비안이 어떤 선택을 할지는 몰랐다. 그가 할 수 있는 모든 일은 그저 비비안의 모든 선택을 지지하고, 응원하고, 그리고 복종하는 것뿐이었다.

그런데 왜 그 열렬하다 못해 저 자신도 태워 버릴 수 있는 애정이, 그녀를 사랑할 듯 사랑하지 않는 것 같은 그 오만한 남자의 전략적이다 못해 이 기적이기까지 한 애정 앞에서 아무런 빛을 발하지 못하는지 모르겠다.

그는 그 자신을 다 태워서, 그녀를 사랑할 수 있는데. 그 남자는 결국 제 살점 하나 아까워서 그녀에게 떼 주지 못할 터인데.

왜!

순간 로건의 속에서 분노가 끓어올랐다. 비비안이 위그를 사랑하는지 사랑하지 않는지 그 답은 이미 그의 안중에 없었다. 그의 속에 감추어져 있던 열등감이, 우습게도 비비안을 향한 사랑에 있어서 누군가에게 뒤졌다는 사실이 그를 분노하게 했다. 그녀가 원하는 것이 지옥 끝까지 가는 것이라면 그는 기꺼이 그녀와 지옥으로 갈 수 있다.

그런데도, 그런데도, 그 오만한 남자의 애정 한 톨에도 지독한 열등감이 오른다.

"비비, 나는 너를 사랑해."

로건은 망연하게 읊조렸다. 그의 얼굴에 낀 우울한 미소에 비비안은 눈을 깜박거렸다. 그녀는 로건의 표정을 알 듯 말 듯 한 얼굴로 응시했다. 그러나 그 속에 있는 '어떤 감정', 혹은 열등감에서 나온 짙은 분노를 읽어 낸 그녀는 마치 무엇인가를 발견한 듯 시선을 잠시 다른 곳으로 돌리다가 웃었다.

"그래. 알아."

"진짜 알아?"

"알아."

로건은 자리에서 일어났다. 그는 비비안의 앞에 다가가 천천히 자세를 낮췄다. 두 사람은 종종 이런 구도로 이야기를 했다. 그와 만날 때 비비안은 굽 높은 구두에 발을 쑤셔 넣는 연습을 했다. 굳이 그렇게 해야 하냐고 그가 걱정스러운 얼굴로 중얼거릴 때 비비안은 그래야 한다고 비장하게 연습했다. 첫째로 타인보다 더 작아 보이는 게 마음에 들지 않고, 둘째로 자신이 하이힐을 신고 드레스를 입은 여자임을 모든 인간들이 다 기억해야 한다고. 그리하여 세상 모든 이들이 알아야 한다고. 하이힐과 드레스는 아무것도 결정하지 못한다는 사실을.

비비안은 그것이 그녀의 열등감이라고 했다. 그때마다 로건은 그녀의 발을 꾹꾹 주물러 주며 네게 무슨 열등감이 있을 여지가 있냐고 그랬다. 그의 눈에 존재하는 그녀는 너무 완벽하고 신성한 존재여서 틀린 말을 하지 않았다.

비비안은 그럴 때마다 웃으면서 고맙다고 했다.

그러나 결국, 그것이 그녀가 드레스를 입고 거리를 활보할 때마다 불편한 얼굴을 짓던 상인 협회의 치들과 무슨 다른 점이 있었단 말인가.

그들의 눈에 그녀는 건방진 창부였고 그의 눈에 그녀는 고귀한 성녀였다. 그 사이에 인간만 없었다.

"비비안, 나는 너를 사랑해."

로건은 손을 뻗어 비비안의 뺨을 만지작거렸다. 비비안은 그의 얼굴을 보다가 눈을 느릿하게 깜박거렸다. 애원 같다. 그러나 결국 애원으로 그쳤다. 그는 그녀를 사랑한다. 그 애정이 잘못되었다 해도, 그녀가 결국 위그 이디에트와 결혼한다고 해도, 그는 그녀를 사랑한다. 그녀가 원하는 게 무엇인지 잘 몰라서 미안했지만 그래도 사랑한다. 그는 이제 이 감정에 휩쓸려서 무엇인가를 고려할 새가 없었다.

로건은 고개를 들어 가볍게 그녀의 입술에 키스하려 했다. 아슬아슬하게 걸쳐진 입술 사이의 간극이 좁혀지는 틈을 타 그녀의 어깨를 잡은 손이 부드럽게 살결을 쓸어내렸다. 비비안은 굳이 거부하지 않았다. 그저 차분하기 그지없는 눈으로 그를 응시할 뿐이었다. 그리고 결국 말캉한 입술이 닿을락 말락 하는 찰나, 비비안의 입가가 살짝 꿈틀거리는 그 순간…….

"무슨 일 있나? 헤더는 왜 갑자기 저러……."

문이 벌컥 열리고 익숙한 목소리가 들려왔다.

위그 이디에트는 얼어붙었다. 비비안이 로건과 입을 맞추고 있었다. 정확히, 비비안과 그만의 방에서.

공기가 순식간에 말라붙었다.

위그의 얼굴 위로 분노가 모습을 드러냈다. 그 누구도 본 적 없는 싸늘한 분노였다.

얼어붙은 분위기의 방 안에는 침묵만 돌았다. 반쯤 열린 문, 그리고 분노한 남자. 의자에 앉아 있는 그 남자의 아내와 그 아내에게 입을 맞추는 옛 연인. 그야말로 빙점으로 내려간 분위기 속에서 마치 석고상처럼 얼어붙어 있던 위그의 눈가가 파르르 떨렸다. 그는 두 사람을 번갈아 보더니 무슨 생각을 하는지 모를 얼굴로 천천히 문을 닫았다. 달칵, 문이 닫히는 소리가 방 안에 울리는 순간, 그 짧디짧은 소리 한 번이 울리는 그 순간, 비비안이 한숨을 내쉬자마자 위그는 앞으로 성큼성큼 걸음을 옮겼다.

비비안은 굳이 피하지 않았다. 정확히 말하자면 로건이 그녀의 위에 있어 그녀 또한 피할 수 없었다. 그러나 피할 수 있다고 해도 그녀는 피하지 않을 것이었다. 위그 이디에트는 그녀를 상대로 어쩔 수 없었다. 확신에 가까운 가설이었으나 설사 틀렸다고 해도 그녀로서는 잃을 게 없었다. 그리고 실제로 위그의 손이 겨냥한 사람은 비비안이 아닌 로건이었다.

그리고 위그가 몇 걸음을 소모하지 않은 상태로 그의 앞에 서자마자, 한 치의 망설임 없이 손을 뻗어 로건의 어깨를 틀어쥐고는 바로 뒤로 메쳤다. 위그가 들어오던 순간조차도 비비안에게서 입만 뗐을 뿐 몸을 떼지 않은 로건은 너무 쉽게 뒤로 물러났다. 아니, 물러났다 뿐인가. 뒤로 중심을 잡아 보려 했지만 기실은 허공에 거의 던져진 것이나 마찬가지인 그가 미약한 신음을 흘리며 침대 기둥에 등을 부딪쳤다. 모든 것이 몇 초 만에 일어난 일이었다.

그 모든 과정에서, 왕자의 몸에 손을 댄 것도 모자라 상처까지 입혀 놓았음에도 위그의 얼굴에는 일말의 파란도 없었다. 오히려 평소와 달리 철저하게 굳어 버린 그의 얼굴에는 분노마저도 가셔, 더욱더 그의 조각 같은 얼굴이 비현실적으로 보이게 했다.

어지간히 큰 힘으로 던졌는지 로건이 미약한 신음을 흘렸다. 아무리 키가 크고 건장하다고 해도 그것은 위그에 비할 바가 못 되었다. 전장을 누비던 자다, 마지막 이성으로 죽이지 않아 그렇지 지금 당장 모가지를 들어

꺾는다고 해도 위그에게는 그리 어려운 과제가 아니었다.

곧 로건이 신음을 흘리며 억지로나마 자리에서 일어났다. 못해도 뼈 한쪽은 부러지거나 탈골되거나 제대로 다쳤을 것이었다. 뼈는 그렇다 쳐도 근육은 한동안 침대에 누워 있어야 회복될 게 뻔했다. 그리고 위그는 이것을 단번에 해치웠다.

딱 한 번, 분노라면 분노고 절망이라면 절망인 그 단 한 순간에.

로건은 이를 악물고 위그를 노려보았다.

"지금……."

"닥쳐. 지금 너를 죽여 버리면 제이슨 좋은 일만 해 주니 살려 둔 것뿐이니까."

미약한 로건의 목소리가 방 안에 울리려고 했으나 위그는 매정하게 바로 그것을 잘랐다. 그의 말을 증명하다시피 비비안이 앉아 있는 의자의 앞을 막아선 그는 아예 그녀의 시선을 차단시키고 다른 한쪽 손으로 그녀의 의자 손잡이를 꽉 쥐고 있었다. 혈관이 도드라진 손이 부들부들 떨리고 있었다. 그대로 두다가는 의자도 무사할 것 같지는 않았다.

"비……."

단칼에 내린 명령이 누가 왕자고 누가 공작인지 구분이 가지 않았다. 이제 로건이 미약하게 비비안의 이름을 부르려고 했으나 위그에 의해 막히고 잘렸다. 그러나 로건은 현재 몸을 움직일 생각을 하지 않았다. 정확히 말하자면 쉬이 움직일 수 없는 상태였으나 그것은 위그에게 별로 상관이 없었다. 그저 그의 방에 있었다는 사실 하나만으로, 그리고 비비안과 키스를 하고 있었다는 그 사실만으로 그는 로건을 죽여 버리고 싶었다.

그냥 죽일 걸 그랬다. 그때, 왕위 다툼을 할 때 죽여 버렸어야 했는데.

"꺼져. 내가 이성을 잃고 너를 죽이기 전에."

위그의 메마른 목소리에 로건의 이마가 꿈틀거렸다.

"네 상태를 보고도 비비와 단둘이 있게……."

"그 입, 다시 한번 나불거리면 혀를 찢어 버릴 테니까 당장 꺼져."

"위그 이디에트, 예의를 지키지."

"예의?"

와그작.

순간 위그의 손에 잡힌 의자의 손잡이가 산산조각이 났다. 그대로 바스슥 떨어지는 나뭇조각에 로건의 얼굴이 더더욱 일그러졌다. 저 상태인데 그가 나갈 수는 없었다. 비비안에게 무슨 짓을 할지 모른다. 그는 아픔을 참고서라도 비비안과 저 남자를 단둘이 둘 수 없었다. 그가 다시 입을 열려는 순간, 방금까지 침묵하고 있던 비비안이 느긋하게 입을 열었다.

"로건, 나가."

순간 로건의 눈가가 파르르 떨렸다. 그는 비비안의 선택에 제대로 상처받은 얼굴을 했다. 그래도 그는 절대 비비안을 그대로 위그와 남겨 둘 수 없었다. 그는 위그 이디에트를 잘 알았다. 비비안이 아무리 그와……

"내 남편은 나한테 손 못 대. 그러니까 나가."

"비비……."

"로건."

"……."

"이제는 나가. 그만하면 됐으니까."

이제는, 그만하면, 됐다.

순간 로건은 속이 메슥거리고 말았다. 이제, 그만, 됐다. 마치 어느 정도의 선을 시험해 보는 인간이 목적을 달성한 뒤에 뱉을 법한 이야기였다. 머릿속이 새하얘졌다. 그러니까 결국, 그의 존재는 딱 거기까지였다. 그 찰나 로건은 깨닫고 말았다. 이 방은 비비안과 위그의 부부방이었다. 그녀가 진짜로 그와 단둘이 진지하게 대화를 하고 싶었다면 어쨌든 이 방보다 좋은 곳은 많았다. 그런데 이곳으로 불렀다.

애초에, 비비안이 보고 싶었던 건 그가 아니었다. 그는 철저하게 저 여자한테

이용당했다. 그녀는 이곳에서 제 남편을 기다리고 있었다.

비비안의 목소리는 되레 로건을 밖으로 내보내지 못했다. 결국 위그는 그런 로건의 어깨를 다시 잡아 거칠게 문으로 향했다.

쾅.

갑자기 열린 문에 안절부절못하던 혜더가 화들짝 놀라 눈을 깜박거렸다. 그러나 그녀는 문이 열리자마자 보이는 위그의 마귀 같은 얼굴과 어깨를 잡힌 채 거의 내던져진 로건에 입을 딱 벌렸다. 그 순간 함께 온 로건의 시종들이 놀란 듯 로건에게 다가갔다.

"왕자 전하!"

"이디에트 공, 이게 무슨……."

"어디 가서 오늘 일이 퍼지면, 그때 귀부인을 급습하려 한 왕자의 파렴치함에 대해 묻지."

급습. 혜더는 그것이 진실이 아님을 알았다. 그리고 방에서 더 큰일이 벌어졌다는 것 또한. 그러나 영문을 묻기도 전, 위그는 바로 문을 쾅 닫아 버렸다. 그리고 찰칵, 문을 잠가 버렸다. 문밖에 서 있던 이들의 얼굴이 창백해졌다.

그는 몸을 돌려 비비안을 응시했다.

그제야 똑바로 본다. 방 안에 들어온 그 순간부터 제대로 보지 못했던 여자의 하얀 얼굴. 대체 무슨 생각을 하는지 모를 그 하얀 얼굴을, 그는 그제야 봤다.

예상대로 비비안은 여유로웠다. 그 어떤 순간에도 평정을 잃지 않는 모습이었다. 위그는 머리를 가득 채운 분노와 이성적이고 논리적인 사유 중에서 어느 게 더 이 상황에 맞을지 몰라 입술을 꽉 다물고 그녀를 응시했다. 비비안의 파란 눈동자는 그것을 굳이 피하지 않은 채 미소를 함뿍 담고 그를 응시했다, 곧, 그녀가 천천히 자리에서 일어나 침대로 다가갔다.

"문은 왜 잠가. 밖에 서 있는 애 놀라게."

순간 나른하게 울려 퍼지는 목소리에 위그의 눈가가 시뻘겋게 달아올랐다. 명백한 분노였으나 바로 로건에게 다가간 것과 달리 그는 섣불리 그녀에게 다가가지 않았다. 대신 그는 자신의 화를 다스렸다. 이성적, 이성적…… 속으로 몇 번 되뇌어 보았으나, 결국 빌어먹을 이성이고 논리를 집어치운 채, 그는 침대로 다가가 그녀의 앞에 섰다. 그녀의 위로 커다란 남자의 그림자가 드리워졌다.

그리고 침묵에 침묵을 거쳐 결국 그가 입을 뗐다.

"강제로 한 건가?"

"그랬으면 좋겠어?"

"아니."

비비안이 피식 웃으며 물었다. 그리고 위그는 진심으로 대답했다. 당연히 아니었으면 좋겠다. 그녀가 그런 걸 당해 줄 사람이고 아니고를 떠나서 로건은 비비안이 사랑하는 사람이었다. 그래, 그러니까 그런 일은 없어야 한다.

그러나 그것은 동시에 비비안이 딱히 로건을 거부하지 않았다는 말이 되었다. 그리고 그 사실이 결국 그의 막고 또 막아섰던 분노의 댐을 무너뜨린 듯, 결국 그가 몸을 낮춰 침대 위를 꽉 짚었다.

"그럼, 대체 왜."

비비안은 다가오는 남자에게서 벗어나지 않았다. 벗어나려고 했다면 그가 놓아줄 것을 알면서도 그랬다. 그래서 그가 로건의 어깨를 잡고 메치는 순간에도, 그녀의 의자를 부수는 그 순간에도 그녀는 걱정이나 근심 따위 없었다. 로건은 그가 그녀에게 손을 댈까 두려워하고 있지만, 이런 일로 그녀에게 손댈 남자라면 그녀가 이런 짓을 벌일 가치도 없었다.

그래, 이런 일.

비비안은 느긋하게 고개를 들었다. 어느새 그는 무릎으로 침대를 짚은 채 거의 반쯤 그녀를 눌러 붙이고 있었다. 그녀가 피식 웃음을 흘렸다. 그 여유로운 표정에 위그의 얼굴이 더욱더 일그러졌다. 속에서 울렁거리듯 올라오는 감정의 소용돌이가 그를 잠식했다. 그것이 비비안마저 잠식해 버리기 전에 그는 문제의 답을 얻어야 했다. 그러나 정작, 그녀는 여상스럽게 물음에 물음으로 답했다.

"왜 그랬을 것 같은데?"

"내가 먼저 물어봤어."

"나도 물어봤어. 당신의 대답을 듣고 싶거든."

"비비안 로젤리스. 내 인내심을 시험하지 마."

"시험하고 싶지 않아. 그저 궁금해서 그러는 거야. 내가 왜 그런다고 생각해? 내가 왜 로건과 함께 있는 모습을 당신에게 보여 주려고 했겠어? 나는 당신 대답이 궁금해."

위그는 비비안의 대답에 길게 숨을 들이쉬었다. 그러나 이 상황에서 정상적으로 머리가 돌아갈 리가 없었다. 그는 결국 그녀의 물음에 대답하지 않았다. 그리고 곧, 천천히 숨을 내뱉으며 입을 뗐다.

"당신은, 내가 돌아올 것을 알고 있었어."

"이 방은 나와 당신 방이니까."

"그러면서도 그랬고."

"그래."

"나를 분노하게 해서 당신에게 좋을 게 뭐가 있지?"

"글쎄. 맞혀 보라니까."

"비비안 로젤리스!"

결국 위그가 참지 못하고 으르렁거렸다. 이름 마디마디에 붙어 있는 진득한 분노가 여과 없이 비비안에게 쏟아졌다. 그는 결국 마지막 한 손마저 침대로 짚었다. 그에 비비안이 뒤로 몸을 빼려고 한 순간, 그녀가 중심을 잡지 못해 침대에 털썩 누웠다.

이제 온전히 그녀가 아래고 그가 위다. 그는 이제 온전히 그녀를 가두었다.

그러나 우습게도 가둔 자는 그녀가 싫다고 하면 그녀를 놓아줄 것이었고, 가둬진 자는 그것을 알았다. 비비안은 실핏줄마저 한 올 터진 듯 붉은 제 남편의 눈가를 보다가 느긋하게 웃었다. 그것을 보던 위그가 다시 입을 열었다.

"대체 왜."

"……."

"말해."

"……."

"적당하게 구색을 맞춰서 아무 말이나 지껄여 봐. 당신 그런 말 잘하잖나. 세 치 혀로 사람 놀리는 거."

"말하면 믿어 줄 거야?"

"변명이라면 믿어 줄게."

"……."

"로건이 너무 불쌍해 보여서 입맞춤 하나 적선해 줄 의도였다고 말해도 그런가 하고 고개를 끄덕여 주지. 그러니까 말해."

"위그 이디에트."

위그의 목소리는 이제 낮게 긁는 것 같은 포효를 떠나 떨리고 있었다. 그리고 그것을 가만히 듣던 비비안이 갑자기 나긋하게 입을 열었다.

"왜, 화를 내는 거지?"

"지금 그걸 말이라고……!"

"우리 둘 사이의 계약 때문이라면, 돈을 주지. 위약금. 어때?"

"비비안 로젤리스!"

"이디에트의 명예라면 걱정할 필요 없어. 입막음은 잘하니까."

"지금 그게 문제가 아니잖나!"

"그럼 뭐가 문제야? 내가 강제로 당한 것도 아니고, 위약금도 주고, 당신에게 보상도 줘, 어차피 내가 로건과 입 하나 맞췄다고 당신이 하는 그 전략적 사랑에 문제가 생기는 것도 아니야. 우리 둘 사이의 생존 관계는 영원하니까. 그럼…….”

“…….”

“……대체 뭐가 문제야?”

비비안의 조용한 목소리가 방을 울렸다. 그리고 그 순간, 위그는 그만 목이 턱하니 막혀 아무런 말도 할 수 없었다.

그래, 뭐가 문제인가.

순간 위그는 마구 분노를 내뱉다가 그 분노의 방향이 틀린 것을 알아차린 미치광이처럼 방황했다. 그의 눈동자가 떨렸다. 그의 머리부터 발끝까지 모조리 다 거짓 같다. 방금 전에 낸 화가 부질없어지고, 모조리 무의미한 것으로 타락한다. 위그는 순간 저 자신이 우습다고 생각했다. 그래, 그녀의 말이 맞는다. 그 둘 사이에 있어야 하는 그 감정 구석구석을 헤집어 보아도 그가 이 상태에서 그녀를 향해 화를 낼 이유는 없다라서? 어차피 1년 뒤면 헤어질 것이다. 그의 것이라서? 그 분노라면 그녀가 이디에트의 서신으로 그의 뒤통수를 칠 때 진즉에 냈어야 했다.

그녀는 꾸준하게 그의 말을 듣지 않았다. 그게 하루 이틀도 아니었다. 그래서 그는, 지금 무엇에 분노하고 있는가.

왜? 어째서?

그대로 시간과 공기, 모든 것들이 얼어붙은 것 같다. 위그는 그렇게 생각했다. 비비안의 물음에 이렇게 말문이 막히기는 처음이었다. 그럭저럭 괜찮은 이유 하나 들 수 없었다. 무조건 들어야 한다면 여차저차 들 수 있을 것 같은데 모두 목구멍에서 막혀 버렸다. 대신 그가 들어도 허황한 이유가 이제는 고개를 내밀었다.

왜, 왜 화가 났나?

비비안은 조용하게 위그의 떨리는 눈동자를 응시했다. 갈 길을 잃은 어린아이 같다. 순수하게 터뜨리는 분노가 어지럽게 공기 속에 퍼졌다. 그 순간, 그는 침대에 아무렇게나 놓인 그녀의 팔목을 잡았다.

"그때, 죽여 버렸어야 했는데."

비비안은 웃었다. 팔목을 잡은 손에는 힘 한 자락도 없었다.

"지금도 안 늦었어."

"……내가 당신을 어찌할 수 없을 거라고 믿나?"

"응."

"무슨 자신감으로……."

비비안은 살짝 눈을 접었다. 순간 멀리서 아스라하게 퍼지는 종소리가 귓가를 때렸다. 5시. 약 먹을 시간이다.

"위그."

그녀는 마치 짐승의 것처럼 터질 것 같은 그의 눈을 응시하며 조용하게 입을 뗐다.

"나, 머리 아파."

방을 순식간에 싸늘하게 한 모든 행동의 주범치고는 지나치게 여유작작했다. 그녀는 이 순간마저 이렇게 담담하게 굴었다. 순간 위그는 저도 모르게 비비안의 손목을 잡은 손에 힘을 주었다. 그때, 죽여 버렸어야 했는데. 살리는 게 아니었는데. 뒤통수를 칠 때 죽였어야. 그래야. 아니, 애초에 찾아가면 안 됐는데. 그래야 했는데.

"으윽……."

"……."

"아파."

비비안이 미약한 신음을 흘렸다. 아파서 내는 신음은 아니었다. 위그는 그녀를 빤히 응시했다. 그리고 곧, 맥이 풀린 사람처럼 눈을 질끈 감더니 침대에서 일어나 화장대로 향했다.

"진통제, 어디에 뒀는지 기억하나?"

"그건, 당신이 기억하겠지."

"……."

안다. 그저, 순간 기억 상실에라도 걸린 듯 아무런 사고도 할 수 없다. 습관처럼 아프다는 말에 약을 찾는다. 아프면, 안 되니까. 그래, 아프면 안 되니까. 다시 고열에 펄펄 끓는 그 꼬락서니를 볼 수는 없으니까. 그는 평소보다 조금 거칠게 화장대의 서랍을 열었다. 방금 전 분노하던 그 모습은 온전히 사라진 채 숙련된 솜씨로 약을 찾고, 병을 열고, 몇 가지 약을 털어 손바닥에 놓고, 방금 전 비비안이 앉아 있던 테이블에서 뜨거운 물을 붓고 다시 그녀에게 다가간다.

비비안은 다시 한번 제 앞에 약을 들고 서 있는 남자를 올려다보았다. 그녀가 누워 있음을 인지한 그가 본능적으로 침대에 앉아 그녀를 일으켜 세웠다. 그리고 그녀의 입 안에 약을 넣어 주고, 물을 넣어 주고, 그리고……

비비안은 약을 삼켰다. 그녀가 손목을 만지작거렸다. 통증이 없어 어느 손이 잡혔는지 기억이 안 나 그저 머릿속의 기억을 더듬었다. 그녀의 행동을 보던 위그가 손을 뻗어 그녀의 손목을 잡았다. 다행히 자국은 안 났지만 아픈 것과는 별개의 문제다. 그는 마지막 자존심으로 미안하다는 말을 하지 않았다. 그러나 부서진 의자가 눈에 들어오고 그가 한숨을 쉬었다. 분노하는 와중에도 이성은 존재했다. 안 그랬으면 앞뒤 가리지 않았을 테지. 그러나 그게 모든 것을 해명하지는 않는다. 그는 결국 입을 열었다.

"많이 아프……."

"날 사랑해?"

순간 그의 낮은 목소리 위로 비비안의 목소리가 겹쳤다. 위그는 멈칫했다. 그는 이제 온전히 얼어붙었다. 어떻게 대답해야 할지 몰랐다. 방금부터 허황하기 짝이 없어 목구멍에서 나올 염을 하지 않던 말이 울컥울컥 목울대를 쳤다. 비비안은 눈을 깜박거리며 그를 빤히 응시했다. 그러나 입가에 실린 미소가 이 모든 것이 결국 그녀의 생각 그대로 흘러감을 암시해 주고 있었다.

위그는 입술을 꽉 깨물었다. 왜, 어째서, 결국 그는 그녀한테 그렇게 아무런 짓도 못 했나. 지금까지 잘 쌓아 왔던 벽이 와르르 무너졌다. 다른 남자와의 입맞춤에 분노하면서도 감히 그녀에게 손 하나 못 댔다. 계약이고 전략이고, 모든 것들이 다 우스워졌다. 이게 그녀가 파 놓은 함정임을 알면서도 그는 결국 그 속에 뛰어들었다.

양치기 소년의 이야기를 아는가. 몇 번이나 거짓을 말했던 양치기 소년은 결국 자신의 거짓에 죽었다.

그러나 비비안은 양치기 소년이 아니다. 그녀의 거짓말은, 그게 아무리 허황된 것이라도 결국 그가 믿을 수밖에 없었다. 그래서 늑대가 왔다고 울부짖든, 아니면 담담하게 말하든, 수십 번, 수백 번, 수천 번, 수만 번, 무수하게 많은 거짓을 말해도 결국 그는 믿을 것이다. 그리고 아무 일도 없는 그녀를 보면서 속삭이겠지.

아무 일도 없어서 다행이다.

그는 인정해야 했다.

그는 비비안 로젤리스를 사랑한다. 전략이고, 남자고, 여자고, 공작이고, 단주고, 상속권, 여왕, 권력, 힘, 그 온갖 속세의 모든 것들을 전부 다 제치고서.

위그 이디에트는 비비안 로젤리스를 사랑했다.

그것이, 전부였다.

위그의 침묵과 함께 방 안은 정적에 들어섰다. 비비안은 느릿하게 창밖을 한번 보았다가 다시 제 남편에게로 고개를 돌렸다. 위그는 답하지 않았다. 그리고 그의 얼굴을 보건대 그는 답할 것 같지 않았다. 그러나 비비안은 숨소리마저 내지 않은 채 그대로 시간을 정지시켜 버린 그의 얼굴을 보고 이미 답을 내렸다. 기실 이 지경까지 오지 않았어도 그녀는 알았다. 그래, 알 수밖에 없었다. 그러나 저 남자는 몰랐다. 그래서 이러했다.

로건의 짐작대로 진정으로 그와 은밀하게 사적으로 말을 나누고 싶었다면 방으로 부르지 않았을 것이었다. 그녀는 멍청하지 않았다. 조만간 남편이 올 것을 모르지 않았다. 남편이 오기 전에 모든 대화를 다 끝내려고 했다는 것과 사실은 남편이 와서 이 모든 것을 보게 하려고 했다는 두 가지 상황 전에 후자가 더 설득력 있었다. 그리고 그것은 사실이었다. 그녀는 애초에 로건을 방으로 불러들였고, 기왕이면 더욱더 두 사람의 관계가 위그에게 목격되길 바랐다.

그래서 그다음은 무엇인가.

나를 사랑하냐고 묻는다.

그리고 위그는?

'대답할 생각이 없나 보군.'

비비안은 속으로 웃었다. 대답할 생각이 없었다. 이 남자한테 비비안을 사랑한다고 인정하는 것이 무엇을 의미하는지 그녀는 모르지 않았다. '전략적인'이라는 그 우습고도 허황한 수식어가 앞에 붙어 있을 때까지만 해도 위그의 마음속에는 단단한 벽이 있었다.

그는 살아남기 위해, 그녀의 비위를 맞추기 위해 그녀를 사랑하는 척하는 것뿐이었다. 이것은 그저 비즈니스 관계에 불과했다. 저 자신을 속이기 위한 것인지 아니면 그녀도 함께 속이기 위한 것인지 알 수는 없었으나 그가 그녀에게 주는 눈길과 애정, 그 모든 것들이 단순한 '전략적인 관계'라는 말에 가려지고 합리화되었다.

그러나 지금은? 전략적이고 뭐고를 다 벗어나, 이제 둘 사이의 관계를 갈라놓을 인간이 위그가 아닌 비비안이 되자 그 마음속에 세워진 벽은 와르르 무너지고 그의 마음속 깊숙이 담겨진 그 감정을 끄집어냈다. 이제 위그는 더 이상 스스로를 속일 수 없었다. 그는 온전히 비비안을 사랑함을 인정했다.

그래서, 저러고 있는 것이다.

비비안은 길게 한숨을 쉬었다.

"대답할 생각 없으면 대답하지 않아도 돼."

그녀의 말이 끝나자마자 위그가 고개를 들어 그녀를 바라보았다. 그러나 그녀의 입가에 미미하게 담긴 그 미소는 이미 그녀가 그의 마음을 훤히 들여다보고 있음을 알려 주고 있었다.

순간 위그는 속을 꽁꽁 싸매던 껍질들이 다 벗겨져 그대로 비비안 앞에 놓인 듯한 느낌이 들었다. 안 된다. 그래서는 안 되었다. 이 여자가 어떤 여자인데. 그가 그녀를 사랑한다는 것을 알면 끝이다.

안 돼.

순식간에 애정은 절망으로, 그리고 두려움으로 이어졌다. 그가 비비안을 사랑한다는 것을 들키면, 그날로 그의 머리부터 발끝까지 모두 이 여자한테 휘둘린다. 그의 인생 통째로 비비안에게 바쳐서, 그는 그날로 그녀의 인생의 제물이 된다.

"내가, 왜 대답을 해야 하는지 모르겠군."

그것은 그의 마지막 자아였다. 잃으면 이제 위그 이디에트는 없다. 두 사람은 여전히 파트너여야 했다. 그녀에게 질질 끌려다니며 인생이 망할 수는 없다. 그것은 그의 인간으로서 마지막 자존심이었다.

비비안은 그럴 줄 알았다는 듯이 자리에서 일어났다.

"그럼 오늘 일에 대해서 묻지 마. 당신이 나를 사랑하지 않는다면, 내가 로건과 키스하든지 발가벗고 침대 위를 뒹굴든지 들키지만 않으면 아무런 상관도 없으니까."

말을 마친 비비안이 걸음을 옮겼다. 그러나 위그는 이미 제정신이 아니었다. 속이 울컥거리고 아무런 생각도 들지 않았다. 누군가를 사랑한다는 걸 인정하는 게, 이렇게나 비참하고 지독한 사실이었던가. 그게 단순히 비비안 로젤리스라는 이유만으로.

곧 비비안이 손잡이를 잡았다. 그제서야 위그가 자리에서 벌떡 일어났다.

"어딜 가는 거지? 로건한테 가나?"

말을 내뱉자마자 위그는 아차하고 말았다. 너무 노골적이었다. 비비안이 살짝 고개를 돌려 빙그레 웃었다.

"아니. 다른 사람이야."

"누구······."

"리디아와 클로에. 할 말이 있거든."

순간 위그의 미간이 꿈틀거렸다. 리디아······ 그러고 보니 저 여자는 왜 리디아를 이곳으로 불러왔지?

방을 나간 비비안이 문을 닫았다. 방은 다시 정적에 잠겼다. 위그는 홀로 남은 방 안에서 절망을 곱씹다가 저도 모르게 침대에 앉았다. 최악인 사건이 발생했다. 그가 비비안을 사랑한다. 그런데 비비안은 그것을 안다. 그러나 더 최악인 것은, 비비안은 그를 사랑하지 않았다. 그래, 그의 일방적인 매달림이었다. 감정적으로 불평등한 상황이었다. 이대로 한 걸음 한 걸음 그녀가 만든 함정에 빠져들면, 그때 그는 이성을 잃고 모든 것을 잃을 것이었다.

이성을 잃은 사랑은 세상에서 가장 무서운 것이다. 그것은 사랑하는 사람을 갉아먹고 사랑받는 이를 죽인다. 거기까지 생각한 위그가 서서히 얼굴을 굳혔다.

안 된다. 반드시 뭔가로 평형을 잡아야 했다. 그렇게 생각한 그가 뭔가 결심한 듯, 자리에서 일어났다. 그리고 곧, 외투를 벗고 욕실로 들어갔다.

그러나 그는 몰랐다.

인간과 인간이 하는 사랑에서, 평등만큼 하찮은 것도 없었다.

* * *

방에서 나온 비비안은 걱정스러운 얼굴로 안절부절못하는 헤더를 발견하고 멈추었다. 주인이 별다른 문제없이 태연하게 나온 것을 확인하자 헤더는 그제야 한 시름 놓았다. 그도 그럴 것이 방금 로건을 던지던 위그의 그 얼굴이 얼마나 끔찍했는지 진정 아는 사람만 알 것이었다.

"로건은?"

"시종들이 데려갔어요. 크게 다친 것 같던데, 괜찮으신가요?"

"괜찮아. 어차피 로건 성격에 어디 가서 떠벌리고 다닐 인간은 아닌지라."

"아, 그건…… 공작 각하께서 함부로 입을 놀리면 왕자 전하께서 단주님을 급습했다고 하시겠다고 겁을 주셨으니 괜찮지 않을까요."

"뭐?"

비비안은 미간을 찡그리다가 웃음을 흘렸다. 그러나 헤더는 여전히 걱정스러운 얼굴이었다.

"단주님은 괜찮으신가요?"

"어디 문제 있어 보여?"

"제가 공작 각하를 말렸어야 했는데."

"네가 말릴 수 있었다면 애초에 너를 밖에 세워 두지도 않았을 거야."

"……네?"

헤더는 좀 이해가 되지 않는다는 듯이 눈을 깜박깜박거렸다. 그러나 비비안은 바닥에 은은하게 밴 핏자국을 보다가 입을 뗐다.

"이젠 로건이 나와 독대하겠다는 모든 요청은 다 거절해 버려. 그럴 시간도 없고 여력도 없어. 그리고 쓸모도 없고."

"알겠습니다."

"리디아와 클로에가 있는 방으로 안내해. 잠깐 만날 일이 있어. 그러고 보니…… 라니사 블레이드는?"

"아, 자꾸만 이쪽으로 오다가, 요즘은 잠잠해요. 아무래도 포기한 게 아닐까요?"

"설마."

비비안은 비릿하게 웃었다.

"이렇게 빨리 포기할 거면 시작하지도 않았겠지. 언젠가는 만날 날이 있을 거야. 이제 다시 찾아오면, 그때는 굳이 밖으로 내보낼 필요 없어."

"알겠습니다."

말을 마친 뒤 비비안은 걸음을 옮겼다.

* * *

라니사 블레이드에게 인생에서 가장 잘못한 일을 말하라면, 그것은 단연코 디텔 공작을 믿은 것이라고 대답할 수 있었다. 한평생 사내의 말 따위 듣지 않으면서 제멋대로 살아온 그녀의 첫 실수였다. 그래도 기본적인 상도덕은 있을 줄 알았는데 그녀는 그의 눈에 애초에 사람도 아니었다. 따라서 그 쥐꼬리만 한 상도덕마저 그녀에게는 적용이 안 되는 것이었다. 그것을 깨달은 것은, 그날 비비안을 만난 뒤 디텔 공작을 찾아갔을 때였다.

'이제 제가 왔으니 뭘 어떻게 해야 하는지 말이나 해 줘요.'

기실 그녀도 비비안이 그녀를 데리고 디텔 공작의 앞에 갈 때까지만 해도 뭔가 이상하다고 생각했다. 그리고 비비안이 떠나갈 때 즈음, 일이 틀어졌다는 것 정도는 알았다. 그래도 디텔 공작이 그녀를 불렀으니 뭔가 대책은 있겠지. 하다못해 그녀에게 돈을 주고 내쫓는 성의는 보여야 할 게 아닌가.

그러나 디텔 공작은 생각보다 그녀를 더욱더 인간처럼 보지 않았다. 그는 라니사를 상대로 혐오스럽다는 얼굴을 한 채 입을 열었다.

'제 가치도 못하는 물건에게 내가 왜 값을 치러야 하지?'

'하. 웃기는군요. 엄연히 말하자면 당신부터 대책이 없었어요.'

'건방지군. 얌전하게 있어. 이제 감사절이 끝나면, 돈을 받고 내 눈앞에서 썩 꺼져. 그렇지 않으면 네까짓 거 하나 죽이는 데에 별로 많은 시간이 걸리지 않는다는 걸 보여 주지.'

그리고 너무 비참하게도 디텔 공작의 말은 사실이었다. 그는 자신을 목졸라 죽이고 시체를 버린다고 해도 끄떡없는 사람이었다. 라니사는 돈도 받지 못하고 목숨의 위협까지 얻었다. 결국 그녀가 할 수 있는 건 뻔뻔하게 비비안을 찾아가는 것이었다. 물론 비비안과 위그 또한 그녀의 삶에 별로 관심이 없는 듯했지만.

"이럴 수는 없어."

라니사는 이를 악물었다. 며칠 뒤면 수도로 돌아가야 한다. 그러나 여기까지 쫓아왔으니 대부분 고위 귀족들은 그녀의 상황을 알 게 뻔했다. 그러면 설사 아이 문제를 해결한다고 해도 돈줄은 끊긴다. 그러면 이제 어떻게 살아야 하지. 그녀가 눈을 질끈 감았다. 이게 다, 이게 다 그 빌어먹을 귀족들 때문이었다. 그녀는 다시 한번 자신의 생각이 옳다는 것을 확신했다. 이게 다 고위 귀족들 때문이었다. 그리고 자신은 거기에 무고하게 희생당한 것이고.

그렇게 생각하자 마음이 편해졌다.

'이렇게 된 이상 죽어도 내 살길은 마련해야 해.'

그녀는 이를 악물었다. 죽어도 돈, 돈은 꼭 받아야 한다. 그리고 아이를 지우고…….

'디텔 공작은 말이 안 통하니. 그 단주 쪽을 물고 늘어져야겠어.'

라니사는 눈알을 데굴 굴렸다. 남자들은 냉정할라 치면 일말의 여지도 없지만 여자들은 달랐다. 그들은 태생적으로 마음이 약하고 감성적인 면이 있었다. 그러니 자신의 아이를 잡고 늘어지면, 아무리 단주라도 결국에는 여자. 모성애 운운한다면 어쩌면 돈 정도는 한몫 챙길 수 있는 게 사실이었다.

라니사 블레이드는 웃었다. 그녀는 살아남기 위해 무슨 짓이든지 다 했다. 그까짓 자존심 따위, 버려도 상관이 없었다.

* * *

리디아를 만나러 간다던 비비안은 꽤 늦게까지 돌아오지 않았다. 그럴수록 위그의 마음은 더욱더 착잡했다. 그는 도무지 알 수 없었다. 언제부터 자신이 저 여자를, 그러니까 그 사랑이라는 것을 하게 된 것이지? 대체 왜? 계기를 생각해 보고 또 생각해 보았으나 지독하게 두서가 없어서 그는 이마를 짚었다. 이제 그의 머릿속을 잠식하는 것은 단 한 가지. 그녀를 이기지는 못해도, 최소한 그녀에게 밟히지는 말아야 한다는 것이었다.

그러나 어떻게?

그는 비비안 로젤리스를 상대로 어떻게 해야 할지 몰라 감이 잡히지 않았다. 약하게 하면 아무런 효과도 없을 것이고, 강하게 나가자니 상대는 그가 사랑하는 사람이었다. 적당하게, 아주 적당하게만, 그러니까 그가 죽지만 않을 정도만 손을 써야 했다.

아니. 위그는 손을 쓴다는 표현조차도 속으로 부정했다. 손을 쓰지는 못한다. 이제 그는 그녀의 다른 목숨 줄을 잡아 줄 만큼의 담도, 그럴 만한 여력도 없었다. 그녀는 이제 그의 사혈을 하나 틀어쥐었다. 그의 행동이 조금만 수틀리면, 그녀는 바로 로건과 키스, 아니면, 그 이상까지 그의 앞에서 할 수 있는 여자였다.

그게, 자신을 휘두르는 무기가 된다는 것을 알았으니까. 그리고 더 빌어먹게도 그게 사실이니까.

결국 위그는 이마를 짚었다. 그 꼴은 못 본다. 로건은 죽어도 안 된다. 그는 비비안 로젤리스를 사랑했다. 그래서 기왕이면 그 시선이 저를 향했으면 좋겠으나 설사 그게 아니더라도 다른 사람을 향하지는 않았으면 했다. 그럼 대체…….

"무슨 생각 해?"

갑자기 문이 벌컥 열리고 비비안이 태연자약하게 들어왔다.

위그는 일부러 제 감정을 들키지 않으려고 와인 잔을 들었다. 비비안은 마치 아무 일도 없는 인간처럼 그의 맞은편에 앉았다. 그게 왜 그렇게 얄미우면서 저렇게 예쁜지.

"나도 한 잔 줘."

"안 된다."

"오늘 잠을 못 잘 거 같아."

"왜…….".

왜 그러느냐고, 로건 때문이냐고, 그래서 자지 못하냐고 묻고 싶었지만 위그는 그대로 입을 다물었다. 그렇게 노골적으로 물을 정도로 그는 멍청하지 않았다. 결국 그는 자리에서 일어나 와인 잔을 그녀의 앞에 내려놓았다. 쪼르륵, 밑바닥을 겨우 덮을 정도의 양에 비비안이 살짝 미간을 좁혔으나 위그는 담담하게 말을 했다.

"도수 높다. 너무 많이 마시면 안 좋아."

"흐음."

비비안은 납득하는 듯하면서 잔을 들었다. 그녀는 와인 잔의 와인이 찰랑거리는 것을 보다가 눈을 깜박거리고 맞은편에 앉은 위그에게 시선을 돌렸다.

"그러고 보니 오늘 제이슨과 무슨 얘기 했어?"

위그는 그제서야 자신이 제이슨을 만났다는 사실을 상기했다. 그 뒤에 발생한 일이 너무 커서 그게 한 며칠 전의 일 같았다.

"의외로 별말이 없더군. 그저 사냥은 잘 갔냐는 말만 했어. 그리고…….".

위그는 제이슨과의 대화를 회상하다가 미간을 찌푸렸다.

"엘리미아의 얘기가 오갔지. 더불어 내 아버지의 얘기까지."

"적나라한 협박이네."

"그렇지."

그러나 무서울 것 없다. 제이슨은 엘리미아를 죽이지 못한다. 그랬다면 비비안이 이런 수단을 쓸 리가 없었다. 위그는 새삼 이런 세세한 부분마저 비비안을 믿고 있는 자신이 두려워졌다.

"이제 수도로 돌아가면 카티야를 빼내야겠어."

"그래."

"안 물어봐? 왜 그러는지?"

"생각이 있겠지."

"뭐야. 오늘따라 왜 갑자기 상태가 안 좋아?"

"그건……."

위그는 당신 때문이 아니냐고 외치려다가 입을 다물었다.

"당신이 보낸 사람이니, 당신이 생각이 있겠지. 내가 알 바 아니다."

"착하네. 그럼 기왕 내 말 들을 거 지금 내가 하는 말도 그냥 들어."

위그는 비비안이 무슨 말을 할지 몰라 조금 긴장하고 말았다. 비비안은 와인을 한 모금 마신 뒤 시선을 돌렸다. 그리고 곧, 그녀가 위그를 향해 천천히 입을 열었다.

"나는, 카티야를 시켜 제이슨을 독살하게 할 거야."

"헛소리. 제이슨이 먹는 모든 물건들은 다 엄격하게 처리를 거쳐."

"괜찮아. 흔한 물건을 쓸 거니까. 그리고…… 알렉산드르를 죽이는 건 제이슨이 될 거고."

"제이슨이 미쳤다고……."

"그리고 마지막으로, 로건은, 내가 죽일 거야."

대체 무슨 의도인지 가만히 미간을 찌푸리고 듣던 위그가 자리에서 일어났다. 대체 이 여자는 무슨 생각인지…… 라는 말조차 나오지 않았다. 제이슨을 독살하겠다고 하는 데까지는 얼추 들어 줄 수 있었다. 그러나 알렉산드르가 어떻게 제이슨의 손에 죽는가. 아니, 그것까지만 해도 대충 양보를 해 주면서 들어 줄 수 있었다. 진정으로 위그를 분노하게 한 것은, 마지막 말 때문이었다.

"미쳤나?"

짧막한 한마디에 분노가 그대로 들어있었다. 그는 테이블을 턱 짚었다.

"당신이 로건을 미치게 사랑해서 손수 제거하고 싶을 정도라는 건 알겠어. 그렇지만 미치지 않고서야 내가 왜 그걸 동의해야 하지?"

"그냥 들으라니까."

"비비안 로젤리스. 우리가 한배를 탄 건 사실이지만, 그렇다는 건 당신도 나를 파트너로서 존중할 의무가 있다는 것을 의미한다."

"그래서 말해 주잖아."

"상의를 해야. 통보가 아니라."

"당신이 내 말을 듣지 않는데, 어떻게 상의를 해?"

"비비!"

순간 위그가 버럭 비비안의 이름을 불렀다. 비비안은 고요하게 위그를 응시했다. 위그는 마치 자신만 바보가 된 느낌에 휩싸였다. 하지만 상관없었다. 그는 절대 그런 일이 발생하는 것을 용납하지 않는다. 비비안이 손수 로건을 죽인다고. 감정의 문제를 떠나서 그럴 이유도, 합리성도 없었다.

"로건은 왕위 후계자 중 한 사람이다. 그자를 죽이는 건 그를 죽이고 왕위에 오를 사람이지 당신이나 내가 아니야."

"로건이 퍽이나 크리스티나 손에 죽겠네."

"죽음이 그자 혼자서 결정할 수 있는 문제였던가? 우리가 죽으라고 하면 죽어야 한다. 그뿐이야."

"흥분하지 말고 내 말 좀 들어 봐."

"당신 손으로 로건을 꼭 죽여야 하는 이유가 있어?"

"있어."

"왜. 당신이 그 남자를 너무 사랑해서?"

"남편. 흥분하지 말고 들어 보라니까. 질투에 눈에 먼 걸 고려해서 당신과 쓸데없는 말싸움을 하는 건 여기까지가 한계야."

"당신의 한계면 어쩔 건데. 그 친필 서신이라도 공개하려고? 해. 상관없어. 하지만 당신 손으로 로건을 죽이는 건 죽어도 안 돼. 아니, 이제부터 당신 손으로 누굴 죽이는 일 따위 없을 거야. 절대 그런 일은 용납 못 해."

"위그 이디에트!"

"비비안 로젤리스!"

"……."

"당신 말대로 흥분한 건 사실이다. 하지만 흥분하지 않았어도 변하는 건 없어. 로건은 크리스티나의 손에 죽어야 한다. 제이슨의 손에 죽어도 상관없어. 하다못해 알렉산드르가 죽여도 돼. 하지만 당신은 안 돼. 절대."

위그의 흥분은 비비안이 질투라는 말을 내뱉은 사실조차 인지 못 하게 했다. 그러나 인지했더라도 변하는 건 없을 것이다. 그는 비비안의 손에 더 이상 피를 묻히게 할 수 없었다. 심지어 그럴 이유가 없었다. 그는 그녀의 계획을 흩트려 놓을 생각이 없었지만 그렇다고 엄연히 두 사람이 손을 잡은 상황에서 그녀 혼자서 멋대로 모든 것을 결정하고, 그 결정에 놀아나고, 그리고 그녀가 스스로를 갉아먹고, 그는 자책하고, 이 말도 안 되는 고리를 용납할 수 없었다.

절대 용납 못 한다.

물론 그는 비비안이 충분히 그럴 만한 재주가 있다는 것을 알았다. 하지만 죽어도 그녀의 감정이 그대로 송두리째 뽑혀 모든 인간에게 휘둘리는 꼬락서니는 못 본다.

절대.

절대.

죽어도.

말을 쏟아 낸 그는 거칠게 숨을 쉬며 창문가에 다가가 창턱을 짚었다. 그 뒤로 비비안이 당황한 얼굴을 하며 그의 등을 응시했다. 그래, 그것은 황당함이 아니라 당황함이었다. 위그가 어느 정도 흥분할 걸 예상은 했지만 저 정도까지는 예상하지 못한 그녀는 잠시 이마를 짚다가 자리에서 일어났다. 그의 감정에 이끌려서 저도 모르게 언성을 높였던 그녀는 다시 제 목소리를 가다듬고 그의 옆으로 다가갔다.

위그는 어느새 제 옆에 선 여자를 힐긋거렸다. 비비안은 묘한 눈빛으로 그를 응시하고 있었다. 호기심인지 흥미인지 알 수는 없었다. 그러나 한 가지 확실한 것은, 그녀는 이미 그의 매 한 마디에 깃든 그 감정을 읽어 내고 있었다. 그러나 우습게도 딱히 기분이 나쁘다거나 그를 두렵게 만들지 않았다.

"당신이 무슨 소리를 했는지 알아?"

"몰라."

"엄청난 소리를 했어."

"어차피 진지하게 들을 생각도 없었잖나."

"그렇긴 하지만…… 당신이 이러는 꼴을 보니까 좀 진지하게 실천에 옮기고 싶은 마음이 생기긴 했어."

비비안은 느긋하게 창턱에 기댔다. 위그도, 그녀도 마치 약속이라도 한 듯이 차분해졌다. 둘 다 굳이 말이 필요 없었다. 위그는 창턱을 짚었던 손을 들고 몸을 일으켰다. 그리고 곧, 비비안과 같은 방향으로 돌아서 입을 뗐다.

"말해. 당신이 로건을 직접 죽여야 하는 이유."

"그것보다 내가 그를 죽이면 안 되는 이유가 더 궁금해졌어."

"그건……"

위그는 말을 골랐다.

"크리스티나가 뭔가를 해야 하니까."

자신이 말하고도 어이가 없었다. 그러나 그로서는 한계였다. 비비안은 그를 빤히 보다가 무슨 생각을 하는지 한숨을 쉬었다.

"그렇지만 당신이 무슨 생각을 어떻게 하든, 나는 내 손으로 반드시 처리해야 하는 것들이 있어. 그리고 그건 절대 당신이 못 해 줘."

"그건, 두고 볼 일이지."

위그의 스산한 말투에 비비안이 피식 웃었다. 위그는 잠깐 말을 고르다가 입을 열었다.

"그런데…… 제이슨을 독살한다는 건 무슨 말이지?"

"말 그대로의 뜻이야. 제이슨을 독살하겠다는 뜻."

"제이슨의 궁은 경비가 삼엄해. 그가 먹는 모든 음식들 전부 다 시독을 한 뒤에 들어간다."

"그럼 독이 아닌 물건이면 되지 않을까? 독이 아니되, 독으로 쓸 수 있는 물건. 그리고 자주 몸에 지니고 있는 물건. 특히, 여자들이 자주 쓰는 물건일 수도 있지."

"그런 게 있나?"

"바첼론에서 여자들이 예뻐지기 위해 수단과 방법을 가리지 않는 건 그리 이상한 일이 아니지."

"무슨 소리야?"

"가끔 예뻐지기 위해 몸에 별걸 다 쓰고 있어. 그게 뭔지 알아?"

"예뻐지기 위해 노력한 적이 없는데 내가 그걸 어떻게 알아."

"쯧. 재수 없게. 타고난 미모는 이럴 때 자랑하는 게 아니야."

"내가 언……."

"에트린을 사용할 거야."

순간 위그가 멈칫했다. 그는 미간을 좁혔다. 에트린은 확실히 '독'은 아니다. 무취의 은백색 액체로서 가끔은 의학 약물을 제조할 때도 쓰긴 하지만, 그것을 장기간 복용하게 되면 몸의 기능이 퇴화되고 중독 증세를 일으켜 죽음으로 향할 수 있다. 게다가 에트린은 복용 초기에는 되레 사람의 혈색을 좋게 만들어, 쉬이 중독을 눈치채기도 힘들었다. 그걸로 사람을 '확실하게' 죽일 수는 없다. 하지만…… 그는 잠시 입을 다물었다. 그들에게 제이슨은 마지막으로 죽여야 하는 상대였다. 만약 그가 첫 번째로 죽으면, 그 아래 로건과 알렉산드르를 지지하는 사람들 좋은 일만 해 주니까.

그리고 제이슨은 무엇보다도 그들에게 훌륭한 도구가 되어야 했다.

"그런데 에트린이 어떻게 여자들이 자주 쓰는 것이 되지?"

"한때 시중에 판매되던 분에, 에트린이 함유되어 있어."

"분?"

"그래, 분. 에트린을 얼굴에 바르면 혈액 공급이 어려워져서 얼굴이 창백하고 예뻐 보여. 물론 부작용도 어마어마하긴 하지만."

"그걸 당신은 어떻게 알아?"

"내 어머니가 배우였어. 그리고 배우들은, 특히 여배우들은 미모와 젊음과 창백하고 흰 피부에 유난히 민감하지. 비록 은퇴는 했지만 그래도 그녀는 에트린을 꽤 즐겨 발랐어. 물론 화장품에 있는 양이야 아주 적지만, 카티야가 들고 들어갈 양은 제이슨이 에트린 중독에 걸리도록 하기엔 충분해."

"하지만 카티야를 빼내겠다며."

"엘리미아가 있잖아."

"……."

"제이슨의 옆에 여자가 있다면 화장품 공급은 끊길 수 없어. 그리고 설사 발견되었다고 해도 별 상관없는 게, 에트린은 가끔 치료제로도 쓰여. 실제로 의학원에 가면 그걸로 이런저런 병을 치료하는 사람들이 보일걸."

비비안은 웃었다.

"요즘에야 에트린보다 다른 걸 즐겨 쓰는 사람들이 많아졌지만. 그래도

에트린만큼 빠르게 효과가 나타나는 물건도 없어서 공급이 되긴 해."

"그래서 독살이라는 거군. 그럼 알렉산드르는?"

"알렉산드르는……."

비비안은 길게 한숨을 쉬었다. 그러나 그녀는 다시 싱긋 웃었다.

"그건, 일의 진척이 된 뒤에."

"……로건은, 크리스티나가 죽일 거다."

"합의가 안 되는군."

"안 될 수밖에. 내가 그렇게 두지 않을 테니까."

"대체 왜?"

"나도 내 이유가 있어. 당신이 나한테 수도 없이 많은 사실을 숨기는 것처럼."

"건방지게."

"건방지게 구는 건 당신이다. 오늘 한 번은 봐줬지만……."

위그는 다시 속이 울렁울렁거리는 것을 겨우겨우 진정시켰다. 그는 일부러 태연자약하게 그녀를 향해 한 자 한 자 내뱉었다.

"……다시 그런 일이 있으면."

"있으면?"

비비안은 눈을 동그랗게 뜨고 위그를 응시했다. 풍성한 속눈썹이 팔랑거렸다. 깜박깜박거리는 파란 눈동자를 보다가 저도 모르게 숨을 참은 그가 느릿하게 말을 내뱉었다.

"계약서를 그대로 이행할 거니까 그대로 해."

"아, 맞아. 보상을 해 준다고 했지. 알았어. 해 줄게."

"또 오늘 같은 일이 생기게 하겠다는 건가?"

위그는 다시 피가 거꾸로 솟는 것 같았다. 그러나 비비안이 웃는 순간, 그는 그녀의 함정에 걸려들었음을 깨달았다. 그때, 그의 예상을 깨고 비비안이 답했다.

"그럴 일은 없어."

"……."

"그러니까 안심해."

위그는 비비안을 어떻게 봐야 할지 몰라 입매를 굳혔다. 그녀는 실제로 한다면 하는 사람이었다. 그녀가 다시 로건과 입 맞추는 그 꼬락서니를 보지 않아도 된다는 사실이 그를 기쁘게 했지만 안타깝게도 비비안은 더 한 짓을 못 할 인간이 아니었던 것이었다. 그는 다시 이성과 냉정을 되찾았다.

'수도로 돌아가면, 나도 수를 써야겠군.'

그는 비비안의 뒷모습을 보며 기묘한 얼굴을 했다. 수도로 돌아갈 날이 머지 않았다. 그때는, 또 어떤 일을 그녀가 벌일지 모른다. 그는 이제 비비안 로젤리스를 사랑했다. 그러니 그는 그녀를 보호함과 동시에, 그녀를 공격하는 유일한 인간이 되어야 했다.

* * *

로건의 상태는 별장에 있는 의원들의 경악을 불러왔다. 그들은 로건에게 대체 누가 이런 짓을 했냐고 물었지만, 로건의 대답은 한결같이 저 스스로 잘못해서 계단에서 굴렀다는 것이었다.

그러나 의원들이 진실을 모를 리 없었다. 구른 것과 부딪친 건 엄연히 달랐다. 그러나 로건이 한사코 굴렀음을 주장하는지라 의원도, 진실을 아는 시종들도 입을 벙긋할 수 없었다.

곧 로건이 다쳤다는 소문에 귀족들이 분분히 기회라도 만난 듯 그를 만나러 왔다. 그러나 로건은 대부분 귀족들의 방문을 거절했고, 오직 왕족들의 방문만 허락했다. 제이슨은 제 동생을 지그시 응시하다가 그저 치료를 잘하라는 말만 남겼고 크리스티나는 대체 무슨 생각을 하길래 계단에서 구르느냐고 타박했다. 그리고 마지막으로 온 알렉산드르는 제 형의 건강을 이리저리 살피다가 입을 열었다.

"언제 다쳤어?"

"어제. 이디에트 공과 수렵을 갔다가 나오는 길에 너무 뛰어다녔는지 별장에 들어오자마자 다쳤다."

로건은 상냥하게 웃으며 지금껏 해 왔던 말을 반복했다. 그러나 이디에트 공이라는 말이 나오기가 무섭게 알렉산드르가 멈칫했다.

"이디에트 공과, 수렵을 떠났다고?"

알렉산드르는 조금 애매한 얼굴을 했다. 안 그래도 한동안 위그의 연락이 없어 조바심을 내면서 기다렸는데 정작 로건과 일말의 접점도 없을 것 같은 그자가 굳이 둘이서 사냥을 나가다니. 그는 문득 요즘 왕궁에서 암암리에 돌고 있는 소문을 상기하고 불안한 얼굴을 했다. 이디에트 공이 유달리 로건 왕자와 가까이 지내는 것 같다는.

그는 저번 그 성이 무너질 때를 상기했다. 그것이 제이슨에게 어떤 자극을 주었다는 것은 확실했다. 그때까지만 해도 자신과 손을 잡기 위한 일종의 준비라고 생각했는데, 왜 저는 점점 이디에트 공작과 멀어지는 것 같은가.

그러나 위그는 분명 그를 찾아온 적이 있었다. 그는 속으로 위그가 그와 연락이 뚝 끊긴 때를 생각했다. 문득 생각해 보니 그게 로건이 돌아왔을 때와 겹치는 것 같기도 하다. 알렉산드르는 이제 담담하지 못했다.

"이만 가 볼게."

"그래. 잘 가."

로건이 유순하게 웃으며 알렉산드르를 보냈다. 알렉산드르는 그런 형의 얼굴에 약간의 죄책감을 가지다가도 그의 존재가 쓸데없이 눈에 거슬렸다. 얌전히 외국에 있으면 될 것을 왜 굳이 돌아오는가. 소문에 의하면 이디에트 공작 부인 때문이라고 하는데 이쯤 되면 그것 또한 일부러 로건과 이디에트 공작이 손을 잡지 않았음을 알리기 위한 일종의 수단 같았다.

'이대로는 안 돼.'

알렉산드르는 이를 꽉 깨물었다. 그는 한평생 형들의 그늘에서 살아왔다. 그가 어렸을 때까지만 해도 당연히 태자가 될 첫째 형이 있었다. 그러나 결국 태자가 된 건 그의 둘째 형이었다. 왕위라는 자리가, 노리는 것조차 아예 불가능하던 것에서 그럭저럭 가능성이 있는 물건이 되었다. 그렇게 되자 은근히 머리가 복잡해졌다.

'나도 대책을 세워 봐야겠어. 이대로 이디에트만 믿을 게 아니다.'

그런데 어떻게?

그가 속으로 읊조렸다. 그때였다. 갑자기 그의 맞은편에서 익숙한 얼굴이 안겨 왔다.

"어머, 알렉산드르 왕자 전하."

간드러지는 목소리에 알렉산드르가 얼굴을 붉혔다. 제 둘째 형이 그렇게 손에서 놓지 않는 계집이다. 이디에트가 보낸 계집. 자신이 태자가 되면 가질 수도 있었는데. 형도 되는데 내가 왜 되지 않겠나.

"그래."

카티야는 알렉산드르의 눈빛을 살피다가 속으로 웃었다. 그녀는 다른 건 몰라도 비비안의 판단력만큼은 무조건 믿었다. 알렉산드르는 제이슨과 비슷한 눈빛을 하고 있었다. 일이 쉽게 풀린다.

"어디 다녀오시는지요."

"셋째 형님께……."

"아, 로건 왕자 전하께서 편찮으시다는 말씀은 들었습니다. 그것도 이디에트 공과 사냥을 떠났다가 그렇게 되었다지요. 공도 참, 그렇게 많은 기회를 두고 왜 굳이 이렇게 눈이 소복한 날에 떠나시겠다고. 아무리 급해도 그렇지."

"아무리 급하다니, 뭘?"

"어머. 제가 실언을 했군요. 송구합니다. 왕자 전하."

"말해. 무슨 급한 일이 있다고 그러시는 것이지?"

알렉산드르의 얼굴에 급한 기색이 서렸다. 카티야는 바닥에 무릎을 꿇고 사죄를 구했다. 그러나 알렉산드르는 이미 그녀의 그 어떤 말도 귀에 들어오지 않는 듯했다. 그는 그저 빨리 그 급한 일이 무엇인지 알고 싶은 모양이었다.

그러나 카티야는 끝까지 말하지 않았다. 대신, 그녀가 웃으면서 나지막이 읊조렸다.

"전하. 송구하나 태자 전하의 코르티잔인 제가 이런 곳에서 드릴 말씀이 아닙니다."

알렉산드르는 그제야 자신이 복도에 서 있음을 눈치챘다. 그는 결국 진정하듯 길게 숨을 들이쉬었다. 카티야를 달달 볶아서 될 일이 아니었다. 그러나 그는 로건과 위그가 무슨 작당을 꾸미고 있다고 거의 확신을 하고 있었다. 카티야는 그에게 예를 갖춘 뒤, 살랑거리며 자리를 떴다. 그리고 복도 끝에서, 그녀가 생긋 웃었다.

알렉산드르는 점점 밀려오는 불안감에 이를 악물었다. 그래, 이디에트는 절대 믿을 수 없다. 그는, 이제 자신만의 동아줄을 찾아야 했다.

* * *

바로데에서의 날은 꽤 빨리 지나갔다.

그 뒤로 비비안과 위그의 관계는 딱히 달라진 것이 없어 보였다. 최소한 표면적으로 보기에는 그랬다. 비비안은 바로데에 온 뒤 언제나 그러했듯 늦게 일어났고, 위그는 그녀보다 한 시간쯤 먼저 일어나 씻고 외출 준비를 했다. 그러나 그는 급히 밖에 나가 귀족들과 약속을 잡는 대신, 방에 있는 테이블 앞에 앉아 책을 보며 비비안을 기다렸다. 그리고 비비안이 일어날 즈음, 헤더를 불러 아침을 준비하라고 일렀다.

이 일련의 모든 행동들이 자연스럽게 그지없었다. 비비안도 위그도 마치 그날 로건 따위는 방에 온 적이 없다는 듯이 행동했다. 그러나 오직 본인만 알았다. 이 며칠간 위그의 기분과 속마음을 말로 표현하라면 당연하게도 별로 좋지는 못했다. 그리고 그것은 직접적으로 두 사람의 관계와 비비안에게 영향을 미쳐, 두 사람 사이의 기류는 얼핏 보면 알아차리지 못할 미묘함이 흘렀다.

물론 그렇다고 해도 누구도 그 마지막 벽을 뚫지 않은 이상, 두 사람은 딱히 이상할 게 없었다. 그리고 바로데를 떠나기 전날, 두 사람은 얼마 전과 똑같은 얼굴에, 똑같은 표정으로 자신들의 앞에 무릎을 꿇은 여자를 응시했다.

"죄송합니다."

라니사는 넙죽 바닥에 엎드렸다. 그녀는 눈물 콧물 다 짜내며 결국 비비안과의 독대를 얻어 냈다. 물론 그것은 어디까지나 비비안이 허락해 줘서 가능한 것이었지만 어쨌든 라니사는 속으로 비비안을 집요하게 물고 늘어지길 잘했다고 생각했다.

비비안은 라니사를 빤히 보았다. 그리고 그녀가 새삼스럽게 위그를 향해 입을 뗐다.

"예전에는 임신을 하면 굉장히 불편해질 거라고 생각했거든. 아이를 위해 조심조심해야 하니까."

"틀린 말은 아니다. 아이를 위해서든 어른을 위해서든 조심해야 해."

"그런데 얘를 보면, 임신을 해도 딱히 큰 문제는 아닌 것 같아. 어쩜 저렇게 이리저리 뛰어다니면서 꿇고 울고 난리 피우는데 아이가 멀쩡하지?"

"그건 라니사 블레이드가……."

위그는 서늘하게 읊조렸다.

"딱히 아이를 잃어도 상관이 없기 때문이지. 그리고 불행인지 다행인지 배 속의 아이는 정말 굳세고."

라니사는 위그의 비꼬는 말도 일부러 못 알아들은 듯 그저 흑흑거렸다. 비비안은 피식 웃었다.

"내가 왜 네가 만나 달라고 하는 걸 들어줬는지 알아?"

"공작 부인의 아량에……."

"네가 쓸모가 있기 때문이야."

"……."

"왜, 설마 내가 마음이 약해져서 그러는 줄 알았어?"

라니사는 입을 꼭 다물었다. 비비안은 입술 끝을 삐뚜름하게 올렸다.

"라니사 블레이드. 돈을 갖고 싶나?"

"네?"

"그럼 내가 시키는 대로 해."

라니사는 눈을 둥그렇게 떴다. 위그는 비비안을 힐끔 보았다. 그러나 그는 굳이 말을 더 보태지 않았다. 비비안이 이러는 것은 반드시 저 나름대로 이유가 있어서였다. 그리고 그 이유는 필히 그녀와 그에게 공동으로 유리한 것이리라.

라니사는 입을 꼭 다물었다. 솔직히 비비안이 무엇을 어떻게 시킬지 몰랐다. 그러나 비비안이 시키는 것이라면 틀림없이 그 보수가 적을 것 같지는 않았다. 그것을 눈치챈 비비안이 웃었다.

"보수는 주지."

"무, 무엇을 시키시려고."

라니사가 긴장한 얼굴로 물었다. 비비안이 생긋 웃었다.

"너는 아이를 낳을 생각이 없어. 그렇지?"

"당연해요! 이 아이를 낳을 수는 없어요!"

"그렇지만 그렇게 되면 누구의 아이인지는 영원히 알 수 없을 거고."

"……."

"그러면 이디에트는 영원히 사생아 한 명이 있었다는 오명을 뒤집어쓰게 되고."

라니사는 입을 꼭 다물었다. 비비안의 말이 맞았다. 그리고 그것은 디텔 공작이 그녀를 보내기 전에 말한 내용이기도 했다. 적당한 때가 되면 아이를 자연스럽게 유산하고, 이디에트가 자신의 핏줄마저 죽였다고 소리 지르라고. 그러면 그 뒤는 자신이 알아서 처리해 줄 것이라고.

물론 귀족가에서 겨우 사생아 하나 죽이는 것쯤이야 일도 아니었다. 그러나 이디에트는 바첼론의 개국 공신 가문으로서 왕실과 명예를 함께했다. '사생아쯤은 죽여도 된다'와 '사생아를 죽이고도 칭찬받는다'는 다른 개념이었다.

위그는 조금 놀란 얼굴을 했다. 그는 비비안이 그것까지 생각할 줄은 몰랐다. 그러나 라니사의 입장에서는 비비안이 한 말이 납득이 되는 것이었다. 그녀가 눈을 깜박거리다가 작게 물었다.

"그, 그럼 제가 어떻게 하면 되죠?"

"할 수는 있나?"

"할 수 있어요. 도, 돈만 주신다면."

"돈은 넉넉하게 주지. 다만……."

"……."

"나는 나쁜 인간은 써도, 모자란 애는 옆에 두지 않아. 무슨 뜻인지 알지?"

일을 제대로 처리하지 않으면 후과가 엄중하다는 말이었다.

라니사는 침을 꿀꺽 삼켰다. 곧 그녀가 고개를 끄덕였다.

"할게요."

비비안은 만족스럽게 웃었다. 위그가 의문스러운 얼굴을 했던 것처럼, 물론 이디에트 공작가의 명예는 직접적으로 그녀에게 영향을 주지 못한다. 최소한 지금으로서는 그러했다. 그러나 앞으로의 일은 어떻게 될지 모르는 것이고, 후환은 남겨 두지 않은 게 좋았다. 물론, 무엇보다도 그녀는 이제 디텔 공작을 곤란하게 만들 수 있는 일에 무조건 진심일 예정이었다.

"좋아. 그럼, 일단 수도로 돌아가지."

* * *

바로데를 떠나는 날, 모든 귀족들이 예를 취하는 사이에서 왕족들은 마차에 올랐다. 곧 왕족들이 자취를 감춘 뒤 귀족들도 하나둘씩 별장을 떠나기 시작했다.

리디아와 클로에를 먼저 마차에 앉혀 보낸 뒤 비비안 또한 이디에트의 마차로 돌아왔다. 올 때와 달리 그들의 관계는 묘한 변화가 생겨났다. 그 사이에서 흐르는 기류를 읽어 낸 헤더는 비비안에게 멀미약과 이런저런 약을 건넨 뒤 자신의 마차로 돌아갔다. 탁, 문이 닫히는 소리와 함께 얼마 가지 않아 마차가 움직였다.

"피곤한 얼굴이네."

"당신 때문이지."

"내가?"

비비안은 무고한 얼굴을 했다. 그게 하루 이틀은 아니었기에 위그는 그저 입을 다물었다. 그러나 그의 머릿속에는 어제 비비안이 라니사에게 해 준 말들이 맴돌고 있었다. 그것은 곧바로 로건과 그녀가 키스하는 장면으로 대체되고, 또다시 그녀가 성을 무너뜨린 일로 대체가 되었다. 위그는 새삼 이 며칠 동안 꽤 많은 일이 벌어졌음을 느꼈다.

집으로 돌아가면 더 큰일이 벌어지겠지.

수도로 돌아가는 길은 오는 길만큼이나 평화로웠다. 그사이에 위그와 비비안은 여상스럽게 시간을 보냈다.

그리고 며칠 뒤, 비로소 이디에트 저택 앞에서 멈춘 마차의 문이 열리고, 위그가 마차에서 내렸다.

"이모부야!"

손을 뻗어 비비안을 에스코트하던 위그는 비비안이 바닥에 안전하게 착지하자 고개를 돌렸다. 리즈가 해맑은 얼굴로 손을 붕붕 흔들고 있었다. 옆에서 아리아가 그런 동생의 손을 억지로 내리게 했으나 역부족이었다. 결국 뒤에 있던 카트린이 제 딸을 진정시키고서야 리즈는 손을 흔드는 것을 멈추었다.

"이모부야, 이모부야, 맛있는 거 사 왔어?"

"리즈!"

"원래 멀리 가면 맛있는 거 사 오는 게 당연하잖아!"

위그는 현관 앞에 도착하자마자 맛있는 것부터 찾는 리즈의 모습에 어이없다는 얼굴을 했다. 마침 바로데의 시장에는 나름대로 예쁘고 신기한 것들이 많았기에 요한에게 미리 일러둔 참이라 그는 리즈를 실망시키지 않을 수 있었다. 리즈는 요한이 건네는 초콜릿을 보고 눈을 반짝거렸다. 제 동생을 타박하던 아리아는 자기 앞에도 상자가 내밀어지자 눈을 깜박거리다가 수줍게 웃으며 감사하다고 했다.

비비안은 그런 두 딸을 응시하는 카트린에게 시선을 던졌다. 리암이 죽고 그녀가 수도를 떠난 뒤, 두 자매는 서로 꽤 오랜 시간을 보지 못했다. 카트린은 자신을 보는 비비안의 모습에 잠시 멈칫하다가 부드럽게 웃었다. 곧, 그녀가 입을 열었다.

"추운데 들어가자. 리즈, 아리아. 들어가야지. 케이트가 안에서 기다리고 있어."

"응!"

곧 신나게 아이들이 공작가로 들어갔다. 위그는 두 자매를 보다가 저택 안으로 걸음을 옮겼다. 이내 카트린과 비비안이 나란히 서서 저택으로 들어왔다. 카트린은 그래도 저번에 볼 때보다는 안색이 좋아진 동생의 모습에 안도한 듯 옅게 웃으며 말했다.

"몸은 괜찮아?"

"괜찮아. 원래부터 튼튼한 몸인걸. 겨우 그 정도로 안 괜찮을 리가 없잖아."

"내가 떠나고 한동안 오래 앓았다며."

"누가 그래?"

"고용인들이."

"정말이지 쓸데없는 말은. 사람이 칼에 찔리면 아픈 게 인지상정이야. 결국 회복했잖아. 이렇게."

"상처는 아직이야?"

"약을 바르긴 하지만 흉터는 남겠지. 상관없어. 아프지만 않으면."

"그래도 몸에 그렇게 흉터가 졌는데……."

"나는 괜찮아. 저 남자가 안 괜찮아서 문제지."

비비안은 요즘 양보라는 것을 배운 리즈에 의해 억지로 초콜릿을 입에 쑤셔 넣고 있는 위그를 향해 턱짓했다. 그러나 그 말을 어떻게 받아들였는지 카트린이 입을 꼭 다물었다. 그 눈빛을 읽어 낸 비비안이 말을 덧붙였다.

"나보다 더 엄살이거든."

"아…… 혹시 그것 때문에 너를."

"안 자냐고? 자지는 않았어. 그런데 그 이유 때문은 아니야. 의사가 겁을 엄청 줬거든. 당분간 절대 힘들게 하지 말라고. 본인도 내가 오래 살길 바라면 생각이 있겠지."

"그래도 너희 부부 관계는 좋아서 다행이야."

"요즘 수도에 퍼진 소문을 들으면 그런 말 안 나올걸."

"소문? 그러고 보니 그거……!"

"가짜야. 사생아는 무슨. 그럴 만한 담이 있고 머리가 없는 남자였으면 내가 진즉에 질질 끌고 개처럼 부려먹었겠지."

카트린은 동생의 노골적인 언사에 그녀를 툭 쳤다. 비비안은 피식 웃으면서 따뜻한 물이 든 가방을 헤더에게 넘겼다.

"그런데 언니는 언제 가려고?"

"글쎄, 아직 결정하지 않았어."

"굳이 서두를 필요 없어. 좀 더 있다 가. 아리아와 리즈도 그걸 바랄 거야. 그래서, 그동안 잘 지냈어? 재밌게 다녔고?"

"그냥, 내가 가 보지 못한 곳에 간 느낌이라 새로웠어."

"다행이네. 외국에도 나가고 대륙 건너편에 가 보는 것도 좋아."

"그래."

비비안은 옅게 웃었다. 이윽고 그녀는 이제 리즈에 의해 강제로 초콜릿을 두 개째 먹고 있는 위그에게 다가갔다.

"그만하자. 이모부 초콜릿 중독 걸리겠다."

"초콜릿도 중독이 있어? 겨우 두 개야!"

"네 이모부야는 초콜릿을 무서워한단다."

"헉! 초콜릿을 무서워하다니. 이모부야, 이렇게 겁쟁이였어?"

비비안은 웃으면서 위그의 등을 떠밀었다. 곧 저녁 만찬에 다시 보자고 언니와 아이들에게 작별 인사를 한 뒤 두 사람이 방으로 돌아왔다. 위그는 입 안에 잔재한 초콜릿의 달큰한 향에 물을 들어 입을 헹군 뒤 얼굴을 일그러뜨렸다. 대체 왜 이런 달짝지근한 것을 먹는지 모르겠다. 비비안이 웃으면서 남편에게 힘내라는 듯이 어깨를 톡톡 두드려 준 뒤 욕실로 들어갔다.

그때 마침 요한이 방으로 들어왔다.

"각하. 이 며칠 동안 쌓인 서류를 어떻게 할까요."

그의 물음에 위그가 잠시 뭔가 생각하는 듯하더니 걸음을 옮겼다.

"가서 처리하지."

"알겠습니다."

곧 서재로 도착한 뒤 위그가 의자에 앉았다. 책상 위에 있는 것들을 보니 새삼스레 이디에트 공작가로 다시 돌아왔다는 것이 체감되었다. 바로데 별장에서 기거했던 그 짧디짧은 시간 동안 참으로 별일이 다 있었다. 그리고 그 별일은, 이제 이디에트 공작가로 돌아온 순간부터 하나하나 해결이 되어야 했다.

"일단 서류는 오늘 저녁 검토하고 보지."

"네."

"그리고, 내가 분부한 대로 라니사에게 사람을 붙였나?"

"네. 일정한 거리를 유지하고 감시하도록 했습니다."

"그리고……."

위그는 잠시 말을 골랐다. 그는 요한을 응시하다가 느긋하게 입을 열었다.

"비비안에게도 사람을 붙여."

"아, 저번처럼 안전을……."

"말고."

"……?"

"그녀를 감시하는 사람. 혹시 그녀가 세믄 교수나 은행 쪽의 사람과 접선을 하면, 내게 보고해. 특히, 리디아 세믄."

요한은 조금 아리송한 얼굴을 했다. 대체 이 부부는 어떻게 된 게 세상에 다시없을 연인처럼 굴다가 갑자기 사이가 틀어지는 것 같은 착각이 드는 것이지? 그러나 그가 끼어들 관계는 아니었다. 요한은 그저 고개를 끄덕였다. 일단 그의 명령을 듣는 게 급선무였다.

곧 요한에게 나가라고 명한 뒤, 위그가 서류를 들었다. 만찬까지 시간이 좀 남았기 때문이었다.

그렇게 얼마나 지났을까. 6시를 알리는 종이 울리고 그가 자리에서 일어날 때였다.

갑자기 누군가가 그의 방문을 두드렸다.

"각하."

위그는 미간을 찌푸렸다. 클로에였다. 리디아를 데려다주고 온 듯한 그녀의 이마에 땀이 송골송골 맺혀 있었다. 왜 클로에가 그의 방을 찾는가. 그가 그렇게 생각할 때였다. 클로에가 천천히 방에 들어오더니, 잠시 말을 고르고 입을 뗐다.

"단주님께서 전하라고 하셨어요. 라니사 블레이드가, 죽었다고 해요."

Chapter 16
모든 애정은 결국 약점으로 변모한다

새로운 한 해, 수도의 사교계를 들끓게 한 첫 소문은, 우습게도 어느 '계집'의 죽음이었다.

바로데의 별장에서 돌아온 자들은 이디에트 공작 부인이 바로데에서 얼마나 미친 짓을 했는지 혀를 마저 놀리기도 전, 또다시 이디에트의 스캔들과 연관된 그 여자가 죽었다는 소식을 전할 막중한 의무를 가지고 말았다.

그도 그럴 것이 그저 천한 여자의 죽음이라기에 그녀가 얽힌 입소문은 지나칠 정도로 어마어마했다. 이디에트의 사생아를 품고 공작가의 저택으로 들어가더라, 알고 보니 디텔 공작의 아이라더라, 설마 그게 진짜겠냐, 둘 다 아니다 그저 돈을 뜯기 위해 온 천한 계집일 뿐이다. 그 수많은 소문들의 진상이 밝혀지지도 않았는데 정작 당사자가 죽어 버리니 사람들 입장에서는 그야말로 궁금해 죽을 지경이었다.

그렇게 며칠 동안 수도를 바짝 달군 소문은 어느 순간부터인가 '이디에트가 라니사 블레이드를 죽였다'는 소문으로 둔갑을 한 채 사교계에서 맴돌았다.

그리고 굳이 그 근원은 굳이 찾아볼 필요도 없이 디텔 공작이었다.

"수도가 시끌시끌하더군."

제이슨은 느릿하게 술잔을 기울였다. 곱게 세공된 크리스털 잔에 부딪친 샹들리에의 빛이 어지럽게 그의 눈을 때렸다. 그의 맞은편에는 비슷한 잔을 든 채 웃고 있는 디텔 공작이 있었다. 이 며칠간 이디에트에 뿌릴 수 있는 먹물은 다 뿌린 그가 웃었다.

"사생아를 가진 여자를 죽였다. 귀족가에 이만큼 큰 오명도 얼마 없죠."

"공작가가 겨우 사생아를 죽였다는 오명에 명예가 망가지리라고 보지는 않는데."

"그렇지만 한동안은 소문에 시달릴 겁니다. 아시다시피 이디에트 공작가는 그동안 표면적으로 가장 깨끗하고 명예가 드높은 귀족 가문이었습니다. 물론 뒤에서야 누구보다도 더럽게 노는 치들이지만, 그래도 지금까지는 고고하게 굴지 않았습니까."

"이번 일로 명예에 약간의 흠집이 가긴 하겠군. 딱히 실질적인 타격은 주지 못했지만 그래도 한동안 사교계에서 말이 오르내리는 걸로 기분은 좀 좋아지겠어."

"게다가 이디에트 공작 부인은 사교계 활동도 하지 않으니, 사교계의 입소문을 없애기는 힘들 겁니다."

"몇백 년 동안의 귀족가의 모범이라 불리던 명예를 한순간에 저렇게 망가뜨리다니, 하여튼 계집이 쓸모 있긴 해. 선대 공작이 아들을 그렇게나 교육을 해 댔지, 계집을 조심하라고. 한데 결국 저런 불명예에 휩싸여서 이리된 걸 선대 공작이 알면 아마 무덤에서 뛰쳐나올 것이야."

"그치는 정신이 나간 자 아닙니까. 대외적으로 모범적인 귀족 모습을 하고 있으면 뭐 합니까. 제 정부를 아들의 방에 밀어 넣은 자인데."

"한때 아바마마의 시중을 들던 계집도 제 발로 내 방에 들어온 적 있었지. 병상에 누워서도 계집의 다리를 찾으시더니, 내가 봐도 사내란 참 한결

같은 종족이야."

곧 디텔 공작이 웃음을 흘렸다. 그러나 제이슨은 따라 웃지 않았다. 대신 그는 천천히 잔을 비우고, 느긋하게 고개를 들었다.

"그래서, 그 계집은 제대로 처리가 되었겠지?"

"라니사 블레이드 말입니까. 물론입니다. 가진 거라고는 반반한 낯짝과 사내를 유혹하는 기술밖에 없는 계집이 무슨 수로 죽음을 면하겠습니까. 살수 한 명만 보낼까 하다가 증좌를 확실히 없애는 게 좋을 것 같아 세 명이나 보냈습니다."

"무사하게 돌아왔고?"

순간 디텔이 멈칫했다. 그러나 그는 여유롭게 웃으며 고개를 끄덕였다.

"물론입니다."

"그렇군."

제이슨은 딱히 그의 기색에 깃든 난감함을 읽어 내지 못했는지, 아니면 읽어 내지 않았는지 의자에 등을 기댄 채 천천히 눈을 감았다. 그 모습을 보던 디텔 공작이 입을 꼭 다물었다. 그러나 그때, 제이슨이 갑자기 입을 열었다.

"그럼, 애들 짓거리는 그저 여기까지 하고, 이제 공의 계획을 듣고 싶군."

제이슨의 목소리는 나른하고 힘이 없었다. 그러나 디텔 공작은 그것이 무엇을 의미하는지 깨달았다. 그는 제이슨을 누구보다도 잘 알았다. 그는 뱀 같은 자였다. 절대 자신에게 필요한 것을 놓치는 법이 없었다. 필요하다면 누구보다도 멍청한 척을 잘했고, 필요하다면 누구보다도 사랑에 눈이 먼 척한다. 형님의 옆에서 절대 욕심이 없는 아우인 척만 20년 넘어 했다. 엘리미아를 그렇게 사랑한다고 하면서 결국 태자의 자리에 올랐고, 오르는 그 순간 눈을 뜨고 독사임을 밝혔다.

"로건 왕자 전하를 먼저 제거하시렵니까."

"그럼, 그리 요란스럽게 내게 선전 포고를 했는데 그저 조용하게 내 형님

꼴이 나기를 기다리라고."

제이슨은 미간을 꾹꾹 누르며 스산하게 읊조렸다. 그는 아직도 바로데에서 비비안이 보인 그 얼굴을 잊을 수 없었다. 어디 한번 해 보겠으면 해 보라는 그 얼굴. 아무리 봐도 그것은 절대 자신의 승리를 직감하고 짓던 얼굴이었다.

"로건이 갑자기 수도에 돌아온 것부터 수상했어."

"이디에트 공작 부인이 결혼했다는 소식에 급히 들어온 것 같습니다."

"그게 가장 걸려."

"……."

"진짜 이디에트 공작 부인 때문에 온 것 같나?"

제이슨은 이해할 수 없었다. 그는 자신의 셋째 동생을 꽤 잘 안다고 자부했다. 제이슨의 눈에 로건은 언제나 붓과 종이를 들고 부드럽게 웃던 나약한 동생이었다. 언제부터인가 성 밖으로 나가는 회수가 많아지면서 밖에 여자라도 있겠거니 했는데, 어느 날 갑자기 왕위는 필요 없다며 왕자로서의 이름을 다 버리고 외국으로 나가겠다고 선포했다.

당연히 왕실은 발칵 뒤집혔다. 형으로서 미쳤냐고 의례적으로 한마디 했지만 기실 제이슨은 누구보다도 기뻤다. 왕에게는 수많은 아들이 있었지만, 그래도 모든 아들을 똑같이 예뻐할 만큼의 재주는 없었다. 그리고 그가 가장 총애했던 아들이 바로 그의 형과 그의 동생이었다.

그래서 그런 것일까, 제이슨은 유달리 동생 중에서도 로건을 싫어했다. 형은 그래도 자신이 태자가 되어 즉위할 거라는 욕망이라도 엿보였는데 로건은 마치 권력 따위에 염증이 난 얼굴을 했다. 그래서 오히려 로건을 지지하는 귀족들이 꽤 되었다. 그나마 로건이 바첼론을 떠나면서 어느 정도 종식이 되긴 했지만 지금 갑자기 돌아온 이상 가만히 내버려 둘 수는 없었다.

"그 아이가 진짜로 공작 부인과 그런 과거가 있었나."

"확실합니다. 상인 협회의 그자들이 얼마나 그 계집을 싫어하는지 화두를 던지자마자 아주 신나게 떠들더군요."

"공작 부인도 어지간히 적을 만들고 다니는 성정이군."

"이번 로건 왕자 전하께서 돌아온 의중은 알 수 없으나. 그 계집일 확률이 크다고 합니다. 그리고 실제로 태자 전하께서도 목도하신 바가 있지 않습니까. 왕자 전하께서 그 계집을 응시하는 눈빛을."

"하긴, 그저 눈속임이라고 하기에는 좀 과하게 절절했지. 하여튼 취향도 이상한 녀석이야. 예쁘고 사근사근한 계집이 그렇게 지천에 깔렸는데. 그렇다고 엘리미아처럼 고귀하기라도 한가. 뭐 하나 볼 것 없는 게 무어 그리 좋다고 목을 매나."

"그것은 왕자 전하만이 알겠지요."

"한데, 만약 진짜로 로건이 이디에트 공작 부인에게 마음을 품고 있다면, 위그 이디에트 그 작자가 과연 그것을 용납할까?"

"제 생각에는……."

디텔 공작은 잠시 말을 골랐다. 그러나 그가 결국 결심한 듯 입을 열었다.

"애초에, 이디에트와 로튼의 결혼은 사랑에 의한 게 아닌 일종의 거래일 확률이 높습니다."

"거래라."

"전하, 이디에트 공작과 그 계집이 결혼한 시기가 언제쯤인지 기억이 나십니까."

"대충 작년 초였지."

"마침 그때 귀족원과 왕실에서 로튼 상단에 압력을 주던 때였습니다. 로튼을 겨냥한 법안들이 통과하던 참이지요. 실제로 단주는 몇억이나 되는 돈이 눈앞에서 날아갈 지경에 있었고요. 한데 그즈음, 갑자기 이디에트 공작과 그 계집의 스캔들이 터지고, 이디에트 공작이 귀족원에 있는 상단과 관련된 결정을 귀족원장의 권리로 일표부결했습니다."

"수지가 맞지 않아. 그 상단은 단주의 심혈이다. 사랑을 제외한다면 그 결혼은 공작 부인에게 실이 더 컸으면 컸지 득이 될 수는 없어."

"하면, 애초에 이혼을 목적으로 결혼했다면?"

순간 제이슨이 느릿하게 눈을 깜박였다. 디텔 공작이 말을 이었다.

"태자 전하도 아시다시피 이디에트에는 거액의 빚이 있었습니다. 이디에트는 모든 것을 다 누리는 가문이나, 유독 하나, 태자 전하를 도와 헬론 왕자 전하를 처리하고 태자 전하의 명예를 보좌하기 위한 재산이 없는 가문이었지요."

"한데 로튼에는 돈이 있고. 그래, 그러면 얼추 수지가 맞아떨어지는군. 이디에트는 권력을 휘두르고, 로튼은 재력을 내고. 그리고 돈을 야금야금 깎아 먹는 나를 상대하기 위해, 손을 잡고? 기가 막히는 계략이군. 이디에트 공이 아무리 궁지에 몰렸다고 한들, 그 정도까지 나를 상대하기 위해 난리를 칠 줄이야."

"그러면 아무래도 카티야는……."

"애초에, 카티야의 존재가 단순히 내 환심을 사기 위한 게 아니라는 것쯤은 알았다."

디텔 공작이 조심스럽게 말을 이었다. 그러나 정작 제이슨은 무척 태평하게 그의 말을 받았다. 그리고 그것은 사실이었다. 카티야의 존재가 그렇게 단순한 의미만 갖고 있을 리 없었다. 그럼에도 굳이 그녀를 받은 건, 물론 그녀가 어느 정도 향내를 풍기는 여자이기도 했지만, 반대로 카티야의 존재가 그의 도구가 될 수도 있기 때문이었다.

애초에 카티야가 그에게 진상된 순간부터 그는 카티야의 조사를 마친 채였다. 그 유명한 로튼의 장남이 죽었을 때 함께 있었던 여자.

"이디에트 공작 부인은 카티야를 꽤 아껴."

"하지만 한낱 계집 하나일 뿐인데."

"공작. 계집들은 말이야. 저들끼리 물고 뜯고 싸우고 할 때는 미친 것처럼 굴다가, 또 가끔은 무서울 만큼 확실하게 뭉쳐서 저들끼리 음모를 짜.”

“……그렇습니까.”

“코르티잔들의 기 싸움을 보면 그렇다. 계집들만큼 계집을 물어뜯는 데 특화된 이들도 없지, 그러나 계집만큼 계집을 잘 아는 존재도 없다. 공은 어찌 그리 오래 살고도 사람 보는 눈이 없어.”

“태자 전하께서는 과연 영명하십니다.”

“이디에트 공작 부인은 카티야를 버리지 않을 거다. 그건 공이 라니사 블레이드를 이용하고 버리는 것과 성질이 달라. 여자들은 그런 게 있어.”

디텔 공작은 제이슨의 말을 이해할 수 없었다. 그러나 그는 제이슨의 말이 맞다고 생각했다. 제이슨은 비록 인성은 개판이었지만 안타깝게도 눈치는 빨랐다. 그는 자신에게 도움이 될 사람과 되지 않는 사람을 보는 재능이 있었다.

“뭐, 어쨌든 앞으로 로건을 잘 살펴보는 게 좋겠지. 혹여 섣불리 움직이다가는, 이디에트 좋은 일만 해 준다.”

“네.”

“그 전에, 카티야를 한번 제대로 봐 보는 것도 필요하겠군. 서신도 그렇고…….”

“서신이라니.”

“별것 아니다. 나가.”

제이슨은 디텔의 궁금증을 굳이 풀어 주지 않았다. 디텔 공작을 더 써먹으려면 아직 그에게 자기가 어떤 식으로 귀족들의 목줄을 잡는지 알려 줄 수 없었다. 물론 디텔 공작 스스로도 자신이 제이슨에게 보낸 서신이 어떤 식으로 쓰일 것인지 대충 눈치채서 그에게 저리 충성하는 것이겠지만.

곧 디텔 공작이 방에서 나왔다.

탁, 문이 닫히자마자 디텔 공작이 얼굴을 일그러뜨렸다.

“빌어먹을.”

"공작 각하."

"그자들은 소식이 있나?"

"아직입니다. 세 명 모두 임무가 끝났다고 보고한 뒤 사라졌습니다."

"라니사 블레이드가 죽은 건 확인이 되었고?"

"네. 확실합니다. 시체의 존재를 확인했을뿐더러, 인근의 이웃들이 장례식까지 치러 주었습니다."

디텔 공작은 시종의 말에 길게 한숨을 쉬었다.

바로데에서 떠나기 전날, 갑자기 자신을 찾아와 돈을 달라고 조르던 라니사의 모습이 생각났다. 돈을 주지 않으면 당신의 아이라고 만방에 알리고 이디에트 공작 부부와 손을 잡겠다고 그렇게 협박질을 했더랬지. 그에 디텔 공작은 그녀의 요구를 수락할 수밖에 없었다. 그러나 그는 이대로 돈을 얌전하게 주는 건 훗날을 위해 시한폭탄을 하나 준비하는 것과 같다고 생각했다.

'돈을 원하나? 그럼 이제부터 내가 시키는 대로 해.'

'어떻게 하면 되나요?'

'이디에트 공작 부부에게 찾아가 용서를 비는 척해. 중요한 건, 반드시 요란스럽게 울면서 빌어야 한다는 거야.'

'알겠어요!'

'그리고 내일 새벽에 미리 수도로 떠나. 그리고 아이를 지운 뒤 네가 하고 싶은 대로 해라.'

라니사 블레이드는 그의 말에 멈칫하다가 크게 고개를 끄덕였다. 그러나 디텔 공작은 애초에 라니사를 이대로 살려 둘 생각이 없었다. 그녀는 죽어야 한다. 다만, 이디에트 공작 부부의 손에 죽어야 한다. 소문이 그렇게 나고, 이디에트의 명예에 먹칠이 될 만큼. 그리고 그 계집이 다시 한번 오명을 뒤집어쓸 만큼. 물론 그것이 치명타는 되지 못하겠지만 최소한 사생아에 관한 소문은 평생 이디에트와 함께 따를 것이었다.

이디에트에 후계자가 생길 때까지.

'어쨌든 라니사 블레이드가 죽었다. 그 세 명의 살수는……'

디텔 공작은 입매를 굳혔다. 아마 이디에트에서 수를 쓴 것 같았다. 하지만 상관없었다. 어차피 그 살수를 이디에트가 잡는다고 해도, 변하는 것은 없을 것이다.

* * *

비비안은 애초에 누군가를 죽이는 걸 즐기는 사람은 아니었다. 원하는 것을 위해서는 수단을 가리지 않지만, 반대로 원하는 게 없으면 그저 알아서 잘 살게 내버려 두는 편이었다. 그러나 원하는 것의 범위는 어디까지나 그녀 스스로 정의를 내리는 편이었는데 상속권은 바로 그 범주 안에 있는 것이었다.

다른 이들이 보면 돈에 정신이 팔려 천륜을 저버린 년이라고 욕했겠지만 비비안에게 가지고 싶다는 것은 어마어마한 의미를 가졌다. 갖고 싶다, 누리고 싶고, 손에 넣고 싶고, 누군가의 시체를 밟고 조금 더 위로 올라가 모든 이들의 경배를 받고 싶다. 그리고 이 모든 욕망은 그녀가 태어난 순간부터 지금까지 정말 단 한 번도 꾸준하게 끊기지 않은 채 그녀를 움직이게 했으며, 결국, 그녀가 불행하게 사는 데에 일조하고 말았다.

"클로에. 바샤 병원에 연락을 취해 줘야겠어. 둘째 오빠를 만나고 싶다고 로튼의 단주가 전하더라고 말해."

클로에는 숨을 길게 들이쉬었다. 그러나 최대한 태연자약하게 고개를 끄덕였다.

"알겠습니다."

"그냥, 죽어 버리지."

조용하게 턱을 괴고 있던 비비안이 나지막이 중얼거렸다. 클로에는 애써 그 말을 듣지 못한 듯 평정심을 유지했다.

그러나 그녀는 이미 비비안의 일련의 행동으로 인해 어느 정도의 복잡함을 마음속에 가둬 두고 있었다. 물론 비비안 로젤리스는 영원히 그녀의 상사이고, 그녀가 숭배하는 인물이었다. 그러나 비비안 로젤리스처럼 살라고 하면, 그녀는 단언컨대 그것은 행복이 아니라고 말하고 싶었다.

그럴 수밖에 없었다. 하나는 비비안이고 하나는 클로에였으니까. 자신을 내쫓은 백작가에는 일말의 애정도 남지 않았으나 이복 오빠인 요한과 그녀는 사이가 꽤 좋았다. 그러니까 그녀는 요한을 죽인다는 상상만 하면 온통 끔찍한 생각밖에 들지 않았다.

클로에는 그런 자신의 생각이 비비안에게 아주 불경하다는 생각을 잠시 해 보았다. 그러나 그녀는 비비안이라면 그녀의 생각 따위 상관하지 않을 것이며, 설사 안다고 해도 딱히 화를 낼 것 같지 않다고 생각했다. 애초에 비비안은 클로에와 함께 있으면서 한 번도 그녀에게 공감을 요구하지 않았다. 그래서 클로에 또한 비비안의 비서로서 그녀에게 자신의 생각을 건의할 생각이 없었다.

비비안은 클로에의 눈을 응시하다가 웃었다. 클로에는 그녀를 두려워한다. 그것은 처음 볼 때 그녀가 보여 주었던 그것과는 성질이 달랐다. 그러나 비비안은 그게 불쾌하지 않았다. 두려움은 가끔 공감보다 더욱더 큰 충성을 보인다. 그리고 클로에가 아무리 그녀를 두려워해도 멍청한 사람은 아니었다. 그녀는 비비안의 옆에서 자신이 죽을 때까지 열심히 돈을 벌고 제 인생을 살아갈 것이었다.

그녀는 대충 그런 식으로 주변 사람들과의 관계를 유지해 왔다. 돈으로 누군가의 발목을 붙잡거나, 돈으로 누군가를 유혹한 뒤 마음을 핑계 대면서 옆에 놓았다. 그 결과는, 모든 관계는 그녀가 원하지 않으면 쉽게 파기될 수 있지만 상대방은 그럴 수 없다는 것이었다.

그리고 그중에서 유일하게 특별한 인간이 위그 이디에트였다.

물론 그는 여전히 비비안의 돈이 필요하다. 그러나 비비안이 이 관계를 파기하고자 마음먹는다면, 그는 또 무슨 수를 대서든 그녀의 옆에서 질척거릴 것이다. 그러나 우스운 것은 현재로서 그 질척거림이 가장 필요한 사람이 바로 비비안이라는 것이다. 질척거림뿐만 아니라, 어쩌면 영원히 단단히 붙여 놓아야 할 것.

"카티야에게 줄 화장품들은 준비가 되었어?"

"네. 한 박스 정도 보냈습니다."

"잘 다루어. 사고 내지 말고. 그리고 카티야한테서 온 소식은 뭐 없어?"

"단주님께서 바로데에 오신 날 왔던 전보 빼고는 지금까지 딱히 소식이라고 할 만한 건 없어요."

"태자가 어느 정도 그녀의 발목과 손목을 잡는 모양이군."

"괜찮으실까요, 카티야 님은."

"카티야는, 나와 똑같은 종자야. 살고자 하면 어디서든 살지. 살 희망이 조금만 보여도 악착같이 그것을 잡아. 대신, 나와 다른 점이 있다면 나는 기회가 없으면 그걸 만들어서라도 사는데 그 아이는 기회가 없으면 없는 대로 죽을 거라는 거지."

"그런가요."

"그러니, 가족들이 뒷골목에 팔아넘겼을 때도 그렇게 살았지."

클로에는 조금 측은한 얼굴을 했다. 요한이 만약 그녀를 구하지 않았더라면, 돈을 주지 않았더라면 그녀 또한 뒷골목을 전전하게 되었을지도 모른다. 사람들은 몸을 팔아 돈을 얻는 것을 극도로 혐오하고, 클로에 또한 그러면 안 된다고 생각했지만 그것과 별개로 먹을 것이 없고 생계를 유지해야 한다는 이유로 몸을 팔 수밖에 없는 경우도 꽤 많았다. 아니면 강제로 팔리거나.

물론 그런 일은 벌어지지 않았지만.

"그런 안타까운 사연이 있었군요."

"그것보다 더 안타까운 사연도 있어. 내가 그 아이를 어떻게 만났는지 알아? 여자들이 그 아이를 발가벗겨서 길거리에 끌고 나왔어."

클로에가 두 손으로 입을 막았다. 비비안은 의자에 등을 기대며 돌이켜 추억하듯 말을 이었다.

"매질하고 때리고, 바닥에 끌고 다녀서 온몸이 상처투성이였지. 그 오물이 가득한 뒷골목에서 각종 쓰레기들이 흐르는데 그게 다 상처에 들어갔어. 얼굴 절반이 쏠려 벗겨지고, 울면 얼굴이 아플 지경이었을 거야."

"세상에."

"여자들은 때리고 남자들은 방관했지. 그리고 구타가 다 끝날 무렵, 내가 가서 물었어."

"끝날…… 무렵이요?"

"그래, 끝날 무렵."

비비안은 웃었다. 클로에는 그게 어떤 의미인지 알 수 없었다. 그러나 그녀는 곧 그저 비비안도 어린아이였다는 사실로 그것을 합리화시켰다. 하지만 비비안이 이어서 한 말은, 그녀의 그 합리화마저도 무색하게 만들었다.

"그 여자들에게 복수를 해 주겠으니, 나와 손을 잡자고 말할 셈이었거든."

"아……."

"그 남자들의 가죽을 벗겨 뒷골목에 던지고, 그 여자들의 목을 잘라 집안을 시체 더미로 만들어 주겠다고 하려고 했지. 그렇잖아. 사람이 그렇게 맞았는데 당연히 복수심이 들지 않겠어? 난 맨날 나를 때리던 우리 오빠도 죽이려고 했던 사람이야."

"맞아요. 맞는 건 아프죠."

"그런데 내가 그 말을 하니까 그 아이가 뭐라고 했는지 알아?"

"뭐라고 했는데요?"

"평생 놀고먹을 돈만 달래. 복수는 필요 없고."

"……."

"이해할 수 있어? 어떻게 그럴 수 있지? 어떻게 나를 죽일 듯이 때린 사람을 그렇게 내버려 둘 수 있어? 나는 말이지. 살면서 굳이 나를 건드리지 않은 인간한테는 손을 대지 않았어, 그렇지만 내게 손을 대고 내게 일말의 이익은커녕 해만 준 인간을 그냥 내버려 둔 전적이 없어."

심지어 비비안을 향한 오빠의 폭력은 카티야가 당한 것과 성질이 달랐다. 물론 때린다는 게 거기서 거기였겠지만, 전자가 최소한 살의나 증오는 없었고 때릴 때마다 달려들어 물고 뜯고 할퀴고 때리는 복수와 반항이 그럭저럭 가능한 것이었다면 카티야가 당한 건 오롯이 그녀의 죽음만을 바란 것이었다. 폭력은 폭력일 뿐이라도 굳이 그 정도를 비교하자면 비비안은 당연히 카티야가 그들을 다 죽일 것이라고 생각했다.

그런데 그러지 않았다. 굳이 본인이 바라지 않는다니 비비안은 그녀를 더 설득하지 않았다. 그러나 병원으로 카티야를 보낸 뒤, 비비안은 그녀의 미소를 상기하다가 결국 돈으로 합의를 보았다.

"그 아이는, 그래서 나와 닮았지만 나와 달라. 근본적으로 다른 아이야. 그 아이의 삶은 항상 그런 식으로, 내가 이해할 수 없는 상황을 만들어 내. 그녀가 하는 모든 것들이, 내가 시키는 모든 일들이 그녀에게는 마치 일종의 삶의 선택 같아."

"저도 잘 모르겠어요."

클로에는 입을 다물었다.

"저는 사실, 백작 부인이 더 싫었거든요. 물론 백작님도 방관했지만, 저를 때린 건 백작 부인이었으니까요. 사실, 요즘 그게 더 죄책감이 들곤 했어요."

"왜?"

"기실 보면 그분도 피해자잖아요. 남편한테. 그런데 저는…… 한때 그분이 죽어 버렸으면 좋겠다고 그렇게 생각했으니까요. 물론 지금은 아니지만."

"클로에. 사람이 맞으면 정상적인 사고가 불가능해. 누가 방관하고 누가 말리고 그딴 건 하나도 눈에 들어오지 않아. 그저, 맞으면 아프고, 아프게 한 사람을 증오하는 건 자연스러운 수순이야."

"……그런가요."

"누군가 또한 피해자일 수 있지. 하지만, 최소한 그 피해자에게 피해를 입은 사람이 반드시 이해해 주어야 하는 건 아니야. 나는 그래서 내 어머니를 존경하지만 그녀에게 미안하지 않아."

"단주님의 어머니는 배우셨잖아요?"

"그녀는 아버지에게 피해를 입었지만 그것을 핑계로 나와 내 언니를 지켜 주지 못했어. 언니는 항상 엄마한테 미안해했지만, 나는 그녀에게 하나도 미안해하지 않았어. 지금도 마찬가지야. 그녀가 그렇게 된 건 그녀의 탓이 아니지만, 아이로서 집에서 눈치 하나하나 보면서 크게 만든 것도 그녀야."

"……."

"딸은 엄마가 한 그 '희생'이나 인생에 미안해할 필요 없어. 뭐가 됐든 어른의 선택이야. 인간 대 인간으로서 연민을 느낄 수는 있어도, 그게 나 때문이라는 생각은 버려야 해. 엄마에게 미안해하는 딸들은 훗날 자신이 엄마가 되어서도 결국 희생하고, 딸들에게 미안함을 요구할 거야."

"그렇군요."

"그래서 내가 내 조카들을 언니한테서 떼어 놓은 거고. 그리고 난 내 딸 입에서 날 낳지 말라느니 미안하다느니 하는 말 들으면 회의감 들고 기막혀서 죽을 거 같아. 언니 성격에 딸들이 그러면 본인이 또 미안해서 빌빌거릴 것 같거든. 훌륭하고 독립적인 인격만이 본인과 후손의 행복을 가져오지."

클로에는 문득 이 집 안의 분위기를 평소의 두 배는 활기차게 만든 아가씨들을 상기했다. 아니, 생각해 보니 집 안의 분위기를 바꿔 놓은 것은 오직 리즈 혼자였던 것 같다. 그녀의 기억 속에 아리아는 언제나 얌전하고 우아했으며 어른스러웠다. 그러나 결국에는 아이일 뿐이었다. 인간은 인생의 8할을 어른으로 산다. 굳이 초반의 10년, 20년까지 어른스럽게 살 필요가 있을까.

"역시 저는 단주님이 좋아요."

"웃기지 마, 나보다 더 좋은 월급을 주는 사람 있으면 쪼르르 갈 거면서."

"원래 돈보다 더 굳건한 관계는 없죠. 그리고 설사 저한테 돈을 더 주는 사람은 있어도, 돈을 많이 주면서 이런 말까지 해 주는 사람은 없으니까요."

"이런 말 해 주는 사람은 찾아보면 꽤 있을걸."

"그렇지만 그 사람들은 돈이 없잖아요."

"……내가 너를 이렇게 만들었니?"

"네."

"그래, 정말 자랑스럽구나."

비비안은 웃으면서 서류로 고개를 돌렸다.

클로에도 곧 웃으며 방을 나갔다. 그때 마침 카트린이 그녀를 향해 걸어오고 있었다. 클로에는 카트린에게 허리를 굽혀 인사한 뒤 발걸음을 계속했다.

똑똑똑.

가벼운 노크 소리가 다시 들리자 비비안이 무심하게 대꾸했다. 곧 문이 열리고 카트린이 방에 들어온 뒤, 그녀가 입을 뗐다.

"바쁘니?"

"바쁘긴 한데, 긴 이야기만 아니면 들어 줄 여력은 있어. 무슨 일인데?"

"요즘 사교계에서……."

"혹시, 라니사 블레이드 이야기야?"

카트린은 고개를 끄덕였다. 비록 빌케르 백작과 이혼한 뒤 사교계 활동을 꾸준하게 하는 편은 아니었지만 워낙에 성정이 온순하고 부드러운 데다가 동생인 비비안이 공작 부인이라 그녀는 몇몇 귀부인들과 아직도 사적으로 친목을 다지고 있었다. 원래라면 비비안의 성정을 알기에 딱히 나쁜 소문이나 소식 같은 건 그저 흘려들으려고 했는데, 라니사 블레이드의 죽음에 관련된 문제만큼은 비비안도 알아야 할 것 같았다.

"네가 그 여자를 죽였다고 소문이 돌고 있어."

"디텔 공작이 퍼뜨린 거겠지."

"비비, 너는 이 심각성을 몰라. 지금이야 이디에트 쪽에서 쉬쉬하지만, 이제 조금만 더 지나면 이디에트 내부에서 너에게 좋지 않은 결론을 내릴지도 몰라."

"무슨? 이혼이라도 하게? 제발 그래 줬으면 좋겠네. 그러면 내가 이 지랄을 하지도 않지."

"무슨 말이야?"

"언니는 상관할 문제가 아니라는 말이야. 그리고 이 시간에 좀 내가 모르는 소문이나 말해 봐."

"……."

카트린은 제 동생을 흘겼다.

"기껏 걱정해 줬더니."

"언니는 본인과 관련된 문제만 좀 신경 써."

"언니한테 하는 말본새하고는."

"그래. 이게 좀 낫네."

"공작 각하는 뭐라고 하지 않으셔?"

"위그? 뭐라고 하겠어? 나랑 같은 배를 탔으면 탔지 감히 나한테 화를 낼 자격이 있다고 봐? 그러고 보니 아침부터 어딜 간 거야?"

"방금 돌아오신 것 같았어. 리즈랑 놀아 주던데."

비비안은 어이없다는 듯이 펜을 책상에 툭 놓았다.

"나는 이렇게 바쁜데 자기는 지금 애랑 논다고? 내가 공작이랑 결혼했지

보모랑 결혼했어?"

"어차피 나 없어도 잘하지 않나."

그때였다. 비비안의 말이 끝나기가 무섭게 위그가 문을 열고 들어왔다. 바깥의 한기를 그대로 달고 들어온 그가 장갑을 벗었다. 외투를 아직 꽁꽁 싸맨 것을 보니 의외로 리즈와 오래 시간을 허비하지 않은 것 같았다.

카트린은 웃으며 위그를 향해 살짝 예를 갖췄다. 물론 그녀가 그러지 않아도 상관은 없겠지만, 카트린은 항상 무슨 영문인지 이디에트의 모든 이들에게 예의를 갖춰 대했다. 그리고 당연하게도 그것은 이디에트 내부에서 카트린과 아이들에 대한 평가가 높은 데에 일조했다. 물론 비비안은 별로 쓸모 있다고 판단하지 않았지만, 언니 스스로 생각이 있다고 치부하고 굳이 제지하지 않았다.

"저 복도에서부터 소리가 들리던데."

"공작가의 방음이 영 개판이네. 이 정도 목소리까지 들리면."

"그럼, 나는 이만 나가 볼게, 비비. 그럼 공작 각하, 저는 이만 나가 보겠습니다."

위그는 카트린을 향해 고개를 끄덕였다. 곧 카트린이 나간 뒤 그가 테이블에 앉았다. 비비안은 괜히 그런 그가 꼴사나운지 심술궂게 그를 확 밀었다. 거기에 밀릴 만큼 허약하지는 않았지만 위그는 순순하게 다시 일어섰다.

"공작이 아니라 보모가 체질인 것 같은데, 정말 재능을 썩히고 있어."

"애들과 노는 게 보모만의 의무는 아니지. 너무 편견 섞인 말인데."

"점점 건방져지는 게 예술인데."

"당신만 할까."

위그는 책상 한구석에 놓인 비비안의 컵을 들어 목을 축였다. 비비안은 그를 흘깃하고는 고개를 절레절레 저었다. 그리고 입을 뗐다.

"요즘 디텔에서 소문을 점점 크게 퍼뜨리고 있는 것 같은데."

"이해하지. 이 기회를 붙잡지 않으면 언제 잡겠어. 그 집안은 예전부터 이디에트의 명예를 더럽히는 데는 항상 진심이었어."

"얄미울 만하지. 더러운 짓이라는 짓은 디텔보다 더하는데, 명예는 항상 드높았고 왕실은 항상 총애하고 기사도 동원하고 힘은 있고. 나라도 싫겠어."

"그럴 만한 실력이 있다고 생각하지 않나?"

"실력? 왜 결혼한 지 1년이 지났는데 나는 하나도 발견하지 못했지?"

"당신한테 청혼했잖아."

"그건 내 실력이겠지."

"당신을 알아본 것도 실력이지. 클로에를 고용할 때 당신 입으로 말했어."

"나를 할 말 없게 만들다니 배움이 빠르네."

"그 덕에 디텔을 이겼지. 배움이 빠른 건 장점이다."

"당신은 좀, 햇살만 비춰 주면 혼자 빛나려고 안간힘을 쓰는 재주가 있어."

비비안이 비릿하게 웃었다. 위그는 흐음, 길게 숨을 내쉬었다. 약간의 침묵이 흐르고 이번에는 그가 입을 열었다.

"그래서, 사람은 찾았나?"

비비안이 고개를 들었다. 그녀가 삐뚜름하게 입꼬리를 올렸다.

"찾았어."

"……."

"에이딘 자작. 카티야가 뽑아 온 '라니사 블레이드의 아이 아버지일 수 있는 수많은 남자 리스트'에서 아이가 있으면 가장 위험한 상황이지. 알지? 그 집 부인은 자기 아들만 무사하다면 감히 사생아를 만들어 온 남편 따위 바로 패 죽일 수 있는 여자야."

"죽어도 제 사생아가 아니라고 주장하려면 어떻게든 우리 말을 듣겠지. 그럼. 적당하게 앞에 세울 만한 사람도 있겠다. 이제는……."

"그래, 이제는, 죽은 사람이 부활할 때야."

부활.

위그는 미간을 좁혔다. 그의 시선이 비비안의 테이블 위에 놓여 있는 달력을 스쳐 지나갔다. 라니사 블레이드가 죽은 지, 정확히 말하자면 죽었다는 소식이 돌기 시작한 지 어언 열흘째. 이제 슬슬 수도에서 꺼져 가는 소문의 불씨를 다시 지피기에는 적당한 때가 옳긴 했다.

"디텔에서 알면 까무러치겠군."

"이미 어느 정도 짐작하고 있지 않을까? 보낸 살수가 셋 다 실종되었는데?"

"하지만 라니사가 확실하게 '죽었다고' 생각하면서 안심할 수도 있겠지."

"아."

거의 진실에 가까운 추측을 내뱉으며 위그가 읊조렸다. 그는 디텔 공작을 잘 알았다. 그는 딱히 멍청한 사람은 아니었으나 총명한 사람도 아니었다. 애초에 세습제의 귀족 가문에서 대대로 고귀한 핏줄을 타고난다고 다 총명한 것도 말이 안 된다. 그저 머릿속에 억지로 쑤셔 넣은 지식과 이런저런 상황만이 사람을 귀족으로 만들어 줄 뿐이었다. 물론 위그는 이 생각을 하자마자 헛생각이라고 치부했다.

"그래서, 그 자작은 언제부터 움직일 예정이지?"

위그의 물음에 비비안이 시선을 들었다.

"그건 좀 생각을 해 보아야 할 것 같은데."

"살수가 우리의 손에 있는 이상, 굳이 시간에 급하게 쫓길 필요는 없지만 그렇다고 굳이 질질 끌 필요 없어. 그리고, 더 하다가는 라니사 블레이드가 무슨 짓을 할지 모르니까."

위그의 말에 비비안이 가늘게 미간을 좁혔다. 그래, 라니사 블레이드가 무슨 짓을 할지 모른다. 그녀는 마치 시한폭탄 같은 존재였다. 손에서 갖고 쥐락펴락하기에는 지나칠 정도로 무서운 게 없고, 또 무서운 게 많았다. 그녀는 어디로 튈지 모르는 존재였고, 입에 사탕 하나 물려 준다고 입을 영원히 다물 만큼 생각이 있지도 않았다.

그러나 결국에는 라니사 블레이드일 뿐이었다.

비비안은 웃었다.

애초에 비비안이 이디에트와 라니사 블레이드의 소문을 깨끗하게 씻어 내려고 결정한 순간부터, 라니사든 그 배후의 디텔이든 그 누구도 감히 이디에트의 명예에 흠집을 낼 수 없었다. 그래서 라니사가 비비안과 위그를 찾아온 그 순간, 그녀는 라니사 블레이드를 이용하기로 마음먹었다. 그녀가 시한폭탄이라는 것을 알면서도.

왜? 어차피 디텔의 성정을 비비안은 잘 알았다. 라니사가 디텔 공작에게 책임지라고 한마디 하는 순간, 디텔은 필히 이 하늘 높은 줄 모르고 감히 책임지라고 하는 계집을 죽여 버릴 계획을 짜고 있었으리라.

그러나 디텔이 과연 라니사 블레이드를 이대로 죽이려고 할까? 설마. 디텔 공작은 라니사 블레이드가 자신의 아이를 가졌다고 쓴 편지가 비비안의 손에 있다는 사실을 안다. 그 조심성 많은 인간은 라니사가 이대로 죽으면 비비안이 이 틈을 노려서 먹물을 디텔에게 뒤집어씌울 것을 알았을 것이었다. 그래서 그는 일부러 라니사 블레이드더러 비비안을 한번 찾아가게 했고, 그녀가 매일 비비안의 방 앞에서 울면서 난리를 친 것까지 싸그리 소문으로 묶어 버리려고 했을 것이었다.

그래서 그랬다. 지금 난 소문은 어차피 소문일 뿐이다. 그 어떤 것도 실제로 터진 스캔들과 완벽한 증좌 앞에서 맥을 추리지 못한다. 라니사 블레이드가 이디에트로 들어갔음을 본 자는 없고, 소문만 무성했다. 하지만 반대로 비비안이 쥔 것은 너무 많았다.

그래서 약간 도박을 한 것이었다. 라니사 블레이드를 수도로 돌려보내고, 디텔의 계획대로 모든 것이 흘러가는 것처럼.

"그렇게 빨리 손을 쓸 줄은 몰랐는데 말이야."

유일하게 비비안의 예상을 빗나간 것이라면 디텔 공작이 생각보다 빨리

라니사 블레이드를 죽이려고 했다는 것이었다. 그는 느긋하게 평탄한 길만 골라 간 비비안과 달리 빠르게 수도에 도착했고, 라니사 블레이드가 병원에서 아이를 지우고 나온 그날 밤, 비비안이 도착했다는 소문과 함께 '마침' 라니사 블레이드에게 살수 셋을 보냈다.

얼마나 빨랐는지 이디에트의 기사가 조금만 늦었더라면 라니사 블레이드는 진짜로 죽었을 게 분명했다. 라니사 블레이드가 죽는 건 상관이 없었지만, 그대로 먹물을 뒤집어쓰는 건 사절이었다.

그러나 다행이게도 이디에트의 기사들은 디텔의 살수를 손에 넣었다. 무사하게 디텔 쪽으로 임무를 완성했다는 신호까지 보낸 뒤 세 명의 살수들은 현재 이디에트의 지하 감옥에 갇혀 있었다. 그리고 이 며칠간 비비안과 위그가 각기 한 것은 다른 것들이었다.

위그는 그 세 살수의 신상을 전부 털어 그의 가족까지 전부 인질로 잡아 그들을 고문했고 공작가와 살수들 사이에 존재하는 모든 연관성을 탈탈 털어 자백과 증거를 얻어 냈다. 어렵지 않았다. 아무리 살수들이 흔적을 숨기고 다닌다지만 결국에는 가문에서 키우는 것들, 그들이 디텔의 사람임을 증명하는 건 설사 디텔에서 끝까지 물고 늘어진다고 해도 여론적으로 일을 키우기에는 더없이 적당했다.

그리고 비비안이 한 것은 라니사의 아이 아버지가 될 뻔한 남자들을 캐오는 것들이었다. 물론 카티야의 정보력이 있었기에 가능했고, 그중에서 사생아가 있으면 가장 곤란해질 법한 가문과 남자들을 추렸다. 라니사 블레이드가 이미 아이를 지웠기에 진짜로 그 아이가 누구의 아이인지는 중요하지 않았다. 그저 이디에트에서 그 가문의 가주를 잡아, 라니사 블레이드와 한 모든 물질적 거래 요건과 두 사람이 호텔을 들락거렸다는 증언, 그리고 사교계에 있는 수많은 눈이 있으니 이제 그 아이는 네 것일 수 있다고 말하는 순간, 그 남자는 어떻게든 라니사 블레이드의 아이와의 관계를 벗어나려고 안간힘을 쓸 게 뻔했다.

그다음 수순은 간단했다. 그 아이가 네 아이가 아니라는 것을 증명할 방법이 있다. 기실 라니사 블레이드는 살아 있다. 그리고 라니사 블레이드를 죽이려고 했던 살수가 있는데 디텔 공작이 보낸 이들이다. 네 생각에는, 왜 디텔 공작가에서 군이 살수를 보내 '자신과 아무런 상관이 없는 여자와 아이'를 죽이려고 했겠냐?

여기까지 물어도 답이 없으면 그다음에는 라니사 블레이드와 디텔 공작 사이에 오갈 법한 서신들이었다. 당신의 아이를 뱄으니 책임지라는, 그런 종류의 친필 서신. 그 정도면 아무리 백치라도 비비안과 위그가 원하는 게 무엇인지는 알아차리리라.

네 아이임을 떠안고 싶지 않다면, 디텔 공작의 아이임을 증명하라. 증거는 이미 다 나와 있지 않느냐.

물론 비비안과 위그가 멍청하게 이 모든 것들을 동시에 보일 리가 없다. 조금씩, 아주 조금씩 불안에 빠뜨리고 도와주겠다는 명목으로 '명령'한다. 디텔에서 보낸 살수의 근거를 조금 흘리고, 디텔과 라니사 사이의 서신을 조금씩 흘리면서 '아이의 아버지일 수 있는 이'가 디텔에게 짐을 떠밀려고 안간힘을 쓰게 한다.

그 사이에서 이디에트의 역할은 딱 하나였다.

중재자.

살수를 보낸 것도 디텔, 아이를 임신했을 무렵 함께한 남자는 이디에트와 일말의 관련도 없는 남자. 이디에트는 그 속에서 발을 빼며 중재자 노릇을 하면 된다. 어차피 라니사와 잤다는 그 남자의 아이가 아니면 디텔의 아이다. 수도에 무성하게 나 있는 소문은 겨우 소문일 뿐, 결국 사람들은 '실제로 존재하는 물질적 증거'에 더욱더 시선과 정신을 빼앗기기 마련이었다.

물론 변수는 존재했다. 라니사 블레이드가 이디에트의 아이임을 주장하는 것. 그러나 이미 디텔 공작에게 한번 죽을 뻔한 그녀가 디텔 공작의 편을 다시 들 리는 없다. 비비안이 디텔 공작이 라니사를 죽이려고 할 것을 알면서도 그녀를 수도로 보낸 이유가 그것이었다. 라니사 블레이드가 절대 디텔 공작과 다시 손을 잡을 수 없게.

"역시 계획은 간단할수록 좋아."

"계획은 간단하지만 일 처리는 꽤 복잡했어. 그 살수들을 고문하는 데 며칠이나 썼다고."

"그런 것치고는 너무 잘하던데."

비비안은 언제 한번 심심풀이 삼아 지하 감옥으로 내려간 순간, 세 명의 살수를 향해 위그가 짓던 표정을 상기하며 웃었다. 그러나 위그에게는 하나도 즐거운 상황이 아닌지 그는 얼굴을 일그러뜨렸다.

비비안은 한쪽에 놓인 에이딘 자작의 서류를 열며 입을 뗐다.

"그럼, 이제 이 자작님께 아이의 아버지가 되는 고통을 안겨 주지."

"정말이지. 이렇게까지 저질스러운 상황은 만들고 싶지 않았는데."

"어쩌겠어. 저질스럽게 논 대가야. 그럼 저질스러운 상황이 만들어지고 당연히 수단도 저질스럽게 써야 하지."

위그는 비비안의 표정을 살피다가 한숨을 쉬었다. 그리고 곧, 그가 다시 고개를 돌렸다.

* * *

에이딘 자작가는 딱히 수도에서 명망이 있는 가문은 아니었다. 아니, 굳이 말하자면 명망보다는 오히려 거의 이름이 언급될 일이 없는 가문이었다. 그리고 그 가주인 에이딘 자작은 현재 마흔이 조금 안 되는 이로서, 그리 멍청하지는 않으나 그렇다고 너무 똑똑한 편도 아닌, 그저 그런 수많은 귀족 남자들 중의 한 명이었다.

오늘, 웬만하면 수도에 얼굴을 비칠 일이 없는 그는 오랜만에 옷을 차려입고 수도로 올라왔다. 그리고 그런 그를 맞이하는 이는 다름 아닌 평생토록 볼 일이 없다고 여겼던 이디에트 공작이었다.

방에 들어가자마자 자작가와 확연히 다른 분위기에 그는 그만 압도당한 채 저도 모르게 움츠러들고 말았다. 짙은 홍목과 고동색, 와인색, 검은색, 웅장하나 과장스럽지 않은 품격이 그대로 흘러나오는 방 안은 따뜻함보다는 질식할 것만 같은 공기를 풍겨 댔다. 그 사이에서 가장 사람을 질식하게 만드는 남자…… 위그 이디에트가 고개를 들었다. 그의 짙은 녹안에 에이딘 자작은 입을 꾹 다물고 말았다.

"처, 처음……."

"앉아."

인사도 제대로 올리지 못한 채 버벅거리자 위그가 입을 열었다. 에이딘 자작은 분명 한낮이라 햇살이 훤히 들어옴에도 불구하고 방 안이 무척 어둡다고 생각했다. 겨우 진정하고 쭈뼛쭈뼛 소파에 앉자 위그가 느긋하게 걸어왔다. 가까이서 보니 더욱더 위압감을 풍기는 남자였다. 에이딘 자작은 저도 모르게 몸을 움츠러들었다.

곧 시녀가 차를 가져왔다. 옆에 서 있던 집사의 지시와 함께 모두 물러난 뒤 그마저도 방에서 나가고 두 사람만이 남았다. 에이딘 자작은 위그의 눈치를 보다가 조용하게 찻잔을 들었다. 그 순간, 갑자기 위그가 입을 열었다.

"라니사 블레이드가 자작의 아이를 가진 모양이더군."

"……네?"

에이딘 자작은 순간 손에 들린 컵을 놓칠 뻔했다. 애써 부들거리는 손으로 컵 받침 위에 잔을 내려놓은 그가 눈을 휘둥그레하게 떴다. 그게 무슨 말이냐고 크게 소리라도 지르려고 했으나, 위그는 그저 담담하게 그를 응시했다. 그 눈에 실린 모든 부정적인 감정들이 에이딘 자작의 목을 조르고 있었다.

"석 달 전, 그녀와 긴밀한 사이였다고 하지? 사교계에서도 종종 데리고 나가는 걸 본 사람이 있다던데."

"그, 그녀가 제 코르티잔이었던 건 사실이지만……."

"날짜를 계산해 보니 대충 자작의 아이라고 하더군."

"말도 안 됩니다! 그녀는 저 말고도 다른 사람과도 긴밀한 관계가 있었습니다."

"시끄러운데."

"죄, 죄송합니다."

저도 모르게 언성을 높였던 에이딘 자작은 위그의 매서운 눈길에 다시 입을 다물었다. 그러나 그의 얼굴에는 이미 억울함이 가득했다. 그것을 보던 위그가 입을 열었다.

"진짜 아닌가?"

"그럴 리가 없습니다. 저, 저는 그런 실수를 하지 않습니다."

에이딘 자작은 마지막 이성을 다해 네 아이인 걸 나한테 뒤집어씌우느냐고 입을 열려고 했다. 그러나 그때, 위그가 먼저 입을 열었다.

"그런데 왜, 라니사 블레이드는 아이의 아버지가 자작이라고 말하고 있지?"

"말도 안 됩니다!"

"그녀가 그렇게 주장하고 있다."

"제 아이라고 주장한다고 해서 다 제 아이인 건 아니지 않습니까."

"그건 그렇지만…… 만약 너와 만나는 사이에 생긴 아이라면, 너와의 관계를 벗어나기 힘들다는 것도 알겠지."

"……!"

"그러면 네 아내도 알겠고."

순간 에이딘 자작은 위그가 무슨 소리를 하려고 하는지 그제서야 깨달았다. 그는 지금 자신을 협박하고 있는 게 분명했다. 그러나 그는 순식간에 의문점을 갖고야 말았다. 라니사 블레이드는 이미 죽지 않았는가. 지금 와서 아이의 아버지가 누군지 캐내는 게 무슨 가치와 의미가 있단 말인가.

'잠깐, 방금 이디에트 공작의 말투는 왠지 모르게…….'

에이딘 자작은 잠시 제 머릿속을 정리했다. 그리고 그의 얼굴에 의문 섞인 표정이 깃드는 순간, 위그가 느긋하게 소파에 기댔다.

이제부터 필요한 것은, '깔끔한 역할 정리'였다.

"라니사 블레이드는 살아 있다."

"……네?"

"내 아내가 그녀를 보호했지."

"……무슨."

"자작도 알겠지만, 한동안 라니사 블레이드가 우리 집에 있다는 소문이 돌았다. 그건 사실이야. 그녀가 우리에게 도움을 청했거든."

"도움…… 말입니까?"

"자기가 임신을 했는데…… 아이의 아버지로 추정되는 사내가 둘 있다고. 그런데 그중에서 한 명은 너고, 다른 한 명은…… 드러나면, 자기는 죽을지도 모른다고 말이야."

"그, 그게 누구입니까?"

"기실 나는 별 상관이 없었다. 하지만 자작도 알다시피 여자들은 감성적인 존재지. 아이를 가졌는데도 갈 곳 하나 없고 의지할 데 하나 없는 그녀가 불쌍했는지 내 아내가 결국 그녀를 보호했어. 자작도 들어서 알겠지만, 내 아내는 한때 내 정부였던 이도 비서로 쓸 만큼 너그럽고 마음이 약한 여자거든."

사정을 아는 이가 들었다면 무슨 개소리냐고 했을 테지만 그렇게 말하는 위그의 얼굴은 한없이 진지했고, 그만큼 설득력이 있었다. 그리고 애초에 그 복잡한 진실보다는 위그의 말이 더욱더 설득력 있는 것이 사실이었다. 만약 위그 이디에트가 진정으로 아이의 아버지라면, 라니사 블레이드를 살려 둘 이유도 없었으니까.

다만…….

"그, 그런데 대체 다른 한 명은 누굽니까?"

"자작도 알다시피 내 아내는 근래에 친동생을 잃었어. 나를 공격하려는 무리들이 그녀의 아픈 동생을 병원에서 끌어내고 그녀에게 친족 살해의 오명을 씌웠지. 그것 때문에 그녀의 동생은 결국 자결했고, 그녀는 동생을 잃어야 했어. 안타까운 일이지."

"설마."

"그래, 디텔 공작이다. 그치가, 너를 제외한 아이의 아버지일 수 있는 다른 한 남자고 동시에 내 아내가 라니사 블레이드를 보호하려고 마음먹은 결정적인 이유지. 너도 알다시피, 그는 내 아내와 내게 우호적이지 않거든."

에이딘 자작은 그만 얼어붙고 말았다. 그러나 그는 빠르게 상황을 짐작했다. 라니사 블레이드가 한 번에 한 남자만 만나는 게 아니라는 것쯤은 알았다. 혹은 그와 헤어지자마자 디텔 공작과 만났을 수도 있었다. 그러나 설사 그렇다고 해도 아이의 아버지가 디텔 공작이라고 덜컥 생각할 수는 없었다. 그는 멍청하지 않았다. 이디에트와 디텔의 원한 관계쯤이야 아무리 그가 수도에서 활동을 하지 않는다고 해도 종종 들었던 것이었다.

위그는 에이딘 자작의 얼굴이 비낀 의아함과 불신을 읽어 냈다. 그는 느긋하게 자리에서 일어났다. 그의 행동에 에이딘 자작이 불안한 듯 미간을 좁혔으나 위그는 그저 담담하게 자신의 책상으로 다가갔다.

드륵, 서랍이 열리고 뭔가 꺼낸 그가 다시 소파로 다가왔다.

툭.

위그는 굳이 변명이나 에이딘 자작을 설득하기 위한 말을 하지 않았다. 우수수 테이블 위로 떨어지는 봉투를 보던 에이딘 자작은 위그의 뜻을 알아차리고 조심스럽게 편지를 들었다. 그것을 펼치자 낯선 필체가 안겨 왔다. 그러나 그는 그것이 라니사 블레이드의 것이라는 사실을 쉽게 알아차렸다.

에이딘 자작은 편지의 내용을 한 편 한 편 살펴보고 입을 딱 벌렸다. 편지의 재질이나 상태를 보건대 확실히 라니사 블레이드가 쓸 만한 종이였다.

게다가 매번 다른 상황에서 쓴 듯 펜의 종류도 달랐고, 무엇보다도 그 속에 들어 있는 내용들은 하나같이 라니사 블레이드가 친필로 쓸 법한 종류의 것, 예를 들자면 돈을 내놓으라느니, 이걸로는 부족하다느니 그런 것들이라서 그는 이게 라니사가 쓴 게 아니라고 해도 믿지 않을 것이었다.

에이딘 자작은 천천히 고개를 들었다. 이 편지를 받는 상대는 분명 디텔 공작일 것이다.

"이, 이걸 어떻게."

"디텔에 사람 하나 보내는 것쯤이야 별것 아니지."

기실은 별것이 맞았다. 아무리 이디에트라고 해도 겨우 이런 쓰잘머리 없는 서신 하나 손에 넣자고 첩자의 존재를 노출시킬 이유가 없었으니까. 하지만 위그는 무척 담담하게 말했다.

"나머지 것들도 보는 게 좋을 거다. 특히, 마지막으로부터 몇 통을."

에이딘 자작은 침착하게 편지를 뜯었다. 그러나 그 봉투 속에 있는 것은 더 이상 편지가 아니었다. 그 속에는 수표로 보이는 것들이 있었다. 그리고 몇 개의 금품. 그것을 뒤적거리던 에이딘 자작이 작은 종잇조각을 발견했다. 일부러 필체를 가린 듯한 글자 아래에는 디텔의 사인이 있었다.

물론 저 사인은 가짜였다. 웬만한 사람이라면 넣을 수 없는 게 공작가의 사인이나, 위그 이디에트는 귀족가의 수장으로서 모든 귀족들의 가문 인장과 사인을 식사를 하듯이 확인해야 했다. 이 정도 사인이야 약간의 기술만 있다면 아무 문제 없이 베낄 수 있었다. 물론 제대로 따져 보자면 가짜인 게 드러나겠지만, 아쉽게도 '사생아 파문'은 그렇게까지 가치 있게 열심히 따져 볼 만한 사항은 아니었다. 심지어 아이도 없는 지금.

무엇보다도 에이딘 자작만 설득하면 모든 것이 끝이었다. 물론 이건 설득보다는 압박에 가까웠으나 에이딘 자작으로서는 현재 이미 디텔 공작이 라니사 블레이드의 아이의 아버지이고, 그것을 감추기 위해 사교계에 소문을 냈다는 식의 결론으로 기우는 편이었다.

디텔과 이디에트는 적이다. 그것은 다시 한번 그가 위그의 말을 믿는 근거가 되었다.

"이, 이럴 수가."

"물론 편지 몇 통이 대질의 근거가 될 수는 없을 것이다. 그래서 만약 진짜로 이 일을 캐묻기 시작하면, 이 편지는 그저 묻어 뒀으면 싶어."

"대질이요?"

"라니사 블레이드가, 디텔 공작에게 따지고 싶어 하거든. 그럴 만하지, 얼마 전 디텔 공작가에서 살수를 셋이나 보내왔으니 말이야. 하지만 방금 말했다시피 우리가 보호했어."

"그, 그 소문은 디텔 공작가에서 낸 것이겠군요."

"그래. 아마 아이와 어미를 다 죽이고 그 오물을 이디에트에 퍼붓고 싶은 모양이겠지만, 안타깝게도 내 아내가 하도 착해서. 귀족들은 영원히 그런 선량함을 모르지."

그는 비비안 로젤리스와 세상에서 가장 어울리지 않는 단어를 뻔뻔스럽게 입 밖에 내면서 말을 이었다.

"에이딘 자작, 이제 어쩌겠나."

"저, 그, 그런데 아이는……."

"다행이게도 아직 무럭무럭 자라고 있어."

물론 이것 또한 거짓이었다. 어차피 2, 3개월쯤이라 배가 부르지도 않았다. 거짓을 말해도 별 상관이 없다. 정 급하면 의사를 매수하면 된다.

'만약 아이가 없다고 하면 에이딘 자작이 급해서 나설 리가 없겠지.'

물론 없다고 해도 상관은 없었다. 사생아가 있었다는 사실만으로도 그에게 어마어마한 타격을 줄 게 뻔했다. 그러나 기왕이면 가장 큰 방식으로 일을 처리하는 게 좋았다. 그 누구도 이 관계에서 벗어날 수 없도록.

방 안은 적막으로 가득 찼다. 에이딘 자작은 두 손을 꽉 잡은 채 입술을 악물고 있었다. 만약 이대로 라니사 블레이드가 품은 아이가 그의 아이일

수도 있다는 사실을 가문과 그의 아내가 알게 된다면, 절대 일은 작게 처리
될 수 없었다. 설사 모른다고 해도 사생아 따위 흔적도 없어야 했다. 그에
게는 이미 후계자로 결정된 아들이 있다. 아무리 한미한 가문이라도 이런
식으로 엉망으로 만들 수는 없었다.

위그는 에이딘 자작을 빤히 응시하기만 했다. 무슨 말을 어떻게 하려고
하는지 그저 기다리는 그의 얼굴에는 일말의 초조함도 없었다. 그리고 얼마
나 지났을까.

"이디에트 공작 각하. 도와주십시오."

"흐음."

"저는 아이의 아버지가 아닙니다."

"나는 딱히 누군가의 편을 들 수는 없어. 특히, 자작의 손을 들어 주
면…… 알잖아. 디텔과 이디에트는 그간 꽤 오랜 시간 동안 사이가 좋지 않
았다. 별로 설득력이 없을 거다."

"그래도 도와주십시오. 저는 이 스캔들에 엮여 들어가고 싶은 생각이 없
습니다."

위그는 짐짓 곤란한 듯 말끝을 늘렸다. 에이딘 자작의 절박한 눈빛이 그
에게 꽂혔다. 위그는 느긋하게 그를 응시했다. 차분한 그 눈빛 속에 존재하
는 것은 고민 같았으나 실상은 웃음기였다.

결국 얼마나 지났을까, 위그가 입을 열었다.

"어쩔 수 없지. 필요할 때 살수 셋을 데려가라. 다만, 증언의 신빙성을 위
해 이디에트에서 살수를 잡았다는 말은 하지 않는 게 좋을 거야."

"각하의 뜻대로 하겠습니다. 그저 이번 일에서 깨끗하게 몸을 빼낼 수만
있다면."

"그럼 이렇게 하지. 원래 며칠 뒤 내 아내가 라니사 블레이드와 함께 디
텔 공작가로 찾아갈 예정이었다."

물론 헛소리였다. 비비안이 디텔 공작가에 갈 일이 있다면 그건 공작가에

불을 지르러 가는 것뿐이었다.

"그리고 자작 또한 함께 가는 게……."

"안 됩니다!"

에이딘 자작이 크게 외쳤다. 순간 위그의 날카로운 시선이 그에게 꽂혔다. 에디딘 자작은 급히 목소리를 낮췄다.

"저는, 디텔 공작과 대질을 할 만한 능력이 없습니다. 게다가 어떤 식으로 훗날 복수를 당할지도 모르고."

위그는 바로 말을 잇지 않았다. 에이딘 자작은 다소 불안한 얼굴을 했다. 그것을 빤히 보다가 그가 어쩔 수 없다는 듯이 입을 뗐다.

"방법이 없군."

"각하. 제발 도와주십시오."

"그럼 이렇게 하지."

"……네?"

"며칠 뒤 귀족원 회의가 열릴 것이다. 거기서 밝히는 건 어떤가. 대신…… 누가 아이의 아버지인가 따위는 제쳐 놓고, 라니사 블레이드의 '억울함'을 풀어 주는 방법으로 말이야. 라니사 블레이드도 이렇게 된 이상 아이의 아버지를 찾고 싶어 하지 않는 것 같거든."

"억울함이라고 하면……."

"디텔 공작에게 죽을 뻔한 것 말이지. 참 무심한 이지 않나. 아무리 그래도 어떻게 자기 아이를 임신한 여자를 그리 대할 수 있나. 거기에 비하면 에이딘 자작은 그래도 책임감 있군. 한때 정부였던 여자니……."

이 정도 책임은 질 수 있겠지?

객관적으로 보자면 위그의 말은 양심이 없다 못해 우습기까지 한 것이었지만 에이딘 자작에게는 마치 구명줄 같은 것이었다. 공개적으로 디텔 공작과 척을 지는 것은 그에게도 그리 현명한 일은 아니었다. 그러나 이대로 이디에트의 제안을 거절한다면, 이디에트도 그를 가만히 내버려 둘 것 같지는 않았다. 이디에트는 현재 '헛소문'으로 명예에 큰 타격을 받았고, 그것은 필연적으로 그들이 누군가에게는 이 빚을 요구할 것을 의미하니까.

"알겠습니다."

위그는 느긋하게 찻잔을 들었다. 필요한 조치는 완성되었다.

* * *

몇 달 전 디텔 공작이 자신을 찾아올 때 자신의 상황이 이렇게 될 것을 누가 예언해 주었더라면, 라니사는 죽어도 그의 손을 잡지 않을 것이었다. 이 비슷한 다짐만 백 번을 했던 것 같은데, 이렇게까지 디텔 공작이 그녀의 마지막 한계선까지 모조리 밟아 버릴 줄 누가 알았겠는가.

'감히 나를 죽이려고 해?'

누군가에게 죽음의 위협을 받을 수 있다는 예상은 했지만 그게 디텔 공작일 줄은 상상도 할 수 없었다. 결국 귀족들은 다 똑같은 존재들이야. 그녀가 속으로 생각하는데 문이 열렸다.

"몸 상태는 괜찮아?"

"공작 부인을 뵙습니다."

일련의 행동으로 라니사 블레이드는 이미 비비안에게 깊은 경외심을 갖고 있었다. 그도 그럴 것이 죽을 위기에서 자신을 구해 준 사람이면 당연히 그럴 수밖에 없었다. 게다가 비비안은 약속한 대로 그녀에게 어마어마한 보수를 지급했다. 이제 그녀가 살아 있는 게 밝혀진 뒤 이 수많은 돈을 들고 제 친구들 앞에서 부채질을 하는 상상을 하며 그녀가 공손하게 인사했다. 디텔 공작의 수작에 빠져든 것은 꽤 빌어먹을 일이나 다시 생각해 보니 몇백만 케이즈 정도의 돈을 가졌는데 뭐가 또 아쉬울까 싶다.

비비안은 라니사의 얼굴을 응시하며 웃었다. 라니사 블레이드는 고통이 사라지기만 하면 바로 아팠던 사실 따위 잊는 전형적인 부류였다. 낙관적으로 사는 데 도움이 될지는 모르지만, '이용하기에는' 별로인 인물이었다.

라니사는 비비안의 눈치를 보며 생긋 웃었다. 그녀의 뒤로 따라 들어오던 시녀들이 차례로 다과를 놓았다. 라니사는 조금 부러운 얼굴을 했다. 자신도 저 단주처럼 예쁘고 돈이 많았다면 공작 부인이 되어 이런 삶을 살았을까. 같은 평민인데 왜 이렇게 다른 삶인가. 그러나 라니사는 딱 생각을 거기서 멈추었다. 어차피 다른 인생에 정신을 팔 만큼 그녀는 멍청하지 않았다.

"에이딘 자작이 수도로 올라왔다."

"에이딘…… 자작이요?"

"네가 아이를 임신할 즈음 만났던 남자들 중 한 명이지."

"……어떻게."

"이 바첼론은 물론이요 대륙 전체를 통틀어, 내가 알고자 하면 모르는 일들이 없어."

라니사는 왠지 모르게 소름이 돋는 것 같았다. 차분한 비비안의 얼굴은 그녀를 협박하는 것 같지는 않았으나, 그녀는 비비안 앞에만 서면 가끔 이런 식으로 두려움을 맛보곤 했다.

"그래서요?"

"이제 귀족원이 열릴 거야. 거기서 내가 알려 준 대로 말하면 돼. 너도 기본적으로 그 공작이 득의양양한 꼴을 보고 싶지는 않겠지?"

"당연하죠!"

자신을 죽이려고 했던 사람을 끝까지 따를 정도의 의리는 없었다. 라니사는 벌떡 자리에서 일어났다가 살살 웃으며 비비안에게 말을 걸었다.

"감사합니다. 공작 부인. 제 인생에서 가장 크게 잘못한 일이 있다면, 감히 공작 부인께 폐가 되었다는 것이에요."

"단순한 폐가 아닐 텐데."

"······."

"내 돈까지 노리고. 바로데까지 기어들어 오고."

"반성하고 있어요. 다시는 그러지 않을 거예요. 게다가 이렇게 돈도 많이 주셨으니까."

"돈이 다 떨어지면 어쩌려고?"

비비안은 살짝 시선을 들었다. 그에 라니사가 당황한 듯하다가 버벅거리며 대답했다.

"제, 제 손으로 벌 거예요. 이번에는."

"노동은 값진 것이지."

"······."

"그럼 열심히 해 봐. 디텔의 아이를 가졌다가 봉변을 당한 비극의 여주인공 행세. 잘할 수 있지?"

"네, 네······."

비비안이 자리에서 일어났다. 라니사 또한 덩달아 자리에서 일어나 방을 나가는 그녀에게 예를 취했다.

이윽고 문이 닫힌 뒤 비비안이 길게 숨을 들이쉬었다. 그녀는 사람을 정확하게 보는 재주가 있었다. 제 가치에 따라 휘두르고, 가치가 떨어지면 제 살길을 마련한다. 그것은 그녀가 수많은 '도구'들에 취하는 일종의 경의였다. 한때 너와 손을 잡았으니, 끝까지 예를 다한다는.

"단주님."

비비안은 느긋하게 별관 계단을 내려갔다. 그 뒤에 따라붙은 클로에가 그녀를 향해 작게 읊조렸다.

"세믄 교수님과 리디아 세믄 양과의 약속이 잡혔습니다."

"언제?"

"다음 주 중으로 답변을 드리겠다고 합니다."

"알겠어."

비비안이 나지막이 읊조렸다. 곧 본관으로 돌아간 그녀는 마침 위에서 내려오는 에이딘 자작의 모습에 환하게 웃었다. 에이딘 자작은 처음으로 만나는 소문의 공작 부인을 보고 깜짝 놀라 급히 허리를 숙였다. 비비안이 살짝 손을 뻗었다.

"내 남편과 이야기는 잘 끝났나요?"

"네, 그, 부인께서 마음을 많이 써 주셨다고 들었습니다."

애초에 설득은 위그의 몫이었는지라 비비안은 딱히 자세하게 위그가 어떤 방식으로 그를 설득하고 위협할지까지는 짐작하지 않았다. 그저 제 가문의 명예가 달렸으니 잘하겠지, 하고 내버려 뒀건만, 비비안은 잠시 자신이 무슨 마음을 어떻게 썼는지 고민하다가 화사하게 웃었다.

"내가 마땅히 해야 할 일을 했을 뿐인걸요. 자작께서도 해야 할 일을 잘 끝내면, 무엇보다도 즐거운 마무리를 맞이할 수 있을 거예요."

"네, 그, 기대에 어긋나지 않게 하겠습니다."

"비비?"

그때였다. 에이딘 자작의 말이 끝나자마자 위그가 위에서 내려왔다. 2층에 있는 서재로 가려던 그는 마침 아래서 들려오는 비비안과 에이딘 자작의 대화에 덩달아 내려온 상태였다. 위그의 등장에 에이딘 자작이 황급히 다시 허리를 숙였다. 이윽고 집사의 안내와 함께 에이딘 자작이 공작가에서 나갔다. 비비안은 어깨에 걸친 모피를 바로 여미며 입을 열었다.

"내가 무슨 마음을 어떻게 썼는지 구체적으로 궁금한데."

"알 필요 없다."

"흐음."

"그저 필요에 의해 약간 시나리오를 짜 보았을 뿐이야. 약하고 선량한 공작 부인이 아이를 가진 평민 여자를 가엾게 여겨 거두어들인 이야기."

"실력이 어마어마한데?"

"이제 귀족원이 열릴 것이다. 거기서 내가 중재자를 할 것이고, 디텔 공작은 순식간에 소문에 묻히겠지."

"구경하고 싶은데."

"몸도 안 좋으면서 왕실까지 오려고?"

"약하고 선량한 공작 부인의 시나리오에서 아직도 벗어나지 못한 거야?"

비비안이 비웃음을 흘렸다. 위그는 그녀의 어깨를 감쌌다. 자연스럽게 두 사람이 위로 올라갔다. 위그는 느긋하게 비비안의 보폭에 맞추며 입을 뗐다.

"어쨌든 이번 일만 해결이 되면 디텔 공작가는 더 큰 불명예를 안게 될 것이다. 우리는 발을 빼고."

"그뿐만이 아니지."

"또 뭐가 있지?"

"그거 알아? 적이 천군만마로 밀려올 때면, 가장 앞에 있는 녀석만 골라서 죽을 만큼 패면 돼."

"……."

"그러면 아무도 다시 나서려고 하지 않을걸?"

"앞으로 이디에트에 여자를 보낼 만한 치들은 없겠군."

비비안은 웃었다.

"신이 아쉬워하겠네."

"신?"

"라니사 블레이드는 내 업보인데. 결국 나는 업보 따위 하나 없이 이 모든 것을 해결하려고 하니까."

"업보라니."

위그가 궁금한 얼굴을 했으나 비비안은 굳이 대답하지 않았다. 업보가 무엇이고, 징벌이 무엇이고, 신의 뜻이 무엇인지는, 어차피 그녀만 알 뿐이었다.

                              * * *

　라니사 블레이드의 죽음에 관한 소문은 예상보다 조금 더 오랫동안 수도를 달구었다.

　그러나 이디에트의 무반응은 물론이요 디텔 공작가 휘하 귀족들을 제외한 이들 대부분이 입을 다물었기에 언젠가는 잠잠해지는 것은 필연적인 수순이었다. 그리고 소문이 슬슬 사그라들었다는 것은, 다른 의미로 말하자면 귀족원이 열릴 '때'가 되었다는 것을 의미했다.

　"지하 감옥의 살수들의 신변은 확실하게 조사했겠지."

　"디텔 공작가에서 발뺌을 할 가능성이 없지는 않습니다만. 애초에 그 죄를 물으려는 게 아니라면 문제없이 진행될 겁니다."

　애초에 대놓고 흔적을 남기면 살수를 보내는 의미가 없다. 살수들은 흔히 잡힐 때를 대비해 저마다 자결하는 방법이 있었고 설사 자결을 하지 않는다고 해도 보낸 이를 정확하게 잡아내는 것은 어려웠던 것이었다. 그래서 귀족들은 흔히 살수를 손에 넣어도 굳이 그것을 크게 밖에 알리지 않았다. 확실하지 않은 범인을 괜히 입 밖에 내뱉었다가 되레 제가 해를 입기 때문이었다.

　그러나 라니사 블레이드의 상황은 애초에 목적이 진짜 범인을 잡는 게 아니기 때문에 상관이 없었다. 에이딘 자작이 라니사 블레이드를 데리고 와서, 그녀를 죽이려던 살수들이 있었는데 아무래도 아이의 아버지인 디텔 공작이 보낸 것 같다, 살수들에게서 디텔 공작이 사주했다는 증거가 나왔다, 이렇게 말만 해도 상관이 없었다.

　그때 가서 그 증거가 위조된 것인지 아닌지 상관있는가. 어차피 라니사 블레이드가 두 눈에 눈물을 가득 달고 디텔 공작이 저를 해하려고 했다고 하면 끝이다.

　명예라는 건 원래 이렇게 두루뭉술하면서도 갖기 쉬운 것이었다. 증거가 전부 다 위조되어도, 그저 이디에트만 발을 뺄 수 있다면 상관이 없었다. 어차피 이디에트의 결백을 믿지 않는 사람들은 영원히 믿지 않으니까.

"귀족원 회의가 내일이다. 에이딘 자작더러 한 치의 오차도 없이 제대로 일을 진행하라고 해. 안 그러면 무척 안 좋을 꼬락서니를 보게 될 것이다."

"네."

요한은 고개를 끄덕였다. 위그는 나가 보라는 듯이 시선을 책상 위의 서류에 돌렸다. 그러나 평소와 달리 요한이 움직일 염을 하지 않았다. 위그가 고개를 드는데, 요한이 입을 뗐다.

"저번에 명하신 문제 말입니다."

"무슨 명?"

"공작 부인을 살피라고 하신 명."

요한은 일부러 감시라는 말을 쓰지 않았다. 위그는 손에 들린 펜을 내려놓았다.

"무슨 일 있나?"

"세븐 교수나 리디아 양 쪽은 아직 낌새가 없지만, 클로에가 바샤 병원 쪽으로 연락을 취하는 것 같았습니다."

"바샤 병원?"

"공작 부인의 둘째 오라버니 되시는 분이, 거기 계십니다."

순간 테이블을 가볍게 치던 위그의 손가락이 우뚝 멈추었다. 그가 눈을 가늘게 떴다. 비비안이 왜 갑자기 바샤 병원으로 연락을 취했는지 굳이 생각할 필요까지도 없었다. 실제로 그 또한 어느 정도 예상을 했으니까.

리암이 죽었다. 디텔 공작은 그녀를 잡아먹지 못해서 안달이 나 있다. 그 상황에서 비비안의 다음 약점이 될 수 있는 인물이 바로 그녀의 둘째 오빠였다.

과거의 비비안이 왜 굳이 제 오빠를 살려 두었는지 알 수 없었다. 오빠들이 그럭저럭 괜찮았다고 말하긴 했지만, 어쩌면 그 눈곱만치의 정이라도 남아서 살려 뒀을 수도 있다. 기실 형제라는 것은 아무리 꼴 보기 싫고 밉고 증오스러워도 직접 손을 써서 죽이는 건 또 다른 문제였다.

그러나 현재 비비안이 왜 둘째 오빠에게 굳이 연락을 취했는지는 너무 빤했다. 가만히 있으라고 가서 경고라도 하려고? 한 1년 전의 비비안이라면 그럴 법했다. 그러나 현재의 그녀는 굳이 가서 정이고 가족이고 절절하게 자기 사연을 팔아 둘째 오빠의 동정을 얻기보다는 다른 방법을 선택할 것이었다.

위그는 얼굴을 굳혔다.

"쓸데없이 손이 빠르군. 라니사 블레이드 건이 처리된 뒤 움직이려고 했는데."

그는 메이슨 로젤리스의 존재가 언젠가 디텔에 의해 도구로 쓰일 것을 모르지 않았다. 그는 관자놀이를 짚었다.

"바샤 병원의 관계자에게 연락을 취해. 혹시라도 비비가 예약을 잡았다면, 나한테 보고하라고. 그리고 가급적 두 사람을 절대 단둘이 만나게 하지는 마."

"알겠습니다."

"물론 그게 내가 말린다고 말려질 일 같지는 않지만."

지금 비비안이 바샤 병원에 연락을 취하는 이유는 간단했다.

메이슨을 죽여 버리려고.

언젠가는 죽였어야 하는 사람이었다. 그러나 최소한 그는 비비안의 손에 죽어서는 안 된다. 그는 그것을 용납할 수 없었다. 그는 그녀의 선택에 간섭할 생각이 없으나, 최소한 그 도구의 종류 따위는 그가 선택할 만한 권리를 갖고 싶었다.

"내일 귀족원 회의가 끝나면 바샤 병원으로 가지."

"알겠습니다."

"일이 한꺼번에 밀려오는 것도 귀찮고 피곤하군."

위그는 이마를 짚었다. 그러나 어쩔 수 없었다. 반드시 처리해야 하는 일은 꼭 있는 법이다.

* * *

귀족원 회의는 예정대로 열렸다.

귀족원의 가장 상석에 앉아 이런저런 보고와 함께 의안을 결정 낸 위그는 마치 오늘 아무런 '특별한 일'도 없다는 듯이 굴었다. 그러나 그는 방금부터 디텔 공작을 위시한 몇몇 귀족들이 얼마나 위그의 표정이 일그러지는 것을 보고 싶어 하는지 알았다.

물론 위그는 그들의 생각을 만족시킬 만큼 한가하지 않았다. 동시에 그들의 생각을 아예 무시할 만큼 너그럽지도 않았고.

느긋하게 상석에 앉아 서류를 보는 위그에게 시선을 던진 디텔 공작이 살짝 미간을 좁혔다. 기실 그도 딱히 위그가 이러한 소문을 신경 쓰리라고 생각하지 않았다. 그저 가문에 약간의 먹칠이 더해진 것뿐이었으니까. 그가 진정으로 걱정하는 문제는 따로 있었다.

과연 위그 이디에트가 이대로 넘어갈 것인가.

생각에 생각을 해 보았으나 답은 나오지 않았다. 어쩌면 이미 나왔는지도 모른다. 위그는 가만히 있을 종자가 아니었다. 그러나 어떤 방식으로 가만히 있지 않을 것인가, 그것이 핵심이었다.

결국 디텔 공작은 일단 조용하게 이 모든 상황을 살펴보는 것으로 결정을 내렸다. 그러나 그가 모르는 게 있었는데, 그건 바로 그 '가만히 있지 않음'을 오늘 위그가 보여 줄 예정이라는 것이었다.

귀족원 회의가 끝나자 대부분 귀족들이 습관적으로 자리에서 일어났다. 그러나 그들의 모습을 쭉 훑는 위그의 시선은 귀족원 회의실의 문에 가 있었다. 그리고 1초, 2초, 3초…… 예정대로 속으로 숫자를 세기 시작하자 얼마나 지났을까, 갑자기 문이 열리고 귀족원의 총괄 비서가 들어왔다.

"저, 이디에트 공작 각하. 각하를 뵙고 싶어 하시는 분이 계십니다."

총괄 비서의 얼굴은 담담했다. 그는 언제나 침착함을 유지하는 것이 옳다고 배웠다. 그러나 그의 목소리에는 약간의 떨림이 드리워져 있었는데 웬만해서 귀족원으로 직접 사람이 찾아오지 않는다는 점까지 더해 귀족들의 시선이 그에게 몰렸다.

위그는 어느 정도 예상했지만 일부러 호기심 어린 표정을 지으며 물었다.

"누구?"

"에이딘 자작가의 가주와……."

"……와?"

"라니사 블레이드라는 분께서, 오셨습니다."

총괄 비서도 왕실을 위해 일하는 이니 당연히 수도를 가득 채우고 있는 소문을 들었을 게 뻔했다. 그러나 에이딘 자작과 함께 온 그녀는 분명 자신의 이름이 라니사 블레이드라고 했다. 심지어 에이딘 자작 또한 그렇게 말을 보탰으니 틀린 것은 아니리라.

"라니사…… 블레이드?"

그리고 비서가 입을 여는 순간 회의실은 찬물이라도 뿌린 듯이 조용해졌다. 방금까지 빠르게 회의실을 벗어나려던 귀족들이 분분히 다시 자리에 앉았다. 라니사 블레이드…… 아무리 가십에 관심이 없다고 해도 그녀의 등장이 무엇을 의미하는지 모르는 사람들은 없었다. 대부분 위그 이디에트의 표정을 살피며 입을 꼭 다물었다.

"들어오라고 해."

그러나 정작 위그의 얼굴은 평온하기 그지없었다. 그저 들어오라는 묵직한 목소리가 방 안을 가득 메우는 순간, 그의 양옆에 앉아 있던 엘버린 공작과 디텔 공작은 순식간에 상황을 파악했다. 아니, 그들뿐만 아니라 대부분 귀족원을 채우는 노련한 치들은 다 알고 있었다. 이 상황은 위그 이디에트가 만든 것이라는 것을.

디텔 공작은 얼굴을 굳혔다. 라니사 블레이드가 살아 있다. 어떻게? 죽었다고 하지 않았는가. 그는 이마를 짚었다. 설마 시체를 위장이라도 한 건가. 굳이 생각해 보니 안 될 건 없는 이야기다. 그러나 굳이? 가문의 명예를 위해 겨우 계집 하나의 목숨을 구한 것인가.

"이디에트 공작 각하를 뵙습니다."

곧 문이 열리고 회의실로 에이딘 자작이 들어왔다. 그는 회의실을 가득 채우는 귀족들과 그들의 주목을 동시에 받게 되었다는 것에 꽤 겁을 먹은 듯 움찔했다. 그러나 그렇다고 해도 그는 오늘 무사하게 임무를 완수해야 한다. 그렇지 않으면 라니사 블레이드의 아이가 사실은 그의 아이였다는 소문이 돌 것이고, 그의 아내와 그 가문은 절대 그것을 용납하지 못할 것이며 심지어 이디에트에서도 그를 가만히 내버려 두지 않을 것이었다.

거기까지 생각한 에이딘 자작이 크흠 헛기침을 했다. 위그는 가장 높은 상석에서 이마를 짚은 채 담담하게 그를 응시했다.

"무슨 일이지?"

"각하. 다름이 아니라 도움을 청할 곳이 각하밖에 없어 이렇게 결례를 무릅쓰고 감히 귀족원에 발걸음을 하게 되었습니다."

"도움이라."

"영명하신 귀족원의 수장이자 귀족들의 귀감으로서, 이디에트 공작 각하가 아니면 누구도 해결할 수 없는 일입니다. 다름이 아니라 이 며칠간 수도를 분분하게 달궜던 라니사 블레이드…… 한때 제 코르티잔이었던 여인의 안전을 위해 이렇게 오게 되었습니다."

"황당하군."

에이딘 자작의 말이 끝나기가 무섭게 디텔 공작이 입을 뗐다.

"겨우 일개 코르티잔의 안전 따위를 지금 귀족원에 요구를 하는 것인가."

"하나 어쩔 수 없었습니다. 제 가련한 코르티잔은 한때 말도 안 되는 스캔들에 휘말려 크게 고생하였는데, 심지어 아이의 아버지에 의해 아이도 잃고 며칠 전에는 살수 셋에게 목숨까지 잃을 뻔했습니다."

에이딘 자작은 최대한 담담하게 말을 이었다. 이 일이 끝나면 디텔 공작가에서 가만히 내버려 둘 것 같지 않으나 그래도 이디에트와 디텔 중에서 반드시 누군가에게 밉보인다면 그것은 기필코 디텔이 되어야 했다. 게다가 실제로 라니사 블레이드의 아이는 디텔 공작의 것이 맞지 않은가. 괜히 저 혼자 가문의 세가 약하다는 이유로 아이의 아버지 노릇을 하고 싶지 않은 묘한 자존심이 그의 마음속에 남겨져 있었다.

위그는 느긋하게 의자에 등을 기댔다. 귀족들은 이 모든 것들이 위그가 안배한 것이라는 것을 알면서도 대체 어떤 식으로 일이 풀어질지에 은근한 관심을 가지며 에이딘 자작의 말에 귀를 기울였다. 곧, 뭔가 생각하던 위그가 입을 뗐다.

"처음부터 말해. 무슨 일인지. 한번 들어는 주지."

마치 선심이라도 베푸는 듯한 언사였지만 디텔 공작의 눈에는 그저 일종의 조롱으로밖에 보이지 않았다. 대체 여기서 왜 이런 말을 들어야 하는지 모르겠다는 얼굴을 했지만 이미 귀족원 회의가 끝난 이상, 이곳에서 위그가 무엇을 듣든 그것은 귀족원장의 권한이었다.

에이딘 자작은 모든 것들이 예상대로 흘러가자 살짝 고개를 돌렸다. 그에 그의 뒤를 따라온 기사 한 명이 밖으로 나가더니 이내 여자 한 명을 데리고 들어왔다. 볼 것도 없이 그녀는 라니사였다. 어느새 눈에 눈물을 그렁그렁 매단 그녀는 귀족들을 보자마자 바닥에 바로 주저앉았다. 에이딘 자작은 침을 꿀꺽 삼키고 입을 열었다.

"정확히 1개월 전, 제 코르티잔이었던 라니사가 제게 이별을 고했습니다. 다름이 아니라 아이를 임신한 것 같은데 그 아이에게 아버지를 찾아 주고 싶다고요."

"흐음. 아이의 아버지가 누군지 아나?"

"날짜와 시기를 계산해 본 결과 아이의 아버지가 될 만한 이는 오로지 한 사람뿐이었습니다. 다만 아이의 아버지가 너무 지위가 높고 명예가 드높은 이라 혹여 아이와 자신의 목숨에 위협을 가할 수 있으니 제게 몇 가지 증좌가 될 만한 것들을 맡기고 수도로 떠났습니다."

"라니사 블레이드가…… 자작을 꽤 신뢰했나 보군."

"비록 짧은 기간이었으나 코르티잔이었던 이상 어느 정도 책임을 지는 것이 도리라 생각하여."

"책임감 있는 사내로군. 라니사 블레이드, 에이딘 자작의 말이 맞나?"

"네. 그, 그렇습니다."

라니사 블레이드는 기어들어 가는 소리로 입을 열었다. 그녀의 얼굴은 눈물범벅이 되어 있었다. 흑흑거리면서 눈물을 떨구는 모습이 연극배우 뺨칠 정도로 실감 난 탓에 회의실에 있던 다른 귀족들은 일순 진정으로 그녀가 불쌍하다고 믿을 뻔했다. 그리고 그녀의 말이 끝나자마자 디텔 공작은 이미 앞으로 벌어질 시나리오를 대충 알아챈 듯이 얼굴을 굳혔다.

위그는 그런 그의 얼굴을 힐끔 보고 말을 이었다.

"그 뒤는 어떻게 된 것이지?"

"그 뒤로, 라니사의 말을 들어 본 것대로 말하자면, 그녀는 수도로 돌아와 아이의 아버지를 찾았습니다. 하지만 아쉽게도 예상대로 아이의 아버지는 모든 것을 부인했고, 그녀는 모든 것을 잃을 위기에 처했습니다."

"그 후안무치한 자는 누구지? 제 피붙이마저 외면하다니."

"그것은…….."

"안심하고 말해."

에이딘 자작은 일부러 잠깐 말을 골랐다. 그리고 곧, 그가 천천히 디텔 공작을 향해 입을 열었다.

"디텔 공작 각하입니다."

"헛소리."

디텔 공작은 생각보다 꽤 담담하게 대꾸했다. 무슨 증좌인지 대충 예상은 가지만 어차피 대부분 위조가 가능한 것이라 별 상관이 없었던 것이었다. 그의 머릿속은 이미 에이딘 자작가를 어떻게 처리하는 게 좋을지 따위가 그려져 있었다. 그는 라니사 블레이드와 에이딘 자작을 향해 고개를 돌렸다.

"헛소리도 작작하는 게 좋겠군."

"공작 각하께서 부정하시는 것은 예상한 일이오나, 이디에트 공작 각하, 저희에게는 디텔 공작 각하와 나눈 서신이 있습니다. 라니사가 수도로 올라가기 전 제게 부탁한 것들입니다. 개중에는 디텔 공작 각하의 사인이 찍힌 편지도 있습니다."

에이딘 자작은 일부러 라니사의 필적으로 쓰인 몇 가지 서신을 빼놓았다. 일개 자작가가 공작가에서 편지를 훔쳐 왔다는 것이 말이 안 되기 때문이었다. 어차피 위그도 그 서신을 에이딘 자작을 움직이는 데 쓸 예정이었기에 그는 별 상관이 없었다.

디텔 공작이 분노에 찬 듯 낮은 목소리로 입을 열었다.

"에이딘 자작, 귀족가의 사인을 위조하는 것이 어떤 의미인지 모르지 않겠지."

"위조라니요. 위조를 하고 싶어도 공작 각하의 친필 사인이 어떤 것인지 일개 변방의 자작인 제가 어찌 알겠습니까."

순간 디텔 공작은 이디에트가 준 것이 아니냐고 외칠 뻔했으나 겨우겨우 참을 수밖에 없었다. 그도 그럴 것이 이디에트를 의심하는 것과 에이딘을 의심하는 것은 성질이 달랐기 때문이었다. 그렇다고 이대로 이디에트를 놔주는 것도 말이 안 된다. 그는 어이없다는 듯이 웃음을 흘리고 위그를 향해 입을 뗐다.

"이디에트 공. 이런 식으로 모든 것을 내게 덮어씌울 줄은 몰랐는데."

"무슨 헛소리를 하는지 모르겠군."

위그는 미간을 좁혔다. 디텔 공작이 웃으며 대꾸했다.

"바로데에서 라니사 블레이드가 이디에트 공작 부부의 방에 그렇게 가더라는 것을 본 치들이 한둘이 아닌데. 수도에 분분하게 도는 소문까지 전부 덮으려고 감히 내게 이런 식으로 모든 것을 덮어씌우나?"

"라니사 블레이드가 우리 방에 온 것은 사실이나, 그것은 어디까지나 내 아내에게 도움을 청하기 위해서이다."

"……뭐?"

"그래, 인정하지. 나는 이 일을 미리 알았다. 하지만 그건 어디까지나 바로데에서 레이디 블레이드가 내 아내를 찾아온 것 때문에 알게 되었어. 그날, 기억하겠지. 처음 사냥이 열리던 그날, 내 아내가 레이디 블레이드를 데리고 왔지. 그날 레이디 블레이드는 내 아내에게 도움을 청했어, 자신을 보호해 달라고."

"라니사 블레이드가 미쳤다고 네 아내에게 도움을 청해?"

"그 이유는 디텔 공이 제일 잘 알겠지."

위그는 싸늘한 시선을 돌렸다.

"아무리 내 아내가 심약하고 성격이 온순하다고 해도, 멀쩡하게 병원에 있는 제 동생의 멱살을 붙잡고 나와 기어이 죽음으로 처박은 자에게 한 톨의 원한도 없을 수는 없으니까 말이야."

위그의 목소리에는 짙은 분노가 서려 있었다. 그리고 그의 분노를 읽어 낸 모두가 그 말에 동의하고 있었다. 비비안이 심약하고 성격이 온순한 건 그들로서 동의하기 힘들어도 실제로 리암 로젤리스를 굳이 병원에서 끄집어 낸 건 디텔 공작이 맞았다. 이디에트 공작 부인이 그 뒤로 크게 앓았다는 것도 어느 정도 틀린 말은 아니었다. 그리고 설사 그게 아니더라도 디텔 공작에게서 위협을 받으면 이디에트를 찾아가는 게 기본적인 상식이었다.

위그는 더 이상 그 기억을 회상하고 싶지도 않다는 듯이 고개를 돌리고 말을 이었다.

"물론 나는 내 아내에게 이 상황에서 손을 떼라고 했어. 그 뒤로 바로데 별장에서 그녀는 몇 번씩이나 우리를 찾아왔지만 나는 모조리 무시했다. 아무리 내가 디텔 공에게 유감이 많다고 해도, 이런 치졸한 방식으로 공과 대치하고 싶지 않았거든."

"이디에트 공, 공은 본인의 말이 그럴싸하다고 생각하나?"

"최소한 디텔 공이 주장하는 것보다는 더 그럴싸하겠지. 디텔 공은 지금 무슨 주장을 하고 싶은 건가."

"라니사 블레이드는 이디에트 공의 전 정부였지."

"그래, 전이었지. 그래서?"

"공작 부인이 그걸 받아 줄 리가 있다고 생각하나?"

"내 아내의 비서는 내 부관의 여동생이자 한때 내 정부였던 여자다."

디텔 공작은 입을 딱 벌렸다. 그리고 처음으로 이 사실을 듣는 이들은 눈을 휘둥그레하게 떴다. 위그는 담담하게 말을 이었다.

"내 아내는 딱히 내 정부에게 질투나 견제를 할 만큼 속 좁은 여자가 아니야."

물론 속이 좁고 말고는 둘째 치고 애초에 사랑 따위 하지 않으니 가능한 일이겠지만.

위그는 진실을 삼켰다. 아무리 봐도 라니사 블레이드의 아이 아버지가 위그 이디에트라는 증거가 없었다. 디텔 공작은 아직도 가증스럽게 훌쩍거리고 있는 라니사를 응시했다. 저 멍청한 계집을 찾는 게 아닌데. 그가 이를 갈자, 위그가 입을 열었다.

"그래서 에이딘 자작, 더 할 말이 있는가?"

"아, 네, 그 사실은…… 그날 라니사가 바로데로 간 것은 공의 말씀대로 도움을 청하기 위해서였습니다. 그러나 결국 도움을 청하지 못하고, 디텔 공작 각하는 되레 그녀를 위협했습니다."

에이딘 자작은 일부러 이디에트의 이름을 쏙 뺐다. 그리고 이건 위그가 지시한 것이었다. 에이딘 자작은 그 이유까지 모를 정도로 멍청하지 않았다.

"결국 라니사는 수도로 먼저 돌아왔습니다. 그런데 문제라면, 살수 셋이 그녀의 목숨을 앗으러 왔다는 겁니다."

"살수 셋이라."

"마침 그녀의 귀띔을 받고 수도로 올라온 제가 보낸 사람들로 인해 목숨을 부지할 수 있었습니다만. 그날의 충격이 너무 커서 라니사는 아직도 제정신을 차리지 못하고 있습니다. 게다가 아이도…… 잃었고요."

"그 살수 셋은……."

위그는 말꼬리를 흘렸다. 그러나 그의 눈길이 디텔 공작에게 향하고 있다는 것을 사람들은 모르지 않았다. 그리고 대충 생각해 보아도 그럴싸했다. 그러나 위그는 굳이 누가 보냈다는 말을 하지 않았다. 그저, 뭔가 생각하는 듯하더니 말을 이을 뿐이었다.

"……아직 살아 있나?"

"네, 원하신다면 끌고 올 수 있습니다."

"누가 사주했는지는 알았고?"

에이딘 자작은 대답 대신 디텔 공작에게 고개를 돌렸다. 순간 디텔 공작이 의자 손잡이를 꽉 잡았다. 그가 빠르게 머리를 굴렸다. 어차피 살수는 흔적을 남기지 않는다. 오히려 흔적이 있는 것이 더욱더 크게 의심을 불러일으킬 것이었다.

"증좌는 있고?"

"아쉽게도 자백을 제외한 증좌는 없습니다."

그러나 에이딘 자작은 일부러 증거를 내놓지 않았다.

상황이 애매했다. 증거도 애매했고 증인도 애매했고 모든 것이 애매했으나 상황은 마침 들어맞았다. 무엇보다도 이디에트를 빼놓고 모든 것이 성립이 되나 디텔을 빼놓고는 아무것도 성립이 되지 않았다.

당연하게도 귀족들의 판단은 서서히 위그의 말을 믿는 쪽으로 기울어지기 시작했다. 그들은 하나같이 이 상황에서 가장 적절하고 이성적인 판단을 하기 위해 머리를 굴리고 있었다.

이디에트 공작이 일부러 디텔을 모함에 빠뜨린다? 그러면 대체 왜 라니사 블레이드를 쓰겠는가. 이 세상에 디텔에 보낼 계집은 수도 없이 많았다. 굳이 제 전 정부였던 이를 쓸 이유가 없다. 그리고 왜 굳이 바로데로 불렀겠는가. 그리고 왜 굳이 제 문 앞에서 우는 걸 그대로 두었겠는가. 그리고 왜 굳이, 얌전히 살려 둬서 여기까지 불렀겠는가.

차라리 디텔 공작이 무슨 수를 쓰다가 이디에트 공작에게 제대로 당했다는 것이 더 그럴싸해 보였다. 애초에 라니사의 아이가 진짜 이디에트의 아이든 디텔의 아이든 이곳에 있는 이들에게는 한낱 가십거리에 불과했다. 그리고 가십거리로 소모하기 딱 좋은 주제라는 점이 오히려 위그에게는 더욱더 유리했다.

"그 살수들은…… 이제 치안대에 넘겨서 처리하게 하라. 만약 진정으로 디텔 공이 보낸 자라면 뭐 하나 잡히는 게 있겠지."

물론 없을 것이다. 그것을 알면서 위그가 입을 열었다. 어차피 없는 게 그로서는 더 유리할 수도 있었다.

"그리고 관련된 서신을……."

"이것입니다."

에이딘 자작의 손에서 서신을 받아 든 요한이 그것을 위그에게 넘겼다. 위그는 그것을 쭉 훑은 뒤 일부러 엘버린 공작 쪽으로 서신을 넘겼다. 그것을 본 귀족들이 살짝 애매한 얼굴을 했다. 그들 중 디텔 공작의 사인을 알고 있는 자들이 의미심장한 얼굴을 했다.

"제가 보기에는, 디텔 공작 각하의 필적이 옳은 것 같은데."

"나도 그렇게 생각하오."

엘버린 공작이 입을 열었다. 디텔 공작은 어이없어 웃음을 흘렸다. 그러나 위그는 굳이 디텔 공작을 더 몰아붙이지 않았다. 대신 그가 에이딘 자작을 향해 입을 열었다.

"그래서 자작이 원하는 것은 무엇인가."

"최소한 한때 제 코르티잔이었던 자에 대한 배려로서, 라니사 블레이드의 억울함이 풀어지길 바라는 마음에서 온 것이었습니다."

"하나 자작, 안타깝게도 자작이 가져온 증거만으로는, 모든 것을 확정 지을 수 없어. 물론 서신에 사인이 있고, 살수들이 자백을 했다고 하지만 그것만으로 단순히 디텔 공이 레이디 블레이드를 죽이려고 했다는 것은 증명하기가 힘들다."

라니사 블레이드는 그야말로 절망스러운 듯한 눈빛을 했다. 어차피 꾸며 냈다는 걸 아는 데다가, 설사 연기가 아니라고 해도 라니사의 기분 따위 위그는 어차피 개의치 않았다. 그는 딱히 이걸로 디텔 공작을 더 밀어붙이고 싶은 생각이 없다. 대신……

"다만, 이대로 모든 것을 덮는 것도 공평하지 않으니. 살수는 치안대에 넘기고, 그 서신의 필적은 정식으로 귀족원에서 논의를 해 보지. 그건 어떤가?"

"감사합니다. 이디에트 공."

"경들의 생각은 어떻습니까?"

"그나마 그게 제일 합리적인 방안 같군요. 겨우 일방적인 주장으로 디텔 공의 죄를 묻기도 애매하고."

"게다가 겨우 평민 계집 때문에 디텔 공을……"

"쉿."

"크흠. 저도 그러는 편이 좋은 것 같습니다. 일단 오늘은 시간이 너무 흘렀으니."

"아, 그래, 회의가 끝났음에도 너무 경들을 붙잡고 있었군."

위그는 디텔 공작을 응시했다. 네 결백을 풀어 주기 위해 증좌까지 확실하게 조사해 준다는 데 디텔 공작이 여기서 더 뭔가를 할 수 있을 리가 없었다.

어차피 이곳에 있는 모두가 이 일이 흐지부지하게 끝날 것을 알았다. 귀족들은 겨우 평민 코르티잔 때문에, 이미 존재하지도 않는 아이 때문에 굳이 진실을 파헤칠 마음이 없다. 이 모든 것을 역이용해 디텔 공작에게 오물이 뿌려졌다. 물론 이디에트도 순간 깨끗해지지는 않겠지만, 입으로 불거진 소문은 입으로 제거할 수 있다는 만고불변의 진리가 있기 마련이다.

곧 총괄 비서의 안내와 함께 에이딘 자작과 라니사 블레이드가 귀족원 회의실을 나갔다.

"마치 연극 같군."

대부분 귀족들이 드디어 자리에서 벗어날 수 있음에 감사하며 회의실을 나갔을 때, 위그가 읊조렸다.

디텔 공작은 입매를 굳혔다.

"굳이 이럴 필요 있나?"

위그는 그저 비릿하게 웃음을 흘릴 뿐 대답하지 않았다. 없을 이유가 없다. 이디에트는 명예로 오만하게 사는 치들이다. 그동안 그 어떤 수면 속에서 유언비어들이 떠돌아도 사람들의 눈에는 그렇게 보이면 안 됐다. 암묵적으로 어떤 평가가 돌든 겉으로 이디에트는 항상 깨끗해야 했다. 그렇게 생각하며 위그가 느긋하게 자리에서 일어났다.

그때였다.

갑자기 밖에 어수선해지는 듯싶더니, 밖에서 대기하고 있던 요한이 다시 들어왔다.

"각하."

"무슨 일이지?"

"공작 부인께서 오셨……."

"위그."

요한의 말이 채 끝나기도 전 활짝 웃으며 들어오는 인영이 있었다. 그리고 그 순간 디텔 공작의 얼굴이 혐오로 얼룩졌다. 그는 굳이 더 생각해 볼 필요도 없이 이 모든 연극의 각본을 쓴 인물의 뒤에 비비안이 있을 것이라고 예상하는 듯했다. 그리고 그의 생각은 맞았다.

비비안은 마침 이 모든 각본의 숨겨진 연출자로서 회의실에 들어오고 있었다.

디텔 공작과 그를 비롯한 몇몇 귀족들은 그녀를 싸늘한 눈빛으로 보다가 바로 회의실을 나갔다. 비비안은 밖에 있는 수많은 귀족들을 향해 달달하고 나른하게 눈웃음을 흘리며 밖으로 나가는 디텔 공작에게 인사까지 해 주었다. 곧 문이 탁 닫히고 둘만 남자, 위그가 고개를 들었다.

"무슨 일……."

"일어나. 나도 좀 앉아 볼래."

그러나 그의 말을 자른 비비안은 언제 달콤하게 웃었냐는 듯이 위그를 밀면서 입을 뗐다.

그에 위그가 한숨을 푹 쉬더니 자리에서 일어났다. 자연스레 의자의 뒤편으로 간 그는 비비안이 의자에 앉자마자 자연스럽게 의자를 밀어 넣었다.

비비안은 자연스럽게 높은 의자의 등받이에 등을 기댔다. 화려한 드레스 자락이 퍼지고 다리를 꼰 그녀는 아래에 있는 귀족원의 의석들을 보다가 만족스러운 듯이 입을 뗐다.

"역시 인간은 높은 곳에 있어야 시야가 트이는 법이야. 그렇지?"

위그는 어이없다는 듯이 실소를 흘리며 의자를 잡았다. 비비안은 텅텅 빈 의석을 빤히 응시하며 묘한 미소를 지었다.

"살면서 이곳에 앉을 기회가 올 줄 알았다면 더 빨리 오빠와 리암을 처리했을 거야."

비비안의 말에 위그가 멈칫했다. 그의 머릿속에 다시 바샤 병원과 메이슨의 이름이 맴돌았다. 그는 비비안이 어떤 생각으로 이 말을 했는지 딱히 이해를 못 했다는 투로 시큰둥하게 대꾸했다.

"엄격히 말하자면 그저 의자에 앉은 것이지 귀족원의 수장이 된 것은 아니야."

"까다롭기는."

"그저 의자에 앉는 것이라면 왕좌에도 앉아 보지 그래?"

비비안은 고개를 살짝 돌린 뒤 시선을 올렸다. 위그가 그녀를 보며 삐뚜름하게 입꼬리를 말아 올렸다.

"이제 크리스티나더러 한번 비켜 보라고 해 봐."

"크리스티나가 퍽이나 내주겠어. 그 성격에."

"하긴, 왕족들에게는 일종의 위기 의식 같은 것이 있지. 특히나 막내에서 치고 올라온 치들은 더해. 자신을 도와준 사람들을 가장 크게 빨아먹음과 동시에 자신의 왕권을 탄탄하게 유지하고 싶어 하거든."

"그걸 알면서도 크리스티나를 왕으로 세우려고 해?"

"차이라면, 제이슨 같은 부류는 아예 양심이 없다는 것이고 크리스티나 같은 경우는 경계를 하더라도 양심이 있어서 선을 넘지 않는다는 것이지. 그리고 본인도 알지 않겠나. 왕녀에서 여왕이 되는 거야. 오라버니들과는 애초에 상황이 다르지."

비비안은 웃으면서 의자에 등을 기댔다. 그녀도 알고 있었다. 크리스티나가 왕이 되는 것으로 절대 끝나지 않는다. 오히려 그것은 조금 더 긴 시간의 권력 견제를 의미했다. 하지만 그때쯤이면 그녀와는 별 상관이 없는 이야기가 된다. 물론 위그가 조금 고생하겠지만 그 정도는 잘할 것이었다.

"라니사 일은 어떻게 처리하려고?"

"이제 치안대에 살수들을 넘기면 일이 해결될 거다. 디텔 쪽에서 그 살수들을 죽이려고 하겠고, 설사 죽이지 않는다고 해도 우리 쪽에서 처리하면 돼."

"디텔 쪽에서 오물을 다 뒤집어쓰겠군."

비비안이 흡족한 미소를 지었다. 그러나 그녀는 곧바로 귀족원의 의석을 죽 훑어보다가 묘한 얼굴을 했다.

"그럼, 이제 라니사는 어떻게 할까?"

비비안의 물음에 회의실은 삽시에 정적으로 접어들었다. 위그는 비비안의 머리를 내려다보다가 시선을 들었다. 라니사 블레이드를 어떻게 처리하냐고. 가장 이상적인 방식은 당연히 죽여 버리는 것이었다. 그러나 그는 굳이 입 밖에 내지 않았다. 비비안은 위그가 대답이 없자 자리에서 일어났다.

이내 그녀가 몸을 돌려 한쪽 다리를 턱하니 의자에 기댄 채 등받이를 잡고 위그와 시선을 맞추었다. 그녀의 묘한 시선에 위그가 차분하게 입을 열었다.

"그건 이제 디텔 쪽의 동태를 살피면서 처리하지. 훗날, 걸림돌이 되지 않게."

비비안은 나른하게 웃었다. 곱게 휘어진 눈꼬리에 담긴 만족의 빛을 읽어 낸 위그가 의자를 죽 당겼다. 그에 비비안이 살짝 휘청거렸다. 위그는 빠르게 비비안의 허리를 잡아 줬다. 뭐 하는 짓이냐고 눈빛으로 욕하고 있는 비비안과 시선을 맞추던 위그가 그녀의 입술에 입을 맞추었다.

"이제 나갈 때가 되었어. 이곳이 우리 둘의 대화에 적합한 곳이 아님은 당신도 알고 있겠지."

"성질머리 급한 거하고는. 내가 이곳에 왜 왔는지는 안 물어봐?"

"구경하러 온 거 아닌가?"

위그의 대답에 비비안이 한심하다는 듯이 미간을 좁혔다.

"별로 구경거리도 아닌데 뭘 이런 걸 구경하러 오겠어?"

"그럼 왜 온 거지?"

위그는 단상에서 내려간 뒤 비비안에게 손을 내밀었다. 비비안이 마치 애교라도 부리듯 두 손을 내밀었다. 그녀의 행동에 위그가 어이없다는 듯한 얼굴을 했다. 그러나 그는 결국 두 팔로 그녀의 허리를 잡고 단상에서 그녀를 내려놓았다. 그녀의 발이 땅에 닿는 그 순간, 비비안은 아예 위그의 목을 두 팔로 칭칭 감은 채 그를 꽉 끌어안았다.

그리고 곧, 그녀가 속삭였다.

"나한테 사람을 붙였더라고?"

순간 위그가 한숨을 푹 쉬었다. 그는 비비안을 땅에 내려놓았다. 비비안은 이번에는 순순히 팔을 풀었다. 위그는 살짝 흐트러진 그녀의 머리카락을 정리하며 읊조렸다.

"이게 처음도 아닌데 굳이 그렇게 굴 필요 있나?"

"정말이지 귀엽지 않아. 나한테 사람을 붙여서 당신한테 좋을 게 뭐가 있어?"

"당신의 신변 안전."

"그게 목적이 아닐 텐데."

"……겸 당신이 뭘 하고 싶은 건가 하는 감시."

비비안은 웃었다.

"그래, 그게 궁금했겠지."

"이해해. 당신이 어디 물어보면 대답해 주는 쪽인가. 혼자 탐구하는 수밖에 없어."

"이게 어디 탐구야? 이건 엄연한 부정행위지."

"효과적이기만 하면 되는 거야."

"그래서, 어디까지 알아냈어?"

"그걸 알려 주면 재미없지."

위그는 테이블에 놓인 비비안의 외투를 비비안의 어깨에 걸쳐 주며 담담하게 대꾸했다. 비비안은 가늘게 눈을 떴다. 기실 그녀가 이곳으로 온 건 어느 정도는 그저 디텔 공작의 얼굴을 구경하러 온 게 맞았다. 그리고 다른 하나는 언제나 그렇듯 카티야를 만나러. 다만 그녀는 위그의 그 소름끼치게 침착한 태도에서 평소와 다른 점을 읽어 내고는 조금 애매한 얼굴을 했다.

그녀도 확신을 할 수 없는 어떤 변화가 위그의 얼굴에 비쳤다.

위그는 이제 비비안의 손을 잡고 그녀를 회의실 밖으로 끌고 있었다. 그때 비비안이 입을 열었다.

"혹시나 해서 말하는데, 내 일에 훼방 놓을 생각 따위 하지 마."

"그럴 일 없어. 도움이 되었으면 되었지."

"도움?"

"그래, 나는 당신을 사랑하니까."

순간 비비안이 멈칫했다. 그녀의 얼굴에 흥미로운 빛이 돌았다.

"나를 사랑해?"

"그래, 사랑해."

"전략적으로?"

이번에는 위그가 비비안의 눈을 응시할 차례였다. 그는 미묘한 눈으로 그녀를 응시하다가 단호하게 고개를 끄덕였다.

"그래. 전략적으로."

그러나 위그는 알았다. 결국 전략적이라는 것 또한 일종의 포장에 불과했다. 그와 그녀 사이에 존재하는 미묘한 기 싸움의 현장에서 그는 그 전략적 사랑이라는 것을 방패로 내걸었다. 그가 그녀를 사랑한다는 것을 인지하기 전, 그 방패는 한없이 불안하게 흔들렸다. 하나 그가 이미 결론을 내린 이상, 그것은 오히려 더욱더 견고해지고 말았다.

위그 이디에트는 비비안 로젤리스를 사랑한다. 그리고 이제 그는 모든 방식을 다해서 그것을 인정함과 동시에 그것을 숨겨야 했다.

비비안은 굳이 더 위그에게 따져 묻지 않았다. 대신, 그저 웃으면서 대꾸했다.

"그래, 어디 한번 두고 보지."

"집으로 가기 전에 저녁이나 먹고 들어갈까?"

비비안은 고개를 끄덕였다. 위그는 그런 그녀의 손을 잡으며 회의실을 나갔다.

라니사 블레이드와 관련된 소문은 과연 두 사람의 예상대로 흘러갔다. 라니사 블레이드가 알고 보니 살아 있었다더라, 에이딘 자작과 함께 나타났는데 아이가 디텔 공작의 아이라더라, 심지어 증거도 있다더라, 라니사 블레이드를 죽이려고 한 것도 디텔 공작이라더라, 일전에 그 소문은 왜 그렇게 났냐, 당연히 디텔 공작이 이디에트를 견제하려고 그러는 게 아니냐.

물론 증거가 확실히 나오지 않은 이상, 대부분은 쉬쉬하며 말을 아꼈지만 어쨌든 많은 사람들은 이 상황을 디텔과 이디에트의 기 싸움의 결과물이라고 보고 있었다. 에이딘 자작으로 놓고 말하자면 딱히 중앙에서 이디에트나 디텔과 접촉한 기록이 없었기 때문에 딱히 누군가의 사주를 받았다고 생각하지는 않았다.

그저 믿을 만한 이들은 믿고, 믿지 않을 만한 이들은 믿지 않았지만 위그나 비비안으로서는 딱히 잃을 게 없었다. 애초에 디텔 공작과 그 세력은 무슨 증거를 어떻게 들이밀든 라니사와 그들 사이에 얽힌 모든 진실을 다 알고 있을 게 뻔했다. 그들이 지금 당황해야 하는 것은 디텔 공작과 공작 부인이 라니사 블레이드 문제로 대판 싸운 것 때문에 디텔 공작의 심기가 무척 좋지 않다는 것이었다.

그러나 위그와 비비안의 입장에서는 디텔 공작의 심기가 어지러우면 어지러울수록 좋았다. 그렇게 며칠간 완전히 바뀐 사교계의 가십거리를 즐기다가 슬슬 열기가 사그라질 즈음, 비비안이 갑자기 입을 열었다.

"바샤 병원으로 갈 거야."

평소와 다름없이 일찍 일어나 먼저 씻고 옷을 입은 뒤 방으로 다시 들어온 위그가 멈칫했다. 비비안은 방금 깨어났는지 침대에 늘어져 그를 보고 있었다.

위그는 비비안이 언젠가 바샤 병원으로 갈 것을 예상하고 있었다. 그리고 놀랍게도 그 또한 이미 바샤 병원으로 가려고 계획을 잡고 있었다. 그러나 비비안이 이렇게 직접적으로 나올 줄은 그도 몰랐다. 그는 잠시 말을 고르다가 입을 열었다.

"바샤 병원이라면……."

"알면서 뭘 물어. 나한테 사람을 붙였으면 알았을 텐데."

"왜 갑자기."

"둘째 오빠를, 만날 필요가 있을 것 같아서."

"갑자기?"

"이번 일로, 그리고 저번 일로 큰 사실을 깨달았거든."

저번 일이 무엇인지는 굳이 말하지 않아도 안다. 그러나 이번 일이 무엇인지 그는 알 수 없었다. 라니사 블레이드의 일이 그녀의 둘째 오빠와 무슨 상관이 있단 말인가. 그의 의문을 알아차렸는지 비비안이 살짝 눈을 접으며 웃었다.

"그런 얼굴을 할 필요 없어. 그냥 보러 가는 것뿐이니까."

"그걸 왜 나한테 말하지?"

"당연히, 같이 가겠냐고 묻는 거겠지?"

"내가 같이 가 주길 바라나?"

"아니. 하지만 당신 성질머리라면, 언젠가 나 몰래 한번 갈 것 같아."

"억측이 심하군."

"심한 게 아니야. 당신, 내가 내 오빠를 죽여 버릴까 봐 걱정하고 있잖아."

순간 위그는 자신의 마음이 다시 한번 까발려져 그녀의 앞에 훤히 드러난 듯한 느낌에 휩싸였다. 그러나 아쉽게도 반박을 할 수 없었다. 여기서 그게 자기랑 무슨 상관이냐고 말해 봤자 그저 눈 가리고 아웅 하는 것뿐이었다. 차라리 인정하는 게 그로서는 더 현명한 선택일 것이었다. 설사 그것마저 창백하기 그지없는 변명으로 덮인다고 해도.

"맞아."

"그럴 줄 알았어."

"어떻게 알았지?"

"당신이 그랬다며, 로건에게 왕자로서 죽어야 한다고."

순간 위그의 심장이 덜컹거렸다. 그 사실마저 비비안이 알았던 것일까. 그래서 비비안은 지금 그가 그녀를 상대로 어쩔 수 없다고, 심지어 그녀가 손에 피를 묻히지 않기마저 바라고 있음을 알고 있었다. 그러나 그는 끝까지 그 이유의 근원이 그의 사랑임을 밝히고 싶지 않았다.

결국, 위그가 길게 한숨을 들이쉬다가 고개를 끄덕였다.

"맞아."

"내가 로건을 사랑해서?"

"당신은 동생이 죽고 거의 일주일을 앓았어."

"그건 물리적으로 찔려서 그런 거고."

"그건 나한테 중요하지 않아. 중요한 건, 난 당신이 그 침대에서 빌빌거리면서 내 발목을 잡는 걸 못 봐. 그리고 동시에 나는 법적 남편으로서 당신의 안위를 책임질 의무가 있고."

"맞는 말이긴 해."

그러나 위그의 예상과 달리 비비안은 정말 순순하게 납득했다. 그녀는 천천히 몸을 일으켰다. 자연스럽게 그녀에게 다가가 그것을 도운 위그가 쿠션을 세우는데, 비비안이 그와 시선을 맞추며 말했다.

"그래서 나와 함께 가자는 거야. 바샤 병원으로."

"……나더러 당신 오빠를 죽여 달라고?"

"그 정도까지는 말하지 않았어."

"그럼 다행이군."

"다행?"

"그래. 어차피 당신의 의지와 무관하게 나는 그자를 죽일 예정이었거든. 그 사람의 존재는 시한폭탄이다. 당신 상속권 문제 때문에 법정에 서는 건 리암으로 족해. 하나 더 있으면 그때는 나도 절대 가만히 있을 생각이 없어."

"······그래."

위그의 예상과 달리 비비안은 별 대꾸 없이 받아들였다. 그리고 곧, 그녀가 다시 고개를 들었다.

"그래서 나와 바샤 병원으로 갈 거야?"

위그는 잠시 고민했다. 그는 오늘 약속이 있긴 했다. 이디에트의 북방 거래 건으로 상단 측과의 담판이 있었다. 그러나 그는 비비안과 그 무역 건의 경중을 비교해 보다가 바로 결정을 내렸다. 상단은 내일 오라고 해도 말을 듣겠지만 비비안은 내일 가라고 하면 처들을 인간이 아니었다.

"그러지."

"이렇게 빼입고, 어디 나가는 거 아니었어?"

"그건 당신이 상관할 바가 아니고."

"그래, 나도 상관하고 싶지는 않아."

비비안은 우아하게 웃으면서 쿠션에 기댔다. 그녀의 얼굴에 퍼진 미소를 응시하며, 위그가 한숨을 쉬었다.

* * *

바샤 병원은 수도와 그렇게 멀리 떨어져 있지 않은 근교에 있었다. 리암이 있는 곳과는 달리 규모가 크고 종합적인 병원이었는지라 병원의 정문에서 들어가 마차가 한참을 달린 뒤에야 정신 질환이 있는 환자들을 위한 별장이 나왔다.

마차가 멈춘 뒤 위그와 비비안은 차례로 마차에서 나왔다. 리암이 있는 병원으로 갈 때와 달리 비비안의 표정은 무척 여유로웠다. 그러나 그 여유로움이 위그를 불안하게 했다. 그는 잠깐 얼굴을 굳히다가 천천히 입을 뗐다.

"들어가지."

별장 내부는 사람이 얼마 없었다. 그도 그럴 것이 워낙에 비싼 병원비를 감당할 만한 사람이 바첼론에 거의 없었다. 한때 로튼의 선대 단주이자 비비안의 아버지가 자신의 정부를 가둬 놓은 곳이었다. 그녀는 제 아들에게 부드럽고 유약한 성정을 그대로 물려주었고 종국에는 반쯤 정신을 놓고 말았다. 그러나 그녀는 결국 몰랐다. 악마 같은 로튼의 단주에게는 더 악마 같은 딸이 있었다. 그래서 그의 아들은 행복해지지 않았고 결국 그녀가 있는 이 병원에 들어왔다.

그 정부가 죽은 건 메이슨이 병원으로 들어간 지 2년 뒤였다. 비비안은 도의상으로 양지바른 곳에 묻어 주고 장례식을 치를 것을 명했으나 그게 전부였다. 그것은 메이슨이 정신 병원에 간 뒤 유일하게 비비안과 두 사람 사이에 있었던 일종의 연결고리였다.

거기까지 생각이 닿는데, 간호사가 다가왔다.

"이디에트 공작 각하, 공작 부인을 뵙습니다."

"메이슨 오빠는 안에 있나요."

"방에서 책을 보고 계십니다. 공작 부인께서 오신다고 미리 언질을 드렸는데, 상태가 퍽 안정적이어서 괜찮을 겁니다."

상태가 안정적일 수밖에 없었다. 멀쩡한 사람이니까. 비비안이 걸음을 옮기려고 했다. 그러나 그녀는 한쪽으로 위그를 밀어 냈다.

"여기서 기다려."

"둘만 만나는 건 위험하다."

"나를 상해할 만한 물건은 없을 거야."

"그래도……."

"그리고 메이슨 오빠는 나를 해치지 않아."

그래, 해치지 않는다. 비비안은 그것을 알고 있었다. 그녀와 그녀의 오빠 사이에서 누가 누군가를 해친다면 그것은 영원히 비비안이 되어야 했다.

위그는 탐탁잖은 얼굴을 하다가 결국 입매를 굳히고 고개를 끄덕였다. 비비안이 걸음을 옮긴 뒤, 그녀가 기사들에게 눈짓했다.

곧 비비안이 천천히 문을 열었다. 우아하게 장식된 방은 단순히 하얀색만으로 도배되지 않고 아기자기하고 예쁜 것들이 많았다. 그 사이에 부드러운 갈색 머리카락을 가진 청년이 테이블 앞에 앉아 있었다. 리암과 비슷하면서도 다르다. 바스라질 것 같은 리암의 부드러움과 달리, 메이슨은 키도 크고 굳이 말하자면 준수한 청년이었다.

또각.

문이 열리고 구두 굽이 부딪치는 소리가 나자 메이슨이 천천히 고개를 들었다. 눈앞에 서 있는 인영을 발견한 그는 조금 놀란 얼굴로 그녀를 응시했다.

달깍.

비비안이 가볍게 문을 닫았다.

순간, 비비안의 눈길이 방 안을 가득 담았다.

그는 10년 전보다 조금 더 키가 크고 말라 있었다. 애티가 나던 스무 살 남짓한 청년은 이제 서른이 넘는 어엿한 사내가 되었다. 얼굴 윤곽은 조금 더 날카로워졌으나 예전의 그 준수함은 여전했다. 그리고 그 위에는 시간이 마모된 짙은 침묵만이 남아 있었다.

메이슨은 들어온 사람이 제 동생이며 비비안이라는 것을 알아봤는지 알아보지 못했는지 그저 비비안을 빤히 응시하기만 했다. 그의 눈동자에는 이채가 없었고 조금 멍하기까지 했다. 비비안은 옅게 웃음을 흘렸다.

그리고 그 순간, 메이슨이 작게 읊조렸다.

"나를, 죽이러 왔나요?"

비비안은 대꾸하지 않았다. 조용조용하게 방 안을 잠식시키는 그의 목소리는 그 안의 인간들마저 충분히 잠식시킬 만했다. 메이슨의 눈길은 정확히 그녀를 보는지 그녀의 뒤를 보는지 알 수 없었다. 그저 비비안을 향해 고개를 돌리고, 그렇게 질문을 던진 뒤 침묵을 유지했다.

얼마나 지났을까.

대답이 돌아오지 않자 메이슨이 손에 든 책을 내려놓았다. 느릿느릿한 그의 행동 하나하나를 차분한지 무심함인지 알 수 없는 눈빛으로 응시하던 비비안이 천천히 걸음을 옮겨 테이블에 다가갔다. 책의 제목을 확인한 그녀가 가늘게 눈을 떴다. 일반적인 소설책이었다. 몇 년 전에 출간된. 테이블에는 올해 새롭게 나온 책들도 몇 권 꽂혀 있었다. 보통 정신 병원의 병동에는 이렇게 날카로운 부분이 있는 물건을 잘 두지 않는다. 비비안은 눈을 살짝 감고 고개를 돌렸다.

"오랜만이야, 오빠."

메이슨은 어느새 침대에 가 앉아 있었다. 그는 그저 고개를 들어 비비안을 직시했다. 그 속에 여전히 이채는 없었다. 그러나 비비안은 가볍게 웃으며 말을 이었다.

"나와 대화를 하고 싶지 않은 건 알겠어. 하지만 그렇게 실성한 척 굴지 마."

"……."

"어차피 나는, 오빠를 죽일 거야."

순간 메이슨의 어깨가 살짝 떨렸다. 그것을 놓치지 않은 비비안이 가볍게 웃었다.

그녀의 생각이 맞았다. 메이슨의 정신은 온전했다. 그가 이러는 것의 저의는 깔끔하고 간단했다.

나는 너와 대화하고 싶지 않으니 그만 가.

비비안은 입매를 굳혔다. 리암과 달리 그녀와 메이슨의 관계는 언제나 그녀가 보호받고 메이슨이 보호하는 관계였다. 제이콥과 비비안의 싸움이 친남매 특유의 거친 면이 있다면 메이슨은 언제나 로젤리스 일가에 열심히 어우러지고자 노력하는 쪽이었다.

그래서 그는 언제나 철이 든 아들이었다. 형을 보좌하고 동생을 보살피고, 자신은 욕심이 없음을 명확히 하고 부모님들께 잘하는 철이 든 아들. 그래서 제이콥은 자신과 반대인 메이슨을 항상 싫어했다. 그러나 그 뒤에 사생아로서의 울분과 일종의 눈치가 있었음을 비비안은 알았다.

"나는 오빠와 대화를 하려고 왔어. 오빠는 그러고 싶지 않은 얼굴이지만."

메이슨은 대답하지 않았다. 그는 살짝 고개를 숙이고 눈을 꾹 감더니 다시 고개를 들었다. 그리고 꽤 시간이 흐른 뒤, 결국 입을 열었다.

"오랜만이구나."

비비안이 길게 숨을 내쉬며 웃었다.

"그래, 오랜만이야."

"결혼했다며."

"했지."

"그래, 잘했어."

메이슨의 분위기는 리암과 비슷하면서도 달랐다. 리암이 그저 끝없는 이해와 관용으로 위장된 증오로 보였다면, 메이슨은 조금 성숙된 감정 통제에 가까웠다. 그러나 두 사람은 모두 공통점이 있었다. 10년을 이곳에서 보내면서, 10년 만에 보는 빌어먹을 여동생에게 손 하나 대지 않는다는 것. 그 것이 진정으로 분노와 고통이 마모되어서라기보다는, 마치 이 환경에 적응한 사람 같았다.

아니, 그것은 적응이 아닌 체념이었다. 어차피 이곳에서 영원히 나가지 못할 것이라고 여기고 모든 것을 놓아 버린 사람의 얼굴.

10년이 어느 정도의 세월인지 그녀는 모른다. 그러나 그 10년 사이에 비비안은 로튼을 대륙에서 최고 상단으로 만들어 놓았다. 그렇게 길고 긴 시간 사이에서 모든 것이 변했지만 결국 그들만큼은 영원히 이 같은 곳에 가두어져서 그렇게 시간을 흘려보냈다. 복수의 칼날을 갈 수도 없었고 희망 따위 보이지도 않았다. 여동생은 평생 오지 않고 언제 어떻게 죽을지도,

어쩌면 앞으로 50년 동안 더 갇혀 똑같은 삶을 살아야 할지도 모른다.

그들의 존재가 비비안에게 어떻게 다가갔든 비비안이 한 것은 적나라한 감금과 가해였다. 결국 비비안 로젤리스의 형제로 태어나 당연히 당했어야 하는 일종의 고통. 누군가는 사생아였고 누군가는 바보였으며 누군가는 어렸는데 모두가 약간의 비극과 고통을 안고 살아야 했음에도 그저 비비안 로젤리스의 오빠고 동생이라는 이유로 정신 병원에 갇혔어야 했다.

그래, 비비안은 속으로 읊조렸다.

생각해 보니 리암이 미치지 않는 게 이상했다.

그럼에도 그 아이는, 끝까지 그녀가 모든 것을 다 갖기를 바랐지.

그리고 행복해지지 말라고 했다.

왜? 나 같으면, 모든 것을 잃고 지옥으로 떨어지라고 그랬을 텐데.

"리암이 죽었어. 오빠."

담담한 비비안의 읊조림에 메이슨이 고개를 천천히 들었다. 그의 시선이 비비안의 눈에 닿았다. 그것의 의미를 곱씹다가 메이슨이 차분하게 말했다.

"알아. 들었어."

"내가 오늘 여기로 오리라는 것, 알고 있었지?"

"네가 죽인 건 아니잖아."

"진짜 그렇게 생각해?"

답이 없었다. 부정이었다.

비비안은 테이블에 살짝 기댔다. 머리부터 발끝까지 화려하고 고급스러운 재부로 휘감은 그녀와 담담한 베이지와 화이트 컬러로 점철된 이 방은 하나도 어울리지 않았다.

10년의 무게가 이런 차이를 만들어 냈다. 결국 그녀는 단주가 되었고 그는 그저 정신 병원에 갇힌 환자였을 뿐이었다.

얼마나 비극적이고 희극적이며 우스운 일인가. 이 모든 것이 누가 초래한 것이냐 하면 그것은 비비안 로젤리스였다.

비비안은 환하게 웃었다.

"방금 나한테 죽이러 왔냐고 물었지?"

"……."

"내 대답은 긍정이야. 그래, 맞아. 오빠, 나는 이제 오빠를 죽여야겠어. 그래야…… 내가 홀가분해질 것 같거든."

디텔 공작이고 뭐고 이 세상에 그녀가 존재하는 한, 그녀가 갖고 있는 모든 것이 결국에는 허점이다. 죄악을 몸에 안고, 오빠를 죽이고 가두고 동생을 그렇게 허무하게 처박았다는 것이 그녀의 약점이 된다. 그게 왜 약점이 되는가. 생각해 보니 그것은 아마도 그녀가 딸이고 그들이 아들이고를 떠나 결국 그녀가 제 핏줄을 전부 처리했기 때문.

"진짜로 홀가분해?"

그러나 그때였다.

비비안을 빤히 응시하던 메이슨이 갑자기 입을 열었다. 비비안은 조금 놀란 얼굴을 했다. 그러나 그녀는 다시 생긋 웃었다.

"응."

"……."

"내가 홀가분해지려고."

"거짓말."

"……."

비비안은 입을 꼭 다물었다. 메이슨은 부드럽게 웃으며 말을 이었다.

"그게 홀가분하면, 왜 우리를 지금까지 죽이지 않았어?"

"사는 게 죽는 것보다 나을 때도 있어."

"네가 원하는 게 상속권이었다면, 그 말은 통하지 않아. 우리가 살고 있다는 사실 하나하나가 결국에는 네 걸림돌이 될 거니까."

비비안은 테이블에 기댔던 몸을 일으켰다. 그녀는 입을 꼭 다물고 얼굴을 굳혔다. 메이슨이 자리에서 천천히 일어났다. 그는 비비안을 응시하며 입을 열었다.

"너는, 결국 우리를 죽이지 못했어."

"……."

"어떻게 살아도 죽는 것보다 낫다고 생각하는 아이가, 우리를 죽이지 못했어."

"그렇게 해석하고 싶으면 해석해."

"리암은 자결했다고 들었어, 그 아이도 결국 너를 잘 알아. 네가 얼마나 삶에 집착했는지. 사실 제이콥도 알았어. 비비, 우리 다 알았어. 네가 어떤 아이였는지. 아마 카트린도 알 거야. 아빠도 알고, 엄마도 알고, 우리 모두다, 어느 정도 알고 있었어. 네가 어떤 아이였는지……."

"진짜 그렇게 생각해?"

"네 욕심은 몰랐지만, 너는 알았어. 우리는 네 오빠였으니까. 네가 어떤 아이인지 알았어. 그저…… 우리가 너를 어떻게 생각하는지. 네가 몰랐던 거야."

순간 리암이 생각났다. 비비안은 결국 리암이 왜 그날 자신을 그렇게 찌르고 죽었는지 알 수 없었다. 기실 알고 있었음에도 외면했던 것 같다. 그 아이는 자신의 죽음으로 비비안이 어떻게 될지 알고 있었던 것이었다. 그러나 비비안은 리암의 결정을 이해할 수 없었다. 아니, 이해는 했지만 예상하지는 못했다.

결국 그들 모두 정확하게 비비안을 고통스럽게 하는 방법을 알고 있었다. 그리고 비비안이 원하는 것이 무엇인지도 알고 있었다.

"나는 누가 와도 이곳에서 나가고 싶지 않아."

"그게, 내가 오빠를 죽이지 못하는 이유가 된다고 생각하지 마."

"아니, 그냥 말해 주는 거야. 나는 이곳에서 나가고 싶지 않아. 어차피 10년 동안 사회와 단절되었어. 지금 나간다고 내게 좋을 것 하나 없어."

"그렇게 말한다고 내가 죄책감 느끼리라고 생각하지 말고."

비비안은 얼굴을 굳혔다가 다시 미소를 매달았다. 그러나 그 미소는 그녀가 들어왔을 때 짓던 것보다 조금 더 굳어 있었다.

메이슨은 그에 덩달아 웃어 보였다. 그날 마차에 타면서 그가 비비안에게 지어 보였던 그런 웃음이었다.

"그래."

말을 마친 뒤 그는 비비안에게 등을 보였다. 순간 비비안은 자신이 왜 이곳으로 왔는지에 대한 의문을 시작했다. 그러고 보니 왜 여기로 왔지. 대체 무엇이 보고 싶어서. 생각해 보니 그럴 만한 이유가 없었다. 메이슨이 어차피 그녀를 향해 욕하고 소리 지르지 않으리라는 것은 알고 있었다. 그가 이런 식으로 비비안에게 곱절이 되는 아픔을 주리라는 것 또한 예상하고 있었다. 그런데 대체 왜, 그녀는 이곳으로 왔지.

그냥 죽기 전에 한번 보고 싶었나.

거기까지 생각하자 마음이 편해졌다. 비비안은 이제 조금 자연스럽게 웃었다.

"그럼, 내가 왜 왔는지에 대해서는 알고 있는 것 같으니 이만 나가지."

"그래."

"잘 있어."

"잘 가."

"오빠도. 조만간 내가 아닌 다른 사람이 올 거야."

"행복하고."

순간 비비안이 멈칫했다. 방문 손잡이를 잡은 손이 저도 모르게 덜덜 떨리다가 다시 잠잠해졌다. 리암이 했던 말과 달랐다. 그는 그녀에게 모든 것을 다 가지고 행복해지지 말라고 했다. 그러나 메이슨은 그녀에게 행복하라고 했다. 그저 단순한 인사말일까. 아니면 다른 것일까. 그러나 그녀는 의미를 곱씹지 않았다.

벌컥. 문이 열리고 기사들이 도열해 있었다. 비비안은 환하게 웃었다.

"무슨 큰일이 있을 거라고 이렇게 나란히 줄을 서 있어."

탁.

그녀가 문을 닫고 나오자마자 맞은편에서 등지고 서 있던 위그가 고개를 돌렸다. 그는 그녀의 안색을 살피는 듯하다가 그녀가 생각보다 멀쩡함을 깨닫고 살짝 미간을 좁혔다. 하지만 성큼성큼 그녀에게 가까이 간 그는 외투를 꽉 잡은 그녀의 손을 보고 길게 숨을 내쉬었다.

곧 커다란 손이 그녀의 손을 틀어쥐었다.

"나가지."

"당신은 보고 싶지 않아? 그래서 나한테 사람을 붙인 거잖아. 온 김에 들어갔다……."

"그럴 생각 없어. 나와 상관있는 사람도 아닌데."

"당신 이익에 영향이 갈지도 모른다며."

"내 이익에 영향이 갈지도 모르는 사람은 수도 없이 많아. 그 사람들 하나하나 다 만나 볼 수는 없잖나. 가지."

사실 위그의 의중은 메이슨을 만나러 온 것이긴 했다. 하지만 그는 비비안의 상태를 확인하자 굳이 저 방으로 들어가 그녀를 혼자 내버려 두고 싶은 생각이 없었다. 그래서 그는 막무가내식으로 그저 비비안의 손을 잡아당기고 병원을 나섰다.

그리고 마차에 오른 뒤 그녀의 옷을 정리해 주고 그가 입을 뗐다.

"가지."

"오빠는, 나한테 행복하라고 했어."

그때였다. 비비안이 입을 열었다. 마차가 움직임과 동시에 위그가 그녀와 시선을 맞추었다. 그는 뭔가 생각하다가 입을 열었다.

"나라도 그럴 것이다."

"……왜?"

"그게 당신한테 더 큰 타격이 간다는 것을 아니까."

"하지만 리암은 나한테 행복해지지 말라고 했어."

"그건 나 같아도 그럴 것이고."

"왜?"

"어차피 죽을 것이니까."

"……."

"두 사람은 그저 자신만의 방식으로 당신을 고통스럽게 만들려고 하는 것뿐이다."

위그라면 애초에 이렇게 평화롭게 제 목숨을 끝내는 방식으로 비비안에게 복수하지 않았을 것이었다. 그래서 그가 그들이라면……의 가설 자체가 성립되지 않는 것이었다. 엄격히 말하자면 그랬다. 그러나 그는 굳이 그렇게 말했다. 그들 모두가 비비안에게 원망만 남겨 두는 것처럼.

위그는 알고 있었다. 비비안에게는 그들의 애정이 원망보다 더욱더 고통스러운 것이라는 것을. 그녀는 너무 객관적이고 너무 총명해서, 그들의 말 사이에 스며든 그 복잡하고 복합적인 감정의 함의를 읽어 낼 것이었다. 그러나 그는 일부러 이 모든 것들을 그저 그녀에게 합리화시키고 있었다. 어차피 그들도 너를 증오하고 있으니 네가 한 짓도 별 상관은 없을 것이라고.

그녀는 원래 이런 식으로 저를 마비시키는 사람이 아니다. 하지만 사람이 죽기 전에는 원래 마취가 필요한 법이 아닌가. 몸이든, 정신이든.

그래서 그는 기꺼이 그녀에게 그 마취제를 놓는 사람이 되기로 했다.

설사 그녀가 이미 그 속에 들어 있는 의미를 눈치채고, 마취에서 깨어나 고통에 몸부림친다고 해도.

그라도 그 마취제를 놓아야 할 것 같았다. 반드시 받아야 하는 고통이라면, 그래도 아픔이라도 덜한 게 좋지 않겠는가.

비비안은 무슨 생각을 하는지 갑자기 그를 빤히 보다가 피식 웃었다. 이제 그녀의 웃음은 방금 전의 것과는 완전히 달랐다. 이곳으로 오기 전에 짓던 그런 미소 같았다.

"알겠어."

"나는 똑똑하니 내 말이 맞아. 믿어."

"그래 보지."

당신도 믿지 않는 것 같지만.

비비안은 그 말을 삼켰다. 그저 억지로라도 마지막 그 종이를 굳이 찢지 않고 아슬아슬하게 유지하는 관계를 어떻게든 유지해야 할 것 같았다.

마차가 덜컹거리며 병원을 벗어났다.

이곳에 오는 것도, 마지막일 것이다.

아마 영원히.

* * *

그 뒤로 비비안은 멀쩡하기 그지없게 하루하루를 보냈다. 위그 또한 굳이 그녀의 멀쩡한 상태를 까뒤집을 생각 없이 아무것도 모르는 듯이 시간을 흘려보냈다.

그리고 이틀 정도 지난 뒤, 치안대에 있는 살수 셋이 영문 모를 이유로 전부 죽었다는 소식이 퍼졌다. 더불어 귀족원에서는 라니사 블레이드가 제출한 그 서신들의 증명력이 부족하다는 이유로 디텔 공작의 책임을 더 묻지 않기로 결정을 내렸다.

표면적으로 보자면 일이 흐지부지하게 끝난 것이지만 이디에트로서는 가장 좋은 결과였다. 더불어 지금까지 침묵하고 있었던 이디에트 휘하의 가문들이 하나둘씩 입을 열기 시작하면서 수도는 삽시에 디텔 공작의 추문거리로 모두가 재미있는 시나리오를 짜 내고 있었다.

"그동안 수고 많았어요."

"오히려 도움은 제가 받을 수 있어 영광이었습니다."

이제 곧 어마어마한 보상을 받을 수 있을 거라는 말과 함께 에이딘 자작은 자신의 영지로 돌려보내졌다. 그는 위그의 말에 당한 것도 모른 채, 자신이 이디에트의 일을 처리해 줌과 동시에 자신 또한 무사하게 이 관계에서 몸을 빼낼 수 있다고 생각하며 무척 기뻐했다. 비비안은 그저 우아하게 그를 향해 웃어 주며 귀부인의 모양새를 냈다.

그리고 마지막으로, 라니사 블레이드 또한 암암리에 마차를 타고 이디에트 공작가를 떠나게 되었다.

"그동안 폐를 많이 끼쳤어요."

떠나기 전날, 라니사 블레이드는 비비안을 향해 그렇게 말했다.

"주신 돈으로 열심히 살아 볼게요."

"그 씀씀이라면 한 1년 만에 다 쓸 것 같은데."

"그때면 다시 방도가 있겠죠."

라니사가 샐쭉 웃었다. 무슨 방도인지 비비안은 굳이 묻지 않았다. 그녀는 라니사 블레이드를 너무 잘 알았다.

그렇게 라니사는 뒷골목에 있는 자신의 집으로 돌아갔다. 조용하게 이디에트를 떠나는 그녀의 마차를 방에서 빤히 응시하던 비비안은 커튼을 촥 닫은 뒤 고개를 돌렸다. 그리고 곧, 그녀가 헤더를 향해 입을 열었다.

"헤더. 준비한 물건을 가져와."

"카시딘 말씀하시는 건가요?"

카시딘은 꽤 강력한 독이었다. 약간만 먹어도 즉사하는.

헤더는 고개를 끄덕였다. 곧 그녀가 나간 뒤 비비안이 나른하게 한숨을 쉬었다.

'라니사 블레이드.'

비비안은 아마 이 이름을 본의 아니게 꽤 오래 기억할 것이었다.

이 보잘것없는 영악한 여자는, 종국에 그녀의 업보가 되어 그녀가 밟고 올라간 그 시체 더미에 거름을 더해 줄 것이었으니까.

그래, 거름. 시체도 될 수 없는, 거름.

딱 그뿐이었다.

사람은 원래 욕망에 따라 살면 타인의 욕망에 잡아먹히기 마련이니까.

거기까지 생각한 비비안이 의자에 몸을 기댔다. 그녀는 눈을 감았다.

* * *

이디에트 저택에서 나온 라니사는 며칠 동안 호텔에서 지내다가 다시 집으로 돌아왔다.

얼마 전 살수들이 헤집어 놓은 흔적이 질편한 제집을 불쾌한 얼굴로 훑어보던 그녀는 갖고 온 각종 금품과 수표 몇 장을 꺼냈다. 이내 그것들을 다시 한번 살펴본 뒤, 라니사가 헤벌쭉 웃었다. 아무리 생각해 보아도 이디에트와 척을 지는 게 아니었다. 아니, 특별히 로튼과 척을 지는 게 아니었다.

'아무리 돈이 많다고 해도 이렇게 돈이 많을 줄은 몰랐지.'

그녀는 새삼스럽게 비비안의 재력에 감탄하면서 상자 하나를 꺼내 돈과 물건들을 쑤셔 넣었다. 그녀의 목숨이 달아나는 한이 있어도 이것들은 절대 잃어버리면 안 된다.

'일단 근교에 별장 하나 사고. 옷도 사고 구두도 사고, 그래, 그리고 메이드도 고용하고 요리사도 고용하는 거야. 그리고 멋지게 차려입고 엄마한테도 자랑하고.'

그녀는 입술을 꼭 깨물며 새물새물 웃었다. 일단 이 거지 같은 곳에서 먼저 나가는 게 중요했다.

'은행에 저축을 해 둘까?'

라니사는 눈알을 데굴 굴렸다. 하지만 아무리 생각해 보아도 자신의 계획대로라면 은행에 저축하기는커녕 돈이 모자랄 것 같았다. 비비안이 한평생 써도 족할 거액의 돈을 그녀에게 지급한 것은 사실이나, 문제라면 그녀는 자신의 씀씀이를 잘 알았다.

메이드요 요리사요 별장 등을 유지만 하더라도 이 돈으로는 턱없이 부족하다.

그러나 라니사에게는 근거 없는 믿음이 있었다. 그녀는 이 돈을 다 써도 어차피 돈이 더 생길 것이라고 굳게 믿었다. 애초에 웬만해서 돈이 부족한 적이 없었다. 그녀는 돈을 벌려면 자신의 청춘과 시간을 다 바쳐야 한다고 배웠다.

'정 안 되면, 다시 단주에게 찾아가지, 뭐.'

라니사가 속으로 중얼거렸다. 그녀는 현재 수도에 소문이 어떻게 났는지 알고 있었다. 그러나 그녀의 존재는 언제든지 이 불씨를 다시 피울 수 있는 존재이며, 그녀는 원래부터 그렇게 양심이 있는 사람이 아니었다. 게다가 그 귀족들의 싸움에 휘말려 들어 그렇게 고생을 했으면 보상을 받는 것은 당연했다. 그렇게 생각하며 그녀가 천천히 짐을 싸기 시작했다.

"일단 거처가 마련될 때까지 쭉 호텔에서 지내야지. 이런 쥐굴 같은 곳 말고."

그녀는 특별히 아끼는 보석 몇 개와 옷 몇 개만 대충 상자에 구겨 넣었다. 어차피 이 며칠동안 호텔에서 살면서 드레스와 보석들을 대량으로 구입했기에 기존에 가지고 있던 싸구려들은 딱히 필요 없었다.

그렇게 생각하며 짐을 들 때였다.

똑똑똑.

갑자기 누군가가 노크하는 소리가 들려왔다.

얼마 전 살수들이 온 전적이 있었기 때문에 라니사는 순식간에 신경을 곤두세웠다. 설마 디텔 공작이 다시 그녀를 죽이러 온 것일까. 라니사는 조심스럽게 문에 뚫린 구멍으로 밖을 내다보았다. 그러나 밖에 서 있는 사람이 쓰고 있는 것으로 추정되는 화려한 모자에, 그녀가 안도의 한숨을 쉬었다.

"누구죠?"

"라니사 블레이드 양? 단주님께서 전해 주라고 한 게 있어서 왔어요."

단주라는 말에 라니사가 빠르게 손잡이를 잡았다. 비비안이 또 그녀에게 무엇인가를 주려고 한 것인가. 이디에트 공작가에 있으면서 이미 비비안이 주는 것이 얼마나 달콤한지 깨달은 라니사가 급히 문을 벌컥 열었다.

"안녕하세요?"

문밖에 있는 여자는 새하얀 얼굴에 녹안을 가진 미인이었다. 라니사는 순식간에 자존심이 팍 상하고 말았다. 벌꿀 같은 금발 위로 정교하게 얹어진 모자, 그리고 그 아래 몸에 딱 맞게 재단된 드레스는 딱 봐도 저가의 물건으로 보이지 않았다.

"누구시죠?"

"카티야라고 해요. 단주님께서 전해 주라고 한 게 있어서…… 혹시 안으로 들어가도 되나요?"

"카티야?"

순간 라니사는 그 이름이 어디서인가 들어 본 적이 있다는 사실을 깨닫고 말았다. 더불어 카티야의 정체까지 얼추 확인한 그녀가 뒤로 물러났다.

태자의 코르티잔이다.

카티야는 라니사의 얼굴에 깃든 희열의 빛을 읽어 내고 환하게 웃었다. 며칠 전에 비비안이 찾아와서 한 말 그대로였다. 아마 네가 가면, 태자의 코르티잔이라는 것을 깨닫고 자신한테도 뭔가 하나 대어가 잡힐지도 몰라 꽤 기뻐할 것이라는 말.

과연 라니사는 뭔가 기대하고 있는지 조심스럽게 문을 닫고 카티야를 응시하고 있었다. 꽤 어지러운 방 안을 쭉 훑던 카티야의 모습에 라니사가 급히 웃으면서 말했다.

"앉으세요. 저, 뭐라도 내와야 할 것 같은데."

"그저 차나 주스면 족해요. 아니면 물이라도 괜찮고. 제가 지금 목이 좀 말라서…… 아, 그리고 조금 긴 대화가 될 것 같은데, 블레이드 양의 몫도 내오는 것이 좋을 거예요.”

조금 긴 대화가 될 것 같다는 말에 라니사가 환하게 웃었다. 그녀의 시선은 방금부터 카티야가 들고 온 커다란 상자에 머물러 있었다. 곧 라니사가 주방으로 뛰어갔다. 카티야는 느긋하게 의자에 앉았다. 잠시 우당탕탕하는 소리가 들리더니 라니사가 주스 두 잔을 들고 나왔다.

“변변찮은 것이지만…….”

“괜찮아요. 블레이드 양도 앉으세요.”

“네, 저, 그런데 공작 부인께서 무엇을 부탁하셨나요?”

라니사는 이미 카티야의 손에서 상자를 빼앗아 들 기세였다. 그러나 카티야는 딱히 급하지 않은 태도로 주스를 한 잔 마신 뒤 어깨를 으쓱했다.

“그건 저도 잘 모르겠어요. 단주님께서 저더러 절대 열어 보지 말라고 하셔서.”

“절대 열어 보지 말라니.”

“자요.”

카티야는 손에 쥔 상자를 라니사에게 넘겼다. 그리고 그 순간, 그 상자의 무게를 확인한 라니사가 입이 혜벌쭉해져서 웃었다.

“공작 부인께 감사의 말씀을 전해 주세요.”

“귀한 것이라고 하셨는데, 이런 곳에 그저 아무렇게 놓을 바에야 어서 방에 보관해 두는 것이 좋을 거예요.”

카티야의 말에 라니사가 뭔가 깨달았다는 듯이 입을 살짝 벌렸다. 지금 방으로 갖고 들어가서 열어 봐도 좋다는 말이었다. 게다가 라니사는 이미 비비안이 줬다는 사실 하나만으로도 눈앞의 이 상자를 열어 보고 싶어 미칠 것 같았다. 라니사는 급히 자리에서 일어났다. 그녀는 카티야를 향해 상자를 잘 보관한 뒤 다시 나오겠다는 말을 남긴 채 급히 자신의 방에 들어갔다.

달깍.

손님을 혼자 남겨 둔 채 방에 들어가는 무례를 저지르면서도 라니사는 일말의 경계조차 없었다. 비비안의 말이 맞았다. 저렇게나 단순하면서도 글러먹은 인간은 가만히 살려 두면 안 된다. 그렇게 생각하며 카티야가 품에서 뭔가를 꺼냈다. 그리고 종이로 감싼 그것을 라니사의 잔에 훌훌 풀어 넣은 뒤, 그녀가 다시 종이를 품에 넣었다.

'아쉽네. 조금만 총명하고 영악했으면 죽지 않아도 될 텐데.'

카티야는 속으로 읊조렸다. 비비안은 언제나 자신에게 최대의 이용 가치를 하는 사람한테 너그러웠다. 그러나 자신에게 이용 가치는커녕 해악이 되는 사람은 그대로 제거했다. 그런 의미에서 라니사 블레이드는 결코 해악이 되는 수준까지는 아니었다. 그녀는 그저 여름에 허공을 날아다니는 모기에 불과했다. 크게 영향을 주지는 않지만, 죽일 수 있다면 죽이는.

'그 여자는 내 업보가 될 거야.'

카티야는 비비안이 그녀에게 읊조렸던 말을 더듬으면서 느긋하게 앉아 있었다. 글쎄, 비비안의 업보는 이미 충분히 많고도 많았다. 거기에 라니사 블레이드는 업보 축에 끼지도 못할 것이었다.

그렇게 생각하는데 문이 열리고 라니사가 나왔다. 그녀는 이미 상자 안의 물건을 확인한 듯 얼굴 구석구석에 희열이 씌어져 있었다. 곧 그녀가 카티야의 앞에 앉았다. 카티야가 환하게 웃으며 말했다.

"물건은 확인했나요?"

"네, 그, 공작 부인께 감사하다고 전해 주세요."

카티야가 웃으면서 주스를 들었다. 곧, 그녀가 환하게 웃으며 말했다.

"저 혼자만 마시니 기분이 미묘한데요. 블레이드 양도 마시세요."

"네? 네."

라니사는 너무 쉽게 주스 잔을 들었다. 그녀는 이 모든 것이 비비안이 단 5분 만에 생각하고 내린 결정이라는 것을 하나도 짐작하지 못한 채 그저 순진하게 웃으면서 주스를 벌컥벌컥 마셨다. 곧 그녀가 주스 잔을 내려놓았다. 그것을 은은한 미소를 매단 채 보던 카티야가 천천히 입을 열었다.

"그 외에, 단주님께서 전하라고 한 말씀도 있어요."

"무슨 말씀을."

라니사가 눈을 동그랗게 떴다. 순수한 기쁨으로 얼룩진 얼굴이 의외로 예뻤다. 하긴, 안 예쁠 리가 없지. 위그 이디에트는 다른 건 몰라도 언제나 정부 보는 눈은 누구한테도 뒤지지 않았다. 다만 아쉬운 점이 있다면, 대부분 남자들이 그러하듯 그저 귀여운 수준의 멍청함 또한 장점으로 치부했다는 것이었다.

"디텔 공작은 죽을 거예요."

"……네?"

"그래서 너무 억울해하지 말고."

라니사는 살짝 미간을 좁혔다. 그때, 갑자기 그녀의 속에서 뭔가가 울컥 올라왔다.

비릿하고 진득한 무엇인가…….

"그리고."

"……!"

"'너는, 그날 바로데의 별장에 오지 말았어야 했어.'"

순간 라니사가 쿨럭 기침을 했다. 그녀가 천천히 고개를 들었다. 방금 전까지 환하게 웃고 있던 카티야가 싸늘한 얼굴을 한 채 그녀를 응시하고 있었다. 그 얼굴은 마치 비비안의 것과 비슷해 보였고, 그 입은 비비안의 말을 전하고 있었다.

라니사는 그제야 깨달았다. 오늘 카티야가 진정으로 전해 주러 온 것은 '죽음'이었다.

"왜, 어, 어째서."

"'나는 절대 내게 해약을 입힌 사람을 쓰지 않아. 하지만 한 번은 기회를 주지. 그럼에도 그 기회를 발로 차 버리고, 욕심에 바로데로 다시 기어들어 온 사람은 너야.'"

"나도 어쩔 수 없었…… 쿨럭."

"'물론 너로서는 네 욕망이 시키는 대로 행동한 것이겠지만, 안타깝게도 머리를 못 썼어.'"

"……으윽."

"'라니사 블레이드, 나는 사실 네가 꽤 재밌는 인간이라고 생각해. 너는 나와 많이 닮았거든. 가진 것에 만족하지 않고 무엇이든지 더 탐욕을 느끼지. 언제나 끊임없는 환락과 사치에 빠져서 자신의 존재를 인정받고자 해. 마음속 깊숙이 인간의 더러움을 누구보다도 잘 알고 그것을 이용하지.'"

"그런데 왜!"

"'너를 보면, 카티야가 떠올라.' 어머, 이 부분은 사실 딱히 말하고 싶지 않았는데 단주님이 전하라니까 말씀드릴게요."

라니사는 거칠게 기침을 했다. 그녀의 목구멍을 타고 독이 주르륵 흘러나왔다. 비릿한 혈향과 독의 향이 섞여서 그녀의 의식을 앗아 갔다. 주륵, 의자에서 미끄러진 그녀가 눈을 크게 뜨고 카티야를 응시했다. 카티야는 여전히 말을 이었다.

"예쁘고, 젊고, 여자고, 그래서 가진 자들에게 여성성을 이용당했지. 여성성이라는 게 존재하는지 나는 잘 모르겠지만 바첼론에 있는 모든 사람들은 그 존재를 알고 있으니 그저 그러려니 해. 아, 물론 그걸 질타하는 것은 아니야. 그것을 질타하기에, 나는 그것을 꽤 알차게 써먹었거든.'"

"……쿨럭."

"너는 네 비도덕성에 진 게 아니야. 욕망에 진 것도 아니고 네가 여자라는 사실을 내세워 여자가 할 수 있는 가장 더럽고 공격성 있는 방식으로 상대를 공격해서 진 게 아니야. 솔직히 말해서 싸움에 치졸하고 말고가 어디 있겠어? 내 남편도 내 유언장으로 내 목덜미를 잡는 세상에서.'"

"유, 유언장?"

"'라니사 블레이드, 너는 나와 닮았어. 하지만 너는 나와 다르지. 나는 정확한 판단을 했고 너는 틀린 판단을 했을 뿐이야. 그래서 너는 그저 졌어. 너는 네 멍청함에 진거야. 그러니 억울해할 필요 없어. 우리는 어차피, 다 깨끗하지 못하거든.'"

"……하."

"자, 이상이에요. 꽤 긴 문장이라서 조금 다를 수도 있는데, 사실 뜻은 대충 알 것 같죠?"

라니사는 그만 얼척이 없어 헛웃음을 짓고 말았다. 그래, 그래서 졌다고. 멍청하니 그냥 가서 죽으라고. 비비안의 말은 너무 철저하게 그러했다. 약육강식의 룰을 따라 승자가 살고 패자가 죽는 그런 구조다. 너무 선명한 전쟁의 룰이라서 오히려 할 말이 없었다.

졌으니 죽어라.

세상에, 이렇게 자비로운 말이 어디 있는가.

그러나 라니사는 결코 웃을 수 없었다. 이대로 무너질 수 없다. 절대. 그녀는 태어나서부터 모든 방식을 이용해 돈을 끌어모으고, 모든 방식을 이용해 행복해지려고 했다. 몸뚱어리를 굴리든 뭘 하든, 그것이 타인의 불행 위에 지어진 것인들 어떠랴. 원래 인간은 다 그렇게 타인을 밟고 올라가는 법이었다. 권력에 기생하든 사내에게 기생하든 원래 그렇게 사는 게 정도라고 믿었는데…….

"쿨럭."

라니사는 바닥에 쓰러졌다. 몸에서 힘이 다 빠졌다. 눈가에 눈물이 고였다. 이대로 죽으면 안 되는데. 아직도 더 살아야 하는데.

어떻게 이렇게 허무하게 사람이 죽지?

카티야는 바닥에 쓰러진 채 눈을 부릅뜨고 미동도 하지 않는 라니사를 보다가 길게 한숨을 쉬었다. 죽음의 냄새는 언제 맡아도 질식할 것 같다. 그녀는 천천히 손을 뻗어 라니사의 코에 댔다. 그리고 목을 짚었다. 맥박이 없었다. 죽었다.

'그 사람을 꼭 죽여야 하나요?'

'왜, 동정심이 가는 거야?'

'꼭 그런 건 아니지만. 정말 굳이, 싫어서요. 단주님은 사실 웬만하면 사람을 죽이지 않는 분이셨잖아요.'

'이제는 생각이 달라졌어.'

'……'

'어차피 리암도 죽었고, 다 죽었어. 내가 사랑하는 것들은 다 죽었고 다 죽어 갈 거야. 라니사 블레이드? 그 아이는 심지어 내가 사랑하는 축에도 끼지 못해. 그런데 죽이지 않을 이유가 어디 있겠어?'

가급적 죽이지 않는 데서 가급적 죽이는 사람이 된다.

카티야는 천천히 손을 뻗어 라니사의 눈을 감겨 주었다. 그리고 곧, 자리에서 일어나 한숨을 쉬었다. 그녀는 카티야의 방에 있는 상자를 보고 묘한 얼굴을 했다. 비비안이 준 것은 화려한 드레스와 구두였다. 이것을 탐하는 게 잘못된 것인가. 아니, 잘못된 것 같지 않다. 그저, 생각해 보니 세상이 온통 잘못된 것들이라, 라니사의 잘못은 잘못으로 보이지도 않았다.

어차피 라니사의 죽음은 디텔 공작의 소행이라고 사교계에 치부되겠지. 번듯한 신분 하나 없는 여자의 죽음 따위 자결로 처리하는 건 문제도 아니다. 뒷골목의 문제가 어떻게 해결되는지 그녀보다 더 잘 아는 이도 없었다.

그녀는 라니사의 얼굴을 힐긋 보고 그녀의 집을 떠났다.

인간의 죽음은, 그렇게나 하찮기 그지없었다.

* * *

새하얀 병원은 저번에 왔을 때와 별로 달라진 바가 없었다.

저번과 같은 간호사의 안내하에 하얀색 문 앞에 선 위그는 간호사가 노크를 하고 문이 열리자마자 안으로 걸음을 했다.

방 안은 베이지와 화이트 컬러로 아담하고 차분하게 꾸며져 있었다. 그것을 무심한 얼굴로 훑던 위그는, 방 안에 앉아 있던 청년을 향해 고개를 돌린 뒤 낮은 목소리로 입을 뗐다.

"위그 이디에트다."

그의 등장에 청년, 메이슨은 잔잔하게 웃었다. 그는 위그를 죽 훑더니 부드러운 목소리로 입을 뗐다.

"다음번에는 다른 사람이 올 거라고 하더니, 정말로 다른 사람이 왔군요."

"비비가 그랬나?"

"네. 그 아이는, 언제나 무엇이든지 다 아니까요."

위그는 굳이 대꾸하지 않았다. 애초에 대꾸할 여지도 없었다. 눈앞의 사람은 그와는 처음 만나는 낯선 사람이었다. 그가 비비안의 둘째 오빠든 아니든 그까지 굳이 감상적으로 굴 필요가 없었다. 애초에 위그 이디에트는 그런 사람이었다. 비비안을 사랑한다고 해도 사랑하는 여자의 일가족까지 사랑해 준다는 것과는 이치가 다른 문제였다.

그래서 그는 한쪽에 놓인 의자를 끌고 왔다. 드륵, 의자 위에 앉아 메이슨이 그를 응시하고 있었다.

"내가 왜 왔는지는 알겠지."

"저를 죽이러 왔겠지요."

"비비가 너를 죽이지 못하니까."

"진정으로 그리 생각하십니까."

"그래, 죽일 수 있다면 너는 이미 이곳에 없었겠지."

지독하게 오만한 위그의 태도에 메이슨이 가볍게 웃었다. 그는 비록 아버지와 함께 많은 곳을 다니지는 않았지만 어쨌든 상단의 차남으로서 꽤 많은 귀족들을 만나 보았다. 그리고 대부분이 위그와 비슷하면서도 달랐다. 최소한 그 오만함은 다 같았지만, 저렇게 오만함을 공개적으로 겉으로 드러내 놓고 다니는 이는 거의 없었던 것이었다.

물론, 그 오만함이 저렇게 어울리는 이 또한 많지는 않았지만.

"그 아이는 저를 죽이는 임무를 각하께 넘겼군요."

"내가 빼앗아 온 거지."

물론 위그는 비비안의 허락이 없었다면 자신이 메이슨을 죽일 기회가 애초에 있을 리가 없다는 것을 알았다. 그러나 그는 말을 내뱉고 뭔가 이상함을 느끼고 말았다. 허락, 빼앗아 오다, 기회. 무슨 좋은 일도 아니고 굳이.

메이슨은 그 말에 깃든 뜻을 알아차렸는지 그저 옅게 웃었다.

"사실 저는 공작 각하 같은 분께 비비를 시집보내려고 했던 적이 있습니다. 그게 공작 각하 본인이라면, 더욱더 큰 영광이었겠죠."

"동생을 팔아넘기려고 했다는 말을 정말 당당하게 하는군."

"각하께서 어떻게 생각하실지는 모르겠지만, 그리고 각하께서 그렇게 말씀하셔서 조금 놀랍지만, 저로서는 진심으로 그 아이가 행복해지길 원했습니다."

"꽤 나이가 많은 귀족에게 시집보낼 생각도 했다고 들었는데."

"귀족도 아닌 평민 여자아이가 갈 수 있는 최고의 혼처였지요."

"최고의 혼처라."

"비비의 눈에 그 혼처가 어찌했든지 간에, 귀족인 각하는 영원히 이해 못 하시겠지만 최소한 평민 여아에게는 가장 좋은 결말이라고 생각했습니다. 그렇게 배웠고 그렇게 자랐고 그게 당연하다고 생각하면서요."

"그럼 지금도 그게 당연하다고 생각하나?"

"네."

"……."

"같은 시간으로 돌아가도 저는 같은 선택을 할 겁니다. 제 존재가 그 아이의 걸림돌이 됨을 알면서도 저는 스스로의 목을 그어 자살해 제 동생이 원하는 것을 안겨 줄 만큼 성인이 아니니까요."

이 세상에 애초에 성인이 어디 있나. 메이슨은 단 한 순간도 자신이 비비안의 행복을 빌어 준다고 믿어 의심치 않았다. 그것은 그의 아버지가 카트린을 빌케르 백작에게 보냈던 것과 결이 다른 것이었다. 조금 나이 차이가 있어도 배를 곯으며 사는 것보다는 행복할 것이었다. 그는 제 동생이 다정한 남편과 결혼해 행복하게 사는 것이 좋을 것이라고 생각했다. 그는 자신의 인지 범위에서 가장 정확하다고 생각되는 결론을 내렸다.

작위도 있고 재산도 있고 적당하게 다정하고 아내에게 손을 대지 않고 어쩌면 나이 차이가 커서 아이를 보듯 많이 관용스러운 눈길로 아내를 보듬어 줄 수도 있다.

유일한 단점이라면 그저 나이 차이가 있다는 것이었지만 기실 거기서 조금 더 나이가 적고 잘생겼으면 수도의 수많은 여자아이들이 눈을 빛내며 읽어 젖히는 로맨스 소설이 아닌가. 가문의 의지로, 혹은 어쩔 수 없는 이유로 젊고 잘생긴 공작과 결혼했지만 결국에는 사랑에 빠지는, 소설 속에서는 이미 흔해 빠진 레퍼토리.

그저 남자가 괜찮냐 괜찮지 않냐로 하나는 삶이 되고 하나는 소설이 된다. 그러나 그 본질은 결국 똑같다.

결혼 외에 선택지가 없는 여자가 그럭저럭 괜찮은 결혼과 괜찮지 않은 결혼 중에서 그럭저럭 괜찮은 결혼을 선택해 '어쩔 수 없는' 의지로 사랑에 빠져 행복한 삶을 영위하는 것.

굳이 말하자면 누구와 결혼할지 고를 수 있다는 점에서 선택이라고 할 수는 있지만, 눈에 띄게 좋은 선택지와 눈에 띄게 나쁜 선택지를 놓고 고르라고 하는 것이 과연 진짜 선택이라고 칭할 만한 것인지는 아무도 모른다.

위그는 자신의 생각이 여기까지 뻗을 수 있다는 것에 새삼스럽게 감탄했다. 그러나 그는 굳이 이 모든 것들을 메이슨에게 알리지 않았다. 곧 죽어 나갈 사람한테 교훈을 줄 만큼 그는 사려 깊은 강연가가 아니었다. 그리고 설사 그가 며칠 밤을 새워 가며 메이슨에게 알려도 그는 알아듣지 못할 것이다. 아니, 그뿐만 아니라 바첼론 대부분 남자들, 그리고 어쩌면 대부분 여자들도 알아듣지 못할 이야기였다.

그리고 그 속에는 위그 이디에트 본인도 포함되어 있었다.

"그렇군. 그럼, 자신의 죽음에도 별다른 원망이 없겠군."

"이것을 물으려고 직접 저를 만나러 오신 겁니까?"

"아니."

"……."

"그냥 알고 싶었다. 그녀가 어떤 남매들 사이에서 어떻게 컸는지, 예의상 알고 싶어져서."

"답은 만족스러웠습니까?"

"그래."

"그럼……."

"역시, 그녀는 글러먹었어."

위그의 말에 메이슨이 눈을 크게 떴다. 그러나 그렇게 말하는 위그의 표정에는 딱히 선명한 혐오나 분노가 없었다. 그저 그렇게 담담하게 평가를 하고 자리에서 일어났을 뿐이었다.

"그리고 나는 글러먹었으니, 우리는 꽤 적당한 파트너겠군."

"파트너……."

"오늘 저녁 식사가 즐겁기를 바라지."

메이슨은 멍하니 위그의 뒷모습을 응시했다. 위그와 비비안 사이의 특이한 관계를 모르는 그로서는 당연히 위그의 태도에 어리둥절해질 수밖에 없었다. 그러나 그는 다시 담담하게 한숨을 쉬었다. 이곳에서 10년 동안 갇혀 있으면서 그가 배운 유일한 것은 체념뿐이었다. 곧 그가 씁쓸하게 웃었다. 홀로 남은 방 안에서 잠시 멍하니 있다가 그는 다시 책을 꺼내 들었다.

그는 아무것도 모른다. 그저, 그렇게 죽음을 맞이하는 것이 그에게는 유일한 안식이리라.

* * *

그날 저녁, 위그는 아무 일도 없었다는 듯이 이디에트 공작가로 돌아왔다. 집사에게 외투를 건네준 뒤, 그는 오늘따라 고용인들이 적다는 사실을 발견하고 살짝 미간을 좁혔다.

"왜 오늘따라 홀이 이렇게 한산하지?"

"공작 부인의 명령으로 별관 청소에 들어갔습니다."

"별관 청소?"

"별관에 안 좋은 일이 생기셨다면서 청소를 한번 해야 한다고."

별관의 안 좋은 일이라고 한다면 그저 라니사 블레이드가 죽 묵었다는 점이리라. 평소라면 별관의 손님방에 거의 발길을 하지 않는 비비안이었다. 그리고 애초에 비비안이 라니사를 그렇게까지 싫어했던 기억은 없는지라 위그가 의문을 품었다.

"비비는 어디에 있지?"

"방에 계십니다."

위그는 성큼성큼 걸음을 옮겼다. 그때였다. 위층에서 급하게 내려오던 요한이 위그를 발견하고 발걸음을 멈추었다. 요한의 얼굴에 깃든 당황과 다급함에 위그는 살짝 미간을 좁혔다. 아무래도 그렇게 간단한 일이 아닐 것 같았다.

아니나 다를까 요한이 낮은 목소리로 위그를 향해 입을 뗐다.

"각하. 보고드릴 일이 있습니다."

위그는 살짝 얼굴을 굳히고 눈짓했다. 그에 요한이 목소리를 낮추고 말했다.

"부인께서 명령하셨습니다. 라니사 블레이드가 오늘 오후에 죽었으니, 가서 현장을 정리하라고."

순간 위그는 얼어붙고 말았다. 라니사 블레이드가 죽었다. 이것은 단순히 두 사람이 공모하여 만든 가짜 죽음 따위가 아니었다. 현장을 정리하라는 것, 그것도 요한에게 알렸다는 것은 말 그대로 이제는 공공연한 사실이라는 것이었다. 그리고 다른 말로 이 목숨값은 이디에트에 씌우겠다는 말이었다. 설사 공개적으로는 디텔 공작이 했다고 소문을 낼지언정.

위그는 더 생각할 것도 없이 성큼성큼 방으로 올라갔다. 거칠게 벌컥 문을 열자 비비안이 느긋하게 방에서 차를 마시며 책을 보고 있었다. 순간 그녀의 모습에 위그는 속이 차갑게 식는 것을 깨닫고 길게 숨을 내쉬었다.

비비안은 위그가 등장하자 고개를 들었다. 왔어? 이제는 입술을 움직여 묻기도 귀찮은 듯 그녀는 책을 덮는 것으로 자신의 물음을 대신했다.

"대체 이게 무슨 일이지?"

빠르게 올라왔던 것치고 물음을 묻는 어조는 꽤 차분했다. 비비안은 모른 척하지 않고 웃으며 대꾸했다.

"말 그대로야. 라니사 블레이드가 죽었어."

"대체 왜?"

"왜 라니사 블레이드를 죽였냐고 따지는 거야? 아니면 왜 당신에게 말도 하지 않고 바로 죽였냐고 따지는 거야?"

"후자."

"굳이 그럴 필요 없었어. 어차피 당신이 반대한다고 해도 죽일 거였거든."

"내가 반대할 이유가 없다는 건 당신도 잘 알 텐데."

"그러면 더욱더 말할 필요가 없겠지."

위그는 일순 비비안의 논리에 할 말을 잃었다. 어떻게 저런 말을 저렇게 가볍게 하지. 물론 그는 라니사 블레이드의 죽음에 일말의 안타까움 따위 없었다. 그와 한때 몸을 섞던 사이라고 해도 라니사 블레이드에게 그가 그저 돈이 많고 잘생긴 공작이었던 것처럼 그에게도 라니사 블레이드는 젊고 예뻤던 정부 그뿐이었다. 그가 지금 놀라고 있는 건 굳이 비비안이 그녀를 제 손을 더럽히면서 죽였다는 것이었다.

아니, 생각해 보니 또 제 손을 더럽히며 죽이지 못할 이유가 뭐가 있을까 싶기도 했다. 제 오라비도 죽이려고 했던 여자였다.

위그는 냉정함을 되찾고 비비안의 맞은편에 앉았다. 감정적으로 일순 놀라긴 했지만 사실 라니사 블레이드의 죽음은 그 속에 들어 있는 비극이나 그녀의 삶을 추모해 줄 만큼 그에게 가치 있는 일은 아니었다. 다만, 굳이 왜?

"왜 죽였지?"

"그럼, 감히 이디에트에 먹물을 뿌리려고 온 사람을 살려 두라고?"

"나라면 내 손을 빌려서 죽이겠어."

"바쁘신 남편의 손을 왜 빌리겠어. 내가 가볍게 처리할 수 있는 사람인데."

"가볍게, 라."

"그리고 어차피 내가 간 것도 아니야. 카티야를 보냈지."

"……카티야를?"

"죽기 전에 왜 자신이 죽는지는 알아야 할 것 같아서. 비슷한 처지잖아, 둘이. 그럼에도 결말의 차이라면…… 아, 그래, 자신을 이용해 줄 사람을 제대로 찾지 못했다는 거?"

비비안은 눈을 곱게 접으면서 웃었다. 그것을 보면서 위그가 한숨을 푹 쉬고 말했다.

"라니사 블레이드는, 어차피 당신이 죽이지 않아도 죽을 사람이었어."

순간 비비안이 멈칫했다. 얼굴에 미소가 가득 담긴 얼굴이 살짝 미묘함을 담는가 싶더니 이내 다시 웃음으로 변했다.

"지금 나 위로하는 거야?"

"아니, 사실을 말하는 거다. 어차피 그녀를 살려 둘 생각이 없었거든."

그리고 그것은 사실이었다. 애초에 비비안보다 더했으면 더했지 덜하지 않은 그가 라니사를 살려 둘 리가 없었다. 그녀는 이디에트의 명예에 시시 각각으로 위협이 되는 존재였다. 그녀의 성정상 손에 있는 돈을 다 쓰면 기 필코 다시 이디에트로 기어들어 와서 어떤 식으로든 자신의 존재를 알릴 것이었다. 그는 사람 목숨을 이렇게 가볍게, 그저 내게 위협이 된다 안 된 다 하는 식으로 제거하는 것에 익숙한 사람이었다.

게다가 그녀의 존재는 훗날 누군가에게 본보기가 되어, 또 부른 배를 안 고 들어와 한몫 챙기는 여자라거나, 아니면 그가 죽은 뒤 그의 아들이라며 찾아올 수 있는 여지를 만들어 줄 수 있었다.

그래서 그녀는 살아 있으면 안 되는 존재였다. 그녀의 죽음과 디텔 공작 가의 처지는 이디에트에 이런 식으로 여자와 아이를 보내면 어떤 꼴로 전 락하는지 바첼론에 제대로 보여 주고 있었다. 어차피 그들의 적은 사실을 다 알 것이고 그들의 적이 아닌 이들은 디텔의 상황을 보면서 뭔가 깨달은 바가 있을 것이었다. 그리고 라니사 블레이드의 죽음은 최소한 그 어떤 여 자도 감히 이디에트를 넘보지 못하게 만들었다.

이 모든 것들은 이디에트의 안위와 관련이 된다. 그래서 위그는 자신이 라니사 블레이드를 죽이는 건 별다른 문제가 안 된다고 생각했다. 아니, 오 히려 그는 이 화살을 디텔에게 돌리는 게 아니라 애초에 바로데에 있을 때 부터 라니사를 죽일 생각을 했다.

하지만 그가 이해할 수 없는 건 비비안이 왜 굳이 이렇게까지 하냐는 것 이었다.

"이디에트의 명예는 내 것이다."

"위그 이디에트, 그건 지금 내 것이기도 해."

"하지만 장래에는 당신 것이 아니지."

"그래서 당신은 본인 것이 아닌 내 상속권 문제에 그렇게 마음을 쓰고 있어?"

"지금은 내 것이니까."

"나도 마찬가지야."

위그는 이건 애초에 같은 문제가 아니라고 반박할까 하다가 그저 입을 다물었다. 어차피 비비안과 이런 의미 없는 말싸움을 하는 게 그에게 유리할 것 하나 없다는 사실은 진즉에 깨달았다.

결국 그는 그저 입을 다물었다. 비비안은 미묘한 얼굴로 위그를 응시하다가 그냥 웃으며 차를 마셨다.

"그래서, 이렇게 늦게 어딜 다녀온 거야?"

"나는 늦게까지 일을 하면 안 되는 사람인가?"

"평소에 노는 모습밖에 보지 못해서."

"어처구니없군."

비비안은 가볍게 웃었다. 라니사의 죽음은 이제 그녀의 인생에 파문을 일고 사라질 것이었다. 그리고 그저 그녀의 삶의 길에 시체 하나 더해졌을 뿐이었다.

그렇게 생각하며 자리에서 일어날 때였다. 노크 소리와 함께 클로에가 들어왔다.

"단주님."

"오늘 저녁 약속 있다고 하지 않았어?"

"저, 그랬는데 방금 바샤 병원에서 급하게 전보가 와서요."

"……무슨."

"그."

클로에는 잠시 말을 골랐다. 그녀는 애써 얼굴에 비낀 감정을 지워 내고 말을 이었다.

"메이슨 로젤리스께서, 방금 숨을 거두셨다고 합니다."

순간 비비안이 다시 의자에 앉았다. 느릿한 그녀의 행동에 위그가 천천히 시선을 들었다. 비비안은 잠시 뭔가 생각을 하다가 위그를 향해 고개를 돌렸다. 그녀의 눈빛에 위그가 입을 열었다.

"필요한 조치였다."

"……."

"나를 원망할 생각 하지 마. 원망하려면 그때 그를 죽이지 못한 당신의 나약함을 원망해."

"……."

"당신이 못 하는 것 같아서 내가 했을 뿐이니까."

비비안은 느릿하게 눈을 깜박였다. 그녀의 모든 행동이 마치 태엽이 고장 난 오르골처럼 느릿하게 변했다. 풍성한 속눈썹이 살짝 그늘을 만들다가 다시 파란 눈동자를 토해 냈다. 그리고 시선을 위그에게 놓았다가 다시 허공에 놓고, 허공에 놓았다가 다시 위그에게 놓기를 반복했다.

클로에가 나가고 곧 방은 침묵에 휩싸였다.

위그는 구태여 더 말을 보태지 않았다. 그리고 비비안도 위그에게 더 따지지 않았다. 두 사람은 모두 이 상황이 어떻게 빚어졌는지 알았다. 위그의 말을 말 그대로 받아들일 만큼 비비안은 멍청하지 않았다. 그러나 그의 말을 따라 어떻게 내 오빠를 죽일 수 있었냐고 따질 만큼 그녀는 또 그렇게까지 가증스러운 인간은 아니었다.

결국, 그저 침묵, 침묵, 또 침묵.

비비안의 눈길이 파르르 떨리는 것을 보던 위그가 입을 뗐다.

"그런 표정 지을 필요 없어. 장례식이나 열어서……."

"그래."

"……?"

"알았어. 내 나약함에 칼을 박아 넣어 줘서 고마워."

"……천만에."

위그는 비비안의 말에 입매를 굳혔다. 그리고 곧 자리에서 일어나 대꾸했다.

"일단 쉬어. 나머지는 내가 하지."

"언니에게 알려야 하는데."

"그것도 내가 하고."

비비안은 잠시 숨을 고르는가 싶더니 이내 우아하게 미소를 지었다. 천천히 찻잔을 든 그녀가 차를 마셨다. 위그는 그녀를 보다가 방을 나갔다.

탁.

문이 닫힘과 동시에 비비안이 찻잔을 내려놓았다. 방 안에는 정적만 맴돌았다.

* * *

메이슨의 죽음은 리암의 죽음과 달리 조용하게 처리되었다.

그동안 메이슨을 돌보던 간호사와 의사 몇 명, 그리고 로젤리스의 핏줄들만 참여한 아래, 은은한 촛불이 일렁이는 사이에서 마지막으로 앞에 나간 비비안은 천천히 손에 들린 장미를 메이슨의 가슴팍에 놓았다. 평온하기 그지없는 그의 얼굴은 하얬다. 비비안은 그것을 보다가 느릿하게 고개를 살짝 숙였다.

사인은 병사였다. 갑자기 저녁에 고열에 시달리다가 새벽에 숨을 거두었다. 활동과 영양이 부족해 면역이 떨어진 상황에서 갑자기 날씨가 추워져 그만 고통을 견디지 못하고 죽었다. 그야말로 우연에 우연이 겹친 안타까운 돌연사였으나 그 말을 믿는 사람은 아무도 없었다.

카트린은 연이어 동생을 두 명 보내고 더 이상 서 있을 힘도 없었는지 시녀들의 부축 아래 억지로 서 있었다. 그 옆에서 아리아가 울적한 얼굴을 하고 리즈만이 어른들의 눈치를 보며 입을 꼭 다물고 있었다.

"관을 닫아라."

비비안이 단상에서 내려오자 위그가 입을 뗐다. 비비안을 부축해 주려 그가 손을 뻗었지만 비비안은 그것을 못 본 척 제 발로 내려왔다.

곧 천천히 관이 닫혔다. 이윽고 로젤리스 가문의 묘지, 리암이 묻힌 바로 그 옆에 관짝이 들어가고, 안식문과 함께 묘비가 세워졌다.

그렇게 자연스러웠다. 며칠 전까지만 해도 은은하게 웃던 사람이 허무하기 짝이 없게 죽었다. 멀리서 일렬로 서 있던 로젤리스의 고용인들이 훌쩍였다. 그러나 그들 중 딱히 메이슨의 죽음에 진정으로 안타까움을 표현하는 이는 얼마 없었다. 한 번도 보지 못한 도련님이었다. 정이 있을 리가 없었다.

카트린은 결국 쓰러져서 고용인들에게 들려 나갔다. 마지막으로 장례식이 끝난 뒤 사람들이 물러났다.

어느새 하늘에서 부실부실 눈이 내리고 있었다. 그것을 느꼈는지 느끼지 못했는지 비비안은 조용하게 묘비명을 보기만 했다. 위그는 그녀의 한 걸음 바로 뒤에서 그녀를 보았지만 굳이 그녀를 말리지 않았다. 그때 헤더가 비비안에게 외투를 걸쳐 주고 우산을 폈다. 그러나 비비안은 미동도 하지 않은 채 조용하게 입을 뗐다.

"물러나."

비비안의 말에 헤더가 주저했다. 그때 위그는 제게 우산을 씌워 주는 요한의 손에서 우산을 건네받은 뒤 헤더와 클로에, 그리고 요한에게 눈짓했다. 곧 세 사람마저 전부 물러났다. 펑펑 하얀 눈이 쏟아지는 사이에서 조용하게 있던 비비안이 입을 뗐다.

"당신은 왜 안 가는데."

"우산 들어 줄 사람은 필요하잖나."

위그의 무심한 대답에 비비안이 피식 웃었다. 방금 내려앉은 눈 몇 점이 그녀의 어깨에서 사르르 녹아내렸다. 비비안은 눈을 감았다. 그때 위그가 입을 열었다.

"죽어야 할 사람이 죽은 것뿐이다."

"남의 묘지 앞에까지 그런 소리를 하다니, 당신도 어지간히 인성이 비틀어졌어."

"내가 언제부터 내 인성에 집착했지? 내가 원한 건 언제나 이기는 것이었고 내가 원하는 걸 손에 무사하게 넣는 것이었어. 인성이나 명예나 옳고 그름, 자존감 따위를 운운할 것이었다면, 당신을 찾아가지도 않았겠지."

비비안은 천천히 눈을 떴다. 그녀는 울지 않았다. 아래로 내린 시선 위로 길게 속눈썹이 그늘졌다. 그리고 얼마나 지났을까, 그녀가 고개를 돌렸다.

"가자."

오늘은 말아 올린 머리를 가려 주는 베일 따위 없었다. 그래서 모든 이들이 그녀의 표정을 볼 수 있었다. 베일 속에서 웃고 있었다는 카티야의 말과 달리, 그 속에서 눈이 새빨개진 채 서 있던 비비안을 기억하던 위그는 그녀의 말에도 못 박힌 듯이 있었다.

아직도 움직이지 않느냐는 듯이 비비안이 고개를 들었다. 그리고 얼마나 지났을까, 위그가 입을 뗐다.

"그래, 집으로 가지."

비비안은 울지 않았다. 그리고 그 사실을 가리지도 않았다. 조촐하게 치러진 장례식이었으나 결국에는 소문이 다 날 것이고, 소문이 한번 나면 어떤 식으로 또 적들이 물어뜯을지 모른다. 그러나 그녀도 그도 다 알았다. 이미 타인의 입 속에서 잘근잘근 씹혀 형체 하나 남지 않아, 그녀는 더 이상 그 모든 것을 대수롭지 않게 생각했다.

새삼 생각해 보니, 이 모든 것이 무엇을 위한 것인가 싶다.

부, 명예, 권력.

인간이 이 세 가지 전부를 다 갖고 있는 것은 어렵다. 비비안은 그래서 명예를 포기했다. 권력은 애초에 그녀가 갖고 싶었던 것이 아니므로 상관없었다. 그래서 부를 그녀가 가지지 못했냐 하면 그녀는 이미 가졌다.

그러면 남은 삶은 결국 많은 것을 더 크게 불리고, 높은 곳에서 더 높은 곳으로 올라가는 것이었다. 그리고 그것은 낮은 곳에서 높은 곳으로 올라가는 것보다 훨씬 더 어려운 길이리라.

"그래도 오빠는 꽤 행복한 편이었어."

"그래."

"죽어도 장례식을 치러 주는 이가 있으니 말이야. 누구는 한평생 아득바득 살아도 결국 제집에서 피를 토하면서 조용하게 죽는데."

라니사 블레이드를 말하는 것이었다. 두 사람의 목숨이 너무 쉽게 사그라들었다. 위그는 대꾸하지 않았다.

죽어야 할 사람이 죽었다.

그러나 이 세상에 죽어야 할 사람, 살아도 좋은 사람이 있나?

글쎄, 결국에는 인간의 광란이고 오만이다.

"권선징악이라는 게 있다면, 우리 둘은 결국 평생 불행하다가 죽겠지."

그때였다. 위그의 읊조림에 비비안이 묘한 얼굴을 했다.

"우리 둘이라."

"그래, 우리 둘은 평생 불행하다가 그렇게 죽을 거야."

위그는 비비안이 읊조린 말이 무엇임을 알면서도 그렇게 읊조렸다. 어느새 마차 앞에 도착한 두 사람이 멈춰 섰다. 마부가 문을 열었다. 요한이 위그의 손에서 우산을 넘겨받았다. 그가 손을 내밀었다. 비비안은 그 손을 빤히 보다가 피식 웃었다. 그리고 자연스럽게 그의 손을 잡고 마차에 올랐다.

곧 위그가 마차에 오르자 문이 닫혔다. 비비안은 마차의 쿠션에 몸을 기댔다. 그녀의 시선이 창밖을 향했다.

부슬부슬 내리던 눈이 펑펑 내리기 시작했다.

눈이 새하얗게 쌓인 세상이, 마치 더럽기 그지없는 죽음을 추모하는 듯 고고하게 시야를 잠식했다.

덜컹거리는 마차 속에서 비비안은 밖을 응시했다. 그녀의 머릿속에는 여전히 행복하지 말라고 읊조리던 리암과 행복하라고 하던 메이슨의 모습이 번갈아 가면서 일렁거렸다.

"장례를 한번 하고 나면, 망자들이 자꾸만 찾아와."

침묵을 깨뜨린 그녀의 말에 위그가 고개를 들었다. 비비안은 언제나 그렇듯 여상스럽게 웃으며 그를 향해 시선을 던졌다. 그리고 그녀의 말에 위그가 입을 열었다.

"괜찮아."

"괜찮은 건가."

"그래, 괜찮다. 어차피 그들은 당신을 데려가지 못해."

"나도 알아."

"당신을 죽음으로 데려갈 수 있는 건 오직 당신뿐이야."

"하지만 나는 죽고 싶지 않아."

위그의 말에 비비안이 나른하게 말했다. 그리고 놀랍게도 그것은 진실이었다.

"그렇게 수많은 망자들이 아른거렸음에도, 나는 죽고 싶지 않아."

"당연한 거 아닌가. 잘 살려고 그 망자들을 만들었어. 그리고 잘 사는 것의 전제는 언제나 일단 살고 보는 것이지."

"내 삶에 대한 집착이 지독하게 우습지 않아?"

"우습다고 생각하나?"

"아니, 대단하다고 생각해. 이렇게까지 삶에 집착하는 것도 능력이지."

"그럼 됐어. 망자들이 당신의 귓가에서 노래를 부르든 춤을 추든, 상관없어."

"……."

"당신만 죽지 않으면 돼."

"그래, 나는 죽지 않아."

그것은 마치 주문 같았다. 비비안은 순식간에 머리를 어지럽히던 모든 것들이 온전히 사라지는 것 같았다.

"좀 자."

비비안은 눈을 감았다. 소파에 머리를 기댔다. 물론 잠은 오지 않았다.

* * *

라니사의 죽음이 수도에 퍼지기가 무섭게 메이슨의 장례식을 마친 뒤 로젤리스에서는 정식으로 메이슨 로젤리스의 부고를 알렸다. 연이은 가족의 부고에 단주님이 많이 상심하신다, 장례식은 가족끼리 치렀다, 등등의 말이 함께 나왔으나 대부분 사람들은 그 말을 믿지 않았다.

리암 로젤리스가 죽은 뒤 얼마 되지 않아 라니사 블레이드가 죽고, 거의 동시에 메이슨 로젤리스가 죽었다.

원래라면 라니사 블레이드가 이 행렬에 끼는 것은 어불성설이긴 하지만 몇몇 디텔 쪽의 사람들은 애초에 라니사 블레이드의 죽음이 비비안과 연관이 있다고 단정 짓고 있었다. 그리고 그들의 단정은 언제나 그러하듯 꽤 진실에 들어맞았는데, 그것과 별개로 라니사가 디텔 공작의 아이를 임신했다고 알고 있는 이들은 라니사 블레이드가 그저 이디에트와 디텔 공작 사이의 정치적 희생양이라고 여기고 있는 듯 했다.

이디에트가 디텔 공작가의 명예를 더럽히기 위해 일부러 디텔 공작의 사생아를 가진 라니사 블레이드를 약점 삼아 이 모든 판을 만들었다.

디텔 공작이 듣고 뒷골을 잡고 혈압약을 통째로 먹게 만든 이 소문은 어쨌든 그런 식으로 퍼져 나갔다. 결국 아이도 디텔 공작의 것이 되었고, 이디에트는 순식간에 그저 정치적으로 수단을 좀 쓴 가문이 되었다. 어느 쪽의 손해가 더 큰지는 굳이 세세하게 생각해 볼 필요도 없었다.

"디텔 공작 부인이 친정으로 돌아갔다면서. 부부 싸움의 여파가 대단하군."

위그는 오랜만에 서재에 앉아 즐거운 얼굴을 했다. 권모술수가 난무하는 그의 인생에서 유일한 낙이라면 바로 디텔 공작이 분노에 길길이 날뛰는 모습과 뒷골을 잡고 쓰러지는 모습이리라. 그리고 그를 잘 알고 있는 요한이 웃으며 말을 이었다.

"디텔 공작 측에서 사교계 측의 여론을 어떻게 잘 풀어 보려고 하고는 있으나 역부족입니다. 아시다시피 이번 증거는 치안대까지 흔들었던지라."

"게다가 살수가 죽고 라니사도 죽고."

"다만, 라니사의 죽음에 관련해 말이 좀 생기고 있습니다. 이디에트가 디텔 공작의 약점을 잡고 깔끔한 뒤처리를 위해 움직였다, 디텔 공작이 죽였다. 이런저런 말이 나오는데……."

"그런 건 상관없어. 중요한 건, 디텔 공작이 이제는 할 수 있는 게 없다는 것이지."

그래, 위그의 말대로 디텔 공작은 진정으로 할 수 있는 게 없었다. 이제 디텔 쪽은 다른 방도를 찾아봐야 할 게 뻔했다. 그리고 그 방도라는 것은 아마 왕실의 명맥과 직접적으로 관련되는 것이 될 게 뻔했다. 그들은 이제 비비안과 위그의 관계에서 별다른 돌파구를 찾을 수 없다는 것을 알고 있으니.

"알렉산드르 쪽에서는 소식이 없나?"

위그의 물음에 요한이 어떻게 알았냐는 듯이 눈을 동그랗게 떴다. 위그가 비릿하게 웃으며 대답했다.

"슬슬 연락이 올 때가 됐다고 생각했지. 저번 바로데에서 그런 식으로 로건과 접촉을 했는데. 제이슨도 그렇고 알렉산드르도 그렇고, 꼬리에 불이 붙을 때가 되었어. 뭐라고 하지?"

"독대를 청하고 싶답니다."

"바쁘다고 해."

"알겠습니다."

"그리고 조금 시간이 지난 뒤 훗날에 다시 보자고 해. 당분간은 비비를 위로해 주느라 만나기가 어렵다…… 이 정도면 되겠지."

요한은 이 와중에 비비안의 일까지 알차게 써먹는 주인을 보며 아연한 얼굴을 했다. 하여튼 이 부부는 자신에 대한 평가를 지독하게 싫어하고 배척하면서도 그것이 필요할 때면 누구보다도 잘 써먹었다. 비비안도 위그도 누가 누구를 질타할 것 없었다. 요한이 그렇게 생각하는데, 그가 갑자기 생각났다는 듯이 입을 열었다.

"그러고 보니, 공작 부인과 세믄 쪽의 접촉을 알아보라고 하신 부분 말입니다."

세믄이라는 이름이 나오자마자 위그가 미간을 좁혔다. 그러고 보니 이 며칠간 비비안의 정신 상태를 살피느라 세믄을 완전히 잊고 있었다.

"어떻게 됐지?"

"사실 저번 주에 한 번 약속이 잡혔으나, 각하께서도 아시다시피 공작 부인의 상태가 그리 좋지 않으셔서 훗날로 약속을 미뤘습니다."

"언제?"

"아직 그것까지는 알아내지 못했습니다. 아시다시피 단주님의 스케줄 관리는 클로에가 하고 있고, 단주님이 이미 사람이 붙어 있다는 것을 알고 있는 이상 저희도 눈치를 볼 수밖에 없으니까요."

"클로에에게 사람을 붙이는 건?"

"붙여 보았습니다만, 클로에는 욕실에 있을 때도 단주님의 스케줄을 몸에 소지하고 다닙니다."

위그는 어이없다는 얼굴을 했다.

"욕실에 있을 때도 갖고 다닌다고?"

"각하께서도 아시다시피 그 아이가, 좀, 일을 열심히 하는 편이라."

"너는 왜 그런 정신이 없지?"

"……죄송합니다. 앞으로 욕실에 들고 들어가겠습니다."

"됐다. 이제 동향이 파악되면 내게 보고해. 내가 보기에 비비안은 정확히 이 며칠 내에 움직일 것 같다."

위그의 말에 요한이 고개를 끄덕였다.

요한이 방을 나간 뒤 위그가 한숨을 쉬었다. 메이슨의 장례식이 끝난 뒤 비비안은 며칠 동안 방에서 내리 잠만 잤다. 위그도 헤더도 딱히 그녀를 말리지 않았다. 그렇게 이틀이 지난 뒤, 그녀는 다시 멀쩡하기 그지없는 얼굴로 방을 나오고 일을 했다.

그는 그녀가 이미 모든 일을 잊었다고 생각하지 않았다. 그렇다고 그녀가 이제 완전히 망가졌다고 생각하지도 않았다. 그저 그런 일이 있었고 그녀는 고통스러웠다. 딱 그뿐이었다.

'이제부터 또 뭔가를 하려고 하겠군.'

비비안의 성정을 잘 알고 있는 위그는 한쪽으로는 그녀의 안위를 살피면서도 한쪽으로는 그녀의 동태도 살펴야 함을 알고 있었다. 우습게도 적이면서 아군인 두 사람의 관계는 언제나 사랑한다고 속삭이면서도 서로가 서로를 사랑하지 않음을 알고 있는 미묘한 관계였다.

아니, 정확히 말하자면 그런 관계였었다.

아쉽게도 그가 먼저 감정을 인정해 버렸기 때문에.

하지만 위그는 믿고 있었다. 그와 비비안 사이에는 여전히 서로의 영역을 갈라 놓은 선이 건재했고, 두 사람 사이에는 아직도 채 뚫지 못한 한층 가벼운 방어막이 있었다. 그리고 이제 그와 그녀 사이에 남은 유일한 선 또한 오직 그것이었다. 위그는 그 막이 자신에게 유리하게 작용하지는 못할 망정 최소한 자신의 발목을 잡지 않았으면 했다.

그리고 그가 그녀를 사랑한다고 인정하지 않은 이상, 전략이니 계획이니 파트너니 수십 개로 포장된 미사여구 속에서 결국 이 결혼이 끝날 때까지, 두 사람의 계약이 마무리될 때까지 그의 진심은 결코 비비안의 입에서 그의 목을 옥죄는 사슬이 되지 않을 것이었다.

그렇게 생각하던 위그가 다시 펜을 들었다.

그가 그녀를 사랑한 이상 그는 승자가 될 수 없다.

그러나 그는 패자가 될 수도 없었다.

최소한, 그와 그녀 사이의 대치는 무조건 무승부로 끝나야 했다. 그것이 그가 비비안 로젤리스를 상대로 얻을 수 있는 가장 큰 승리였다.

*　*　*

클로에는 품에 스케줄표를 꼭 안았다. 원래도 착실하게 자신의 일을 했지만 그녀는 요즘따라 더욱더 신경을 곤두세웠다.

그 첫 번째 이유라면 당연히 그녀의 상사가 비비안 로젤리스라는 사실이었다.

클로에는 바보가 아닌 이상, 수도를 자자하게 뒤흔든 두 사람의 죽음이 비비안과 관계가 없다고 생각하지 않았다. 오히려 이번 일로 그녀는 더욱더 비비안 로젤리스라는 사람에게 경외를 갖게 되었다. 존경과 공포는 공존을 할 수도 있는 존재다. 클로에는 비비안이 무서웠으며, 그녀처럼 살고 싶지 않았으나 그녀가 주는 월급은 꽤 좋았다.

그리고 두 번째 이유가 어찌 보면 그녀가 지금 신경을 곤두세우고 다니는 근본적인 이유이기도 했는데, 그것은 다름 아닌 비비안이 그녀에게 어마어마한 명령을 내렸기 때문이었다.

'내 스케줄을 절대 공개하지 마.'

원래도 비비안의 스케줄은 철통 보안이었으나 메이슨의 죽음 뒤로 방에서 며칠 동안 휴식을 취하던 비비안이 한 첫 명령이었다. 클로에로서는 거의 목숨처럼 그 명령을 이행해야 하는 의무가 있었다. 결국 그동안 비밀이 되 굳이 알려면 알려 주지 못할 것도 없는 그녀의 스케줄은, 이제 비비안과 클로에를 포함한 그 누구도 알아서는 안 되는 것이 되었다.

클로에는 비비안이 뭘 하고 싶은 것인지 알 수 없었다. 그러나 비비안이 이렇게 나오는 데는 이유가 있다고 생각했다. 그리고 실제로 그녀의 생각대로 비비안은 이유가 있었다.

그녀는 동일한 날, 거의 비슷한 시간에 조금씩 엇갈려 세믄 교수와 리디아의 약속을 잡았다.

그리고 그 이유는 더더욱 클로에를 놀랍게 했는데, 그것은 다름 아닌 비비안이 리디아를 자신의 변호사로 고용하려고 하는 것이었다.

물론 리디아가 아직 졸업을 하지 않은 이상, 완전히 변호사가 되는 것은 무리였다. 그러나 바첼론의 규범상 법학원 학생은 실습을 시작하는 2학년부터 지도 교수의 팀에 합류하여 비소송 업무를 맡을 수 있었다.

한마디로 법정에 올라가지는 못해도 유언장 관리는 할 수 있다는 것이었다.

그리고 그 사실을 전해 들은 클로에는 단번에 비비안이 자신의 스케줄을 철통 보안 하라는 명령 속에 담긴 저의를 읽어 낼 수 있었다. 이미 위그가 비비안의 유언장을 확인했다는 사실을 알고 있는 그녀는, 자연스레 비비안의 명령이 위그가 자신의 유언장을 넘볼까 봐 그러는 것이라는 것을 알았다.

유언장은 개정 시간에 따라 가장 늦게 수정한 것을 기준으로 집행된다. 그 말인즉슨 리디아의 손에 있는 유언장이 진짜라는 것이었다.

물론 위그가 그것을 알아내면 별 쓸모가 없어지긴 했다. 두 사람의 협약을 모르는 클로에는 의문을 가질 만한 내용이었으나 비비안은 알았다. 딱 이혼하기 전까지만 버티면, 그러면 된다.

"약속은 제대로 잡혔지?"

클로에는 긴장한 얼굴을 했다. 일부러 이 며칠간 욕실로 들어갈 때도 스케줄표를 들고 간 게 그래도 효과가 있었는지 요한은 물론이요 그녀들에게 붙은 사람도 소식을 알지 못했다. 세믄 교수와 리디아 쪽에도 단단히 입조심을 시켜 놓았기에 다행이게도 비비안이 상속장을 바꾸려는 시도는 위그쪽에서 아직 오리무중인 것 같았다.

"이미 전부 배치를 해 놓았습니다. 리디아 세믄 양과의 약속은 뤼스 호텔 5층 스위트룸에서 진행될 겁니다."

"위그가 이 며칠 동안 궁금해하지 않던?"

"아주 많이 궁금해하는 눈치던데요."

클로에의 솔직한 대답에 비비안이 웃었다. 그래, 궁금해하지 않을 리가 없다. 그녀는 이미 그가 그녀에게 사람을 붙일 때부터 위그가 순순히 그녀에게 당하지 않으리라는 것을 알았다. 순순히 당하지 않을 뿐이랴, 아마 그는 그녀와의 대치에 약간의 승기나마 지키려고 하고 있는 것 같았다.

물론 현재의 상태를 봤을 때 비비안의 손에 있는 그 자백서와 각종 가문의 인장이 찍힌 증명서가 결혼 전에 미리 효력을 상실할 것 같지는 않았다. 그러나 이미 위그가 세믄 교수의 손에 있는 유언장을 알아낸 이상, 그녀로서는 굳이 그 구멍에서 바람이 통하게 그대로 내버려 둘 의향이 없었다.

"똑똑하다니까."

"네?"

"유언장을 보기만 하고 고치지는 않았잖아. 정도를 안다는 것이지."

비비안은 그렇게 작게 읊조렸다. 그 말대로 그녀는 진심으로 위그가 똑똑하다고 생각하고 있었다. 그것은 그녀처럼 하나하나 계산과 논리와 추론을 거쳐서 계략을 짜고 치고 빠지는 것 따위를 논하는 게 아니었다. 그의 모든 행동들이 자신의 생존을 위해 본능적으로 움직이고 있는 것이나 마찬가지였다.

그녀는 언제나 그가 머리를 못 쓴다고 타박했지만, 기실 위그 이디에트는 머리를 굳이 써야하는 남자가 아니었다. 그는 태어날 때부터 권력자였다. 그는 더 빼앗기 위한 사람이 아니라, 자신의 것을 지켜야 하는 쪽이었다.

그래서 그의 모든 행동은 비비안과 성질이 달랐다. 자신의 생존과 이익을 위해 그녀의 유언장으로 그녀를 협박했지만, 그것을 건드리지는 않았다.

그것을 건드리는 순간 비비안이 절대 참지 않고 손에 있는 모든 수단을 이용해 그를 공격하리라는 것을 알아서. 그의 행동은 가진 자의 일종의 경고에 가까웠다. 나는 언제나 네 것을 무너뜨릴 수 있으니 조심하고 있으라는.

그런데 지금 그 경고가 효력을 잃을 수 있으니 경계를 시작할 수밖에.

"별장에 리디아를 데려오기를 잘했어. 위그라면 냄새를 맡고 킁킁거릴 줄 알았거든."

"무슨 말씀이신지."

"궁금하겠지, 내가 왜 갑자기 리디아를 이곳에 데려왔을까. 그리고 내가 왜 갑자기 로건과 그런 짓을 했을까……."

클로에는 그런 짓이라는 말이 나오기가 무섭게 몸을 굳혔다. 그러나 비비안은 여유롭기 그지없었다.

"궁금한 게 아주 많을 거야. 그리고 호기심은 흔히 사람을 미치게 만들지."

"걱정 마세요, 리디아 세른 양에 관한 문제는 이번 일이 끝난 뒤에도 절대적으로 보안을 할 테니."

"아니, 그럴 필요 없어. 오히려 감추면 감출수록 위그는 더더욱 궁금해할 거야. 내가 무엇을 하는지."

클로에는 잠시 어리둥절해졌다. 그녀는 도저히 비비안과 위그의 관계를 알 수가 없었다. 분명 평소에 그렇게 서로에게 목을 매는 것 같은데 대체 왜 이럴 때마다 마치 적을 대하는 것 같지.

"그럼 어떻게 해야 하는 거죠?"

"적절한 때를 찾아서, 위그에게 흘려. 내가 곧 세른 교수와 만날 예정이라고. 대신, 너무 정직하게 흘리지는 말고. 실수라거나 그런 식으로 흘리면 위그는 무조건 눈치를 채고 말거야."

"그럼……."

"실수가 아니되, 마치 약간의 틈이라도 생긴 것처럼. 그렇게 흘려야지. 예를 들자면…… 세른 교수에게서 온 서신이 그쪽 손에 들어갔다든가."

비비안의 말에 클로에가 놀란 듯 입을 벌렸다. 그녀는 급히 대꾸했다.

"그런데 혹여 유언장이 바뀌지 않은 걸 발견하면."

"괜찮아. 유언장은 바뀌었어."

"어, 언제요?"

"내가 세믄 교수와 만난 횟수가 얼마인데. 그사이에 유언장 하나 수정하지 못하겠어?"

"그럼…… 그 최종 수정 한 유언장으로 각하의 눈을 속이면 되죠?"

"그렇지."

클로에는 활짝 웃으며 고개를 끄덕였다. 이내 그녀가 방을 나간 뒤 비비안이 천천히 한숨을 쉬었다.

메이슨이 죽은 뒤 그녀는 거의 매일 약을 복용했다. 정신적으로 힘들면 꼭 먹어야 한다고 주치의가 처방을 내려 준 약이었다. 그녀는 자신이 정신적으로 힘들다고 생각하지 않았다. 갖고 싶은 걸 갖지 못해서 안달 내던 때와 비교하면, 지금의 그녀는 더욱더 정신적으로 행복한 상황이었다.

그래도 그녀는 주치의가 내려 준 모든 처방을 꼬박꼬박 먹었다. 리암이 죽은 뒤, 세 종류 정도 되던 약은 이제 양을 늘려 여섯 가지 종류가 되었다. 위그도 그 모든 것들을 하나하나 확인하면서 그녀가 제때 복용하는지 따위를 감시했다. 그가 보기에도 그녀의 상태가 영 별로였을까.

하긴, 생각해 보니 그녀가 생각해도 본인의 상태가 1년 전 같지는 않았다. 그러나 그게 타인처럼 고통이나 죄책감 따위라기보다는 절대 돌이킬 수 없는 강을 건넌 느낌이었다. 리암이 살아 있고 메이슨이 살아 있을 때는 언제든지 그들을 만날 수 있다는 희망이나 약간의 실낱같은 퇴로가 있었다면, 이제는 정말 아무런 지탱도 없이 로젤리스에는 그녀와 카트린만이 남았다.

그리고 메이슨의 죽음 이후 지금까지도 방에서 드러누운 채 나오지 않는 카트린은 절대 그녀의 퇴로가 될 수 없었다. 비비안은 이미 그녀의 언니가 자신에게 갖고 있는 감정이 단순히 언니와 동생 사이의 감정이 아니라는 것을 알았다.

그뿐만 아니라 그녀의 주변에 있는 대부분 인간들이 아마 그러하리라. 모두가 그녀를 두려워한다. 그것은 단순히 그녀의 과감함이나 냉정함을 향한 경외가 아니었다. 가장 두려운 것은, 그 잔인하고 냉정한 사람이 실제로 누군가를 죽이고 제거할 만한 힘을 갖고 있다는 것이었다.

힘.

'참으로 좋은 것이지.'

비비안은 길게 숨을 내쉬었다. 그 힘이라는 것이 있으면 그녀는 단순히 성질머리 더럽고 사납고 못돼먹은 계집애가 아니었다. 그녀는 이제 모든 이들의 두려움과 경외의 대상이 되었다.

세상에, 이렇게 환상적일 수가.

그녀는 자신만큼 세상을 객관적이게 보면서 자신만큼 그 객관적인 룰과 '마땅함' 속에서 비어져 나오는 사람이 없다고 생각했다.

위그에게 언제나 말을 번지르르하게 하면서 그녀들도 어쩔 수 없었다, 세상의 탓이다, 우리 모두 피해자다 따위를 말했으나 결국 약자를 사정없이 뭉개고 피라미드의 가장 위에 올라가 모든 이들을 짓밟고자 하는 것도 그녀였다. 얼핏 보면 숭배로 빠질 수 있는 그 강한 힘은, 우습게도 그녀가 계집애라서 꽤 쉽게 이루어졌다. 설마 여자가 그러겠어? 그래, 그랬다.

약육강식이라는 것은 이렇게나 잔인하고, 우습고, 모순으로 가득 차 있었다.

그리고 그녀의 손에 묻힌 그 피와 간사하게 웃으며 나도 어쩔 수 없었다고 처연하게 읊조리는 그 사이의 모순, 그 모순을 알아낸 게 결국에는 위그 이디에트였다.

그는 그녀의 내재된 모순을 알아냈다. 그가 그녀를 인간이 아닌 여자로 사랑했다고 비웃으면서, 여자라는 이유로 그의 방심을 얻어 낸 것도 그녀 아닌가.

그리고 이번에 그는 결코 방심하지 않을 것이었다. 그는 이제 그녀를 너무 잘 파악했다. 그것이 인간으로서의 비비안 로젤리스든, 아니면 여자로서의 비비안 로젤리스든 위그 이디에트는 이제 완전히 비비안을 파악해 발가벗겨 제 앞에 놓았다.

이제는 철저하게 힘의 싸움이었다.

이제 그녀의 목적은 그를 이기는 게 아니었다.

그리고 이틀 뒤 오후, 예정대로 위그의 손에 '우연하게' 세믄 교수의 것으로 추정되는 서신이 들어갔다.

그것을 보며, 위그가 미간을 좁혔다.

Chapter 17
사랑의 목을 비틀어 손아귀에

비비안이 언제나 평가하듯, 위그 이디에트는 태어나서부터 지금까지 살아오면서 딱히 무언가를 빼앗으려고 발버둥을 쳐 본 적이 없었다.

그것은 욕망이 없거나 권세에 관심이 없어 한량처럼 놀고먹는 치들과는 완전히 다른 경우였다. 살고자 바둥거려야 하는 대부분의 사람과 달리 그는 충분히 많은 것들을 가지고 있었고, 그것을 빼앗기지 않기 위해 지켜야 하는 쪽이었다.

이미 권력의 꼭대기에 고고하게 서 있는 자의 숙명이었다. 가문 외적으로 감히 그와 대적할 만한 상대가 없었고, 가문 내적으로는 후계권이 없는 누이 하나만 있어 더더욱 위협 따위 되지 못했다.

왕실이든 디텔이든 대부분 노리는 것은 언제나 그가 가진 것들이었고, 그가 하는 인생의 거의 모든 선택, 심지어 태자를 죽이고 이디에트의 왕을 세우고자 하는 그 선택마저도 죽지 않기 위해 하는 선택이 아닌 그저 자신이 '갖고' 있는 권력을 수호하고자 하는 쪽에 가까웠다.

그런 의미에서 그가 태생적으로 **빼앗고 밟기 위해** 태어난 비비안 로젤리스를 이해하지 못하는 것은 어찌 보면 당연한 일이기도 했다. 그가 바첼론 먹이 사슬의 가장 꼭대기에 군림하는 자라면 비비안 로젤리스는 그와 정반대에 있는, 먹이 사슬의 가장 밑에서 차례로 목을 베며 올라온 자였다. 두 사람은 제 손아귀의 것을 놓지 않는다는 점에 절대적으로 동류였으나 그것을 틀어쥐는 방식과 과정에서는 정반대 종류의 인간이었다.

그래서 그런 것일까, 비비안 로젤리스라는 인간을 사랑한다고 생각하면서도, 그리고 그녀가 절대 만만하게 볼 수 있는 상대가 아니라는 것을 알면서도, 이 바첼론에서 그녀를 나름대로 잘 안다고 자부할 수 있는 인간이면서도 위그는 비비안 로젤리스가 다음 순간 무슨 짓을 하려고 하는지, 그녀가 원하는 것이 어떤 것인지 알 것 같으면서도 알 수 없었다.

아니, 어쩌면 단순히 그 이유뿐만은 아닐지도 모른다. 그녀는 비비안 로젤리스다. 그 어떤 수식어도 감히 그녀의 행동에 근거를 대 주지 못하는 비비안 로젤리스.

하지만 무엇이 되었든 간에, 상대가 비비안 로젤리스라는 이유만으로 위그는 절대 손에 든 이 편지를 쉬이 대할 수 없었다.

"대체 무슨 뜻이지."

요한은 위그의 중얼거림에 어리둥절한 얼굴을 했다.

위그의 명령이 떨어진 뒤 그는 일부러 세믄 교수와 리디아 쪽으로 사람을 많이 붙였다. 세믄 교수가 오늘 오후에 급하게 편지를 보낸 것을 보고받자마자 그의 편지를 중간에 미리 가로채 위그에게 주었던 것이었다.

어차피 비비안이 묻는다고 해도 한 지붕 아래 같이 사는 남편이 대신 받아 주었는데 그게 뭐가 문제냐고 뻔뻔하게 굴어도 상관이 없었기에 가능한 일이었다.

그러나 정작 편지를 확인한 위그의 얼굴은 더 혼란이었으면 혼란이었지, 절대 대단한 소식을 받아 기분 좋은 얼굴은 아니었다. 오히려 그는 오늘 저녁에 비비안이 세믄 교수를 만난다는 급박한 상황에도 편지의 함의를 연구하기 시작했다.

결국 비비안에게는 미안하지만 요한은 결례를 무릅쓰고 입을 열 수밖에 없었다.

"각하, 무슨 연유로 부인과 세믄 교수의 만남을 경계하시는지는 알 수 없습니다만, 만약 그 만남을 각하께서 달가워하지 않으신다면, 지금 빨리 손을 쓰는 편이 좋을 것 같습니다."

그러나 요한의 말에도 위그는 그저 편지를 뚫어져라 응시할 뿐 답이 없었다.

얼마나 지났을까, 길게 숨을 내쉰 위그가 입을 뗐다.

"대체, 이게 무슨 뜻이라고 생각하나."

"말씀 그대로 오늘 오후에 세믄 교수와 부인께서 긴히 상의할 일이 있으시다는……."

요한은 굳이 말끝을 맺지 않았다. 아무리 위그가 비비안의 뒤를 조사하라고 명령을 했지만 그는 어디까지나 위그와 비비안이 부부이며, 위그가 비비안을 아끼는 것을 본 제 기억을 잊지 않았다. 그래서 그는 비비안을 직접적으로 해하는 일을 할 수가 없었다.

그러나 위그는 그의 답이 만족스럽지 않은지, 편지를 들어 다시 한번 읽었다.

"비비안과 세믄 교수가 오늘 오후에 만나서 유언장을 고친다고."

"그런 것 같습니다."

"그 편지를 네가 중간에서 가로챘고."

"각하의 명령대로 세믄 교수에게 붙인 사람한테서 보고가 왔습니다. 아무래도 로튼 쪽으로 편지를 보낸 것 같다고 빠르게 급보가 왔기에 저 또한 중간에서 가로채 그것을 각하께 가져왔습니다."

"그래, 그게 문제지."

"······네?"

"이렇게 중요한 문제를, 비비가 내가 발견할 수 있을 정도로 대충 처리했다고? 세믄 교수에게 미리 언질을 주지 않았겠나?"

요한은 순간 위그에게 비비안이 무슨 인접국의 전문 스파이라도 되냐고 소리를 지르고 싶은 마음이 들었다.

그러나 비비안의 상황을 잘 알고 있는 위그의 입장은 요한과 절대 같을 수가 없었다. 그는 편지를 빤히 응시하다가 결국 의자에 몸을 천천히 기댔다.

"오늘 저녁 회의라고."

"아직 시간이 두 시간 남짓하게 남았습니다."

"급박하군."

위그는 알고 있었다. 오늘 비비안은 하루 종일 이디에트 공작가를 나서지 않았다. 어차피 출근하지 않는 날도 가끔 있었기에 별다른 문제 없다고 생각했건만. 가장 중요한 약속 하나를 저녁에 남겨 두고 있을 줄이야.

'세믄 교수와의 약속이라.'

편지는 대충 유언장을 수정하기 위한 몇 가지 준비물을 가져오라는 내용이었다. 그러나 위그는 쉽사리 비비안의 의중을 판단하지 않았다. 만약 그가 중간에 가로챌 것까지 그녀가 예상을 했다면? 다른 사람이라면 모를까 비비안은 절대 자신이 숨기고자 하는 것을 허투루 처리하지 않았다.

그럼 만약, 이 편지 자체가 애초에 그녀의 미끼였다면.

그는 아직도 비비안 로젤리스라는 사람을 잘 몰랐다. 정확히 말하자면 그녀가 어떤 계획과 음모를 잘 꾸미는지 알 수 없었다.

하지만 한 가지는 알고 있었다. 비비안은 절대 쉽지 않다. 그리고 요한도 손에 넣을 정도의 정보라면 필히 새어 나가도 별 상관이 없거나 아니면 애초에 새어 나가기를 기대했다는 것이었다.

그는 시간을 다시 한번 확인했다. 두 시간. 급박하다 못해 숨이 차오르는 그런 순간이었다.

만약 판단을 잘못한다면 그와 그녀의 시간 싸움은 결국 그의 패배로 끝이 난다.

'아니, 유언장을 오늘 수정한다고 해도 어차피 내가 훗날 다시 확인하면 별 의미가 없는 문제인데?'

순간, 위그가 멈칫했다.

지금 이 상황에서 그에게 이렇게 급박한 시간을 준 것이 만약 그의 판단력을 흐리려는 생각이라면? 그의 표정이 무거워졌다. 비비안은 그가 자신을 얼마나 잘 알고 있는지 대충 감을 잡았지만, 그는 그녀가 자신을 어디까지 파악했을지 알 수 없었다. 그리고 이 순간, 진실에 가장 근접한 생각을 하기 위해 그는 판단을 간단하게 내릴 수밖에 없었다.

그녀는 이미 모든 것을 알고 있다.

이것을 전제로 깔고 가자, 위그는 왠지 모르게 속이 뒤집힌다고 생각했다.

이 시간 싸움은 별 의미 없다. 어차피 그가 세몬 교수를 다시 찾아가 유언장을 확인하면, 모든 것은 그대로 허망해진다. 그러면 대체 왜 이 시간에, 이 편지를 그에게 보냈을까.

이 시간에 그녀가 무엇을 하는지, 감추어야 해서?

'비비는 내가 자기한테 사람을 붙인 걸 알아.'

그리고 왜 자신에게 사람을 붙였는지도 어느 정도 가늠하고 있었다.

만약 진짜로 그녀가 모든 것을 다 알고 있음을 전제로 한다면, 그녀가 내민 이 미끼는 그저 그의 눈을 돌리기 위한 일종의 작업일 가능성이 컸다.

그럼 왜 그의 눈을 돌리나? 자신이 유언장을 고쳤다는 암시까지 위그에게 해 가면서?

그는 얼굴을 찡그렸다. 기실 그는 시간에 이렇게 쫓길 이유가 없었다. 훗날 천천히 모든 것을 해결해도 늦지 않았다.

하지만…….

'이대로 천천히 해결하는 게, 과연 그녀에게 위협이 되나?'

위그는 다시 비비안에게 사람을 붙이고 이 일련의 일을 저지른 가장 최초의 목적을 상기해 냈다. 그로서는 그녀가 유언장을 어떻게 고치든 별 상관이 없었다. 어차피 이혼하면 그녀는 자신의 재산을 갖고 다시 로튼으로 돌아가 단주 노릇을 멀쩡하게 할 것이었다.

그럼에도 반년 전 그가 세문 교수의 손에서 유언장을 받아 든 이유는 간단했다.

내게 이런 권력이 있음을 과시하기 위해서. 내가 네 목줄을 쥐고 있음을 시시각각 잊지 말라고 경고하기 위해서.

결국에는 서로를 굴복시키기 위한 상태에 불과했다. 그리고 현재, 위그가 비비안을 사랑하고 있는 이상 이 싸움은 절대적으로 위그에게 불리했다. 그녀는 그에게 상처를 입혀도 상관이 없으나 그는 절대 그녀에게 상처를 입히지 못한다. 그러므로 그가 급해진 것이었다.

내가 너를 죽일 수는 없다, 그렇다면 너의 목줄을 잡고 허세라도 부려 봐야 하지 않는가.

위그는 손에 든 편지를 꽉 구겼다. 요한이 그에 기겁한 얼굴을 했다. 저걸 다시 비비안에게 주어야 하는데 저렇게 막 구겨도…….

"요한. 비비안의 주치의가 닥터…… 켈른이었던가?"

"네."

"지금 저택에 있나?"

"네."

"불러와."

위그는 가늘게 눈을 떴다. 그는 이 편지가 비비안이 일부러 그의 손에 쥐여 준 것이라고 생각했다. 편지의 내용은 그녀가 유언장을 고치기 위해 인감이나 약간의 증명 서류가 필요하다고 씌어 있지만, 애초에 비비안이 약속을 잡으면서 이런 걸 주의하지 않았을 리가 없었다. 그녀는 머리가 너무 좋아 문제인 그런 여자였다. 이미 유언장을 한번 만들어 보았으면서 뭐가 필요한지 모른다고?

헛소리.

그리고 만약 이 편지가 비비안이 그에게 일부러 쥐여 준 것이라면 그녀의 의도는 간단했다. 오늘 저녁에 비비안이 세믄 교수와 유언장을 수정하리라는 것을 그에게 알려 주기 위해서. 이렇게 급박하게 그에게 비밀을 알려 준 이유 또한 간단했다. 그가 이성을 잃어 냉정하게 생각하지 못하게 하려고. 그래서 그가 그녀가 세믄 교수에게 수정한 유언장을 다시 맡겼다고 여기게 하기 위해.

"각하."

곧 요한이 나가고 얼마나 지났을까. 닥터 켈른이 문을 노크하고 들어왔다. 그는 차분한 눈빛으로 앉아 있는 위그를 향해 고개를 숙이고 예를 취했다. 그리고 그가 허리를 들자마자, 위그의 묵직하고 차가운 목소리가 들려왔다.

"비비안의 상처는 어떤가."

"현재 외부 상처는 거의 다 아물고 있습니다만, 내상은 꽤 오랜 시간을 거쳐야 완치될 듯싶습니다. 다만 로젤리스가의 두 분께서 눈을 감으신 뒤 부인께서 유달리 상심하시는 듯하여……."

"네가 처방해 준 약은 확인했다. 수면제가 있던데."

"네, 두 가지 수면제가 있는데. 한 가지는 오랫동안 꾸준하게 복용하면 정신을 안정시키는 데에 도움이 되는 것이고, 다른 한 가지는 정말 급할 때 복용하는 것입니다."

"정말 급할 때 복용한다는 그 약은 몸에 부작용이 없나?"

"날마다 복용하지 않는다면 거의 부작용은 없습니다. 오히려 잠을 자지 못해 얻는 병에 대비해 볼 때 차라리 수면제라도 복용하고 잠을 청하는 편이 부인께 더 나으실 겁니다."

"알겠다."

위그는 고개를 끄덕였다. 그의 갑작스러운 태도에 의사가 의문스러운 얼굴을 했다.

이윽고 그가 턱짓을 하자, 의사가 허리를 굽힌 뒤 다시 방에서 나갔다. 홀로 남게 된 위그는 얼굴을 살짝 굳혔다.

비비안이 오늘 저녁 어디론가 간다. 그리고 그의 눈을 이렇게 피할 정도라면 그것은 반드시 그녀의 재산과 관련이 된 문제일 것이다. 세믄 교수의 소식을 그에게 흘렸으니 그녀의 종착지는 세믄 교수가 아니었다. 그녀의 유산 상속장을 맡길 만한 다른 사람이라면…….

"요한."

"네."

"지금 당장 리디아 세믄의 소재를 알아보고 한 시간 내로 내게 보고해라."

"알겠습니다."

……리디아 세믄.

요한이 다시 방을 나가고 서재는 적막으로 가득 찼다. 위그는 천천히 손을 뻗어 서랍을 당겼다.

드륵, 하는 소리와 함께 열린 그의 서랍 안에서 동그란 약병이 데굴데굴 굴러다녔다. 위그는 그것을 천천히 꺼내 들었다. 방금 닥터 켈른이 말한 수면제였다. 원래라면 비비안의 방에 있어야 했으나 이 약만큼은 그가 비비안의 손에서 몰수한 것이었다. 자주 잠에 들지 못하는 비비안이 처방이고 뭐고 무시하고 강한 수면제만을 찾았기 때문에 긴급 약품은 대부분 위그가 관리하고 있었다.

그는 약병을 들고 그것을 빤히 응시했다.

더도 말고 덜도 말고 정확히 한 알.

그녀는 그의 목줄을 틀어쥔 뒤, 그에게 독을 써 그의 행동을 통제했다.

물론 두 사람의 행동의 성질이 다르긴 해도.

'원래 삶에는 약간의 보답이 필요한 법이지.'

그는 수면제를 들고 자리에서 일어났다.

오늘 비비안 로젤리스는 유언장을 고치지 못한다. 왜냐하면 리디아와 만나는 것은 그가 될 것이니까. 그리고 그녀는 그 시간에 자겠지. 자고 일어나면, 그가 앞에 있을 것이었다.

그는 그녀에게 실질적으로 해가 되는 일은 하고 싶지 않았다. 그러나 그는 끝까지 그녀에게 위협이 되는 존재여야 한다. 그녀가 기를 쓰고 살아남으려 한다면 그 또한 그럴 만한 이유가 있다. 누구보다도 살아남는 것의 가치를 아는 그녀이니, 도덕적으로 그를 질타해도, 아니면 그와 죽기 내기로 붙어도 상관없다.

중요한 건 사랑은 절대 그의 목을 틀어쥘 수 없다는 사실이었다.

* * *

"편지는 무사하게 전달했습니다."

이례적으로 온종일 이디에트에서 한 걸음도 나가지 않은 비비안은 클로에의 속삭임에 입술 끝을 말아 올렸다. 그녀의 얼굴에 퍼지는 미소를 확인한 클로에는 뒤로 몇 걸음 물러난 뒤, 비비안의 다음 지시를 기다렸다.

그러나 그저 길게 숨을 들이쉰 비비안은 미묘한 표정만 지었을 뿐, 구체적으로 클로에게 명령을 내리지 않았다. 그저 천천히 손에 들고 있던 책을 내려놓고 나지막이 물었을 뿐이었다.

"위그는?"

"방금까지 서재에 계셨습니다. 이제 곧 저녁이니 방으로 오지 않을까 싶습니다."

"그래?"

"저…… 그런데."

비비안은 책을 완전히 테이블 위에 내려놓고 자리에서 일어났다. 그러나 이쯤이면 눈치껏 방에서 나갔어야 할 클로에는 왠지 모르게 꽤 불안한 얼굴을 하고 그저 옆으로 비켜설 뿐, 오히려 뭔가 더 고할 것이 있는 듯 말꼬리를 흐렸다.

비비안은 클로에의 표정을 보고 눈을 깜박거렸다.

"할 말 있으면 하고, 없으면 나가."

"방금 닥터 켈른이 각하의 서재에서 나오는 것 같았습니다."

"오."

클로에는 조금 긴장한 얼굴을 했다. 그녀도 자신의 말이 어떻게 들릴지 알고 있었다. 물론 남편이 아내의 주치의를 불러 담화를 나누는 것은 이상한 일이 아니었지만, 지금 이 판국에 위그의 일거수일투족이 다르게 읽힐 여지가 있음은 분명했다.

그러나 비비안은 딱히 놀란 기색이 없었다. 그녀는 대수롭지 않게 웃으며 대답했다.

"내 병세를 물어보러 부른 거겠지."

"하지만."

"왜, 의사에게서 독약이라도 얻을까 봐 두려워서?"

"서, 설마요!"

"그걸 의심해서 나한테 말해 주는 거 아니야?"

클로에는 겁에 질린 얼굴로 고개를 저었다. 그녀의 세찬 고갯짓에 비비안이 헛웃음을 흘리며 손을 내저었다.

"나가 봐."

"그래도 조심하셔야 할 거예요. 물론 각하께서 단주님을 해하려고 하지는 않겠지만, 제가 아는 각하는 절대 그렇게 쉬이 의문스러운 점을 넘길 만한 분이 아니셔서."

"클로에."

클로에의 말이 끝나기가 무섭게 비비안의 목소리가 겹쳐졌다. 다정한 어조였으나 음성은 꽤 서늘했다. 그리고 그녀의 목소리에 클로에는 자신이 선을 넘었음을 알아차렸다. 비비안은 언제나 타인의 의견이나 부하들의 목소리에 귀를 기울이는 편이었으나, 그녀의 행동은 엄연히 비비안의 사적인 일에 의견을 표하는 선 넘은 행동이었다.

클로에는 빠르게 고개를 숙였다.

"죄송합니다."

"마음은 알겠지만, 나는 내 남편을 잘 알아. 그리고 내 계획을 흐트러뜨릴 생각도 없고."

클로에는 고개를 끄덕였다. 그녀는 자신의 본분을 다할 필요가 있었다. 그리고 그 본분에는 절대 비비안의 계획에 의문을 제기하거나 하는 것은 없으리라.

비비안에게 인사를 한 뒤, 클로에가 방을 나갔다. 그와 동시에 헤더가 웃으면서 들어왔다.

"외출 시간입니다. 단주님. 치장을 도와드리겠습니다."

헤더는 빗을 집어 들었다. 숙련된 솜씨로 그녀의 머리를 빗는데, 갑자기 아무런 예고도 없이 문의 손잡이가 돌아가고 문이 열렸다.

비비안은 곁눈질을 했다. 노크 없이 방에 바로 들어올 수 있는 사람은 그녀를 제외하고는 위그가 유일무이했다.

비비안은 그의 표정을 살폈다. 그 순간, 마침 위그의 시선이 그녀에게 꽂혔다.

"어디 나가나?"

위그는 아무것도 모른다는 듯이 비비안을 향해 물었다. 지독하게 자연스러워서 내막을 몰랐다면 그 누구도 위그가 오늘 오후에 편지를 가로챘다고 생각할 수가 없었을 것이다. 그는 한쪽으로 외투를 벗어 의자에 던지고 침대에 앉은 뒤, 커프스 버튼을 풀었다. 마침 헤더가 비비안의 머리를 다 빗어 주고 옆으로 물러나자, 비비안이 고개를 돌렸다.

"당신이야말로, 어디 나가?"

"내가 먼저 물은 것 같은데."

"응, 잠시 약속이 있어서. 그럼 이제 내 물음에 대답할 차례지?"

"아니, 이 저녁에 무슨 나갈 일이 있다고."

"놀랍네. 그 위그 이디에트가 저녁에 나갈 일이 없다고 하다니."

"사실이니까. 당신도 나가지 않는 게 좋을 거다. 괜히 이 저녁에 나가려고 했다가 무슨 험한 꼴을 당할지 모르니까."

위그의 말에 비비안이 멈칫했다. 헤더는 비비안의 얼굴에 비낀 기색을 읽어 내고 눈치 빠르게 귀걸이와 목걸이를 들었다. 비비안이 가늘게 눈을 떴다. 그리고 그녀가 웃었다.

"내 모든 험한 꼴은 당신이 만든 거겠지. 당신만 가만히 있으면 내가 험한 꼴을 당할 이유 따위는 없어."

위그는 침대에서 일어났다. 그는 비비안을 빠히 응시하다가 마치 어쩔 수 없다는 듯이 한숨을 푹 쉬며 입을 열었다.

"내가 또 뭘 잘못했나?"

"경고하는데, 선 넘지 마."

"딱히 선을 넘었던 기억은 없는데."

"시험하지도 마."

"시험했던 기억도 없고."

"시험했던 기억이 없었다면 우리 관계가 여기까지 오지는 않았겠지. 그리고 여기까지 오는 모든 길에서, 번번이 넘어졌던 사람은 당신이었어."

"덕분에 일어서는 법은 잘 배웠다."

"다시 일어서지 못할지도 몰라."

"재미있군. 왜 우리가 이런 의미 없는 대화를 나누어야 하는지는 모르겠지만.

약속이 있다고 하지 않았나? 이렇게 시간 낭비 해도 되나?"

위그는 마치 관심이 없다는 듯이 비비안을 향해 느긋하게 입을 열었다. 비비안은 탐탁잖은 듯이 고개를 다시 돌렸다. 대충 치장을 마치자 헤더가 급히 저녁 식사를 가져오겠다고 알린 뒤 방을 나갔다. 그녀의 얼굴에는 이 전쟁터를 벗어나고 싶은 기색이 역력했다.

비비안은 화장대 앞에서 일어났다. 위그는 느긋하게 화장대에 다가가 서랍을 열었다.

이 시간대가 되면 그가 습관적으로 하는 행동이었다. 컵을 들고 따뜻한 물을 부은 뒤 그가 서랍에서 약병을 꺼냈다.

초조함을 덜어 주는 약, 수면을 돕는 약, 그리고 외상에 좋은 약 등등, 약을 한 알 한 알 꺼낸 그는 거울 너머로 비비안이 마뜩잖은 얼굴로 창밖을 바라보는 것을 보고 빠르게 수면제 약병을 꺼냈다.

드륵, 병이 열리고 새하얀 약이 그의 손바닥에 올려졌다. 그의 손바닥 위에서 유독 작아 보이는 그 약을 응시하던 그는 빠르게 손으로 약을 분쇄한 뒤 물에 섞었다.

애초에 양도 많지 않았을뿐더러 약 자체가 특이한 향이 없어 물은 약간의 파동만 일 뿐 이상할 것이 없어 보였다.

이 일련의 과정은 물 흐르듯이 무척이나 자연스럽게 흘러갔다. 그의 행동에는 일말의 긴장감이나 급박함도 없었다. 평소와 다름이 없이 빠르게 물과 약을 들어 그가 비비안 앞에 섰다.

"먹어. 식사 전에 미리 먹어야 하니까."

비비안은 자신에게 내밀어진 약과 물을 번갈아 보다가 고개를 들었다. 그녀가 살짝 눈을 가늘게 떴다. 지금 위그는 음모를 꾸미는 자의 얼굴이 아니었다. 그가 의도적으로 비비안을 속이려고 했다면, 비비안은 아마 유언장 때 그러했던 것처럼 바로 그의 말에 속아 넘어갈 것이었다.

"혹시 뭐 넣은 거 아니야?"

비비안의 물음에 위그가 어이없다는 듯이 헛웃음을 쳤다.

"그럼 직접 병에서 꺼내 먹어."

"물에 뭐 탄 건 아니고?"

"그럼 물을 직접 따라 마시든가."

위그는 마음대로 하라는 듯이 옆으로 물러섰다. 비비안은 짧게 한숨을 내쉬고 위그의 손에서 물과 약을 받아 들었다.

이윽고 꿀꺽꿀꺽 잔이 비워졌다. 평소처럼 의자에 몸을 기댄 뒤 비비안이 다리를 꼬았다. 위그는 잔을 테이블에 놓은 뒤 자리에 앉았다.

그때, 헤더가 저녁을 가져왔다. 식사 시간이 시작되었다. 위그는 여상스럽게 잔에 와인을 채우고 느긋하게 기울였다.

"오늘 저녁 누굴 만나러 간다고?"

"알 필요가 있어?"

"알면 안 되는 문제인가? 남자라도 만나나 보지?"

위그의 물음에 비비안이 멈칫했다. 일부러 그녀의 얼굴에 비낀 의미심장한 얼굴을 응시하던 위그가 피식 웃었다.

"왜."

"알았어?"

"긴장할 필요 없어. 어차피 지금 아나 훗날에 아나, 당신의 유언장이 세른 교수에게 있다는 사실은 변함이 없을 텐데. 나는 언제든지 그것을 확인하고 수정할 수 있고."

"당신이 내 유언장을 고치는 날이, 당신 유언장이 효력을 발휘하는 날임을 미리 경고하지."

"고칠 생각 없어. 미리 알고 싶을 뿐이지."

"이제 그딴 건 내게 위협이 되지 못해."

비비안은 어이없다는 듯이 웃었다. 그녀의 곱게 휘어진 눈을 빤히 쳐다보던 위그가 와인 잔에 입을 살짝 댔다. 그는 굳이 대꾸하지 않았다.

하지만 그의 시선은 조금 전부터 비비안을 떠난 적이 단 한 번도 없었다. 그리고 얼마나 지났을까, 잔을 놓는 비비안의 손이 멈칫하는 순간, 그가 입을 열었다.

"당신에게 위협이 안 될 수는 있지."

"……."

비비안은 뭔가 이상함을 느꼈는지 미간을 살짝 좁혔다. 아무리 자신의 몸 상태에 무감하다고 해도 정신적인 변화마저 제대로 눈치채지 못할 리가 없었다.

위그는 비비안의 얼굴을 보다 태연자약하게 와인을 전부 입 안에 털어 넣었다.

탁.

잔이 놓여졌다.

"나는 애초에 당신에게 위협이 되고 싶었던 생각은 없었거든."

"이런."

"안타깝게도 내가, 당신에게 위협이 되는 건 거의 불가능해졌으니까."

"그래서 기껏 생각해 냈다는 게……."

"사람은, 원래 살면서 한 짓에 대한 대가를 치를 필요가 있어."

위그는 자리에서 일어났다. 그러나 두 사람의 대화가 묘하게 옆길로 빠지고 있음을 눈치챘으면서도 비비안은 미동하지 않았다.

아니, 그것은 하지 않은 것보다 하지 못한 것이었다.

그녀는 침을 꿀꺽 삼켰다. 의식이 점점 희미해졌다.

어느새 위그가 그녀의 옆으로 다가왔다. 그가 그녀를 내려다보고 있었다.

비비안은 천천히 고개를 들었다. 그녀는 마지막 안간힘을 다해 몸을 일으켰다. 그러나 마치 깨진 그릇처럼 몸에서 힘이 줄줄 새어 나갔다. 그녀가 길게 숨을 들이쉬었다. 그것도 어려웠다. 그녀의 속눈썹이 파르르 떨렸다. 그 순간, 위그가 손을 뻗었다.

탁.

그는 뒤로 몸을 젖히는 그녀를 도왔다. 의자에 등을 기댄 뒤 비비안이 고개를 들었다. 그녀의 입가에 미소가 감겼다. 그러나 그것은 평소 그녀가 짓던 것과 별개로 꽤 진실성 가득한 당황함이 섞여 있었다. 그녀가 미간을 찌푸렸다. 반면 목소리에는 웃음기가 걸렸다.

"이런 짓을 할 줄을 몰랐는데."

"말했지, 사람은 원래 살면서 제가 한 짓의 대가를 다 치러."

"선을 넘지 말라고 한 것 같은데."

"우리 둘 사이의 싸움에, 선이 있었나?"

비비안은 입술을 살짝 물었다. 그러나 그녀는 딱히 당황하지 않았다. 그저 느긋하게 웃을 뿐이었다.

"어차피 오늘 당신이 세믄 교수를 찾아가 유언장에 손을 댄다고 해도, 나는 다시 유언장을 고칠 거야. 당신의 행동은 나한테 아무런 영향도 없어."

"애초에 세믄 교수를 찾아갈 생각이 없었어."

"……."

순간, 느긋하던 비비안의 눈에 묘한 기색이 스쳐 지나갔다. 그리고 곧, 그녀가 눈을 감았다.

젠장.

"리디아 세믄이, 나를 꽤 숭배했지. 고위 귀족 따위 만나 본 적 없는 학생에게 이디에트 공작의 지위가 어떤 압박을 줄지는 당신도, 나도 잘 알아."

"너무 치사하다고 생각하지 않나?"

"다시 똑같은 말을 반복해 주지, 우리 둘 사이의 싸움에 치사하고 말고 따위가 있었나?"

"내가 그날 당신에게 독을 탔다고 이렇게 복수하는 건가?"

"복수보다는, 그저 당신이 놓은 돌에 당신도 한번 걸려 보라는 거야."

"……."

"라니사 블레이드가 당신의 업보라면, 나 또한 당신의 업보나 마찬가지이니."

위그의 말이 끝나자마 비비안이 이를 꽉 깨물었다. 온몸에 힘이 들지 않았다. 평소에 먹지 않던 것이라 약효는 순식간에 돌았다. 그녀의 의식이 점점 희미해졌다.

그러나 반항 따위는 없었다. 있을 리가 만무했다. 그럼에도 불구하고 끝까지 정신을 차려 보고자 테이블로 손을 뻗는 비비안을 위그가 제지했다. 손끝에 아슬아슬하게 닿은 나이프와 접시 중 뭘 쥐든 쓸모가 없었다. 위그는 손으로 이 모든 것을 테이블의 한쪽 끝으로 밀고, 팔을 뻗었다.

그는 단숨에 비비안을 안아 들었다.

비비안의 반항은 끝까지 존재했다. 그녀는 마지막 그 순간까지 포기라는 것을 모르는 사람이었다. 그러나 침대에 몸을 뉘이고, 다정하게 이불을 덮어 주는 위그의 앞에서 그녀는 결국 무거워지는 눈까풀을 이길 수가 없었다. 곧 그녀가 잠에 빠졌다.

위그는 조용하게 그녀의 눈을 응시했다. 최소한 거짓으로 잠든 자와 진짜로 잠든 자의 차이 정도는 구분할 수 있었다. 전장에서 수도 없이 만난 이들은 죽은 체를 하거나, 잠든 체를 하거나, 아니면 그 외 여러 가지 방식으로 자신을 지켰다.

그래서 그는 비비안이 온전히 잠이 들었다는 것을 쉽게 확인했다. 이제부터 깨우지만 않는다면, 그녀는 몇 시간 동안 단잠을 자게 될 것이었다. 그리고 그녀가 깨어나게 될 때는, 그가 이미 리디아와의 '협상'이 끝난 뒤겠지.

위그는 몸을 돌렸다. 방 안의 불을 끄고 문을 열자마자 헤더의 깜짝 놀란 얼굴이 안겨 왔다. 그녀는 왜 방 안이 이렇게 어두운지, 그리고 나오는 것이 왜 위그인지, 자신의 주인이 어떻게 이렇게 빨리 잠에 들었는지 궁금한 얼굴이었다.

"비비안은 잠들었다."

"저, 저녁에 약속이 있다고 하셨는데."

"그 약속을 내가 대신 가게 되었지."

헤더는 순간 뭔가 이상함을 깨달았다. 그러나 그녀가 급히 방에 들어가기도 전, 위그가 입을 뗐다.

"지금 억지로 깨운다고 비비안에게 득이 되는 건 없을 거다. 수면제를 먹었거든. 억지로 깨운다면 그녀의 몸에 더 나쁠 거다."

"……!"

헤더가 입을 딱 벌렸다. 그녀는 위그와 비비안을 번갈아 보다가 입을 다물었다.

그때 멀리서 요한이 달려왔다. 그는 위그를 응시하더니, 고개를 숙이고 입을 열었다.

"리디아 세문의 소재지를 알아냈습니다. 그리고 클로에는, 이미 기사들을 배치해 방에 가두었습니다."

순간 헤더가 두 손으로 입을 막았다. 그러나 위그는 그저 웃으며 걸음을 옮겼다.

그는 비비안을 힐끔 보았다. 그는 딱히 비비안에게 뭔가 해를 끼칠 생각은 없었다. 물론 그의 행동도 해를 끼친다면 끼치는 것이지만 두 사람의 선은 언제나 넘으라고 존재하는 것이었고, 설사 해를 끼친다고 지적해도, 그는 이 관계에서 무조건 이겨야 했다.

곧 그가 마차를 타고 이디에트 공작가를 떠났다. 뒤로는 잠에 빠진 비비안만 남긴 채.

* * *

리디아는 살면서 단 한 번도 자신이 비비안 로젤리스의, 그러니까 소문으로는 인간이 아닌 악마나 마녀에 가까운 그 비비안 로젤리스의 유언장을 관리하게 될 날이 올 줄 몰랐다.

상상 속의 그녀가 말끔한 정장과 함께 수많은 귀족과 부호들의 변호사인 것과 별개로, 법학원에 입학하기 전의 그녀는 그저 집에서 책을 좀 읽고 성정이 활발한 똑똑한 여자아이에 불과했던 것이었다.

'절대 조금의 문제라도 생겨서는 안 돼.'

리디아는 숙부인 세믄 교수가 신신당부한 말을 속으로 읊조렸다. 그녀의 손에는 바첼론에서 도는 돈의 절반이 넘는 금액이 걸려 있었다. 비비안이 왜 갑자기 그녀에게 자신의 유언장을 맡기겠다고 했는지는 알 수 없지만 이 일은 절대 부담스럽다는 이유로 거절할 만한 게 아니었다.

그렇게 쿵쿵 뛰는 심장을 겨우겨우 가라앉힌 리디아가 몇 번이나 서류를 반복해서 읽을 무렵이었다. 갑자기 노크 소리가 들려왔다.

리디아는 서류를 내려놓고 급히 자리에서 일어났다.

"단⋯⋯."

그러나 문이 열리자마자 들어오는 인영에 그녀가 얼어붙었다.

"이디에트 공작 각하?"

"세믄⋯⋯."

위그는 잠시 리디아의 호칭을 골랐다. 그 짧디짧은 정적 사이에 리디아는 이미 혼이 빠진 얼굴을 했다. 왜 문을 열고 들어온 것이 위그인지 알 수 없었다. 그의 뒤를 따라 비비안이 들어오길 바랐으나 그런 기적은 일어나지 않았다. 위그가 들어오자마자 요한이 문을 닫아 버렸기 때문이었다.

"세믄이라고 부르지. 적당한 호칭이 없어서 말이야."

"이디에트 공작 각하를 뵙습니다."

결국 위그가 고르고 고른 호칭은 그녀의 성이었다.

아내의 유언장을 보관하는, 엄밀히 말하자면 변호사나 마찬가지인 신분으로 있는 이에게 미혼의 여자라는 이유만으로 레이디라는 호칭으로 부를 수 없다고 생각했다. 그래서 위그는 아주 간단한 방법을 선택했다.

물론 리디아는 그 호칭이 마음에 들고 말고를 판단할 정신이 없었다.

"앉아도 되나?"

"어떻게 오셨죠?"

리디아는 이미 머릿속이 새하얘져서 자신이 무슨 말을 하는지조차 알 수 없었다. 모든 게 다 엉망이 된 느낌이었다. 원래 계획대로라면 이 방에 지금 서 있어야 하는 사람은 비비안이지 비비안의 남편이 아니었다. 그 차이가 무엇을 의미하는지 리디아는 모르지 않았다.

위그는 리디아의 허락을 기다리지 않고 소파에 앉았다. 코트도 벗지 않은 그의 모습에 리디아는 조금 안심했다. 그래도 긴 대화가 이어질 것 같지는 않았다. 그러나 그가 입을 여는 순간, 그녀는 숨이 턱 막혔다.

"내 아내 대신 왔지."

"……."

"비비안과 약속이 있지 않았나?"

"단주님은 어디에 계시는지……."

"집에서 자고 있어."

"네?"

이 중요한 날에 비비안이 집에서 자고 있다고? 리디아가 의문을 품었다. 그러나 위그가 말을 이었다.

"내가 재웠지."

순간 리디아가 뒤로 한 걸음 물러났다.

말이 '재웠다'지 리디아는 너무 쉽게 위그의 말이 비비안이 이곳에 못 오게 '조치'를 취했다는 뜻임을 알았다. 그리고 그 '조치'라는 것은 필히 비비안의 인신 자유를 제한하는 쪽이리라. 리디아는 어떻게 사람이 타인의 발목을 묶어 놓고 감금을 했다는 말을 자연스럽게, 그리고 이렇게 당당하게 할 수 있는지 몰랐다. 그 생각이 들기가 무섭게 방금 전까지 그녀를 잠식했던 공포가 이제는 분노로 변했다.

"사람을 함부로 감금하면 안 돼요."

"감금하지 않았어."

"약을 타도 안 되고요."

"그녀의 약이지. 수면제거든. 그리고 엄연히 말하자면, 약을 타고 감금을 하고 죽이고, 그런 일은 네 고용주가 더욱더 잘하는 짓이다."

"그건 변명이 되지 못해요."

"간단하게 말하지. 비비안은 편지로 나와 세믄, 그러니까 세믄 원장이 만나게끔 손을 써 두었어. 나를 속이려고 했거든."

리디아는 자신의 말이 완전히 잘린 게 억울해서 입술을 꼭 깨물었다. 그러나 쿵쾅거리는 마음에 더 따질 용기가 차마 나지 않았다. 그녀는 이제 스무 살 남짓한 법학원 2학년 학생이었다. 그리고 상대는 '그' 이디에트 공작이고.

두 사람의 역량 차이를 굳이 세세하게 따져 볼 필요도 없이 그녀의 압도적인 패배였다. 신체, 지위, 재부, 그 외 모든 것들을 하나하나 따져 보아도 지금 그녀는 인생에서 가장 위험한 상황에 직면해 있었다.

위그는 리디아의 눈에 비낀 짙은 공포와 불안감을 눈치챘다. 그러나 그는 딱히 상냥하게 자신을 포장하지도, 그렇다고 그 공포를 이용해 리디아를 한층 더 압박하지도 않았다. 그는 그저 모든 이들을 대할 때처럼 그렇게 싸늘하고 담담한 목소리로 말을 이었을 뿐이었다.

"오늘 자신과 세믄 교수가 만나서 유언장을 고칠 것이다…… 이런 메시지를 내게 주고 싶었던 모양이지만 안타깝게도 내가 먼저 간파했지. 그래서 내가 이곳에 있는 것이고."

"무엇을 하고 싶은 거죠?"

"간단해, 비비안이라면 내가 오늘 세믄 교수와 만날 것을 대비해 내가 의심을 하지 않도록 수정을 한 번 거쳤겠지. 하지만 그건 어디까지나 복사본이나 가짜에 불과하고, 진정한 유언장은 오늘 최종 수정을 돕는 세믄, 네 손에 있을 거다.”

리디아는 입을 꼭 다물었다. 사실이었다. 세믄 교수에게 비비안이 미리 준비해 놓은 가짜 유언장이 있는지는 그녀도 알 수 없으나, 그녀의 손에 있는 것은 확실히 비비안이 최근에 수정했다고 세믄 교수가 준 유언장이었다.

“그 유언장을 봐야겠어.”

위그의 말이 끝나자마자 리디아의 손바닥에서 식은땀이 맺혔다.

바첼론에서 법적으로 유언장은 본인 외에 확인 및 수정이 불가하다. 하지만 그것은 어디까지나 남성이나, 남성 보호자가 없는 미혼의 여성에 한해서였지 기혼의 여성에게는 해당이 되지 않는다. 바첼론 법령상 기혼의 여성은 그 유언장을 작성하면서 남성 보호자의 ‘도움’을 받을 필요가 있었다. 그 도움에 대한 해석은 법적으로 거의 ‘수정’, ‘삭제’ 등 실질적인 내용의 변동까지 포함되는 것으로서 한마디로 이 상황에서 위그의 요구는 절대적으로 합법적이라는 것이었다.

하지만.

리디아는 손에 있는 유언장을 위그 이디에트에게 넘기고 싶지 않았다. 이 것은 남자고 여자고 남편이고 아내고를 떠나서 법학원에서 수업을 들을 때마다 근본적으로 의문을 갖던 내용이었다. 과연 남편이 진정으로 아내를 보호한다는 명목하에 그녀의 재산, 나아가 유언장까지 제멋대로 휘두르는 것이 옳은가 하는.

그런데, 그녀의 손에 선택권이 있나?

위그는 입술을 꼭 깨물고 서 있는 리디아의 눈빛을 확인했다. 딱히 만만한 상대라고 생각해 본 적은 없었다. 비비안이 선택한 사람이면 절대 만만할 리가 없었다. 물론 그는 지금 당장 명령 불복종으로 리디아를 처벌하고 유언장을 빼앗을 수 있었다. 하지만 굳이 그럴 필요까지는 없다.

그는 주저하는 리디아를 빤히 응시하다가 가볍게 웃음을 흘렸다.

"수정할 생각은 없다. 그저 내놓으라는 것이다."

"그건 곤란할 것 같아요."

"바첼론의 법령상 합법적인 절차라고 생각되는데."

"그건 타당하지 않아요. 그……."

리디아는 머리를 굴렸다. 기실 머리가 굴려진다고 생각되지도 않을 만큼 긴장했지만 일단 머리를 굴릴 필요성은 있어 보였다. 그리고 그녀의 판단은, 어떻게든 눈앞의 인간한테 만만하게 보이면 안 된다는 것이었다.

리디아는 천천히 소파에 앉았다. 그녀의 얼굴에 깃든 결심을 읽어 내고도 위그는 딱히 동요가 없었다. 리디아는 천천히 입을 열었다.

"각하는 단주님을 사랑하시죠."

그리고 그 순간, 위그가 헛웃음을 터뜨렸다.

어찌 보면 그럴 수밖에 없었다. 법적으로도 관례상으로도 리디아는 절대 위그를 이길 수 없었다. 그녀가 지금 위그를 설득할 수 있는 가장 큰 방법은 그저 감정적으로 그가 여기에 온 용건을 포기하게끔 하는 것이었다. 물론 위그에게는 씨알도 안 먹히겠지만.

"다시 말하지만, 나는 내 아내를 재우고 왔다. 그 말이 지금 의미 있다고 보나?"

"대체 왜, 그렇게 당당하시죠?"

리디아는 저도 모르게 울컥하고 말았다.

아무리 그가 고고한 귀족이라고 해도 그렇지 뭐가 이렇게 당당한지 알 수 없었다. 그는 아내에게 수면제든 뭐든 일단 조치를 취한 뒤 아내의 유언장을 확인하러 왔다. 그러고도 그날 바로데의 별장에서는 그렇게 절절한 남편인 척 굴었다는 게 아닌가.

대체 단주님은 왜 이런 남자와.

리디아는 도저히 이해할 수 없었다. 그러나 지금 그녀에게 급선무는 왜 비비안이 이런 남자와 결혼했느냐가 아니라 최대한 그를 설득하는 것이었다.

"이 유언장은 단주님께 어마어마한 의미를 갖고 있어요. 그걸 모르지는 않으시겠죠."

"알아."

"진짜로 사랑하신다면 이런 식으로 굴지 말아야 해요."

"이런 식으로? 유언장을 수정하지 않겠다고 했는데."

"하지만 이렇게 확인하게 된다면, 최소한 단주님은 남은 인생을 불안에 떨면서 살 거예요."

"그래, 그렇겠지."

리디아의 반응에 위그가 미묘한 얼굴을 했다. 실제로 리디아의 말은 맞았다. 그리고 그는 그 사실을 알았다. 정확히는 비비안에게 뒤통수를 맞고, 그러니까 그의 아버지가 제이슨에게 보낸 편지를 비비안이 손에 넣었음을 알게 된 순간, 그는 그것을 깨달았다.

비비안은 자신에게 위협이 되는 모든 존재를 용납하지 않는다. 반대로 말하자면 그가 그녀의 권리를 흔들고 재산에 손을 대는 모든 일이 그녀에게는 위협이 된다는 말이었다.

장담하건대 그보다 더욱더 그 사실을 잘 아는 사람은 많지 않을 것이었다. 하다못해 공처가로 소문난 사교계의 우수한 귀족 남자들도 이 사실을 이해하지 못할 것이었다. 실제로 그들의 행동 하나하나가 그녀에게 위협이 된다. 그들이 화를 내도 움츠러들고, 그들이 손을 휘두르면 매가리 없이 쓰러질 수도 있다. 그리고 그게 현재 그가 리디아 세븐을 상대로 굳이 언성을 높이지 않는 이유였다.

위그는 딱히 눈앞에 있는 이 어린 여학생에게 트라우마를 남기고 싶지는 않았다.

하지만 비비안 로젤리스는?

"그녀는 내 목줄을 손에 넣었지. 내가 그녀에게 위협이 되기 때문에. 우리는 그런 식으로 싸웠어."

리디아는 목줄이라는 말에 멈칫했다. 그러나 일단 비비안을 변호해야 할 것 같았다.

"……그게 무엇인지는 알 수 없으나, 그건 단주님으로서는 살기 위한 최상의 방법이었을 거예요."

"알아. 이해해. 나라도 그랬을 테니까."

"그럼."

"하지만 세믄, 너는, 싸울 때 상대의 편의를 다 봐 가면서, 내 상대가 약한지 강한지 하나하나 다 짚어 보면서 싸우나?"

"……그건 아니죠. 그렇지만 선이라는 게 있어요."

"그 선이 무엇인지 말해 봐."

"그건."

리디아는 순간 말문이 막히고 말았다. 이제 그녀의 머릿속은 전부 위그의 물음으로 도배되었다. 그녀는 방금 전까지 위그를 상대로 긴장했다는 사실조차 잊고 말았다.

"……상대가 위협을 느끼게는 하지 말아야."

"위협을 주지 않는다고? 그럼 싸우기는 왜 싸워?"

리디아는 그만 자신이 바보가 된 것 같았다. 그녀는 입을 꼭 다물었다. 이제 그녀는 온전히 눈앞의 남자에게 밀려서는 안 되겠다는 생각만을 하고 있었다. 어떻게 해야 하지. 잠시 생각하다가 그녀가 입을 열었다.

"그럼 지금 각하의 말씀이 옳다는 건가요?"

"나는 내가 옳다고 하지 않았다."

"지금 틀린 걸 알면서도 이런다는 것인가요?"

"그렇지."

"틀린 건 그렇게 당당한 일이 아니에요. 악랄한 건 자랑도 아니고요. 엄연히 사람과 사람 사이에는 지켜야 하는 선이 있고 현재 각하의 행동은 선을 넘는 행동이에요."

"그렇군. 정말 주관적인 기준이야. 그래서 네 논리대로라면 내 아내는 여자이기 때문에 철저하게 약자고, 사회의 피해자이고, 나는 철저한 가해자이기 때문에 그녀가 무슨 반격을 하든 다 이해하고 포용하고 그럴 수 없음을 인정하고 그녀가 언제 내 약점을 폭로할지 몰라 전전긍긍하고 살라는 건가. 차라리 내가 태어난 것 자체가 실수이고 잘못이라고 하지 그래."

"그런 적은 없어요. 하지만 최소한 부부라면, 사랑한다면 이런 식으로 굴지 말아야 해요."

"그러니까 그 사랑이라는 이름 아래, 나는 내 모든 것을 다 포기하고, 목숨도 포기하고, 가문도 포기하고, 재산도 포기하고, 모든 것을 다 포기해야 하는 건가? 그건 사랑이 아니라 복종이지. 그리고 내 아내는, 그 복종을 너무 끔찍하게 여겨서 내 목줄을 잡은 사람이고."

"애초에 단주님을 사랑하긴 하나요?"

"글쎄. 그건 네가 알 바 아니다. 하지만 세븐, 내 아내는 그 피해자 노릇이 끔찍하게 싫어서 나를 밟고 올라가려고 했던 사람이야."

"자신의 행동을 정당화하려고 하지 마세요. 애초에 단주님이 그렇게 된 건 다……!"

그렇게 외치는 순간, 리디아는 뭔가 이상하다는 것을 느끼고 말았다. 그리고 다시 위그의 얼굴을 보았을 때, 그녀는 자신이 철저하게 위그에게 농락당하고 있다는 사실을 깨달았다. 그녀는 방금부터 그저 담담하게 이 모든 것에 받아치는 그와 씩씩거리며 그를 상대하고 있는 자신을 발견했다.

그녀는 길게 숨을 내쉬었다. 이대로 가다가는 대화는 의미 없어진다. 그녀는 대체 왜 이디에트 공작과 이런 말씨름을 벌였을까. 그렇게 생각하는데, 갑자기 위그가 입을 열었다.

"어떤 사람들은 자신이 타인과 비슷하게 누릴 수 있길 바라지."

"그게 틀렸나요?"

"아니, 하지만 이해를 할 수 있는 상황은 아니다. 나는 타인의 위에 올라가 군림하고 싶거든."

"정말이지 너무 당당하시네요."

"내 아내도 이 문제에는 당당해. 타인의 위에서 군림하고, 힘을 갖고 권력을 유지하고 싶지. 인간의 가장 추잡한 욕망이야. 약육강식이라고, 결국 인간은 타인의 위에 올라가고 싶어 해. 그리고 타인의 위에 올라가고 싶다면, 옳고 그름 따위를 따지는 건 별 의미가 없다. 애초에 누군가의 위에 군림하고 싶다는 욕망 자체가 옳고 그름을 따지자면 옳지 않거든. 틀리지 않다고 옳은 건 아니니까."

"지금 각하께서 하시는 일이 어떤 것인지 잘 알고 계시면서요."

"알지. 나와 내 아내 둘 다 알아."

리디아는 입술을 꼭 깨물었다. 위그는 길게 숨을 내쉬었다. 이제 시간 낭비는 끝났다.

"타인을 밟고 올라가려고 하는데도 평등한 기회 따위는…… 정말 말도 안 되는 개소리다. 타인의 위에 올라가기 위한 전제로는 위아래가 필요하고, 그런 상황에서 평등이라니 대체 무슨 의미가 있겠어."

"저는 누군가의 위에 올라가고 싶지 않아요."

"훌륭한 자세다. 하지만 나는 군림하고 싶어. 아마 내 아내도 마찬가지일 것이고. 우리 둘은 그렇게 서로의 위에 군림하려고 지금까지 물고 뜯을 거다. 그래서 나도 이 자리에 있는 거고."

"본인의 행동을 정당화하지 마세요."

"객관적인 분석이지."

"이해하지 못하겠어요."

"이해를 바란 적이 없어."

"그럼 왜 저한테 이렇게 시간 낭비를 하는 거죠?"

"그거야, 네가 내 아내의 변호사가 될 테니까. 그리고 그런 마음가짐으로 살면, 조만간 내 아내한테 공포를 느끼고 도망칠 거 같거든."

"⋯⋯?"

리디아는 입을 딱 벌렸다. 그녀는 대체 판이 어떻게 돌아가는지 알 수가 없었다. 그때, 위그가 입을 열었다.

"그럼 이제 유언장을 내놓지 그래."

"⋯⋯."

"정 싫으면 변호사 협회 쪽에 리디아 세믄이 바첼론의 법령을 어겼다고 제보하지. 그쪽은 나한테 협조를 아주 잘해 줄 거 같군."

리디아는 눈을 꽉 감았다. 그녀는 이미 머릿속이 엉망이 되어 아무 생각도 할 새가 없었다. 위그가 이렇게 나온다면 확실히 그녀는 방법이 없었다. 애초에 그가 그녀의 말을 들어 준 것만으로도 이미 기적이었다.

'무슨 인간들이 좀 평화롭게 살지 저렇게 싸우고 먹고 올라가겠다고 그러는지 모르겠어.'

리디아는 속으로 툴툴거리면서 유언장을 내왔다. 얼굴에 싫다는 기색을 잔뜩 내비치며 내미는 그녀에게서 위그가 바로 유언장을 가져왔다. 생각보다 시간이 좀 걸리긴 했지만 딱히 아쉬울 건 없었다. 어차피 비비안은 집에서 자고⋯⋯.

'응?'

그리고 봉투에서 유언장을 꺼낸 위그는, 유언장의 내용을 확인하고 미간을 좁혔다.

"로튼의 경영권은 아리아에게, 현금으로 바꿀 수 있는 모든 금전 재산은, 케이트에게?"

위그는 얼굴을 찌푸렸다. 그럼 리즈는?

'아니 그 전에, 이렇게 간단하다고?'

위그는 잠시 뭔가 생각하다가 자리에서 일어났다. 그는 불쾌한 얼굴로 자신을 응시하는 리디아를 향해 입을 열었다.

"이게 전부인가?"

"네."

"그렇군. 그럼 나는 이만."

리디아는 굳이 위그에게 잘 가라는 말도 하지 않았다. 기분이 확 나빠졌다. 그러나 위그는 애초에 리디아의 기분 따위 살필 생각이 없었다.

그는 바로 호텔에서 나와 마차로 들어갔다.

"저택으로 가지."

명령이 떨어지자마자 마차가 움직였다.

그리고 얼마나 시간이 지났을까.

"각하. 도착했습니다."

마차를 타고 이디에트 저택으로 향하는 내내 유언장의 내용을 곱씹던 위그가 길게 숨을 들이쉬었다. 이제 방으로 돌아가 비비안이 깨어나면 다시 유언장의 내용을 확인해 볼 필요가 있었다. 그렇게 생각하며 저택으로 들어갈 때였다.

"……?"

위그는 미간을 찌푸렸다.

그가 나올 때와 달리 저택은 텅텅 비어 있었다.

위그의 얼굴은 삽시에 굳어졌다. 그는 집사에게서 오늘 이디에트의 고용인들이 휴가를 떠난다는 말을 듣지 못했다. 아니, 애초에 고용인들이 휴가 따위를 갈 리가 없었다. 설사 간다고 해도 집사마저 나와서 그를 맞이하지 않을 도리가 없었다.

"사람이 왜 없지?"

위그의 뒤를 따라온 요한이 입을 딱 벌리고 놀란 얼굴을 했다. 그 또한 고지를 받은 상황은 아니었다. 요한의 표정을 살피던 위그가 얼굴을 확 일그러뜨렸다.

이 저택에서 그 이외에 모든 고용인을 저택에서 나가게 할 만한 권력을 가진 사람은 비비안밖에 없었다. 그러나 오늘의 급박한 상황은 그로 하여금 더욱더 나쁜 생각마저 하게 만들었다.

설마.

위그는 바로 위층으로 걸음을 옮겼다. 성큼성큼 주저 없이 계단을 밟는 그의 모습에 요한이 놀라 뒤를 따르려고 했으나 위그가 큰 목소리로 그를 저지했다.

"정문의 기사에게 상황을 알아봐. 고용인들이 어디로 갔는지, 그리고 무슨 일이 일어났는지."

그는 이를 갈았다. 만약 이 모든 것이 비비안이 그에게 하는 복수라면 오히려 그로서는 가장 좋은 결말일 것이었다. 하지만 만약, 만약 이 틈을 노려 외부의 적이 들어왔다면 그는 아마 한평생 이날의 기억에 묶여 지옥에 빠질 것이었다.

무사해야 하는데.

비비안 로젤리스가 절대 호락호락하게 당하지 않으리라는 것을 알면서도 위그는 차마 진정할 수 없었다. 단 한 톨의 의외의 상황마저도 용납할 수 없었다. 비비안 로젤리스는 절대 죽어서 안 되는 여자였다. 그 여자는 끝까지 살아남을 것이었고, 살아야 할 것이었다. 그녀에게 손을 대고, 그녀를 견제할 수 있는 사람은 세상에 오직 자신밖에……

"비비안 로젤리스!"

눈 깜짝할 사이에 부부 침실에 도착한 위그가 문을 벌컥 열었다. 1층에서 침실로 향하는 그 길에는 개미 새끼 한 마리도 보이지 않았다. 그의 커다란 목소리와 문이 부딪치며 내는 굉음이 한데 섞였다. 거의 절망에 가까운 소리를 내던 그는, 떠날 때와 달리 환하기 그지없는 방과 그 중앙에서 우아하게 티스푼으로 차를 젓는 비비안을 확인하자마자 저도 모르게 뒤로 두 걸음 정도 물러섰다.

다리에 맥이 풀렸다. 머릿속이 새하얘지다가 순식간에 이성이 돌아왔다. 비비안이 살아 있다는 사실을 확인하자마자, 그는 안도의 한숨을 쉬고 자신이 오늘 저지른 일을 떠올렸다.

분명 그가 떠나기 전까지만 해도 침대에 누워 있던 비비안은 언제 일어났는지 테이블에 앉아 있었다. 그러나 그가 돌아왔음에도 불구하고 여전히 창문을 향해 있는 얼굴이 유리에 비쳤다.

느긋하게 의자에 등을 기댄 모습이 마치 그림 같았다. 그 정도로 평온했다는 것이었다. 살짝 꼰 다리에 걸린 하이힐이 달랑달랑거렸다. 그러나 그것을 본 순간 위그는 왠지 모르게 속이 울렁거렸다. 그녀가 무사하다는 사실과 별개로, 그는 묘하게 기분이 이상해져 입매를 굳혔다.

결국 이 지옥도인지 천당도인지 모를 구분이 가지 않는 풍경을 응시하다가, 위그는 천천히 문을 닫았다.

"이게 무슨 짓이지?"

그의 물음에 창밖을 보던 비비안이 시선을 돌렸다. 유리 너머로 제 뒤에 있는 남자를 힐끔 보던 그녀는 찻잔을 입가에 댔다. 그러나 차를 마시는 소리는 들리지 않았다. 이내 달깍, 찻잔이 테이블 위에 놓이고 냅킨으로 입을 닦은 뒤 비비안이 고개를 돌렸다.

차가운 눈빛이 언제나 비비안 로젤리스였다. 그녀를 형용사로 쓸 수 있다는 사실을 자각하지도 못한 채 위그는 길게 숨을 들이쉬었다. 고용인들이 어떻게 사라졌는지는 알 수 없지만, 비비안은 그를 현재 상대하고 있는 게 확실했다.

"지금 무슨 짓이냐고 물었……."

"1층부터 이 방으로 오는 사이, 무슨 심정이었어?"

"말을 돌리는 건 당신이 쓸 만한 전략이 아닌데."

"내가 죽었을까 봐, 혹시 당신의 전략에 의외의 상황이 발생해서 나를 잃을까 봐, 놀랐나?"

위그는 가늘게 눈을 떴다. 비비안의 물음은 정확했다. 그는 1층부터 방까지 오는 이 과정에 그녀를 잃을까 봐 죽을 것 같은 느낌에 휩싸였다. 하지만 어차피 그녀는 죽지 않았다. 그는 솔직하게 그녀에게 말해 줄 의무가 있다고 생각하지 않았다.

"내가 왜 그래야 하지? 당신이 죽으면, 나한테는 더욱더 유리할 수밖에 없는 상황인데."

"흐음. 그런가."

"전략적으로 당신과 손을 잡고 있지만, 내 손을 더럽히지 않고 당신을 제거할 수 있다면, 나한테는 더없이 좋은 결과일 뿐 그 이상이 될 수 없어."

"하긴, 내 목줄을 잡으려고 내게 수면제까지 탄 사람이니까."

"그걸로 설마하니 나를 질책할 생각은 없겠지. 뭐, 해도 상관은 없지만 말이야."

"확실히 없어. 당신 말이 맞아. 사람이 살면서 저지른 일은, 어떻게든 대가를 치르게 되어 있어. 인과응보라고 하지."

위그는 비비안의 의도를 파악하고자 노력했다. 하지만 이제 와서 그녀가 무엇을 하든 그가 그녀의 유언장을 확인했다는 사실은 변하지 않는다. 설사 그 유언장이 조작된 것이라고 해도, 그는 이미 그녀의 패를 까발려 버렸다. 단기간 내에 누굴 찾든 손실은 반드시 비비안의 것이었다.

그런데 왜 이렇게 불안한지.

위그는 침착함을 유지했다. 유언장의 내용을 물으려던 계획은 잠시 뒤로 접어 둔 채 그가 천천히 걸음을 옮겼다. 비비안은 다시 찻잔을 들었다.

달그락달그락, 티스푼이 부딪치는 소리가 들렸다. 비비안은 살짝 찻잔에 입을 묻었다. 그리고 무엇을 생각하는지, 그녀가 빙그레 웃었다.

"이번에는 내 패배야."

"……."

"어쩔 수 없지. 유언장을 들켜 버렸으니, 이제 로튼의 재산은 전부 당신 마음대로 할 수 있게 되었네."

"이혼하면 끝나는 문제다. 그렇게 비관적인 상황도 아니고."

"하지만 나는 불안에 떨겠지."

"피차일반이야."

"그래, 피차일반이야. 패배의 대가고, 내가 파 놓은 덫에 내가 걸린 거야."

"……."

비비안이 우아하게 미소를 지었다. 그녀의 얼굴에 걸린 평온한 미소에 위그는 가늘게 눈을 떴다. 그녀를 관찰해 보아도 나오는 게 없었다. 어느새 비비안의 옆에 다가간 그는 아직도 차를 마시고 있는 그녀를 보다가 천천히 입을 열었다.

"그래서, 지금 저택은 무슨 상황이지? 고용인들은, 집사는 어디로 갔나?"

"내가 내보냈어."

"그러니까 그게 무슨 의미가 있냐고 물은 거다."

"별거 아니야. 그저 당신과 나 사이의 진솔한 대화의 시간이 필요할 것 같아서, 방해물을 제거했을 뿐이야."

"비비안 로젤리스."

"왜, 믿기지 않아? 사실인데."

그때였다. 비비안이 웃으면서 천천히 찻잔을 내려놓았다. 그러나 그녀의 찻잔이 컵 받침에 닿자, 자연스럽게 시선을 돌린 위그는 찻잔에 담긴 것을 보자마자 그대로 얼어붙고 말았다.

순간 시간이 정지된 것 같다. 그대로 심장이 쿵 하고 내려앉는다. 비비안은 태연자약하게 냅킨을 들었다.

찻잔에 담긴 건 차가 아닌 피였다.

위그는 비비안의 손에서 거의 빼앗다시피 냅킨을 받아 들었다. 피로 얼룩진 냅킨에서 알싸한 피 냄새가 흘렀다.

그는 그제야 방에 들어올 때부터 그의 본능을 건드리던 그 감각을 알아 차렸다. 그건 거의 육감에 가까운 피비린내에 대한 반응이었다.

"이게 무슨 짓이지?"

"뭘?"

"이 피! 이 피 뭐냐고. 당신 건가? 아니, 애초에."

"진정해."

위그는 바로 냅킨을 테이블에 던지고 한 손으로 비비안의 의자를 뒤로 쭉 끌어냈다. 그러나 비비안은 미동도 하지 않은 채 그저 여유롭게 그의 얼굴을 응시하고 있었다. 그는 비비안의 어깨를 짚었다. 그 위로 손을 올리며 비비안이 나른하게 읊조렸다.

"당신은 나를 상대로 전략을 짰어. 그리고 나는 패배했고, 패배했으면 패배의 과실을 맛보는 것이 예의지, 안 그래?"

"미쳤나? 당신이 패배의 과실을 먹을지 먹지 않을지는 내가 정해!"

"알아. 그래서 얌전히 있었잖아. 당신이 건네준 걸 먹고, 자다가 깨어나서 이렇게 조용하게, 있었잖아."

위그는 비비안이 대체 무슨 말을 어떻게 하는 것인지 도저히 이해할 수 없었다. 그는 분명 비비안에게 수면제를 주었다. 그 짧은 시간 내에 비비안이 약을 바꿔치기했을 리가 없었다. 그럼 비비안이 혼자 먹은 건가? 아니, 그녀의 말을 들어 보건대 그가 떠난 뒤 약을 먹은 어조가 아니었다.

그렇다면 답은 하나.

그는 천천히 화장대를 향해 고개를 돌렸다.

비비안에게 준 약. 그녀가 원래 먹는 약. 그의 서재에 있는 수면제는 바꾸지 못해도, 화장대에 있는 약은 바꿀 수 있는 사람이었다.

"약을…… 바꿨나?"

위그의 목소리가 부들부들 떨렸다. 그의 눈빛이 불신으로 가득 찼다.

아니라고 말해 달라고 애원하고 있었다. 그러나 비비안은 생각보다 더 잔인했다.

"나는, 당신이 주는 것만 먹었어."

"……!"

"약병을 열고, 그 약을 꺼내고, 손 위에 놓고, 물과 함께 내게 건넨 건 당신이야. 그리고 엄연히 나는, 당신에게 하지 말라고 경고를 했고. 선을 넘지 말라고 그렇게 말했는데, 당신은 결국 그 수면제를 풀어 나한테 건넸어."

"비비안 로젤리스!"

"위그 이디에트, 내 입에 독을 넣어 준 건, 당신이야."

말을 마친 비비안이 화사하게 웃었다.

위그는 이를 갈았다.

비비안이 이번에 잡은 그의 목줄은, 비비안 로젤리스였다.

"정신 나갔나?"

그는 대체 어떻게 하면 이렇게까지 상황이 번질 수 있는지 이해할 수 없었다. 목구멍에서 수많은 말이 맴돌았지만 결국 진짜로 목구멍을 비집고 나간 말은 그거 하나였다.

그러나 본인이 묻고도 그는 그 질문에 대한 답을 말할 수 있었다.

비비안 로젤리스는 지금 미쳤거나 실성을 한 게 아니었다. 오히려 그녀는 현재 그 어떤 때보다 더욱더 정신이 또렷한 상황일 것이었다. 그리고 그 또렷한 정신으로, 지금 그의 앞에서 그가 주는 '약'을 먹고 이렇게 되었다고 한다.

그는 테이블 위의 찻잔과 그 안에 있는 새빨간 피를 보고 그만 숨을 쉬는 것조차 잊고 말았다. 아니, 어디 숨을 쉬는 것조차 잊었다 뿐인가, 그는 이제 정신을 유지하는 방법조차 알 수 없었다.

비비안의 어깨를 잡아 쥔 손이 덜덜 떨리기 시작했다. 살면서 처음으로,

아니, 처음도 아니었다. 그녀가 리암에게 칼을 맞아 생사의 길 앞에서 헤매던 그때도, 그는 이렇게 떨어 봤다.

"해독제, 말해, 해독제가 어디 있지?"

"……."

"말해!"

그는 이제 비비안이 왜 이렇게 했고, 무슨 생각으로 이런 짓을 벌이고, 대체 무슨 목적을 달성하고자 했는지조차 신경 쓰지 않았다. 조금 전까지만 해도 유언장이고 대치고 목줄이고 그의 머리를 가득 채웠던 것들이 하나하나 사라지고 이제 그의 머릿속을 잠식한 건 오직 한 가지였다.

일단 이 여자를 살려야 했다.

그 생각이 들자마자, 그는 이성을 전부 잃은 채 비비안을 향해 소리를 질렀다.

"해독제가 어디 있는지 당장 말해."

"글쎄."

"비비안 로젤리스!"

"내가 그걸 말해야 하는 이유가 있나?"

그러나 위그의 반응이 무색하게도 당사자인 비비안은 무척 여유로웠다. 새빨간 선혈이 마치 립스틱처럼 아름답게 그녀의 입술을 잠식했다. 울컥울컥 피비린내가 올라오는 것도 아랑곳하지 않은 채, 그녀는 제 앞에서 분노하는 남자의 눈을 똑바로 보면서 우아하게 웃었다.

그녀의 대답에 위그의 손에 힘이 들어갔다. 통증에 비비안이 미미하게 얼굴을 찌푸리자, 그는 본능적으로 손에서 힘을 풀었다. 그러나 그는 이번엔 의자의 손잡이를 잡은 채, 비비안을 향해 으르렁거렸다.

"이대로 가다가는 죽어."

"패배의 끝은 원래 죽음이지."

"당신은 내 손아귀의 패자야, 당신의 죽음은 내가 정해!"

"적의 동정이나 사랑으로 살아남는 결말을 내가 얼마나 싫어하는지 모르는 것도 아니면…… 쿨럭."

그때였다.

나긋하게 말을 잇던 비비안이 기침했다. 찻잔을 찾아 피를 뱉어 버릴 새도 없이 그대로 기침과 함께 어마어마한 양의 피가 그녀의 입술을 비집고 나왔다. 위그는 그만 숨을 들이켜고 손을 뻗어 비비안의 입가에 댔다. 부들부들 떨리는 그의 손끝에 선혈이 묻자마자, 그는 더 비비안을 설득하는 게 의미 없다는 것을 깨닫고 몸을 돌렸다.

"요한!"

지금쯤이면 문지기에게 상황을 알아보고 돌아와도 한참을 돌아왔다. 어서 빨리 의사를 데려오라고 그가 외치며 문으로 다가갔다. 그러나 문을 벌컥 연 그는 텅텅 빈 복도를 보고 이를 갈았다. 그때 한쪽으로 냅킨으로 입을 닦던 비비안이 느긋하게 말했다.

"쓸모없어. 당신 부관은 지금쯤이면 내 비서한테 감금당했을 거야."

"……뭐?"

"원래 사람이 저지른 일은 언젠가 갚을……."

"비비안!"

위그는 결국 참지 못했다. 조금 전까지만 해도 어떻게든 해결책이 있으리라고 여겼던 가슴이 그대로 싸늘하게 식어 내렸다. 머리를 굴리고 또 굴리던 그가 크게 그녀의 이름을 불렀다.

비비안은 냅킨을 곱게 접어 테이블 위에 놓았다. 새빨간 선혈이 얼룩진 냅킨, 위그는 처음으로 겁에 질려 거친 숨을 그대로 토해 냈다.

그러나 그는 재빠르게 이성을 찾았다. 공작가의 마구간에는 말이 있다. 지금 당장 저택을 나가 말을 타고 수도에서 의사를 불러오면 그의 실력으로 그리 오랜 시간이 걸리지는 않을 것이었다. 하지만 그는 그 생각을 하자마자 다시 제 생각을 부정하고 말았다.

이디에트 저택에서 가장 가까운 진료소나 병원으로 가는 데만 아무리 빨라도 30분이다. 그사이 의사가 준비하는 시간도 계산해야 하고, 왕복까지 해야 한다. 그리고 무슨 독을 먹었는지 비비안이 말하지 않는다면 아무리 명의가 와도 그녀를 구할 방법은 없다.

무엇보다도 혼자 있는 사이 비비안이 무슨 짓을 할지 몰랐다.

결국 그는 천천히 문을 닫았다.

비비안은 조용하게 위그를 응시했다. 입 안은 이미 피비린내가 잠식한 지 오래였고 냅킨으로 닦은 덕에 입가는 깨끗했으나 반대로 옷에 남은 혈흔은 여전했다.

끔찍하리만치 괴이하고 아름다운 광경이라고 생각했다. 입술 주름 주름에 새빨간 핏자국이 남고, 정작 죽어 가는 그녀는 담담한데 그녀에게 약을 먹인 남자는 죽을 것처럼 군다.

위그는 이제 어떻게 해야 할지 몰라 넋을 잃은 것처럼 보였다. 아마 어떻게 그녀를 구슬려야 하는지 따위를 생각하리라. 장담하건대 그의 인생에서 지금 이 순간보다 더욱더 공포에 사로잡혔던 순간은 없을 것이었다. 그리고 그 공포는 그녀의 손으로 만들었다.

그렇게 생각하며 찻잔을 들어 다시 피를 뱉어 내는데, 어느새 위그가 그녀의 앞에 섰다.

비비안은 고개를 들었다. 그녀의 남편은 얼굴이 새하얘진 채 그녀를 바라보고 있었다. 평소의 냉정은 온데간데없고, 이 순간 그가 원래 얼마나 냉정한 사람이고 얼마나 잔인한 사람인지 아무리 열성 들여 설명을 해도 믿는 이 하나 없을 게 뻔할 정도로 그는 지금 불안해하고 있었다.

비비안은 평온한 얼굴로 위그를 응시했다. 시리도록 파란 눈동자가, 그의 얼굴을 쳐다봤다.

"왜 그래? 더 하고 싶은 게 없어?"

"해독제를, 내놔."

"그런 거 없어."

"그럴 리가 없어. 당신은 절대로 자기 자신이 죽게 내버려 둘 인간이 아니야."

"글쎄, 나를 너무 제대로 파악하지 못하고 있는 거 아닌가? 나는 패배에는 깔끔한 사람이야. 졌으면 죽어야지. 당신도 그걸 원했던 거 아닌가?"

"나는!"

위그는 주먹을 꽉 쥐었다. 그의 눈이 새빨갛게 물들었다. 슬픔인지 분노인지 긴장인지, 아니면 셋 다인지 알 수 없다. 그저, 높였던 언성을 천천히 낮추고, 그는 몸까지 낮춘 채 천천히 그녀의 어깨를 잡았다.

"비비안 로젤리스. 나는, 당신이 죽길 바랐던 적이 없어."

"하지만 나는 있어. 나는 당신에게 패배하면서 당신의 은혜로 살고 싶지 않아."

"이건 내 은혜가 아니다!"

"그럼, 내가 만약 디텔 공작이라면 당신은 나를 살리려고 할 건가?"

"당신과 디텔 공작이 어떻게 같을 수가 있어!"

"뭐가 다른데."

"……!"

"나와 당신의 그 수많은 정적이, 뭐가 다른데? 오히려 당신을 순식간에 무너뜨릴 수 있다는 데서 이 세상에 나와 비견될 만한 사람이 없는데. 당신이 진정으로 적을 제거하고 싶다면, 나를 가장 먼저 죽여야 하는 거 아닌가?"

비비안의 나른한 목소리에 위그의 얼굴에 절망이 비쳤다. 한시라도 더더욱 지체해서는 안 된다. 그의 이성은 이제 천천히 감성에 함몰되어서, 더는 뭔가 생각할 수도 없었다.

비비안 로젤리스는 죽지 않는다. 그의 이성은 수시로 외쳐 대고 있었다. 비비안 로젤리스는 절대 이렇게 허망하게 자신이 죽게 내버려 둘 그런 인간이 아니었다. 그녀는 어떻게든 살아남을 것이었고, 어떻게든 끝까지 이기려고 그를 상대할 것이었다. 그가 사랑하는 그 논리, 아니, 바첼론이 아닌 이 세상의 모든 논리가 그렇게 말해 대고 있었다. 그가 진정으로 이 상황에서 그녀를 이기고 싶다면, 그녀가 일어나 해독제를 먹을 때까지 가만히 있어야 한다.

하지만.

만에 하나라도.

아주 만에, 만에 하나라도 그녀가 이대로 죽으려고 한다면?

그 생각이 머릿속에 떠오르는 순간, 모든 이성과 논리는 무기력해졌다.

만에 하나라도 이대로 그녀가 죽으려고 한다면?

그 만에 하나라는 것이 얼마나 논리와 이성에 위배되는가를 둘째 치고 서라도, 만에 하나라는 그 몇억분의 일의 가능성 하나가 그녀의 죽음을 의미한다는 이유만으로도 그는 이 상황에서 그녀를 그대로 내버려 둘 수 없었다.

거기까지 생각한 그는 저도 모르게 잘게 떨리는 손을 진정시키고자 의자의 손잡이를 꽉 잡아 쥐었다. 의사를 데려올 수도 없고 독을 해독할 방법도 없다. 본인 스스로 이대로 죽겠다고 하면 그는 절대 그녀를 죽음에서 데려올 수 없다.

결국, 그가 입을 열었다.

"미안해."

"……."

"내가 잘못했어. 비비."

"……."

"내 실책이다. 아니, 실책이라고 할 것도 없다. 내가 잘못했다. 내가 생각이 짧았어. 내가……."

"……."

"내가 감히 당신을, 이기려고 해서."

그는 끝내 부들부들 떨리는 목소리로 말을 내뱉었다. 과거의 그 모든 자존심과 냉정함이 이대로 무너졌다. 그런데도 하나도 아깝지 않았다. 머릿속이 새하얘졌다가 새빨개지고, 다시 한번 죽음을 의미하는 검은색으로 칠해졌다.

위그는 천천히 그녀의 발치에 무릎을 꿇었다. 애원하듯 잡은 손잡이와, 설득하듯 잡은 그녀의 어깨, 그리고 그에게 내리꽂히는 그 무심하고 담담한 파란 눈빛.

"내가 잘못했다."

"……."

"그러니까 제발, 알려 줘. 해독제가 어디 있는지. 응?"

마치 어린 아기를 달래듯, 조심스러운 말투였다. 그는 이제 그녀의 발치에서 비굴하게 그녀의 목숨을 구걸하고 있었다. 살면서 제 목숨조차도 구걸해 보지 못한 그런 남자였다. 그의 말 한 마디 한 마디가 새롭게 그의 삶을 난도질하고, 그의 신념도 난도질하고, 마지막 자존감과 승부욕, 그리고 사내로서, 공작으로서, 위그 이디에트로서의 그 모든 오만함을 갈기갈기 찢어 앞에 내려놓았다.

목구멍에서 올라오는 모든 쓴 물이 그대로 내려간다. 심장이 뒤집혀 몸 안에서 제 존재를 알린다. 위그는 이를 악물고 그녀를 응시했다.

그러나 그의 그 모든 애원에도 비비안의 눈빛은 여전히 담담했다. 이제 그녀는 냅킨으로 입을 닦지도 않았다. 입 안에서 흘러내리던 피가 주룩 턱에 맺혔다. 길게 뻗은 속눈썹이 우아하게 팔랑거렸다. 그리고 곧, 그녀가 입을 열었다.

"이미 늦었어."

그리고 맺어지는 우아한 미소.

위그의 눈에 맺힌 마지막 희망이 꺼져 들어가는 순간.

비비안은 천천히 손을 뻗었다. 조각 같은 그의 얼굴을 살살 어루만지는 그녀의 손이 곧 그의 눈가를 쓸었다. 그의 얼굴이 파르르 경련했다. 비비안이 입을 열었다.

"이미 나는 당신한테 패배했어. 그래서 당신에게 죽었고."

"아니, 당신은 죽지 않아."

애원도 쓸모가 없어졌다. 그러나 위그는 굳어 있을지언정 그녀의 죽음을 인정하지 않았다. 그래, 누가 인정할까, 그가 왜 인정해야 하나. 이 여자는 죽지 않는다. 그녀가 관으로 들어가는 그 순간까지, 아니, 설사 그 순간이 온다고 해도 그는 그녀의 죽음을 인정할 수 없었다.

비비안이 나른하게 물었다.

"진짜로 그렇게 생각해?"

"죽지 않아."

"다시 묻지, 왜 내가 죽으면 안 된다고 생각하는 거야?"

"……."

"위그 이디에트, 내가, 왜 죽으면 안 된다고 생각하는 거야?"

다시 한번 돌아온 주제에 위그가 고개를 들었다. 왜 그녀가 죽으면 안 되냐고? 당연히 죽으면 안 된다. 그녀가 죽으면, 그녀가 죽으면…….

"당신이 가진 것들은……."

"내 유언장을 봤을 텐데. 내가 죽으면 내가 가진 것들은 그저 무사하게 상속이 될 거야. 뭐, 당신한테도 상속이 가기야 하겠지. 남편이니까."

"아쉽지 않나? 그 수많은 것들이 내 손에 들어가게 될 텐데?"

"패배자의 말로야. 나는 담담하게 이 모든 것을 받아들일 의무가 있어."

"나는 없어. 나는, 당신을 죽게 내버려 둘 생각이 없다."

위그는 얼굴을 일그러뜨린 채 한 자 한 자 내뱉었다. 그 모습을 느긋하게 보던 비비안이 피식 웃었다. 그녀의 입에서 이제는 검은색 피가 주르륵 흘러나왔다. 그 순간 위그가 손을 뻗었다. 그러나 그 손을 탁 쳐 내며,

비비안이 물었다.

"다시 그 물음이야. 왜 내가 죽으면 안 되는 거지?"

"……."

"대답해. 대답이 마음에 들면…… 해독제가 어디 있는지 알려 줄게."

해독제라는 말에 위그가 눈을 크게 떴다. 그러나 그의 눈에 비낀 것은 깊은 희망 대신 지독한 절망이었다. 그는 비비안이 무슨 대답을 원하는지 몰랐다. 이미 잘못했다는 말도, 사과도, 그리고 복종도 전부 해 보았다. 하지만 대체 비비안이 무슨 대답을 원하는 것인지 그는 알 수 없었다.

그는 비비안과 시선을 맞추었다. 그녀의 느긋한 눈빛은 죽음을 앞둔 자의 것이 아니었다. 그는 공포와 급박함으로 물든 얼굴을 하며 천천히 자리에서 일어났다. 완전히 굳어 버린 표정이, 잠시 허망하게 비비안과 허공을 번갈아 보았다. 그가 입을 열었다.

"대체, 왜 이러는 거지."

그의 질문에 비비안이 웃었다.

"내가 왜 이러는지 궁금해?"

위그의 얼굴에 다시 분노가 차올랐다. 분노와 슬픔, 광기, 그리고 마지막 절망까지 어우러진 얼굴로 그가 이를 악물고 그녀를 죽일 듯이 노려보았다. 그러나 입술을 비집고 말이 나오지 않았다. 비비안이 화사하게 웃었다.

"그건, 당신이 누구보다도 잘 알 텐데."

쾅!

위그는 테이블을 내리쳤다. 그는 완전히 의자에 비비안을 가두었다. 그 어떤 애원도 먹히지 않으니 위협으로 가는 것일까, 비비안이 감흥 없이 그를 응시했다. 그리고 그 순간, 위그가 입을 열었다.

"나는 모른다."

"왜 몰라?"

"대체 당신이 왜 이러는지 모르겠어."

"그러면 그냥 나를 죽게 내버려 둬."

"비비안 로젤리스! 당신은 절대 죽지 않아, 아니, 애초에 죽을 생각 따위 하지도 마, 당신은 죽을 수 없어!"

"왜, 당신이 내가 죽는 걸 원치 않아서?"

"그래!"

"그래서 왜, 내가 죽는 걸 원치 않는데?"

순간 위그가 멈칫했다. 그는 비비안의 파란 눈동자를 응시했다. 미소를 담뿍 머금고 있는 눈동자는 언제나 그러하듯 그를 그대로 꿰뚫어 보고 있는 것 같았다. 그때, 그녀가 작게 읊조렸다.

"날, 사랑해서?"

그 순간 위그는 비비안의 의도를 알아차릴 수 있었다. 그는 그녀를 사랑한다. 그리고 그는 사랑이 그녀가 제 목을 틀어쥐는 이유가 되는 것이 지독하게 싫어 결국 그녀에게 수면제를 풀고 그녀의 목줄을 잡기 위해 바등바등거렸다. 그러나 애초에 그가 그녀의 목줄을 잡는 게 가능했던가?

그녀가 그의 목줄인데?

"설마…… 지금."

위그의 얼굴에 불신이 비꼈다. 설마 지금 이 모든 게.

"나한테서……."

"다시 묻지."

"……."

"날, 사랑해?"

비비안의 낮은 읊조림에 위그는 눈을 질끈 감았다. 결국 그의 모든 계책은, 그와 그녀의 모든 대치는 우습게도 그가 그녀를 사랑한다는 그 사실 하나로 완전히 무너졌다.

그는 그녀가 죽지 않기를 바랐다. 그가 그녀를 사랑해서.

그 사실을 그녀가 알아 버렸다.

위그는 길게 숨을 들이쉬었다. 천천히 침을 삼켰다.

그가 졌다.

"그래."

"……."

"내가, 당신을 사랑한다."

비비안은 만족스러운 듯이 웃었다.

"내가, 당신을 사랑해."

위그는 인정했다. 애초에 이 사실을 깨닫는 순간부터, 그리고 그 상대가 비비안 로젤리스였다는 그 사실 하나만으로 그는 절대 이길 수 없는 전쟁에 뛰어든 것이나 다름없었다.

철저한 사랑만큼 더 지독한 목줄이 어디 있을까. 그는 결국 그녀를 사랑했고, 사랑해서 그녀를 잃고 싶지 않다. 그 지독한 정복욕 아래 숨겨진 짙은 절망은 그를 잠식하고, 그는 이제, 그녀를 잃을까 봐 매 순간순간을 전전긍긍해야 한다.

"이러려고, 약을 바꿨나?"

위그의 낮은 읊조림에 비비안이 피식 웃었다.

"그래."

"……왜?"

"당신이 나를 사랑하는지, 확실히 할 필요가 있거든."

"그딴 걸 대체 왜, 왜 확실히 하는데. 왜? 그럴 만한 가치가 있나? 당신한테 내 마음이 그 정도 가치가 있어?"

위그는 이를 악물고 천천히 그녀를 향해 물었다. 비비안은 그의 눈빛을 보다가 살짝 시선을 돌렸다. 그리고 그 순간, 그녀가 웃었다.

글쎄, 그럴 만한 가치가 있나?

당연히 있지. 그녀는 가치 없는 일을 하지 않으니까.

"해독제는 어디에 있지?"

위그는 길게 한숨을 내쉬었다. 일단 해독이 급선무였다. 이대로 가다가는 독이 아니라 과다 출혈로 죽는다고 해도 이상할 게 없었다. 그러나 그의 물음에 비비안이 어깨를 으쓱했다. 그녀의 반응에 위그가 울컥한 얼굴로 나지막이 으르렁거렸다.

"말해."

"하나만 더 물어보지."

"또 뭘!"

"날 진짜 사랑해?"

"사랑해, 사랑한다고, 당신을 사랑하다 못해 미칠 것 같으니까 당장 말해! 해독제가 어디 있는지!"

비비안은 피식 웃었다. 그러나 그녀는 해독제의 행방을 알리는 대신, 천천히 눈을 감으며 읊조렸다.

"해독제는 없어."

"또 뭐가 필요하지? 또 뭐가 필요한데."

"그게 아니라, 옆방에 헤더가 있어."

"……뭐?"

"가서 해독제를 가져오라고 해."

순간 위그가 자리에서 일어났다. 바로 방을 뛰쳐나가는 그를 보던 비비안이 길게 숨을 내쉬었다. 그러나 그녀의 입가에 걸린 미소는 딱히 지워질 기색이 없었다. 그녀는 손으로 입가를 닦았다. 피가 줄줄 흘러나오고 있었다.

곧 위그가 돌아왔다. 그는 얼굴을 일그러뜨리고 있었다. 그녀가 살 수 있다는 희망이 보이니 그제야 이성이 좀 돌아오긴 하는 것 같았다. 그러나 그뿐이었다. 비비안이 약을 마시지 않는 이상, 그는 조금도 시름을 놓을 수 없었다.

"대체 왜, 해독제를 미리 준비하지 않은 거지?"

"그래야 당신이 불안해하고 안절부절못하는 시간이 길어질 테니까."

위그는 그만 할 말을 잃은 듯했다. 겨우 그 정도 이유로? 그의 얼굴을 보던 비비안이 웃었다.

"지금 겨우 그런 이유 때문에 목숨을 걸었나? 겨우 나한테서 사랑한다는 말을 들으려고?"

"그런 것도, 있고, 기억해 두라고."

"……뭘?"

"내가 당신 목줄을 잡고 있다는 사실 말이야."

위그는 입매를 굳혔다. 비비안의 말이 맞았다. 이제 그는 그 어떤 수단으로도 그녀를 상대할 수 없다. 그의 일거수일투족을 비비안이 어떻게 알아채고, 어디까지 파악하고, 어떻게 대처할지 알 수 없었기 때문이었다.

지금은 독이었지만 다음이 다시 있다면 그녀는 칼로 손목을 그을지도 모른다. 그녀가 죽지 않는다는 사실을 알고는 있지만 그가 그녀를 사랑하는 이상 그 조금의 가능성조차 쉬이 넘기지 못할 게 뻔했다.

그의 완벽한 패배였다. 그는 이제 그녀 앞에서 남은 게 하나도 없이 그저 발가벗겨진 채 서 있는 듯한 느낌에 휩싸이고 말았다.

어떻게 상상이나 했을까. 결국 그가 그녀에게 패배를 선언한 이유는 그녀가 자신의 목숨으로 그를 협박해서라는 것을. 그러나 그것보다도 더욱더 그를 견제할 만한 것이 없기도 했다. 그는 눈을 꾹 감고, 천천히 비비안에게 다가갔다.

그가 문을 두드리자마자 헤더가 나온 걸 보면 이미 비비안이 시간까지 다 계산했을 가능성이 컸다. 그러니 그녀는 죽지 않을 것이었다. 그런데도 속이 울렁거렸다.

"이런 식으로 구는 게 당신에게 무슨 의미가 있는지 모르겠다."

"당신이 기어오르는 걸 방지할 수 있지. 그리고……."

비비안은 살짝 시선을 아래로 내렸다. 그녀는 의미심장한 얼굴을 했다.

위그는 입을 꾹 다물었다. 둘 사이에 정적이 흘렀다. 얼마나 지났을까, 비비안이 말을 이었다.

"내가, 당신을 온전히 가졌잖아."

순간 초조한 얼굴로 헤더를 기다리던 위그가 멈칫했다. 그의 눈동자는 완전히 의문으로 물들어 있었다. 그는 비비안이 무슨 말을 했는지 잠시 되짚어 보았다. 비비안이 천천히 자리에서 일어났다. 그렇게 피를 토하고도 정신이 말짱한지, 그녀는 몇 걸음 만에 그의 앞으로 다가와 천천히 고개를 들었다. 그리고 마치 그에게 새겨 넣듯, 다시 한번 읊조렸다.

"내가, 당신을 온전히 가졌잖아."

"……"

"그럼 의미 있는 거지."

위그는 자신의 코앞까지 다가온 비비안을 빤히 응시했다. 그게 무슨 의미가 있어. 묻고 싶은데 물을 수가 없다. 나를 가져서 당신이 좋을 게 뭔데? 이 역시 묻고 싶은데 물을 수가 없다. 목숨을 걸고 이 모든 판을 짜 놓고, 그가 걸려들기를 기다려서 그가 걸려들었다고 한들…….

"그게, 무슨 의미가 있어."

그게, 무슨 의미가 있나.

위그는 손을 뻗어 비비안을 잡았다. 그녀가 곱게 웃으면서 그를 바라보고 있었다. 꿰뚫어 버릴 듯한 눈빛이 그를 질식하게 만들었다. 결국 그 복잡한 감정의 소용돌이 속에 비비안을 응시하던 그가 한없이 잠긴 목소리로 다시 한번 읊조렸다. 이번에는 답이 돌아왔다.

"그게, 무슨 의미가 있어."

"왜 의미가 없어?"

"나를 가져서, 당신에게 무슨 의미가 있냐고. 차라리 나를 죽이겠다고 협박하는 게 더 효과적이…….."

"위그 이디에트, 승리자가 트로피를 부수는 걸 봤어?"

위그는 얼어붙었다. 담담하게 말을 내뱉는 비비안의 얼굴에 진득한 승리자의 미소가 떠올랐다.

"당신이 내 트로피야."

"……."

"내 인생에서 가질 수 있는 가장 완벽한 성공의 상징이지. 당신은 내 트로피고, 내 인생이 헛되지 않았음을 증명하는 가장 훌륭한 의미야. 그런데 내가 어떻게 당신을 부숴. 나는 당신을 못 부숴. 내 몸이 부서져도, 당신은 절대 추락하면 안 돼."

"……."

"당신은, 내 인생을 타인에게 전시하고, 내가 얼마나 완벽하게 살았는지 보여 주는 완벽한 트로피야."

순간 위그는 그만 할 말을 잃고 말았다. 자신이 어떻게 그녀의 트로피가 되었는지는 그가 알 바 아니었다. 다만 그를 보며 황홀하다는 듯이 웃는 그녀의 눈빛이 그가 봤던 그녀의 그 어떤 눈빛보다도 행복하고 만족감으로 차 넘쳐서, 그는 더는 화를 낼 기운도, 의미도 없어졌다.

"당신은 이 바첼론, 아니, 이 대륙에서 모든 이들이 꿈을 꾸는 상대지."

"……."

"그런 상대를 내가 가진 거야."

"트로피는 물건이다. 사람이 아니야."

"그러니까. 당신은 내 트로피고 내 사람이야. 당신은 나를 여자로서 사랑하고, 인간으로서 사랑해. 축하해, 내 인생에 당신만큼 나를 인간으로 대해 주고 여자로서 사랑해 준 사람은 없었어."

"그게 지금 내가 축하받을 일인가?"

"그렇지. 내가 당신의 그 사랑을, 인정해 주었으니까."

위그는 길게 한숨을 쉬었다. 우아하게 미소를 담고 그를 보는 여자를 빤히 보다가, 그가 팔을 뻗어 그녀를 안았다. 그 순간, 방금 전까지 억지로 서 있었던 것을 증명하듯, 그녀가 휘청거렸다.

위그는 그녀를 단단하게 잡아 품에 안았다. 입 안이 써서 말이 나가지 않았다. 분노가 차오르는데 그 분노를 밖으로 흘려보낼 방법이 없다. 어떻게 인간이, 이렇게 순진하게 타인을 가져서 행복하다는 말을 할 수 있는가. 그렇게 생각하는데 비비안이 입을 열었다.

"경고하는데, 이제는 나한테 손댈 생각 하지 마. 이제부터 당신이 내게 무슨 짓을 하든, 내 몸, 내 정신, 내 목숨까지 전부 다 내 손으로 내가 잡아서, 당신 앞에 제물로 내놓을 거야."

"비겁하군."

"피차일반으로 비겁했어, 우리는."

"나는 당신이 죽지 않을 걸 안다."

"그건 두고 봐야 알겠지?"

"나는, 당신을 잘 알아. 당신은 죽지 않을 거다. 하지만……."

"……."

"하지만 이런 일은 없을 거다."

그래, 없어야 한다.

정신적인 만족감이든 뭐든 그는 이제 절대 비비안을 이런 식으로 갉아먹을 여지를 내놓을 수 없었다. 이렇게 가다가는 정말 어느 순간 죽는다고 해도 이상할 게 없었다.

그는 비비안 로젤리스를 잘 알았다. 조금의 여한을 남기고 길게 살 바에야, 여한 없이 아득바득 손에 넣고 싶은 걸 다 넣고 죽을 사람이었다.

비비안은 살짝 미간을 좁혔다. 이제 슬슬 한계였다. 그래도 위그가 생각보다 더 빨리 저택으로 돌아왔기에 이렇게 미적거릴 시간이 있었지, 만약 그가 늦게 돌아왔다면 오늘 계획은 반쯤 수포로 돌아가야 했다.

하지만 결국에는 성공했다. 그녀는 위그 이디에트를 손에 넣었다.

그는 이제 절대로 감히 그녀를 사랑하지 않을 생각을 하지 못할 것이었다.

비비안은 손을 뻗었다. 그녀의 트로피다. 그녀가 싸워서 손에 얻은 것이었다. 세상에 내놓고 자랑이라도 하고 싶은 마음이었다. 너희들의 숭배를 받은 이 대단한 남자가, 결국 한낱 그녀의 무릎 아래서 사내로서 인간으로서 무릎을 꿇었다고. 그것도, 내게, 이 비비안 로젤리스에게.

위그는 초조한 얼굴로 비비안을 보았다. 빨리 헤더를 찾고 싶은데 비비안을 이대로 방에 내버려 둘 수 없었다. 그렇다고 함부로 움직이면 독성이 더 빨리 퍼질 수 있었다. 어찌할 바를 모르고 그가 비비안을 품에 꽉 안을 때였다.

길고 가는 손가락이 그의 뺨을 감쌌다. 그에 반응하기도 전, 비릿한 피가 그의 입가에 맴돌았다. 뜨뜻한 인간의 체온, 그리고 그 위에 낙인이라도 내려앉은 듯 달콤하고 타오를 것 같은 혀가 그의 입술을 갈랐다. 그리고 그 사이로, 진득한 피가 그대로 그의 입술 안을 파고들었다.

그는 저도 모르게 눈을 감았다. 그의 목을 그러안은 팔이 단단하게 그에게 안겼다. 그리고 새빨간 선혈이 그대로 그의 입술을 타고 흘러왔다. 피인지 독인지 혀인지 아니면 비비안인지 알 수 없는 것이 입술 안 깊은 속살을 그대로 파고들었다. 그리고 그 속으로, 마치 들끓는 선혈처럼 짙은 생명과 죽음의 냄새가 한데 얽혀서 젖어들었다.

모든 것들이, 전부 환상 같다. 품과 입 안에서 맴돌아 치는 그녀의 모든 열기 하나하나가, 그대로 그의 몸에 쏟아져 내리는 것 같았다.

"각하! 단주님!"

벌컥 문이 열리자마자 헤더는 자신의 앞에 보이는 광경에 얼어붙었다. 위그의 품에 눈을 감은 채 쓰러져 있는 비비안과, 입가에 주룩 흘러내리는 피를 손으로 대충 닦아 내린 위그가 손을 뻗었다. 헤더가 약병을 넘겼다. 한 손으로 병을 딴 뒤 위그가 그것을 입에 넣었다. 그리고 곧, 그는 다시 그녀의 입술에 입을 맞추었다.

꿀꺽꿀꺽 해독제가 식도를 타고 흘러들어 갔다.

결국, 그녀는 살아남을 것이었다.

그가 그녀의 죽음을 용납하지 않을 것이므로.

Chapter 18
사냥이 시작되는 순간

대부분의 이복 남매 사이가 그러했듯이 어린 시절 요한과 클로에는 우애
가 돈독하다고 하기에 애매한 관계였다.

돌체 백작가의 사생아로 태어나 한평생 백작 일가의 눈치를 보고 자란
클로에는 자신과 엄마를 매질하던 백작 부인과 이 모든 것들을 방관하던
백작에게 깊은 트라우마를 안고 있었고, 그러다 보니 자연스럽게 그 부정적
인 감정은 그 아들인 요한에게도 이어진 채 그녀로 하여금 요한과 도저히
유쾌하고 친밀한 관계를 유지하기 힘들게 했다.

그러나 무척 다행이게도 요한은 제 아비와 어미의 악랄함과는 거리가 먼
이였다. 그리고 그것이 클로에가 돌체 백작 일족이라면 바들바들 떨며 뒤
로 물러서는 것과 별개로 요한과는 꽤 긴밀한 관계를 유지하면서 사는 이
유였다.

특히 이디에트 공작의 부관으로 뽑힌 뒤, 요한은 특별히 자신의 동생을
수도로 불렀다. 그게 비록 클로에가 위그의 눈에 들어 정부 제안을 받고,

한평생 연애 한번 못 해 본 그녀가 위그의 반반한 얼굴에 정신이 빠져 정부 노릇을 기꺼이 받아들이는 참극을 안아 왔지만, 어쨌든 그의 의도는 클로에 가 더는 백작가에서 눈치를 보지 않고 수도에서 더 많은 것을 경험해 보길 원한 것이었다.

그래서 그런 것일까, 어렸을 때 꽤 사이가 서먹한 편이었던 클로에와 요 한은 오히려 수도에서 그럭저럭 우호적인 관계를 뽐내는 남매가 되었으며 그 괜찮은 관계는 클로에가 비비안의 비서가 된 뒤에 절정을 찍었다.

그런데 누가 알았을까, 그 절정을 찍는 관계가, 각기 두 사람이 모시는 주인들의 기 싸움에 등 터지듯 와장창 부서질 줄은.

"클로에, 이것 좀 풀어."

요한은 최대한 다정하게 클로에를 향해 입을 열었다. 그는 자신을 꽁꽁 묶고 있는 밧줄과 그런 자신을 둘러싸고 있는 기사들을 번갈아 보면서 한 숨을 쉬었다. 마지막으로 그의 시선이 그의 앞에 서 있는 클로에에게 향했 다. 클로에는 평소 가지고 다니는 비비안의 스케줄표를 들고 팔짱을 낀 채 손을 까닥까닥하고 있었다.

그는 키득거리며 웃고 있는 시녀들을 보며 눈을 질끈 감았다. 아직 상황 을 모르는 그는 지금쯤이면 위그가 그를 찾지 못해 분노하고 있을 것이라 고 생각했다.

'아니, 그런데 내 탓도 아니잖아? 누가 알았겠어, 정문으로 가자마자 갑자 기 포박당해 끌려올 줄은.'

그는 자신에게 발생한 일련의 사건들을 상기했다. 클로에의 문 앞을 지키 던 기사들은 이제 그를 감시하고 있었다. 어찌 보면 그들로서는 당연할 수 밖에 없었다. 가문의 안주인인 비비안이 내리는 명령이었다. 그리고 위그는 비비안의 명령을 듣지 말라고 하지 않았던 것이었다.

"대체 이게 뭘 하는 짓이야?"

"날 방에 감금한 대가를 치르고 있는 중이지. 눈에는 눈, 이에는 이."

"난 널 포박하지는 않았어. 이 밧줄은 좀 풀어 줘."

"원래 대가에는 약간의 벌이 더 필요한 법이야."

요한은 입을 딱 벌렸다. 원래 이런 아이가 아니었는데.

그러나 클로에는 딱히 그의 말을 들을 생각이 없는 듯했다. 그는 방에 있는 집사와 시녀, 하녀들을 쭉 둘러보다가 얼굴을 찡그렸다. 아무래도 이 태세를 보니 비비안이 뭔가를 꾸미고 있고, 그것은 필히 이 며칠간 위그가 비비안의 뒤를 캐고 있던 것과 연관이 있으리라.

"대체 언제 풀어 줄 건데? 내가 잘못했다고 하면 풀어 줄 거야?"

"아니."

"그럼!"

"단주님의 명령이 떨어질 때까지 가만히 있어. 아, 오빠한테는 공작 부인이지? 아무튼."

"대체 내가 왜 이래야 하는지 모르겠군."

"줄을 잘못 선 대가야."

"……."

요한은 이제 말하는 것을 포기한 듯 몸에서 힘을 뺐다. 클로에를 설득하느니 조금 아프더라도 이대로 가만히 있는 게 그에게는 더욱더 이로워 보였다. 그리고 어차피 시간이 지나면 그를 풀어 줄 것이었다.

다만 그가 이해가 안 가는 게 있다면, 대체 비비안이 무엇을 꾸미고 있냐하는 것이었다. 그는 가늘게 눈을 뜬 채 뿌루퉁해서 그를 보는 클로에를 힐끔 보고 다시 한번 한숨을 쉬었다. 그리고 곧, 그가 조심스럽게 물었다.

"그런데 왜 모든 고용인을 이 방에 모은 거야?"

클로에는 요한의 물음에 차게 식은 눈을 했다. 그러나 요한은 불굴의 의지로 상냥하게 동생에게 웃어 주었다. 애초에 요한에게 딱히 원한도 없었기 때문에—엄연히 말하자면 위그의 명령이었기에—진짜로 화가 나지는 않았던 클로에는 오빠의 모습에 쯧 혀를 찼다. 그녀가 절레절레 고개를 저었다.

"몰라."

"뭐?"

"진짜 몰라."

그것은 사실이었다. 클로에는 진짜로 비비안의 계획을 몰랐다. 그녀는 그저 비비안의 명령을 얌전히 듣고 두근두근하는 마음으로 위그가 비비안의 계획을 눈치채지 않기를 바랐을 뿐이었다. 그래서 그녀는 갑자기 기사들이 그녀의 방에 쳐들어오는 순간, 절망 섞인 얼굴을 하고 말았다.

곧 그녀는 방에 갇혔고 요한은 그녀를 방에 가둔 뒤, 이제 풀어 주겠다는 말만 남기고 사라졌다.

그리고 기이한 일이 벌어졌다. 얼마 지나지 않아 갑자기 헤더와 비비안이 방에 들어온 것이었다. 비비안은 꽤 피곤한 얼굴을 하고 있었다. 잠에 취한 듯한 그녀의 얼굴에 클로에가 다급하게 자리에서 일어나 아무래도 일이 틀어진 것 같다고 보고했다.

그러나 비비안의 반응은 꽤 간단했다.

'집사를 포함한 모든 고용인을 별관의 방에 집합시키고, 절대 나오지 못하게 해.'

'그게 무슨 말씀이시죠?'

'위그가 돌아오는 순간 이 집이 텅텅 비어야 한다는 거야. 그리고 너는 기사 몇 명과 정문 부근에 있다가, 위그가 돌아오고 요한이 따로 나오면 당장 포획해서 같이 별관의 방에 가두어.'

'그럼 단주님은……'.

'나는, 내 남편을 기다려야지.'

꽤 피곤한지 비비안이 미간을 짚으면서 그렇게 읊조렸다. 심지어 그녀는 휘청거리기까지 했다. 그러나 그녀의 입가에 걸린 미미한 미소만큼은 지우지 않았다.

클로에는 그 미소를 보는 순간, 이 거대한 계획의 뒤에 자신이 모르는 게 있음을 깨달았다.

'그나저나 단주님 상태가 안 좋아 보였는데 괜찮으신 걸까.'

헤더가 그녀에게 자초지종을 알려 주지 않은 터라 클로에는 아직 상황을 모르고 있었다. 그녀는 요한을 한 번 보다가 결국 소파에 앉아 시간이 흘러가기를 기다리고 있었다.

그리고 얼마나 지났을까, 이미 밖이 완전히 어둑어둑해질 무렵, 갑자기 문이 다시 한번 열렸다.

"각하께서 이제 돌아가라고 하십니다."

헤더의 등장에 고용인들이 급히 자리에서 일어났다. 어찌 된 일인지는 알 수 없었으나 그들은 원래 주인의 사생활에는 깊이 관여를 하는 게 아니라고 배웠다.

마지막으로 집사까지 방을 나가고 클로에가 한숨을 길게 쉬었다. 요한은 그제야 자신이 나갈 수 있다는 사실에 안도 섞인 얼굴을 했다.

클로에는 그런 그가 밉상스럽다는 눈길로 요한의 몸에 묶인 밧줄을 풀어 주었다.

"이제 다시 나를 감금하기만 해 봐!"

"아니, 나도 각하의 명령이었어."

"쓰읍."

"알았어, 알았어. 빨리 풀어."

곧 요한의 몸에 묶인 줄이 풀렸다. 요한이 팔을 이리저리 돌리며 자리에서 일어나는데 갑자기 헤더가 입을 열었다.

"각하께서는 방에 계십니다. 아무도 방해 말라고 하셨으니 일찍 퇴근하시는 게 좋을 겁니다."

"네?"

"지금 단주님께서 위독하시거든요. 아, 생명의 위협까지는 아니지만, 이래저래 큰일을 겪으셔서……."

요한은 미심쩍은 얼굴을 했으나 헤더가 자신을 딱히 속일 이유가 없는지라 고개를 끄덕였다. 무엇보다도 지금 헤더의 얼굴이 꽤 진지했다. 그는 잠시 말을 곱씹다가 방에서 나갔다. 이윽고 클로에와 헤더밖에 남지 않은 방, 클로에가 입을 열었다.

"단주님께서 위독하시다니."

"그런 일이 있어요. 자세하게는 나도 모르지만, 지금 에스페이린을 복용하셔서 몸에 무리가 크게 갔을 거예요."

"에스페이린이요? 그거 맹독……."

"쉿. 일단은 지금 누워 계세요. 각하께서 옆을 지키고 계시고요. 아직 깨어나지 않으셨는데, 아시다시피 에스페이린이 좀 센 독이라 꽤 오랫동안 누워 있을 거예요. 물론 치사량까지 드시지는 않으셨지만……."

"이럴 수가."

클로에는 숨을 들이쉬었다.

"그럼 일단 저는 방으로 돌아갈게요."

"그 전에 단주님께서 명한 게 있어요."

"아직 안 깨어나셨다고 하지 않으셨나요?"

클로에가 의문을 표하자 헤더가 고개를 저었다.

"그렇긴 한데, 미리 제게 언질을 주셔서요."

"무엇이죠?"

"지금 당장 로튼 상단으로 가서 2번 책장에 있는 파란색 가죽으로 포장된 서류를 가져오세요. 이디에트의 기사들이 밖에서 기다리고 있어요."

클로에는 머리를 굴렸다. 2번 책장의 파란색 가죽이라면…….

'상단의 핵심 대외 무역 사업을 정리한 표인데.'

그녀는 속으로 의아함을 표했으나 굳이 입 밖으로 의문을 내뱉지 않고 바로 고개를 끄덕였다.

곧 클로에와 헤더가 방을 나가고, 방은 정적에 휩싸였다.

* * *

해독제를 먹었음에도 비비안은 눈을 뜨지 않았다.

주치의는 비비안이 먹은 독이 에스페이린이라는 사실과 그 복용량을 전해 듣고 입을 딱 벌렸으며 비비안이 얼마나 큰 모험을 했는지 위그에게 설명했다.

그러나 그 어떤 설명도 위그의 귀에 들어갈 리가 만무했다. 결국 쓸데없는 소리는 집어치우고 당장 비비안을 원 상태로 복구하라는 그의 명령에 주치의가 바들바들 떨면서 약을 가져왔다.

'이미 해독제를 드셨으니 목숨은 무사하실 겁니다. 다만 꽤 오랫동안 침대에 누워 계셔야 합니다. 면역에 좋은 약 몇 가지를 드리겠습니다. 다만 그 어떤 약보다도 지금 공작 부인께 가장 필요한 것은 절대 안정과 휴식입니다.'

주치의는 위그의 손에 처방을 쥐여 주면서 신신당부했다.

무조건 휴식해야 한다. 독에 당한 이상 해독제를 제외한 유일한 약은 휴식뿐이다. 그렇게 귀에 딱지가 앉을 정도로 말을 거듭한 의사는 알겠다는 위그의 말이 떨어지자마자 더 있으면 그가 자신을 찢어 버릴세라 그대로 방에서 도망치듯 나갔다.

헤더는 위그가 비비안에게 해독제를 먹이고 그녀를 침대에 눕히자 비비안이 지시한 게 있다며 방을 나갔다. 정확히 말하자면 그렇게 나가려고 하는 것을 위그가 방해했다. 그는 대체 비비안이 무슨 계획을 어떻게 세웠으며,

그녀가 어떻게 하다 지금 이 상황까지 처했는지 사실대로 고할 것을 명령했다.

그리고 나온 헤더의 말은, 그야말로 위그로 하여금 다시 한번 이마를 짚게 했다.

'단주님의 명령이었어요.'

'알아. 어디서부터가 그녀의 명령이었지?'

'만약 각하께서 단주님을 재우거나 기절시키면, 지체 말고 각하께서 외출하자마자 깨울 것을 명령하셨어요. 그것에 대비해서 각종 조치를 취하긴 했고요.'

'그리고 고용인들을 전부 숨겨 두었나?'

'네, 각하께서 오신 뒤 아무도 도와줄 사람을 못 찾게 해야 한다면서……'

'그리고 넌 옆방에서 나를 기다렸겠군.'

헤더가 고개를 끄덕이자 위그는 분노에 바로 테이블이라도 뒤집고 싶어졌다. 헤더는 그의 얼굴에 비낀 기색을 읽어 냈는지 허리를 숙이고 빠르게 방을 나갔다.

결국 다시 침대 옆에 앉은 위그는 조용하게 입을 다물고 비비안을 응시했다. 방금 전보다 고른 숨소리가 공기 속에 퍼졌다. 비비안은 이제 자고 있었다. 그녀의 얼굴에 조금이나마 혈색이 도는 것을 확인한 위그는 가볍게 숨을 내쉬며 이불을 위로 끌어당겼다. 조용하게 자고 있는 모습이 너무 평온해서, 방금 전의 일은 마치 환상 같았다.

그러나 위그는 그것이 환상이 아님을 알고 있었다. 그의 입 속에는 여전히 피비린내가 감돌고 있었다. 그리고 품에 쓰러지듯 안기던 그 몸까지.

그는 천천히 손을 뻗었다. 미동도 않은 채 눈을 감고 있던 여자의 얼굴을 빤히 보던 그가 이를 꽉 깨물었다. 대체 뭘 어떻게 하면 좋을지 모르겠다. 그의 인생이 저당 잡힌 건 이제 생각나지도 않는다. 그는 그저 눈앞의 여자가 죽는 게 제일 겁이 났다.

대체 언제부터 이렇게 되었을까. 그리고 왜 이렇게 되었을까. 생각을 해 보았지만 생각이 잘 나지 않았다. 근원도 모르겠고 이유도 모르겠다. 비비안을 사랑해야 하는 이유보다는 비비안을 혐오해야 하는 이유만 백 가지가 생각났다.

그런데 우습게도 그 어떤 존재로도 대체가 안 된다.

정말 빌어먹을 노릇이었다.

결국 그는 그저 입을 다문 채 간간이 비비안의 상태만 확인해 가면서 제 자리에 미동도 하지 않은 채 못 박힌 듯이 앉아 있었다.

그렇게 한 시간, 두 시간, 세 시간…… 자정을 넘기고 새벽 달이 환하게 땅을 비출 무렵, 죽은 듯이 누워 있던 비비안의 미간이 움찔거렸다.

몇 시간 동안 얼어붙은 듯 그저 그 자리에서 비비안만 하염없이 지켜보던 위그가 벌떡 자리에서 일어나 허리를 굽혔다.

잔뜩 긴장감이 묻어 있는 그의 얼굴은 비비안이 눈을 뜨면서 천천히 풀렸다. 그리고 곧, 비비안이 살짝 눈동자를 굴려 그를 보자, 그는 잔뜩 잠긴 목소리로 물었다.

"괜찮나?"

비비안은 대답하지 않았다. 문득 위그는 저번에 그녀가 길게 자고 일어났다가 물을 찾은 사실을 기억해 냈다.

그는 빠르게 침대 헤드 보드 부근에서 물 잔을 들어 비비안의 입에 댔다. 그러나 비비안은 눈을 감고 천천히 입을 움직였다.

"……치워."

그에 위그가 잔을 내려놓았다. 대신 그는 침대에 앉았다. 침대 한쪽이 그의 체중에 푹 내려갔다. 그는 손을 뻗어 비비안의 이마를 짚어 보았다. 그래도 열은 없다. 비비안이 원하는 게 뭔지 고민에 고민을 거듭했지만 해 줄 만한 게 없어 그는 그저 그렇게 비비안을 응시하기만 했다.

비비안은 눈을 깜박거렸다. 팔랑거리는 그녀의 속눈썹을 보던 위그는 그래도 한시름 놓이는지 길게 한숨을 쉬었다.

어쨌든 살아 있다. 살아 있으면 된 거 아닌가.

"어디 불편한 데 있나?"

비비안은 그의 물음에 다시 눈을 떴다. 그리고 그를 빤히 쳐다보다가 나지막이 읊조렸다.

"당신이 제일 불편해."

"그건 내가 도와줄 수 없다."

"……."

비비안은 차분하게 위그를 응시했다. 그녀가 길게 숨을 들이쉬었다. 비록 어느 정도 부작용을 알고 있었다고 해도 아프고 고통스러운 것은 가시지 않는다. 각오했다고 해서 아프지 않은 것은 아니었던 것이었다.

그러나 결국에 그녀는 원하는 것을 얻었다.

비비안은 길게 숨을 내쉬다가 입을 뗐다.

"몸속이 불에 타는 것 같아."

"에스페이린은 잔여물이 꽤 남는 편이라고 하더군. 치명적이지는 않으나 물을 많이 마시는 게 좋을 거라고 했다."

"속이 이렇게 쓰린데 물을 마시면 더 아프지 않을까."

"그래도, 계속 아픈 것보다는 낫겠지."

"……하아."

"……."

비비안은 길게 한숨을 쉬었다. 휘영청 밝은 달빛이 방으로 새어 들어왔다. 비스듬히 걸쳐진 커튼 중앙으로 환하게 비춰지는 하늘을 보던 그녀가 눈을 깜박거렸다. 벌써 저녁, 아니, 새벽인가. 그렇다는 것은 이 새벽까지 이 남자가 곁에 있었다는 뜻이었다.

그녀는 위그에게 다시 시선을 돌렸다. 위그가 그런 그녀를 응시하다가 입을 열었다.

"좀 자, 뭘 그렇게 보는 거야."

"전리품을 감상하는 중이야."

"할 말이 없군. 리디아 세튼이 나를 상대로 어떤 기분이었는지 좀 이해가 가기도 해. 이 정도로 어이없었을 테니 그쪽에게 좀 미안한 마음이 들 지경이다."

"리디아와는 대화를 잘 끝냈어?"

"잘 끝낸 거로 보이나?"

"아니, 반은 협박하고 왔겠지 뭘. 당신 성격을 내가 모를까."

"알면서 나를 그곳으로 보내나?"

"어쩔 수 없잖아."

비비안은 길게 숨을 들이쉬고, 다시 내쉬었다. 이제 천천히 정신이 돌아왔다. 방금 전까지 울렁거리던 속이 점점 평온을 찾아갔다. 그녀는 살짝 몸을 움직였다.

"그냥 누워 있어."

"일으켜 줘."

"그냥 누워 있으라니까."

"지금 내가 바둥거리면서 혼자 일어나는 게 좋을 것 같아, 아니면 당신이 잡아 주는 게……."

말이 끝나기도 전 위그는 내키지 않는 얼굴로 비비안을 일으켰다. 그녀의 뒤에 쿠션을 몇 개 받쳐 주자 비비안이 뒤에 등을 기댔다. 위그는 다시 침대에 앉았다. 비비안은 그를 보며 말을 이었다.

"그 아이는 언젠가는 이런 일을 겪어야 했어."

"나는 상관이 없었지만 세튼은 내가 들어가자마자 숨넘어가는 얼굴을 하던데."

"괜찮아. 당신도 방에 들어올 때 거의 하늘 무너지는 얼굴을 했어."

"당신이 피를 흘리고 있다는 걸 알 때는 더했고."

"이런, 이제는 솔직하게 털어놓는 거야?"

"아니라고 하면 당신이 무슨 짓을 어떻게 할 줄 알고?"

비비안은 웃었다. 그러나 그녀의 웃음과 기침이 섞여 나오자 위그가 긴장해서 손을 뻗었다. 다행이게도 기침만 몇 번 했을 뿐 피가 흐르지는 않았다. 해독제가 제대로 작용을 한 모양이었다.

위그는 무슨 말을 어떻게 하면 좋을지 몰라서 그저 이불을 잡아 다시 끌어 올렸다. 쿠션에 흩어진 비비안의 머리카락을 만지작거려 보다가 다시 손을 떼는데 비비안이 입을 열었다.

"우리를, 이제 절대 그 누구도 감히 갈라놓을 수 없을 거야."

"정말 낭만적이군. 내 입장에서는 한없이 섬뜩하지만."

"왜, 싫어?"

"싫은 게 아니라……."

위그는 잠시 멈칫했다. 그러나 그는 결국 담담하게 얼굴에 붙은 비비안의 머리카락을 한 올 떼 주며 말했다.

"정말 방법이 이것밖에 없었나?"

"응."

"어차피 내가 당신을 사랑한다는 걸 알고 있었잖나."

"그랬지."

"떠본 거였는데 진짜로 알고 있었나? 언제부터?"

위그는 살짝 미간을 찌푸렸다. 기실 대충 짐작이 가긴 했다. 그는 바보가 아니었다. 언제부터라고 콕 집어 말할 수 없는 순간이 무수하게 많이 존재했다. 그 스스로도 어느 순간부터 그녀를 '사랑했다'고 말할 수 없었다.

수많은 착오를 거쳐 비비안 로젤리스는 미친 여자에서 독한 여자로, 대단한 여자, 아픔을 갖고 있는 여자, 그리고 머리를 쓰는 여자, 사랑해 주어야 하는 여자에서 돌고 돌아 결국 비비안 로젤리스가 되어 그의 앞에 섰다.

어느 순간부터였던가. 그의 목줄을 잡고, 그녀를 진심으로 상대해야 함을 깨달은 순간? 아니면 로건이 왔던 순간? 리암에게 찔린 순간? 무수하게 많은 순간을 짚어 보다가, 그는 문득 자신과 비비안 사이에 꽤 많은 일이 있었다는 것을 깨달았다.

어쩜 이렇게 알차게 내 인생을 말아먹었나.

"그날, 로건이 우리 방에 왔던 날, 그날부터 시작이었나?"

위그의 물음에 비비안이 웃었다.

"시작이라는 말은 어폐가 좀 있지 않아?"

"그럼 확신이었나?"

"그래."

"……그럼 확신을 했으면 됐지 또 무슨 이런 일까지 만들어."

"나는 확신을 했는데, 당신은 확신하지 않았으니까."

"나는 바보가 아니다. 최소한 그 순간 깨닫긴 했어. 내가."

위그는 길게 숨을 들이쉬었다. 그에게서 이렇게 다정하고 부드러운 말을 들을 수 있는 사람은 비비안이 처음이었다. 동시에 아마도 마지막이리라.

그런데 우습게도 이런 어조로 그녀에게 말을 한 건 이번이 처음은 아니었다. 그러니 부정을 할 수 있을 리가.

"당신을 사랑한다는 걸."

그렇게 읊조리는 위그의 얼굴에는 일말의 공격성도 보이지 않았다. 그는 그저 그렇게 사실을 서술하듯 조곤조곤하게 말을 이었다.

낮고 묵직한 목소리가 마치 상대를 질식할 듯이 만드는 재주가 있었다. 이런 남자에게 사랑한다는 말을 듣는 여자는 어떤 기분일까. 모든 바첼론이 궁금해하는 문제의 답을 알고 있는 유일한 사람으로서, 비비안의 감상은 그저 한 가지였다.

"똑똑하네. 본인 감정도 잘 자각하고."

"그래서 다시 묻자면, 대체 왜 그랬나? 나는 내 감정을 확신하고 있었다.

당신도 알고 있었지. 그래서 대체…… 아니다. 그냥 입 다물어. 듣고 싶지 않다."

"일단은 이래야 당신이 겁이라는 걸 먹을 것 같았고, 그다음으로는 보고 싶었거든, 당신이 내게 완전히 패배를 선언하는 꼴을."

"듣고 싶지 않다고."

"애야?"

비비안은 어이없다는 듯이 그를 흘겼다. 그러나 그는 고개를 돌렸다.

기실 알고 있었다. 만약 이번이 없었다면 그는 어떻게든 비비안을 이기고자 했을 것이었다. 그 이기고자 했던 사실 자체가 그의 잘못이었다. 그는 비비안 로젤리스를 결국 제대로 알지 못했다. 그러나 그가 알지 못했다고 해도 이제는 더 퇴로가 없었다.

"그럼 로건은…… 일부러 그런 거 맞나?"

위그는 잠시 고민하다가 다시 입을 열었다. 비비안이 질린다는 듯이 얼굴을 찡그렸다.

"정말 이 와중에 기껏 물어본다는 게."

"나는 그날 제대로 화가 났다. 미치는 줄 알았다고."

"본인이 저지른 짓을 하나하나 돌이켜 보지 그래. 라니사 블레이드가 우리 집에 먼저 온 건 생각도 안 하지?"

"라니사 블레이드는 딱 봐도 거짓말이었고, 로건은 당신과 키스 직전까지 갔어."

"내가 그게 거짓말인지 어떻게 알아? 당신은 당신 본인의 이미지에 너무 과한 자신감을 갖고 있어. 그리고 사실 로건은…… 당신이 늦게 왔으면 더한 것도 했을 거야."

"뭐?"

"당신은 가끔 보면 짜증 날 정도로 운이 좋아. 그날도, 오늘도 언제나 타이밍을 확실하게 잡아."

위그는 기가 막히고 말았으나 그저 자신이 운이 좋다는 사실에 감사할 수밖에 없었다. 물론 그 또한 알고는 있었다. 결국 그날부터 오늘까지 모든 일련의 행동이, 그의 애정을 목줄 삼아 틀어쥐려는 의도였다. 그리고 그 대치에서 그는 이제 여지없이 완전히 패배했다.

그뿐이었다.

그는 비비안이 완전히 정신을 차리자 그저 고개를 돌렸다. 변하는 건 없었다. 그저 그가 그녀를 해하지 못한다는 사실 하나가 둘 사이에 추가되었을 뿐 그는 그녀를 사랑했고 그녀는 그 사실을 안다. 두 사람 사이에는 이제 비비안의 손에만 쥐어진 쇠사슬이 있었다. 그 외에는 역시 변하는 게 없다.

거기까지 생각한 위그가 자리에서 일어났다.

비비안은 그의 뒷모습을 응시하다가 웃었다.

"내 유언장은 확인했어?"

"했다."

"그런데 왜 안 물어봐? 리즈의 이름은 왜 안 썼냐고?"

"지금 딱히 묻고 싶은 문제가 아니니까."

"내 유언장은 별 상관이 없어졌어?"

"어차피 1년 뒤에 이혼하겠는데 뭘."

"이런, 이렇게 흔쾌하게 이혼해 주다니."

"생각해 보니 당신과 결혼을 계속하다가는 내 수명이 20년은 짧아질 것 같아서 그런다."

"20년만 짧아질까."

위그는 테이블에 다가가 잔을 들고 물을 따랐다.

그래, 20년만 짧아질까. 그녀와 결혼한 걸로 그는 원래 한평생 써야 할 모든 기력을 다 빨린 느낌이었다.

물을 몇 모금 마신 뒤 위그는 다시 잔을 내려놓았다. 그는 고개를 돌려 비비안을 보고 웃었다.

그래, 뭐, 20년쯤이야.

물론 그는 그 생각을 하자마자 자괴감에 빠졌다. 이번에 그가 패배한 것은 맞았다. 그리고 그녀에게 영원히 패배할 것도 맞았다. 하지만 그저 그뿐이었다.

그는 그녀의 발치에서 그녀를 숭배할 생각이 없었다. 미친 듯이 그녀에게 사랑을 구걸할 생각 또한 없었다.

위그 이디에트는 비비안 로젤리스를 사랑한다.

그래서 그는 그녀를 사랑할 것이었다.

"물 좀 줄까?"

"따뜻하게 데워 줘."

"이제 헤더가 따뜻한 물을 갈러 올 거다. 기다려."

"나를 사랑한다면 지금 물을 끓이는 성의는 좀 보여."

"진짜로 마시고 싶은 생각이 없어 보여서 말이지."

"당신은 다 좋은데. 너무 영악해서 탈이야."

"다시 말하지만."

위그는 비비안에게 다가갔다. 그는 비비안의 등을 받치고 있던 쿠션을 내려놓고, 그녀를 눕히며 말을 이었다.

"내가 영악하지 않았다면, 이곳에 서 있을 이유도 없어."

비비안은 대꾸하지 않았다. 그저 웃으며 천천히 잠을 청할 뿐이었다.

"자. 이제 헤더가 따뜻한 물을 가져오면 다시 깨워 주지."

"필요 없어. 방해하지 마."

위그는 비비안에게 이불을 덮어 주었다.

어떤 거센 바람이 공작가를 휩쓸었느냐는 듯이, 방 안은 다시 평온한 정적으로 가득 찼다.

* * *

그 뒤로 비비안은 며칠 동안 침대에서 휴식기를 가졌다. 비록 비비안이 목적을 위해 수단과 방법을 가리지 않고, 자신의 목숨도 기꺼이 목줄로 잡아 위그를 협박할 수 있는 존재라고는 하지만 굳이 기어서라도 일을 하러 가겠다고 우길 정도로 눈물겨운 짓은 하지 않았다.

덕분에 비비안이 상단에 가겠다고 난리 치면 그냥 자기도 죽어 보겠다고 난리 칠까 진지하게 고민하던 위그는 생각보다 비비안이 더 얌전해진 덕에 한시름을 놓을 수 있었다.

그리고 정확히 일주일 뒤, 다시 멀쩡해진 몸을 안고 비비안이 한 첫 번째 일은 다름 아닌 리디아를 이디에트 공작가로 부른 것이었다.

"어서 와요. 그동안 잘 지냈나요?"

세믄 교수와 함께 이디에트 공작가를 방문한 리디아는 긴장한 얼굴로 고개를 끄덕였다. 이 며칠간 비비안이 아팠다는 소식을 들은 그녀는 생각보다 비비안이 괜찮다는 것을 깨닫고 입을 뗐다.

"단주님은 괜찮으신가요?"

"나는 괜찮아요. 이 집에 사는 누가 아주 정성 들여 간호를 해 준 덕에."

"그 이 집에 사는 누구 듣는다."

비비안의 말에 리디아는 눈을 깜박거렸다. 그리고 문이 열림과 동시에 들어온 위그의 목소리가 귀에 닿자마자 그녀가 고개를 확 돌렸다. 곧 그녀의 얼굴에 불쾌한 기색이 서렸다.

"이디에트 공작 각하를 뵙습니다."

물론 리디아는 예의를 다했다. 그러나 그녀의 목소리에 깃들어 있는 탐탁잖음은 옆에 있는 세믄 교수마저 눈치채고 헛기침을 할 정도로 노골적이었다.

비비안은 그만 웃음을 흘렸다. 그러나 정작 당사자인 위그는 리디아의 태도에 일말의 관심도 없이 쥐고 있던 잔을 비비안 손에 쥐여 주었다.

"마셔. 주방장이 특별히 당신을 위해 만들었다더군."

"우리 주방장 월급이 많이 부족했던가?"

"당신 세계관에는 타인을 순수하게 보살펴 주고 관심 가져 준다는 개념이 없나?"

"가져오면서 독은 안 넣었지?"

"넣을 걸 그랬어."

말은 그렇게 하면서도 위그는 잔을 다시 들어 한 모금 마시고 비비안에게 주었다. 비비안은 웃으며 다시 잔을 받아 들었다. 사실 위그를 의심하지는 않았으나 그녀는 이런 식으로 그녀의 남편을 놀리는 데에 은근히 맛을 들였다. 다만 이제는 반응도 심심해져서 다른 방식으로 골려 봐야겠지만.

곧 비비안이 음료를 한 모금 마셨다. 과일과 야채를 갈아 넣은 즙이었다. 새콤해서 꽤 마실 만했다. 두 번째로 다시 입을 대는데, 문득 잔 너머로 리디아의 얼굴이 보였다.

"이런, 손님을 불러 놓고 내가 그만 실례를 했군요. 차 들어요."

리디아는 멍한지 아니면 의아한지 모를 복잡한 얼굴로 비비안을, 정확히 말하자면 비비안과 위그를 번갈아 응시하고 있었다. 그도 그럴 것이 본의 아니게 비비안과 위그의 싸움에 휘말려 간 사람으로서 그녀는 얼추 두 사람 사이에 일어난 일을 다는 아니더라도 대충 짐작할 수 있었다.

그러나 그녀는 도저히 위그와 비비안의 이 관계를 이해할 수 없었다. 혹시 자신이 시험당한 것인가…… 순간 그런 생각이 들기도 했지만 비비안의 모습은 확실히 며칠 동안 아픈 환자의 것이었다. 위그는 진짜로 비비안에게 손을 쓰고 그녀에게 왔을 게 분명했다.

그녀는 결국 스스로 상상력을 펼치면서 이해하는 것을 포기한 채 찻잔을 들었다.

비비안은 그녀의 모습을 보다가 피식 웃으며 위그를 힐끔 보았다. 그녀의 의자 옆에 기대 있던 위그는 차를 한 모금 마시고 웃음으로 대답했다.

세믄 교수는 자신의 조카를 한 번, 비비안을 한 번, 위그를 한 번 보고 의미심장한 얼굴을 했다. 그리고 분위기가 차분하게 무르익을 무렵, 비비안이 입을 뗐다.

"일단 오늘 두 분을 초대한 건, 몇 가지 말씀드릴 일이 있어서예요. 첫 번째는 당연하지만 리디아 세믄 양에 대한 감사의 인사고요."

"저는 아무런 도움도 되지 못했어요."

리디아는 침울하게 읊조렸다.

아직도 비비안이 진짜로 그녀에게 최종 유언장을 맡기려고 했다가 실패했다고 믿고 있는 그녀로서는 그럴 법했다.

그러나 이 '계획'의 일부를 알고 있는 세믄 교수는 그저 조카를 따뜻한 시선으로 바라보았다.

비비안은 리디아를 응시하다가 입을 열었다.

"그렇지만 얻은 건 많겠죠."

"……네?"

"얻은 건 많지 않나요? 최소한 내 남편을 보면서…… 떨지는 않잖아요. 불쾌한 표정까지 지을 줄 알고."

리디아는 자신의 생각을 들켜 버린 것 같아 입을 꼭 다물었다. 한편으로 그녀는 비비안의 말이 뭔가 이상하다고 생각했다.

비비안이 웃으면서 말을 이었다.

"애초에 바첼론의 법령과 법규가 있는데 리디아 양이 진짜로 내 남편을 완전히 막을 수 있을 거라고 생각하지 않았어요. 만약 목숨을 걸고 막았다면 오히려 리디아 양을 내 변호사로 쓸 생각도 하지 않았을 거고요."

"어, 어째서……."

"무슨 일을 또 목숨 걸고 해요? 일은 돈 주는 만큼만 하면 돼요."

리디아는 일순 말문이 막히고 말았다. 틀린 말은 아니었으나 대체로 돈을 받는 쪽보다 돈을 주는 쪽에 가까운 비비안이 이렇게 말을 할 줄은 몰랐다.

"일에 목숨 걸 필요 없어요. 하지만 직업 윤리와 법이 허용하는 범위에서 최선을 다할 필요는 있죠."

"혹시, 저를 시험해 보신 건가요?"

"그렇다고 볼 수도 있겠지만, 사실 한쪽으로는 리디아 양이 아무것도 모르는 상황에서 내 남편과 대치라는 걸 해 봤으면 하기도 했어요."

"왜죠?"

"내 남편은 명예나 직위, 힘으로 리디아 양을 완전히 깔아뭉갤 수 있는 귀족 성인 남성이고, 권력의 정점에 있거든요."

리디아는 괜히 심통이 나서 입을 삐죽했다. 그러나 비비안의 말은 끝나지 않았다.

"다른 말로 말하자면, 내 남편보다 더 리디아 양을 긴장시키고 두렵게 하는 사람은 얼마 없다는 거죠. 그렇지 않나요?"

"그렇긴…… 하지만."

"지고무상의 권력을 갖고 적당하게 젠틀하면서 적당하게 오만하고, 성격도 빌어먹게 나쁘면서 선을 넘지 않고, 리디아 양을 압박할 수 있으면서 폭력을 휘둘러 트라우마를 안기지 않을 정도로 괜찮은 남자는 바첼론에 내 남자밖에 없어요."

순간 위그가 얼굴을 찡그렸다. 칭찬과 욕을 절반씩 섞으면 이런 느낌이군, 그가 속으로 읊조렸다.

그러나 리디아는 비비안의 말이 끝나자마자 멍해지고 말았다. 문득 자신이 위그와 함께 대화하다가 저도 모르게 긴장감을 잃고 온전히 분노해 따박따박 따지고 말았다는 사실이 생각났기 때문이었다.

"리디아 양에게는 힘을 가진 성인 귀족 남자들에 대한 숭배와 두려움은 가득한데, 그걸 극복할 만한 기회가 필요했어요."

"이걸로 극복될까요?"

"뭐, 완전히 극복하는 건 어렵겠지만, 최소한 누군가가 리디아 양과 싸우려고 들면 속으로 한마디 해 봐요."

"……."

"저 새끼가 아무리 개 같아도, 위그 이디에트보다 더 개 같겠어?"

"비비안 로젤리스."

위그는 결국 참지 못하고 비비안을 불렀다. 그러나 비비안은 표정 하나 바뀌지 않은 채 그저 해사하게 웃으면서 리디아를 응시했다.

리디아는 조금 의외라는 듯이 눈을 깜박거리고 있었다. 세픈 교수는 그런 조카를 지켜봤다. 그의 시선에 비비안이 묘한 얼굴을 하더니 입을 뗐다.

"이 정도면 괜찮지 않을까요?"

"한 번으로 근본적으로 바뀌지는 않을 테지만 원래 인생은 천천히 바뀌는 것이니 괜찮을 겁니다."

"세픈 교수께서 하도 조카가 세상 물정 모르는 걸 걱정하시기에 한번 계획을 해 보았어요. 마침 나도 필요한 게 있고."

그렇게 말하며 비비안은 위그를 힐끔 보았다. 위그는 조용하게 찻잔을 들었다.

그런 두 사람을 보던 세픈 교수는 내심 비비안의 계획에 혀를 내둘렀지만 다른 한편으로는 그녀의 치밀함에 조금 공포를 느끼고 있었다. 그가 한때 리디아의 성적표를 보여 준 것을 아직도 기억하고 심지어 이런 방식으로 충격 요법을 사용할 줄은 몰랐기 때문이었다.

결국 그도, 리디아도, 위그도 그녀의 판 위에서 움직이는 장기 말에 불과했다.

비비안 로젤리스는 대체 어디까지 생각하고 있는가.

하지만 그는 곧 생각하기를 그만두었다. 그가 생각한다고 답이 나오는 문제가 아니었다. 꽤 오랜 세월을 살아오면서 그가 느낀 건, 인간은 적당히 멍청하고 타인의 일에 관심을 꺼야 오래 산다는 것이었다.

그는 리디아를 힐끔 보았다. 리디아는 아직도 어리둥절한 얼굴을 하고 있었다. 하지만 비비안의 말대로 그녀가 얻은 건 꽤 많았을 것이었다. 이런 식의 대치 경험은 아무나 할 수 있는 게 아니었다. 아마 법학원의 그 누구를 데려다 놓아도 이런 경험은 할 수 없을 터였다.

"뭐, 어쨌든 이게 첫 번째 용건이고, 두 번째 용건은 따로 있어요. 세븐 교수님, 제가 요청한 건 잘 해결이 되었나요?"

"네, 깔끔하게 끝냈습니다."

"위그, 이것 봐. 당신이 아마 궁금해했을 문제의 답이, 여기에 있어."

비비안은 세븐 교수의 손에서 서류를 받아 들었다. 그것을 다시 전해 받은 위그는, 서류의 내용을 확인하고 미간을 살짝 찌푸렸다.

"이혼…… 서류? 빌케르 백작과 당신 언니의?"

"아무래도 귀족의 이혼이라는 건 원래 해결할 문제가 많으니까. 그중에서 가장 중요한 문제를 해결하느라고 좀 애를 먹었지."

"중요한 문제라면, 양육권이겠군."

위그는 무심하게 서류를 응시했다. 위에는 아리아와 리즈, 그리고 케이트의 부양은 카트린이 하되, 아이의 성은 그대로 남겨 둔다는 조항이 적혀 있었다.

위그는 그것을 보고 미간을 살짝 좁혔다. 비비안의 성정이라면 양육권을 가져오면서 아이들의 성도 바꾸겠다고 할 줄 알았는데. 만약 이렇게 된다면 훗날 아이들이 성인이 된 뒤 빌케르 백작이 아이를 가문으로…….

'잠깐.'

위그는 미간을 찌푸렸다. 설마 비비안이 지금까지 원했던 것이 양육권은 카트린이 빼앗아 오되 아이들의 성은 빌케르 그대로 남기는 것인가.

아무리 빌케르 백작이 아이들에게 정이 없다고 해도 귀족가의 특성상 절대 아이들을 쉬이 내줄 리가 없었다. 게다가 빌케르 백작가 정도의 세력이라면 후계자가 없어도 딸을 이용해 데릴사위를 맞이하거나 아니면 고위 귀족에게 딸을 시집보내 정치적 수단으로 쓸 수 있었다. 거기다 빌케르 백작이 지금 침대에서 빌빌거리고 있는 이상, 더 후계자를 보기도 힘들었고.

한마디로 비비안이 가져온 건 단순히 아이들이 성인이 되기 전까지의 거처였다. 성인이 된 뒤에 어떻게 될지 모르는데도 이렇게 성을 남겨 두었다면, 필히 비비안만의 이유가 있을 것이었다. 게다가 빌케르의 성을 쓰다가 로젤리스로 변경하는 것은 쉬웠지만, 로젤리스에서 빌케르로 변경하는 것은 어려웠다.

그리고 굳이 귀족가의 성을 고집할 이유라면 단 한 가지.

"그럼 이혼 관련 서류는 제가 언니에게 전해 주도록 하죠. 그동안 수고해 주셨어요. 그치들 손에서 양육권을 빼앗아 오기도 힘들었을 텐데."

"이렇게 말하면 조금 안타깝지만, 딸이라서 쉽게 일이 풀린 것도 있습니다. 남자아이라면 가문의 후계자가 될 테니 절대 가문 외의 사람에게 내줄 리가 없죠. 하지만 딸이라면 그저 성인이 된 뒤 다시 가문의 이름으로 혼사를 마련하면 될 것 같다고 여겼던 것 같습니다. 게다가 딸이라면 성인이 된 뒤에도 명의상의 보호자가 필요하니, 다루기도 쉽다고 여겼겠고요."

"아주 훌륭해요. 뭐, 목적만 달성하면 되는 거 아니겠어요?"

비비안은 환하게 웃었다. 이윽고 그녀가 자리에서 일어났다.

"그럼 이제 다시 보죠. 내일쯤에 제가 다시 연락을 드리도록 할게요. 그때는 저와 제 남편, 그리고 교수님만 만나는 게 좋을 것 같아요. 아직 리디아 양이 알아듣기에는 어려운 일들이 많을 테니."

위그는 그녀의 말에 사색에서 벗어났다. 그는 담담한 눈길로 비비안의 뒷모습을 보았다. 곧 헤더가 세븐 교수와 리디아를 밖으로 안내했다.

달깍, 다시 문이 닫히고 비비안이 고개를 돌렸다. 그녀는 여전히 그 자리에서 자신을 빤히 보는 그를 응시하며 생긋 웃었다.

"대체, 당신은 뭘 원하지?"

"아직도 그게 의문이야? 나는 세상에서 가질 수 있는 모든 것을 다 원해."

"그런 건 불가능하다."

"알아. 하지만 그래도 나는 원해. 내가 갖고 싶잖아."

"이러려고, 빌케르 백작을 살려 두었나?"

위그의 물음에 비비안이 곱게 눈을 접었다.

"흐음."

"사실 당시에는 당신이 빌케르 백작을 살려 둔 게 납득이 갔어. 최소한 그때는 당신을 잘 몰랐으니까. 그런데 지금은 좀 의문이 들기도 해. 왜 살려 두었지? 차라리 죽이면……."

"빌케르 백작은 살아 있어야 해."

그때였다. 위그의 차분한 말에 비비안이 대꾸했다. 그녀는 천천히 침대에 앉았다. 그리고 곧, 그녀가 말을 이었다.

"살아 있어서, 크리스티나가 여왕이 되고, 상속법이 바뀌고, 리즈에게 정식으로 상속권이 생기면, 그때 다시 죽어야 해."

"……."

어느 정도 예상했지만 동시에 하나도 예상하지 못한 답이었다. 위그는 입매를 굳혔다. 그는 비비안의 이 계획이 언제부터 시작되었는지 묻지 않았다. 물어도 의미 없을 것이라고 생각했다. 그저, 그 모든 것이 앞뒤가 맞물린다는 사실에 할 말을 잃었을 뿐이었다. 그래서 그는 그저 담담하게 한마디 내놓았다.

"그렇군."

"왜, 놀라워?"

"아니, 문득 생각해 보니 나와의 결혼으로 얻는 게 더 많은 건, 내가 아닌 당신이라는 생각이 들었다."

"위그 이디에트, 애초에 말이야."

위그의 모습에 비비안이 멈칫했다. 그러나 곧 그녀의 서늘한 눈빛이 섬뜩하게 빛났다. 이내 비릿한 미소와 함께 그녀가 나지막이 속삭였다.

"내가 이 계약에 응하겠다고 승낙한 순간부터, 이 계약에서 더 크게 이득을 보는 사람은 무조건적으로 나일 수밖에 없었어."

위그는 입매를 굳혔다. 비비안이 무엇인가를 승낙하는 순간, 그 무엇인가는 반드시 비비안 로젤리스에게 가장 크고 유리하게 굴러가야 한다. 결국 이 모든 것은 그가 그 계약서를 들고 로튼에 들어서는 순간부터 이미 정해진 것이나 마찬가지였다.

그럴 수밖에 없다.

위그는 그것을 인정했다. 그러나 딱히 불쾌하지는 않았다. 그저 한 가지, 이 순간마저도 저 여자를 상대로 경계를 늦추지 말아야겠다는 생각만이 머릿속에서 맴돌았다.

비비안은 위그가 생각보다 반응이 미적지근하자 미묘한 웃음을 흘렸다. 그때 위그가 다시 물었다.

"그런데 내일 다시 만난다는 건 뭐지?"

"아. 안 그래도 그 문제로 상의할 게 있어."

"말해."

"아무래도, 내 상단의 대외 무역 사업 조정이 들어갈 것 같아."

"어떻게?"

"글쎄, 그건 내일 자세하게 보면 알 거야."

"그럼 내일 약속은 오후 뒤에 잡지."

"무슨 일 있어?"

"있어."

위그는 침대로 다가갔다. 그는 허리를 굽혀 비비안의 볼에 살짝 입을 맞춘 뒤, 자신의 외투를 들고 입을 뗐다.

"알렉산드르를 만날 예정이거든."

* * *

바로데에서 돌아온 뒤 하루하루 불안감에 잠도 제대로 자지 못하는 인물이 있다면, 단연코 알렉산드르를 빼놓을 수 없었다.

본의 아니게 라니사 블레이드와 디텔 공작, 메이슨, 그리고 비비안과 위그의 싸움에 차례로 순위가 밀려 한동안 아무에게도 관심을 받지 못하는 쓴맛을 보아야 했던 그는 몇 번이나 위그에게 서신을 보낸 뒤에도 연속적으로 거절의 답장만 돌아오자 더욱더 불안에 떨고 말았다.

그러나 아무리 알렉산드르가 제대로 배운 적이 없다고 하나 위그가 미적지근한 반응을 보인다고 그대로 디텔 공작에게 쪼르르 달려갈 정도로 멍청하지는 않았다. 다만 위그의 뜨겁지도 않고 그렇다고 싸늘하지도 않은 그 애매함에 그 또한 이디에트를 철석같이 믿고 있던 데서 이제는 슬슬 자신만의 퇴로를 생각할 지경이 되었다.

그렇게 하루하루가 지나가고, 라니사 블레이드가 죽고 메이슨이 죽고 비비안이 무슨 영문인지 또다시 병상에서 앓았다는 소문이 수도에 퍼지던 어느 날, 위그는 드디어 알렉산드르의 몇 번째인지 모를 편지에 그러겠노라고 답신을 보냈다.

그러나 길다면 길고 짧다면 짧은 그동안 위그가 보인 반응은 이미 알렉산드르의 마지막 인내심까지 완전히 마모시켜, 그로 하여금 이번 만남에 잔뜩 경계의 날만 세우게 했다.

아니나 다를까 위그가 방에 들어가자마자 이전과 달리 알렉산드르는 자리에서 일어나지도 않은 채, 그저 불쾌한 얼굴로 소파에 앉아 있었다.

위그는 알렉산드르의 표정을 확인하고 속으로 웃었다. 인내심이 완전히 바닥이 날 때까지 기다린 보람이 있다. 느긋하게 제 할 일을 하면서 잔뜩 약을 올렸더니 지금 알렉산드르는 위그가 무엇을 하든 믿지 않을 것 같았다.

물론 위그는 절대 이대로 알렉산드르에게 시큰둥한 반응을 보여서 안 된다고 생각했다. 그래서 그는 평소보다 조금 과장된 얼굴로 웃으면서 소파에 앉았다.

"왕자 전하를 뵙습니다."

"드디어 공의 얼굴을 뵙는군요."

알렉산드르는 위그의 얼굴을 보며 미간을 좁혔다. 평소 오만함으로 무장되었던 위그의 얼굴은 왠지 모르게 일부러 밝은 척을 하는 것 같았다. 그게 마치 그의 비위를 맞추기 위해 행동하는 것 같아서 알렉산드르는 더욱더 속이 뒤집히는 듯했다. 설마 진짜로 바로데에서 본 것처럼, 이디에트가 목표를 바꾸었나.

위그는 느긋하게 소파에 몸을 기댔다. 모든 행동이 알렉산드르보다 더욱더 절도 있고 권력자의 위압감을 풍겼다. 왠지 모르게 그마저도 알렉산드르의 심기를 건드리는 듯했다. 지금까지 이런 식으로 그 자신을 골려 왔고, 심지어 머리 꼭대기에서 놀려고 했다고 생각하니 그야말로 불쾌감이 하늘을 찔렀다.

그러나 위그는 그저 담담하게 미소를 지으면서 입을 뗐다.

"그래서, 전하께서 무슨 일이 있으시기에."

"그 전에 그동안 공을 다망하게 한 일이 잘 해결되었는지 먼저 여쭙고 싶습니다."

겉으로 보기에는 위그를 관심하는 듯했으나 그 뒤에 숨겨진 말은 기실 일종의 질타나 다름이 없었다. 그동안 감히 자신의 권위를 그렇게 바닥으로 처박았느냐는 함의에도 위그가 웃었다. 그리고 그의 웃음은 이 순간 알렉산드르의 마지막 자존심마저 바닥에 뭉개 버리는 역할만 했지 결코 두 사람의 담화에 도움이 되어 주지 못했다.

"잘 해결되었습니다."

"그렇다면 다행이군요."

알렉산드르는 조심스럽게 위그를 응시했다. 저번에 위그와 만날 때와 달리 그는 그동안 제가 왕이 될 수 있다는 기대감에 부풀기라도 했는지 조금이나마 기세가 좀 오른 얼굴이었다. 그러나 그는 여전히 위그의 앞에서 완전히 오만하게 굴지는 못했다. 그는 조금 목소리를 가다듬다가, 말을 이었다.

"오늘 공을 소환한 건."

위그는 입술 끝을 삐뚜름하게 올렸다. 소환, 감히 알렉산드르 따위가 그를 소환이라고.

"공이 예전에 내게 한 말 때문에 그럽니다."

"제가 전하께 무슨 말씀을 드렸습니까."

"그러니까…… 제가 갖고 싶은 것에 만약 제가 걸맞다면."

알렉산드르는 말꼬리를 흐렸다. 그 순간 그는 빠르게 위그의 표정을 살폈다. 그리고 위그가 미간을 좁히자마자, 그는 속이 덜컹거리고 말았다.

"아."

다행이게도 위그는 아예 잊어버렸다고 하지는 않았다. 그래도 발뺌을 하지 않는다는 것 자체가 어느 정도 희망이 있다는 것이었다. 그러나 그뿐이었다. 위그는 그저 그런 일이 있었지…… 라는 얼굴로 고개를 끄덕이며 다시 알렉산드르의 표정을 살폈다.

"그래서?"

"……그래서."

"……."

"그래서, 공은 그 문제에 대해 어떻게 생각하느냐 하는 것입니다."

"이미 제 생각은 말씀드린 것 같은데. 저는 분명 왕자 전하께서 어떻게 생각하시느냐에 따라 결정된다고 미리 말한 적이 있습니다만."

"그럼."

"그리고 비단 생각의 문제뿐만 아니라, 그만한 가치와 효용을 따질 문제이기도 합니다."

"가치와 효용이라니."

알렉산드르는 숨을 들이쉬었다. 어떤 식으로 자신의 효용과 가치를 증명해야 하는지 알 수 없었다. 그는 현 왕비의 아들도 아니었고, 그렇다고 형님들처럼 괜찮은 지지자가 있는 것도 아니었다. 제이슨의 뒤에 이디에트와 디텔이 실세 싸움을 하며 힘이 되어 주고 있다면 로건의 뒤에는 이디에트와 디텔의 권력 싸움 자체에 염증을 느끼는 소규모 귀족들이 있었지만, 알렉산드르, 그에게는 아무도 없었다.

그는 꿈에도 자신의 누이가 이미 이디에트를 손에 넣었다는 생각을 하지도 못한 채 그저 속으로 분을 삭였다. 그저 가치와 효용을 보여 달라고 하면 끝인가. 하지만 일단 아쉬운 쪽은 그였다. 결국 알렉산드르가 입을 뗐다.

"공도 아시다시피, 아바마마는 하루가 다르게 쇠약해지고 있습니다. 이제, 대부분 사무를 제이슨 형님께서 처리하실 정도로."

"알고 있습니다."

"한시가 급합니다."

"전하. 마음은 알겠으나."

위그는 알렉산드르의 말에 피식 웃었다. 그는 천천히 소파에 기댔던 등을 세우고, 살짝 몸을 앞으로 기울인 채 알렉산드르와 시선을 맞추었다. 그리고 곧 그가 한 자 한 자 입을 뗐다.

"전하는 지금 제게 그 어떤 가치와 효용도 보여 주지 못했습니다. 그뿐만 아니라 오히려 전하께서 미적거리는 그사이에 더 괜찮은 가치와 효용을 가진 이가 오기도 했지요."

알렉산드르의 얼굴이 잔뜩 굳어 버렸다. 위그가 말하고 있는 것이 로건이라고 생각했기 때문이었다. 실제로 위그는 그가 그렇게 여길 것이라고 생각했다. 그것이 진실은 아니지만.

삽시에 어두워진 알렉산드르의 얼굴을 보던 위그는 길게 숨을 들이쉬었다. 그리고 곧, 그가 입을 뗐다.

"아직 조바심 내실 필요는 없습니다. 아무리 폐하께서 노쇠해지셨다고 하나 아직 살아 계시지 않습니까. 그렇다면 우리에게는 시간이 충분합니다."

그렇게 말하며 위그는 자리에서 일어났다. 그러나 그의 말은 누가 들어도 성의라고는 개뿔도 없었고, 오히려 알렉산드르를 불안에 떨게 했다. 심지어 이미 위그의 입에서 로건으로 추측되는 사람이 언급된 이상 알렉산드르는 절대 그 말을 쉬이 넘길 수 없었다.

위그는 알렉산드르를 힐끔 보았다. 이미 그는 완전히 위그에 대한 신뢰를 잃은 듯했다. 그러나 굳이 그 기분을 겉으로 내뱉지는 않았다. 그때, 알렉산드르가 입을 열었다.

"혹시 제 둘째 형님을."

"전하."

그러나 알렉산드르의 말은 위그의 싸늘한 음성에 매정하게 끊겨 버렸다. 위그는 알렉산드르를 빤히 보면서 마치 비웃기라도 하듯 말을 남겼다.

"자신의 무능함을 타인에게 떠넘기는 것은 그다지 현명한 방법이 아닙니다."

"……."

"당분간은 형세를 조용하게 관찰하시는 게 좋을 겁니다. 그렇게 급해서는 일을 그르치기 일쑤입니다."

말을 마친 위그는 알렉산드르의 명령이 없었음에도 멋대로 방을 나섰다. 어차피 오늘의 대면을 크게 떠벌리고 다녀 봤자 좋아질게 없으므로 그 무례에도 알렉산드르가 아무 말도 못 할 것은 자명했다. 그리고 그는 반드시 이 분노와 불안함을 다른 식으로 해소하리라.

아니나 다를까 위그가 방에서 나가자마자 알렉산드르의 표정은 바로 분노로 물들었다. 만약 위그가 이대로 자신을 버린다면 어쩌지. 그것보다도 더욱더 두려운 것은 만약 위그의 정치 말이 되어 로건이 왕이 되는 데에 깔리게 된다면?

상상만 해도 끔찍하다.

그는 새삼스럽게 이 상황에서 잃을 게 더 많은 사람은 자신이라는 사실을 깨달았다. 만약 제이슨이 이대로 태자가 되고 왕이 된다면 이디에트는 바로 왕비의 가문이 된다. 만약 이대로 제이슨이 죽는다면 로건이 왕이 되고, 로건이 왕이 된다면 이디에트는 어쩌면 더욱더 큰 이득을 볼지도 모른다.

어느 쪽이든 그가, 알렉산드르가 이득을 보는 선택지는 없었다. 원래 그가 선택받은 이유는 단순하게 그의 위에 바로 제이슨이 있기 때문이었다.

'어떡하지.'

알렉산드르는 이제 완전히 이디에트라는 줄에 불신을 가졌다. 그가 해야 하는 것은 살길을 찾는 것이었다. 하지만 이대로 바로 다른 동아줄을 잡기에도 다소 큰 위험성을 동반하는 것이 사실이었다.

그는 결국 고민에 빠지고 말았다.

다른 한편, 안에서 알렉산드르가 어떤 생각을 하는지 눈에 빤해서 위그가 피식 웃었다.

'그래, 그렇게 불안해하면 할수록, 사람은 더욱더 이성적인 판단이 불가능해지지.'

일단 알렉산드르가 그에 대한 신뢰를 잃은 것은 사실이었다. 그리고 그로 하여금 이제 다른 동아줄을 찾게끔 해야 했다. 이미 한번 권력에 오를 수 있음을 인지한 사람은, 다시 그 욕심을 버리기 어렵다. 그렇게 생각하며 그가 걸음을 옮겼다.

"각하."

요한은 천천히 걸어오는 위그를 향해 고개를 숙였다. 위그는 잠시 알렉산드르의 궁을 힐끔 보고는, 천천히 입을 열었다.

"오늘 나와 알렉산드르가 만났다는 걸 적당하게 흘려."

"이미 조치해 놨습니다. 일부러 왕궁에 들어올 때 신분을 거듭해서 밝혔습니다."

"그리고 크리스티나 왕녀에게 전해. 할 말이 있으니 조만간 엘리미아와 이디에트 공작가를 방문하라고."

"태자비 전하와 말입니까?"

"혼자 오는 것보다는 덜 눈에 띄겠지. 물론 이것도 자주 쓰면 안 되겠지만."

"알겠습니다. 저, 그럼 이제 공작 부인께서 말씀하신 호텔로."

"가지."

위그는 조용하게 마차에 올랐다. 이윽고 문이 닫히고, 마차가 덜컹거리며 움직였다.

* * *

굳이 말하자면 엘리미아는 그렇게까지 자신의 가문인 이디에트에 애정이 깊은 사람은 아니었다.

그러나 공녀로서의 긍지감은 그녀로 하여금 언제나 자신이 이디에트의 일원임을 잊지 않게 했고, 순간순간마다 자신이 이디에트의 명예에 이바지할 책임이 있다는 것을 상기시켰다.

그것은 애정보다는 일종의 사명감이나 의무감에 가까웠다. 결국 그녀는 죽음을 맞이한 연인 앞에서 기절할 때까지 울다가 쓰러졌고, 다시 일어났을 때는 아버지의 뜻대로 묵묵히 제이슨과 결혼했다.

그 강제에 가까운 사명감과 의무감이 무슨 의미인지는 모르겠으나 어쨌든 그것은 이제 그녀의 습관이 되어, 제이슨과 마주하는 때마다 그녀를 버티게 했다. 물론 그렇다고 해도 오늘처럼 저녁에 오겠다는 말까지 담담하게 받아들일 수는 없었다. 엘리미아는 제이슨 따위 꼴 보기 싫어 죽겠다는 얼굴을 하며 조용하게 향수를 몇 방울 덜어 내 쇄골 부근에 톡톡 쳤다.

"전하, 이디에트 공으로부터 전언이 왔습니다."

그때 문이 열리고 그녀의 시녀장인 백작 부인이 들어왔다.

엘리미아는 아직 제이슨의 사람이 도착하지 않은 것을 상기하고 살짝 시선을 들어 말해 보라는 듯이 눈짓했다.

백작 부인은 허리를 숙이고 엘리미아의 귓가에 속삭였다.

"조만간 크리스티나 왕녀님과 이디에트 공작가를 방문하시랍니다. 그리고 될 수 있는 대로 많은 귀부인과 영애들을 거느리고 오는 편이 좋을 거라고요."

엘리미아는 살짝 미간을 찡그렸다. 위그의 의도가 이해되지 않았다. 저번에는 비비안이 그녀에게 크리스티나와 함께 오라고 하더니 이번에는 위그가 이런다. 그 부부는 간혹 이해되지 않는 행동도 이런 식으로 비슷하게 했다. 엘리미아가 알았다는 듯이 고개를 끄덕였다.

이내 백작 부인이 물러가고 문이 닫히기도 전, 제이슨이 들어왔다.

제이슨은 화장대 앞에 앉아 있는 엘리미아를 보고 묘한 얼굴을 했다. 마치 뱀처럼 번뜩이는 그의 눈빛은 바로 엘리미아를 잡아먹을 것 같았다. 그러나 은근하게 배어 있는 웃음기가 왠지 모르게 그녀를 어르고 있는 듯했다.

물론 엘리미아는 그런 제이슨을 끔찍하다는 듯이 응시했다. 제이슨이 입을 뗐다.

"그런 눈으로 볼 건 없지 않나."

엘리미아는 대답 대신 자리에서 일어났다. 무슨 생각인지 몰라도 제이슨은 정기적으로 그녀와 잠자리를 했다. 그리고 그때마다 그녀는 빨리 일을 끝내고 꺼지라는 얼굴을 하고 있었다.

그러나 오늘의 제이슨은 좀 달랐다. 그는 평소와 달리 그녀의 손목을 잡아 침대에 던지지도 않았다. 그저, 웃으면서 갑자기 시종을 향해 입을 열었을 뿐이었다.

"태자비가 즐겨 마시는 와인을 내와."

엘리미아가 멈칫했다.

그는 딱히 낭만 따위를 따지는 남자가 아니었다.

시종장이 와인 두 잔을 들고 방에 들어왔다. 제이슨은 마치 제 방인 것처럼 자연스럽게 의자에 앉으며 엘리미아를 향해 눈짓했다.

"앉지."

엘리미아는 자리에서 일어났다. 백작 부인이 숄을 들어 그녀의 어깨에 걸쳐 주었다. 그러나 그녀가 묵묵히 제이슨의 맞은편에 앉자 제이슨은 백작 부인을 향해 입을 뗐다.

"부인도 나가 보게. 오랜만에 둘만의 시간을 갖고 싶어서 말이야."

애초에 엘리미아가 제이슨과 결혼할 때부터 그녀의 시종을 들었던 이였다. 엘리미아가 제이슨을 얼마나 싫어하는지 알고 있는 백작 부인이 엘리미아를 힐끔 보았다. 그러나 결국 허리를 숙인 뒤 시녀와 시종을 대동하고 방을 나갈 수밖에 없었다.

이윽고 문이 닫히는 소리와 함께 천천히 방에 정적이 감돌았다. 엘리미아는 조용하게 제이슨을 응시했다.

"하실 말씀이 있으면 하시지요."

"이런, 내가 우리 태자비를 너무 오랫동안 찾지 않았나 보군. 남편이 아내를 찾아오면 꼭 할 말이 있어야 하나?"

"다른 부부라면 필요 없겠지요. 하지만 전하와 저 사이는 특이하지 않습니까."

"태자비, 왕실에서는 그렇게 직설적으로 말을 하면 이래저래 문제가 생긴다는 걸 아직도 모르나?"

제이슨은 느긋하게 와인 잔을 들었다. 그는 찰랑거리는 와인 너머로 엘리미아를 보다가 잔 입구에 입을 살짝 대며 읊조렸다.

그러나 엘리미아는 미동도 않은 채 담담하게 말을 이었다.

"어릴 때부터 이리 습관을 해 바꾸기가 어려울 겁니다."

"아, 그래, 맞아. 태자비는 태생부터 누군가의 눈치를 보면서 살 필요가 없는 그런 이였지."

"……."

"한데 그게 무슨 쓸모가 있겠나. 결국에는 나와 결혼해 태자비가 되고 왕실의 사람이 되었는데. 태자비, 사람은 말이야, 환경에 따라 적당히 영악하게 굴 필요가 있어."

"그러고 싶지 않습니다."

"물론 그러지 않아도 되지만, 대가는 꽤 참담하게 되돌아오지."

"딱히 제 양심과 신의 뜻에 거스른 일도 없으니 참담할 것도 없습니다."

"그건 태자비의 생각이고."

제이슨은 와인 잔을 내려놓았다. 그의 입술 끝은 미소를 지어 곡선을 그리고 있었지만 뱀 같은 눈매는 마치 그녀를 독으로 녹여 버릴 듯이 지독하게 섬뜩했다.

"나는, 생각이 다르다."

"다시 말씀드리지만 하실 말씀이 있으면 바로 하시는 게 좋을 겁니다. 제가 워낙에 아둔해 태자 전하의 뜻을 쉬이 이해하기가 어렵습니다."

"나도 다시 말하자면 할 말이 없어."

한쪽으로 읊조리면서 제이슨이 자리에서 일어났다.

그러나 그의 말을 곧이곧대로 들을 정도로 엘리미아는 멍청하지 않았다. 그녀는 천천히 자신에게 다가오는 제이슨을 살짝 올려다보았다.

그리고 그 순간, 제이슨이 갑자기 손을 뻗어 그녀의 팔을 잡았다.

눈 깜짝할 사이에 엘리미아는 제이슨의 손에 잡혀 일어났다. 그러나 언제나 그러하듯 그녀는 입매만 굳힐 뿐 아프다는 소리 한번 내지 않았다.

제이슨은 그녀의 나머지 팔도 손에 꽉 잡은 뒤 그녀와 시선을 맞추었다. 엘리미아가 어깨를 조금 웅크러뜨렸다. 반강제로 제이슨과 시선을 맞추는데, 그가 입을 뗐다.

"대신, 언제나 말하지만 마음가짐을 똑바로 하라는 경고는 내리고 싶군."

"제가 언제 마음가짐을 똑바로 하지 않았나요?"

"내가 그동안 태자비의 모든 언행을 가만히 내버려 둔 건 네가 꽤 괜찮은 장식품이기 때문이다. 반반한 얼굴에 이디에트의 핏줄을 이은 계집이라 그대로 곱게 치장하고 왕좌의 옆에 앉아 있으면 그것 나름대로 절경이지 않나."

제이슨의 손아귀에 힘이 들어갔다. 엘리미아는 입술을 꽉 깨물었다.

"하지만 결국 왕좌의 옆일 뿐이지. 나는 내 왕좌의 옆에 무조건 너를 앉힐 생각이다. 그리고 너는 그 자리에서 내 명예를 빛내는 곱상한 장식품 역할만 하면 되는 거다. 그러니, 그 자리에 앉을 생각은 하지 마."

"웃기는군요. 한낱 저한테 왕좌를 빼앗길까 봐 걱정하시는 겁니까?"

"너는 그럴 깜냥이 안 되지만 네 그 빌어먹을 동생은 되지. 그런데 심지어 그 빌어먹을 동생이 감히 어떤 덜돼 먹은 계집과 손까지 잡았고."

"제 동생은 제 아버지만큼이나 전하께 충성하고 있습니다."

"내 손으로 직접 얻어 온 목줄에 채워져서 말이지. 그런데 그 목줄을 감히 벗어나려고 발버둥을 쳤단 말이야."

"……!"

엘리미아는 최대한 자신의 표정을 갈무리했다. 그러나 그녀는 속이 덜컹거리고 말았다. 제이슨이 비릿하게 웃으며 말을 이었다.

"알렉산드르를 만났다지, 공작이?"

그러나 아무리 엘리미아가 자신의 감정을 숨긴다고 해도 제이슨 앞에서는 무용지물이었다. 그의 말이 끝나기가 무섭게 엘리미아가 완전히 굳어 버리자, 제이슨이 웃으며 읊조렸다.

"나는 네 그 성실함이 좋아."

"전하."

엘리미아는 급히 입을 열었다. 그러나 그 순간 그녀의 팔을 잡은 제이슨의 손에 힘이 꽉 들어갔다.

엘리미아가 반항할 새도 없이 제이슨은 그녀를 우악스럽게 잡아당겼다. 곧 침대로 다가간 뒤, 언제나 그러하듯 그는 엘리미아를 바로 침대에 던졌다.

엘리미아는 꽤 빠르게 반응했다. 그녀는 침대에 엉덩이와 허리가 닿자마자 바로 몸을 바로 했다. 그러나 순식간에 다리 부근의 침대가 확 내려갔다. 엘리미아는 입을 꼭 다물었다. 제이슨이 한쪽으로 셔츠를 풀며 입을 열었다.

"그럼 할 말은 적당하게 끝났으니 부부의 의무를 이행해 보지."

"……."

"다시 말하지만 나는 절대 너를 왕좌의 옆에서 벗어나게 할 생각이 없어. 감히 나를 왕좌에서 끌어내리면……."

제이슨은 엘리미아의 손목을 꽉 잡아 침대에 고정했다. 그리고 곧, 그가 엘리미아와 시선을 마주치며 낮은 목소리로 경고했다.

"그때는, 너도 네 동생도, 네가 사랑하는 그 일족이 전부 다 같이 죽는다."

그와 동시에 캐노피가 흘러내렸다.

* * *

며칠 뒤 엘리미아는 이디에트에 방문하겠다는 서신을 보내왔다. 정확히 말하자면 '태자비'가 '행차'를 하겠으니 이디에트 공작가더러 제대로 준비를 해 오라는 일종의 예고였지만 이디에트 공작가의 그 누구도 엘리미아를 그저 왕궁에 거주하는 이디에트의 공녀쯤으로 생각하지 태자비로 여기지 않았다.

가장 전형적인 예시로 이디에트의 주인인 위그는 엘리미아의 시녀장인 백작 부인의 필체로 쓰인 편지를 힐끗 보고 난 후, 감흥 없다는 듯이 난로에

집어 던졌다. 애초에 이디에트의 사람들이 왕실의 명의로 오는 편지를 무시하는 건 하루 이틀도 아닌지라 집사는 그저 웃으면서 난로를 조금 쑤실 뿐이었다.

그러나 왕실에서 온 편지라는 말에 잔뜩 기대 어린 얼굴을 했던 리즈는 위그의 행동에 눈을 동그랗게 떴다.

"이모부야! 그렇게 버려도 돼?"

"안 될 건 없지?"

"공주님이 보낸 거 아니야?"

"공주님이 올 예정이긴 하다만 태자비가 보낸 거라 상관이 없다."

"태자비 전하?"

리즈는 놀란 듯 입을 크게 떴다. 위그는 소파에 앉으며 읊조렸다.

"그래, 내일 오후에 오겠다고 하더군."

"와."

"굳이 감탄씩이나."

"하지만 공주님을 볼 수 있는 거잖아!"

"공주님…… 이해는 한다만 동화와 현실은 언제나 다른 법이다. 그리고 예전에 한 번 봤던 것으로 기억하는데."

"칫, 한 번뿐이잖아. 그리고 아무리 달라도 나는 공주님이 좋아. 리즈도 공주님이 되고 싶어."

"그건 네가 노력해서 될 문제가 아닌데."

"이모부야가 노력하면 안 돼? 난 공주의 사촌 언니도 좋아."

"……가끔 생각하는데 너는 꿈이 큰 건지 작은 건지 잘 모르겠다. 그리고 이런 말은 밖에서 함부로 하면 안 된다."

"애들은 이렇게 말해도 상관없다고 했어. 어차피 애들이라고 다 들어 주지도 않을 텐데 뭘."

"네 이모가 비비안이고 이모부가 나면 말이 달라지거든."

리즈는 위그의 말을 잘 이해 못 한 듯이 고개를 갸웃거렸다.

아무리 영악해도 아이였다. 위그는 리즈의 머리를 쓰다듬어 주며 입을 열었다.

"그리고 네 이모는 공주님을 낳을 생각이 없을 거다."

"왜? 이모부야가 왕이 아니라서 그래? 그럼 이모가 여왕 하면 되잖아!"

"핵심이 거기에 있지 않다. 일단 공주고 뭐고를 떠나서 아이를 낳아야 하는데, 네 이모는 평생 그럴 생각이 없거든."

"왜 남의 출산 여부를 그런 식으로 마음대로 단정 짓는데? 내 배가 당신 주둥아리에 달린 건 아니잖아?"

그때였다. 놀이방의 문이 열리면서 비비안이 들어왔다.

그 뒤로는 오늘 동생과 오랜만에 쇼핑을 나간 카트린과 시중을 들러 나간 헤더, 그리고 호위를 맡은 기사 몇몇이 손에 뭔가를 주렁주렁 들고 잇달아 방에 들어왔다.

리즈는 엄마가 들어오자 활짝 웃으면서 달려 나갔다. 위그는 비비안과 카트린, 그리고 기사들의 상태를 보더니 살짝 미간을 찌푸리며 자리에서 일어났다.

"뭘 저렇게 많이 샀어?"

"리즈와 아리아, 그리고 케이트의 물건. 옷이랑, 간식이랑."

"주문해도 되는 걸 굳이 나갈 게 뭐가 있어."

"내가 걸어 다니면서 보는 거랑 사람들이 골라서 가져오는 것 중에 고르는 건 엄연히 다르니까."

"그냥 솔직하게 가게들 시찰하러 다녔다고 하지?"

"맞아. 어떤 식으로 가게들이 돌아가는지, 잘 돌아가는지 따위는 이런 기습 공격으로 대충 파악이 가능하지."

비비안은 어깨를 으쓱했다.

"이번에 중앙 광장 세컨드 블록 십자로의 동남 방향 땅이 마침 경매에 나오더라고. 겸사겸사 보러 간 것도 있어."

"거기는 엘버린 공작가가 원래 자선 사업을 하려고 비워 놓았던 땅인데?"

"자선 사업 지점을 옮겼대. 아무래도 교외에 별장을 짓는 게 더 취지에 알맞다고 생각해서 현재 그곳의 사용권을 매입할 사람을 찾는다고 하더라고."

"……설마."

"내가 사려고."

비비안은 활짝 웃었다. 딱히 놀라운 사실은 아닌지 위그는 그저 한숨을 쉬었다. 실제로 그곳은 공익보다는 장사하기에 적당한 땅이었다. 다만 지금까지 엘버린 공작가가 선점을 하고 있었던 터라 욕심을 드러낸 자가 없었기에 그저 비워 놓았을 뿐이었다.

위그는 소파에 차곡차곡 쌓이는 가방을 응시하다가 뭔가 이상함을 깨달았다.

"그런데 경매에 나왔다면 내게 소식이 들어오지 않았을 리가 없는데."

"그거야, 오늘 나올 예정이니까?"

"그런데 오늘 매입하려고 결정했다고?"

"아니, 결정은 어제 했지?"

"소식을 어디서 들은 거야."

"엘버린 공작 부인이 직접 나한테 서신을 써서 알려 주던데?"

"……그건 그냥 당신한테 팔겠다는 거 아닌가."

"응, 그렇지. 역시 똑똑해."

비비안이 해맑게 웃으면서 자리에서 일어났다.

위그는 대체 엘버린 공작 부인이 왜 예전부터 비비안을 그렇게 좋아하는지 알 수 없었다. 바첼론에서 비비안을 좋아하는 인물을 꼽는 것이 싫어하는 인물을 꼽는 것보다 더 빠르다는 것을 상기해 볼 때, 딱히 접점이 없음에도 엘버린 공작 부인이 그렇게 비비안을 좋아하는 건 꽤 신기한 일이었기 때문이었다.

그러나 위그는 굳이 입을 열지 않았다. 어차피 엘버린 공작 부인이 비비안을 싫어하는 것보다는 낫지 않은가.

"그래서 대체 어쩌다가 내가 아이를 낳네 마네 하는 말이 나온 거야?"

"아."

그는 이미 쇼핑 가방 사이에서 정확하게 먹을 것을 찾아내고 포장을 뜯고 있는 리즈와 그런 그녀를 발견하고 혼내는 카트린을 힐끔 보고 다시 비비안에게 고개를 돌렸다.

"크리스티나와 엘리미아가 내일 오후에 이디에트로 방문을 할 예정이다."

"두 사람이 어떻게?"

"아무래도 크리스티나 혼자 부르는 건 이목도 있으니까."

"……좋은 방법이긴 하다만, 이번 한 번만 써먹는 게 좋을 거야. 내가 이미 써 봤거든. 그런데 그게 내가 아이를 낳는 것과 무슨 상관인데?"

"그런 게 있어. 몰라도 된다."

"남의 출산에 이러쿵저러쿵했으면 좀 해명이라는 걸 해 보지."

"어차피 진짜로 낳을 생각이 없지 않나. 뭘 또 따지고 그래?"

"확실히 없었긴 했는데 당신 입에서 들으니까 괜히 짜증 나잖아. 그리고 누가 알아? 어느 날 갑자기 내가 운명의 남자라도 만나서 아이를 낳겠다고 할 수도 있지."

"그 운명의 남자는 무슨 죄를 지었기에 그런 시련을 겪는지 모르겠군."

"그러게, 무슨 죄를 지었을까."

비비안이 묘한 웃음을 흘리며 어깨를 으쓱했다. 그러나 위그는 비비안의 말을 대수롭지 않게 넘겼다. 그는 비비안을 잘 알았다. 어차피 일부러 저를 놀리거나 운명의 남자라는 말에 발끈할 걸 기대하는 것이었다. 그리고 예상대로 비비안은 그가 반응이 없자 재미없다는 얼굴을 했다.

"그런데 아리아는?"

"수업."

"아. 그렇지. 그럼 나는 이만 방으로 돌아갈래. 당신도 방으로 와, 오붓하게 낮잠을 즐기는 게 좋을 것 같아."

"……그래."

"언니, 언니도 방에 가서 쉬어."

"그래. 리즈, 그만 먹고 빨리 방에 들어가."

카트린은 결국 리즈의 손에서 쿠키를 뺏고 아이의 손을 끈 채 방을 나가려고 했다.

그러나 카트린이 문을 열기가 무섭게 갑자기 클로에가 방으로 뛰어들어왔다.

"단주님."

비비안은 클로에의 다급한 어조에 뭔가 일이 일어났음을 눈치챘다. 그녀는 입매를 굳힌 채 고개를 살짝 끄덕였다.

클로에는 거친 숨을 내쉬며 손에 들린 왕실 고지서를 내밀었다. 비비안이 가늘게 눈을 떴다. 어느새 그녀의 옆에 다가온 위그가 얼굴을 굳혔다.

"뭐지?"

"왕실에서 명령이 내려왔어요. 이제부터 작위와 영지가 없는 모든 개인과 상단의 대외 거래 업무를 왕실에 귀속시키겠다고요!"

"……저런."

비비안이 나지막이 읊조렸다. 그녀의 눈길이 싸늘해졌다.

지금까지 왕실이 왜 이렇게 조용한가 했더니, 뭔가 준비를 하고 있었던 게 분명했다. 그리고 그 준비는 절대 로튼에 불리했으면 불리했지 유리하지 않았다.

대외 업무는 로튼의 4할 정도의 매출과 수익을 책임지고 있다. 만약 이 업무를 전부 왕실에서 앗아 간다면, 그것은 거의 로튼의 목숨 줄을 자르겠다는 것과 별반 차이가 없는 말이었다.

"드디어 왕실에서 로튼에 손을 썼군."

위그는 그렇게 읊조리며 비비안의 손에서 고지서를 받아 들었다.

놀랍게도 왕의 도장이 찍혀 있었다.

절대적인 왕실 명령으로서 로튼은 이 시각부터 대외 무역과 관련되는 모든 일을 일절 할 수 없음을 의미하기도 했다.

위그는 바로 고지서를 구겨 손에 움켜쥐었다.

와그작, 하는 종이의 마찰 소리에 클로에가 긴장한 얼굴을 했다.

카트린조차도 리즈와 함께 방에서 나가려던 것을 멈추고 비비안과 위그를 번갈아 보았다. 그러나 그녀는 자신의 동생을 잘 알았다. 이윽고 카트린은 조용하게 리즈를 감싼 채 방을 나갔다.

"어떻게 할까요?"

"어떻게 해야 할까. 애초에 우리가 할 수 있는 게 있긴 해?"

클로에의 물음에 비비안이 나른하게 읊조렸다. 그때 위그가 입을 열었다.

"정말이지 너무 뻔해서 기가 막히는군."

"그러게. 그렇지만 뻔한 것만큼 정확하게 내 허점을 맞혔어. 다른 건 몰라도 제이슨은 다른 사람의 약점을 찾는 데는 기가 막히는 인재야."

"이제는 어찌할 건가."

"……글쎄."

비비안은 흐음 길게 숨을 들이쉬었다. 그러나 곧, 그녀가 화사하게 웃으면서 대꾸했다.

"구경하러 가야지."

"……."

"상인 협회 놈들이 지랄 발광을 할 게 눈에 보이거든."

자신은 아무런 손실도 없다는 투였다. 그리고 실제로 그녀는 아무런 손실도 없었다.

위그는 비비안을 힐끔 보았다. 그리고 곧 그가 고개를 절레절레 저었다.

"지금 가려고?"

"응."

"상인 협회가 어디에 있는지는 알아?"

"알아. 그치들이 어디에 있겠어? 보나 마나 그 바보 같은 협회 건물에서 분노를 터뜨리고 있겠지."

"무사하게 잘 다녀와. 괜히 가서 약 올리다가 한 대 맞지 말고."

"그래, 명심할게."

곧 비비안이 소파에서 외투를 다시 집어 들었다. 그녀의 뒷모습을 보던 위그는 바닥에 떨어진 고지서를 힐끔 보고 피식 웃었다.

안타깝게도, 왕실은 잘못 짚었다.

* * *

"이게 무슨 소리요!"

왕실의 공문이 떨어지기가 무섭게 수도에서 가장 먼저 들끓은 곳은 다름 아닌 상인 협회였다.

왕실에서 고지서를 받자마자 협회에 소속된 상단의 단주들은 바로 협회의 본부 회의실에 모였다. 그들은 마치 약속이나 한 듯이 협회장을 들들 볶으며 대체 어떻게 된 영문인지 따졌다.

"협회장님, 말씀하십시오. 대체 이게 어떻게 된 일입니까!"

"나도 몰랐소!"

"이런 일이 있으면 미리 고지를 해 주셔야 할 것 아닙니까!"

"나도 지금 황당하단 말이오! 이번 왕실 명령으로 손해를 본 게 당신들뿐만은 아니오. 우리 루조 상단도 지금 모든 대외 무역 업무를 왕실에 빼앗기게 생겼단 말이오."

"협회장님의 상단은 대외 업무가 주가 아니지 않습니까. 저처럼 차 수입만

하는 상단은 바로 망하라는 뜻이 아닙니까?"

"맞습니다. 게다가 협회장님이 어찌 모를 수 있습니까! 디텔 공과 친분이 있으시다더니, 이런 것도 몰랐을 리가 없지 않습니까!"

"진짜 모르오! 디텔 공께서는 아무런 언질도 주지 않았단 말이오!"

결국 협회장이 책상을 쾅 치며 자리에서 일어났다. 그의 손 마디마디에 도드라진 핏줄이 그의 분노와 경악을 그대로 보여 주고 있었다. 그리고 실제로 그의 말마따나 그는 아무것도 몰랐다. 디텔 공작은 지금까지 이에 관한 그 어떤 언질도 그에게 주지 않았던 것이었다.

회의실에 앉아 있던 수많은 단주들이 갑작스러운 악재에 머리를 감싸 쥐었다.

단순한 손실이 아니라 만약 대외 무역의 모든 권한을 왕실에서 집중 관리를 하게 된다면 이곳에 있는 상단의 절반 이상은 1년 내로 파산을 맞이해야 했다.

그들은 그간 상단의 대외 무역에 관대했던 왕실이 왜 갑자기 이런 공문을 내렸는지 알 수 없었다.

그때, 누군가가 작게 입을 뗐다.

"한데, 왕실에서 직접 공문이 내려온 걸 보면…… 아무래도 귀족원의 결정도 거치지 않고 바로 왕실에서 공문을 내린 것 같은데 혹시 디텔 공도 모르고 있었던 게 아닙니까?"

"확실히 지금까지 귀족원 측에서 말이 없긴 했습니다만."

"귀족원에 이리저리 연줄을 마련해 보았지만 지금까지 소식은 듣지 못했습니다."

"한데 왕실에 무슨 이득이 있다고 이렇게 갑자기 결정을 한단 말입니까!"

"혹시, 우리 중 누군가를 사냥하기 위해서?"

"우리 중 왕실에 밉보인 자가 있…… 설마, 우리 말고."

누군가가 작게 읊조렸다. 순간 그들은 동시에 누군가를 상기하고 말았다.

"저번 바로데에서 로튼 단주가 일을 크게 벌였다고 하던데. 설마……."

"혹시 로튼에서 왕실의 심기를 거스른 겁니까?"

"한데 그게 우리와 무슨 상관이 있습니까."

"생각해 보시오, 만약 로튼 하나만 겨냥해서 수를 쓴다면 이디에트 공작가에서 가만히 있지 않겠지. 그렇지만 만약 상단 전체에 화살이 간다면 이디에트도 로튼도 할 말이 없는 게 사실 아니오."

"왕실에서는 이런 결정을 내리면서 저희들이 반발할 거란 예측도 못 했단 말입니까?"

"예측했겠지. 했지만 별로 상관이 없다고 판단했거나 아니면 우리에게 다른 제안을 해 오거나."

협회장은 테이블을 짚으며 작게 읊조렸다. 그러나 말은 그렇게 해도 그는 절대 이 상황을 단순하게 납득할 수 없었다.

디텔 공작과 연이 있어 이디에트와 왕실, 로튼 사이의 원한과 이해관계를 그럭저럭 알고 있는 그는 이 상황을 디텔 공작이 아예 몰랐다고 생각하지 않았다.

그런데도 입을 다물었다. 다른 말로 하자면, 디텔 공작이…….

"아예 몰랐을 것 같지는 않은데."

"……."

"물론 왕실에서 내린 명령이라고 해도 디텔 공께서 전혀 몰랐을 것 같지는 않은데, 협회장님, 어떻게 생각하십니까."

순간 누군가의 읊조림에 협회장이 입을 다물었다. 방 안의 분위기는 바로 엉망으로 치달았다.

협회장은 알고 있었다. 그동안 '협회'라는 이름 아래 딱히 이득 본 것은 없음에도 불구하고 그 아래에 이름을 달고 있었던 것은 그럼에도 절대 불이익은 없을 것이라는 믿음 때문이었다.

하나 이번의 사건으로 그들은 결국 아무런 힘도 써 보지 못했다. 디텔 공과의 연줄로 모든 상인들의 위에 군림하던 협회장은 손 한번 쓰기도 전에 그들과 같은 꼴이 되었다.

"일단은 디텔 공을 만나 보도록 하지."

"만나서 어쩌겠습니까."

"그래도 안 되면 우리끼리 수를 써 보는 수밖에 없소, 그리고 무엇보다도 잊었나. 최소한 이번 일로 가장 큰 손실을 얻은 건 우리가 아니야. 로튼이지."

"같이 죽으면 덜 아프다는 논리 아니오. 정말 어처구니없군."

누군가의 비아냥이 들려왔지만 협회장은 입을 다물었다. 그때 갑자기 노크 소리와 함께 비서가 들어왔다.

"저, 협회장님, 로튼의 단주님께서 오셨습니다."

순간 회의실 내부에 수군거리는 소리가 가득 찼다. 협회장은 눈알을 데굴굴리다가 무슨 생각을 했는지 갑자기 얼굴이 확 밝아져서 웃음을 흘렸다.

'그동안 그렇게 오만하게 굴더니 인제 와서 같이 일을 처리하려는 것인가.'

그는 뒤에서 의논이 분분한 단주들을 힐끔 보고 길게 숨을 들이쉬었다. 최소한 이 일이 해결되지 않아도 그 로튼 단주가 협조를 부탁하며 와서 비는 꼴을 보여 준다면 주의를 다른 곳으로 돌릴 수 있을 것이었다.

"로튼 단주께서도 급하셨나 보군. 들어오라고 해."

비서가 고개를 끄덕였다. 협회장은 짐짓 점잖은 척하며 크흠 헛기침을 했다.

곧 문이 열리고 비비안이 모습을 드러냈다.

"어머, 역시 다 모여 있었군요."

비비안은 평소와 다름이 없었다. 그리고 그 평소라는 것은 그녀가 위그와 결혼하기 전을 가리키는 것이었다.

결혼 뒤 머리를 위로 묶고 귀부인처럼 드레스를 입고 다니던 그녀는 오늘만큼은 미혼 시절과 다름이 없이 우아하게 몸을 감싸며 떨어지는 연파란색 드레스를 입고 위에 긴 코트를 하나 걸치고 있었다. 그리고 그 위로 연회색 머리카락이 우수수 떨어지며 요사스러운 분위기를 냈다.

"왔군, 로튼 단주, 안 그래도 단주의 이야기를 하고 있었다네."

비비안이 등장하자마자 사람들은 저마다 각기 다른 얼굴을 했다. 어떤 이들은 그녀도 자신과 비슷한 처지로 떨어진 것을 고소해하는 눈치였고 누군가는 그저 마냥 불안한 얼굴을 했으며 어떤 이들은 괜히 그녀가 왕실을 도발한 것에 깊은 분노를 하며 그녀를 노려보고 있었다.

비비안은 이 모든 시선을 한 몸에 받으며 천천히 책상의 가장 끝단에 앉았다. 정확히 가장 상석인 협회장과 마주 앉은 그녀는 그녀의 뒤를 따라온 클로에를 향해 눈짓했다.

"무슨 이야기를 했는지 궁금하군요."

클로에의 손에서 서류를 받아 든 비비안이 여유롭게 입을 뗐다. 협회장은 이 순간마저도 뻣뻣하게 구는 비비안이 꼴 보기 싫은지 탐탁잖은 얼굴을 했지만 다시 표정을 갈무리하고 입을 뗐다.

"이번 왕실에서 내려온 공문을 이야기하고 있었지. 더불어 그게 단주와 관련이 있지 않을까 하는 가설도 세워 보았는데, 설마, 그럴 리는 없겠지?"

진짜로 왕실의 심기를 거슬렀냐는 물음이었다. 비비안은 협회장의 물음에 곱게 눈을 접으며 화사하게 웃었다. 이윽고 그녀가 통쾌하게 고개를 끄덕였다.

"제 탓이 맞아요. 제가 좀 철없이 구는 바람에."

"……!"

"단주! 대체 무슨 생각으로!"

"어쩔 수 없잖아요. 제 성질머리를 여러분들이 모르는 것도 아니고."

"하지만 결국 이번 일로 가장 크게 손해를 보는 이는 다름 아닌 단주가 아니오!"

"맞소, 빨리 대책을 세워야 하오."

"로튼 단주님, 혹시 저희와 대책을 의논하려고 오신 것이라면……."

"아, 그만."

그때였다.

그녀의 답이 떨어지기가 무섭게 소란스러워진 이들을 향해 비비안이 시끄럽다는 듯이 손을 들었다. 순간 대부분 이들이 입을 닫았다. 협회장은 그녀가 대체 무슨 생각을 어떻게 하려는 것인지 생각하다가 입을 뗐다.

"단주, 지금 이렇게 쓸데없이 자존심을 세울 때가 아니오. 이렇게 우리를 찾아온 것을 보면 단주도 분명 크나큰 손실을 입어……."

"제가요?"

"……아니오?"

"제가, 왜 손실을 보나요?"

협회장은 마치 자신의 딸을 타이르듯 조곤조곤하게 입을 열었다. 그러나 정작 비비안은 세상에서 제일 재미있는 우스갯소리를 듣는다는 듯이 비웃음을 흘리며 말을 이었다.

"제가 손실을 보아야 하는 이유가 있나요?"

"우리가 알기로 로튼의 대외 무역 사업의 비중은 거의 4할에서 5할 정도로 넘어간다고 알고 있는데."

"아, 그랬긴 했는데. 지금은 아니에요."

"그래, 아니겠지. 왕실이 다 거둬 갔으니."

"그것도 아니고요."

비비안은 길게 숨을 들이쉬었다. 상인 협회의 단주들은 대부분 비비안이 무슨 소리를 하는지 몰라 어리둥절한 얼굴을 했다. 그리고 그 모든 시선을 받으며 비비안이 방긋 웃었다.

"제가 한때 바첼론의 절반 이상의 대외 무역 업무를 책임졌던 것은 맞지만, 이 공문이 내려오기 전에 그것들은 전부 타인의 명의가 되었어요."

"무슨 말도 안 되는! 그 어마어마한 사업을 누가 가져갔다는 말이오, 그 것도 전부!"

"제 남편이요."

"……뭐?"

순간 비비안의 말이 끝나자마자 모두가 얼어붙었다. 그들은 자신의 귀를 의심했다. 그러나 비비안은 계속 여유롭게 말을 이었다.

"제가 며칠 전에 좀 과하게 그를 갖고 놀아서, 심적으로 대단한 충격을 준 위로금이라고 치고 대외 무역 사업을 이디에트의 명의로 옮겼어요. 그래 서 현재 로튼에는 대외 무역 사업이 없고, 당연하지만 왕실에서 회수해 갈 대외 사업도 없어요."

"……."

"왜, 무슨 문제라도?"

"헛소리!"

비비안은 눈을 깜박거렸다. 순간 협회장이 자리에서 벌떡 일어났다.

"미쳤나, 단주. 로튼 휘하의 사업이 얼마인데!"

"제 사업을 제가 주고 싶은 대로 줬는데 왜 협회장님이 지랄, 아니, 난리 신지."

"거짓말 마오! 미리 냄새를 맡고 명의를 옮긴 것이잖소!"

"아, 그건 정말 아닌데."

"단주!"

"뭐, 그렇다고 치죠. 방금 제가 말했다시피, 제가 좀 더러운 성질머리로 왕실에 밉보일 짓을 하긴 했거든요. 그리고 제가 얼마나 사람을 열받게 하 는 데에 재능이 있는지는 이 자리에 계신 여러분들이 경험해 보셨으니 잘 아시겠고."

비비안은 어깨를 으쓱하며 새물새물 웃었다. 그리고 정말 놀랍게도 그녀 의 말은 전부 사실이었다.

'애초에 내가 그렇게 큰 짓을 하면서 도발했는데 제이슨이 가만히 있을 리가 없지. 그리고 가만히 있지 않다면 반드시 로튼에 손을 댈 것이고.'

바첼론의 내부 사업은 왕실의 사업과도 연관이 될 뿐만 아니라 왕실에서 다 넘겨받기에는 지나칠 정도로 왕실에 큰 재정적 부담을 주므로 아무리 왕실이라도 건드릴 리가 없다. 무엇보다도 내부 사업을 건드리게 된다면 귀족들과 진행하는 각종 사업도 큰 손실을 얻게 될 터이니 귀족가에서 절대 가만히 있을 리가 없었다.

그렇다고 예전에 그랬던 것처럼 돈을 거둬들이는 것은 아무런 도움이 되지 못한다. 로튼에서 가장 부족하지 않은 게 있다면 그것은 오직 돈뿐이었다.

그렇다면 남은 선택지는 하나.

왕실의 권한으로 통제하기 가장 쉽고 귀족들의 이익도 가장 적게 건드리며 동시에 피해를 최소한으로 할 수 있는 것, 대외 무역 통제권.

비비안은 빙그레 웃었다. 그녀는 아직도 세븐 교수가 준비한 위임 서류 앞에서 멍한 얼굴을 짓던 위그를 잊지 못했다.

이게 지금 뭐 하는 짓이냐고 묻던 위그에게 그녀가 깔끔하게 대답했다.

'내 목숨 줄을 넘기고 있잖아.'

'……미쳤나? 이게 어떤 사업인데.'

'이게 어떤 사업인지는 내가 잘 알아. 나도 지금 다 잃을 각오를 하고 당신에게 넘기는 거니까 알아서 받아.'

'만약 내가 배신한다면 어떻게 되는 거지?'

'어떻게 되긴, 내가 이디에트 공작가 앞에서 칼로 목을 그어 영원히 이디에트의 귀신이 되겠지. 뭐, 상관없어. 사람을 잘못 본 대가라고 치지.'

'…….'

'왕실에서 손을 쓰기 전에 빨리 처리해 놔야 돼. 지금 상황에서 이 세상에서

내 사업을 지켜 줄 만한 힘이 있고 안심할 수 있는 사람은 당신뿐이야.'

'설마 지금 이러려고 며칠 전에 그 난리를 피웠나?'

'그게 아니면 내가 왜 그런 짓을 했겠어? 그저 당신이 무릎 꿇는 꼴을 보려고?'

'아닌가?'

'……뭐, 그것도 부정은 하지 않을게. 원래 모든 일엔 한 가지 목적만 있는 건 아니니까.'

비비안은 천천히 의자에 몸을 기댔다. 그녀는 이제 목숨과 그녀의 전부를 걸고 도박을 했다. 원래 거는 게 많을수록 얻는 게 많은 건, 진리다.

"미쳤나, 단주?"

그녀는 각종 표정을 하며 그녀를 응시하는 사람들을 빤히 응시했다. 그중에서 협회장은 가장 충격받은 얼굴을 하고 있었다.

"사내에게 미쳐도 단단히 미쳤군, 이래서 계집은."

"기왕이면 제 남편이 경국지색이라고 하는 게 어떤가요?"

"……."

"제가 이래 봬도 미색과 음주 가무를 꽤 즐기는 사람이라서."

비비안이 생긋 웃었다. 그러나 그녀를 제외한 이 방의 모든 사람은 절대 웃을 수 없었다. 심지어 비비안 뒤에 있는 클로에도 떨떠름한 얼굴을 했다.

"……그래서, 대체 이곳에는 왜 왔지? 우리를 비웃으려고 왔나?"

협회장은 입술을 악물었다.

아이러니하게도 비비안을 잡으려고 놓은 덫에 비비안은 걸리지 않은 채 그들만 걸려 파득거리고 있었다. 그 사실이 지독하리만치 그를 분노하게 했다. 그리고 그 분노를 읽어 낸 비비안이 피식 웃었다.

"나는 남을 비웃는 데에 시간을 쓸 정도로 비생산적인 일을 하지 않아요.

내가 오늘 이곳에 온 건, 다름 아닌 내 성질머리에 도발당해 무차별 공격을 받은 여러분들을 위로하기 위해서이죠."

"쓸데없는 소리 말고."

"여러분들을 도와드리죠."

순간 협회장을 비롯한 모든 단주들의 얼굴이 미묘하게 변했다.

"단주가 그렇게 마음을 곱게 쓴다고?"

"그래도 한때 저와 협회에서 부대꼈던 기억이 있는 데다가, 아버지의 친우분들도 계시고, 무엇보다도 이럴 때에 상인들끼리 돕지 않으면 누가 돕겠어요."

비비안은 마치 자선가처럼 자애롭기 그지없는 얼굴을 했다. 그러나 대부분은 반신반의하는 얼굴을 했다. 비비안을 공공의 적으로 치부해 본 적이 있는 이들은 더더욱 그녀의 말을 듣지 않았다.

그러나 비비안은 개의치 않았다. 그녀는 천천히 테이블에 팔을 올리고 턱을 괸 뒤 입을 열었다.

"작년에 로튼에서 사들인 가죽과 모피가 아직 남아 있어요. 그것도 보존이 퍽 잘된 상태고, 아직 겨울이 다 지나가지 않았기 때문에 시장은 여전히 활발하죠. 대외 무역에 전부 의존해 왔던 상단은 이걸로 일단 당분간의 적자를 메꾸어 보는 게 좋을 거예요."

"……가격은?"

"제가 매입한 가격의 80퍼센트로 여러분께 판매하죠."

순간 모든 이들의 얼굴이 기괴하게 변했다. 비비안이 웃으면서 대꾸했다.

"물론 저는 수익의 일정한 부분을 떼어 가는 것으로 제 20퍼센트의 손실을 메꿀 것이에요. 하지만 지금 당장 대외 무역이 끊겨서 상단 문을 아예 닫는 것보다는 급하게 메꾸는 게 중요하다는 건 알겠죠."

"아무리 단주가 가죽과 모피를 많이 보존해 두었다고 해도 한계가 있소."

"알아요. 이건 어디까지나 대외 무역이 전체의 9할 이상을 차지하는 소규모의 상단에 한해서예요. 저도 장사를 해 본 만큼, 장사가 얼마나 어려운지 정도는 알거든요."

"그럼 나머지는……."

"제안을 하죠."

"제안?"

비비안은 주변에 둥그렇게 모여든 이들을 쭉 훑다가 생긋 웃었다.

"마침 이 중에 탐나는 몇 가지 사업을 가진 분들이 계셔서."

"단주! 이건 엄연히 강도 행위에 가깝소. 위기를 이용해 이런 식으로 상단을 인수하려는 것이 아니오."

"그렇게 생각하신다면 저도 방법이 없죠. 어디까지나 이건 단주님들의 결정에 따를 일이에요."

협회장은 이를 악물었다. 그는 제 주변에 있는 단주들을 향해 비비안의 말을 듣지 말라고 소리를 지를까 하다가 그들이 어느새 비비안의 다음 말을 기다리고 있는 것을 발견하고 더욱더 분노를 터뜨렸다.

비비안은 그것을 발견하고 얄밉게 웃어 보였다.

"물론 이게 전부가 아니에요. 여러분들도 아시겠지만, 제 명의로 매입한 수도의 몇 개 상업용지가 있는데. 필요하시다면 전부다 양심적인 가격으로 여러분께 세를 주도록 하죠. 발등에 떨어진 불을 끌 용도로는 충분할 거예요."

"하지만 단주, 이건 결국 발등에 떨어질 불을 끄는 것이지 장기적인 대책으로는 불가능하오."

그때 누군가가 중얼거렸다. 비비안은 시선을 옮겼다. 안지엔 상단의 단주였다.

"물론 저도 알아요. 이 상태로는 제가 해를 보는 게 없다고 해도 장기적으로 이득 또한 보지 못하니, 저 또한 다른 방식으로 이 결정을 타개할 방법을 찾아보죠."

"……왕실과 교섭을 해 보겠다는 것이오?"

"정확히 말하자면 귀족원에서 왕실과 교섭을 하겠지요."

"……!"

"제 남편이 누군지 잊은 건 아니겠지요?"

순간 협회의 모두가 숨을 들이쉬었다. 비비안 로젤리스와 위그 이디에트. 이 조합은 어떤 식으로 누구와 싸워도 절대 이겼으면 이겼지 질 조합이 아니었다. 바첼론의 경제 명맥과 권력의 중심 줄을 잡고 있는 두 사람이었다.

이길 수가 없었다.

그들은 그제야 왕실이 왜 이런 결정을 내렸는지 알았다. 그러나 동시에 비비안의 제안에 귀를 기울일 수밖에 없었다. 그들로서는 현재 이 상황에서 굶어 죽지 않는 게 가장 중요했다. 특히 규모가 작고 신생 상단일수록 그 절박함이 더더욱 극에 달했다.

"……그럼, 이 모든 것에 힘을 써 주는 대가로 무엇을 얻을 예정이오. 애초에 인수 따위를 조건으로 내걸지는 않았겠지."

"역시 장사를 하는 사람들과는 말이 잘 통해요. 어휴, 저 동네 귀족 나으리들은 얼마나 말을 많이 해도 처알아듣지 못하던지. 남들 위에서 어화둥둥 받기만 하면서 자란 치들이라 기본적으로 주고받는다는 개념이 없다니까요."

"단주."

비비안은 손을 휘저었다. 그러나 이미 그녀의 말을 기다리고 있는 이들로서는 애가 탈 수밖에 없었다. 비비안은 그들의 얼굴에 적힌 불안함을 읽어 내고 장난치던 것을 멈추었다.

"뭐, 맞아요. 제가 원하는 건 따로 있죠."

"무엇이지?"

"간단해요. 그리고 역시나 이곳에 있는 여러분께 이득이 됐으면 됐지 절대

실이 될 수는 없죠.”

“우리에게 이득이라…….”

“지금 당장, 이 자리에서 상인 협회를 해산하세요.”

순간 비비안의 말이 떨어지자마자 장내가 침묵으로 휩싸였다. 사람들은 잠시 비비안의 말을 곱씹다가 얼어붙었다. 그리고 그중 몇몇 이들이 협회장을 향해 시선을 던졌다.

비비안은 언제 그렇게 장난스러운 얼굴을 했냐는 듯이 싸늘하게 얼굴을 굳혔다. 곧, 그녀가 입술 끝을 끌어 올리며 섬뜩하게 속삭였다.

“상인 협회를 해산하고, 앞으로 로튼을 중심으로 하는 모임에 가입하세요.”

“……단주. 지금 그게.”

“저는 바첼론에서 가장 큰 내부 사업의 중심을 쥐고 있어요. 그리고 제 남편은 귀족원의 수장이지요.”

“…….”

“나는 여러분들의 습성을 잘 알아요. 빌어먹을 계집애가 자신의 머리 위에 올라오는 것을 용납하지는 않지만, 그렇다고 밥그릇이 깨지고 굶어 죽기 직전까지 그 사내들의 의리 따위를 외칠 만큼 그렇게까지 단단한 연대는 아니에요.”

“…….”

“선택하세요. 협회장과의 의리를 지키고, 사내의 자존심을 지키면서 무덤에 걸어 들어가든지, 아니면 행복하게 먹고 싶은 것 다 먹고 사고 싶은 것 다 사고 사랑하는 아내와 자식들, 그리고 직원들과 오래오래 살아갈 것인지.”

장담하건대 비비안의 행동은 지금 이 세상의 누가 봐도 악마의 유혹이었지 신의 구제는 아니었다.

일단 신이 이런 식으로 대가를 요구하는가를 차치하더라도 평소라면 멀쩡한 정신 상태에서 절대 하지 않을 선택을 종용하는 모습은 이곳에 있는 그 누구라도 치를 떨 법했다. 게다가 근본적으로 볼 때 이번 사태는 엄연히 비비안이 왕실을 상대로 성질머리를 자랑한 결과였다. 다른 상인들은 그 사이에서 고통받는 피해자의 역할에 불과할 수밖에 없었다.

그러나 이미 일은 벌어졌고 잘잘못을 따지기에 상황이 너무 엉망이었다.

그것을 잘 알고 있는 비비안은 턱을 살짝 들고 손을 내려놓은 뒤 자리에서 일어났다.

"그럼 저는 이만 가죠. 여러분들도 대책을 마련하고 이것저것 손익 비교를 할 시간이 필요할 테니까요. 괜히 도와줬다가 쓴소리를 듣고 싶은 마음은 없거든요."

"단주."

그러나 그때였다. 협회장은 천천히 문으로 다가가는 그녀를 불렀다. 비비안은 몸을 돌렸다. 무심한 눈길이 왜 그러냐고 묻고 있었다.

"이런 식으로 상단을 손에 넣어 무슨 쓸모가 있소?"

"그건 협회장님이 관여하실 바는 아니지요."

"우리에게 복수하는 건가?"

"설마. 복수를 원했다면 내가 이디에트 공작과 결혼하자마자 당장 당신들을 싸잡아 치워 버리겠죠."

"그럼 이게 무슨 의미가 있나. 이런 식으로 상단의 규모를 키우고 로튼을 번영시켜 봤자 결국에는 이디에트 공작의 소매에 들어가지 않나."

"아, 그런 의미로 한 말인가요? 난 또 내 욕심이 의미 없다고 하려는 줄 알았지."

"이렇게 된 이상 욕심이 의미 없고 말고는 따지지 않아. 다만 단주의 이런 행위를 나는 단주의 인생 선배로서 도저히 이해할 수 없군."

"그럼 이해하지 마세요."

"단주. 아무리 이디에트 공작이 지금은 단주를 사랑한다고 하나 결국에는 그도 귀족이고 사내다. 이제 1년 남짓한 시간이 더 있으면……!"

"협회장님, 그거 아시나요?"

그때였다. 심각한 얼굴을 말을 이어 가던 협회장은 조용조용한 비비안의 말에 멈칫했다. 비비안은 이제 완전히 몸을 돌려 문에 기댔다. 그리고 천천히 입을 열었다.

"제가 금방 단주가 된 뒤에 하는 모든 일을 협회장님께서는 반대하셨어요. 어린 여자아이라 경험이 부족하다는 이유로요."

"그건 단주를 위해 한 말이오."

"물론 그렇겠지요. 협회장님은 제 아버지와 친분이 있었으니까요. 하지만 협회장님, 협회장님께서 당시 말렸던 사업들은 지금 전부 로튼의 핵심이 되어 제 발에 신겨지고 제 몸에 둘러졌어요."

"그건 기적이오!"

"아니, 그건 그냥 협회장님이 판단력과 안목이 없으시다는 걸 증명할 뿐이에요. 심지어 이 자리에 있는 그 어떤 상인보다도 더욱더요."

"……!"

"협회에는 금방 상단을 시작한 소규모의 상인들도 있죠. 그중에는 단주라고 칭하기도 어려울 정도의 젊은 청년도 있고요. 괜히 쓸데없이 과거만 읊으면서 자라나는 새싹을 짓밟으려고 하지 마시고 그냥 집에 가서 따뜻한 우유를 데워 마시고 잠이나 자세요."

"단주!"

"아무래도 협회장님께서 이렇게 저를 반대하시는 걸 보니까 이번 일은 정말 잘한 것 같군요. 그럼 대답을 기다리겠습니다."

비비안은 웃으면서 문을 열었다. 그때, 다시 한번 누군가가 그녀를 잡았다.

"자, 잠시만요."

비비안은 고개를 돌렸다. 앳된 얼굴의 청년은 비비안보다 훨씬 어려 보였다. 이제 겨우 스무 살 남짓해 보이는 청년. 비비안은 그를 처음 본다는 것을 상기하고 눈썹을 까닥했다. 그때 청년이 입을 열었다.

"저, 그, 로튼 단주님의 제안을 받아들이겠습니다."

청년의 말이 끝나자마자 상인들이 수군거렸다. 그러나 그것은 청년을 질책한다기보다는 자신들도 어떻게 대책을 찾아야 할 것 같다는 일종의 동요였다.

"훌륭한 선택을 하셨군요. 성함이?"

"알레슨 피칸트입니다."

"아. 피칸트."

비비안은 나른하게 웃었다. 그리고 클로에에게 눈짓을 했다. 클로에는 손에 들린 서류를 하나 뽑아 청년에게 다가갔다. 그는 클로에를 조금 긴장한 얼굴로 보다가 조심스럽게 서류를 받아 들었다.

"그럼 나머지 분들의 소식도 기다리고 있죠."

비비안은 고개를 까닥였다. 그녀가 자취를 감추고 문이 닫혔다.

* * *

모든 일은 비비안의 뜻대로 돌아갔다.

로튼 상단에서 각종 힘쓰는 일을 도맡아 하는 루크는 날이 밝자마자 이디에트 공작가의 문을 두드렸다. 위그와 마주 앉아 아침을 먹던 비비안은 방에 들어온 클로에와 루크를 보고 활짝 웃었다.

"네가 온 걸 보니 하룻밤 새에 내게 꽤 많은 물건이 왔나 보네."

"대체 무슨 짓을 저지른 겁니까? 아침에 서신함을 보고 기겁하는 줄 알았습니다. 당직을 서던 용병들이 하루 종일 자지 못했다고 하더군요."

"그건 네가 알 바 아니야. 내 앞으로 온 걸 전부 다 놓고 너는 상단으로 가 봐. 이게 끝이 아닐 수도 있으니까."

비비안의 말에 루크는 얌전하게 허리를 숙였다. 비비안이 단주가 된 뒤 자주 이용하던 용병단 출신인 그는 아예 용병단에서 사직을 한 뒤에 전문적으로 비비안의 일꾼으로 일하며 넉넉한 돈을 받아 가곤 했다.

곧 루크와 시종들이 상자 세 개를 들고 왔다. 비비안이 얼굴을 찡그리는데, 조금 전까지 조용하게 신문을 보며 차를 마시던 위그는 신문 너머 상자들을 쭉 훑고 다시 감흥이 없는 듯 신문으로 시선을 돌렸다.

"정말 열성이군."

"밥그릇 앞에서 버티는 이들이 몇 명이나 있을까."

"내 말은, 굳이 이렇게까지 갑자기 태세를 전환하는 게 웃기다는 말이다. 그 인간들 때문에 우리가 작년 말쯤 얼마나 고생했는지 잊었나?"

"그건 맞아. 하지만 우리 남편과 나는 원래 충성과 의리를 세상에서 가장 하찮게 보는 인간들이라, 별로 상관없지 않아?"

"그래도 너무 믿지는 않는 게 좋을 거다. 지금까지 상인 협회에서 수작질을 해 오던 걸 보면 로튼에 인수된 뒤로부터는 내부에서 좀을 먹는 방식으로 당신에게 해악을 끼칠 수도 있어."

"그건 내가 잘 알지."

비비안은 소파에 등을 기댔다. 루크는 상자 안에 각기 편지와 작은 '성의 표시'로 보내온 물건들이 있다고 짚은 뒤 방을 나갔다. 위그는 신문을 접은 뒤 테이블 위로 놓고 빵을 하나 집어 들었다. 비비안은 상자를 빤히 보다가 갑자기 뭔가 생각났는지 피식 웃었다.

"어제 그 인간들의 표정을 당신이 봤어야 했는데."

비비안이 즐겁다는 듯이 웃었다. 오랜만에 그녀의 얼굴에 떠오른 순수한 희열에, 위그는 잠시 그녀의 이 희열이 바첼론 수많은 상인의 고통 위에 지어졌다는 사실을 깡그리 무시해 버린 채 그저 웃음을 흘렸다.

곧 그가 의자에 등을 기대며 입을 뗐다.

"왕실의 표정이 더 기대되는군. 내가 당신의 손에서 대외 무역 업무를 받아 온 걸 알면 아마도 기절해 쓰러질 거다. 왕실 입장에서도 하나도 아니고 상인 단체 전체와 대적하는 건 상당히 모험적인 일이거든."

"내가 그 정도로 가치가 있다는 거지. 그런 모험을 감수하면서 상대할 만큼 내가 대단하다는 거야. 게다가 왕위를 지키기 위해서 뭔들 못 하겠어. 아, 그러고 보니 알렉산드르를 만난 건 잘됐어?"

"정말 빨리도 물어보는군."

"안 물어볼까 하다가 궁금해서 물어보는 거야."

"그것도 정말 당당하게 대꾸하고."

위그는 어이없다는 듯이 고개를 저었다. 그러나 그는 딱히 진심으로 비비안을 비꼬고 있지는 않았다. 이윽고 그가 다시 의자에 등을 기댔다. 느긋하게 다리를 꼰 뒤, 차를 한 모금 마신 그가 천천히 입을 열었다.

"알렉산드르는 예상대로 불안해하더군."

"그럴 만하지. 희망의 맛을 한번 보고 기대에 부풀어 올랐는데 갑자기 그 희망이 잔뜩 꺼지게 되었으니."

비비안은 자신의 경험이 경험인 만큼 희망이라는 것이 어떤 것인지 잘 알았다. 그것은 갖기 무척 어려운 것이지만, 한번 가진 뒤에는 너무 쉽게 욕심과 욕망으로 변모하고 가끔은 그것을 지닌 사람마저 좀을 먹게 된다.

"알렉산드르는 당신이 알아서 해. 어차피 당신이 원래 다루려고 했던 사람이니, 당신이 더 잘 알겠지."

"그럴 예정이었다. 그뿐만 아니라 로건도 내가 다뤄."

비비안은 미묘한 얼굴을 했다. 그녀의 미세한 표정 변화를 읽어 낸 위그가 말을 붙였다. 그는 의자에 등을 붙인 채 싸늘한 얼굴로 비비안을 응시했다.

"당신이 관여할 일이 아니다."

"그건 좀 곤란한데."

"내가 관여할 일이 아니라고 하면 아닌 거다. 내가 당신 상단 일에 손을 대지 않는 것처럼, 당신도 왕실 일에 관여할 생각을 하지 마."

"내가, 로건이 죽으면 슬퍼할까 봐?"

"……."

"로건이 말해 주던데."

"그 새끼는 자존심도 없나? 그걸 왜 쪼르르 가서 일러바쳐?"

"내가, 사람을 죽이는 게 싫어?"

여상스러운 목소리로 비비안이 물었다. 위그는 조금 분노한 듯 얼굴을 찡 그렸으나 그녀의 시선에 결국 한숨을 쉬었다. 이제 그에게는 제 감정을 숨 겨야 하는 일말의 이유도 없었다. 그러나 말해 주기 싫었다. 왠지 모르게 그녀가 그런 선택을 또 할 것 같아서. 결국 갈등하다가 위그가 선택한 것은 진실이었다. 그는 비비안을 빤히 응시했다.

"정확히 말하자면 당신이 로건을 죽이는 게 싫다."

"왜?"

"내가, 당신을 사랑해서."

의외의 대답에 비비안이 멈칫했다. 이렇게 갑자기 대답을 내놓을 줄은 몰 랐는지 그녀는 입을 꼭 다물고 눈을 깜박거릴 뿐 위그의 말에 대꾸하지는 않았다.

그녀는 한평생 남자들이 사랑한다고 하는 말을 수도 없이 들어 보았다. 심지어 눈앞의 남자는 자신을 사랑한다고 했던 게 처음도 아니었다.

비비안은 자신이 할 말을 잃은 이유를 생각해 보다가 그냥 포기하고 헛 웃음을 쳤다.

"방패로 쓸 생각 하지 마. 나는 자신의 행동에 사랑을 핑계 대는 걸 아주 싫어해."

"당신이 싫어한다고 내가 하지 말아야 하는 법은 없지."

"뭐?"

"이 정도는 당신이 목숨을 걸지 않을 걸 안다. 그리고 나는 당신을 사랑 하지. 그러니 내가 사랑하는 영역 내에서는 내 마음대로 할 거다."

"내가 싫어."

"당신도 내가 싫어하는 행동을 많이 하잖아."

"나는 해도 되지만 당신은 안 돼."

"기각하지."

비비안은 문득 왠지 모르게 자신이 위그의 논리에 휘말려 들어간다고 생각했다. 확실히 겨우 이런 걸로 그녀가 무슨 수를 쓸 리가 없었다. 애초에 그런 우스운 시도 따위 하지도 않을 것이었다.

그리고 위그 이디에트는 그녀를 사랑하지만 그녀의 사랑을 구걸하거나 숭배하지 않는 인간이었다. 그것은 그간 그녀를 숭배해 왔던 이나 정복해 왔던 남자들과는 결이 완전히 틀린 것으로서 그저 내가 너를 사랑하니 그것으로 됐다는 식의 체념…….

'체념인가? 아니, 무슨 인간이 저렇게 체념을 제멋대로 하지?'

……인 것 같았으나 또 다른 것 같았다.

비비안은 위그가 지독하게 이타적인 사랑을 하는 것인지 이기적인 사랑을 하는 것인지 도저히 알 수 없었다. 그래서 위그가 자리에서 일어나자마자 입을 뗐다.

"나를 사랑한다면 나한테 사랑받기 위한 노력 같은 걸 해 보는 게 어때?"

"내가 당신 트로피라며."

"……그렇지?"

"그럼 당신은 나를 부수지 못해."

"……사랑받길 포기한 거야?"

"트로피니까 예쁘게 살아 있으면 사랑해 줄 거잖나."

"나를 사랑하긴 해?"

비비안은 미간을 찡그렸다. 이 관계는 그녀의 입맛대로 그녀의 인생에 적당하게 재단된 그런 관계이며 눈앞의 남자는 그녀의 인생에 그대로 부합되는 사랑을 그녀에게 퍼붓고 있었다. 그러나 그녀가 간과한 게 있다면, 위그 이디에트는 자신이 패배했다고 바닥에 무릎을 꿇는 인간이 아니라 패배해도 도도하게, 졌으니 죽일 테면 죽여 보라고 하는 인간이었다.

그리고 웬만해서 위그 같은 전리품은 죽이기 어려웠다. 게다가 마침 그는 빌어먹게도 자신의 효용 가치를 너무 잘 알았다.

"사랑하지."

"……."

"당신이 스스로 자신에게 피만 내지 않는다면, 나는 그 전제 안에서 내 마음대로 당신을 사랑할 거다."

말을 마친 위그는 허리를 굽혀 비비안의 입술에 쪽, 입을 맞췄다. 비비안은 위그의 논리에 할 말을 잃었다.

곧 위그가 방을 나갔다. 비비안은 그의 말을 곱씹다가 헛웃음을 흘리며 고개를 저었다.

* * *

엘리미아와 크리스티나는 예정대로 이디에트 공작가를 방문했다.

대체 무슨 일을 하려고 그러는 거냐는 질문과 어제 왕실에서 공문이 내려왔던데 단주는 괜찮으냐는 질문의 연속에서 크리스티나와 독대한 위그는, 크리스티나마저도 비비안의 안부를 묻자 어이없다는 얼굴로 대꾸했다.

"왕녀 전하는 지금 제 아내를 걱정할 처지가 아닌 것 같습니다만."

"저는 진심으로 걱정되어서 그런 거예요."

"세상이 멸망해도 제 아내는 멀쩡할 겁니다."

결국 크리스티나는 입을 다물었다. 위그는 그녀를 응시하다가 입을 열었다.

"어쨌든 오늘 왕녀 전하를 뵈려고 한 건 알려 드릴 문제가 있어서입니다."

"무슨……."

"알렉산드르 왕자 전하께서 이디에트를 불신하기 시작했습니다. 뭐, 당연한 결과지만. 바로데에서는 로건 왕자 전하와 접선했고, 이번에 만날 때조차 미적지근한 반응을 보였으니."

"아, 알렉산드르와 만났다는 이야기는 들었어요."

"그래서, 이제 왕녀 전하께 그럭저럭 쉬운 임무를 드려야 할 것 같습니다."

"말씀하세요."

"사랑하는 동생을 부추겨 디텔과 내통하게끔 하십시오."

"……제 동생은 바보가 아니에요. 제가 부추긴다고 부추겨질 이가 아니고, 무엇보다도 디텔 공작에게 갈 만큼……."

그러나 말을 잇던 크리스티나는 입을 다물었다. 만약 평소라면 알렉산드르가 그럴 리 없다. 하지만 지금이라면? 게다가 만약 자신이 옆에서 부채질한다면?

"물론 바로 디텔 공작과 접촉해 제안하라, 그런 건 아닙니다. 다만, 떠보기라도 하는 편이 좋죠."

크리스티나는 잠시 고민하는 듯했다. 그녀는 다시 고개를 들고 물었다.

"그것뿐인가요?"

"그리고 하나 더."

"말씀하세요."

"이건 일종의 고지인데, 만약 왕녀 전하께서 여왕이 되고 싶다면 현재 신전에 있는 디아나 왕녀 전하와 쌍둥이 왕자 전하도 함께, 죽여야 할 겁니다."

크리스티나는 멈칫했다.

어느 정도 예상을 했던 일이었다. 미래의 어느 날을 망연히 그리다가, 자신이 여왕이 되는 순간을 그리다가, 문득 자신의 옆에 쌍둥이 동생이 웃고 알렉산드르가 있는 일이 얼마나 모순적이고 우스운가 하는 것을 상기해 본 적이 있었다.

그러나 지독하게 현실 감각과 뒤떨어져서 그녀는 결국 그것을 '미래의 일'로 치부해 왔다. 어찌 보면 그 나이 대의 어린 소녀가 할 수 있는 가장 좋은 현실 도피 방법일 것이었다. 큰오빠가 죽었던 날 처음으로 자신이 잘 알고 있는 '누군가'가 죽는다는 것을 느낀 뒤로, 그녀는 죽음을 그려 본 적이 없었다.

"그것이 가장 좋은 방법인가요?"

"그렇습니다."

위그는 단호하게 대답했다.

크리스티나는 혹시 자신의 질문이 자신이 왕의 재목이 아니라는 것을 여실하게 드러내는 게 아닌가 고민하다가 고민을 멈추었다.

어차피 위그가 그녀를 선택한 건 그녀가 가장 훌륭한 왕이 될 수 있기 때문이 아니었다. 그들은 그저 이익 관계가 맞아떨어졌을 뿐이었다.

크리스티나는 새삼 자신이 이런 생각을 한다는 것이 놀라워졌다. 위그는 왕녀의 얼굴에 비낀 그늘을 응시하며 한쪽 입꼬리를 삐뚜름하게 말아 올렸다.

"물론 대부분은 제 손을 거쳐야 하겠지만 말이죠."

"……쌍둥이들은, 외국으로 보내면 안 될까요? 그 아이들은 아무것도 몰라요. 그리고 왕이 되기에는……."

"전하."

크리스티나는 나름대로 위그를 설득해 보고자 노력했다. 그러나 위그는 그녀의 말을 자르고 무심한 얼굴로 대꾸했다.

"왕실은 제 앞가림 하나도 못 하는 백치 왕자를 올릴지언정 그럭저럭 똑똑한 왕녀를 왕위에 올리지 않을 겁니다. 설사 섭정을 한다고 해도 그건 왕자의 어미인 왕비의 가문에서 관여할 일이지 왕녀 전하께서 손을 쓸 문제는 아닙니다."

크리스티나는 입을 다물었다. 위그는 그녀가 더 말을 할 의향이 없어 보이자 천천히 자리에서 일어났다.

"뭐, 이 일에 관해서는 후에 천천히 계획을 진행시키면서 다시 의논하는 편이 좋을 것 같군요. 지금은 일단 알렉산드르 왕자를 빨리 흔드는 게 좋을 겁니다."

크리스티나는 덩달아 자리에서 일어났다. 위그의 말이 맞다. 일단은 알렉산드르를 흔드는 게 중요했다.

결국 그녀는 다시 죽음을 머리 뒤로 넘겼다. 현재의 그녀로서 할 수 있는 최상의 선택이었다.

물론 위그는 절대 그것을 용납할 생각이 없는 듯했지만.

* * *

크리스티나가 위그와 담화를 나누는 사이, 엘리미아는 자신이 데리고 온 시녀들과 공작저를 쭉 살펴봤다.

태자비가 된 뒤 위그에게 볼일이 있어 몇 번 들른 것을 제외하고 거의 공작저를 방문한 적이 없었던 그녀였다. 그리고 그 몇 번의 방문마저도 그저 빠르게 볼일만 보고 떠났기 때문에, 그녀는 한때 자신이 종종 독서를 하던 방을 쭉 돌아보며 나지막이 감탄했다.

"의외로 변한 게 없네. 새로이 공작 부인이 들어오면 다 바뀔 줄 알았는데."

"아무래도 공작 부인께서도 공사가 다망하셔서 내무에 관심을 거의 주지 않는 편이라 대부분 인테리어는 변한 게 없이 선대 공작 부인의 뜻 그대로 남아 있습니다."

집사가 웃으며 차를 따랐다. 그의 대답에 엘리미아는 눈을 깜박였다. 물론 비비안이 딱히 열심히 공작 부인으로서 뭔가 내무 권력을 휘두를 것 같은 성정은 아니었다. 다만 켄슨 부인에게 전부 위임한다니 내외무 구분이 확실한 위그가 그것을 순순히 받아들인다는 게 신기해졌다.

"아버지는 어머니가 자신의 의무를 다하는 것을 누구보다도 중요시하셨는데. 위그도 그럴 줄 알았어."

"선대께서 엄격하셨던 것은 사실이죠. 각하께서도 엄격하시고."

엘리미아는 그저 비비안과 위그의 관계가 어차피 오래갈 게 아니라 둘이 합의를 대충 봤다고 생각하고 이해했다. 그리고 그녀의 이해는 어느 정도 현실과 반쯤 들어맞은 상황이었다.

"뭐, 부인의 말을 듣고 사는 것도 가정의 평화에 기여를 하지. 아버지도 어머니한테는 작은 일에서는 그냥 져 주곤 했어."

엘리미아는 가만히 읊조렸다. 그러나 그녀는 문득 자신이 저택에 도착한 지 꽤 지났음에도 비비안이 보이지 않는다는 사실을 깨달았다. 상단의 일로 바쁜가, 그렇게 생각하는데, 갑자기 문이 벌컥 열렸다.

들어온 사람은 다름 아닌 비비안이었다. 그러나 그녀는 딱히 손님을 맞이하기 위해 들어온 사람으로 보이지 않았다. 오히려 두껍게 몸에 걸치고 있는 그녀의 모피에 흐르는 냉기는 그녀가 방금 외출을 하고 귀환했음을 알려 주고 있었다.

엘리미아는 왠지 모르게 비비안이 일부러 이 방에 있는 그녀를 만나기 위해 온 것이라고 생각했다. 그것을 증명하듯이 비비안은 접대실에 있는 엘리미아와 그 뒤의 귀부인들을 발견하고 당황하는 대신 그저 화사하게 웃으며 계속 접대실 안으로 들어왔다. 뒤를 따라온 클로에가 문을 닫았다.

"태자비 전하를 뵙습니다."

"오랜만이에요, 공작 부인. 외출하고 오는 길인가요?"

"네, 제가 오늘 아침부터 무척 바쁜 일이 있어서."

엘리미아는 잠시 무슨 바쁜 일이 있나 하다가 문득 어제 공문이 내려온 사실을 깨달았다. 다만 그녀는 어제부터 제이슨을 보지 못한 상태인 데다가 소문이 제대로 퍼지지 않은 상태이기에 비비안에게 손실이 없다는 것을 모르고 그저 마냥 안타까운 얼굴을 했다.

비비안은 그 표정을 보고 이 태자비가 꽤 큰 오해를 하고 있음을 깨달았지만 굳이 입을 떼지 않았다. 대신 마치 기회라도 잡은 듯이 엘리미아의 맞은편에 앉았다. 곧 집사가 차 한 잔을 더 내왔다.

"제 남편은 왕녀 전하와 독대 중인가요?"

"네, 갑자기 무슨 일인지."

"뭐, 무슨 일일 필요가 없죠. 그래도 한때 혼사가 오가던 사이인데 오붓하게 데이트를 하고 있을 수도?"

"말도 안 되는……."

엘리미아가 급히 그녀의 말을 부정했다. 그러나 비비안은 엘리미아의 뒤에 있는 부인들을 쭉 훑어보았다. 그리고 다시 입을 열었다.

"귀하신 분들께서 이리 자리를 해 주셨는데 안주인으로서 제가 대접도 제대로 못 한 것 같아 무척 죄송한 마음뿐이군요."

물론 그녀의 얼굴에는 일말의 죄송함도 없었다.

"집사, 이 귀부인들께 저번에 로튼에서 입수한 나이젤 로아 차를 내드려. 그리고 언니에게 전해 주겠어? 내가 지금 태자비 전하를 대접하고 있어서, 나 대신 언니가 조금 수고해 주어야겠다고."

"괜찮……."

"태자비 전하, 어떠신가요?"

비비안의 말이 끝나자 백작 부인이 입을 뗐다. 그러나 비비안은 그것을 무시한 채 엘리미아에게 말을 던졌다. 엘리미아는 비비안이 자신과 독대를 원한다는 것을 깨달았다. 그것을 눈치챈 귀부인들은 굳이 말을 더 보태지 않았다. 대신 얌전하게 엘리미아의 눈짓 아래 집사와 함께 방을 나갈 뿐이었다.

탁.

문이 닫힌 뒤 비비안이 찻잔을 들었다.

"왕실의 귀부인들을 역시 예의와 눈치라는 걸 알아요."

"무슨 하실 말씀이 있지요?"

비비안은 생긋 웃었다. 그녀는 찻잔을 테이블에 내려놓는 대신, 그저 조용하게 팔을 내리고 엘리미아와 시선을 맞추었다.

"사실 이건 언젠가 제가 왕궁에 방문을 해서 드리려고 했던 말인데, 마침 비전하께서 이리 이디에트로 걸음을 했으니 굳이 제가 왕궁을 방문해 행동을 크게 할 필요는 없을 것 같아서요. 게다가 이디에트가 안전하기도 하고."

비비안은 천천히 미소를 지었다. 그리고 입을 뗐다.

"진짜로 태자 전하를 죽이고 싶으신가요?"

꽤 노골적인 질문이었지만 엘리미아는 자신의 경악을 내색하지 않았다.

그저 두 손을 꽉 잡았다. 그녀는 그날 바로데에서 위그와 비비안이 한 말을 다시 상기해 냈다. 그리고 천천히 고개를 들며 대꾸했다.

"단주, 굳이 말하자면."

호칭이 단주로 변했다.

"그치가 죽길 바라는 사람으로 따지자면 제가 단주보다 더할 거예요."

"그렇군요."

비비안은 납득한다는 듯이 고개를 끄덕였다. 하긴 실제로 살을 맞대고 부대껴 살다 보면 살인 충동이 들 수도 있지. 하물며 그게 남편이라면야.

위그가 들으면 기겁할 생각을 아무렇지도 않게 하면서, 비비안은 찻잔을 테이블에 내려놓았다.

"그럼 태자비 전하께서 해 주실 일이 있어요."

"말씀하세요."

"태자 전하를 죽이는 데 주력이 되어 주셔야겠어요."

"……네?"

엘리미아는 얼굴을 찡그렸다. 비비안은 마치 오늘 저녁 메뉴를 말하듯 담담하기 그지없었다. 그러나 그 내용은 허황하다 못해 엘리미아가 헛웃음을 치게끔 하였다.

"지금 그걸 설마 계획 중의 일부라고 제게 말하는 건 아니겠지요."

"안 되나요?"

"그게 이렇게 단주의 말대로 쉽게 할 수 있는 일이었으면 진즉에……."

"이런, 저는 아직 방법에 대해 말을 한 적이 없는데."

"……."

"왜, 제가 아주 간단하고 난폭하게 총으로 태자 전하를 쏴 죽이라고 말하고 있다고 생각하고 있나요? 그건 그냥 태자비 전하의 소원이겠죠."

엘리미아는 입을 다물었다. 비비안의 말이 맞았다. 그녀는 될 수 있으면 제이슨의 대가리에 총구멍을 박고 그냥 한 발 쏴 버렸으면 하는 욕망이 존재했다. 비비안이 당연히 그렇게 단순한 일을 시킬 리가 없다는 것을 알면서도.

"그래서 구체적으로 어떤 계획을 세우고 있죠?"

"아, 말 그대로예요. 물론 총으로 쏴 죽이거나 하는 건 꽤 화끈하긴 해도 후환이 두려우니까 애매하죠. 그래서…… 태자 전하께 정기적으로 뭔가를 먹이는 방법을 쓰려고 해요."

"단주, 내가 이런 말을 하는 게 고깝게 들릴 수도 있지만 독살은 다소 무리예요."

"독이 아니라 에트린을요."

"……네?"

"카티야의 화장품에 섞여서 에트린이 궁으로 들어갈 거예요. 분에 에트린이 들어가는 건 이상한 일이 아니니 검사를 해도 상관이 없고, 설사 에트린이 생각보다 많다고 해도 얼굴에 바르겠다고 하면 끝이죠. 사실 다른 종류의 방법도 생각을 해 보긴 했는데."

엘리미아는 긴장한 얼굴을 했다. 비비안은 말꼬리를 늘리며 눈알을 데굴 굴리다가 다시 시선을 엘리미아에게 집중시켰다.

"아무래도 독보다는 그게 더 검출되기 어렵고, 무엇보다도 이목을 속이기 좋아서요."

"하지만 에트린으로 사람을 완전히 죽이려는 건 너무 위험한 방법이에요. 언제 끝날지 모르는 일인데요."

"그걸로 일격을 가한다는 말은 한 적이 없어요. 태자비 전하께서 해 주셔야 할 건, 에트린으로 가급적 태자 전하를 허약하게 만들면 되는 거예요. 그러니까 건강을 조금씩 갉아먹어야 한다는 것이죠."

"……그걸 왜 제가."

"그거야, 태자비 전하밖에 할 사람이 없으니까?"

비비안은 무슨 그렇게 당연한 말을 하느냐는 듯이 고개를 갸웃거렸다. 그러나 엘리미아가 입을 뗐다.

"레이디 카티야……."

"아, 카티야는 제가 조만간 빼낼 거예요. 물론 이 근래에는 그녀가 계획을 실행하겠지만, 일단은 태자비 전하께서 주력이 되어야 하죠."

"빼낸……다고요?"

"네, 무슨 문제라도 있나요?"

비비안은 눈을 동그랗게 떴다. 그러나 엘리미아의 얼굴에는 탐탁잖은 기색이 서렸다. 그도 그럴 것이 이렇게 중요한 일을 도모하는데 카티야가 없다면 그녀 혼자서 과연 제대로 할 수 있을지가 의문이었기 때문이었다. 그녀가 아무리 똑똑하고 교육을 잘 받은 여성이라고 해도 결국에는 그저 평범한 귀족 영애였다.

공작가에서 훌륭한 교육을 받고, 훌륭한 귀부인이 되기 위한 수업을 받은 바첼론이 허락하는 똑똑한 여자.

그러나 갑자기 이런 식으로 손을 쓰라고 한다니 자신감이 바닥을 쳤다.

그리고 이 모든 것을 눈에 넣은 비비안이 서늘하게 웃었다.

"왜, 카티야를 빼내지 말까요?"

"단주, 저한테는 조력자가 필요해요."

"하지만 카티야가 이대로 더 있다가는 목숨이 위험해요."

엘리미아는 멈칫했다. 그리고 그녀의 눈길에 스쳐 지나가는 감정을 읽은 비비안의 얼굴에 더욱더 진한 미소가 지어졌다.

"왜, 그냥 죽으라고?"

"설마 그럴 리가 없잖아요!"

"하지만 비전하께서는 카티야가 나가지 않길 바라고, 그렇게 된다면 그 아이는 죽어요. 그리고 잠시 잊으신 게 있는 것 같은데, 엄연히 말해서 태자를 죽이고 왕위 선택권을 다시 이디에트의 것으로 돌리려는 이 모든 조작 중에서 가장 이득을 볼 일이 없는 사람이 있다면, 그건 카티야예요."

"……."

"성과는 누리고 싶은데 손을 더럽히고 싶은 마음은 없다?"

순간 엘리미아는 자신이 질타받은 것 같아 괜히 기분이 이상해졌다. 그녀가 급히 말을 보탰다.

"저는 그저 제가 일을 그르칠까 봐 그런 것……."

"누군, 태어날 때부터 사람을 죽이고 사내를 상대했나 봐요."

"……!"

"역시, 귀족들의 그 뼛속까지 새겨진 오만함이란."

"단주!"

"아, 질타하는 것은 아니에요. 그저 감탄하고 있을 뿐이에요. 짐짓 같은 편이라고 상처를 매만져 주나 했더니 결국 인간은 다 그렇게 서로를 위아래로 나누고 있어요. 칼날 앞에 세워 두고 희생을 요구하고, 그 피로 점철된 희생을 결국 상대의 탓으로 돌려요."

비비안은 길게 숨을 내쉬었다.

"뭐, 이대로 카티야가 죽어도 태자비 전하는 그저 미안하다고 눈물을 좀 흘리겠죠. 하지만 꽤 빠르게 잊을 거예요. 왜냐하면 그녀를 죽인 건 제이슨이지 태자비 전하가 아니니까."

"그렇게까지 멀게 생각한 적이 없어요."

"그게 더 저를 불쾌하게 하는군요. 태자비 전하. 사람이 좀 나쁠 수도 있고 멍청할 수도 있고 빌어먹을 수도 있는데 최소한 자신이 나쁘고 멍청하고 빌어먹었다는 건 알아야 해요. 그런 의미에서 제 남편은 꽤 훌륭한 사람이죠. 제가 그 점을 무척 좋아한답니다."

엘리미아는 자신이 왜 이렇게 비난을 받아야 하는지 알 수 없었다. 비비안은 여전히 웃으면서 그녀를 보고 있었다. 그러나 그 웃음이 무수한 바늘이 되어 그녀를 찌르는 것 같았다. 그것을 눈치챈 비비안이 말을 이었다.

"저는 카티야를 무조건 왕궁에서 꺼낼 거예요. 그리고 약속대로 그녀에게 돈을 쥐여 줄 거예요. 그녀는 제 도구예요. 제가 보냈죠. 그러니 그녀의 목숨은 내가 책임지고 잘 망가지지 않게 다시 회수해 와야 해요."

"그럼 구체적으로 제가 어떻게 해야 하죠?"

"그건 카티야가 알아서 잘 가르쳐 줄 거예요. 하지만 태자비 전하, 한 가지 확실하게 조언할 게 있다면, 이건 실수하면 인생이 망가지는 일이에요. 무조건 성공해야 하고요."

"저를 믿으시나요?"

"아니요. 하지만 태자비 전하의 태자 전하를 향한 분노는 믿죠."

엘리미아는 눈을 질끈 감았다. 그녀는 한평생 손에 피를 묻혀 본 적이 없다. 하지만 비비안의 말이 맞았다. 그녀는 제이슨이 죽길 바란다. 그리고 그러기 위해서 손에 피는 불가피하게 묻혀야 했다. 그렇게 생각하며 엘리미아는 다시 눈을 떴다.

그리고, 고개를 끄덕였다.

"알겠어요. 실수 없이 처리하죠."

비비안이 생긋 웃었다.

"좋아요. 그럼 일단 앞으로의 계획에 대해 이야기를 해 볼까요, 구체적
으로?"

Chapter 19
포식자와 그물, 그리고 도망치는 사냥감

시간은 언제나 인간의 바람과 달리 제 갈 길을 간다.

수도에 죽음의 피바람이 휘몰아치던 것이 며칠 전의 일 같은데, 놀랍게도 이제 바첼론에는 조금씩 봄이 다가올 기미가 보이기 시작했다. 사람이 죽고 태어나고 변하고 악해지고 선해지고와 달리 자연의 섭리라는 것은 결국 신의 의지에 따라 변화하는 것임을 여실히 보여 주는 사실이었다.

비비안은 이제부터 봄을 맞이해 정원을 단장하느라 바쁘게 몰아치는 고용인들을 느긋하게 내려다보다가 입을 뗐다.

"마무리는 거의 다 끝났어?"

"네, 조금 전 휘예른 상단에서 날인과 사인을 마치고 계약서를 보내왔습니다."

왕실에서 상단의 대외 무역 긴축 명령을 내린 지도 꽤 시일이 지났다. 왕실에서 무슨 의도로 그런 명령을 내렸는지 모르는 비비안이 아니었지만 그날 크리스티나와 엘리미아가 다녀간 뒤로부터 그녀는 거의 왕실에 눈길도 주지 않았다. 그래서 그녀가 왕실의, 정확히 말하자면 제이슨의 소식을 들을 수 있는 경로는 위그가 유일했다.

그리고 위그 또한 요즘 제이슨을 거의 본 적이 없다고 그녀에게 대꾸했다. 이유를 모르겠지만—그리고 위그는 이 말을 하면서 정말 이유를 모르겠느냐는 얼굴을 했다—평소와 달리 회의에도 코빼기를 보이지 않는다는 것이었다.

딱히 제이슨이 발광하는 모습을 보고 싶은 건 아니었지만 자신의 일이 대충 정리되었음에도 상대가 반응이 없으니 또 궁금한 것은 사실이었다. 언젠가는 자기가 먼저 씩씩거리면서 찾아오겠지 싶었지만 놀랍게도 왕실은 꽤 점잖은 모습도 가진 듯했다.

그렇게 생각하며 비비안은 몸을 돌렸다.

그때 그녀의 앞을 막아선 인영에 그녀는 다시 발걸음을 멈추었다.

"언니?"

비비안은 살짝 멈칫하다가 다시 길게 한숨을 내쉬었다. 카트린이 짐을 들고 서 있었다. 메이슨의 죽음 뒤로 꽤 앓던 그녀는 아직도 얼굴이 회복되지 않았는지 얼굴이 핼쑥했다. 하지만 그 뒤로 비비안과 종종 함께 식사를 하고, 쇼핑도 나갔음을 상기해 볼 때 결국에는 그녀도 나름대로 티를 내지는 않는 법을 터득했다는 것이었다.

다른 말로 하자면 카트린은 이제 비비안에게 숨기는 것이 많아졌다는 뜻이고.

"오늘 떠나는 날인가?"

"그런 건 좀 기억하고 살렴. 아무리 네가 바쁘다고 해도 언니와 이별하는 날까지 무심하게 대하는 건 아니잖아."

"영원히 오지 않을 것도 아닌데."

비비안이 담담하게 입을 뗐다. 카트린은 그런 동생을 보다가 엷게 웃었다.

"아리아와 리즈, 그리고 케이트를 잘 부탁해. 이제 빠른 시일 내로 집을 마련해 볼게."

"바첼론의 대부분 인간이 가장 골머리를 앓는 게 바로 집 문제야. 그걸 고작 몇 년 사이에 언니가 해결해 보겠다고? 다른 사람들이 들었으면 언니를 죽이려고 들 거야."

"너는 다른 사람들이 널 타격하는 건 싫어하면서 내 희망은 인정사정없이 꺾어 놓는구나."

"아리아와 리즈, 케이트는 돈 때문에 자신의 앞날을 걱정하는 일이 없을 거야."

카트린은 쓰게 웃었다.

"그래."

"언니한테 주는 건 아니니까 좋아하지 마. 내가 언니에게 줄 수 있는 건 돈이지 상단이나 경영권이나 그 어떤 힘도 아니니까. 하지만 이것만으로도 언니한테는 충분할 거야. 만약 더 필요한 게 있다면 내가 준 돈으로 열심히 한번 다른 걸 얻어 보든가."

카트린은 비비안이 그녀와 빌케르 백작 사이의 이혼 문제를 어떻게 처리했는지 알았다. 당연히 로젤리스의 성을 씌우겠다고 고집을 부릴 줄 알았지만 비비안의 선택은 그녀를 꽤 놀라게 했다. 그리고 그 선택의 이유를 알자마자 카트린은 묘하게 속이 씁쓸해졌다. 그들 자매는 언제나 가장 가까운 존재였지만 동시에 가장 먼 존재이기도 했다.

"사실 나는 네가 나를 설득하지 않았다는 걸 꽤 의아하게 생각한 적이 있었어. 물론 그때는 몰랐지만 이혼을 하고 네 행보를 보면서, 네가 왜 나와 백작을 떼어 놓지 않았는지 의문이 들었단다."

"언니 인생이니까. 나는 타인의 인생에 이리저리 손가락질하는 걸 즐기지 않아."

"하지만 만약 이익이 얽혀 있다면 절대 가만히 내버려 두지 않지. 너는 타인의 인생에 관여하지 않는 것처럼 보이지만, 네가 원한다면 어떤 식으로든 그 목표를 이루어."

"언니도 신랄할라 치면 선이 없구나."

"그러다 문득 그런 생각이 들었어. 너는, 나를 죽이지 않기 위해 그런 선택을 하지 않았나 하는."

비비안은 일말의 파란도 없이 카트린의 말을 들었다. 카트린이 웃었다.

"내가 빌케르 백작과 이혼을 미리 했다면, 네가 단주가 될 때쯤 내가 네 자리를 위협할 수 있으니까. 물론 나는 그 경영권을 포기했겠지만 네가 그런 걸로 안심을 할 사람이 아니잖아?"

"잘 봤네. 그럼 이제 어찌할 건데?"

"나는 이미 이혼을 했어. 어차피 너는 이미 단주가 되었고."

"……."

"그냥, 그런 이야기야."

"……."

"잘 있어."

말을 마친 카트린은 걸음을 옮겼다. 결국 그녀는 동생에게 사랑한다느니 하는 그 어떤 이야기도 하지 않았다.

카트린은 절대 변하지 않을 것이었다. 그녀가 한 모든 선택은 그녀가 어느 날 갑자기 거대한 이치나 도리를 깨달아서 생긴 변화라기보다는 그저 본인 스스로가 겪어 보고 생긴 변화에 가까웠다.

그러나 의도가 어찌 되었든 무엇인가를 겪어 본 사람과 겪어 보지 않은 사람은 결이 다르다.

비비안은 카트린의 뒷모습을 살짝 고개 돌려 보다가 옅게 웃었다.

카트린의 말이 맞는다. 비비안의 모든 선택은 결국 그녀를 위한 것이었다. 그녀의 모든 것들은 결국 그녀가 원하고 그녀가 편해서 이루어졌다. 그것에 대의라는 것이 묻어 있다면 좋고, 아니면 말고. 어쨌든 번지르르한 것이 보기 흉한 것보다는 낫지 않은가.

조금만 더 자세하게 관찰해 보면 결국 그녀의 모든 행동이 이기주의에서 비롯되었다는 것을 알아채기는 어렵지 않다. 애초에 진정으로 대의를 원하는 사람은 그녀처럼 행동하지 않는다. 그리고 정말 놀랍게도 그것을 가장 먼저 알아차린 사람은…….

"오늘 제이슨이 드디어 회의에 나왔어."

위그 이디에트였다.

그래, 그 번지르르한 낭만과 그럭저럭 괜찮은 이치 속에 숨겨진 모순을 읽어 낸 첫 번째 남자.

비비안은 얼굴 가득히 오늘도 무사하게 '백치'들과 대화를 마치고 와 피곤한 남자를 향해 고개를 돌렸다. 아침에 긴급회의가 열렸다고 하더니 아무래도 그 회의는 제이슨이 소집한 것 같았다.

"어떤 얼굴을 하고 있었는데?"

"정말 놀랍게도 멀쩡한 얼굴을 하고 있었다. 이 며칠 동안 상단에서 바친 대외 무역 사업을 원활하게 하기 위해 새로운 부서를 만드는 게 어떤가를 논하고 있던데."

"죽어도 다시 돌려줄 수는 없다는 거네."

"공문이 내려온 지 이제 겨우 한 달도 안 되었는데 갑자기 취소라니 그게 더 우스운 꼴이라고 생각하지 않나?"

위그는 말이 되는 소리를 하라는 듯이 얼굴을 찡그렸다. 그러다 그는 곧 뭔가 생각났다는 듯이 입을 열었다. 그와 동시에 비비안 또한 입을 뗐다.

"그러고 보니……."

"언니가 떠났어."

위그와 비비안은 서로를 보다가 헛웃음을 흘렸다. 위그가 미간을 좁혔다.

"언제 떠났는데?"

"방금. 당신이 오기 전…… 두 시간 전에?"

"생각보다 짧게 머물렀군."

"떠나기 전에 동생의 가슴에 칼을 푹푹 쑤셔 넣었지."

"칼을 때려 박는 건 당신 전문이잖아."

"놀랍지만 오늘은 반대였어. 내가 왜 자기와 빌케르 백작이 이혼하는 걸 부추기지 않았나 생각해 보다가 내가 그녀를 죽이고 싶어 하지 않아서 그 결혼을 그냥 내버려 뒀다는, 진실과 딱 맞아떨어진 추론을 펼치고 갔지."

"별 말도 안 되는 소리를. 당신이 왜 당신 언니 이혼을 부추기나? 무슨 소리를 들을 줄 알고."

"그것도 있지만, 설사 언니가 내게 꼼짝 못 했다고 해도 나는 언니를 말리지 않았을 거야. 내가, 아무리 시간을 돌려도 엄마가 결혼하는 걸 막지 않을 예정인 것처럼."

"사람은 다 인지의 한계라는 게 있어. 그리고 그 인지의 한계에 대가를 치르는 건 어쩔 수 없는 일이지."

"당신과 내가 그런 것처럼?"

"그래, 당신과 내가 그런 것처럼."

비비안은 피식 웃었다.

그녀와 위그는 묘하게 다른 듯하면서 이런 면에서 일치했다. 근본적으로 마지노선이라는 것이 없는 인간이었다. 비비안은 눈가를 꾹꾹 눌렀다. 카트린이 그녀의 가슴에 칼을 박았다고 표현을 하긴 했지만 기실 비비안은 카트린의 말에 일말의 상처는커녕 파란조차도 없었다.

왜냐하면 그것이 사실이었고, 그녀가 모든 것을 얻는 가장 최적의 방법이기 때문에.

위그는 어느새 외투를 다 벗고 셔츠의 옷소매를 걷어붙였다. 그녀의 맞은 편에 앉은 그를 응시하던 비비안이 담담하게 물었다.

"그래서 방금 뭘 말하려고 했어?"

"아, 잊을 뻔했군."

"별로 중요한 일은 아닌가 봐?"

"글쎄, 상황에 따라 중요할 수도 있고 아닐 수도 있지. 카티야가 아프다고 하더군."

"놀랍네. 왕궁에서 아플 일이 어디 있다고."

"왕실 주치의가 진료를 해 보았는데 초보적으로 가벼운 장염 같다고 결론을 내렸다."

"그 앞에 초보적이라는 말이 붙는 건."

"그래, 명확하게 진단을 내리지 못했다는 것이지."

비비안은 눈을 느릿하게 깜박였다. 그녀의 얼굴을 빤히 응시하던 위그는 그녀의 입꼬리에 달린 미미한 미소를 눈치채고 시선을 밖으로 옮겼다. 발코니 너머로 이디에트의 후원 끝자락이 보였다. 위그가 입을 뗐다.

"알고 있었나?"

"내가 아프게 만들었으니까."

"진짜로 아픈 건가?"

"사람이 토하고 기침을 해서 약을 먹는 게 아닐 때가 있어. 약을 먹어서 토하고 기침하는 것일 수도 있지."

한마디로 카티야가 지금 아픈 게 순전히 약을 '잘못' 먹어서라는 것이었다. 어차피 시중에는 구토약이 꽤 된다. 기침이야 어떻게든 열심히 하면 되고, 어쨌든 토하는 증상은 사실이었고 게다가 마침 환절기기 때문에 아픈 게 이상한 건 아니었다.

대충 상황을 알아챈 위그가 눈썹을 까딱였다. 무슨 일을 하려는 것인지는 모르겠지만 어쨌든 비비안의 계획이라면 잘 해결이 될 것이었다.

그때 비비안이 갑자기 입을 열었다.

"그래서 말인데, 혹시 왕궁에 의사 한 명 들여보내 줄 수 있나?"

"무슨 병명을 꾸미려고?"

"나는 카티야를 왕궁에서 빼낼 거야. 이미 일이 이렇게 된 이상 제이슨이 카티야의 목줄을 잡지 않는다는…… 아, 정정할게, 이미 잡았을 확률이 크지. 그렇지만 상관없어. 그 목숨 줄마저도 놓을 만큼 손을 쓸 거거든."

"해 줄 수 없는 건 아니다. 애초에 왕궁에 매년 새롭게 조수로 들어가는 사람들이 있어."

"우리가 해야 할 건 카티야가 진짜로 그 병에 걸렸나 안 걸렸나 하는 게 아니야. 그저, 왕궁을 공포에 물들게 하면 되는 거지."

"왕궁을 공포에 물들게 하다니, 지금까지 당신이 한 말 중에서 가장 재미있는 이야기군."

"그러기 위해서는 당신 누나의 도움이 필요하지만."

"그러고 보니 엘리미아에게 뭔가 지시했다고? 엘리미아를 믿나?"

"위그 이디에트, 사람은 말이지. 가끔 싫어하는 사람을 죽이는 데서 꽤 진심이 될 수 있어. 아무리 그가 상냥하고 착한 사람이라고 해도 말이야."

"경험해 본 적이 있다는 투군."

"나는 딱히 싫어하는 사람은 없어서."

"그래, 당신을 싫어하는 사람은 많겠지만."

"아무렴 어때, 당신이 나를 사랑하는데?"

위그는 미간을 찌푸렸다. 비비안이 싱긋 웃으며 자리에서 일어났다.

"그런 의미에서 하나만 더 부탁해도 될까?"

"……부탁?"

위그는 자신의 귀를 의심했다. 그러나 비비안은 그게 무슨 문제냐는 듯이 눈을 동그랗게 떴다. 위그는 무심하게 그녀를 응시하다가 고개를 끄덕였다. 비비안이 입을 뗐다.

"우리, 파티를 열어 볼까?"

"……무슨 파티?"

"그거야 당연히 우리의 결혼기념일을 축하하기 위한 파티지."

그게 왜 당연한 거지. 위그는 어이없는 얼굴을 했지만 결국 고개를 끄덕였다.

"당신 마음대로 해."

*　*　*

왕실의 분위기는 요즘따라 엉망이었다.

물론 왕실 분위기가 화기애애했던 적이 있었던 건 아니었지만, 최소한 예전에는 얼굴을 가리는 껍데기라도 있었다면 이 며칠 동안은 그 껍데기마저 집어 던진 채 노골적인 불화를 얼굴에 드러내고 있었다.

그리고 너무 당연하게도 이 모든 것의 근본적인 근원은 충돌하는 서로의 욕망이었다.

최소한 크리스티나는 그렇게 생각했다. 그녀는 언제부터인가 왕이라도 되듯 가장 상석에 앉아 있는 제이슨과 그 옆에 담담한 얼굴을 하고 있는 엘리미아를 번갈아 보며 천천히 포크를 들었다. 포크에 꽂힌 고기가 달콤한 육즙을 흘리며 입 안에서 뭉개졌다. 천천히 그것을 씹는데 문득 그녀의 눈빛을 발견한 제이슨이 고개를 들었다.

"무슨 할 말이라도 있니, 크리스티나?"

제이슨은 그닥 훌륭한 오빠는 아니었지만 그렇다고 그렇게 엉망인 오빠는 아니었다. 여기서 오빠라고 콕 집어 말하는 것은 그가 남동생과 여동생들을 향한 태도가 완전히 반대였기 때문이었다.

그는 알렉산드르나 로건에게는 언제나 경계하는 태세를 취했지만 왕녀인 그녀와 그녀의 자매들을 볼 때만큼은 언제나 자상한 척이라도 하곤 했다. 한때 그녀가 제이슨을 꽤 좋아했던 것도 그 이유였다. 물론 지금은 그저 가증스럽고 빌어먹게 눈엣가시였지만.

"요즘 기분 안 좋은 일 있어?"

"이런. 우리 크리스티나 눈에도 그게 보였구나?"

꽤 다정한 듯했으나 크리스티나는 자신이 벌집을 쑤셨음을 알고 있었다.

하지만 어차피 제이슨의 눈에 그녀는 그저 예뻐서 정략결혼으로 써먹기에 좋은 사랑스러운 동생일 뿐이었다. 한때 혼담이 오가던 하딜의 셋째 왕자가 바첼론에 아무런 이득이 없다고 결론이 내려지는 순간 혼담을 취소해 버릴 정도, 딱 그 정도로 사랑스러운 여동생.

그래서 그녀는 순진한 얼굴로 고개를 끄덕였다. 아마 위그와 비비안이 보면 꽤 놀랄 정도로 감쪽같은 연기였지만 원래 상대적으로 약한 자들은 자신을 보호할 만한 마지막 보호색 정도는 갖고 있는 법이었다.

제이슨은 와인을 들었다. 크리스티나가 아닌 로건이 이렇게 물었다면 아마 화를 돋우는 것이냐고 한마디 했을 테지만 크리스티나는 다르다. 그는 멍청한 계집애들한테는 나름대로 인내심이 있었다. 훗날 결혼을 하지 않겠다고 울고불고할 때, 오빠가 그렇게 잘해 줬는데도 은혜를 원수로 갚겠냐고 한마디 하기에 적합하다.

"그래, 요즘 불쾌한 일이 많지. 본의 아니게 말이야."

그렇게 말하며 제이슨의 눈길이 로건을 쓸었다. 그러나 로건은 그저 묵묵히 자신의 접시에 놓인 스테이크만 썰 뿐 별다른 말을 하지 않았다.

되레 제이슨의 눈빛에 반응을 보인 것은 그 옆에 있는 알렉산드르였다. 이 며칠 제이슨이 무슨 일을 저질렀고 그 일이 잘 안 되었다는 사실은 알았다. 비록 그게 근본적으로 '비비안이 미리 대비를 해 두어서'라는 것은 철저히 비밀리에 붙여져 그 또한 잘 몰랐지만. 일국의 태자가 겨우 상단주 하나의 손에서 놀아났다는 것은 그리 영광스러운 일이 아니었다.

"하지만 일이야 해결하면 되는 것이고. 지금은 코앞의 만찬이나 즐겁게 해결하면 되는 게 아니겠어, 크리스티나?"

"오라버니 말이 맞아. 그리고 무슨 일이든지 다 잘될 거야."

"당연히 잘될 거란다."

물론 제이슨의 얼굴은 하나도 잘될 것 같은 기색이 아니었다. 그때 엘리미아가 입을 뗐다.

"그나저나 레이디 카티야가 아프다던데."

"태자비는 상냥도 하시군."

"괜히 전염병이라도 옮겨 와서 저한테 영향을 끼치지 말라는 의미에서."

"태자비. 누누이 말하지만 왕실에서는 말을 골라 하는 것도 능력이다."

엘리미아는 입을 꼭 다물었다. 제이슨의 흉흉한 눈길을 그녀가 당해 낼 재주는 없었다.

결국 정기적으로 이루어지는 왕실 가족들의 만찬은 예정보다 더 빨리 끝을 보았다. 제이슨은 디저트를 힐긋 보고는 말도 없이 먼저 자리에서 일어났다. 곧 왕비의 사람이 두 쌍둥이 왕자를 데려가고 엘리미아, 로건, 그리고 알렉산드르가 차례로 자리에서 일어났다. 그저 눈치도 없는 듯 일부러 해맑게 디저트를 싹싹 긁어 먹은 크리스티나만이 일부러 자리를 지키는 듯했다.

그러다 알렉산드르가 일어날 기미를 보이자 그녀는 스푼을 놀리는 속도를 빠르게 했다. 결국 알렉산드르가 다이닝 홀에서 나가자마자 그녀가 자리에서 일어났다. 그녀의 뒤를 따르던 시녀가 급히 그녀에게 코트를 걸쳐 주었다. 크리스티나는 마차를 타고 자신의 궁으로 갈 준비를 하는 알렉산드르를 발견하고 살짝 걸음을 늦춘 뒤 침착하게 동생을 불렀다.

"알렉산드르."

"아, 누님."

알렉산드르가 웃었다. 그러나 그는 이 며칠 제이슨만큼이나 웃을 기분이 아니었다. 그러나 크리스티나는 어찌 되었든 간에 그의 누나였다. 그는 마차에 올라가려던 것을 멈추고 크리스티나를 기다렸다.

"무슨 일 있으십니까?"

"너야말로 무슨 일 있니? 오늘 만찬 내내 표정이 좋아 보이지 않아서."

알렉산드르는 잠시 멈칫했다. 그러나 그는 이내 다시 웃으며 고개를 저었다.

"그럴 리가 없지 않습니까."

"그럼 다행이고. 궁으로 돌아가려고 그래?"

"네. 누님도 빨리 돌아가 쉬십시오."

"그래, 아, 그리고."

크리스티나는 다시 알렉산드르를 불렀다.

"혹시 무슨 고민 있으면 내게 말하렴. 내가 실질적인 도움은 되지 못하지만 그래도 혹시 뭔가 문제가 있다면 태자비 전하께 말씀드려 오라버니한테 도움을 청해 볼 테니까."

알렉산드르는 흠칫했다. 그의 고민을 제이슨에게 말하다니, 미치지 않고서야.

그러나 그는 크리스티나의 말에서 곧바로 다른 메시지를 읽어 냈다. 그러고 보니 요즘 크리스티나와 엘리미아가 꽤 친했다. 원래 미혼 시절에도 귀족 영애들과 좋은 관계를 유지하던 엘리미아였으니 크리스티나와 친한 게 이상한 건 아니지만, 반대로 제이슨이라는 고리만 쳐 내면 엘리미아는 꽤 좋은 카드였다.

"저, 누님. 그런데 요즘 태자비 전하와 가까이 지낸다고 들었습니다."

"맞아. 왜?"

"혹시 태자비 전하께서 무슨 언질을 주지 않으셨습니까?"

크리스티나는 눈을 동그랗게 떴다. 그녀의 반응에 알렉산드르가 '그러면 그렇지'라는 얼굴을 했다. 엘리미아가 안다고 해도 크리스티나에게 말해 줄리가 없었다. 그가 자신의 무지함을 탓하는데 크리스티나가 갑자기 생각났다는 듯이 손뼉을 짝 쳤다.

"아, 그러고 보니."

"네?"

"이디에트 공작가에서 파티를 열 계획이라고 했어. 저번에 태자비 전하와 공작가에 간 것도 공작 부인께서 그 파티에 관해 조언을 얻고 싶어서였단다. 아무래도 태자비 전하는 한때 이디에트의 공녀셨으니, 공작가의 관례에 익숙할 것 같다고."

물론 진실성이 1퍼센트 정도만 섞인 개소리였다. 크리스티나가 파티 소식을 알게 된 건 며칠 전 비비안이 따로 편지를 보낸 뒤의 이야기였다. 그러나 그녀는 짐짓 순진한 척 웃으면서 입을 뗐다.

"결혼기념일 파티라는데, 당연히 우리도 초대할 예정이고."

"그런가요?"

"그래, 하지만…… 디텔 공작은 초대하지 않을 생각이라고 하니, 괜히 디텔 공작을 만나거든 알은체를 하지는 마렴."

"디텔 공작을 초대하지 않는다고요?"

"제이슨 오라버니를 초대할 예정인데 디텔 공작이 오면 곤란하니까. 너도 알다시피 이 며칠 동안 오라버니의 기분이 좋지 않잖니?"

"그게 디텔 공과 무슨 상관이 있습니까."

"흠, 이디에트 공작 부인의 말을 빌리자면 며칠 전 오라버니가 공문을 내린 게 있는데, 그게 귀족원의 손을 거치지 않고 바로 명령이 내려갔다고 하더구나. 그런데 그 공문을 내리라고 부추긴 게 디텔 공작이라고 들었어. 물론 확실치는 않지만, 요 며칠 디텔 공작이 거의 왕궁에 방문을 하지 않은 것도 사실이잖니?"

크리스티나는 머리를 갸웃거렸다. 그녀는 이 모든 정치 싸움과 복잡한 암투를 마치 어린애들 장난 말하듯이 그렇게 간단하게 말했다. 그러나 그녀는 어차피 알고 있었다. 알렉산드르는 절대 그녀의 이 말을 간단하게 받아들이지 않을 것이었다.

반대로…….

"그렇군요. 형님이 디텔 공작 때문에 큰 손실을 보았군요."

아주 대단하게 받아들였을 게 뻔했다.

크리스티나는 알렉산드르를 힐끔 보았다. 그녀가 순진하게 웃으며 당부했다.

"그러니 너는 디텔 공작께 언질을 미리 주지는 마렴. 꼭이야? 이디에트 공작 부인도 나한테 먼저 말하지 말라고 했어."

"알겠습니다. 저, 그런데 누님."

"응?"

크리스티나는 일부러 작별 인사를 하듯 발랄하게 웃으며 몸을 돌렸다. 아니, 돌리려고 했다. 그러나 이번에는 알렉산드르가 그녀를 불렀다.

"제가 조언을 구하고 싶은 게 있는데, 혹시 여쭈어도 됩니까?"

"말하렴. 우리는 이 왕궁에서 유일하게 완전히 피를 나눈 남매잖니. 나한테 못 말할 게 어디 있어."

"저, 만약 제가 정말로 갖고 싶은 게 있는데, 그걸 이미 차지한 사람이 있으면 어떻게 해야 합니까?"

"뭐? 세상에 알렉산드르, 너 혹시……."

"아, 아닙니다. 누님, 저는 그저……."

"마음에 두고 있는 레이디라도 있나 보구나!"

"……네?"

"세상에, 혹시 약혼자가 있는 레이디니? 그래서 이러는 거야? 오늘 표정이 안 좋아 보였던 이유도 그거였어? 세상에, 내 동생……."

알렉산드르는 호들갑을 떠는 자신의 누나를 보다가 어리벙벙하게 눈을 깜박였다. 그러나 그는 그저 피식 웃었다. 그의 누이는 언제나 그렇듯 그렇게나 단순하고 순진한 존재였다. 그는 그렇게 생각하며 말을 이었다.

"……만약 그런 거라면 어떻게 해야 합니까?"

"사실 이미 약혼한 레이디를 탐내는 건 도덕적인 일이 아니지만…… 그래도 만약 네가 진정으로 그걸 갖고 싶고, 또, 조금이라도 가능성이 있다면, 최소한 도전이라도 해 보는 것이 좋겠구나."

"제게 그런 가능성이 있는지 없는지 어떻게 압니까?"

"그 레이디와 이미 약혼한 자가 너보다 더 우수하니?"

알렉산드르는 조금 고민했다. 크리스티나가 환하게 웃으며 말했다.

"만약 그 사내가 너보다 갖고 있는 우세가 그저 먼저 그 레이디와 만난 것뿐이라면, 주저 말고 도전해 보렴. 나는 내 동생이 그 누구에게도 뒤지지 않는다고 믿어. 같은 기회와 자격만 가진다면 말이지."

알렉산드르는 크리스티나의 말에 멈칫했다. 문득 카티야의 말이 생각났다. 그래, 그가 제이슨보다 더 뒤질 게 뭐가 있단 말인가. 유일한 단점이라면 그저 그가 세가 없는 왕자라는 것일 뿐이다.

"감사합니다. 누님."

"괜찮아. 뭔가 도움이 더 필요하면 찾아오렴."

크리스티나는 방긋 웃었다. 곧 그녀가 몸을 돌려 마차로 돌아갔다. 그리고 마차에 앉는 순간.

"하."

그녀는 길게 숨을 내쉬었다. 겨우 이런 것으로 알렉산드르가 디텔에게 갈 것이라고 생각하지 않았다. 게다가 그도 생각이 있으니 신중하게 행동하겠지. 하지만 원래 모든 일에는 절차라는 게 있는 법이었다. 그렇게 생각하며 그녀가 빨리 출발하라는 신호를 보냈다.

그러나 그녀가 모르는 게 있다면, 애초에 위그와 비비안은 절대 누군가에게 '무리한 요구'를 하지 않는다는 것이었다.

그리고 다른 말로 말하자면 알렉산드르가 진정으로 디텔 공작을 찾아가 제안을 하든 말든 결과는 단 하나라는 뜻이기도 했다.

* * *

며칠 뒤 이디에트에서 정식으로 초대장을 왕실에 보내왔다.

원래라면 귀족 부부의 결혼기념일 파티에 왕실이 무조건 참가해야 한다는 법도는 없었다. 그러나 이번 파티는 공작 부부의 파티였고, 가장 중요한 건 엘리미아가 태자비라는 사실이었다.

아무리 제이슨이 이디에트를 탐탁잖게 생각한다고 해도 그가 엘리미아를 장식품처럼 놓고 싶어 하는 한, 이디에트와 적당하게 관계를 유지할 필요는 있었다. 결국 그는 가겠노라고 승낙한 뒤, 시종장에게 대충 선물을 준비하라고 지시했다.

어쨌든 이디에트 공작가에서 열리는 파티는 바첼론 대부분 사람들의 이목을 끌었다.

그러나 정작 초대장이 나간 뒤 가장 사람들의 주목을 받은 사실은 다름 아닌 디텔 공작이 초대 명단에 없다는 것이었다.

그리고 이 공개적인 '따돌림'에 디텔 공작은 뒷골을 잡았다.

"여섯 살짜리도 안 할 일입니다! 전하!"

제이슨은 디텔 공작의 목청에 서늘하게 고개를 들었다. 디텔 공작은 그 눈빛에 주춤하다가 다시 자리에 앉았다.

제이슨은 디텔 공작을 빤히 응시하다가 피식 웃었다.

"유치하긴 해도 공이 이렇게 화를 내는 걸 보니 그들도 나름 머리를 썼군."

"전하."

"하긴, 이렇게 사람 신경을 갖고 노는 재주가 있어야 그런 짓을 하겠지. 그런 면에서 디텔 공은 한 수도 아니고 여러 수 아래군. 큰일을 도모함에 있어서 떨어지면 됐지, 어떻게 유치한 수작질에서도 이디에트를 이기지 못하나?"

디텔 공작은 멈칫했다. 얼핏 듣기에는 그저 가벼운 농담이었으나 근본적으로 제이슨은 그를 질타하고 있었다. 아니, 질타라는 말도 상당히 가벼웠다. 기실 제이슨은 그를 비난하고 있었다. 비난 그 이상으로 그의 무능함에 분노하고 있었다.

그러나 그는 제이슨의 분노를 받아치는 대신 그저 말을 삼키며 자리에 않았다. 그가 오늘 제이슨을 찾아온 건 겨우 이디에트가 디텔을 사교계의 조롱거리로 만들려고 했음에 불만을 토로하고자 하는 이유가 아니었다.

오히려 이 이야기를 먼저 꺼낸 것은 제이슨이었다. 오랜만에 디텔 공작을 궁으로 소환한 제이슨은 느긋하게 자신의 방에서 와인을 마시다가 디텔 공작이 들어오자마자 이디에트의 파티를 입에 올렸다.

그래서 저런 대화가 이루어진 것이었다. 그게 아니라면 분노를 터뜨리기도 민망한 주제를 굳이 주군 앞에서 흘릴 리가 없었다. 안 그래도 저번 '사건'으로 인해 제이슨은 상당히 기분이 더러웠다. 그것을 회상하던 디텔 공작은 한숨을 푹 쉬었다.

저번 '사건'.

정확히 말하자면 로튼 휘하의 모든 대외 무역이 이디에트 아래로 넘어간 사건.

여기서 굳이 제이슨이 물을 먹은 사건이라고 표현하지 않는 이유는 제이슨이 분노하는 게 자신의 계획이 허탕을 쳐서가 아니라 이디에트의 세력이 한층 더 커졌기 때문이었다.

그러나 디텔 공작은 감히 자신 가문의 이름을 걸고 말할진대 그 조치가 이렇게 아무것도 얻지 못한 채 종말을 거두리라고 생각하지 않았다. 아니, 그뿐만 아니라 아마 그 계집을 제외한 그 누구도 상상하지 못했을 것이었다.

'미치지 않고서야.'

그래, 미치지 않고서야 장사를 한다는 인간이 그렇게 어마어마한 것을 홀랑 넘길 리가 없다. 아무리 사랑한다고 해도 결국 위그 이디에트가 마음을 먹으면 로튼이 사라지는 것은 순식간의 일이었다. 이미 비비안을 여자가 아닌 '인간'의 범주에 놓고, 그녀를 상인으로 고려하기 시작한 그들은 비비안이 되레 이런 '계집 같은', 감성적이고 사랑하는 사내에게 모든 것을 바치는 지극히 아둔한 조치를 취하자 당황할 수밖에 없었다.

하지만 뭐가 되었든 일은 벌어졌다. 그들은 결국 로튼을 어찌 통제하지 못했다. 그리고 더욱더 화가 나는 일은 앞으로 로튼을 상대로 할 만한 일이 없다는 것이었다. 이번 일로 위그는 이미 냄새를 맡았을 게 분명했다. 그는 절대 이런 공문이 쉬이 내려가게 내버려 두지 않는다.

그럼 방법은 뭐가 있는가. 머리를 짜내고 생각을 해 보았지만 방법이 없었다. 비비안 로젤리스는 의외로 허점이 덕지덕지한 여자였다. 아니, 애초에 바첼론에서 그녀가 여자로 태어났다는 것 자체가 그녀의 약점이었다. 그런데 그 모든 약점을 기이할 정도로 그녀는 잘 써먹었다.

이제 그녀의 형제는 다 죽었고 하나 남은 언니는 비비안의 상대가 아니다. 빌케르 백작은 침대에서 오늘내일하고 있다. 로튼을 쉬이 건드리는 건 어렵다. 그간 왕실과 귀족가와 많은 거래를 해 온 로튼이 무너진다면 바첼론의 시장과 자금도 휘청거리기 때문이었다. 그렇다고 비비안과 위그 사이를 갈라놓나? 어쩌면 둘 중 하나를 죽이는 것도 방법이긴 했다. 그리고 그렇게 된다면 죽어야 하는 건 비비안이었다.

디텔 공작은 무척 슬프지만 위그와 자신의 역량 차이를 알았다. 그 새끼는 독을 한잔 들이켜도 완강하게 살아남을 새끼라고 생각했다. 거기까지 생각하는데 문득 비비안이 죽으면 그 유산이 이디에트의 명의로 넘어간다는 사실을 깨달았다.

결국 디텔 공작은 입을 다물었다. 제이슨은 그런 그를 지그시 응시했다.

'역시 멍청한 것.'

애초에 진짜로 디텔이 이디에트의 적수가 되었으면 태자가 되기 위해 이디에트가 아닌 디텔의 손을 잡았을 것이었다. 그는 디텔 공작이 야비하거나 비겁한 수작에서는 이디에트와 비슷비슷했지만 정작 진짜 세력이나 싸움에서는 이디에트의 상대가 되지 않음을 알았다.

다만 일이 이 지경으로 오자 분노가 이는 것은 사실. 제이슨은 침묵하는 디텔 공작을 향해 입을 열었다.

"아무리 생각해도 답이 보이지 않나?"

"……송구하옵니다."

제이슨은 비릿하게 웃었다. 아무리 생각해도 답이 보이지 않는다, 라. 하긴 '계략'이라는 것을 써서 상대를 무너뜨리려고 한다면 확실히 답이 보이지 않을 것이었다. 그러나 '계략'이 필요 없다면 말이 다르다.

"디텔 공. 이디에트가 진짜로 왕으로 추대하려는 것이 누구 같나?"

"……로건 왕자 전하…… 아닙니까?"

"이디에트 공작이 자신의 연적을 왕으로 추대하려고 한다고?"

"전하. 일전에 제가 말했듯이 이디에트와 로젤리스의 결합은 사랑보다는 이익일 가능성이…….."

"그게 진짜로 이익 관계만 있다고 보나?"

제이슨은 그만 디텔 공작의 짧은 생각에 웃고 말았다. 하지만 그는 곧바로 납득했다. 굳이 말하자면 위그 이디에트만큼이나 곱게 자라서 곱게 공작위를 물려받은 이였다. 딱히 치열하게 살아 본 적이 없는 치였다. 제이슨과는 결이 다른.

'제 오빠도 죽이고 단주 자리에 오른 계집이지. 그렇게 손에 쥔 걸 잃지 않겠다고 아득바득거리는 계집이 설마 손에 있는 걸 그저 사랑한다는 이유로 남한테 맡긴다고? 미치지 않고서야.'

위로 올라간 이들은 절대 다시 추락하려고 하지 않는다. 비비안이 자신의 무역을 위그에게 넘겼다면 필히 비비안이 위그의 목줄을 잡고 있다는 것이었다. 그리고 그 목줄은 절대 정치적인 것이 아니다. 정치적인 것이라면 위그 또한 비비안의 재산을 놓고 협박을 할 수 있으니.

그러니 답은 하나.

"그 계집은 자신을 걸고 딜을 했나 보군."

제이슨이 읊조렸다. 말을 마친 그가 와인 잔을 내려놓았다.

이제 계략은 쓸모없다. 그는 이제 이디에트의 목줄을 잡고, 그 날개를 전부 꺾어야 했다. 제이슨이 디텔 공작을 향해 입을 뗐다.

"공이 준비할 게 있어."

"하명하십시오."

"알렉산드르의 동태를 살펴."

디텔 공작은 미간을 찌푸렸다. 그러나 그는 제이슨의 표정을 보고 그저
고개를 끄덕였다.

* * *

"세상에, 공작 부인. 너무 아름다우시네요. 벌써 결혼하신 지 1주년이라
니, 세월 참 빠르게 간다 싶어요."

"감사합니다."

이디에트 공작 부부의 결혼기념일 파티는 예상만큼이나 사람들로 북적거
렸다. 다른 귀족가와 달리 웬만해서 파티를 여는 일이 거의 없어 몇 안 되
는 기회를 어떻게든 잡아 보고자 했던 것도 있기 때문이었다.

"축하드려요."

"공작 각하, 정말 행복하시겠어요."

"이렇게 아름답고 현명하신 부인이라니……."

"정말이지……."

그리고 이 찬사의 홍수 속에서 비비안은 그저 웃어 주는 인형이라도 되
는 듯 눈살 하나 찌푸리지 않고 그들의 모든 행동에 자애롭게 대꾸해 주고
있었다. 옆에서 함께 귀빈들을 접대하던 위그는 슬슬 비비안의 얼굴에 짜증
이 서린다 싶자 그녀의 손을 잡고 다른 곳으로 갔다.

그때, 갑자기 익숙한 목소리가 그들을 불러 세웠다.

"공작 부인."

호들갑스럽지는 않으나 기쁨이 여실히 흘러나오는 목소리였다. 비비안은

엘버린 공작 부부를 보며 환하게 웃었다. 그 뒤로 각각 엘버린 공자 에스피안과 공녀 세실리아가 따랐다.

의례적인 인사말이 오간 뒤 엘버린 공작 부인이 옆으로 살짝 물러나며 에스피안과 세실리아를 소개했다. 에스피안은 엄마를 닮았는지 쾌활하고 서글서글한 인상의 미남이었다. 그는 각기 위그와 비비안에게 예를 취했다.

"세실리아."

그러나 세실리아의 차례가 왔음에도 그녀의 표정은 다른 이들과 다를 것이 없었다. 새초롬한 얼굴로 위그와 비비안을 본 그녀가 고개를 숙이고 드레스 자락을 잡았다. 그 모든 행동에 억지가 묻어났다. 굳이 타인의 무례를 짚는 성격은 아니었지만 딱히 익숙하지도 않은 공녀의 적의에 비비안이 흥미 어린 얼굴을 했다.

그 눈빛이 이 재미있는 쥐새끼는 또 어디서 굴러왔을까 하는 종류여서, 위그가 이마를 짚었다. 비비안과 달리 그는 세실리아를 잘 알았다. 크리스티나의 시녀였던 데다가 엘리미아가 결혼한 뒤로 사교계에서 가장 주목을 받는 공녀였기 때문이었다.

물론 그 주목의 이유는 한 가지는 그녀가 꽤 훌륭한 조건을 가진 신붓감이어서기도 했지만, 다른 한쪽으로는 그 개성 때문이기도 했다. 말이 개성이지 사실은 그냥 성격이 좋지 못했다는 것이었다.

엘버린 공작 부인은 자신의 딸의 모습에 살짝 당황했다. 그러나 그녀는 다시 노련하게 웃으면서 입을 뗐다.

"세실리아가 공작 부인을 많이 뵙고 싶어 했어요."

"그렇군요. 이유가 궁금한데요?"

"공작 부인은 꽤 지혜로우니까요. 지혜로운 여성을 좇는 건 젊은 아가씨들이 종종 갖는 꿈 아니겠어요?"

"그런가요, 그런 것치고는…… 표정이 별로인 것 같은데. 어쨌든 그렇다니 영광이에요. 앞으로 만날 일이 있기를 바라죠."

비비안은 군이 세실리아에게 해명 기회 따위를 주지 않았다. 이윽고 그녀는 엘버린 공작 부인에게 오늘 와 주어서 고맙다는 말을 남기고 위그와 함께 자리를 떴다. 위그가 입을 열었다.

"당신은 기이하게 예상 밖의 사람한테서 호감을 얻고 예상 밖의 인간에게 미움을 받는 신기한 재주가 있군."

"엘버린 공작 부인은 그렇다 쳐도 저 아가씨는 나와 무슨 원한이 있어 그러는지 모르겠어. 하지만 뭐, 나와 원한이 있는 사람이 한둘이야?"

"엘버린 공녀는 한때 크리스티나 왕녀의 시녀였다. 꽤 똑똑하고 자기주장과 고집이 세지. 아마 결혼을 하지 않은 이유도 그것 때문일 것이다. 결혼할 바에야 죽겠다고 하는 공녀지."

"놀랍네, 그러고도 소문이 이상하게 나지 않다니, 이 바첼론에서."

"엘버린 공작 부부가 워낙에 딸을 아끼니까."

"역시, 엘버린 공작 부부를 보면 그런 생각이 들어."

"무슨 생각?"

"이상적인 바첼론의 모습을 집중시켰다는 생각."

"당신 눈에는 저게 이상적으로 보이나?"

"바첼론이 이상적으로 생각한다는 건 사실이잖아. 그리고 이상에 단일한 기준이 어디 있어. 싸움과 대치가 없이 평화로우면 그게 이상적인 거지."

"하지만 당신이 원하는 건 아니지."

"그걸 어떻게 그렇게 단언해?"

"내가 그런 걸 원하지 않으니까."

비비안은 멈칫했다. 그녀가 기묘한 얼굴을 했다.

"거짓말. 당신이 원했던 가정은 분명 엘버린 공작가와 비슷했을 거야."

"……."

"그렇잖아? 현명하고 지혜로운 안주인, 권위 있지만 가족한테는 다정한 남편, 그리고 든든한 후계자 아들 하나, 예쁘고 지혜로운 딸 하나. 그야말로 당신이 노력할 수 있는 가장 완벽하고 이상적인 가족 아니겠어?"

"당신은 그게 갖고 싶나?"

"아니. 하지만 만약 이 모든 것들이 내 욕망과 위배가 되지 않는다면 굳이 거부할 이유도 없어. 더 가지고 많이 가져서 나쁠 건 없거든."

"그러니까. 내가 갖고 싶지 않다는 거다."

비비안은 이제 완전히 걸음을 멈추었다. 위그는 고개를 돌려 그녀를 응시했다. 비비안은 입매를 비틀며 웃고 있었다. 그 표정이 미묘하게 기괴했다.

"왜?"

"이제는 저 완벽하고 온전한 가정이 내 욕망과 위배되니까."

"당신 욕망이 뭔데."

"뭐 같나?"

비비안은 입을 다물었다. 그녀는 가늘게 눈을 떴다. 그 탐색하는 듯한 시선의 끝에 서 있는 위그가 무심하고 서늘한 얼굴을 했다. 그러나 그의 눈가에 비낀 은은한 미소, 미소인지 조롱인지 아니면 도발인지 알 듯 말 듯 한 기색은 올곧게 비비안에게 쏟아졌다. 그리고 약간의 정적이 흐르자 비비안이 입을 뗐다.

"이 파티는, 내 처음이자 마지막 결혼기념일 파티가 될 거야."

"누가 뭐라고 했나."

"하지만 당신에게는 아니겠지."

"그래야지."

"그래, 아주 훌륭해. 자신의 처지를 깨닫고 있지 않은 것 같아서 약간 걱정되었거든."

"걱정할 필요 없다. 나는 우리 둘 사이의 약속을 잘 알고 있어. 그리고 당신이 싫다고 해도 내가 거부한다. 이런 식으로 마음 졸이면서 언제 죽을까 목을 매면서 살고 싶지 않다."

"흥."

위그가 평온하게 대꾸했다. 그는 고개를 돌린 비비안의 뒤통수를 빤히 응시했다.

그래, 그래야 했다. 두 사람은 애초에 저 이상적인 가족과 거리가 먼 이들 아닌가.

위그와 비비안은 다시 파티의 중심으로 걸음을 옮겼다. 그러나 이제 두 사람은 함께였다. 그때 헤더가 비비안에게 다가왔다.

"부인. 태자 전하께서 왕림하셨습니다."

"그리고?"

"왕녀 전하와 두 분 왕자 전하, 그리고…… 태자비 전하 대신 카티야 님이 오셨습니다."

비비안은 빙그레 웃었다. 그녀가 고개를 끄덕였다. 이내 헤더가 급히 밖으로 걸음을 옮겼다. 그리고 얼마나 지났을까, 천천히 연회 홀의 문이 열리면서 왕족들이 모습을 드러냈다.

* * *

"태자비 전하."

엘리미아는 자신을 향해 고개를 숙이는 기사들에게 가볍게 고개를 끄덕였다. 제이슨의 궁에 쉽게 발걸음을 하지 않는 그녀였으나 이 며칠간 그녀는 묘하게 이곳으로 자주 얼굴을 비췄다.

엘리미아는 기사들의 의문 섞인 얼굴을 뒤로하고 천천히 궁으로 들어갔다. 마침 주인이 궁을 비운 사이에 청소를 하던 하녀와 하인들이 그녀를 알아보고 허리를 숙였다.

원래라면 이디에트의 파티에 참석해야 하는 그녀였으나 마침 이 며칠 감기 기운이 있어 왕궁에 남은 차였다.

"태자비 전하. 어찌 이곳에."

엘리미아는 느긋하게 주변을 쭉 둘러보았다. 주인이 없는 궁에 왔으니, 그것도 그녀가 왔으니 시종이 이리 구는 것도 이상한 것은 아니리라. 그러나 그녀는 그저 담담하게 웃으며 입을 뗐다.

"태자 전하께서는 파티에 가셨겠군."

"그렇습니다만."

"레이디 카티야도 함께 갔나?"

뻔히 알면서 물어보는 물음이었다. 이렇게 중요한 파티에, 그것도 태자비의 가문에서 열리는 파티에 어떻게 코르티잔을 데려가느냐고 태자의 시종장이 좀 과하게 반대를 한 사건을 엘리미아가 모를 리가 없었다. 결국 이디에트에서 이례적으로 카티야에게까지 초대장을 보내 그녀가 참석을 할 수 있었겠지만.

"그렇습니다."

"그렇군."

"저, 태자비 전하. 혹시 전하실 말이 있다면."

"그럼 나는, 레이디 카티야의 방에서 그녀를 기다려야겠어."

"……네?"

"안내해."

시종은 의아한 얼굴을 했다. 그러나 태자의 방이라면 몰라도 태자의 코르티잔이 쓰는 방을 태자비가 마음대로 들어가지 못한다는 법은 없었다. 결국 시종은 옆으로 한 걸음 물러선 채 엘리미아에게 길을 내주었다.

곧 카티야의 방에 도착한 뒤 엘리미아가 천천히 의자에 앉아 입을 열었다.

"이만 나가 봐."

"차를 내오겠습니다."

"필요 없어, 부인들과 담소를 나누며 기다릴 예정이니까."

시종은 고개를 끄덕이며 엘리미아와 그녀의 뒤를 따르는 귀부인들을 향해 고개를 숙였다.

이윽고 문이 닫힌 뒤, 엘리미아가 길게 숨을 내쉬었다.

그녀가 카티야의 방을 죽 훑었다. 한낱 코르티잔이 쓰기에는 과하다 싶을 정도로 화려한 방이었다. 얼핏 보면 제이슨이 카티야를 과하게 총애해서 그런 것 같기도 하지만, 다른 의미에서 본다면 이 과한 방은 일종의 암시와 신호이기도 했다.

"부인."

"네."

그렇게 생각하며 엘리미아가 낮게 읊조렸다. 그녀의 옆에 서 있던 백작부인이 고개를 끄덕였다. 그와 동시에 함께 방으로 들어온 귀부인들이 마치 약속이나 한 듯이 방 안에 뿔뿔이 흩어졌다. 그리고 그녀들이 시작한 일은 다름 아닌 '숨은 보물 찾기'였다.

그래, 보물, 그들의 계획을 완벽하게 이행할 만한 보물.

"하나도 빠짐없이 모두 찾아내야 한다. 훗날 꼬리를 남기면 곤란해."

"알겠습니다."

미리 약속이라도 한 듯이 귀부인들은 카티야의 방 구석구석을 뒤지기 시작했다. 그러나 그녀들의 일사불란한 모습은 아무런 목적이나 방향이 없이 찾는 것이 아니었다.

엘리미아는 입을 꼭 다물었다. 그녀는 오늘 아침 비비안이 위그를 통해 보내온 전보를 상기해냈다.

[카티야의 방에 모든 에트린을 감춰 놓을 거예요. 구체적인 위치는 아래에 적혀 있으니 하나도, 절대 하나도 빠짐없이 전부 찾아내 손에 넣어야 해요. 오늘 카티야와 태자 전하가 궁을 비운 틈을 타서 말이죠.]

'하지만 지금 오면 되레 제이슨이 의심을 하게 될 터인데. 시종들이 내가

왔다는 걸 알리지 않을 리가 없잖아.'

엘리미아는 그렇게 생각하면서도 비비안의 뜻대로 행했다.

비비안이 보낸 전보의 마지막 줄에는 뭔가가 더 씌어 있었다.

[이 근래에 왕궁에 들어온 주치의를 한 명 데리고 가세요. 그리고 카티야가 올 때까지, 기다리세요.]

* * *

왕족들의 등장은 장내에 있는 모든 이들의 주목을 안아 왔다. 제이슨은 드물게 크리스티나를 에스코트하며 홀로 들어왔고 그 뒤를 알렉산드르와 로건이 따라왔다.

애초에 이런 자리에서 제이슨이 카티야와 함께 등장할 리가 없었다. 제이슨은 왕궁의 비공식적인 장소에는 마음껏 방탕하게 행동했으나 공식적인 장소에서는 꽤 엄격하게 왕실의 예법을 따랐다.

이미 카티야가 밖에 있다는 말을 들은 비비안이 눈썹을 까닥했다. 그때 위그가 그녀 앞으로 한 발 나서며 예를 취했다.

"전하께서 친히 발걸음을 해 주시다니, 이디에트의 영광이기 그지없습니다."

"태자 전하를 뵙습니다."

그리고 위그는 하나도 영광이지 않을뿐더러 감히 내 결혼기념일에 초대받다니 오히려 영광인 줄 알라는 얼굴을 하고 있었다. 그 옆에서 예를 취하는 비비안의 모습에도 딱히 환영하는 기색이나 마음에서 우러나오는 존경 따위는 없었다.

그러나 이 자리에서 그것을 굳이 짚어 내 발끈할 정도로 멍청한 이는 없었다. 제이슨은 웃으며 고개를 끄덕였다.

"공이 결혼을 한 게 어제 일 같은데, 어언 1년이 되었군."

"원래는 더 일찍 파티를 열어 축하해야 했으나 전하께서도 아시다시피 제 아내의 건강이 좋지 않아 이제야 열게 되었습니다."

"건강은 좋은 것이지. 부인은 돈이나 명예나 권력에 연연해하지 말고 건강에 많이 신경을 써야지 않겠어. 저세상까지 돈을 갖고 가지는 못하지 않나."

그렇게 말하며 제이슨이 비비안을 힐긋 보았다. 명백한 경고였다. 그러나 그것을 알아듣지 못한 듯, 비비안이 입을 뗐다.

"전하도 참 농을 재밌게 하시는군요. 저는 죽어서도 관짝에 제 돈을 안고 들어갈 예정이랍니다. 이이와 상의도 마쳤는걸요. 제가 죽으면 제 관짝에 하얀 장미 대신 돈과 다이아몬드로 꽉 채워 달라고요."

"부인도 한결같이 집념이 강하군. 공이 고생을 하겠어."

비비안이 생긋 웃었다. 날이 서 있는 제이슨의 경고에 나름 재치 있게 대답하는 듯했으나 결국 난 죽어서도 내 걸 너한테 넘길 생각이 없다는 말이었다. 이윽고 제이슨의 말에 위그가 담담하게 대꾸했다.

"그저 돈만 잔뜩 넣어서 장례식을 치러 달라니 그렇게 소박한 꿈이 어디 있습니까. 굳이 장미를 구매하고 장례식 용품을 구매할 번거로움도 덜었으니 고생할 여지가 없습니다."

"아이참, 결혼기념일 날에 무슨 장례식 이야기를."

위그의 대답이 끝나자마자 이어지는 비비안의 대꾸에 로건의 미간이 꿈틀거렸다. 비비안의 발랄하기 그지없는 말과 반대로 순간 싸늘해지는 공기에 사람들이 다 입을 다무는데 크리스티나가 정적을 깨며 순진하게 말했다.

"이디에트 공, 공작 부인. 결혼 1주년을 축하해요. 소소하게나마 선물을 준비해 보았는데 마음에 들었으면 좋겠어요."

"어머, 왕녀 전하, 감사합니다. 굳이 선물을 준비할 필요가 없다고 말씀드렸는데."

크리스티나가 해사하게 웃으며 말을 돌리니 제이슨이 더 말을 붙이기도 애매했다. 결국 흐지부지 끝난 나름의 대치는 시종들이 선물을 안고 들어오면서 끝을 맞이했다.

비비안과 위그는 그저 선물을 보며 예의에 어긋나지 않은, 그러나 역시 성의는 없는 찬탄을 이어 갔다. 이 모든 행동이 왕실을 얼마나 눈에 넣지 않는지가 드러났다.

곧 크리스티나 다음으로 알렉산드르 또한 누님과 같이 준비했다고 말을 덧붙였다. 그러나 그는 말을 하자마자 위그의 눈치를 살폈는데, 그의 얼굴에 일말의 기대나 희열, 혹은 약간의 만족감조차 없자 다시금 자신의 생각을 정리했다.

그리고 마지막으로는 로건이었다. 아무런 존재감도 없이 조용하게 서 있는 듯했으나 기실 이 홀에서 가장 많은 이들이 기대하고 있는 장면은 다름 아닌 로건이 앞으로 나서 축하를 건네는 순간이었다. 수도에 암암리에, 그러나 사실은 대부분이 알고 있는 비비안과 로건의 스캔들을 상기하던 사람들이 가십거리를 잡고 있는 얼굴을 했다.

로건은 담담하게 웃었다. 옅은 베이지와 하늘색 예복을 입고 있는 그의 미소는 한 점의 거짓조차 없는 듯했다. 그는 시종에게 선물을 가져오라고 명하고는 비비안을 향해 입을 열었다.

"결혼 1주년 축하드립니다. 공작 부인."

그리고 그의 말이 끝나자마자 귀족들이 다시 한번 흥미로운 얼굴을 했다. 과거의 연인의 결혼기념일 축복이라. 로건이 다시 수도로 돌아온 게 비비안 때문이라는, 사실은 진실과 일치하는 가십을 곱씹던 이들의 시선이 위그에게 향했다. 그리고 아니나 다를까 위그는 로건의 말이 끝나자마자 손을 뻗어 비비안을 뒤로 밀어 냈다.

비비안은 의외로 쉽게 밀렸다. 위그가 싸늘하게 웃으며 답했다.

"감사합니다. 로건 왕자 전하."

위그의 얼굴에 드러나 있는 것은 지독하리만치 노골적인 승리자의 미소였다. 오죽하면 옆에 서 있는 비비안도 민망한 얼굴을 할 지경이었다. 어느정도 두 사람이 사이좋은 부부 관계이며, 위그가 비비안을 꽤 사랑하고 아끼는 괜찮은 남편이라는 것을 드러낼 필요가 있다고 말이 맞춰지긴 했지만 그래도 이러라고 한 적은 없었다.

그러나 로건은 아무런 반응도 보이지 않았다. 그저 위그의 표정을 확인하고 담담하게 웃을 뿐이었다.

이윽고 왕실 가족들은 자신을 위해 준비된 중앙 테이블 쪽으로 발걸음을 옮겼다. 엘버린 공작 부부가 먼저 그들에게 다가가 인사를 건넸다.

악대가 연주를 시작하자 방금까지 침묵으로 가득 찼던 연회장이 다시 활기를 되찾았다. 다만 이제 파티의 중심은 이디에트 공작 부인보다는 왕족에 가까웠지만.

"위그 이디에트."

비비안은 쾌활한 사람들 사이에서 위그를 담담하게 불렀다. 그리고 위그는 이제 시침 뗄 생각도 없었는지 무심하게 대꾸했다.

"꼴 보기 싫잖나. 감히 누구 집에 와서 청승맞은 척이지?"

"리즈도 당신보다는 성숙하겠어. 최소한 그 노골적인 득의양양한 미소만큼은 숨겨야지."

"내가 로건을 꺾고 당신을 손에 넣은 승리자…… 그런 설정 아니었나, 지금?"

"맞긴 했지만 너무 노골적이어서 연기에 감점이 생겼어. 좀 보기 민망했다고."

"연기는 아니었는데, 나는 진짜 그 순간만큼은 진심으로 득의양양했다."

"이걸 또 자랑이라고."

"그렇지 않나, 네가 몇 년 동안 그리면서 애태운 여자와 내가 결혼기념일을 보내고 있는데…… 왜 자랑을 안 하지? 사실 난 할 수만 있다면 천에 자수까지 놓아서 왕궁에 걸어 놓고 싶다."

"……."

"위그 이디에트와 비비안 로젤리스 결혼 1주년 축하, 라고 말이지."

"그거 알아?"

"뭘?"

"역시 당신은 내 목줄을 잡고 흔들 때 제일 귀여웠어."

"지금은?"

"꼴 보기 싫어."

그러나 비비안의 대답에도 위그는 그저 웃음만 흘렸다. 이윽고 그가 비비안의 허리를 감아쥐었다. 그때 마침 연회장으로 들어오는 카티야가 보였다. 그녀는 비비안과 위그를 발견하고 웃었다.

"이렇게 파티까지 초대해 주시고 영광이에요."

"즐겨 둬. 역사상 한 번뿐일 파티니까."

"이런, 내년에는 없는 자리인가요?"

"절대 없어. 아니면 이 남자의 장례식에서 우리 다 만나게 될 거야."

위그는 얼굴을 찌푸렸다. 그러나 그는 그저 한숨을 쉬며 고개를 절레절레 저었다.

비비안은 느릿하게 웃었다. 그녀가 카티야를 위아래로 훑었다.

"병은?"

"아직 낫지 않았어요. 아니, 그런데 제 연기 실력을 믿지 못하시는 건가요? 구토제는 그렇다 쳐도 감기 걸린 사람이 썼던 옷과 손수건은 대체 뭐죠? 그런 건 어디서 구해 오는 건가요? 게다가 갑자기 냉수에 목욕하라고 명령하지 않나."

카티야는 이 며칠간 비비안이 내렸던 각종 기괴한 명령을 이행한 자신도 꽤 웃기다고 생각했다. 그러나 비비안은 어깨를 으쓱했다.

"그래서 무사하게 진짜로 감기에 걸렸잖아?"

"네, 피나는 노력이죠. 안 걸렸어도 상관없었지만 덕분에 진짜로 콜록대고 있어요. 어젯밤에는 열까지 나서 궁이 발칵 뒤집혔어요."

"진짜 연기력은 본무대에서만 잘 발휘해 주면 돼, 굳이 리허설에서 진 다 뺄 필요 없어."

카티야가 고개를 절레절레 저었다. 하여튼 죽지만 않으면 다 된다는 거겠지. 그러나 죽어도 상관없다는 이념으로 사는 카티야에게는 그다지 과한 처사는 아니었다. 그녀는 이내 두 사람에게 인사를 한 뒤 왕실 일가에게 다가갔다.

그렇게 파티의 분위기가 무르익을 무렵이었다.

예의상 위그와 춤을 몇 곡 춘 뒤 비비안은 조금 진이 빠진 얼굴을 했다. 그에 위그가 비비안을 한쪽 팔로 안았다. 거기에 힘과 무게를 다 실은 뒤 비비안이 안겼다. 한쪽으로 손님들과 담화를 나누는데, 갑자기 비명 소리가 들려왔다.

"꺄아아악!"

그것은 크리스티나의 비명이었다. 단숨에 파티를 중단시킬 정도로 새된 소리에 모두 하던 것을 멈추고 시선을 돌렸다. 기사들이 놀란 얼굴을 하며 제이슨과 크리스티나의 앞을 막아섰다. 그러나 그때, 방금까지 제이슨의 옆에서 방긋방긋 웃고 있던 카티야가 주룩 의자에서 미끄러져 내려갔다.

쿨럭.

그 순간 거센 기침 소리가 조용한 홀을 가득 채웠다. 그와 동시에 바닥을 붉게 물들이는…….

"피, 피!"

"독이다!"

누군가가 크게 외쳤다. 기사들이 순식간에 진을 만들어 왕족들을 포위했다. 그때, 크리스티나의 앞을 막아선 알렉산드르가 이상한 얼굴을 했다.

"아니, 잠깐만. 저건 독이 아닌 것 같은데?"

그리고 알렉산드르가 입을 열자마자 겁에 질린 채 카티야를 보던 어느 귀족이 중얼거렸다. 이윽고 귀족들의 웅성거림이 홀을 가득 메웠다.

"왜 얼굴이……."

"이런."

어느새 인파를 헤집고 가장 앞에 온 비비안과 위그가 바로 카티야를 확인하고 가볍게 탄식했다. 위그는 이미 새빨갛게 물들고 두드러기가 돋은 카티야의 얼굴과 몸을 확인하고 얼굴을 찌푸렸다.

"의사를 불러와."

"알겠습니다."

요한이 급히 자리를 떴다. 그때 비비안이 한 걸음 앞으로 나섰다. 그러나 위그가 그녀를 막아섰다.

"가지 마."

그의 행동에 사람들이 더욱더 겁을 먹은 듯 뒤로 물러났다. 그때 고개를 살짝 든 위그의 시선이 제이슨과 마주쳤다.

제이슨의 얼굴을 침착하기 그지없었다. 모두가 질색하는 얼굴로 카티야와 멀리 떨어지거나 아니면 대경실색해 울 듯한 얼굴을 하고 있었음에도 기사의 보호 아래 서 있는 제이슨의 얼굴은 담담했다.

그리고 그 얼굴은 현재 위그를 향해 말하고 있는 것 같았다.

개수작 부리지 마라, 어차피 이렇게 나올 줄 알았으니까.

마침 절묘한 타이밍에 맞춰 카티야가 쓰러진 게 우연일 리가 없었다. 근래에 쭉 아팠다고 해도 정확히 이디에트 공작가에 와서 발병을 할 리가 없었다. 비비안이든 위그든 둘 중 누구 하나는 손을 썼다는 것을 의미했다. 어쩌면 둘 다일 수도 있고.

그리고 목적은 필히 카티야를 이대로 격리시키는 것.

위그는 제이슨의 눈빛에 담겨 있는 뜻을 그저 무심하게 보고 비비안을 더욱더 뒤로 물러나게 했다. 일련의 행동에 제 아내를 보호하는 남편의 자연스러운 애정이 담겨 있었다.

카티야는 입을 틀어쥔 채 기침 몇 번을 하다가 몸을 더욱더 웅크렸다. 그때 마침 요한이 의사와 함께 홀에 들어왔다.

노련해서 그런 것인지 아니면 예상을 해서 그런 것인지 의사는 침착하게 카티야의 앞으로 다가왔다. 그러나 그녀의 상태를 확인하자마자 그가 눈살을 찌푸리고 갖고 온 상자 속에서 장갑을 꺼냈다. 곧 카티야의 머리를 잡고 이리저리 진찰하는 듯하던 의사가 위그를 향해 고개를 돌렸다.

"각하, 상태가 위급한 것 같으니 일단 방으로 옮기는 게 좋겠습니다."

"전하, 괜찮으시겠습니까?"

제이슨의 코르티잔인 만큼 그의 동의가 필요했다. 그러나 이 상황에서 제이슨이 거부할 수 있을 리가 없었다. 게다가 카티야의 상황은 그저 독에 중독된 것과 달라 보였다. 제이슨이 길게 숨을 들이쉬었다.

"그러지."

"빨리 옮겨라."

위그의 명령이 떨어지자 기사들이 카티야를 안고 걸음을 옮겼다. 사람들은 마치 그녀가 무슨 오물이라도 되듯 분분히 몸을 감싸고 뒤로 물러났다. 덕분에 그녀를 옮기는 건 무척 쉬운 일이었다. 그 뒤를 의사가 쫓아갔다. 여태껏 위그의 뒤에서 조용하게 서 있던 비비안이 헤더를 향해 말했다.

"켄슨 부인더러 레이디 카티야를 보살피라고 하렴. 나는 일단 파티를 정리하고 가 보겠으니."

이윽고 헤더마저 홀을 나가자 본의 아니게 홀은 정적으로 가득 채워졌다. 하녀들이 빠르게 홀의 바닥을 닦았으나 소용이 없었다. 사람들의 시선은 방금 전까지 카티야가 앉아 있던 테이블을 향해 있었다.

"저, 혹시 독에 당한 것 아닌가요?"

엘버린 공작 부인의 물음에 위그가 성큼성큼 앞으로 다가갔다. 아니, 다가려고 했다. 그러나 비비안은 마치 겁에 질린 듯이 그의 소매를 꽉 잡고 놔주지 않았다. 그녀의 행동에 사람들은 더욱더 공포에 질린 듯했다. 그러나 위그는 비비안을 달래는 듯하다가 다시 카티야가 있는 곳으로 다가갔다.

바닥에 그녀가 갖고 있던 와인 잔이 나뒹굴고 있었다.

"집사, 이 와인 잔을 갖고 독이 없나 검출해 봐."

집사가 조심스럽게 와인 잔과 와인을 들었다. 곧 품에서 미리 준비한 은침을 꺼낸 그가 천천히 그것을 입구에 댔다. 그러나 예상대로 와인에는 독이 없었다. 그때 크리스티나가 작게 읊조렸다.

"그 와인은 방금 시종이 제게 한 잔 붓고 레이디 카티야에게 부은 것이에요. 독이 있을 리가 없어요."

은침에 아무런 변화도 없자 사람들이 한숨 놓은 듯 안도했다. 그러나 나머지 '다른 가능성'을 염려하고 있던 이들의 안색은 더욱더 좋지 않았다.

그때 위그가 제이슨을 향해 입을 뗐다.

"전하, 즐거운 시간에 이런 일이 있어 송구하지만 파티를 중단하는 것이 좋겠습니다."

제이슨은 담담하게 그와 와인 잔을 번갈아 보았다. 이 상황에서 파티를 이어 가는 것은 절대 훌륭한 선택이 아니었다. 그러나 그는 방금 전부터 이미 답이 정해진 문제를 마치 의견을 구하듯 묻는 위그의 모습이 눈에 거슬렸다.

"그러지. 이만 파티를 종결시키고 카티야에게 가 보는 것이 좋겠군."

"전하께서는……."

"나는 카티야와 함께 돌아가야지. 아무리 그래도 내 코르티잔인데 이리 버려두고 가는 것도 모양새가 빠지지 않나."

"그럼 저도 남겠어요."

"크리스티나, 너는 이만 돌아가거라. 알렉산드르, 네 누이를 잘 보살펴."

"알겠습니다. 형님."

크리스티나는 불안한 얼굴로 입술을 살짝 물어뜯었다. 그러나 그것은 어디까지나 그저 불안에 떠는 소녀의 얼굴이었다. 알렉산드르는 묘한 얼굴로 제이슨과 위그를 번갈아 응시하다가 크리스티나를 데리고 연회장을 빠져나갔다. 이윽고 파티가 끝을 고하고 손님들이 분분히 흩어졌다.

"일단 카티야의 방으로 가 보지."

위그는 제이슨의 말을 굳이 거절하지 않았다. 대신 비비안에게 오지 말라는 말을 남겼다. 비비안은 제이슨을 힐끔 보고 조심하라고 대꾸했다.

위그와 제이슨까지 홀을 나가자 홀에는 정말 적막만이 남았다. 비비안은 하녀와 하인들에게 깔끔하게 현장을 처리하라고 한 뒤 걸음을 옮겼다. 그러나 그녀가 홀을 나가는 순간 로건의 목소리가 들려왔다.

"무슨 생각인 거야?"

비비안이 멈칫했다. 클로에가 눈치 빠르게 멀리 물러났다. 주변의 고용인들이 약속이나 한 듯이 홀의 문을 닫았다. 두 사람밖에 남지 않은 복도, 비비안은 의아하다는 듯이 미간을 살짝 좁히다가 다시 웃으며 말했다.

"로건 왕자 전하께서 무슨 말씀을 하시는지 저는 잘 모르겠습니다. 그나저나 왜 아직도 왕궁으로 돌아가지 않으셨나요?"

"비비."

"혹여 레이디 카티야를 걱정하시는 것이라면 자중하시길, 태자 전하께서는 코르티잔을 형제와 공유할 정도로 너그러우신 분이 아니니 말이죠."

"비비!"

로건은 비비안의 말에 마치 상처라도 받은 듯 얼굴을 일그러뜨렸다. 그러나 비비안의 안색은 일절 변화가 없었다. 그에 로건이 뭔가 말을 하려는 듯 입술을 움찔거렸다. 하지만 그는 결국 말을 내뱉지 못했다. 복도에 다시 침묵이 흘렀다. 비비안이 미련 없이 뒤로 물러섰다.

그때였다. 로건이 다시 한번 비비안을 잡았다.

"나는 네가 원하는 걸 반대할 생각이 없어. 언제나 그래 왔듯."

비비안은 잠시 길게 숨을 들이쉬었다. 그러나 그녀는 고개를 돌리지 않고 가볍게 대꾸했다.

"반대한다고 해서 뭔가 달라지는 건 있고?"

"물론 없겠지. 하지만 내 말은, 나는 언제든지 네가 하는 모든 일을 이해할 생각이 있다는 거야."

"……."

"그걸, 내가 전부 이해할 수는 없겠지만 최소한 네가 한다는 이유만으로 나는 모든 것을 이해하려고 할 수 있어."

비비안은 눈을 감았다. 그래, 로건은 그런 사람이었다. 그녀가 어떤 사람인지도 알고 그녀가 어떤 일을 해 왔음도 알고 그녀가 원하는 것이 무엇인지도 안다. 그래서 그녀가 하는 모든 일을 저지하지 않고 그녀가 불안감을 느끼지 않게, 그녀가 갖고자 하는 모든 것을 다 이해하려고 하고 용납하려고 한다.

그는 그녀를 사랑했다. 비비안은 그것을 모르지 않았다. 이 바첼론에서 형제를 죽이고 상속권을 가지려고 하는 계집애를 무조건적으로 이해해 주고 그럴 수 있다고 말해 주는 남자가 어떻게 그녀를 사랑하지 않겠는가.

애초에 그녀를 사랑하지 않았다고 여겼으면 그가 청혼하던 그날, 그렇게 고민하지 않았을지도 모른다.

비비안은 다시 천천히 눈을 떴다. 그러나 그녀의 눈빛에는 일말의 감정도 들어 있지 않았다.

"그렇구나."

그래도 로건은 아니었다. 그가 대부분 여자가 필요로 하는 꿈의 연인이든 그녀에게 필요한 절대적인 지지자든 그래도 로건은 안 됐다. 스무 살의 비비안은 자신이 로건을 거절한 이유를 곱씹다가 스스로를 설득하지 못해 결국 포기했다.

그러나 결국 오랜 시간이 흘러 20대의 끝으로 향하는 현재는 자신을 설득할 수 있었다.

"너는 언제나 나를 이해했지. 나를 보듬어 주고 사랑하고 뭐든 포용해 주고."

"……."

"고맙게 생각해."

말을 마친 비비안이 걸음을 옮겼다. 로건은, 에단은, 사실 괜찮은 남자다. 그러나 그녀에게 어울리는 남자는 아니었다. 아무리 생각해 보아도 언어로 그것을 설명할 길이 없었다. 그저 생각해 보자니 그것은 본능이었다.

'무슨 생각인 거야?'라고 물어보던 이와 '무슨 생각인 거야?'라고 물어보던 또 다른 이.

비비안은 두 남자가 번갈아 똑같은 말을 하던 때를 상기하고 피식 웃었다. 생각해 보니 말에는 차이가 없는데도 사람이 그 차이를 만들어 낸다. 정말 우스운 일이구나. 그렇지만 사람이 원래 그런 걸 어찌하겠는가.

그녀는 에단을, 로건을 사랑했다. 그는 그녀가 원한다면 함께 나락의 끝까지 가 줄 그런 남자였다. 그녀를 위해 그녀의 손에 죽을 수 있는 그런 남자였다. 한평생 손에 피를 묻히지 못했지만 그녀를 위해 사람을 죽일 수도 있을 것이다. 기꺼이.

그러나 위그 이디에트는 달랐다. 그는 아마 죽어도 이디에트를 손에서 놓지 못할 것이고 절대 그녀의 손에 죽어 주지 않을 것이었다. 항상 손에 피를 묻혀서 사람 따위 죽이는 건 일도 아님에도 그녀를 위해 뭐든 감내하지 않을 것이다. 물론 행동을 할 수는 있다.

그러니까 이런 문제였다. 하나는 가진 것이 십밖에 없는데 십만큼 오롯이 그녀를 위해 퍼붓는 사람, 그리고 다른 하나는 만을 가졌는데 그녀에게 백만큼 주는 사람. 그것은 단순히 돈의 문제가 아니라 마음의 문제이기도 했다.

로건은 인생을 오롯이 그녀에게 바쳤다. 그리고 위그 이디에트는 자신이 가진 것 중의 일부만 희생시켰다. 그 희생도 비비안이 난리를 피우고 아득바득 이겨서 얻어 낸 것이었다.

　하지만 그래도.

　비비안은 그렇게 생각하며 웃음을 흘렸다.

　그래도, 그녀의 선택은 결국 정해진 것이었다.

＊　＊　＊

　카티야를 진찰하는 의사의 얼굴이 심각해졌다.

　그녀의 몸에 잔뜩 돋은 두드러기를 확인한 의사는 진찰을 위해 위그와 제이슨이 나가 줄 것을 명령했다. 그러나 제이슨은 어차피 본인의 코르티잔이라는 이유로 방에 남았다. 의외인 것은 위그가 꽤 순순히 방을 나갔다는 것이었다.

　그는 느긋하게 방 앞에 있는 창가에 기대섰다. 안에서 제이슨이 어떤 표정을 짓든 별 상관이 없었다. 의사가 해야 하는 말은 정해져 있었다. 이 순간을 위해 오늘 이렇게 큰 파티를 열었던 것이었다.

　그는 잠시 비비안의 머릿속을 헤집어 보다가 그저 길게 한숨을 쉬었다. 대체 무슨 짓을 하려고 하나 했더니 결국 카티야를 빼내겠다는 것이었다. 그는 비비안이 생각보다 카티야를 더욱더 아끼고 있다는 사실을 깨닫고 놀란 얼굴을 했다.

　그러나 정작 본인은 그저 평온하게 웃으며 말했다.

　'자신이 이용한 도구가 완전하길 바라는 건 인간의 기본적인 책임이지.'

　도구.

　우습게도 비비안 로젤리스에게 카티야는 딱 그 정도밖에 안 되는 모양이었다.ㅤ그러나 말은 그렇게 해도 비비안이 엘리미아와 크리스티나에게 보이는 자상함에 대비해 카티야에게 보이는 다정함과 책임감은 어마어마했다. 그뿐만 아니라 비비안은 의외로 리디아에게도 자상했다. 생각해 보니 그녀가 같은 여자에게 적대감이나 그럭저럭 별로인 태도를 보이는 건 어디까지나 상대가 귀족일 때거나 아니면 진짜로 그녀를 해하려고 할 때였다.

신기하지.

그렇게 생각하는데 문득 왕실 마차가 한 대 정문 앞에 서는 게 보였다. 귀신같은 시력으로 그 마차에 타는 것이 로건이라는 것을 확인한 위그는 얼굴을 일그러뜨렸다. 비록 오늘 파티에서 일부러 유치한 행동을 하긴 했지만 진정으로 이런 식의 우월감을 느끼고 로건을 꺾으려는 생각을 했을 리가 없었다.

진짜로 수컷들의 경쟁 따위를 하려면 이것보다도 더 재미있고 확실한 방법은 많다. 그러나 그는 그저 이런 유치한 방법을 선택했다. 남자들 사이의 그 지독한 서열 싸움에 진짜로 휘말리면 비비안의 손에 죽는 건 아마도 그이리라.

'하지만 그래도 죽일 건 죽여야겠지.'

그래, 그는 로건을 죽여야 한다. 다만 지금이 아니라 그렇지.

비비안이 아니더라도 로건은 죽어야 하는 존재였다. 위그는 비비안을 사랑하고 그녀가 무사하게 살아남았으면 좋겠지만 그렇다고 모든 일을 그녀를 위해 하는 존재는 아니었다. 그의 인생에서 가장 소중한 것을 들라면 첫째로 이디에트였고 둘째도 이디에트였다. 비비안은 굳이 순위를 매길 생각을 하지 않았다. 어디에 놔도 어색해서.

그렇게 생각하는데 갑자기 문이 열렸다. 제이슨이 문을 연 것이었다. 그의 얼굴은 분노로 가득 차 있었다. 위그가 입을 뗐다.

"검사가 끝났습니까?"

제이슨은 대답하지 않았다. 그때 안에서 의사가 창백한 얼굴을 한 채 나오더니 입을 뗐다.

"각하, 아무래도 레이디 카티야는……."

"무슨 병인가."

"아무래도, 미저스병이 아닌가 싶습니다."

"미저스병이라면……."

위그의 얼굴은 완전히 굳어졌다. 그가 믿을 수 없다는 듯이 침묵했다. 그러나 결국 그 모든 것들이 예상된 상황이었다. 그리고 그 사실을 알고 있는 듯 어마어마한 병명을 듣고도 제이슨은 미동도 하지 않았다. 되레 반응을 보인 것은 복도에서 그를 기다리고 있던 시종들과 기사들이었다.

그들은 모두 미저스병을 알았다. 그 병에 걸리면 며칠간 구토 증세를 보이다가 급작스럽게 발진이 일어나면서 온몸에 두드러기가 돋는다. 전신에 열이 오르며 감기 증상까지 겹치는 듯하나 감기와는 결이 다른 그런 병.

그러나 병 자체보다도 더 끔찍한 것은 이 병이 전염된다는 사실과 그 증상이 독감이나 다른 질병과 비견해 이루 말할 수 없이 외부적으로 끔찍하게 드러난다는 것이었다.

체면을 생명만큼이나 끔찍하게 여기는 귀족들은 온몸이 새빨갛게 부어오르는 병을 견디기 어려워했다. 게다가 그 근원이 뒷골목같이 위생 상태가 좋지 않은 곳이라고 근거 없는 낭설을 믿는 자가 많아 귀족들, 특히 귀족 영애들은 미저스라면 몸서리를 치곤했다.

아나나 다를까 제이슨을 따라온 시종과 몇몇 귀족들도 주춤거리기 시작했다. 위그는 그것을 보다가 천천히 입을 열었다.

"일단 저희 집 의사 혼자서 진단을 내린 것이니 신중하게 판단하는 게 좋겠습니다."

제이슨은 싸늘한 얼굴을 했다. 우습게도 그가 할 말을 위그가 대신해 주었다. 그는 위그의 멱살을 잡고 고맙다고 욕이라도 퍼붓고 싶은 상황이었다. 그 어떤 병이든, 하다못해 독감이나 다른 병 그 어떤 걸 들이밀어도 이것보다는 다루기 쉬울 것이었다.

위그는 제이슨이 대답이 없자 다시 한번 입을 뗐다. 그러나 그때 제이슨이 먼저 말을 빼앗았다.

"태자 전하, 레이디 카티야를 아끼는……."

"왕궁으로 데려가 진료를 받게 하지."

그러나 제이슨의 말이 끝나자마자 시종들의 얼굴이 새하얘졌다. 심지어 기사들의 얼굴도 상당히 미묘해졌다. 만약 카티야를 이대로 왕궁으로 데려간다면 중간에 어떤 경로로든 그들 또한 감염될 수 있었다.

아니, 설사 어찌어찌해서 무사하게 데려간다고 해도 왕궁에 있다면 그들은 둘째 치더라도 왕궁에 있는 다른 수많은 귀족들의 이목은 어찌하는가. 왕궁에 이런 병을 가진 환자가, 그것도 태자의 정부가 이런 병에 걸렸다니 그야말로 세기의 추문감이 아닌가.

위그는 제이슨의 말에 길게 숨을 내쉬었다. 제이슨은 그들의 계획을 안다. 그리고 아마 카티야가 진짜로 병에 걸리지 않았음을 알고 있으리라. 더불어 이 모든 것이 그들의 계획임을.

그러나 그렇다고 해서 어쩌겠는가.

제까짓 게 뭘 한다고.

"전하. 물론 레이디 카티야가 전하의 코르티잔인 것은 사실이나 그렇다고 해도 이대로 왕궁으로 가는 것은 꽤 위험합니다."

"공, 아직 왕실 주치의가 확진을 내리지 않았다. 겨우 공의 말 한마디만 믿고 이렇게 카티야를 환자 취급하면 곤란하지. 그저 화장품이나 먹을 것에 갑자기 과민 반응 했을 수도 있지 않나."

"전하께서 그리 말씀하신다면 저 또한 드릴 말씀은 없습니다만, 일단 오늘 저녁 파티에 참석한 귀족들에게는 사실을 알리도록 하겠습니다."

"아직 확진을……."

"아직 확진을 내리지는 않았으니, 이제 세심한 관찰이 필요하다는 말과 함께 말입니다."

제이슨은 미간을 좁혔다. 어차피 왕궁에는 수많은 왕실 주치의들이 있었다. 그리고 개중에는 죽어도 이디에트의 사주가 통하지 않는 이들도 있었다. 무엇보다도 지금 그에게 가장 필요한 것은 카티야를 치료하거나 그녀의 병명을 제대로 알아내는 것 따위가 아니었다. 그는 어떻게든 카티야를 손아귀에 쥐고 있어야 했다. 그렇게 생각하며 제이슨은 시종장을 향해 명령했다.

"레이디 카티야를 왕궁으로 모셔라."

"아직 깨어나지 않으셨……."

"당장."

태자의 서슬 퍼런 명령에 기사들이 빠르게 방에 들어갔다. 그러나 위그는 그들이 가급적 카티야를 보지 않으려고 함을 눈치챘다. 그도 그럴 것이 100년 전에 사라진 병이다. 누군들 역사서의 한 사람으로 남고 싶겠는가.

제이슨은 말을 마친 뒤 강제적으로 카티야를 끌고 이디에트 저택을 나왔다.

그 뒤로 위그는 굳이 그를 말리지도 않은 채 서늘하게 웃고 있었다.

애초에 이 문제는 카티야가 진짜로 병에 걸렸나 아닌가 하는 문제가 아니었다.

* * *

카티야의 방에 앉아 있는 엘리미아는 크리스티나와 알렉산드르가 돌아왔다는 소식에 슬슬 제이슨과 카티야를 맞이할 준비를 했다. 아직 이디에트의 저택에서 무슨 일이 발생했는지 모르는 그녀로서는 그저 막연히 무사하게 파티가 끝났다는 생각만 했다.

대체 비비안이 왜 이렇게 그녀를 이곳에서 기다리게 했는지 모른다. 그러나 어쨌든 그녀는 정 할 일이 없으면 대충 자신이 왜 왔는지라도 꾸며 댈 준비를 했다.

그녀는 이미 귀부인들이 하나하나 전부 다 방에서 찾아낸 분, 그러니까 다시 말하자면 에트린 통을 힐끔 보았다. 아마도 카티야를 직접 만나 받으면 이래저래 말이 생길 것 같아서 근원을 차단한 것 같았다.

'그런데 이렇게 갑자기 오는 게 더 이상하지 않나?'

결국 다시금 반복된 생각의 늪에 빠지며 제이슨이 오기를 기다리는데, 정작 그녀의 앞에 먼저 도착한 것은 제이슨 대신 오늘 파티에서 카티야가 쓰러졌다는 소식이었다.

"갑자기 기침하더니 피를 토하고, 온몸이 빨갛게 부어오르고 발진했다고 합니다."

엘리미아는 얼굴을 찡그렸다. 얼굴이나 어느 부분에 두드러기가 나는 것은 꽤 흔한 일이었다. 특히 여인들은 화장품을 잘못 쓰면 그럴 때가 있기도 했다.

하지만 온몸에? 그것도 피를 토한다니.

엘리미아는 뭔가 이상한 기분이 들어 입을 꼭 다물고 방에서 기다렸다. 그때 갑자기 시종장이 제이슨이 돌아왔다는 소식을 알렸다.

엘리미아는 자리에서 일어났다. 그녀가 긴장한 얼굴을 하며 카티야의 방에서 나갔다. 그러나 그녀는 굳이 먼 곳까지 두 사람을 마중하는 대신 그저 카티야의 방문 앞에서 기다렸다. 어차피 제이슨은 이 방을 꼭 지나가야 했다.

때마침 제이슨의 인영이 나타나자 엘리미아는 어깨를 굳혔다. 반사적으로 위험을 느낀 뒤에 나타나는 반응이었다. 그러나 몸을 굳히던 그녀는 문득 제이슨의 뒤에 카티야가 없음을 발견했다. 엘리미아는 뭔가 잘못되었음을 눈치챘다. 그녀가 입을 뗐다.

"전하."

그녀의 목소리에 제이슨이 멈칫했다. 그 순간 그의 얼굴이 분노로 확

물들었다. 이곳이 왕궁이 아니고 뒤에 보는 눈이 없다면 그는 아마 당장 엘리미아의 목을 잡고 바로 그녀를 죽음으로 몰아붙였을 것이었다.

그의 눈빛은 첫날밤 엘리미아가 그를 거부할 때와 별반 다를 바 없이 분노를 쏟아 내고 있었다. 그러나 이미 상황이 뭔가 비틀어졌음을 안 엘리미아가 입을 뗐다.

"레이디 카티야는 오지 않았나요?"

"대체 이곳에 왜 있지?"

거의 동시에 입을 뗀 두 사람이 시선을 맞추었다. 어느새 엘리미아의 앞에 선 제이슨은 입매를 비틀었다. 그가 엘리미아를 향해 입을 뗐다.

"태자비가 관여할 일이 아니다."

위협적인 어조였으나 그 속에 들어 있는 회피를 읽어 내지 못할 정도로 엘리미아는 바보가 아니었다. 방금까지 그녀를 잠식하던 불안감이 슬슬 사라지고 묘한 흥분감이 그녀의 가슴을 채웠다. 그녀가 지금 제이슨에게 따져 묻고 있었다. 태자비로서, 그리고 그녀의 아버지가 그렇게 수도 없이 그녀의 귓가에 읊조렸던 이디에트의 딸로서.

'엘리미아. 너는 우리 이디에트의 영광이고, 내 보석이다. 내 딸, 너는 이디에트의 핏줄로서 다른 계집과 달리 이 왕궁에서 승리자가 되어 저 태자의 목을 꺾고 무사히 왕비가 되어야 한다.'

"레이디 카티야가 파티에서 쓰러졌다고 들었습니다."

"태자비, 태자비가 관여할 바가 아니라고 말을 했는데도 이해를 못 한 건가?"

제이슨의 서슬 퍼런 목소리는 결국 참다 참다 못해 그대로 분노를 안고 엘리미아에게 꽂혔다. 그녀는 평소에 그 어떤 일이 있어도 저렇게 되바라지게 말대꾸를 한 적이 없었다. 그저 오만하게 고개를 고고하게 들고, 그러다가 그가 분노만 터뜨려도 분한 듯이 공포에 절은 눈빛으로 뒤로 물러서고.

그런 계집이었다.

이디에트의 이름이 없었다면 그 어떤 명예도 누리지 못했을 그저 겉만 반지르르한 그런 계집.

그는 천천히 엘리미아에게 다가갔다. 그가 한 걸음 한 걸음 다가오자 엘리미아가 침을 꿀꺽 삼켰다. 그녀의 코앞에서 멈춰 선 제이슨이 입을 뗐다.

"건방지게 굴지 마, 엘리미아."

"전하, 제가, 전하의 그저 장식품이라고 말씀하셨죠. 이제 전하께서 왕좌에 오르면 왕비의 자리에 앉아 있을."

"그래, 그러니 주제를……."

"저를 무조건 왕비 자리에 앉히고 싶으셨다면, 제가 왕비로서 의무를 이행하고 있는 것도 말리지 마셔야 할 겁니다. 레이디 카티야는 전하의 코르티잔이고, 그녀가 발진하고 아픈 상황에서 그녀의 병명도 확인하지 못한 채 이대로 넘어갈 수 없습니다."

"웃기는군, 언제부터 그렇게 태자비의 노릇에 충실했다고?"

"애초에 충실해야 했습니다. 그게 아니라면."

엘리미아는 순간 울컥하고 말았다.

"제 아비가 이 자리에 저를 보내지도 않았을 테니까요."

그래, 선대 이디에트 공작은 그래서 아마 그녀를 이곳에 보냈을 것이었다. 이곳은 태자의 옆이고 훗날 왕의 배우자가 되는 자리였다. 그녀의 가치는 그저 제이슨의 아내가 되어 이디에트에 그럭저럭 괜찮은 명예 따위를 가져다주는 게 아니었다. 그녀가 해야 할 것은 이디에트의 딸로서, 왕비의 자리를 굳건히 지키고 그 힘을 온전히 발휘하는 것이었다.

외적으로나 내적으로나.

그녀는 지금까지 이 모든 것을 도피해 왔다. 제이슨이 지독하게 싫었을 뿐더러 그렇게 하면 자존심을 잃는다고 생각해 왔기 때문이었다. 그녀는 누구의 눈치도 볼 필요가 없는 이디에트의 딸이다. 태자비든 왕비든 그녀가 갖고 싶은 게 아니었다.

그래서 힘을 휘두를 수 있으나 휘두르지 않았다. 그것은 그녀가 원했던 그런 자리가 아니었으니까.

기실 지금도 그녀는 이 '안주인'의 자리나, 그녀가 앉아야 할 왕비의 자리에 관심 따위 없었다. 만약 버릴 수 있다면 버렸을 것이었다. 그저 한 사내의 권력에 기생해 그렇게 한몫 얻어 보았자 별 의미 없다고 생각했다.

하지만, 기생해서 얻은 권력도 권력이었다. 최소한 현재의 그녀는 그게 필요했다.

"레이디 카티야를 데려오십시오. 그리고 왕실 주치의 진찰을 받게 해야겠습니다."

"내가 그렇게 해야 하는 이유는?"

"저는 전하의 아내이며 태자비입니다. 훗날 왕비이며 이 왕궁의 안주인입니다."

"……."

"제가 이 왕궁에서 몰라야 하는 일은 없습니다. 최소한 태자 전하께서 알고 있는 일은 제가 다 알아야 합니다."

"내가 기어코 알지 못하게 하겠다면?"

제이슨이 비릿하게 웃었다. 그러나 그 웃음이 희열 따위가 아니라는 것쯤은 엘리미아도 알았다. 그녀는 고개를 들었다.

"그러면 이곳에 있는 모든 귀부인들을 비롯해, 이 사교계 전체가 전하의 무치를 비웃을 겁니다. 내무를 존중하지 않는 군주는 질서를 존중하지 않는 것과 마찬가지이고, 질서를 존중하지 않는 군주는 결국 이 모든 것을 무너뜨릴 겁니다."

엘리미아는 자신이 제 입에 내무라는 말을 담게 될 줄 몰랐다. 결국 그녀는 이 모든 것에서 벗어나고자 그녀가 가장 혐오하는 딸과 아내, 그리고 안주인이라는 겉가죽을 뒤집어쓰고 권력을 휘두르고 있었다.

그러나 그럴 수밖에 없었다. 비비안의 말이 맞다. 원하는 게 있다면 필히 무엇이라도 해 보아야 하는 법이었다.

"제 동생이 도탄할 겁니다."

"재밌군, 이디에트가 지금 내게 반역이라도 하겠다는 건가?"

"전하께 반하는 것이 어찌 반역이 됩니까. 이 왕궁에 있는 수많은 왕자들이라고 왜 왕이 될 수 없겠습니까."

"……!"

"제2왕자셨던 전하도 되는데."

순간 역린이 건드려진 제이슨이 이를 악물었다. 그와 동시에 그는 자신도 모르게 손을 들었다. 엘리미아는 눈을 질끈 감았다. 귀부인들이 믿을 수 없다는 듯이 엘리미아에게 달려갔다. 기사들 또한 경악한 채 급히 제이슨을 저지했다.

"태자비 전하!"

"태자 전하! 고정하십시오!"

그러나 기사들이 제이슨의 팔을 미처 잡기도 전에 제이슨의 팔이 허공에서 멈추었다. 주변에서 들려오는 비명 소리에 급히 그가 정신을 차렸다. 하지만 그의 붉게 물든 눈에는 여전히 불길이 활활 타오르고 있었다. 엘리미아는 귀부인들의 손길을 뿌리치고 고개를 들었다.

"저를 때리셔도 상관없습니다. 하지만 전하의 아내이니, 제가 이러는 겁니다. 카티야를 데려오세요. 데려와서 진찰을 받게 하세요."

엘리미아의 말에 제이슨의 눈가가 꿈틀거렸다.

그때 멀리서 다가온 시종이 제이슨에게 일렀다.

"전하, 귀족들이 오늘 저녁 일로 카티야 님의 상태를 묻고 있습니다."

위그가 이미 전보를 다 친 것이었다. 발도 빠르다. 이렇게 된 이상 발뺌을 하는 것도 소용이 없었다. 결국 그가 입을 열었다.

"카티야를 감옥에서 데려와라."

엘리미아는 숨을 들이쉬었다. 진짜로 카티야가 아프고 말고를 떠나 어떻게 오늘 쓰러졌다는 사람을 감옥에 처박아 둘 수 있는가. 아니, 설사 그게 아니더라도 평소에 그렇게 물고 빨고 제정신이 아니게 총애를 퍼부어 놓고서는.

엘리미아는 순간 제이슨에 대한 혐오감이 들었다가 자신도 한때 카티야가 죽기를 바랐다는 사실을 깨닫고 그만 갈등에 빠지고 말았다. 그러나 그녀는 다시 정신을 가다듬었다.

제이슨은 엘리미아와 주변에 점점 늘어나고 있는 이들을 보며 이를 악물었다. 기실 그의 의도는 이게 아니었다. 만약 오늘 엘리미아가 없었다면, 아니, 최소한 저 귀부인들만 없었더라면 카티야를 궁에 데려왔다가 격리가 필요해 다른 곳으로 옮겼다고 거짓을 말할 수 있었다. 그러나 다 틀렸다. 이제 카티야가 어떻게 사라지든 간에 귀족들의 입은 절대 막을 수 없었다.

"이러려고 나를 기다렸군. 네 동생인지 아니면 그 아내인지 모르겠지만, 정말 더럽게 수를 잘 썼어."

제이슨이 분노에 가득 찬 목소리로 읊조렸다. 이내 그가 걸음을 옮겼다.

사라지는 제이슨의 뒷모습을 보던 엘리미아가 바닥에 쓰러졌다. 몸이 덜덜 떨렸다. 귀부인들이 그녀를 부축하고 카티야의 방으로 데려갔다.

이윽고 천천히 의자에 앉아 카티야를 기다리기로 한 엘리미아는 문득 귀부인이 건네준 물을 마시고 뭔가 이상함을 느꼈다.

'이러려고 나를 기다렸군.'

방금 제이슨이 한 말이 기억났다. 그는 아무래도 엘리미아가 여기서 기다린 게 위그와 짜고 카티야의 안전을 확보하려고 했다고 여기는 듯했다.

그렇다는 것은.

그녀는 천천히 귀부인이 에트린 통을 숨겨 놓은 곳을 보았다.

제이슨은 그녀가 이 방에서 뭔가를 찾았다는 생각 자체를 하지 못했다.

"가서 주치의를 불러와."

"알겠습니다."

"네 명이 같이 나가, 그리고 조금 전 우리가 가진 화장품을 잘 숨겨서 내 방에 숨겨 놓고."

시녀들이 고개를 끄덕였다.

이내 그들의 방을 나갔다.

그리고 얼마나 지났을까, 카티야가 방으로 돌아왔다.

* * *

제이슨과 카티야가 떠난 뒤 위그는 방으로 돌아왔다.

문을 열자마자 이미 슬립으로 갈아입은 채 화장대 앞에 앉아 티스푼으로 차를 휘젓던 비비안의 모습이 시야에 안겨 왔다.

위그가 들어온 것을 발견한 그녀는 그의 안색을 자세하게 살피더니 '일'이 잘 풀렸음을 직감했는지 티스푼을 화장대에 놓고는 천천히 찻잔에 입을 댔다. 그리고 다시 고개를 돌렸다. 어느새 외투를 벗어 던진 위그가 셔츠의 커프스 버튼을 풀고 있었다.

"잘 풀렸어?"

"아주, 무척."

연속된 긍정에 비비안이 입매에 웃음을 매달았다. 그녀는 이런 식으로 일이 잘 풀릴 때마다 이런 득의양양하면서도 또 다른 꿍꿍이를 꾸미는 종류의 웃음을 짓곤 했다. 다른 말로 하자면 그녀가 이런 얼굴을 할 때마다 그녀의 적, 정확히는 그들의 적에게는 별 좋은 일이 생기지 않는다는 것이었다.

그리고 실제로 제이슨은 현재 곤욕을 치르고 있을 게 분명했다. 위그는 테이블에 기대고 와인 잔에 와인을 부어 넣은 뒤 입을 뗐다.

"그래도 얌전히 궁으로 돌아가서 다행이지 않나. 오히려 이디에트에 남겠다고 하면 곤란할 뻔했어."

"제이슨은 카티야가 병에 걸리지 않았다는 걸 알아. 아니, 정확히 말하자면 우리가 카티야를 빼내려고 이 일련의 행동을 벌였다는 걸 알고 있지. 이대로 이디에트에 남기면 우리 좋은 일만 해 주는 거라고 생각할 게 뻔해."

"하긴, 인질로 삼았으면 자기 옆에 두는 게 안전하겠지."

지금까지 제이슨이 카티야를 옆에 둔 것은 초기에는 그녀를 그저 코르티잔으로 사용하려는 것일지 몰라도 현재는 이미 인질로 두기 위한 것으로 목적이 변한 지 오래였다. 그가 무슨 생각으로 비비안이 절대 카티야를 포기하지 않을 것이라고 예상했는지 모르겠지만 아쉽게도 그의 예상은 또 현실과 맞아떨어졌다.

기실 제이슨이 이디에트의 의도를 파악한 순간부터 카티야는 이디에트에서 진상한 선물 대신 인질의 의미가 더 컸다. 그래서 비비안은 제이슨이 절대 카티야를 이대로 이디에트 저택에 거주하게 하지 않을 것을 알았다.

물론 이디에트의 입장에서도 카티야가 이대로 이디에트 공작가에 있으면 다소 곤란한 것이 사실이었다. 이대로 공작가에 있다가 '사망했다'고 공표를 하면 이디에트 저택에서 태자의 코르티잔이 죽었다는 말이 나올 것이고, 이대로 '치유'를 했다고 하면 이 모든 일을 꾸민 의미가 사라진다.

물론 이대로 왕실 주치의를 불러오거나 아니면 다른 의사들을 불러와 다시 확진을 내리라고 해도 골치가 아파지긴 하겠으나 위그는 제이슨이 그러지 않으리라는 것을 알았다. 멀쩡하게 있는 이디에트의 의사를 신뢰하지 못하고 주치의를 불러 진료를 하게 했다. 엄연히 말하자면 이디에트의 의사와 왕실의 의사는 대부분 동문 출신으로서 그 실력은 비등비등하다고 봐야 했다. 그럼에도 그런 선택을 했다는 것은 제이슨이 세상에 내가 이디에트를 못 믿는다고 외치는 것이나 마찬가지였다.

'물론 불러도 상관은 없었을 테지만.'

만약 오늘 진료를 한 것이 그저 평범한 의사였다면 모를까 이미 이디에트의 의사가, 그러니까 왕실 주치의와 비등비등한 실력을 지녔음을 대부분이 알고 있는 의사가 미저스병이라고 진단을 내린 이상, 아무리 주치의가 그게 아닌 것 같다고 해도 귀족들의 불안이 가시는 것은 아니었다.

그래, 기실 위그와 비비안은 진짜로 카티야가 미저스병에 걸렸나 걸리지 않았나 하는 것으로 의학계에 피바람을 불러일으킬 생각이 없었다.

그들이 원하는 것은 그저 '카티야가 온몸에 발진이 난 채 피를 토하면서 쓰러졌고 꽤 명망이 있는 이디에트의 의사가 미저스병 같다고 추측을 했다'라는 사실 하나와, 그 사실을 입으로 옮길 귀족들이었다.

그러므로 카티야가 이대로 궁으로 돌아간다고 해도 그들로서는 별 상관이 없었다. 왕실 주치의가 미저스병이 아니라고 아무리 말해도 소문은 날 대로 났고, 단 1퍼센트의 가능성이라도 귀족들이 두려워하는 이상 주사위는 던져진 것이나 다름이 없었다.

다만.

"제이슨의 성격이라면 이대로 미저스병이 아니라거나, 아니면 미저스병인데 이미 치료가 되었다고 귀족들에게 둘러대고 일을 마무리할 가능성이 큰데."

"괜찮아. 왕궁에는 보는 눈이 많지."

"그 왕궁의 보는 눈 대부분이 제이슨의 명령에 복종한다."

"복종하지 않는 인간이 있잖아."

"누구?"

"당신 누나."

비비안이 태연자약하게 대꾸했다.

"당신 누나라면 제이슨과 기꺼이 대치할 거야."

그러나 위그는 비비안의 말에 코웃음 쳤다. 그는 엘리미아의 성격을 알았다. 그녀가 조금이라도 태자비로서의 위엄이나, 이디에트의 딸로서 가진 권력이나 책임을 휘두르려는 각오가 있었다면 이디에트가 이 지경까지 오지는 않았을 것이었다.

그는 제 누이의 성격을 알았다. 선대 공작은 자기 딸의 인생을 제멋대로 휘두르긴 했지만 작은 일에서는 과하다 싶을 정도로 딸에게 의무 따위 얹어 주지 않았다. 덕분에 안 그래도 나약하고 말랑한 성격이 더욱더 위기에서 주춤거리는 성격으로 변한 것이었다.

"엘리미아는 그럴 성격이 아니다. 그녀는 태자비로서 의무는커녕 제이슨과 멀리하면 멀리할수록 좋다는 이념을 가진 이야. 만약 엘리미아가 뭔가를 해 주기를 기대했다면 당신은 정말 틀린 선택을 한 것이고."

"위그 이디에트, 사람은 궁지에 몰리면 무슨 일이든지 해. 그리고 설사 당신 누나가 그렇다고 해도, 그 귀부인들이 가만히 있지 않을 거야."

"……귀부인?"

"태자비의 수많은 시녀들. 제이슨이 홀로 왕궁에 돌아온 것을 목격한 수많은 시녀들. 그 고귀한 귀부인들은 자신의 이익을 위해 절대 카티야의 일을 흐지부지 넘어가려고 하지 않을 거야. 생각해 봐, 왕궁에 그런 전염병이 돈다니, 그 귀부인들에게는 그저 단순히 왕실의 암투 따위의 문제가 아니라고. 위그, 사람은 말이지, 의외로 자신의 목숨 앞에서 민감해져."

"……엘리미아와 그 귀부인들이 카티야의 모습을 확인하겠다고 고집을 부리게 하려는 건가?"

"카티야는 무조건 우리가 통제할 수 있는 범위 안에 있어야 해. 이대로 제이슨이 죽여 버리게도, 감옥에 감금하고 그저 우리에게 거짓 정보를 흘리게도 못하게 해야 해."

위그는 여전히 엘리미아가 그런 태도를 보일 수 있다고 생각하지 않았다. 하지만 그는 그 귀부인들의 성정은 믿었다. 왕족들은 비록 귀족들의 위에서 군림하는 자들이었지만 그렇다고 귀족들의 원성을 완전히 무시할 수도 없다.

그리고 보통 역병은 귀족들의 불안감을 확대하는 꽤 큰 요인 중 하나였다.

"어쨌든 카티야가 무사하게 궁으로 돌아갔으니 우리는 그저 제이슨의 속이 뒤집히는 것을 보자고. 내가 보기에 다른 귀족들 다음 스텝은, 그거 같거든."

위그는 비비안과 시선을 마주했다. 그는 비비안의 의도를 잘 알았다. 그리고 곧 그가 웃음을 흘렸다.

"대충 예상 가능하군."

"그렇지?"

"그럼 나는 바람이나 불어넣어야겠다."

* * *

"레이디 카티야를 이대로 왕궁에서 내보내야 합니다, 전하."

위그는 느긋하게 서류에 시선을 박았다.

바람을 불어넣겠다는 그의 의도를 제대로 행동에 옮기기도 전에 왕실은 이미 활활 타오르고 있었다.

그는 방금 전부터 상석에 앉아 싸늘한 얼굴을 하던 제이슨과 그 아래에서 카티야를 당장 왕궁에서 내보내 단독으로 격리시켜야 한다고 주장하는 귀족들을 응시했다. 그리고 너무 우습게도 그 귀족들의 우두머리는 다름 아닌 디텔 공작이었다.

"전하! 미저스병은 120년 전에 이미 수천이 되는 사망자를 냈습니다. 설사 그게 아니더라도 후유증이 어마어마해 어떤 이는 죽을 때까지도 온몸이 두드러기 자국으로 얼룩진 채 살아야 했습니다. 이대로 가다가는 왕궁에 새로운 환자가 나타나 바첼론 자체에 어마어마한 영향을 끼칠 수 있습니다."

"디텔 공, 방금 내가 한 말을 잊었나? 왕실 주치의의 소견으로는 미저스병이 아니라 그저 평범한 감기라고 했다. 발진은 그저 음식이나 화장품에 과민 반응을 보이는 것이고."

그러나 제이슨의 서늘한 목소리에도 디텔 공작의 얼굴은 그저 움찔하기만 할 뿐 결코 펴지지 않았다. 그가 아무리 제이슨을 진심으로 추대한다고 하나 지금 상황이 상황인 것만큼 그는 결코 제이슨의 말에 무릎을 꿇고 충성을 맹세할 수 없었다.

물론 제이슨은 이미 오늘 아침 그를 불러 이 모든 것이 이디에트의 음모라고 말한 바가 있었다. 그러나 카티야가 이 며칠 동안 구토와 발열, 그리고 각종 증세를 보인 것은 사실이었다. 게다가 발진이라니. 물론 이 모든 것이 이디에트의 음모일 수도 있지만, 만약 아니라면?

디텔 공작이 얼굴을 일그러뜨렸다.

어젯밤에는 그 성대한 연회마저 있었고, 카티야의 시중을 드는 수많은 사람이 있고 의사들이 있었으며, 카티야가 쓰는 수건이라거나 컵, 사소한 식기 같은 것도 어떤 식으로든 위험을 잠재하고 있을지 모른다.

디텔 공작 부인을 포함해 수많은 귀족이 왕궁을 들락거린다. 이 수많은 위험성과 제이슨이 그저 '이디에트의 음모'라고 간단하게 대꾸한 것을 비교해 볼 때, 그가 취해야 하는 입장은 너무 명확했다.

설사 이것이 이디에트의 음모라고 해도 상관이 없었다. 그는 오래전부터 제이슨이 카티야를 옆에 두는 것을 탐탁지 않아 했다.

그는 비록 제이슨이 자신의 편이 되어 주길 원하고 있으나 그렇다고 이렇게 위급한 순간까지 제이슨에게 설설 기는 모습을 보여 주고 싶지는 않았다. 물론 어느 정도 제이슨의 눈치를 보긴 했지만, 그래도 기실 그가 원하는 것은 제이슨이 왕이 되고 이디에트를 제거한 뒤 그 뒤에 서 있는 유일한 실세로서 명예를 누리고 싶은 것이었다.

귀족과 왕족 사이의 그 미묘한 대치를 잘 알고 있는 위그는 디텔 공작의 이런 태도가 딱히 놀랍지는 않았다. 물론 그래 봤자 이제 제이슨이 협박을 하면 다시 깨갱거리긴 하겠지만 그래도 공작가의 체면상 조금이라도 미약한 반항을 하는 게 당연하긴 했다.

그리고 설사 디텔이 진짜로 제이슨의 말을 들으려고 해도 상관없었다. 아니나 다를까 디텔 공작이 제이슨의 태도에 조금 눈치를 보며 입을 다물 무렵, 엘버린 공작의 묵직한 목소리가 들려왔다.

"한데 전하, 그럼 이디에트의 의사는 왜 미저스병이라고 판단을 내렸겠습니까. 제가 알기로 이디에트의 의사들은 대부분 왕실 주치의와 동문 출신으로서 그 실력을 절대 과소평가할 수 없습니다."

"맞습니다. 게다가 오늘 왕실 주치의 사이에서도 의견이 갈린다고 하지 않았습니까. 확진을 내릴 수 없다고 판단한 이들이 몇 명 있고 미저스병일 가능성이 크다고 한 의사도 있다고 하던데."

물론 그 의사는 요즘 이디에트에서 매수한 의사였지만 그것은 중요하지 않았다. 어쨌든 왕실 주치의들 사이에서도 의견이 갈리면 귀족들로서는 불안할 수밖에 없었다. 게다가 엘버린 공작을 비롯한 몇몇 고위 귀족들이 이렇게 강하게 나가는데 제이슨이라고 자신의 의견을 밀어붙일 수 있을 리가 없었다.

엘버린 공작이 다시 입을 뗐다.

"물론 저희가 레디 카티야를 억울하게 원망하고 있는 것일 수도 있습니다. 하지만 현재 레디 카티야는 태자 전하의 궁에 있습니다. 전하와도 긴히 연관되는 이야기입니다. 그저 쉬이 결정할 문제는 아닙니다."

"공은 왕실 주치의의 진료도 믿지 못하는 건가."

"물론 믿습니다. 하지만 만에 하나라는 것이 얼마나 무서운 것인지 태자 전하께서 모르시는 것도 아니잖습니까."

"나도 카티야를 내 궁에 두고 싶은 생각은 없었다. 다만……."

그때 제이슨의 눈길이 지금까지 침묵하고 있는 위그에게 닿았다.

"어제 내 궁에 데려와야 한다고, 레이디 카티야를 봐야겠다고 바득바득 난리를 친 건 엄연히 이디에트 공의 누이였다. 마치 내가 무슨 무뢰배라도 되어 카티야를 가둬 놓는 것처럼 말하더군."

순간 귀족들의 시선이 전부 다 위그에게 닿았다. 그들의 눈길에 책망의 눈초리가 섞여 있었다. 아니, 그들은 사실 카티야를 왕궁에 데리고 온 것 자체를 책망하고 있었다. 위그가 담담하게 대꾸했다.

"제 누이의 판단이 미숙했습니다. 송구합니다. 전하."

"그 말은 꽤 쉽군."

"하오나 태자비 전하께서는 상황을 잘 모르셨고, 그저 레이디 카티야가 쓰러졌다는 소식만 듣고 마음을 졸인 것뿐입니다. 태자비 전하는 궁의 안주인이 될 이로서 코르티잔의 건강을 관리하고 내무를 관리할 의무를 다하려고 했을 뿐입니다."

"과연 그런가? 어제 태자비의 태도는 내가 카티야를 어디 가둬 놓은 것처럼 행동하던데."

"그럴 리가 있겠습니까. 설사 그렇다고 해도 진정으로 레이디 카티야에게 무슨 큰일이 생겼음을 대비해 태자비로서 의무를 다하고자 노력하느라 생긴 실수겠지요. 그대로 이디에트에 남겼다면 제 아내의 소관이나, 태자 전하께서 왕궁으로 레이디 카티야를 데려가겠다고 하셨으니 당연히 제 누이의 소관이 아니겠습니까."

청산유수 같은 말이었다.

게다가 엄연히 왕궁으로 카티야를 데려온 것은 제이슨이었다. 사실 카티야가 제이슨의 궁에 있든 다른 데에 있든 그저 왕궁에 존재한다는 사실만으로도 그들은 위험했다.

그들은 사실 대부분 왜 제이슨이 이렇게 태평하게 있는지가 더욱더 이해가지 않았다. 지금 가장 현명한 방법은 당연히 카티야를 바로 왕궁 밖으로 대피하게 한 뒤 어느 구석진 곳에서 가서 치료를 하거나 아니면 스스로 죽게 하거나 하는 것이었다. 그리고 카티야와 접촉한 이들의 건강 상태를 체크하고 감히 주인이 이런 병이 걸리게 내버려 둔 시녀들을 족쳐야 했다.

아무리 생각해도 태자비도 아니고 그저 코르티잔 하나일 뿐인데 가만히 내버려 둔다는 게 이해되지 않았다.

고급스러워 보이게 말해서 코르티잔이었지 결국에는 침대를 덮혀 주는 천한 계집일 뿐이었다.

무어 그리 생사를 넘나드는 사랑이라고 끝까지 껴안고 있는가.

위그는 귀족들 사이에 암암리에 돌고 있는 생각을 너무 쉽게 예상할 수 있었다. 그뿐만 아니라 아마 비비안 또한 이것을 노리고 이 모든 일을 꾸몄을 것이었다.

'우리의 목적은 단 하나야. 제이슨이 카티야를 왕궁에서 내보내는 것 말이지.'

그는 제이슨을 빤히 응시했다. 제이슨은 이대로 귀족들의 의견을 깡그리 무시해 버리고 바로 자신의 의지를 관철하고 싶은 생각이 간절해 보였다. 아니나 다를까 제이슨이 입을 열었다.

"생각해 보지."

그다지 긍정적인 발언은 아니었다. 위그는 느긋하게 서류로 다시 고개를 돌렸다. 제이슨이 무슨 태도를 취하든 기실 그가 알 바는 아니었다. 그는 그저 이 모든 상황이 예상대로 흘러갈 것을 원했을 뿐이었다.

"설사 카티야를 왕궁에서 내보내지 않는다고 해도 안전 조치는 제대로 취할 것이니 귀경들이 걱정하는 일은 일어나지 않을 것이다."

"하오나."

"오늘 회의는 이만 마치지."

제이슨은 귀족들의 원성을 무시하고 자리에서 일어났다. 그가 이렇게 강경하게 나서는데 더는 귀족들이 반항하기도 힘들었다.

위그는 자리에서 일어났다. 하지만 과연 그게 제이슨의 뜻대로 될까. 제이슨이 비록 현재 왕실에서 가장 큰 권력을 쥔 실질적인 통치자라고 하나 근본적으로 아직 왕이 죽지 않았다. 그는 미소를 지었다. 방을 나가기 전 제이슨의 얼굴이 잊히지 않았다. 아마 그 얼굴은 더 일그러질 것이었다.

그리고 과연 그의 바람대로 다음 날 카티야의 출궁이 결정되었다.

명령을 내린 것은 놀랍게도 아무도 예상하지 못한 인물이었다.

* * *

크리스티나는 긴장한 얼굴로 왕의 침상 앞에 서 있었다.

왕이 건강했던 시절, 꽤 총애했던 왕녀 중의 한 명으로서 그녀는 주기적으로 왕을 방문하곤 했다. 그러나 이미 노쇠할 대로 노쇠해져 눈을 감고 있는 시간이 눈을 뜨고 있는 시간보다 많은 왕은 제 딸의 방문에도 아무런 반응을 보이지 않은 채 그저 침상에 누워 있기만 했다.

크리스티나는 주름진 아버지의 얼굴을 보다가 그 곁에 자리를 지키고 있는 마샤 왕비를 향해 다시 고개를 돌렸다. 유서 깊은 백작가의 차녀인 그녀는 이미 노쇠한 왕에게 시집와 아들을 낳자마자 남편을 잃을 위기에 처해야 했다.

그러나 늙어빠진 왕의 비로 들어오면서 그런 예상을 아예 해 보지 못했을 리가 없었다. 크리스티나, 아니, 이 왕궁의 모든 이들은 마샤 왕비가 진정으로 아쉬워하는 일이 남편이 쓰러진 게 아니라 자신의 아들들이 선천적인 장애로 열 살 정도의 지력만을 갖고 있다는 사실임을 알았다. 그리고 그것이 마샤 왕비가 끝까지 왕의 옆을 지키고 있는 이유였다. 제이슨이나 다른 왕자와 대적할 만한 아들이 없는 그녀는 가급적 오랫동안 왕의 옆을 지키면서 왕비로서의 이득을 보아야 했다.

물론 그 이득이라고 해 봤자 미리 제이슨에게 딸을 시집보낸 이디에트의 영광과 비교하면 한없이 한미하겠지만, 그래도 원래 인간은 제 세상에서는 제가 주인공인 법이었다. 마샤 왕비의 친정인 프로테 백작가는 아직도 욕심을 버리지 못한 채 왕에게 충성을 바치겠노라 말하는 몇 안 되는 가문 중 하나였다.

크리스티나는 새삼스럽게 자신의 두 쌍둥이 동생을 상기하며 동정심에 휩싸였다. 이 왕궁에서는 아무도 그 아이들을 보살펴 주지 않는다. 그저 가끔 마음씨 고운 귀부인들이나 마음이 약한 귀족들이 왕자들의 처지를 동정하곤 했지만 제 어미조차 제대로 신경 쓰지 못하는 아이들에게 관심을 주는 사람은 거의 없었다.

그 아이들이 잘못한 것은 없었다. 그녀가 잘못한 게 없이 왕위에서 밀려난 것처럼, 그 아이들도 엄연히 잘못한 게 없다. 아니, 잘못한 게 없다 뿐이랴. 그 아이들은 엄연히 말해서 이 왕궁의 왕족 중에서도 수치로 치부받았다. 순전히 어른들의 욕심으로 태어나 버림받은 아이들이었다. 애정으로 보듬어 주지는 못할망정.

그러나 크리스티나는 문득 자신이 그런 아이들을 죽여야 함을 깨닫고 모든 생각을 버렸다.

그래, 자신은 그 아이들을 죽여야 했다. 이곳에서 얼마나 슬퍼하든 자신은 죽여야 했다. 그 사실이 그녀를 고통스럽게 했다.

크리스티나는 문득 왜 비비안이 자신에게 그런 식으로 경고했는지 알 것 같았다. 왜 자신에게 권력을 말하고 대의를 말했는지 알 것 같았다.

그녀가 여왕이 되는 일은 그저 바첼론에서, 사회적으로 핍박을 받는 계집의 대표로 나서 권력자인 사내들을 꺾고 종국에는 왕좌에 앉는 구전 전설 따위가 아니었다. 실제로는 어떤 인간이 다른 인간들을 전부 죽여 시체 더미의 가장 위에 앉는 이야기였다.

그녀는 한때 비비안을 동경했다. 그래서 비비안이 자신을 숭배하지 말라고 할 때 그녀는 꽤 실망을 느껴야 했다. 그녀가 생각하는 성공한 '최초의 여성' 단주는 그런 모습이 아니어야 했다.

하지만, 사랑하는 이들의 시체 더미 위에서 인간성도 잃고 우는 법도 잃고 버릴 것 다 버리고 그저 욕망을 이루기 위해 그렇게 인간이 아닌 채로 왕좌에 앉았는데, 어느 날 어느 순진한 계집이 나도 당신처럼 되고 싶다고 하면 어떤 기분이 들까.

역겨울 것 같다.

그다음은 슬프겠지.

하지만 결국에는 그저 웃으면서 마음대로 하라고 할 것이다.

공은 기리되 과는 질책하라. 피를 손에 묻힌 자에 대한 진심 어린 숭배는 결국 짙은 혐오나 마찬가지.

인간은, 인간 그 자체로 가장 아름답고 매력적이다. 신이 아니라.

사내의 영웅담에 비해 계집의 악녀설은 그렇게나 편견과 혐오로 범벅이 되었지만 이중 잣대가 아닌 인간 자체로만 이해하자면 그것은 쉽게 슬프거나 위대하거나 숭배하거나 당연하다고 판단을 내릴 일은 아니었다.

그렇지만 그 무슨 의미가 있으랴, 결국 그녀는 자신이 원하는 것을 손에 넣을 것이었다. 비비안은 누구보다도 자신이 원하는 것을 아는 사람이었다. 제 속마음조차 제대로 정시하지 못하는 아둔한 자신이 품평할 이가 아니다.

거기까지 생각한 크리스티나가 입을 뗐다. 그녀가 왕비를 향해 입을 열었다.

"제가 말씀드린 것을 숨겨 주어서 고맙습니다. 왕비 전하."

마샤 왕비는 살짝 고개를 돌렸다. 오늘 아침 긴급히 태자의 코르티잔을 왕궁 밖으로 격리시키라는 명령을 내린 이는 다름 아닌 마샤 왕비였다.

기실 제일 처음 명령을 내린 이는 그녀가 아니었다. 왕실 주치의들의 '소견'을 차례로 다 들은 엘리미아는 그러면 차라리 왕실 별장에 카티야를 격리시킨 뒤 자세하게 상황을 살펴보는 게 어떻겠냐고 말을 건넸다. 그러나 제이슨은 엘리미아에게 선을 넘으면 그때는 쉬이 넘기지 않겠다는 말만을 남겼다.

결국 엘리미아가 머리를 감싸 쥐고 고민에 빠졌다. 귀족들의 원성도 먹히지 않았다. 이대로 더 시일이 지나면 카티야의 병도 '호전'될지도 모른다.

그러던 중, 어제 오후에 위그가 찾아왔다. 그는 고민하는 엘리미아를 묘한 눈길로 보더니 담담하게 말했다.

"왕비를 찾아가라."

엘리미아도, 소식을 전해 들은 크리스티나도 어리벙벙해질 수밖에 없었다. 지금까지 왕비의 존재는 왕궁에서 가장 미미하다고 해도 무방했다. 그러나 크리스티나는 잠깐 뭔가를 생각하다가 결국 어젯밤, 왕비를 찾아갔다.

'왕비 전하, 도움이 필요합니다. 현재 오라버니의 코르티잔이 미저스병을 의심받고 있는데, 왕실 주치의가 미저스병이 아닌 것 같다는 이유로 오라버니가 자꾸만 코르티잔을 왕궁에 두려고 하고 있어요.'

'왕실 주치의가 아니라고 했는데 왜 미저스병이라고 의심하는 건가.'

'그녀는 이디에트 공작가의 파티에서 쓰러졌는데, 공작가의 의사가 미저스병을 의심하고 있어요. 왕비 전하도 아시다시피 미저스병은 전염성이 어마어마해요. 만에 하나, 1퍼센트의 가능성이라도…….'

마샤 왕비는 크리스티나가 애원하자 짐짓 생각이라는 것을 해 보았다. 자신의 명령이 딱히 소용이 있을 것이라고 여기지 않았음에도 그녀는 일부러 그런 명령을 내려 보았다. 만약 진짜로 그게 사실이라면, 왕궁에 있는 자신의 두 아들은 물론이요 심지어 국왕에게까지 큰 피해가 갈 수도 있기 때문이었다. 그녀는 자신의 목숨과 부귀영화를 보장해 줄 두 아들과 남편에게 악영향이 가는 일은 절대 두고 볼 수 없었다.

그리고 정말 놀랍게도 그녀의 명령이 떨어지자마자 귀족들이 분분히 이행할 것을 제이슨에게 간청했다. 기실 그 모든 것들이 그저 왕비의 이름을 빌려 자신의 목적을 이행하려는 귀족들의 이기심이었지만 마샤 왕비는 구체적으로 그 사정을 몰라 새삼 제 목소리가 힘이 있다고 생각했다.

"아니다. 왕비로서 당연한 일을 했을 뿐이다."

크리스티나는 왕비의 얼굴에서 묘한 희열감을 읽어 내고 고개를 갸웃거렸다. 그러나 그녀는 빠르게 감사의 인사를 건넸다.

"오늘 저녁 레이디 카티야가 왕실 별장으로 옮겨질 예정이라고 해요. 전문 의원들을 꾸려서 그녀의 진료를 도울 예정이고요."

"태자가 그 코르티잔을 많이 아끼는군. 일국의 군주가 될 이가 그리 미색에 빠지면 안 되는데."

"저, 그리고 왕비 전하. 오라버니께 제가 와서 간청했다는 말은……."

"아, 하지 않지. 나도 생각이 없지 않아. 태자의 성격에 가만히 있을 리가 없으니. 왕녀의 마음도 알고 있어. 그 병이 그리도 반응이 거센데 왕녀라고 두렵지 않을 리가 없잖나."

마샤 왕비는 짐짓 위엄 있는 어른의 얼굴을 했다. 연로한 왕의 젊은 아내로서 혹여 얕보이는 것이 두려웠던 걸까, 그녀는 이런 식으로 종종 왕자와 왕녀 앞에서 자신이 웃어른임을 강조했다.

크리스티나는 왕의 궁에서 나와 제 방으로 향했다. 그러나 방에 도착한 그녀는 의외의 인물을 보고 멈칫했다.

"세실리아?"

세실리아 엘버린. 엘버린 공작가의 공녀였다.

"왕녀 전하를 뵙습니다."

"왜 왔어?"

크리스티나가 환하게 웃었다. 그녀는 세실리아와 꽤 오랫동안 보지 못했다. 반가움에 세실리아가 웃으며 입을 떼는데, 가만 보니 표정이 썩 좋지

못했다. 크리스티나가 조금 얼떨떨한 표정을 했다. 그때 세실리아가 입을
열었다.

"다름이 아니라 레이디 카티야의 병 때문에 왕녀 전하는 괜찮으신가 해
서요."

"나는 괜찮아."

"그렇군요."

세실리아는 시선을 아래로 했다. 그러나 그녀의 얼굴은 여전히 좋지 못
했다.

"무슨 할 말 있으면 해. 우리 사이에."

크리스티나가 유순하게 웃었다. 세실리아는 조금 주저하다가 천천히 드
레스 자락을 들었다. 그리고 갑자기 무릎을 굽히고 예를 취하자 크리스티나
가 깜짝 놀라 그녀를 저지했다.

"왜 이래!"

"왕녀 전하, 제가 감히 무례를 범하겠습니다."

"갑자기 무슨 무례……."

"혹시, 왕위를 위해 이디에트와 손을 잡으셨나요?"

"……!"

"전하의 손에 피를 묻힐 것까지 각오하시면서?"

순간, 크리스티나가 쩌적 얼어붙었다.

* * *

카티야의 출궁 명령이 떨어진 뒤 가장 기뻐한 인물은 더 말할 것도 없이
비비안이었다. 하루 종일 어디 가서 무슨 일을 했는지 코빼기도 보이지 않
다가 저녁 즈음에야 돌아온 그녀는 팔짱을 낀 채 홀에서 기다리고 있는 위
그를 발견하고 멈칫했다.

"뭐 해?"

"카티야가 오늘 새벽에 출궁할 거다."

"저녁이라고 하지 않았어?"

"미뤄졌어. 아무래도 준비할 거리가 많다 보니."

"귀찮게."

비비안은 얼굴을 일그러뜨렸다. 그녀는 이런 식으로 자잘한 문제가 생기는 것을 무척 싫어했다. 하지만 해결 방법이 있으면 된다. 비비안은 다시 얼굴을 펴고 입을 뗐다.

"일단 통보를 해 놓지. 당신 쪽은 이미 다 준비가 되어 있어? 조금이라도 실수하면 곤란해."

위그는 어떻게 자신에게 실수가 일어날 수 있느냐는 듯이 비웃음을 흘렸다. 그 꼴에 비비안이 덩달아 어이없다는 듯이 웃었다. 그러나 두 사람 전부 다 알고 있었다. 이번에 실수하면 모든 것이 다 엉망이 된다.

"잘 다녀와. 난 집에서 희소식을 기다리도록 할게."

비비안은 천천히 위그에게 다가갔다. 정말 놀랍게도 그녀의 남편은 카티야를 빼돌리는 것에 직접 손을 쓸 예정인 듯했다. 그리고 그것은 다른 의미로 이 계획이 절대 실패하지 않는다는 것을 의미했다.

자세하게 말하자면, 왕실 별장을 가는 길에서 카티야를 빼내는 계획이었다.

그녀가 사람을 멍청이로 만드는 것에 천부적인 재능이 있다면 위그의 천부적인 재능은 몸을 쓰는 것이었다. 그는 단신으로 이디에트의 모든 기사들을 상대할 수 있는 인간이었다. 한 치의 실수도 없어야 하는 이 작전을 단순히 믿고 있는 기사들에게 맡길 수는 없었다.

그리고 무엇보다도 제이슨은 이미 카티야를 밖으로 내보내면 위그가 그녀를 데리러 올 것이라는 것을 예상할 것이었다. 그러므로 그가 함정을 파 놓았을 수도 있는 노릇이었다. 그리고 이 모든 함정을 100퍼센트 피해 가려면 반드시 제대로 된 지휘를 하는 인간이 필요하다. 한마디로 위그가 가는 게 제일 좋다는 것이었다.

"제이슨이 나를 찾을 수 있어. 그건 당신이 알아서 처리해."

"굳이 처리씩이나."

"시간을 끌어 달라는 뜻이다."

비비안은 눈썹을 까닥였다. 곧 그녀가 화사하게 웃었다.

"무운을 빌게."

"놀랍군, 전장에 수차례 나가면서 당신이 내 무운을 빌어 주는 날이 있을 줄이야. 왠지 모르게 실패할 것 같다."

그리고 비비안의 말에 위그가 일부러 심술궂게 입을 열었다. 그의 말에 갑자기 비비안이 손을 뻗었다.

쪽.

가벼운 키스가 떨어졌다. 위그가 조금 놀란 눈을 하다가 입을 뗐다.

"한 번 더……."

"손바닥으로 해 줄까?"

"한 번으로 충분하다."

비비안은 피식 웃고 위층으로 올라갔다.

이제 종지부를 찍을 때가 되었다. 그것은 필히 새로운 시작을 의미하리라.

* * *

요즘 왕실에서 피바람이 불고 있어.

원래 이 시간의 왕궁은 이렇게 분주해서는 안 된다. 오늘따라 바쁘게 뛰어다니는 기사와 시녀, 시종들, 아니, 정확히 말하면 태자궁을 둘러싸고 바쁘게 뛰어다니는 인간들을 보면서 알렉산드르가 읊조렸다.

굳이 말하자면 그 피바람의 근원은 저 알현실의 가장 높은 곳에 홀로 고고하게 있는 왕좌였다. 몇백 년 전에 놓여져 지금까지 자리를 바꿔 본 적이 없는 그 왕좌는 언젠가 그 주인이 그를 찾아와 위에 무게를 실어 주기를 고대하고 있었다.

굳이 말하자면 그 왕좌의 탓이 아니라 왕좌를 갖고자 하는 사람들의 탓이었다. 그러나 원래 인간의 욕망은 무고한 법, 알렉산드르는 입술을 깨물다가 커튼을 확 닫았다.

이 며칠간 카티야의 병으로 의논이 분분한 탓에 그는 본의 아니게 다시 사람들의 이목의 변두리에 처박혀야 했다. 심지어 지금까지 숨을 죽이고 지내 온 저 별 볼 것 없는 왕비에 쏠린 관심사도 그에게 쏟아지는 것보다 더 많았다.

그러나 그는 그저 어른들의 관심을 받지 못해서 토라진 어린아이가 아니었다. 지금 그를 불안하게 만드는 것은 이대로 가다간 그가 다시 잊혀질 거라는 사실이었다.

하다못해 그는 로건보다도 그 처지가 못했다. 왕위 승계 순위도 제이슨 바로 다음인 데다가 일정한 추종자가 있고, 수도를 떠났다가 갑자기 돌아왔다는 사실 때문에 은근히 수도에서는 그를 신임하는 목소리가 꽤 있었다.

권력자에게 가장 두려운 것은 잊혀진다는 것이었다. 이 상태로 쭉 가다가는 왕관이 제이슨의 머리에 떨어지지 않더라도 로건의 위에 얹혀질 것이었다. 그리고 그 사실이 그를 고통스럽게 했다. 혹자는 그것을 열등감이나 불안감이라고 하더라.

그는 문득, 오늘 저녁 왕궁을 떠나는 그 예쁜 코르티잔을 상기했다. 비록 수많은 사내들이, 특히 귀족들이 그녀를 조롱하지만 결국 그녀의 앞에서는 어떻게든 잘 보이고자 노력했다. 태자의 코르티잔. 그가 장담하건대 계집들은 다 알렉산드르의 왕자비가 되는 것보다 제이슨의 코르티잔을 하려고 할 것이었다.

그가 다시 괴로워졌다. 이 며칠간 잊혀지고 구석진 곳에서 생각을 거듭하고 또 거듭해도 도저히 방법이 없었다. 이제 머릿속에 다시 크리스티나의 말이 떠올랐다. 그의 사랑스러운 누이. 그는 자신이 생각하던 것과 똑같은 말을 읊조리는 크리스티나의 모습을 상기하다가 결국 자리에서 일어났다.

그는 커튼을 열고 다시 한번 밖을 힐끔 보았다. 오늘 저녁 왕궁의 모든 이들의 이목이 카티야에게 쏠려 있었다. 이것보다도 더 좋은 기회가 없었다.

'방금 귀족원의 긴급회의가 소집되었으니, 아직 남아 있겠지.'

그는 조심스럽게 문을 열었다. 그래, 원하는 게 있다면 일단 움직여 봐야지.

'게다가 소문에 의하면 요즘따라 형님과 관계도 좋지 않다고 하니.'

그는 애써 자신의 이 도전을 합리화했다. 물론 그는 백치가 아닌 것만큼 지금 당장 찾아가서 자신을 왕으로 만들어 달라고 하지 않을 것이었다. 원래 손에 쥔 먹이를 조금씩 풀어야 하는 법. 그는 그 정도는 알았다.

알렉산드르는 과하게 긴장했다. 그는 입술을 짓이겼다. 그리고 궁을 나섰다.

다시 말하지만 알렉산드르는 과하게 긴장했다. 너무 긴장해서, 이 며칠간 자신의 뒤를 따르는 인영을 발견할 수 없었다.

* * *

왕궁에서 나온 마차는 약간의 덜컹거림을 동반한 채 길을 달리고 있었다.

명목상으로는 태자가 아끼는 코르티잔이 왕궁 밖에서 더 좋은 치료를 받고 편하게 휴식할 기회를 주겠다는 것이지만 카티야는 이것이 실제로 감금으로 향하는 길이라는 것을 모르지 않았다.

예정된 길의 끝에는 필히 영원한 감옥이 그녀를 기다리고 있을 것이었다.

만약 운이 좋다면 죽음을 맞이하겠지. 여기서 굳이 죽음에 운이 좋다는 표현을 쓰는 이유는 그녀가 살아 있는 이상 인질의 신세를 면할 수 없다는 것이었다.

인질.

카티야는 속으로 읊조렸다. 비비안은 가끔 기이할 정도로 제 마음에 드는 존재에게 무조건적인 관용을 베풀었다. 그러나 그것은 그녀의 이익을 건드리지 말아야 하고, 그녀에게 해를 끼치지 말아야 한다. 어찌 보면 이기의 소치이나, 최소한 자신이 쓰다 버린 패를 마구 죽이는 치들에 비해 비비안은 퍽 관용을 베푸는 사람이었다.

아, 그건 아닌가. 라니사도 비비안을 믿었다가 죽었으니.

하지만 라니사는 비비안의 편이 아니다. 다시 말하자면 카티야가 비비안에게 충성만 바친다면 그녀는 꼭 비비안에게 꽤 쓸모 있고 의미 있는 존재가 된다는 것이었다.

그녀는 왕궁을 나올 때 가만히 시녀 몰래 품에 감춰 둔 작은 화장품 통을 꺼냈다. 그 속에는 이 며칠 그녀의 발진을 '도운' 주범이 있었다. 유통 기한이 지난 화장품 가루였다. 거기에 몇 가지 약초를 섞었다. 카티야는 그것을 다시 얼굴에 좀 발랐다. 예쁘장한 얼굴이 이 며칠간 눈에 넣기도 힘들 정도로 엉망이 되었다.

하지만 카티야는 그게 아쉬우면서도 아쉽지 않았다. 어쨌든 사람은 그래도 예쁘장한 게 보기 좋지 않은가. 그녀는 통을 닫았다. 얼마 전 엘리미아가 그녀의 방에 있는 모든 분가루를 다 싹쓸이해 간 터라 이게 그녀의 마지막 화장품이었다. 그녀의 시녀는 그녀의 짐을 정리해 주면서 왜 분이 이렇게 없어졌는지 고개를 갸웃거렸다. 그러나 결국 그녀가 미저스병에 걸린 것을 상기하면서 그저 한시라도 빨리 그 방을 떠나고 싶어 자신이 기억을 잘 못했다고 여기고 바로 방을 나갔다.

그녀는 부디 그 곱상한 태자비가 태자의 음식과 각종 물품에 에트린을 잘 발라 주길 바랐다. 비비안이 왜 굳이 엘리미아를 총으로 사용했는지 알 수 없으나 그래도 그녀가 그랬으면 이유가 있겠지.

카티야는 다시 창문으로 고개를 돌렸다. 어디까지 왔나 궁금해져 커튼을 잡고 열려는데 커튼이 미동도 하지 않았다. 그녀는 그제야 마차 안이 완전히 봉쇄되었음을 알아챘다. 제이슨은 그녀가 자신이 어디로 가는지도 알게 하지 않았다. 혹여 훗날 그녀가 자신의 소재지를 알릴까 봐? 하지만 그녀의 목적지는……

그때였다.

덜커덩덜커덩.

갑자기 마차가 심하게 흔들리기 시작하더니 얼마 안 가 갑자기 마차가 멈춰 섰다. 그녀는 미간을 좁혔다. 그러나 뭔가 예상한 듯 웃었다. 자신의 목숨이 붙어 있는데 이 모든 계획의 전말을 그녀가 몰랐을 리가 없다. 곧 밖에서 격렬한 교전의 소리가 들려올 것이라고 여기고 그녀가 느긋하게 소파에 등을 기댔다.

그러나 얼마나 지났을까, 방금 전의 반응과 달리 마차 밖은 조용하기 그지없었다.

카티야는 조금 불안해졌다.

그때 갑자기 마차의 문이 열리고 굵은 목소리가 들려왔다.

"나와."

그것은 그녀도 아는 목소리였다.

태자의 친위대 대장의 목소리였다.

* * *

미리미리 준비를 해 놓아야 한다는 이유로 위그는 저녁이 되기도 전 이디에트 저택에서 출발했다. 그의 뒤를 따르는 이들은 대부분 이디에트에서 키우는 기사들로서, 위그가 가장 신임하는 이들이라고 했다.

딱히 검이나 전술, 그리고 전쟁 따위에 익숙하지 않았기에 비비안은 굳이 그에 의문을 표하거나 위그의 실력을 의심하지 않았다. 그녀는 자신이 잘하는 분야는 절대 타인의 손을 빌리지 않았지만 반대로 자신이 알지 못하는 분야는 절대 굳이 가서 발을 걸지 않았다.

그래서 그녀는 위그가 나가자마자 느긋하게 샤워를 하고, 옷을 갈아입은 뒤 얼마 전의 '수확'을 하나하나 검토했다.

"태자가 나 좋은 일을 꽤 해 줬어, 그렇지?"

비비안은 대외 무역 관련 공문이 내려온 뒤 하나하나 손에 넣은 상단들의 짧디짧은 성과를 훑으며 만족스럽게 웃었다. 상인 협회는 몇 주 전 정식으로 해산되었고 상인 협회의 본부 건물은 이제 비비안의 소유가 되었다. 협회장이 어떻게 되었는지는 그녀 알 바가 아니었지만 어쨌든 그녀는 위그에게 넘긴 업무로 생긴 일정한 손실을 다 메꾸었다.

클로에는 애매한 미소를 지으며 비비안의 옆을 지켰다. 위그가 현재 얼마나 위험한 일을 하러 나갔고 그것이 어떤 풍파를 안고 올지도 모르는데 왜 비비안이 이렇게 태평한지 알 수가 없었다. 그녀는 속으로 몇 번이나 말을 곱씹다가 결국 말을 씹어 넘겼다. 그녀가 궁금해할 영역이 아니라고 생각했기 때문이었다.

그러나 비비안은 이미 클로에의 기분을 알아차린 듯 웃었다.

"왜, 내가 이렇게 태평한 게 이상해?"

"물론 단주님은 언제나 계획이 있으셨지만, 직접 손을 쓰시는 것도 아닌데 이렇게 안심하고 계신 게 신기해서요."

"신기할 건 없는 것 같은데, 이번 일은 결국 내가 직접 한 게 맞잖아."

"각하를 믿으세요?"

각하를 믿으세요?

아주 오래전에 이런 비슷한 뉘앙스의 말을 들어 본 것 같다. 아마도 라니사 문제 때였던가. 그때는 온 세상이 그녀의 선택을 의심했다. 클로에 또한 다른 이들만큼은 아니지만 어느 정도 의문을 품고 있는 듯했다.

비비안은 다시 웃었다.

"못 믿을 이유가 있어? 이 정도 능력은 있잖아."

"그렇긴 하지만…… 사실, 외람되지만 저는 단주님의 선택을 잘 모르겠어요."

"무슨 선택?"

"이것도 외람되지만, 저는 단주님과 각하 사이의 그 모종의 분위기를 읽지 못하겠어요. 제가 실례되는 말을 했다면 죄송해요."

"실례되는 말 같았으면 앞으로 입 밖에 내지 않는 걸 추천해. 하지만 나는 딱히 실례라고 느끼지 않으니 그냥 대답해 주지. 나와 위그의 관계를 잘 모르겠다고 했지? 네가 보기에 나와 위그의 관계는 어떤 것 같은데?"

"솔직하게 대답해 드릴까요?"

"그래."

"사실 저는, 내심 단주님을 존경하면서도 두려워하고 있어요. 저는 단주님이 대단한 사람이라고 생각해요."

"좋은 평가구나. 나도 내가 대단한 사람이라고 생각해."

"물론 각하도 어마어마하게 대단한 사람이에요. 하지만 각하께서 단주님을 사랑하는 건 어느 정도 이해가 가도, 사실 저는…… 단주님이 왜 각하의 옆에 있는지 모르겠어요."

"네가 보기에 나는 어떤 사람의 옆에 있어야 하는데?"

"그건……."

"아, 아니면, 나는 누군가의 옆에 있지도 말고, 그저 홀로 고고하게 서 있어야 한다는 건가."

클로에는 입을 옴짝거렸다. 그녀는 조용하게 비비안이 내려놓은 서류를 정리해 품에 안았다. 그리고 다시 입을 뗐다.

"저는, 단주님이라면 단주님을 이해하고 사려 깊고 조금 더 다정하고, 여성을 존중하는, 그런 남자를 옆에 두실 줄 알았어요."

"로건 같은?"

"아, 아니, 그건 아닌데."

"위그가 들으면 널 자르라고 난리칠지도 몰라. 그러니 그 말은 그냥 삼켜 두렴."

클로에는 그게 아니라고 손사래를 치고 싶었다. 그러나 그녀의 품에 안은 서류가 떨어질까 봐 그녀는 그저 입을 뻐끔거릴 수밖에 없었다.

"아니에요."

"네 말이 맞아. 로건 같은 사람과 있으면 편하지. 대부분 인간들이 꿈꾸는 사랑의 형태가 있다면, 그건 바로 로건이 주는 사랑일 거야. 이해하고, 배려심 있고, 나와 함께 모든 것을 감수하려고 하고, 나를 위해 다 버릴 수 있지."

"하지만 단주님에게는 어울리지 않는 사람인가요?"

"그래."

"……."

"나는 로건을 사랑했어. 하지만 클로에, 뭐, 그냥 인생을 나름대로 홀로 아슬아슬하게 지내온 사람으로 한마디 하자면, 나는 내가 특이하면서 평범한 사람이라고 생각하고 있어."

"……어떤."

"모르겠어. 그건, 하지만 나는 내가 그 어느 인간도 감히 흉내와 모방을 낼 수 없는 신적인 존재가 되고 싶으면서도 누군가가 나를 숭배하고 나를 절대적으로 신으로 섬기면, 아마 무척 싫을 것 같아."

모순이다.

"로건은 그런 나를 잘 알아. 아마 그는 나를 감정적으로 이해하려고 하고 나를 보듬어 주려고 했어."

"그런가요."

"하지만 나는 그 이해를 받으면서 감동했음에도, 그뿐이었어."

"……."

"결국 그건 아니었지. 이 삶에서 나를 이해하는 사람은 나 하나면 족하거든. 나만큼 나를 이해하는 사람이 세상에 굳이 한 사람 더 있을 필요 있어?"

"하지만 누군가에게 이해를 받는다는 건 꽤 행복한 일이라고 생각하고 있어요."

"그러다가 그가 이해를 해 주지 않는다면?"

"……아."

"그러다가 그가 어느 날 갑자기 내 밑의 밑의 밑을 보다가 이해를 할 수 없다고 판단하면?"

"사랑을 믿지 않으시는 건가요?"

"아니, 로건의 '이해'를 믿지 않는 거야. 결국 그와 나는 다른 사람이거든. 그의 이해는 어느 땐가는 한계에 다다를 거야. 그게 인간이야, 클로에. 그리고 무엇보다도, 그가 나를 이해해도, 내가 그를 이해할 수 없어."

순간 클로에가 멈칫했다. 그녀는 지금까지 이 생각을 해 보지 못했다. 로건은 비비안을 이해하고 보듬어 줄 수 있다. 그렇지만 비비안은 로건을 보듬어 줄 수 있는가. 그녀는 그를 과연 어디까지 사랑할 수 있는가. 비비안은 절대 자신을 더 사랑하는 남자의 품에서 가련하게 사랑을 받는 새가 아니다.

"단주님은 로건 왕자 전하를 이해하지 못하시는 건가요?"

"응. 못 해."

비비안은 단호하게 대답했다.

"내가 바첼론의 제3왕자라면, 나는 아마 지금쯤 이미 형제를 척살하고 왕이 되어 있을 거야. 지금과 별반 다르지 않겠지. 다른 점이라면 세기의 미친년이 꽤 강단 있는 폭군이나 군주로 변한 것?"

"그렇군요."

"나는 영원히 로건을 이해하지 못할 거야. 나는 그의 낭만을 사랑했고 그가 주는 감정과 이해를 사랑했지만 생각해 보니 그라는 인간을 사랑할 수는 없었을 거야."

"……."

"이제 의문이 풀렸어?"

비비안이 싱긋 웃으며 고개를 들었다. 클로에는 피뜩 자신이 과하게 비비안과 그녀의 사적인 문제를 담론했음을 깨닫고 급히 허리를 숙였다.

"죄송해요. 제가 그만 주제넘게."

"아니야. 뭐 그럴 수도 있지. 나도 요즘 마음이 이래저래 안 좋아서, 누군가 털어놓을 상대가 필요하긴 했어."

"요즘 기분이 안 좋으신가요?"

클로에가 고개를 갸웃거렸다. 이 며칠간 비비안이 기분이 안 좋을 이유가 없었다. 대부분 일들이 그녀의 뜻대로 풀려 나가고 있지 않은가. 하지만 비비안은 그저 의미심장하게 웃을 뿐 답을 알려 주지 않았다.

결국 클로에가 방을 나간 뒤 헤더가 다시 방에 들어왔다. 어차피 위그가 없는 이상 이대로 혼자 잠에 드는 것도 무리였기에 그녀는 위그가 돌아오기 전까지 느긋하게 책을 읽기로 했다.

째깍째깍.

그렇게 저녁으로 접어들고, 자정이 지나고, 새벽이 오고, 시간이 지나갔다.

비비안은 책장의 마지막을 확인하고 눈을 깜박거렸다. 시계를 확인하자 새벽 3시가 조금 넘은 시간이었다. 그녀가 알기로 카티야는 정확히 새벽 2시쯤에 왕궁에서 나간다고 했다. 그러면 지금쯤이면 이미 '계획'이 실행이 되어야 하는데.

그녀는 조금 마음을 졸이다가 다시 길게 숨을 쉬었다. 이런 데에 에너지를 낭비할 필요는 없었다. 그렇게 생각하며 다시 다른 책을 하나 집어 들 무렵 이었다. 갑자기 밖이 조금 시끌해졌다. 비비안은 이마를 찌푸렸다. 위그라면 이렇게 시끄럽고 소란스럽게 저택으로 들어올 리가 없었다. 다른 말로 하자 면 불청객이라는 소리였다.

'올 게 왔군.'

그녀는 속으로 중얼거렸다. 어쩌면 이렇게 예상을 한 치도 벗어나지 않을 까. 그렇게 생각하며 그녀가 침대에서 일어날 때였다. 갑자기 헤더가 문을 두드리더니 방으로 들어왔다.

"단주님."

"왕실에서 사람이 왔니?"

비비안이 웃으면서 말했다. 그러나 헤더는 비비안이 어떻게 알았는지 경 악하지 않았다. 다만 다소 어두운 표정으로 말을 이었을 뿐이었다.

"왕실에서 급하게 각하를 소환하고 계세요."

"소환이라. 재밌구나. 무슨 요긴한 일이 있어서……."

"알렉산드르 왕자 전하께서 실종되셨다고 해요. 그것 때문에 급하게 귀족 원이 열린다고 합니다. 방금 귀족원의 비서가 소환장을 들고 왔어요."

"……뭐?"

"저, 그, 그리고 공작 각하뿐만 아니라 공작가의 사병들 또한 필요하다고 합니다."

그러나 한쪽으로 가운을 챙겨 입고 여유롭게 웃던 비비안은 순간 뭔가 이상함을 느끼고 멈칫했다. 방금까지 평온하던 그녀의 얼굴에서 웃음기가 완전히 가셨다. 그녀는 자신의 귀를 의심했다. 지금 알렉산드르가 실종이 되었고, 그것 때문에 '귀족원'을 소집한다?

그녀는 바로 일이 예상과 다르게 흘러감을 눈치챘다. 그녀와 위그의 계 획대로라면 지금 왕실에서 와야 할 것은 태자가 급히 할 말이 있으니 빨리 소환을 했다는 종류의 것이어야 했다. 그들은 모두 위그가 직접 카티야를 데리러 간다는 것을 태자가 눈치챈다에 도박을 했고, 실제로 그 선택에 대한 대비를 해 두는 것이 대비를 안 하는 것보다 나았다.

그때 비비안의 몫은 가급적 시간을 끄는 것이었다. 어차피 태자 혼자의 소환장이었다. 시간 좀 끈다고 세상이 망하지 않는다. 게다가 원래 새벽에 소환을 했다면 어느 정도 감수를 해야 하는 것이었다.

하지만 지금은 좀 달랐다. 알렉산드르가 실종이 되었고 귀족원이 열렸다면 비비안은 시간을 끌어서는 안 되었다. 상식적으로 잠옷 그대로 입고 당장 뛰쳐나가야 하는 상황이었다. 이런 자리에 늦는다는 것은 엄연히 귀족원장으로서의 실직이었고 다시 말하자면 그 실직을 감수하면서 어떤 다른 일을 하고 있었다는 심증이 된다. 둘 중 어느 것이든 위그와 그녀에게 불리했다. 이건 비비안이 예상을 하지 못했던 것이었다.

그러나 비비안은 급하게 발을 동동 구르거나 급히 위그에게 말을 전할 시종을 보내는 대신에 그저 조용하게 그 자리에 서있었다. 어떻게 일을 헤쳐 나가야 할지 애매했다. 그녀가 방에서 미적거리는 것도 한계가 있었다. 약간의 판단을 거친 그녀가 바로 헤더에게 명령을 내렸다.

"당장 발이 빠른 기사 한 명을 시켜서 위그에게 전하게 해. 지금 당장 돌아오라고. 기사들을 데리고."

"하지만."

"어서."

헤더는 이를 악물고 바로 몸을 돌렸다. 하지만 위그가 초저녁부터 나갔음을 보건대 왕복해서는 절대 짧은 시간을 소요할 수가 없다. 그리고 만약에 기사가 나가는 것까지 왕실에서 보아내고 미행을 한다면? 혹은 카티야를 빼내는 곳에서 만약 누군가가 위그를 알아차린다면?

하지만 비비안의 선택은 지금으로서 그들이 할 수 있는 최선의 선택이었다. 비비안은 가운을 감싸 쥐었다.

모든 것을 다 예상했으나 딱 하나, 알렉산드르가 사라질 것은 예상하지 못했다. 알렉산드르가 사라지지 않았다면 아마 위그만 왕실에 호출해도 되었을 것이었다. 그러나 왕실은 이 구실로 공작가의 사병까지 원했다. 설사 오늘 저녁 위그가 직접 몸을 움직이지 않고 일부분의 기사들을 보냈다고 해도 사병들의 수를 감안하건대 꽤 애매한 상황이었다.

왜 갑자기 알렉산드르가 실종되었으며, 어떻게 실종되었는지 고민하던 그녀가 입술을 뜯었다. 하지만 그녀는 담담하게 아래층으로 내렸다. 비비안은 마치 금방 잠에서 깬 얼굴을 했다.

"이런, 누가 오셨다고?"

"부인, 귀족원의 비서 알렌 스론카입니다."

"이런, 스론카 남작. 이 야밤에 어쩐 일이시죠?"

"알렉산드르 왕자 전하께서 갑자기 사라지셨습니다. 저희는 그것을 실종이라고 판단하고 있어 태자 전하께서 급히 귀족원을 소집하셨습니다."

"세상에, 왕자 전하께서 어쩌시다가."

"아직 영문을 몰라 상의가 필요할 것 같습니다. 다만 왕실의 기사들로는 부족할 것 같아 공작가의 사병을 필요로 하신다고 합니다."

"그렇군요. 당연히 명령에 복종해야지요. 스론카 남작, 소환장을 이리 놓고 돌아가세요, 제 남편이 빨리 준비를 한 뒤 왕궁으로 갈 거예요."

"송구하오나 공작 부인, 이 소환장은 태자 전하의 직인이 찍혀 반드시 공작 각하께서 직접 확인을 하셔야 합니다."

"지금 저를 믿지 못하시는 건가요?"

"송구합니다만, 태자 전하의 명령이십니다. 혹여 공작 각하께서 직접 나오기 힘든 일이라도 있는 겁니까?"

"이런, 이런 야밤에 부부의 문을 두드리고는…… 무례하군요."

"흐음."

비서의 말이 끝나자마자 비비안이 가운을 더더욱 끌어안으면서 얼굴을 찌푸렸다. 그녀의 표정에 비서는 바로 상황을 알아챘다. 비비안의 모습은 절대 멀쩡하게 자다가 일어난 꼴은 아니었다. 이리저리 구겨진 옷…… 어쨌든 이 야밤에 부부가 잠자리를 갖는 것은 이상한 일은 아니었다. 비서는 괜히 공작 부부의 사적인 일을 물은 것 같아 헛기침을 했다.

비비안은 길게 숨을 들이쉬었다. 일단 그녀는 빨리 자리를 피해야 했다. 일단 기사를 보냈으니.

그때였다.

그녀가 싸늘하게 식어 내리는 가슴을 안고 위로 올라갈 때였다. 갑자기 위에서 둔탁한 발걸음 소리가 들렸다. 비비안은 눈을 깜박거렸다. 어느새 계단의 절반쯤, 굽어지는 곳에 선 그녀는 위에서 내려오는 인영에 급히 길게 한숨을 쉬었다. 그리고 곧, 언제 긴장했냐는 듯이 새물새물 웃으면서 읊조렸다.

"여보. 빨리 내려와요."

한 치의 흐트러짐도 없이 말 그대로 불쾌함과 애교, 그리고 앙탈이 섞인 목소리였다. 그녀의 나른하고 늘어지는 목소리에 가만히 서 있던 비서가 다시 고개를 들었다.

비비안은 다소 억울한 듯이 두 팔을 벌렸다. 그 순간 익숙한 체온이 그녀에게 감겨 왔다. 단단한 팔이 그녀의 허리를 휘감았다. 밖에서 들어온 지 얼마 되지 않았는지 몸에는 냉기가 아직도 남아 있었다. 비비안은 나긋하게 위그의 품을 파고들며 입을 열었다.

"저 사람이 나한테 큰 무례를 범했어요. 그냥 편지를 놓고 가라고 했는데도 당신한테 보여야 한다면서."

"공작 각하, 태자 전하의 소환장이라 그만 무례를 범했습니다. 송구합니다."

"한밤중에 찾아온 것치고는 다소 떳떳하군. 왕자 전하께서 실종이 되었다고?"

그리고 바로 위층에서 내려온 위그는 마치 자신이 자다가 급히 코트를 집어 입은 것처럼 한쪽으로 자신의 크라바트를 정리하면서 얼굴을 찌푸렸다. 흐트러진 그의 모습에 비서가 더더욱 고개를 숙였다.

"그렇습니다. 사안이 사안이다 보니."

"알겠다. 지금 당장 기사들을 끌고 왕궁으로 가지."

"네, 다른 분들 또한 지금 왕궁으로 오고 있을 겁니다. 그럼 저는 밖에서 기다리고 있겠습니다."

"그 전에 겨우겨우 잠에 든 내 부인을 다시 재우는 게 중요하겠군. 이 정도는 기다려 줄 수 있겠지? 비비, 이만 돌아가."

"싫어."

"돌아가. 돌아가면 좋은 걸 주지."

"진짜? 얼마나 좋은 건데?"

비비안은 진짜 순진하기 그지없는 귀부인처럼 생긋 웃으며 위그의 어깨에 얼굴을 묻었다. 때를 가리지 않고 앙탈을 떠는 계집…… 아마 비서가 속으로 그렇게 생각하고 있을 게 뻔했으나 비비안은 개의치 않았다. 그리고 결국 위그가 어쩔 수 없다는 듯이 비비안을 번쩍 들었다. 비비안은 굳이 반항하지 않았다.

곧 비비안을 다시 재우고 오겠다는 말과 함께 위그가 성큼성큼 위로 올라갔다.

그리고 1층의 광경이 더 보이지 않을 무렵…….

"어떻게 된 거야. 어떻게 이렇게 빨리 왔어?"

비비안은 위그의 목에 감았던 팔에 힘을 주었다. 위그가 간단하게 답했다.

"카티야가 원래 가기로 했던 별장으로 향하는 길에서 태자의 친위대 대장이 발견됐다."

"뭐?"

"아마도 카티야를 다른 곳으로 빼돌린 뒤 우리에게 뒤집어씌우려는 수작 같아. 그대로 있다가는 괜히 뒤집어쓸 것 같고, 친위대 대장과 맞붙는 것도 우리 쪽에 득이 될 것 없었어. 그리고 이디에트 쪽으로 사람을 보냈을 것 같아 내가 먼저 왔지."

"그럼 카티야는."

"뒤를 밟을 기사만 두 명 정도 보냈다. 놓치지는 않을 거다. 놓치면 내가 직접 목을 치지."

"됐어. 일단 왕궁으로 들어가서 상황이나 파악해. 알렉산드르가 실종되었다는데 아무래도 일이 심상치 않아. 그저 카티야를 빼돌리고 우리 머리에 씌우려는 의도 같지 않아. 겨우 태자의 코르티잔 따위가 죽었다는 죄목이라면 이디에트가 꿈쩍할 리가 없어."

비비안은 위그의 목을 꽉 끌어안았다. 조심하라는 신호였다. 그녀는 위그가 빨리 상황을 파악하고 몸을 뺀 것이 정말 다행이라고 생각하고 있었다. 이대로 카티야를 빼내서 데려온다고 해도 위그가 자리를 비운 것을 걸고넘어질 것이 분명했기 때문이었다.

위그는 비비안을 바닥에 내려놓았다. 그는 안심하라는 듯이 비비안의 허리를 힘주어 그러안고 바로 그녀를 품에서 내려놓은 채 걸음을 옮겼다.

위그의 뒷모습을 응시하던 비비안은 눈알을 데굴 굴렸다. 이윽고 방에 가자마자 클로에를 호출했다.

"지금 당장 바첼론 내부에 있는 로튼 휘하 모든 가게와, 연계가 있는 상단에게 알려. 만약 왕실의 사람으로 보이는 이들이 오게 된다면 소재지를 받아 두라고."

"알겠습니다. 그런데 왕실에서 진짜로 입막음을 시킨다면 그들도 어쩔 수 없을 텐데요."

"입을 다물어 주겠다고 약조해. 만약 알고도 보고하지 않는다면, 그때는 더 엄중한 후과를 빚게 될 거야."

"네."

클로에가 고개를 끄덕였다.

"아, 그리고. 한 가지 더 알릴 게 있어."

"말씀하세요."

"극장가에 가서 일리야더러 이디에트 공작가로 들르라고 해. 날이 밝는 대로 말이야."

클로에가 고개를 끄덕이고 밖에 나갔다. 그녀가 묘한 얼굴을 했다. 일이 쉽게 풀리지 않는다. 하지만⋯⋯.

'일은 원래 쉽게 안 풀리는 법이지.'

그리고 그것을 풀 때, 진정으로 손에 원하는 것을 얻게 될 것이고.

그렇게 생각한 비비안이 자리에서 일어났다. 그리고 곧 그녀가 서재로 향했다.

*　*　*

회의실에는 긴장이 감돌았다. 귀족원 전체에 마치 먹구름이 낀 것처럼 스산하기 그지없었다. 모두가 서로의 눈치를 살폈다. 갑작스럽게 왕자의 실종이라, 이것은 그저 우연인가, 우연이 아닌가.

"대체 어찌 된 일입니까."

결국 먼저 총대를 메고 입은 연 사람은 엘버린 공작이었다. 그는 중앙에서 세력 싸움과는 거리가 가장 멀었지만 가문으로 치자면 명망이 높아 왕실에서도 웬만해서는 엘버린의 흠을 잡지 않았다. 물론 그것은 그들이 세력 싸움에 끼지 않는다는 전제가 붙지만 최소한 이 상황에서 왕자의 안위 하나 묻는 건 별로 큰일이 아니었다.

"모르겠다. 새벽에 알렉산드르의 궁에서 기사 한 명이 와서 알리더군. 어제 오후 갑자기 알렉산드르가 어딘가 홀로 외출을 하더니 사라졌다고."

"왕자 전하께서 홀로 외출을 하셨을 리가 없습니다."

"왕궁을 나갈 생각이 없어 기사를 하나만 달고 나갔다고 하더군."

"하면 왕궁에서 봉변을 당하셨다는 말씀이십니까!"

귀족들은 숨을 길게 들이쉬었다. 요즘따라 왜 왕궁이 이리 어수선한가. 급작스럽게 미저스병이 돌지 않나, 이번에는 왕자가 실종되었다. 그야말로 섬뜩하기 그지없는 상황이었다. 그리고 더욱더 섬뜩한 건, 이 모든 것이 끝이 아닌 시작 같다는 것이었다.

"일단 왕궁의 기사들이 알렉산드르의 행방을 찾고 있네. 다만 경들을 이리로 소환한 것은 혹여 어느 불경한 마음을 먹은 자들이 감히 내 동생을 데리고 수도를 벗어나는 것이지."

"전하의 명을 받들어 소속 영지를 전부 뒤져 보겠습니다."

"그래, 이리 저녁에 경들을 오라 가라 지시를 내려서 무척 미안하군."

"왕자 전하께서 실종되신 것을……."

"하나 나는 크게 떠벌릴 생각이 없다. 왕궁에서 왕자가 실종되었다. 근래에 카티야의 병까지, 아바마마께서 들으시면 아마 대로하실 거다."

실제로 왕은 대로는커녕 누가 말해 주는 말도 제대로 이해하지 못할 것이라고 생각했다. 그러나 위그는 겉으로 티를 내지 않았다. 아니, 사실은 이곳에 있는 모든 이들이 티를 내지 않았다. 새벽에 급하게 그들을 전부 소집한 것치고 제이슨의 태도는 꽤 미적지근했다. 마치 사라진 것이 태자가 기르던 개였다는 듯이 제이슨은 그저 담담하기 그지없는 반응을 보이고 있었다.

귀족들은 멍청이가 아니었다. 그들은 이 며칠간의 상황과 제이슨의 태도로 묘하게 왕궁에 무슨 일이 벌어질 것을 예상하고 있었다. 그리고 그것은 기필코 비린내 나는 피바람으로서 까닥하면 그들을 나락으로 처박고 사정없이 짓밟을 것이었다.

"그럼 이만 경들은 물러나게. 나는…… 이 며칠간의 충격으로 이만 쉬어야 할 것 같아."

귀족들이 예를 취한 뒤 자리에서 일어났다. 그러나 그때 갑자기 위그의 목소리가 들려왔다.

"한데 전하."

제이슨은 멈칫했다. 위그가 천천히 고개를 들었다. 그의 서슬 퍼런 눈동자가 제이슨에게 꽂혔다.

"왜 전하의 친위대장이 보이지 않는 겁니까? 이 상황에 친위대장은 대체 태자 전하의 옆을 지키지 않고 무엇을 하는 겁니까."

"친위대장은."

제이슨은 가늘게 눈을 떴다. 평소에 친위대장 따위에 관심도 보이지 않던 이가 이러는 것이 왜인지 제이슨은 알았다. 그리고 위그가 제시간에 기사를 이끌고 무척 정상적으로 도착한 것 까지, 상황을 정리해 보던 그가 천천히 입을 뗐다.

"내가 따로 알렉산드르의 행방을 찾으라 보냈지."

"그자의 책임은 무슨 일이 있어도 태자 전하의 옆을 지키는 것입니다. 왕궁에서 왕자 전하께서 실종되었는데 어찌 이리 태평하실 수 있습니까."

"공, 주제넘는 말을 하지 마라. 내가 친위대장을 어찌 쓰든 그것은 공의 소관이 아니다."

말을 마친 제이슨은 방을 나갔다. 귀족들은 서로의 눈치를 보다가 급히 자신의 가문에 전보를 치러 갔다. 그리고 마지막으로 위그 또한 나갔다. 요한이 밖에서 기다리고 있었다.

"전하, 일단 기사들더러 알렉산드르 왕자 전하를……."

"그럴 필요 없다. 알렉산드르는 태자의 손에 있어. 우리가 지금 해야 할 것은 가급적 카티야가 빼돌려진 곳을 찾는 것이다. 어차피 친위대장은 조만간 왕실로 돌아올 것이고, 왕실 기사가 사라지게 되면 의심을 하는 이들이 있으니 카티야를 지키고 있는 건 왕실 사람이 아니라 용병이나 외부의 사람일 확률이 커."

"현재 카이즌 경이 쫓고는 있습니다만. 소재지를 알아내신다고 해도 당분간은 움직이기 힘드실 겁니다."

그것은 사실이었다. 알렉산드르의 실종으로 귀족들의 사병까지 동원되는 상황에서 카티야 쪽으로 사람을 옮겨 쓰는 것도 과하게 주목을 이끌 수 있다. 그렇다고 거기에 무슨 함정이 있는지도 모른 채 그 혼자 단신으로 뛰어드는 것도 미친 짓이고.

'제이슨은 정말 빌어먹게 카티야를 왜 놓지 못해서 안달 내는 것이지.'

위그는 이제 제이슨이 왜 카티야를 그렇게 손에서 놓지 못하는지를 탓하고 있었다. 당연하지만 비비안을 탓할 수 없으니 제이슨을 탓하는 것이었다. 훗날 그가 카티야의 목숨으로 비비안을 협박하려고 한다는 것을 알고는 있지만 괜히 일이 이렇게 되니 짜증이 왈칵 치밀어 올랐다.

방법이 없었다. 이제는 정말 한 걸음씩 가면서 주위를 살피는 수밖에 없었다.

* * *

다행이게도 이디에트의 기사들은 실력이 꽤 있는 자들이었다. 며칠간 친위대 대장을 뒤쫓던 그들은 카티야가 어느 구석진 작은 자작령으로 들어가는 것을 마지막으로 확인하고 이디에트에 보고했다. 당연하지만 그것은 비비안과 위그에게 그리 희소식은 아니었다. 왕실 별장과 달리 자작령이라면 귀족들의 이목을 끌어 왕실 소유지보다도 행동이 불편하기 때문이었다.

알렉산드르는 실종된 지 며칠이 지났음에도 코빼기 하나 보이지 않았다. 그러나 우습게도 비비안과 위그 그 누구도 알렉산드르의 행방을 궁금해하지 않았다. 그대로 제이슨이 죽였으면 좋은 일이고 안 죽였어도 조만간 그들이 죽이면 됐다.

그들은 알렉산드르의 실종으로 본의 아니게 제이슨이 이끄는 대로 반쯤 끌려가게 생겼다. 그리고 위그나 비비안이나 누구한테 끌려가는 것을 극단적으로 혐오했다. 두 사람은 다른 이들의 멱살을 잡고 바닥에 마찰 운동을 시키는 것을 즐길지언정 누가 자신의 팔소매를 잡고 살짝만 건드려도 노발대발하면서 질색을 하는 인간들이었다.

그렇다는 것은, 다른 말로 하자면 현재 이 두 사람의 기분은 아주 바닥을 치고 있었다는 것이었다.

"알렉산드르는 어쩌죠?"

"지금 진심으로 하는 말입니까?"

비비안과 나란히 소파에 앉아 크리스티나를 맞이한 위그가 짜증스레 대꾸했다.

"어차피 죽을 인간인데 지금 뭘 걱정하시는 겁니까?"

"아니, 그렇긴 한데."

"그전에 전하께서 하실 일이나 잘하십시오."

크리스티나는 새삼스럽게 위그의 성질머리가 정말 더럽다는 것을 깨닫고 말았다. 그간 그의 성질머리가 그저 오만하고 냉혈한 데서 기인된 평가라면, 이제 자신이 분노할 때는 정말 안하무인격으로 모두를 공격한다는 사실까지 하나 더 추가하게 생겼다.

그리고 비비안은 위그보다 더했으면 더했지 덜하지 않았다. 싸늘한 얼굴로 본인이 화났음을 온 세상에 티내고 다니는 위그와 달리 비비안은 새물새물 웃으면서 칼을 쑥쑥 박아 넣는 타입이었다. 그 일례로 방금 세실리아가 자신의 계획을 알았다며, 실망과 함께 궁을 떠나갔다는 크리스티나의 말에 비비안이 생긋 웃으면서 대꾸했다.

'그럼 자신의 줏대가 확고한 세실리아 엘버린 양이 두 손 두 발 다 들고 크리스티나 왕녀 전하의 비위를 맞추면서 여성 상속권의 발전에 고마운 일을 했다고 감사의 인사라도 올릴 것 같았나요?'

'그건 아니지만.'

'전하, 친구와 싸운 일까지 제가 지금 들어 줄 여유는 없어서요. 카티야가 죽으면 왕녀 전하까지 싸그리 잡아서 왕족들 모가지를 다 베어 버릴 거랍니다. 그러니 왕녀 전하도 긴장하셔야 할 겁니다.'

'나도 그렇게 생각한다.'

'닥쳐, 이 사회악 같은 푸른 피 새끼들. 둘 다 똑같아.'

'엄연히 카티야를 보낸 건 당신이다.'

'그래서 지금 내 탓이라고?'

'아니.'

그리고 한마디 괜히 얹었다가 본전도 못 찾은 위그가 먼저 이성을 찾았다. 기실 비비안도 이성을 잃은 적은 없었다. 다만 크리스티나는 비비안이 화를 내면 정말 인정사정없이 언어폭력을 시전한다는 사실을 깨달았다. 게다가 그 말은 꽤 진심으로 보였고, 심지어 그게 가능해 보인다는 점이 더욱 더 크리스티나를 등골이 오싹하게 만들었다.

"어쨌든 이렇게 된 이상 조용하게 처리하는 건 절대 불가능하겠군."

"태자비 전하는 제이슨한테 에트린을 복용시키고 있나요?"

"태자 전하의 궁으로 이미 손을 써서 시녀 한 명을 들여보냈어요. 그 시녀도 자신이 태자 전하께 뭘 주고 있는지는 모를 거예요."

"이미 카티야가 그 전에 에트린을 일정하게 태자 전하께 드렸을 거예요. 에트린은 단기간 사람이 꽤 혈색이 좋아졌다는 착각을 만들곤 하죠. 이제 카티야 일로 면역력을 강화해야 한다는 핑계로 약을 올리게 하세요. 그게 아니면 향을 만들어도 되고, 아무튼, 그자는 천천히 죽어 가야 해요."

"저, 그런데 사실 이렇게 첫째 오라버니의 죽음을 마지막까지 끄는 이유를 모르겠어요. 제일 먼저 처리하면……."

"로건 왕자가 득을 보겠죠."

순간 로건의 말이 나오자 위그의 시선이 비비안에게 향했다. 그러나 비비안은 미동도 하지 않았다.

"그리고 어쩌면 알렉산드르 왕자가 득을 보고. 쌍둥이 왕자든 어느 쪽이든 득을 보는 건 절대 왕녀 전하가 아닐 거예요."

"그때 가서……."

"지금 왜 다들 가만히 있는지 알아요? 알렉산드르 왕자 전하를 포함해서, 마샤 왕비의 가문을 포함해서 입을 닥치고 있는지 감이 잡히지 않나요?"

"제이슨 오라버니가 살아 있어서 그런 게 아닌가요?"

"맞아요. 이디에트가 제이슨 태자 전하의 뒷배가 되죠. 아무리 굶어 죽어도 이디에트는 이디에트예요. 내 남편의 손에는 사병이 있고 그간 전쟁으로 쌓아 온 군공이 있죠. 태자 전하가 이렇게 극단적으로 카티야를 잡고 있는 것도 그 이유일 거예요. 태자 전하는 지금 이디에트를 상대로 잡을 만한 목줄이 하나도 없거든요."

그리고 마침 카티야는 비비안의 목줄이 된다. 기실 여기서 진정으로 무사하게 빠져나가자면 카티야를 버려야 했다. 그녀가 죽든 말든 그대로 남겨두어야 했다. 하지만 비비안은 그럴 생각이 없었다. 아니나 다를까 크리스티나는 비비안이 카티야를 이렇게 잡고 있는 이유를 알 수 없었다. 그러나 차마 물을 수 없었다. 왜, 포기하지 않냐고.

그것은 그저 여자들 사이의 유대감이나 우정으로 표현을 할 수 없는 그런 것이었다. 한 가지 확실한 것은 카티야를 구하려는 비비안의 의지를 꺾을 수 없다는 것이었다.

"방법이 없군요. 이렇게 된 이상 우리도 정면 돌파를 할 수밖에 없어요. 저와 위그의 모든 것을 걸고 말이죠. 그전에 크리스티나 왕녀 전하, 우리가 해 둘 게 있어요."

"말씀하세요."

"왕녀 전하께는 건재한 이디에트가 필요해요. 태자 전하가 그렇듯이."

"……알고 있어요."

크리스티나는 입술을 꼭 깨물었다. 그들은 서로서로 이득을 주고받는 관계다.

"왕녀 전하의 가장 큰 약점이 뭔지 아세요?"

"여자라는 것이겠죠."

"그래요. 그리고 그 약점을 보완할 수 있는 가장 큰 패가 바로 이디에트죠. 최소한 이디에트라는 가문은 왕녀 전하가 군주로 군림하는 데에 도움이 될 존재예요."

크리스티나는 알고 있었다. 그게 아니었다면 비비안을 찾아가지도 않았을 것이었다.

"그리고 이디에트에는 제가 필요하고."

"그것도 알아요."

"좋아요. 이 점을 미리 확실히 해 두고 싶었어요. 괜히 제이슨처럼 말을 바꾸면 곤란해지거든요."

"저는 오라버니와 달라요. 오라버니에게는 수많은 선택지가 있지만 저는 없어요. 사실 이 자리마저도 기적인걸요."

"그렇게 생각할 필요는 없지만 군이 수정해 주지는 않죠. 우리는 현재 왕녀 전하의 기적이 될 필요가 있으니까."

크리스티나는 비비안이 지금 무슨 말을 하는지 잘 몰랐다. 다만 그녀가 자신의 중요성을 크리스티나에게 강조하는 것으로 보아 그녀가 꽤 큰 도박을 하려는 것임은 알고 있었다. 비비안은 빙그레 웃으며 위그와 시선을 맞추었다. 크리스티나는 그 미소의 의미를 몰랐다. 그러나 위그는 깨달은 듯했다.

그것이 꽤 신기했다.

결국 크리스티나는 그대로 왕궁에 돌아갔다. 그러나 사실 떠나기 직전까지도 크리스티나는 알렉산드르를 걱정하고 있었다. 다만 위그와 비비안의 분위기에 눌려 제대로 말을 못 했을 게 뻔했다. 아마 두 사람이 그녀의 말을 끊지 않았어도 크리스티나는 제대로 자신의 걱정을 표현하지 못했을 것이었다.

그러나 두 사람은 크리스티나가 알렉산드르를 걱정한다는 것을 알았다. 아무리 제거하려고 했던 사람이라도 갑자기 실종되면 마음이 싱숭하기 마련이다. 이별에 준비와 시간이 필요하다는 것을 비비안은 누구보다도 잘 알았다. 다만 그게 그녀 본인의 일이 아니라 그저 무시했을 뿐이었다.

생각해 보면 그녀도 꽤 이기적이었다. 본인이 모든 죽음을 감당했다고 크리스티나에게까지 그것을 강요하는 꼴 아닌가. 하지만 인간은 원래 적당하게 압력을 견딜 의무가 있었다. 그게 왕이 되고 싶은 사람이라면 더욱더.

비비안은 멀어져 가는 크리스티나의 마차를 보다가 비릿하게 웃었다.

역시 누군가에게 질질 끌려가는 느낌은 좋지 않다. 차라리 필요한 것은 도박의 연속이다.

"어차피 태자 손에는 우리의 그 어떤 목줄도 없어. 어떻게 생각해?"

"하지만 그는 뭐든 흠을 잡아서 반역 죄목을 뒤집어씌울 수 있지."

"몇백 년의 개국 공신 가문 이디에트가 그리 허술하고 쉽게 죄목을 씌워 없앨 수 있는 가문인가?"

"설마. 이디에트의 이름이 아깝다."

"그래, 어차피 우리가 한 짓은 증거를 깔끔하게 없앨 것이고, 우리가 하지 않은 일은 자연스레 우리의 것이 아니게 될 터이니 두려울 것 없어."

위그는 살짝 고개를 기울였다. 비비안이 그를 보더니 빙그레 웃으며 그의 입술에 키스했다.

두 사람은 마치 어떤 합의에 순식간에 닿은 듯 웃음을 흘렸다.

이제 빼앗긴 목줄을 다시 잡아 올 때였다.

그리고 며칠 뒤의 저녁, 이디에트에는 동시에 두 가지 소식이 전해져 왔다.

하나는 카티야가 '있는' 별장에 화재가 일어나 전원 사망 했다는 것과, 다른 하나는 알렉산드르의 시체가 발견되었다는 것이었다. 그리고 너무 당연하게도 알렉산드르의 살인을 사주한 이로 지목된 것은 위그 이디에트였다.

물론 전자는 이디에트에 희소식이었고 후자는…….

"그런데 이렇게 요란스럽게 절 빼내셔도 되나요?"

카티야는 주변에 널브러져 있는 용병들을 보면서 눈을 깜박거렸다. 그에 위그가 한숨을 쉬며 말했다.

"상관없다. 어차피 너는 그 별장에서 죽어서 아무도 이 소란이 네가 빠져나간 것이라고 생각하지 못할 거거든."

"왕실 별장을 태우다니 단주님도 어지간히 미쳤어요."

"그 여자가 한 미친 짓 중에서 가장 평범한 짓인데."

"그런데 왜 그렇게 자랑스러워하세요?"

위그는 험하게 말하면서도 흐뭇하게 웃었다. 카티야가 어이없다는 듯이 얼굴을 찌푸렸다. 그녀는 이디에트가 설마하니 자작령에 그대로 기사들을 데리고 와 그녀를 가둔 곳에 있는 이를 전부 죽일 줄 몰랐다. 아마 이제 이 모든 일이 제이슨의 귀에 들어가겠지. 그러나 위그는 딱 잡아뗄 것이었다. 그리고 왕실 별장에서 죽은 시체를 그녀라고 속이겠지.

어차피 제이슨이 물밑에서 노닌다면 위그가 할일은 그 물밑에서 제이슨의 멱살을 잡고 꺼내는 것이었다.

"그런데 이대로 괜찮으신가요?"

"아니, 아마 다음 절차는 제이슨이 왕궁에 있는 우리 첩자를 잡아 고문하고 이디에트의 이름을 끄집어내는 것이 될 거다. 그리고 그간 이디에트가 보수로 주었던 것들을 증거 삼아 우리가 네 병을 거짓으로 꾸며 너를 왕궁에서 내쫓았다고 하겠지."

"그건 누구 추측인가요? 꽤 현실적인데요."

"네 친애하는 고용주이자 내 사랑스러운 아내."

위그는 천천히 손에 든 검을 검집에 넣었다. 그 위에 덕지덕지 달라붙어 있는 피에서 끔찍하리만치 비린내가 흘렀다.

"그리고 내 생각에는 이제 알렉산드르를 죽였다는 자객이 나타나고, 그 또한 우리의 이름을 댈 것이다."

"그것으로는 이디에트 같은 가문을 족치기 어려울 것인데."

"하지만 우리의 발목을 잡기에는 적당하지."

"그런가요."

"하지만 우리의 발목이 잡힌다고 해도 상관이 없어. 이제부터 우리는 공작저에서 한 걸음도 나가지 않을 생각이거든, 자, 비비안의 명령이다."

그렇게 말하며 위그는 손에 든 편지를 카티야에게 넘겼다. 그것을 확인한 뒤 카티야가 눈썹을 까닥였다. 위그가 시큰둥하게 입을 열었다.

"그녀는 너를 구하면서 꽤 큰 걸 잃었어. 이 정도는 해 줘라."

"안 해 주면 제가 무사하지 못할 거예요."

"글쎄, 아마 그렇지 않을 거야. 너는 이 일의 이익과 관련되지 않았으니까, 그녀의 말을 거역해도 상관없을 거다."

그렇게 말하며 위그는 방금 전 제가 피바다로 만들어 놓은 방을 힐끔거렸다. 기사들이 정리를 하고는 있으나 역부족일 것이었다. 이제 이곳을 떠야 했다.

그러나 다시 고개를 돌렸을 때 그는 문득 카티야가 자신을 빤히 응시하고 있음을 눈치챘다. 카티야는 눈을 깜박였다.

"단주님을 사랑하세요?"

"왜 그렇게 묻는 거지?"

"그녀를 사랑하지 않는 사람이 그녀를 정확하게 알고 있을 리가 없어요."

"그러는 너도 내가 그녀를 정확하게 보고 있음을 알잖나."

"저는 그저 눈치와 다년간의 경험 덕분이고요. 당사자니까 알고 있는 거지만, 공작 각하는 다르잖아요."

"그래."

위그는 깔끔하게 인정했다.

"나는 그녀를 사랑해. 이제 됐나? 자리를 뜨고 빨리 비비안이 시킨 일이나 마저 해."

말을 마친 위그가 완전히 자리를 떠났다.

카티야는 엉망이 된 주위를 보다가 웃었다.

그야말로 눈 깜짝할 사이에 벌어진 일이었다. 지독하리만치 쉽게 일이 풀린 듯한 착각마저 들었다.

그러나 그녀는 알았다. 이 눈앞의 착각은 결국 일시적인 쾌락일 뿐이었고, 진짜로 이 모든 난관을 헤쳐 나가려면, 꽤 길고 진득한 대치가 이루어져야 한다는 사실을.

그리고 그녀가 알고 있는 비비안 로젤리스는 그런 대치에 꽤 강한 사람이었다.

이제 그 강한 사람의 명단에 위그 이디에트도 넣어야 할 것 같았다. 근거는 없지만.

Chapter 20
종말을 향한 제물 (1)

알렉산드르의 시체 앞에서 가장 크게 운 이는 크리스티나였다.

왕자치고는 초라하고 처참한 죽음이었다. 어찌 된 일인지 왕궁을 나가지 않을 것이라고 기사 한 명 달고 나간 그는 수도와 꽤 멀리 떨어진 메이넌 남작 영지의 외곽 하수구에서 발견되었다. 죽은 지 며칠 지났는지 시체는 이미 부패하였고, 썩은 내가 진동을 해 어느 귀족 하나 다가가려고 하지 않았다.

그러나 크리스티나는 그런 동생에게 다가갔다. 제이슨의 옆에 서 있던 그녀는 알렉산드르의 시체가 마차에서 들려 나오는 순간 그만 주저앉았다. 시녀들이 급히 왕녀를 부축했지만 그 부축조차도 만류하고 크리스티나는 두 무릎으로 동생에게 기어갔다. 그리고 오물 냄새로 가득한 동생의 몰골에 통곡하고 말았다.

그 모습에 제이슨은 비통한 얼굴을 했다.

장담컨대 알렉산드르가 이렇게 죽을 줄 예상한 이는 아무도 없을 것이었다. 심지어 그의 죽음을 바랐던 위그도, 언젠가는 그를 죽여야 한다고 생각했던 크리스티나도 그의 이런 최후를 상상하지 못했을 것이었다.

엘리미아는 제이슨의 옆에서 눈물을 훔치고 있었다. 왕녀가 달라붙어 있어 차마 알렉산드르의 시체를 계속 운반하지 못한 기사들이 주저하자 로건이 천천히 동생에게 다가가 그녀를 품에 안았다.

크리스티나는 알렉산드르의 이름을 부르지 못했다. 그저 울기만 했다. 그러나 누나가 동생의 죽음 앞에서 운다는 이 간단한 명제도 각자 다른 이들에게, 다른 의미로 다가갔다.

그리고 그중에서 가장 착잡한 얼굴을 한 이는 의외로 위그였다. 딱히 크리스티나에게 공감한 것은 아니었다. 그렇게 바르고 착한 이는 아니었다. 그가 착잡했던 이유는 그저 비비안 또한 리암의 장례식에서 저렇게 울었다면 그래도 조금 더 편하지 않았을까 하는 생각이 들어서였다.

하지만 비비안은 저렇게 울라고 강요해도 결국 울지 않을 것이었다. 그는 바로 상념을 털어 냈다.

알렉산드르의 시체는 제이슨의 명령 아래 신전으로 옮겨졌다. 장례식 날짜가 정해지지는 않은 터라 아마 부패를 막는 약품으로 처리한 뒤 꽤 오랫동안 기도실에 갇혀 있어야 할 것이었다.

그리고 알렉산드르의 장례식 날짜가 정해지지 않은 이유는 제이슨 때문이었다. 그는 틀림없이 알렉산드르의 시체에 단서가 남아 있을 것이라고 여기며 자신이 동생의 죽음에 얽힌 음모를 밝혀내리라 길길이 날뛰었다.

"전하께서 저리 분노하시는 것은 또 오랜만이군."

엘버린 공작이 담담하게 말을 건넸다. 위그는 귀족들과 왕궁으로 들어가면서 피뜩 웃고 싶었다. 그러나 이 상황에서 웃는 게 그에게 도움이 될 리가. 그가 무덤덤하게 대꾸했다.

"마침 큰일이 겹쳐 생겼으니 그러실 만합니다."

"왕실 별장에 불이 났다고 들었소. 사고라고 하던데. 근원을 찾아보니 소독제가 불씨를 만나서 폭발을 일으킨 것 같다고. 하필이면 그 별장에서."

"아마 레이디 카티야의 병 때문에 소독제가 많이 쌓여 있는 상황에서 조심을 하지 않아 그런 듯합니다."

"공작 부인은 괜찮소? 레이디 카티야를 꽤 아꼈다고 하던데."

"안 그래도 어제저녁에도 자다가 엉엉 우는 걸 겨우겨우 달랬습니다."

위그는 눈 하나 깜박하지 않았다. 정확히 말해서 비비안이 자다가 일어난 이유는 그저 꿈을 꾸었기 때문이었다. 그 꿈의 내용이 뭔지는 모르겠지만 위그는 묻지 않았다. 아마도 로젤리스의 누군가일 것이었다.

왕실 별장에 불이 난 건 순전히 이디에트의 사람이 일부러 소독약이 있는 창고에 불씨를 남기고 시한폭탄이나 마찬가지인 장치를 만들어 놔서였지만 소문으로 들리는 이야기도 딱히 진실과 다르지는 않다.

별장에서 발견된 시체는 딱 하나뿐이었다. 다름 아닌 이디에트가 뒷골목에서 준비해 온 시체였다. 원래라면 그 외 고용인들도 있어야 했으나 비비안은 심술을 부리며 '카티야'의 시체만 준비했다.

어차피 자신이 카티야를 다른 곳으로 빼돌렸다고 진실을 말해 봤자 득이 되는 게 없어 제이슨은 그저 대외적으로 그들이 밖으로 각종 물품을 사러 나갔을 때 마침 홀로 있던 카티야가 실수로 폭발을 시켰다고 둘러댔다.

제이슨은 카티야의 죽음에 관해서는 이미 포기를 한 듯싶었다. 그것은 체념보다는 어쩔 수 없이 분노를 삼키며 한 선택에 가까웠다.

애초에 비비안과 위그는 제이슨이 카티야를 손아귀에 꽉 잡고 내주지 않으려 한 순간부터 이디에트와 디텔의 목줄이나 마찬가지인 서신들이 바뀌었음을 깨달았다고 생각했다. 그것이 카티야가 한 일이라는 것도. 그러나 그는 카티야를 죽이지 못한다. 카티야가 죽는다면 그때는 자신의 목줄은 물론이요 디텔의 목줄까지 가져간 비비안이 무슨 일을 저지를지 모르니까. 그래서 제이슨은 필히 카티야를 살려서 손에 꽉 잡고 있을 것이었다.

그러나 그는 아마 비비안과 위그가 이렇게 대담하게 카티야를 빼 갈 줄은 몰랐을 것이다. 카티야가 완전히 제이슨의 손에서 빠져나가면 그가 할 수 있는 것은 무엇인가. 아무것도 없다. 복사본은 소동만 일으킬 뿐 제이슨에게 아무런 이득이 없다. 오히려 그가 이디에트와 디텔의 서신을 손에 쥐고 있었음을 알게 된 귀족들이 함께 왕권과 대치를 하는 국면이 벌어질 수도 있었다. 그러므로 제이슨이 할 수 있는 것은 그저 카티야와, 그녀가 저지른 일들을 속으로 삼켜 버리는 것뿐이었다. 그리고 이 모든 것을 예상한 비비안과 위그는 대담하게 카티야를 빼내 왔다.

목줄이라는 것은 언제나 쥐고 있는 자와 잡힌 자, 쌍방의 목숨을 모두 위협하는 것이었다.

그리고 그들은 다 알았다. 알렉산드르가 죽은 이상, 이제 이디에트와 제이슨의 대치 중심은 카티야가 아닌 알렉산드르의 죽음을 둘러싸고 진행되어야 했다.

"알렉산드르의 죽음에 얽힌 진실을 낱낱이 파헤칠 생각이다. 일단 메이넌 남작 일가를 신문하고 있으니 신문이 끝난 뒤 경들과 상의하지."

"전하, 메이넌 남작의 신문은……."

"나 혼자 하겠다. 내 동생의 죽음이다. 귀경들은 끼어들지 마라."

디텔 공작의 말이 끝나기도 전, 제이슨이 단칼에 선을 그었다. 귀족들은 그 이유를 잘 알았다. 현재 제이슨은 귀족들을 다 혐의자에 넣었다. 그리고 그들 모두 이 사실 때문에 당분간 제이슨의 말을 거역하지 못할 것이다.

그저 한 사람, 위그만큼은 그런 제이슨을 두려워하기는커녕 귀찮다는 눈빛을 하면서 바라보았다. 그도 그럴 것이 그는 어차피 이 신문의 결과를 누구보다도 잘 예상하였기 때문이었다.

그는 결국 제이슨의 뒷모습에 적당한 예 하나 취하지 않은 채 바로 회의실을 떠났다. 마침 정오를 조금 지난 시간이라 그런지 햇살이 따뜻했다. 위그는 새삼스럽게 이제 봄이 다가왔음을 깨닫고 말았다. 잠깐 창밖을 보던 그가 마차로 다가갔다. 그때, 갑자기 요한이 다가와 낮은 목소리로 읊조렸다.

"각하, 공작 부인께서 오늘 왕궁에 오셔서 크리스티나 왕녀 전하를 알현하는 중이라고 합니다."

예상 밖의 정보에 위그는 마차의 머리를 돌리라 명령했다. 어차피 왕궁으로 온 김에 비비안까지 데리고 가지 못할 이유가 없었기 때문이었다. 더불어 그는 비비안이 왜 크리스티나에게 왔는지 궁금해졌다.

결국 그는 왕궁을 벗어나는 대신, 걸음을 크리스티나의 궁이 있는 방향으로 옮겼다.

　　　　　＊　　＊　　＊

크리스티나의 궁은 침울하기 그지없었다.

정확히 말하자면 진짜로 비통한 건 크리스티나뿐이지만 주인이 저렇게 슬퍼하는데 시녀들이 웃으면서 돌아다닐 리가 없었다.

비비안은 자신의 방문에 굳이 말을 덧붙이지 않고 접대실로 안내하는 시녀를 보며 미묘한 얼굴을 했다. 미리 언질을 준 것일까, 자신이 오면 바로 접대실로 안내하라고? 과연 그게 이 시녀에게 어떤 의미로 비쳤을까 따위를 고민하는데 어느새 그녀는 문 앞에 서 있었다.

"안으로 드세요, 공작 부인."

비비안은 방으로 들어갔다. 크리스티나가 소파에 앉아 있었다. 방금까지 울고 있었는지 눈가가 새빨갛게 부어 있었다.

그녀는 비비안이 들어온 것을 확인하자 급히 이미 마른 자신의 눈가를 손등으로 꾹꾹 눌렀다. 비비안의 성정상 그녀가 우는 것을 보면 뭐라고 할까 봐 그러는 듯했다. 실제로 비비안은 알렉산드르의 실종을 굳이 마음에 두지 않은 채 크리스티나에게 싸늘하게 대한 전적이 있었다. 인제 와서 그게 딱히 미안한 건 아니었다. 그렇다고 눈앞의 왕녀를 강하게 키우려고 했다는 역겨운 말 따위도 하지 않았다. 크리스티나를 위로하려는 것도 아니었다.

그녀는 저 순진한 왕녀의 파트너이지 친구가 아니다. 물론 그게 자신이 당했으니 너도 당하라는 식의 복수는 더더욱 아니었다.

그저, 객관적인 사실 하나를 두고, 비비안과 위그는 자신의 입장에서 당연히 자신의 이익부터 고려했으며 저 왕녀 역시 자신의 입장에서 자신의 아픔을 먼저 상기했을 뿐이었다.

크리스티나에게 알렉산드르의 죽음은 필연적인 결과였다.

이 사실 또한 그뿐이었다.

"왔나요, 단주."

"알렉산드르 왕자 전하는 죽었어야 했어요."

크리스티나의 얼굴이 다시 일그러졌다. 비비안이 담담하게 말을 이었다.

"하지만 왕자 전하를 죽인 건 왕녀 전하가 아니라 태자 전하죠. 그러니 슬퍼할 수는 있지만 자책감은 느끼지 말라는 거예요."

"단주는, 동생이 죽고 자책을 하지 않았나요?"

"그래 보이나요?"

"당신이라면 하지 않았을 것 같아요."

"그렇군요. 하지만 내 대답이 무엇인지 그것이 왕녀 전하의 기분에 딱히 영향이 갈 것 같지는 않으니 정답은 공개하지 않겠어요."

그렇게 말하며 비비안은 소파에 앉았다. 크리스티나는 억지로 울음을 참듯 입을 꼭 다물었다. 기실 그녀도 알고 있었다. 그녀의 이 눈물은 가증스럽다 못해 거의 악이나 마찬가지였다. 어차피 그녀의 손으로 죽여야 했을 것이었다. 언젠가는 죽어야 할.

그러나 그 사실은 크리스티나의 슬픔까지 앗아 가지는 못했다. 그녀는 이 모든 것이 그녀로 인해 일어났다고 생각하고 있었다. 실제로 그녀가 죽인 게 아님에도.

그녀는 문득 알렉산드르의 얼굴이 생각났다. 그 아이는 아마 죽기 직전까지도 크리스티나가 자신에게 무슨 짓을 하려고 했을지 모를 것이었다. 그 아이는 아마 죽기 직전까지 제 나름대로 왕녀인 누이를 사랑했을 것이었다. 여기까지 생각하자 다시 슬퍼졌다. 하지만 그녀가 슬퍼할 자격이 없다는 것이 그녀를 더 슬프게 했다.

크리스티나는 잔뜩 부은 눈을 손등으로 꾹꾹 더 눌렀다. 비비안은 그 모습을 보면서도 아무런 말도 하지 않았다.

다시 말하지만 그들은 파트너지 친구가 아니었다. 그리고 원래 사람은 혼자 클 필요가 있다.

아무리 마취제를 놓고 또 놓아 고통을 가시게 해도 피가 났고 상처가 났다는 사실은 변하지 않는다. 그래서 그녀는 조용하게 크리스티나가 자신의 감정을 갈무리하는 과정을 그저 빤히 응시했다.

그리고 얼마나 지났을까, 크리스티나가 먼저 입을 열었다.

"그런데 왜 왔죠?"

"정말 빨리도 물어보는군요."

"제 슬픔을 갈무리할 시간이 필요했어요."

"그렇군요. 그럼 이제는 갈무리가 되었나요?"

"네."

"좋아요, 본론으로 들어가죠."

비비안은 꽤 깔끔했다. 크리스티나는 그 점이 무척 고맙다고 생각했다. 만약 비비안이 그녀를 위로했다면 상당히 역겨웠을 것이었다. 마치 자신을 역겨워했듯 그렇게. 그러나 비비안의 태도는 한 치의 오차도 없이 그저 목적을 이루려는 자의 것이었다. 그 사실이 크리스티나를 아무런 원망도 하지 못하게 했다.

"일단, 알렉산드르 왕자 전하는 십에 팔구는 태자 전하에 의해 제거되었을 것이에요."

"다른 가능성은 없나요?"

"있어요. 하지만 적죠."

비록 근거는 희박했고 증거도 심증뿐이었지만 크리스티나 또한 그 말에는 동의했다. 그리고 제이슨이 알렉산드르를 제거한 이유는 알렉산드르가 왕위 욕심이 있다는 것을 알아채고 제거했거나, 아니면 그냥 없애 버려도 상관이 없는 형제 하나 죽여 이디에트의 명성에 먹칠을 하려고 했거나 둘 중 하나였다.

크리스티나는 두 개 중 어느 쪽이 더 가능성이 있는지 고민하다가 혹시 둘 다가 아닌가 따위의 추측을 했다. 그리고 결과적으로 제이슨의 행동에 자신이 이득을 받았다는 사실을 깨닫고 다시 침울해졌다.

"어쨌든 이제부터가 관건이에요. 우리는 반드시 여름까지 모든 일을 다 처리할 필요가 있거든요."

"지금은 봄이에요."

"그렇죠. 그러니까 여름이 끝나기 전에 다 끝낸다는 것이죠."

"이렇게 갑자기……."

"이디에트가 곧 날벼락을 맞게 생겼는데 차근차근 일할 필요가 있을까요?"

"그건 아니지만, 급하면 오히려 일을 그르치지 않을까요?"

"설마요. 일을 그르치기엔 우리가 죽여야 하는 사람이 의외로 그렇게 많지는 않아요."

크리스티나는 비명을 지를 뻔했다. 어딜 봐서 그게 적은 숫자인가. 그때 비비안이 입을 덧붙였다.

"게다가 가장 골치 아픈 존재를 없애 버렸고."

"알렉산드르가 가장 골치 아프다니."

"그렇죠. 지금 남아 있는 사람 중에서 알렉산드르 전하보다 더 죽이기 힘든 명목을 갖고 있는 이가 있나요? 물론 사람 목숨을 그렇게 쉽게 논해서는 안 되죠. 저도 알아요. 하지만 왕위를 갖기 위해서는 필요한 대화랍니다."

"그럼 로건 오라버니는, 오라버니도 처리하기 쉬운 존재인가요?"

순간 말을 잇던 비비안이 눈을 깜박였다. 크리스티나는 그녀가 고민을 하리라고 생각했다. 아니면 난감해하든가. 그러나 비비안은 의외로 일말의 주저함도 없이 대답했다.

"네, 심지어 그자는 처리하기 가장 쉬운 존재예요."

크리스티나는 놀라운 얼굴을 했다. 그녀와 로건 사이에 어떤 일이 있었는지 자세히는 모르지만 그녀도 들은 게 있었다.

"한때……."

"네, 연인이었죠. 그때는 로건이 아니라 에단이었지만."

비비안이 담담하게 대꾸했다. 크리스티나는 조금 놀란 듯, 그래서 할 말을 잊은 듯 입을 꼭 다물다가 다시 입을 열었다.

"지금은 마음이 없나요?"

"이 질문에 제가 왜 대답을 해야 하는지 모르겠군요. 그저 한 가지 확실한 게 있다면 제가 로건 왕자 전하를 제거하지 못해 질질 끌 거라는 걱정은 하지 않으셔도 된다는 거예요."

"그런 뜻은 아니었어요."

"저한테는 그렇게 들렸어요. 하지만 아니라고 하시니, 그렇다면 왕녀 전하께서 걱정하시는 건, 앞으로 다른 이들을 어떻게 처리하겠느냐 하는 것이겠군요."

크리스티나는 길게 숨을 들이쉬었다.

잘 모르겠다. 하지만 이미 이 판은 다 짜여 있었다. 그녀는 비비안의 퀸이다. 결국 조용하게 다른 말 뒤에 숨어 있다가 상대방 킹을 체크메이트시켜야 했다. 비비안은 이 판을 움직이는 쪽이다. 그럼 비비안의 상대는 무엇인가. 바첼론? 아니면 다른 무엇인가?

크리스티나는 입을 다물었다. 무엇인지 알 필요 없다. 알고 싶지도 않았다. 이제 그녀는 이 판에서 나가고 싶은 생각마저 들었다. 각오와 현실은 언제나 다르다. 그녀는 자신이 이렇게 유약하고 왕에 어울리지 않는 존재인지 이번에 처음 알았다. 하지만 그녀에게 선택이 있는가. 비비안과 위그는 그녀의 머리채를 잡아서라도 왕위에 올릴 것이었다.

그런 크리스티나의 심정을 알아차렸는지 비비안은 더 입을 열지 않았다. 비비안은 이런 날이 오리라는 것을 이미 예상하고 있었다. 기실 크리스티나가 그녀에게 제안한 순간부터 알고 있었다. 그녀는 너무 여렸고 순진했고 독하지 못했다. 왕위에 앉는다고 해도 함부로 그 권력을 휘두르지 못할 것이었다.

진정으로 군주의, 그러니까 전통적인 군주의 상에 어울리는 사람을 굳이 이 왕궁에서 찾자면 그건 제이슨이어야 했다. 사람들은 방탕한 삶을 즐기지만 반대로 강력한 왕권을 손에 쥐고 이 나라를 엄하게 다스릴 존재를 더 좋아한다. 이 모든 특성이 사내의 것으로 귀결됐고 그래서 왕관에 성별이 있다면 그것은 남자일 것이라 그렇게 다들 믿어 왔다.

하지만 비비안은 애초에 그런 미신 따위 믿지 않았다. 그래, 미신이었다. 그녀는 순전히 그게 미신이라고 생각했다. 애초에 세습으로 이어지는 권력 계보에서 왕좌에 더 어울리고 말고 따위를 찾는 게 무슨 의미 있나.

크리스티나는 여왕이 되어야 한다. 그 이유는 그저 크리스티나가 원하기 때문이었고 위그와 비비안 또한 원했기 때문이었다.

크리스티나는 최소한의 판단력이 있으므로 지금 상심할지라도 결국에는 제 발로 왕좌에 올라가 앉을 것이었다. 비비안은 그래서 굳이 그녀를 위로하지 않았다.

그렇게 방에 침묵이 흐르는데 갑자기 시녀가 다시 들어왔다.

"로건 왕자 전하께서 오셨습니다."

비비안은 길게 숨을 들이쉬었다.

"그럼 저는 이만 가 보지요."

그러나 시녀가 한마디 더 붙였다.

"이디에트 공작 각하께서도 오셨습니다."

비비안의 얼굴은 이제 평온하지 않았다. 하지만 그녀는 자리에서 일어나는 것을 멈추지 않았다. 대신 완전히 외투까지 집어 들고 왕궁을 떠날 준비를 했다. 애초에 크리스티나의 상태를 확인하러 왔기에 용건은 끝났다. 이대로 돌아가도 상관이 없었다.

크리스티나는 그런 비비안을 보며 무슨 생각을 했는지 그저 입을 꼭 다물었다. 이내 인사를 마친 비비안의 뒤를 따라가며 그녀가 입을 뗐다.

"저도 로건 오라버니를 맞이하러 가야겠어요."

* * *

장담컨대 로건이 이곳으로 올 줄 알았다면 위그는 미리 로건의 궁에서 이곳으로 오는 길 사이에 폭탄이라도 설치했을 것이었다.

그야말로 철저히 자신의 시각에서 나온 조치였다. 이곳에 비비안이 있고 그가 오고 싶었다는 이유만으로 둘 사이에서 누군가가 먼저 자리를 떠야 한다면 그것은 로건이지 절대 자신이 아니었기 때문이었다.

그래서 위그는 로건이 마차에서 나오는 것을 보면서도 눈 하나 깜박하지 않았다. 굳이 제가 먼저 나서서 반응을 보이는 것부터가 모든 것을 우습게 보이게 한다고 생각했기 때문이었다. 그런 그의 반응에 로건은 아무런 태도도 취하지 않았다. 그저 자신보다 먼저 몇 걸음 크리스티나의 궁으로 들어간 그의 뒷모습을 보고, 예를 표하는 시종들과 시녀들에게 부드럽게 웃어 주었을 뿐이었다.

"크리스티나는?"

"이디에트 공작 부인께서 오셔서 담화를 나누고 계십니다."

시녀의 말에 로건의 눈빛이 위그에게 닿았다. 그는 시녀에게 가볍게 자신이 왔음을 알리고 비비안과 함께 크리스티나를 접견할 생각인 듯했다. 그러나 미처 그의 말을 크리스티나에게 전하기도 전, 갑자기 안쪽에서 인기척이 들려왔다.

그 인영의 주인을 확인하자 위그가 성큼성큼 걸음을 옮겼다. 비비안이 여유롭게 웃으며 나오고 있었다.

두 부부가 미처 말을 나누기도 전, 비비안의 뒤에 있던 크리스티나가 비비안을 스쳐 지나가 로건에게 달려갔다. 달려갔다……라는 표현을 쓰기에는 그저 걸음을 빨리한 것뿐이었지만 꽤 급한 것으로 보아 그녀는 진심으로 로건의 등장을 반기는 것 같았다.

"오라버니."

"크리스티나, 괜찮니? 걱정되어서 와 보았어."

"괜찮아. 고마워, 오라버니."

크리스티나가 은은하게 웃었다. 그녀는 로건과 그렇게 우애 깊지는 않았으나 그래도 이 왕실에서 가장 사이가 좋은 남매에 속했다. 로건은 크리스티나가 무사하다는 말에 다소 안심하는 듯 보였다.

그때, 위그의 묵직한 목소리가 들려왔다.

"왕녀 전하를 뵙습니다."

"아, 공께서도 오셨군요."

크리스티나가 가볍게 대꾸했다. 위그는 그저 그 단순한 한마디에 자신의 임무를 모두 끝내기라도 한 듯이 바로 무심하게 시선을 옮겨 로건을 응시했다. 그리고 그가 담담하게 입을 뗐다.

"인사가 늦었습니다. 왕자 전하. 상심이 크시겠습니다."

그 메마른 인사에 진심이라고는 눈곱만치도 보이지 않았다. 그러나 로건은 위그의 무례보다 방금부터 위그의 옆에서 입을 다문 채 조용하게 서 있는 비비안에게 눈길이 머물러 있었다. 딱히 열정이나 특별한 감정의 소용돌이 따위 보이지 않았지만, 충분히 두 사람의 관계를 드러낼 만한 시선이었다.

그러나 로건의 그런 눈빛을 받으면서도 비비안은 무심했다. 심지어 그녀는 로건에게 인사조차도 하지 않았다. 위그가 했으니 굳이 자신까지 할 필요가 없다고 여긴 듯했다. 설사 그녀가 인사를 하지 않더라도 이곳에 그녀를 벌할 사람이 없어 애초부터 생략했는지도 모른다.

위그는 비비안을 보고 있는 로건과 그런 로건의 시선을 받고도 가만히 있는 비비안을 한 번 눈으로 쓸고는 입매를 굳혔다. 그는 멍청하지 않았다. 이런 장소에서까지 노골적으로 로건을 향한 적의 따위를 드러낼 이유가 없었다. 그가 보여야 하는 건 가급적 비비안과 로건 사이의 관계를 잘라 내는 것이었다.

그래서 그는 비비안의 허리에 손을 올렸다. 익숙한 체온과 달콤한 향수의 향기가 손끝과 코에 감기는 듯했다.

"왕녀 전하를 잘 위로했어?"

"글쎄."

그의 물음에 비비안이 애매하게 대답했다. 어쨌든 보는 눈이 있는 이상 그녀로서는 말을 아껴야 했다.

"내 방식대로 열심히 하긴 했는데 충분한지 모르겠어."

"충분했어요. 공작 부인. 오늘 정말 고마웠어요."

크리스티나는 로건의 앞이라는 것을 인식했는지 다시 그 얌전하고 귀여운 왕녀의 모습으로 돌아가 있었다. 그때 비비안의 시선이 로건에게 닿았다. 그녀는 웃지도, 그렇다고 인상을 쓰지 않는 그저 평온한 눈길로 입을 뗐다.

"왕자 전하께서도 부디 슬픔을 거두시길."

"감사합니다. 공작 부인."

"그럼 이만 가겠습니다. 왕녀 전하."

로건의 대답이 끝나자마자 위그는 비비안을 안고 자리를 옮겼다. 그는 비비안을 굳이 품에 끌어안지 않았다. 노골적인 태도 따위 없었다. 그저 평소처럼 비비안의 허리를 감고, 그녀와 한 걸음 한 걸음 보폭을 맞춰 궁을 떠났다.

조심해. 몇 개 안 되는 계단 앞에서 위그가 가볍게 말했다. 그저 일상적인 언사였다. 그 정도로 자연스러웠다.

그러나 그 사실은 오히려 로건이 비비안의 뒷모습에서 눈길을 떼지 못하게 했다. 두 사람의 모습이 지나칠 정도로 잘 어울렸고, 지나칠 정도로 위화감이 없다는 사실이 그를 불쾌하게 만들었다.

그는 결국 시선을 돌렸다. 이 상황에서 그가 어떤 감정을 어떻게 품든 그것은 절대 저 두 사람에게 영향을 주지 못했다. 그렇다는 것은, 그가 지금 아무리 위그 이디에트를 질투해도 별 의미가 없다는 것이었다.

질투.

로건이 쓰게 웃었다.

적나라한 질투였다.

*   *   *

"왜 왔어?"

"당신이 이곳에 있다니까 왔어."

"굳이?"

비비안의 물음에 위그가 담담하게 대꾸했다. 실제로 그가 온 이유는 비비안이 이곳에 있다고 해서 왔을 뿐이었다. 딱히 이유는 없었다. 그저 그뿐이었다. 같이 집에 갈 수 있으면 좋고, 크리스티나를 만나 앞으로가 진짜라고 한마디 덧붙여 주는 것도 이상하지 않다. 물론 후자는 로건 때문에 무산됐지만.

비비안은 뭔가 생각하는 듯하다가 위그의 말을 그냥 믿는 것을 선택했다. 딱히 이상할 게 없었다. 로건이 왔다는 소식에 급히 달려왔다는 쪽이 더욱더 허무맹랑했으니까.

그녀는 위그가 그 정도로 할 일 없는 인간이 아님을 알고 있었다. 아마 로건과 부딪친 것은 우연일 것이었다. 그렇게 생각하며 그녀는 시선을 마차 밖으로 던졌다. 어느새 마차는 왕궁을 벗어나 중앙 거리로 향하고 있었다.

"크리스티나는 알렉산드르의 죽음을 많이 슬퍼하더군."

"그래 보였어. 뭐, 언젠가 자기 손으로 죽여야 한다는 것을 알더라도 사랑하는 건 사랑하는 거니까. 사람인 이상 정상적인 반응이지."

"당신은 리암이 죽었을 때 왜 그렇게 울지 않았나?"

위그의 말이 떨어지는 순간 비비안이 멈칫했다. 그동안 위그는 일부러 그녀와 리암의 이야기를 기피해 왔다. 오히려 지금까지 입에 리암을 올렸던 것은 그녀였다. 비비안은 위그가 이렇게 리암의 이야기를 꺼냈다는 게 꽤 신기해서 웃었다. 그러나 위그의 표정은 진지했다.

"딱히 울어야 할 이유를 몰랐으니까."

"울지 말아야 할 이유가 있었던 건 아니고?"

"같은 말 아닌가."

"엄연히 다른 말이지만 대충 알겠으니까 굳이 말하지 않아도 돼."

그러나 위그의 선은 여전히 거기까지였다. 그는 더 비비안의 상처를 헤집을 자신이 없었다. 그저 지금까지 그래 왔던 것처럼 결국 자신의 말을 거둬들이는 쪽을 선택한 모양이었다. 하지만 비비안은 그럴 생각이 없었던지 담담하게 대꾸했다.

"나는 리암을 죽일 생각이 없었지만, 그 아이의 죽음을 두고 운다면 무척 가증스러워질 것 같았어."

"그 자리에서 당신을 질책할 이는 없다."

"하지만 내가 나 스스로를 역겨워하겠지. 알아, 사실 첫째 오빠가 죽은 날에도 울지 않았고. 생각해 보자면 그 아이가 첫 번째로 죽은 이도 아닌데 굳이 이렇게 굴 필요 있나 싶어. 하지만…… 그 아이는 내 앞에서 목을 그었어. 그저 죽은 게 아니라."

"……"

"나는 그 이유를 알 것 같으면서도 모르겠어. 당신은 어떻게 생각해?"

위그는 비비안을 응시하며 가볍게 대꾸했다.

"당신에게 고통을 주기 위해서."

"……그렇지? 그저, 그뿐이지? 그 아이는 나를 증오해서, 그래서 그렇게 죽었던 거야. 그렇지?"

순간 위그는 비비안의 목소리가 처음으로 애원조가 되는 것 같다고 생각했다. 그래서 그는 고개를 끄덕였다. 이제 비비안의 마음속에 리암은 메이슨과 마찬가지로 그녀를 증오해서 죽은 이가 되었다.

그러나 기실 그도 비비안도 알았다. 그들이 진정으로 비비안을 증오했고 그래서 그녀에게 순전히 고통만을 안겨 줄 목적이었다면 비비안이 이렇게 굴 리가 없었다.

세상에서 가장 어려운 일은, 분명 애정을 품고 있음에도 불구하고 존재 자체가 죄악이 되어 다가오는 이들을 해치는 것이다.

'악하지 않은' 적을 죽이는 건 언제나 어렵다.

마차에는 침묵이 감돌았다. 이제 두 사람은 더 이상 리암에 대해 내뱉지 않았다.

* * *

알렉산드르의 사인은 꽤 빨리 확정되었다. 과다 출혈에 의한 사망. 그리고 그 과다 출혈의 가장 큰 이유는 다름 아닌 그의 목에 난 상처 때문이었다.

타살이 확실하다는 결과에 제이슨이 대로했다. 아니, 실제로 어쨌든 간에 그의 행보는 진짜로 대로를 한 것으로 보였다.

가장 첫 번째로 분노의 표적이 된 이는 당연히 메이넌 남작가였다. 감히 왕자를 해하는 이들이 영지에 들어왔음에도 눈치채지 못하고 태만했던 죄.

그 간단한 한마디에 메이넌 남작가는 순식간에 왕자를 시해한 혐의까지 뒤집어쓰고 대역죄인이 되고 말았다.

결국 며칠이 지난 뒤 왕실은 메이넌 남작령을 거의 쥐 잡듯이 뒤져 단서를 찾아냈다. 그리고 과연 제이슨의 명령대로 이 모든 과정을 장악한 것은 왕실이었다. 귀족들은 그저 혐의를 안고 하루하루 전전긍긍 시간을 보낼 수밖에 없었다.

그렇게 왕실이 메이넌 남작가의 조상의 무덤까지 다 파헤치는 게 아닐까 할 정도로 대대적인 '조사'를 마친 뒤, 제이슨이 갑자기 위그를 소환했다.

"오랜만이야, 이디에트 공."

접대실에 앉아 있는 제이슨의 모습은 절대 알렉산드르의 시체 앞에서 보였던 동생을 잃어 슬픈 태자의 모습이 아니었다. 그의 혈색은 과하리만치 좋아 보였다.

그는 방에 들어온 위그를 향해 잔을 들었다. 위그가 가볍게 고개를 숙였다.

"태자 전하를 뵙습니다."

"앉아. 앉아서 한잔 들지."

"괜찮습니다."

"그래? 앞으로 편하게 술 마실 일이 없을 것 같아서 배려한 것인데, 공이 그리 나온다면 나도 굳이 권하지는 않지. 하지만 잘 생각해 두어야 할 거다, 공. 이제부터 공의 대답에 따라 이디에트의 생사 여부가 변할 예정이거든."

위그는 가늘게 눈을 떴다. 어차피 예상했던 말이었다. 그는 천천히 의자에 앉았다. 분명 괜찮다고 했음에도 제이슨은 이미 따라 놓은 와인을 그에게 내밀었다.

"요즘따라 바쁘더군."

"전하만큼 다망하지는 않습니다."

"공 말고, 공의 아내 말이야. 그 나이 대의 여자가 감당할 이유가 없는 걸 감당하고 있잖나. 슬픈 일이지, 분명 조금 더 행복하게 살 수 있음에도 바첼론에 태어나 결국 그렇게 불쌍한 삶을 살다니."

"제 아내는 이디에트의 안주인으로서 기본적인 의무를 다하기 위해 언제나……."

"공, 그래서 말인데. 내가 제안을 하지."

위그는 자신의 말이 잘린 것에 입을 다물었다. 그러나 그의 얼굴은 이미 제이슨이 무슨 말도 안 되는 제안을 하든 담담하게 필요 없다고 거절을 할 준비가 되어 있었다. 그것을 보아 낸 듯 제이슨이 피식 웃었다.

그리고 곧, 그가 입을 뗐다.

"내가 왕이 되면, 공의 아내의 손에 상속권을 쥐여 주지. 그러니까 내 말은, 어디 한번 그 법안을 고쳐 볼 의지도 있단 말이야."

아무도 예상치 못한 말이었다.

심지어 위그에게 제이슨이 무슨 말을 하려고 그러는지 잘 듣고 오라며 웃던 비비안조차 제이슨이 이런 제안을 할 줄 예상하지 못했을 것이었다. 그러나 위그는 이 상황에서 동요를 보일 정도로 멍청하지 않았다. 그는 그저 제이슨의 말이 무슨 의미가 있는지 모르겠다는 얼굴로 대꾸했다.

"전하께서 어찌 갑자기 그런 생각을 하게 되었는지 모르겠습니다."

"나는 의외로 그렇게까지 생각이 없는 사람이 아니야."

알고 있었다. 생각이 없지 않은 정도가 아니었다. 제이슨의 가장 큰 문제는 생각이 너무 '많다'는 것이었다.

"상대방을 회유할 때는 그에 상응하는 대가를 내놓을 필요가 있다는 사실을 알지. 내가 공의 아비에게 찾아갔던 순간까지도 말이야. 그리고 공도 알겠지만, 나는 약속을 퍽 잘 지켰어. 지금 이 순간까지도 태자비와 이디에트를 손에서 놓지 않았으니 말이지."

"태자 전하께서 이디에트를 손에서 놓아야 하는 이유가 있는지 몰랐습니다."

"물론 없지. 이디에트는 내 충실한 신하이고 나는 그에 걸맞은 대우를 할 필요가 있어. 나도 그 정도는 알아."

"그렇습니까."

"그래서 지금 이디에트와 더 깊고 오랜 우정을 유지하기 위해 이렇게 공과 마주 앉아 말을 꺼내지 않나."

제이슨은 천천히 잔을 비웠다.

탁. 잔이 테이블 위에 놓였다. 잔여한 와인과 그 위의 투명한 크리스털 위로 위그의 얼굴이 비쳤다. 그것을 무심하게 보는데 제이슨이 빙그레 웃었다.

"여성 상속권을 수정하지."

"전하. 그게 저와 무슨 상관이 있는지 모르겠습니다. 물론 전하께서 그렇게 하시겠다면 저로서는 말리지 않을 것입니다. 귀족원으로서 폐하의 뜻을 받들어 성심성의껏 매사에 최선을 다해야 하는 것은 사실이나, 그것이 저한테 '제안'씩이나 되는지는 저도 모르겠습니다."

"그래? 그럼 말을 바꾸는 게 어떻겠나. 공작 부인을 공의 옆에 묶어 두는 것을 도와주지. 그건 어떤가."

위그는 눈썹을 까닥였다. 그의 얼굴은 현재 자신이 세상에서 가장 황당하고 의미 없는 말을 듣는다는 표정을 짓고 있었다. 그리고 만약 그와 비비안의 관계가 진짜로 평범한 부부였다면 제이슨의 제안은 확실히 황당할 법했다.

그러나 비비안과 위그는 '평범한' 부부는 아니었다. 그래서 표정은 그렇게 지었지만 위그의 속은 이미 엉망이 되어 있었다. 그뿐만이 아니라 그는 가급적 머리를 쓰며 제이슨이 이 말을 자신에게 하는 의도가 무엇인지를 파악했다. 하지만 의도는 여전히 파악되지 않았다.

"전하, 제 아내는 저와 이미 결혼을 했습니다. 상속권과 무관하게 그녀는 죽음이 저희를 갈라놓는 순간까지 저와 함께할 겁니다."

"공이 그렇게 딱 잡아떼면 내가 할 말이 없는 건 사실이다. 하지만 내가 지금 공에게 제안을 하는 것은…… 물론 태자라는 신분도 갖고 있지만, 다른 한편으로는 같은 사내로서 말하는 것이기도 해."

"……."

"공도 알겠지만, 이 바첼론에서 계집과 손을 잡는 것보다는, 사내와 손을 잡는 게 더욱더 이득이 많고 쉽거든."

위그는 그제야 깨달았다. 아마도 태자, 제이슨은 그와 비비안 사이의 결혼이 그저 단순한 감정의 문제가 아니라는 것을 깨닫고 이런 제안을 해 오는 것이 분명했다. 또, 다른 한편으로 그의 이 모든 제안은 위그가 비비안을 옆에 묶어 놓고 싶어 한다는 것을 전제로 했다. 정말 놀랍게도 제이슨은 이미 그와 비비안의 관계를 알아차렸을 것이 분명했다.

그래서 제이슨의 어정쩡한 태도를 파헤쳐 보자면, 지금 그가 하는 것은 제안보다는 일종의 회유에 가까운 것이었다. 최소한 위그는 그렇게 생각했다. 아니나 다를까 제이슨이 계속해서 말을 이었다.

쪼르륵, 잔에 와인이 천천히 차올랐다.

"내가 태자가 된 뒤 이디에트의 손을 빌린 사건이 많았다는 것은 인정하지. 하나 그것은 절대 내가 공과 적이 되고 싶어서가 아니다. 공도 알겠지만, 공의 아버지는 나를 눈에 넣지 않았지."

"제 아버지는 언제나 왕실에 충성을 바쳤습니다."

"그래, 얻을 만한 게 없으면 언제 어떻게 버려도 상관없는 그런 충성 말이지. 아, 질책하는 것은 아니다. 원래 귀족이나 왕족이나 그 뼈에 새겨진 이기심을 어떻게 할 도리는 없어. 다만 내가 공에게 알리고 싶은 건, 결국 그 어떤 우여곡절이 있든 이디에트는 나와 함께 이 왕좌를 지켜야 한다."

"저는 언제나 그래 왔습니다."

"태자비도 있고."

"……."

"그리고 무엇보다도, 이 왕실에는 이제 나를 빼고 이디에트의 가치를 충분하게 빛나게 할 만한 사람이 없으니까."

위그는 그만 실소를 터뜨리고 말았다. 왜 갑자기 이 타이밍에 그를 찾나 했더니 결국 알렉산드르가 죽어 그의 계획이 실패로 돌아갔다고 생각하는 모양이었다. 제이슨은 위그가 그 사실을 알아차렸다는 것을 눈치챈 듯했다. 애초에 숨길 생각도 없었지만.

"나는 알렉산드르를 꽤 아꼈어. 하나 그 아이는 왕으로서 어울리지 않아."

"그렇습니까."

"기실 공의 뜻은 알고 있었다. 바로데에서 그렇게 큰 행동을 하고도 내가 그 뜻을 모를 것이라고 생각했다면 그야말로 나를 너무 모르는 것이지만. 어찌 되었든 간에 나는 공의 뜻을 잘 알고 있었어. 공은 애초에 로건을 왕으로 세우려고 했던 게 아니야. 그 아이가 수도로 돌아온 것은 왕위 욕심이나 공의 제안 때문이 아니라, 순전히 공작 부인 때문이거든."

방금까지 담담하게 앉아 있던 위그의 미간이 꿈틀거렸다. 위그는 굳이 불쾌함을 숨기지 않았다. 제이슨은 다시 와인을 입 안에 넣었다.

"공은 로건과 맞지 않아. 나는 그 아이를 알아. 그 녀석은 왕위에 진정으로 욕심이 없어. 그게 내가 그 아이를 경계하지 않는 이유는 못 되지만, 최소한 공이 그 아이와 진정으로 손을 잡은 게 아니라는 것을 판단하는 데는 충분하지. 물론 다른 이유도 있지만."

"저는, 지금까지 단 한 번도 전하의 뜻을 배반해 본 적이 없습니다."

"그래서 생각해 보았다. 대체 이디에트가 진정으로 손을 뻗은 게 누구인가. 그래서 곰곰이 생각을 해 보았는데, 역시 이 왕궁에서 공이 잡을 만한 손이라면 역시, 알렉산드르밖에 없더군."

"……."

"공과 단주가 결혼했을 때 로건은 바첼론에 없었어. 쌍둥이들은 이미 백작 가문에서 꽉 잡고 있고, 왕녀 중에 왕위를 노릴 만한 아이는 크리스티나가

다지만……그래, 나도 크리스티나가 꽤 총명하고 영리하다는 것은 알아. 그렇다고 해도 그 아이는 감히 이 오라비와 동생을 죽이고 군주를 노릴 만큼 독하지 않아. 공, 아나? 세상의 모든 계집이 다 공작 부인 같은 건 아니야."

위그는 제이슨이 꽤 근접하게 1년 전의 실제 상황을 맞혔다는 것에 놀랐다. 그래, 그 정도 눈이 없었다면 아마 그의 아버지가 그런 식으로 당하지 않았겠지.

"그렇게 하나하나 퍼즐을 맞춰 보니, 알렉산드르뿐이더군."

"……."

"그래서 사람을 붙였다."

"……."

"그리고 죽였지."

꽤 깔끔한 인정이었다. 위그는 제이슨의 추리 능력에 어떤 표정을 지어야 할지 몰랐다. 바첼론에서 위그만큼 권력을 쥐고 있는 사내로서 위그가 비비안과 손을 잡았다는 가능성까지 생각했다는 것 자체가 꽤 놀라웠다. 인간은 보통 자신이 가진 인지의 한계 내에서 생각을 하고, 제이슨은 아무리 힘들어도 제가 그리 하찮게 여기는 '계집'에게까지 손을 잡자고 할 인간이 절대 아니었기 때문이었다.

그리고 이 모든 결론을 내리자마자 한 치의 망설임도 없이 바로 알렉산드르를 죽였다는 행동력에도 감탄을 내뱉었고.

"물론 내가 알렉산드르를 진정으로 죽이려고 한 것은, 그 아이가 언제부터인가 디텔에 관심을 보이는 것 같았을 때지만."

"그랬군요."

"그래서 말인데, 공작. 이제 왕실에는 공의 손을 잡을 이가 없다. 그래서 제안을 하는 것이다. 내가 반성하지. 이디에트를 너무 지독하리만치 갉아먹었어. 그래서 결국 공이 그 미천한 평민 계집에게까지 달려가게 하였지. 내가 공을 너무 구석으로 몬 결과다. 사과하지."

"……."

"그러니 이제는 그만하고 슬슬 제자리를 찾을 때다. 공. 계집은 소유하고 다스리는 존재지, 애정을 나누고 존중하는 상대가 아니다."

위그는 그만 웃고 말았다. 그러나 싸늘하게 식은 그의 눈빛이 그가 하나도 기쁘지 않음을 알려 주고 있었다.

딱히 제이슨의 말에 분노하는 것은 아니었다. 그는 30년 넘게 바첼론에서 저런 말을 듣고 배우고 알고 지내 왔다. 비비안을 안 지 겨우 1년이 지났다고 과거의 자신을 참회하고 뼈저리게 반성하는 일 따위 있을 리가 없었다.

다만 제이슨의 말에 웃은 이유는 그저 간단했다.

"그렇게 말씀하시면서도 상속권을 개정하겠다는 겁니까."

"못 할 게 어디 있어. 어차피 위에서 내려지는 은혜다. 조금만 허용해도 감격해하면서 눈물을 지을 이들이 한가득이야."

"그게 저한테 무슨 이득이 있다는 겁니까."

"있지. 이 상속권과 재산권의 존재로 인해 공은 당당하게 공의 아내를 곁에 묶어 둘 핑계가 있지 않나."

"그렇습니까."

"그래, 여자의 재산을 보증하고, 여자를 존중하고, 여자의 주체성을 인정하고, 여자도 행복할 수 있고 성공할 수 있다는 사실을 인정하는 남자를, 여자가 어떻게 감히 거절할 수 있겠어?"

"……."

"안 그런가?"

이제 위그의 얼굴에는 미소가 없었다. 그러나 제이슨은 재밌다는 듯이 말을 이었다.

"공, 바첼론에서 아내에게 손을 대지 않고, 다정하고, 돈이 많고, 잘생긴 남자는 여자를 소유해도 된다. 그저 아내가 사치를 부리는 것을 내버려 두고,

아내가 안주인으로서의 위엄을 수립하는 것을 용납해 주고, 아내가 다른 귀족들 사이에서 공의 권력을 빌어 우아하게 서 있는 것을 허용해 주며 훌륭한 남편으로 군림해도 된다."

"……."

"공은 그래도 돼. 사람들은 완벽한 남자를 거부하는 여자들을 이해하지 못하거든. 그러니까 상속권 하나로 아내를 옆에 묶어 놓고, 공작 부인이 거절하면 그녀를 몰상식하고 미친년으로 만들어."

위그는 제이슨의 말에 인간이 똑똑한데 양심이 없으면 이루어지는 결과물 따위를 생각하고 있었다. 그래, 그는 그야말로 머리가 좋은데 인성이 덜 된 타입이었다. 물론 마찬가지로 양심 따위 말아먹은 위그도 있었지만…… 위그는 여기까지 생각하고는 자신도 마찬가지로 별로 인성으로 내세울 게 없음을 깨닫고 그저 입을 다물었다.

솔직히 말하자면 제이슨의 제안은 꽤 달콤했다. 만약 1년 전이었다면 흔쾌히 받아들였을 것이었다. 아니, 1년 전보다는…… 비비안과 결혼하고 그녀에게 처음으로 사랑을 말했던 그때이려나. 그럼 지금은? 그는 잠시 생각하다가 한숨을 쉬었다.

"반대가 심할 겁니다."

"누구, 귀족들?"

"바쳴론 전체의."

"괜찮아. 어차피 그래 봤자 원성은 잠시뿐일 거거든. 시간이 흐르면 칼날은 다 계집에게 날아간다."

제이슨은 위그와 시선을 맞추었다. 그 눈빛에는 다시 회유가 깃들어 있었다. 그의 눈은 다시 그렇게 말하고 있는 것 같았다.

내 손을 잡아라.

바쳴론에서 권력을 가진 사내는 굳이 계집의 편을 들 필요가 없다고. 어쭙잖은 동정심이나 정의감이 아니고서야.

그에 위그가 입꼬리를 천천히 말아 올렸다.

* * *

[다 준비되었어요.]

비비안은 손에 들린 서신을 우아하게 난로에 집어 던졌다. 화르륵 타오르는 불길을 빤히 보던 그녀는 꼬챙이로 뒤적거리며 그것을 더 깊숙이에 넣었다.

안 그래도 이제는 날씨가 제법 풀려 따뜻한 데다가 난로까지 피우자 방 안은 금세 후끈해졌다. 비비안은 자리에서 일어났다. 그리고 다시 책상 쪽으로 가려는데 갑자기 문이 열렸다.

"왔어?"

책상에서 찻잔을 든 비비안은 무심하게 대꾸했다. 위그가 고개를 끄덕였다.

"무슨 이야기 했어?"

"그간 우리가 예상했던 이야기?"

"알렉산드르에 관한 이야기는 없었어?"

"없었다. 다만."

"다만?"

"다만, 꽤 천재적인 추리력으로 우리가 원래 알렉산드르를 추대하려고 했다는 건 알고 있더군."

"조금만 머리 써 보면 나오는 문제를 무슨 천재적인 추리력씩이나."

"과정이 꽤 합리했거든. 그리고 그 합리한 과정으로 크리스티나가 왕위를 찬탈할 수 있다는 가능성까지 헤아려 보더군. 물론 스스로 부정했지만."

그러나 그저 담담하게 웃던 비비안이 멈칫했다. 그녀가 계속 말해 보라는 듯이 눈짓했다. 위그가 대꾸했다.

"그런 얼굴을 할 필요 없다. 그저 크리스티나가 꽤 똑똑하고 영리하다는 걸 인정했을 뿐이야. 내가 보기에는 더더욱 빨리 제이슨을 처리할 필요가 있을 것 같다."

"흐음."

비비안은 속눈썹을 팔랑거렸다. 그녀가 찻잔을 천천히 내려놓았다. 그리고 책상에 기대며 입을 뗐다.

"말하지 않은 게 더 남았지?"

"예리하기는."

"말해."

"당신과는 별 상관이 없는 문제야."

"상관이 있어 보이는데."

"선대로부터 내려온 이디에트와 제이슨의 관계에 대해 들었을 뿐이지."

"아, 그러니까 당신을 회유했다?"

비비안이 얼굴을 찡그렸다. 그러나 그녀가 다시 물었다.

"그래서 당신의 대답은?"

"무슨 방법인지 물어보지 않나?"

"안 궁금해. 내가 궁금한 건 당신 대답이야."

"그건……."

위그는 길게 숨을 들이쉬었다. 그러곤 그가 곧 천천히 웃었다. 그의 미소가 긍정인지 부정인지 알 길이 없어 비비안은 그저 눈길로 그를 좇았다. 그러나 위그는 끝까지 대답하지 않은 채, 그저 외투를 팔에 걸고 입을 뗐다.

"당신 천재적인 머리로 한번 답을 생각해 내 봐. 내가 무슨 대답을 했을지."

비비안이 그를 살짝 흘겼다. 위그는 여전히 미소를 걸고 그녀를 응시하고 있었다. 결국 손에 든 찻잔을 내려놓은 뒤 비비안이 대꾸했다.

"승낙했나?"

"당신 마음속의 나는 대체 어떤 사람이지?"

"가급적 승낙할 수 있는 건 다 승낙하고, 볼 수 있는 이익은 다 보고, 때가 되면 적당하게 몸을 빼면서 손실을 최소한으로 줄이는 영악한 새끼."

"정말 잘 봤군. 맞아. 승낙했어. 하지만 당신이라도 그 상황에서 승낙할 수밖에 없었을걸?"

"뭘로 회유했기에? 이디에트에 영원한 영광이라도 내리겠다던가?"

"여성의 상속권과 재산권 관련 법안을 수정해 주겠다고 하더군."

비비안은 얼굴을 굳혔다. 방금까지 표정이 가득하던 그녀의 얼굴 위로 깃든 것은 이제 더 이상 위그를 향한 감정이 아니었다. 위그는 순식간에 변한 그녀의 표정에 가볍게 읊조렸다.

"너무 그런 표정 지을 필요 없어."

"없기는."

"어차피 당신도 나도 알잖나. 그런 식으로 왕 한 명의 명령 따위로 가질 수 있는 권리는 또다시 왕 한마디의 명령으로 되돌려질 수도 있어. 물론 크리스티나 또한 마찬가지지만, 그녀가 굳이 바위로 제 발등을 찍을 리 없으니 상대적으로 안전한 것은 사실이지. 물론 당신과 내가 허용하지도 않을 거고."

"지금…… 그게 문제가 아니라는 것쯤은 알 텐데."

그러나 대수롭지 않은 위그의 표정에 반해 비비안의 얼굴은 풀릴 줄 몰랐다. 위그는 그녀가 겨우 여성 상속권 따위에 이렇게 반응하고 있는 게 아님을 알았다. 아나나 다를까 비비안은 잔뜩 굳은 얼굴로 심호흡을 하며 자신의 감정을 다스리듯 그를 보고 있었다.

"제이슨이 당신에게 그런 제안을 했다는 건, 우리 둘 사이의 관계를 잘 알고 있다는 뜻이야."

"간략해서 말하자면 우리 둘 사이의 결혼이 비즈니스로 시작해 진심으로 번지고 있다는 사실까지 다 알아차렸지."

"그걸 어떻게 알아차렸지?"

"그러니까 말하지 않았나, 천재적인 추리력이라고. 그 새끼는 몇 분 만에 우리 둘의 1년 사이에 있었던 일을 몇 마디로 추론해 냈어. 이쯤이면 추리력이 아니라 그저 상상력이라고 치지."

"당신이 그랬지, 사람은 인지 범위의 한계로 인해 언제나 대가를 치른다고."

비비안은 조금씩 평온을 찾아갔는지 헛웃음을 치며 다시 책상에 기댔다.

"아무래도 그 인지 범위의 한계로 대가를 치르고 있는 건 지금 나 같아."

"아직 대가를 치르기 전이다."

"그래, 하지만 치를 뻔했지. 아무리 그래도 이건 좀 의외인데. 생각이 거기까지 뻗었단 말이야? 그럼 다음 절차는 안 봐도 뻔하겠네. 나한테 재산권을 보증해 주고 당신이 나와 이혼하는 것을 막고…… 그렇지?"

"그래."

"그리고 당신은 영원히 착하고 다정한 남편으로 남고 나는 그런 남편의 호의도 거절하는 못된 년이 되겠지."

"새삼스럽게, 당신은 언제나 못된 년이었어."

"그렇긴 하지. 하지만 만약 내게 재산권이 있음에도 불구하고 당신을 거부한다면, 그때 나를 공격하는 건 지금보다 더 배가 되었으면 되었지 덜해지지는 않을걸."

"……."

"우는 아이에게 사탕을 쥐여 줬는데도 왜 우느냐고 윽박지르겠지. 아이가 원하는 건 사탕이 아니라 우유인데도."

"그렇게 멀리 나갈 것까지 없어. 어차피 그런 일은 벌어지지 않으니까. 그리고 크리스티나가 재산권을 개정해도 비슷해."

"비슷하지만 같지는 않을 거야. 왜냐하면 그때 가서 그 포화는 전부 크리스티나에게 집중될 거거든. 같은 여자니까 여자들의 권익을 위해 싸우는 것은 꼴 보기 싫지만 당연한 일이야. 하지만 같은 일이라도 남자가 하면 다르지. 권력자면서 자신의 권력을 나누어 주다니. 감동스럽잖아."

물론 비비안은 권력을 가진 이가 철저한 악이 되는 것보다는 최소한 위선이라도 내보이는 편이 좋다는 입장이었다. 위선은 언제나 위악보다는 낫다. 그러나 문제라면 제이슨이 하는 것은 위선도 아니라는 것이었다. 그녀는 사람들의 이중 잣대를 잘 알고 있었다. 그리고 그것을 지독하게 혐오했지만, 어쨌든 그런 게 존재한다는 것은 사실이었다.

사람이 세상에 다 만족하면서 살 필요는 없었다. 원래 인간의 불만은 인간의 삶을 바꾸곤 한다.

"아, 생각해 보니까 심각하게 빡치네."

"당신을 빡치게 하다니 제이슨도 어지간히 대단하군."

"나는 당신 아버지 같은 남자를 꼴 보기 싫어하지만 이 순간만큼은 그한테 동정을 느낄 수밖에 없어. 저런 새끼한테 당했음을 깨달았을 때 얼마나 절망스러웠을까."

"남의 아버지를 그렇게 막 욕해도 되나?"

"괜찮아. 당신도 우리 아버지를 욕해."

"……사양하지."

"어쨌든 제이슨이 저기까지 생각했다는 건 다른 의미로 그가 더 생각을 뻗게 되면 크리스티나가 왕위를 노리고 있다는 것까지 생각할 수도 있다는 거야."

"안 그래도, 크리스티나 이야기가 나왔어. 다만 크리스티나가 그런 생각을 품을 수 있다는 가능성을 배제하고 있지만."

"흐음."

비비안은 눈알을 굴렸다.

"그렇게 된다면…… 곤란한데."

"그렇지?"

"그래서 당신은 그의 제안을 받아들였고?"

"받아들인다고 하고 상황을 최선으로 만드는 게 좋지 않나?"

"설마 그게 제안의 전부는 아니겠지."

"설마. 그 외에 다른 것도 있었어. 예를 들자면 이번 알렉산드르의 죽음에 관한 문제라거나."

"진심으로 그가 알렉산드르 건으로 이디에트를 놔줄 거라고 생각해?"

"아니."

위그가 무슨 말도 안 되냐는 듯이 얼굴을 찌푸렸다. 비비안은 그만 풋 하고 웃고 말았다. 그러나 위그가 진지하게 말했다.

"대신 피해를 최소화할 수는 있겠지."

피해를 최소화한다. 확실히 맞는 말이긴 했다. 다만 이렇게 된다면, 다음 절차는 무조건적으로 신중하게 밟을 필요가 있었다.

'역시 이럴 바에야.'

비비안이 짜증을 내며 혀를 찼다. 주의를 다른 곳으로 옮길 필요가 있었다.

* * *

메이넌 남작은 왜 자신의 영지에서 왕자가 발견되었는지 도저히 알 수 없었다. 비록 귀족이지만 왕실 혈통이 적게 섞여 그의 영지는 꽤 초라하고 작은 편이었다. 바첼론 전역에서 가장 눈에 띌 것 없는 가문 중 하나였다. 대체 누가 왜, 무슨 의도로 이런 일을 벌였을까.

이 며칠간 왕실에서 신문을 받고 또 받던 그는 결국 다시 감옥에 갇혔다. 왕자 시해 혐의까지 받고 있으니 어느 정도 당연한 결과 같다가도 울컥하고 말았다. 아무리 그가 영주라고 하나 어떻게 영지에 들어오는 모든 이들의 행방을 다 알겠는가.

이건 순전히 운이 나빴다. 그렇게 생각하며 감옥에서 하루하루 보내는데, 어느 날, 갑자기 제이슨의 친위대 대장이 찾아왔다.

"메이넌 남작, 이만 나오시오."

"경, 태자 전하께 꼭 전해 주시오. 나는 정말 아무것도 모르……."

"알고 있소. 범인은 이미 나왔거든."

"……?"

메이넌 남작은 잠시 의문스러운 얼굴을 하다가 다시 표정을 활짝 폈다. 이 며칠간 영지에 출입한 이들의 명단을 하나하나 다 확인하고 심지어 그의 가문의 기사들과 식솔까지 전부 고문하더니 진정으로 답을 얻어 낸 것인가.

대체 누군가 싶어 그가 궁금증 어린 얼굴을 했다. 그런 그의 얼굴을 보고 친위대 대장이 싸늘하게 읊조렸다.

"이디에트 공작이다."

* * *

'어차피 이 풍파가 지나가면 이디에트는 다시 우뚝 설 수 있을 것이다. 그저 자객의 증언 따위로 공을 어쩌지 못해. 그 정도는 알겠지?'

위그는 자신과 비비안이 서로 작전을 짜면서 했던 말을 제이슨의 입에서 들을 줄 죽어도 몰랐다. 이디에트 공이 사주했다고 자객이 말한다 한들 어차피 증거가 없는 이상, 그저 적의 음모일 뿐이다. 태자의 이름으로 막아 주겠다. 그러니 이번은 그저 잠시 보신을 한다 치고 가만히 있어라.

알고는 있었지만 제이슨은 생각보다 더 염치가 없었다. 그는 어차피 알렉산드르가 죽은 지금, 이디에트가 더 손을 잡을 만한 이가 없다고 여겨 짐짓 이디에트를 구해 주는 척하면서 앞으로 이디에트를 손에 꽉 잡고 휘두르려는 것이었다.

물론 제이슨의 의도는 하나 더 있을 수도 있었다. 그는 이디에트가 본격적으로 반역을 하는 것을 두려워했다. 그래서 그런 식으로 이디에트의 물자와 재산을 하나하나 소모해 갔던 것이었다. 그러나 비비안의 재산이 이디에트로 넘어가면서 이디에트는 다시 반역의 가능성을 보였다.

결국 전쟁은 돈으로 한다. 이디에트는 지금 그만한 여건이 되었다. 그러니 이제 이디에트를 다시 소모하려는 것이었다.

기실 위그가 제이슨의 제안을 거절한다고 해도 결과는 마찬가지였을 것이었다. 제이슨은 죽어도 디텔과 협력하지 않을 게 뻔했다. 그러니 결국 이디에트를 죽음으로 몰지 않을 것이었다. 그러나 그가 말했던 것처럼 원래 손실은 적으면 적을수록 좋다.

다시 일어나기 직전까지 망가지면 꿈에 선조가 나올까 봐 두려웠다.

물론, 지금 상황을 선조가 봐도 딱히 기뻐할 것 같지는 않지만.

"이디에트 공, 공에게 묻는다. 저 자객들의 말이 진실인가?"

위그는 짐짓 엄숙한 얼굴로 자신을 심문하는 제이슨과 귀족들을 보며 웃고 싶은 것을 겨우겨우 멈추었다. 그가 서 있는 곳은 다름 아닌 저번에 비비안이 서 있던 곳이었다. 귀족들을 심문하는 데에 쓰이는 재판장에서 지금 열리는 것은 재판이 아닌 청문회였던 것이었다.

그리고 저번에 위그가 앉아 있던 곳에 앉아 있는 비비안은 얼굴에 긴장했다는 약간의 척도 하기가 귀찮은 듯했다. 그녀는 그저 무표정하게 자객들의 '자백'을 듣고 어이없다는 얼굴로 제이슨의 물음을 들은 뒤 마지막으로 제대로 알아서 잘 말하라는 얼굴로 위그를 보고 있었다.

위그는 담담하게 제이슨의 얼굴을 보았다.

"이디에트의 명예와 100년의 성쇠를 걸고 맹세하건대, 아닙니다."

당연히 맹세를 할 만하다. 어디서 튀어나왔는지 모를 자객들은, 아니, 사실은 딱 봐도 제이슨의 사주를 받고 튀어나온 자객들은 일제히 위그가 자신들에게 그 납치를 사주했다고 증언했다. 그리고 그들이 내놓은 증거란 그저 위그가 주었다는 수표뿐이었다. 당연했다. 만약 이디에트의 문서를 위조까지 하면 성질이 변하니까. 제이슨은 그 정도까지 멍청하지는 않았다.

그의 의도는 딱 이 정도까지 이디에트를 '벌하는 것'이었다.

그리고 위그와 비비안의 예상대로 오랜 시간의 심문 끝에 제이슨이 내린 결론은 아래와 같았다.

"알렉산드르의 죽음은 바첼론 왕실의 치욕이며 동시에 아픔이다. 내 무력함으로 형님을 잃고 또다시 동생까지 잃었음에, 나는 깊은 치욕과 비통을 느낀다."

그리고 정말 우습게도 저 두 사람 전부 제이슨이 죽인 것이었다. 전자는 이디에트가 참여한 게 맞긴 했지만.

"알렉산드르의 죽음의 진실을 찾고자 나는 이 며칠 동안 밤에 눈도 붙이지 못했다."

이번에는 엘리미아가 헛웃음을 칠 때였다. 안 그래도 갑자기 이디에트를 범인으로 모는 것에 경악과 함께 재판장으로 왔던 그녀는 제이슨의 행위에 이제는 적응이 된 듯 그가 무슨 헛소리를 하든 그를 죽여 버리고 싶다는 말만 속으로 되풀이했다.

"그렇게 밤낮없이 단서를 찾아 알렉산드르를 죽인 이들을 겨우겨우 찾아냈는데."

그 단서를 찾는 과정이 어땠는지 아는 이가 있나.

"이런 식으로 이디에트를 이곳에 세우게 되다니, 나는 더더욱 경악을 금치 못하겠다. 하나 그저 자객들의 말로 이디에트의 유죄를 판단할 수 없다. 하여서 나는⋯⋯."

재판장에 있는 모든 사람들이 귀를 기울였다. 제이슨은 위그를 한 번, 엘리미아를 한 번 보고 천천히 말을 이었다.

"당분간 이디에트 일가의 저택 출입을 금지하고, 정확한 증좌를 찾기 전까지 이디에트 공의 귀족원 수장 지위를 정지한다."

"……!"

"그리고 그 기간 동안 귀족원의 임시 원장은 디텔 공이 맡도록 하지."

"황송합니다. 전하."

순간 장내가 소란스러워졌다. 지금까지 몇백 년 동안 이디에트가 귀족원의 수장이 아니었던 적이 없었다. 물론 지금도 완전히 박탈을 당한 것은 아니었지만, 그래도 귀족원 전체를 움직일 만한 힘을 이디에트에서 빼앗았다는 것은 이디에트의 날개 두 개를 다 꺾어서 바닥에 처박는 것과 비슷했다.

그러나 또 곰곰이 생각해 보자면 왕자 시해 혐의를 뒤집어쓴 상황에서 내린 조치라 과할 것도 없었다. 엄연히 말해서 이디에트는 '실질적으로' 빼앗긴 게 없었다. 이제 진일보로 조사를 마친 뒤 혐의를 벗으면 이디에트는 다시 그 영광을 되찾을 수 있을 것이었다.

물론, 벗어 낸다는 전제하에서.

말을 마친 제이슨은 위그를 향해 묘한 미소를 지으며 재판장을 나갔다. 며칠 전, 어차피 적당하게 시간이 지나면 '적당한 이유'를 찾아 다시 이디에트에 직위를 돌려주겠다고 약조한 그였다. 위그는 제이슨이 진짜로 그렇게 할 것쯤은 알고 있었다. 날개가 완전히 꺾인 이디에트는 제이슨에게 도움이 되지 않는다.

그러나 이런 식으로 이디에트의 기를 확 꺾으려는 시도 자체는 꽤 괘씸했다. 심지어 저택 출입을 금지한다니. 위그는 청문석에서 내려왔다. 어느새 그의 옆에 비비안이 다가왔다. 그녀의 무심한 눈길에 위그가 입을 뗐다.

"왜 그렇게 보나?"

"권력을 잃으니 잘생겨 보이지가 않아."

"내 얼굴은 객관적으로 존재하는 것이다."

"예전에는 얼굴에 자체적으로 금칠을 좀 하면서 봤는데 지금 당신이 얼굴만 반지르르한 남자들과 무슨 다를 바가 있는지 모르겠어."

"거 사람이 너무 태도가 빠르게 변하는데, 실직 좀 했다고 구박부터 주나?

그리고 내 얼굴은 단순히 반지르르……로 설명할 만한 수준은 아니라고 보는데."

"뭐, 그건 인정하지만, 그래도 가식적으로 마음에도 없는 위로를 하는 놈보다는 낫지?"

"그런 놈이 있나?"

"저기 오네, 그놈."

비비안은 가볍게 턱짓했다. 아나나 다를까 그녀가 가리킨 쪽에서 디텔 공작이 다가오고 있었다. 뒤에 서 있는 디텔 공작 부인과 달리 그는 입이 찢어지게 웃고 있었다.

"참 유감이군, 이디에트 공."

"하나도 유감이라고 생각하는 것 같지 않은데."

"그럴 리가. 몇백 년의 영광을 이렇게 단 한 순간에 시궁창으로 박아 넣는 것도 재주야. 부디 저택으로 돌아가면 초대 이디에트 공작의 초상화 앞에서 무릎이라도 꿇고 사죄하는 게 좋을 거다."

"딱히 그러고 싶은 생각이 없다만. 이디에트가 이 손에 들어온 순간부터 이디에트는 내 것이었어. 이미 눈을 감은 선조 따위야 내 알 바 아니지."

"겨우 윗대의 영광으로 지금까지 버텨 온 주제에."

"그게 왜 윗대의 영광이지? 내가 잘나서 그런 것이지."

순간 옆에 서 있던 비비안이 참지 못하고 손가락으로 입을 살짝 막은 채 풋 하고 고개를 돌렸다. 그러나 그녀의 행동이 위그의 말을 비웃는 것이 아닌, 이 말을 듣고 있는 디텔 공작을 비웃는 것임을 모르는 자가 없었다. 그에 자극받은 듯 디텔 공작의 눈가가 꿈틀거렸다.

"공은 날이 가면 갈수록 제정신이 아닌 것 같군. 지금 공은 직위를 정지당하고 가택에 갇혀 있어야 하는 신세다. 그게 무엇을 의미하는지 진정으로 모르나?"

"……내년 이맘때쯤이면 내게 후계자가 생길 수도 있다는 것? 공사가 다망해 아이를 가질 틈도 없었는데 마침 잘됐다 싶어."

그리고 이번에 웃은 건 위그의 뒤에 서 있던 요한과 비비안의 뒤에서 외투를 들고 서 있던 클로에였다. 잠시 저게 무슨 뜻인가 고민하고 있던 디텔은 위그의 뜻을 알아듣자마자 기가 막힌 듯 입을 딱 열었다.

그러나 위그는 디텔 공작에게 반박할 기회 따위 주지 않았다. 그는 비비안을 품에 감싸고 인사도 없이 바로 걸음을 옮겼다. 비비안은 그런 디텔 공작을 힐끔 보았다. 그리고 다시 한번 비웃음을 흘렸다.

비웃음, 정말 눈이 달려 있다면 알아차릴 수밖에 없을 정도로 노골적인 비웃음이었다.

"이디에트 공, 정말 언젠가 공작저에서 나올 일이 있다고 보나?"

그러나 디텔 공작은 꽤 끈질겼다. 위그는 그의 물음에 잠시 뭔가 생각하는 듯하다가 대수롭지 않게 숨을 내쉰 뒤, 걸음을 옮겼다. 대답조차 하지 않는 그에 디텔 공작의 얼굴이 어두워졌다. 그의 얼굴 위로 노기가 스쳐 지나갔다. 그때 디텔 공작 부인이 입을 열었다.

"이디에트 공은 정말 여전히 오만하고 글러 먹었군요."

"저럴 수 있는 날도 길지 않아."

"맞아요. 어차피 혐의라는 것은 한번 씌워지면 영원히 가는 것인데요."

공작 부인의 다독임에 디텔 공작은 좀 기분이 나아진 듯 흠, 길게 숨을 내쉬었다. 그러다 곧, 그가 무엇인가를 생각한 듯 빙그레 웃었다.

* * *

이디에트 공작이 알렉산드르 왕자 시해 미수로 청문회까지 갔다.

이 소식이 바첼론 전역은 물론이요 대륙 전반까지 도는 데는 그리 오래 걸리지 않았다. 그동안 바첼론에서 이디에트의 영향력을 알고 있는 이들은 전부 이 사건에 경악했고, 설사 위그를 모르는 자라도 그 소문의 로튼 단주와 엮일 수도 있다는 것에 사람들은 한동안 이 사실로 수군거렸다.

그러나 무엇보다도 그들을 가장 놀라게 한 것은 이디에트가 이대로 아무런 반항도 없이 얌전히 태자의 말을 들었다는 것이었다.

왕자 시해 사건은 절대 가벼운 일이 아니었다. 반역 혐의까지 쓸 수 있음에도 위그는 그 흔한 변명이나 자신의 죄목을 벗기 위한 적극적인 행동을 하지 않았다.

그 사실에 사람들은 뒤에 뭔가 더 있을 것이라고 여기며 입방아를 찧었지만 별다른 영향은 없었다. 결국 청문회 다음 날부터 이디에트 저택은 왕실 기사로 포진되어 완전히 왕실의 감시에 놓이게 되었다.

그리고 이 모든 것을 전해 들은 엘리미아는 분노하고 말았다. 귀족원 원장직을 임시적으로 정지당한 건 그렇다 쳐도 왕실 기사들더러 저택을 지키게 한 건 엄연한 모욕이었기 때문이었다. 카티야가 왕실에서 나간 뒤로 소독이다 내무 관리다 각종 핑계로 제이슨의 궁을 들락날락하던 그녀는 바로 제이슨의 궁을 다시 한번 찾았다.

지금까지 제이슨과 아무런 말도 섞고 싶어 하지 않던 태도와 달리 오늘 그녀는 아예 대담하게 제이슨의 방문을 허락도 없이 열었다. 그에 디텔에서 보내온 무희와 침대에서 뒹굴고 있던 제이슨이 미간을 찌푸렸다.

엘리미아의 등장에 무희가 가볍게 숨을 내쉬었다. 제이슨이 쯧 혀를 찼다. 그러나 엘리미아는 눈살 하나 찌푸리지 않은 채 그저 꼿꼿하게 허리를 펴고 제이슨을 응시하고 있었다. 제이슨이 무희를 향해 입을 뗐다.

"나가."

무희는 멍청하지 않았다. 그녀는 급히 바닥에 떨어진 옷으로 몸을 가린 뒤 방을 나갔다. 제이슨은 이미 반쯤 흘러내린 옷을 굳이 끌어당기지 않았다. 대신 쿠션에 몸을 기댄 채 엘리미아의 뒤에서 안절부절못하며 서 있는 기사들에게 턱짓했다.

탁.

문이 닫히고 방에는 두 사람만이 남았다. 엘리미아는 제이슨을 빤히 보았다. 어떻게든 제이슨에게 에트린을 쓰기 위해 각종 핑계를 대며 그의 방에 오긴 했으나 지금 이 순간만큼 강렬하게 그를 보고 싶은 적은 없었다.

물론 그건 절대 그가 그리워서가 아니라, 진심으로 저 아가리에 총구멍을 넣고 싶어서.

"이런 무례를 범하면서까지 온 이유가 있나?"

"이디에트를 아무리 상대하고 싶으셨다고 한들, 이건 이미 도를 넘었습니다."

"이런, 태자비, 뭔가 오해를 하는 것 같은데 먼저 시비를 건 것은 태자비의 동생이었어."

"증좌가 확실하지도 않은 일로 귀족원의 원장직까지 빼앗아간 것도 모자라 기사단을 보내 저택을 포위했다지요."

"안 그러면 태자비 동생의 대단한 실력으로 어떻게 빠져나갈지 어찌 아나. 안 그래?"

엘리미아는 입술을 꽉 깨물었다. 그녀가 오늘 이곳에 온 것은 기실 반쯤은 거의 충동에 가까웠다. 아무리 그래도 어떻게 왕실 기사를 이디에트 공작저에 보내나. 그리고 그 생각은 제이슨을 만나자마자 제이슨을 죽이고 싶은 충동과 섞여 그녀를 더욱더 수치스럽게 만들었다.

빌어먹을. 인생에서 처음으로 거친 말을 읊조리며 그녀는 제 이성을 가다듬었다. 어떻게든 제이슨을 죽이고 싶다. 저치를 죽일 수만 있다면 그녀는 기꺼이 아무 짓이나 할 수 있었다.

그러나 최소한 그 죽음이 현재는 아니었다. 그래도 간혹 의례적인 티타임 같은 것을 가지거나 밤에 그와 잠자리를 가지는 와중에 에트린을 몰래 먹을 것에 탔음에도 불구하고 그 양은 아직 사람을 죽게 하기에는 역부족이었다. 그럼 대체 어떻게 죽여야 하나. 고민하던 그녀가 입 안의 살을 깨물었다.

"어떻게 하면 이디에트를 놓아주시겠습니까."

결국 그녀가 제이슨을 응시했다. 그리고 그녀의 물음에 제이슨이 놀라운 표정을 지었다. 그도 그럴 것이 엘리미아는 절대 누군가에게 부탁이나 애원을 할 사람이 아니었다. 남매가 똑같이 정떨어지게 오만한 얼굴을 하고 있었다. 제이슨이 잠시 묘한 얼굴을 하다가 입을 뗐다.

"이디에트가 태자비한테 중요하긴 한가 보군."

"제 가문입니다. 그리고 가문이 저와 제 동생의 부덕의 소치로 이런 불명예를 뒤집어쓰게 생겼는데 제가 가만히 있을 수는 없습니다. 말씀하십시오. 어떻게 해야 이디에트를 놔주실 겁니까."

분명 위그와 약속을 했음에도 불구하고 제이슨은 입 하나 벙긋하지 않았다. 그는 그저 그를 죽일 듯이 보는 엘리미아를 응시하며 묘한 얼굴을 했다.

"글쎄, 태자비가 내게 줄 만한 게 있긴 한가? 나를 죽이지나 않으면 다행이지."

"……그럼."

엘리미아는 말을 골랐다. 그녀는 제이슨의 얼굴을 빤히 보다가 천천히 입을 열었다.

"후계자는 어떻습니까."

"……뭐?"

제이슨은 자신의 귀를 의심했다. 방금까지 쿠션에 몸을 기대고 있던 그가 천천히 몸을 일으켰다.

엘리미아와 제이슨이 결혼을 한 지 몇 년이 되었음에도 두 사람 사이에는 아이가 없었다. 그도 그럴 것이 애초에 거의 의무적으로 관계를 갖기도 했지만 1년 동안에 만나는 횟수도 손에 꼽힐 정도인 두 사람인지라 아이를 가질 확률도 떨어졌기 때문이었다.

당연했지만 제이슨은 후계자를 원했다. 후계자의 존재는 그가 태자로부터 왕이 되는 길까지 아주 단단한 기반을 다지는 데에 도움이 된다. 그것을 알고 있는 엘리미아가 말했다.

"지금까지 살레넨을 복용하던 것을 멈추지요."

"피임약을 먹고 있었나?"

"아이를 가지면 이디에트를 놔주십시오."

제이슨은 눈을 가늘게 떴다. 그가 무슨 생각을 하는지 피식 웃었다.

그리고 곧, 입을 뗐다.

"좋아. 약조하지. 아이를 가지면 어디 이디에트뿐인가, 원하는 것은 다 들어주지."

엘리미아가 입술을 꽉 깨물었다. 제이슨은 모르겠지만 어차피 아이가 들어설 일은 없다. 그녀가 미쳤다고 진짜로 아이를 가지겠는가. 다만 중요한 것은 이제 이것을 핑계로 제이슨의 궁에 올 일이 많아졌다는 것이었다. 그럼 당연히 에트린도 많이 복용시키고.

'더 빨리, 죽여야 해.'

엘리미아가 그렇게 읊조렸다.

* * *

오늘 아침 비비안이 눈을 뜬 것은 순전히 위그 때문이었다.

충분히 큰 침대에도 불구하고 기어코 그녀에게 엉켜서, 엄연히 말하자면 그녀를 품에 아예 가두고 잠을 자는 남자는 오늘따라 그녀에게 더욱더 달라붙었다. 결국 머리부터 발끝까지 전부 익숙한 향에 뒤덮인 그녀는 눈을 뜨자마자 보이는 탄탄한 살에 이를 갈았다.

"당장 비켜."

"조금만."

"내가 당신 쿠션이야? 침대 크게 만든 의미 없게 대체 왜 중앙에서 이렇게 껴서 자야 하는지 좀 설명해 봐."

그러나 비비안의 말에도 위그는 요지부동이었다. 그는 천천히 눈을 뜨더니, 이내 제 품에서 애써 고개를 내밀고 그를 올려다보는 비비안을 보며 피식 웃었다. 사실 그는 잠에서 다 깬 상태였다. 그뿐만 아니라 그는 비비안이 모르는 사이에 샤워까지 다 마친 상태였다. 다만 평소라면 옷을 갈아입고 사무를 봐야 할 그는, 이 며칠 동안 쭉 그래 왔듯 자신에게 처리할 일이 없음을 깨닫고 다시 침대로 기어들어 갔다.

그리고 달게 자는 비비안을 좀 보다가, 그녀를 품에 안고, 새삼스럽게 이 여자는 대체 왜 잘 때도 이렇게 순하지 않은지 감탄하다가, 그냥 예쁜 게 다라고 결론을 내리고 다시 그녀를 품에 안고, 결국 그렇게 있다가 살짝 졸았는데 비비안이 그를 깨운 것이었다.

저도 모르게 팔에 힘이 들어갔나 보다. 그는 팔에서 힘을 풀고 비비안을 살짝 놓아주었다. 비비안은 그를 흘기며 뒤돌아 누웠다. 그러나 그때 다시 그가 팔을 뻗어 왔다. 탄탄하게 근육으로 잘 짜인 팔의 무게가 꽤 나갔다. 비비안은 오랜만에 또다시 이 남자가 크다는 사실에 깊은 분노를 느끼며 입을 뗐다.

"며칠 동안 사는 게 재밌었지?"

"그래. 이럴 줄 알았으면 그동안 좀 놀 걸 그랬다."

"마음에도 없는 소리를."

"들켰나."

위그는 굳이 그녀의 말을 거부하지 않았다. 이 세상에서 비비안만큼이나 일에 매진하는 인간이 있다면 그것은 틀림없이 위그뿐이리라. 그는 오만하고 제 잘난 맛에 살았지만 그만큼 일을 하는 것에 항상 진지했다.

그가 다시 팔을 뻗어 비비안의 허리를 감았다. 그리고 한쪽으로 자신의 머리를 받친 뒤 입을 열었다.

"그런 당신도 나가지 못해서 전전긍긍하던데."

"가택 근무를 즐기는 편은 아니니까."

"답답하긴 하지."

그렇게 대꾸하며 위그가 손으로 그녀의 살결을 쓸었다. 얇은 슬립 사이로 부드러운 살결이 느껴졌다. 가만히 배 부근에서 노닐던 손끝에 그녀의 상처가 닿았다. 살짝 오돌토돌하게 튀어나온 부분을 만지던 그의 얼굴이 살짝 굳었다.

보기 흉한 건 별거 아니었다. 다만 이 한칼이 남긴 것은 시각적인 것보다 일종의 정신적인 상처가 더 컸다. 그러나 그는 굳이 그것을 입에 올리지 않았다. 곧 그의 손이 점점 올라가더니 이내 통통하게 살이 오른 데를 쓸어내렸다.

비비안은 뒤로 살짝 몸을 돌렸다. 그녀가 고개를 돌리자마자 그가 고개를 숙여 그녀의 입술에 키스했다. 비비안은 굳이 그것을 밀어 내지 않았다. 점점 그의 손이 더 위로 올라가더니 그녀의 목과 쇄골을 쓸었다. 그리고 입을 다시 뗐을 때, 그가 입을 열었다.

"이만 일어나는 게 좋겠군. 진짜로 이러다가 디텔 놈한테 말했던 것처럼 되겠어."

"당신은 자제력이 좋은 건지 나쁜 것인지 모르겠어. 말 잘 듣는 개새끼인지, 아니면 말을 더럽게 안 처듣는 개새끼인지."

"그냥 자기 멋대로 사는 개새끼라도 해 두지."

그리고 그가 다시 그녀의 입에 키스했다. 그의 손이 그녀의 목을 쓸어내렸다. 그리고 곧 슬립을 살짝 밀어 내며 부드럽게 살결을 어루만졌다.

곧 다시 입을 뗀 뒤 그가 그녀와 시선을 맞추었다. 비비안은 이제 완전히 잠에서 깼는지 눈을 깜박거리면서 그를 보고 있었다. 그때 그가 입을 열었다.

"우리가 저택에 갇힌 지 며칠이 되었지?"

"열흘?"

"그사이에 별 소식이 없는 걸 보아하니 제이슨이 아무래도 이 기회를 잘 이용하려고 하는 것 같다."

"아마도."

비비안은 한숨을 푹 쉬었다. 그때 그의 손이 살결을 그러쥐었다. 비비안이 미간을 찌푸렸다.

"그래서 이제는 뭘 어쩌려고?"

"어쨌으면 좋겠나?"

"이제 슬슬 소식이 올 때도 됐는데."

비비안은 미간을 좁혔다. 위그가 잠시 시계를 보다가 다시 고개를 돌렸다. 그리고 곧, 그가 그녀의 슬립을 위로 끌어 올려 주며 말했다.

"내기하지. 내가 보기에는 오늘 오전에 소식이 올 것 같다."

곧 비비안이 자리에서 일어났다. 덩달아 몸을 일으킨 위그가 그녀의 뺨에 입을 맞추었다.

"내가 이기면 오늘 저녁에는 내가 편한 자세로 할 거다."

"……그냥 눈 감고 자는 걸 그렇게 이상하게 표현하는 사람은 당신밖에 없을걸."

"당신이 질식하든 말든 상관하지 않겠다는 거지."

위그의 말에 비비안이 그를 살짝 흘겼다. 그녀는 위그가 왜 내기까지 하는지 알 수 없었다. 그때, 갑자기 누군가가 문을 두드렸다. 그와 동시에 요한의 목소리가 들려왔다.

"공작 각하, 왕실에서 급전보가 왔습니다."

비비안은 미간을 찌푸렸다. 설마…….

"어떻게."

"밖에서 마차가 들어오는 소리가 들리더라고. 보나 마나 왕실이겠지 뭐."

"하여튼."

비비안이 위그를 흘기다가 헛웃음을 쳤다. 그러고는 그녀는 바로 침대에서 일어날 준비를 했다. 곧 빠르게 옷을 차려입은 뒤 위그가 문을 열었다.

밖에는 클로에까지 서 있었다.

"각하."

"단주님."

"더 급한 사람이 먼저 말해."

그리고 거의 시합이라도 하듯 앞다투어 들어온 두 사람을 보며 위그가 입을 뗐다. 그에 클로에가 입을 다물었다. 요한이 손에 들린 왕실의 급전보를 위그에게 내밀었다. 그것을 본 위그가 의미심장한 얼굴을 했다.

어느새 옆에 다가온 비비안 또한 그것을 확인한 뒤 길게 한숨을 쉬었다.

급전보의 내용은 간단했다.

간밤에 신전에 있던 디아나 왕녀가 죽었다.

범인은 '수습 신관'이었다. 며칠 전에 들어온.

수습 신관.

비비안은 이 단어를 곱씹다가 그만 웃어 버렸다. 한 번도 보지 못한 왕녀의 죽음에 우습게도 동정심보다는 그저 또 한 걸음 목적으로 향해 다가갔다는 생각밖에 들지 않았다. 그녀는 결국 고개를 돌리고 입을 뗐다.

"언니는 알까. 만약 자신이 일찍 이혼했다면 이 꼴이 날 수도 있었다는 것을."

위그는 요한을 보다가 그만 나가도 된다는 의미에서 턱짓했다. 그러나 클로에는 잠시 두 사람의 눈치를 보다가 입을 뗐다.

"카티야 님이 곧 수도로 오실 예정이에요."

"이제 이디에트의 감금이 풀리면 그때 보자고 해. 당분간은 호텔에 숨어 있고. 괜히 왕실에 걸리면 골치 아파지니까."

"알겠습니다."

결국 클로에마저도 허리를 굽힌 채 방을 나갔다. 위그는 손에 들린 종이를 구겨 쥐었다. 그 또한 비비안과 마찬가지로 딱히 그 왕녀의 죽음에 동정심이 들지 않았다. 그럼에도 불구하고 이 모든 참극에서 가장 무고한 사람을 짚으라면 그것이 그 왕녀라는 사실을 알았다. 그는 그 왕녀를 본 적이 있었다. 그는 로건보다도 더욱더 권세에 관심이 없는 사람이었다. 신전에서 바첼론의 명운을 빌겠다며 손수 왕실의 모든 것을 다 포기하고 나간 그런 사람이었다.

겨우 역사서의 한구석에 왕녀라는 이유로 이름 하나만 남기는 게 전부인 초라한 죽음이었다.

죽음.

위그는 그 말을 곱씹다가 어느새 침대에 앉아 있는 비비안을 향해 고개를 돌렸다. 어느새 얇은 가운을 걸쳐 입은 비비안이 침대에 앉아 있었다. 길게 드리워진 연회색 머리카락이 침대 위에서 살랑살랑거렸다. 그러나 비비안은 정확히 어디를 향해 시선을 고정하는 것 대신 그저 조용하게 앉아 있었다.

"카티야가 일을 잘했군."

결국 먼저 입을 연 사람은 위그였다. 그의 말마따나 왕녀를 죽인 사람은 다름 아닌 카티야가 맞았다.

이것이 그들이 일부러 제이슨의 제안을 거부하지 않은 이유였다. 왕실 기사단의 감시는 다른 말로 하자면 최소한 이 며칠 동안 이디에트가 외부의 그 누구와도 접촉하지 않았다는 증거가 된다. 그리고 마침 신전에 카티야가 들어간 시간은 왕실 기사들이 이디에트를 감시하기 시작한 뒤라, 왕녀의 죽음을 이디에트가 꾸몄을 가능성은 더 낮아진다. 어쨌든 두 사람은 왕녀의 죽음과는 아무런 관계가 없어야 했다. 그렇지 않으면 크리스티나가 의심을 받으니까.

물론 제이슨이 그렇게 똑똑할 줄 상상하지 못했기에 어차피 일이 벌어진 지금, 굳이 제이슨이 크리스티나를 의심하겠다고 마음을 먹는다면 별 의미는 없을 것이었다.

어찌 되었든 그 왕녀는 죽어야 했다. 그리고 될 수 있는 한 빨리 죽어야 했다. 그것은 위그와 비비안이 공동으로 내린 결론으로서 크리스티나가 최대한 빠르게 슬픔에서 벗어나고 자신의 상황을 알아차릴 수 있게 하는 가장 현명한 선택이었다. 그리고 그녀를 빨리 죽이는 김에…….

"크리스티나가 절망하겠네."

비비안은 길게 숨을 쉬었다. 우습게도 크리스티나가 지금 느끼고 있는 감정은 아마 그녀가 느꼈을 어떤 것보다도 더욱더 비참하리라.

"언니를 죽이다니, 나도 그런 건 겪어 보지 못했는데 말이야."

"오빠와는 다른가."

"위그, 자매는 말이야. 달라."

"……."

"달라."

비비안은 그렇게 말하면서 피뜩 웃었다. 그래도 그녀와 유일한 다른 점이라면 디아나 왕녀가 신전에 들어간 시간이 꽤 길었고, 크리스티나와 그렇게까지 친했던 언니가 아니기 때문에 그래도 충격을 적게 받을 거라는 것일까.

그러나 죽는 건 결국 죽는 것이다. 그렇게 생각한 비비안이 길게 한숨을 쉬었다.

"어쨌든 왕녀가 죽었으니 이제 왕실이 움직이겠군."

"크리스티나가 위험할 수 있다는 생각은 해 보지 않았나?"

"이 정도 위험이야 혼자 감수하라고 해. 다만…… 내가 보기에 제이슨도 제이슨이지만, 이쯤 되면 다른 사람도 이미 눈치를 챘을 것 같아."

"누구?"

비비안은 고개를 살짝 돌렸다. 진짜로 모르겠느냐는 얼굴이었다. 그리고 위그가 이마를 짚었다.

"로건?"

"그렇지?"

"그런데도 두렵지 않나?"

"나는 로건을 알아. 그 남자는 절대 크리스티나에게 손을 대지 못해. 설사 크리스티나의 야심을 안다고 해도…… 우리한테 유리했으면 유리했지 불리하지는 않을 거야. 아마 동생을 보호하려고 할 수도 있거든."

위그는 진심으로 그렇게 생각하느냐고 묻고 싶었다. 과연 로건이 크리스티나를 보호하는 이유가 그저 동생이기 때문인가. 아니면 비비안이 그것을 원하기 때문인가. 그러나 그는 결국 입을 다물었다. 대신, 창밖을 힐끔 보았다.

"왕실에 피바람이 불 날도 멀지 않았군."

"우리가 원하던 거잖나?"

"위험한 짓거리이긴 하지만, 원래 위험할수록 돌아오는 게 많지."

아마 지금쯤 가장 화가 났을 누군가를 상상하며, 그가 비웃음을 흘렸다.

* * *

요즘 바첼론의 귀족들이 본의 아니게 가장 많이 하는 말이 있다면, 그것은 필연코 '이게 대체 무슨 일입니까'일 수밖에 없었다.

그것은 그들이 너무 지나칠 정도로 시야가 좁다거나 아니면 견식이 짧아 생기는 일이 아니었다. 반대로 바첼론에서 가장 견식이 넓다고 자부하는 그들조차도 이해할 수 없을 괴이한 일이 생긴다는 것을 의미했다.

"이제는 놀라기도 지치는군요."

엘버린 공작은 느긋하게 찻잔을 들었다. 위그의 부재로 디텔 공작이 귀족원의 원장직에 앉아 있는 지금, 원래 있으나 마나 하던 부원장직을 맡은 엘버린 공작은 회의가 모이자마자 제일 먼저 발언을 했다.

"이제는 이렇게 날마다 귀족원 회의가 열리는 것도 질리고."

"엘버린 공, 무례합니다. 누군가가 왕녀를 시해했는데도 이리 구는 겁니까.

이 일을 태자 전하께 보고드려도 상관이 없습니까?"

"디텔 공, 귀족원장 자리는 귀족원에 일이 생기면 태자에게 쪼르르 달려가 보고를 하는 자리가 아닙니다. 일단 현재 바첼론의 정세부터 제대로 살피고, 사건의 근원을 찾아 싹을 자르는 것이 급선무일 겁니다."

디텔 공의 표정이 어두워졌다. 그러나 엘버린 공작의 말이 맞았다. 이 며칠간 기이할 정도로 이디에트 공작은 집에 가만히 있었음에도 불구하고 이런 일이 생겼다. 물론 집에 있다고 왕녀를 죽이지 못하는 건 아니지만, 이 상황에서 누가 위그의 이름을 올려도 그것이 억지라고 생각하지 않을 이가 없었다.

"왕녀 전하를 시해한 범인은."

"잡지 못했습니다. 누군가의 사주를 받고 온 것은 사실이나 아시다시피 신전은 오갈 데 없는 여자들을 받아 주어 자비를 베푸는 것이 일상 아닙니까."

"일부러 그것을 노리고 계집을 보냈다……. 한데 대체 왜 왕녀 전하를 시해한단 말입니까. 그럴 이유가 있습니까?"

윈느 후작의 물음에 다들 입을 다물었다. 그들의 상상력은 한계에 부딪혔다. 지금까지 존재했는지도 잊고 있던 왕녀였다. 한데 왜 갑자기 죽음을 맞이하는지 알 수 없었다.

"얼마 전에는 왕실 별장에서 화재가 일어나더니 이제는 왕족까지."

"이상합니다. 마치 왕실을 겨냥하고 누군가가 일을 벌이고 있는 것 같습니다."

"하면 역시……."

엘버린 공작이 운을 띄웠지만 누구도 그 말을 받을 생각을 하지 않았다. 그럴 만했다. 모두가 마음속에 답을 하나씩 갖고 있지만 그것을 입 밖에 내놓는 순간 성질이 변함을 모르는 이는 없다. 결국 디텔 공작이 입을 뗐다.

"일단, 이디에트부터 손을 써 보지."

"이디에트 공은 지금 금족당한 상태입니다. 확실한 증좌도 없이 그저 자객의 증언만으로 왕실 기사를 저택에 보내는 조치를 취했는데 이 상황에서 이디에트에 손을 대라고요?"

"이미 이디에트가 지금까지 참은 것도 대단한 겁니다. 디텔 공, 공과 이디에트의 원한 따위야 저희도 알고는 있지만 지금은 왕실의 안위를 첫 번째로 두는 것이 무엇보다도 중요할 겁니다."

그러나 그의 말에 따라오는 반박들에 결국 그는 입을 다물었다. 그때, 샤베르 백작이 슬며시 입을 뗐다. 그는 디텔 휘하의 가문으로서 지금까지 디텔 공작과 이익을 함께했다.

"하지만 이디에트가 금족당했다고 아예 가능성이 없는 것도 아니잖습니까."

물론 샤베르 백작의 말은 너무 당연하게도 이디에트를 따르는 가주들의 거센 반응을 안아 왔지만.

"웃기는 소리를, 이디에트가 모함을 당한 게 어디 이번 한 번뿐입니까. 저번 그 계집은."

"무례하오."

"무례는 후께서 지금 범하고 계십니다. 이디에트 공께서 지금 상황에서 왕녀 전하를 시해하여 얻을 게 무어 있습니까."

"태자비 전하도 계십니다. 이디에트의 이익은 언제나 태자 전하와 함께하는 것인데 지금 백작은 태자 전하를 모함하고 있습니까."

"헛소리하지 마시오. 내가 언제."

"디텔 공, 일단……."

"이디에트 공의 금족을 풀고 태자 전하를 비롯한 전하들의 안위를 보장해야 합니다."

"전하들의 안위를 보장하는 것과 이디에트의 금족을 푸는 것이 무슨 상관이 있습니까."

"하면 디텔 공께서……."

"일단 내 말을 들으시오."

"거참 더럽게 말이 안 통하는군요."

"지금 뭐라고 했소."

"아니."

"……."

결국 아수라장이 된 귀족원 회의에 디텔 공작이 한숨을 쉬었다. 그는 미간을 팍 좁힌 채 책상을 한 번 탕 쳤다. 그러나 아무도 디텔 공작의 행동에 반응을 보이지 않았다. 이제 회의실을 가득 채운 소란스러운 논쟁에 엘버린 공작이 아무도 눈치 못 챌 만큼 미미한 미소를 보였다. 결국 디텔 공작이 다시 한번 언성을 높였다.

"그만하시오."

그제야 회의실에 약간의 적막이 돌아왔다. 아쉽게도 위그와 달리 디텔 공작의 이름은 귀족들에게 그다지 큰 영향력을 끼치지 못했다. 그것은 그저 일종의 습관이었다. 위그가 내 말을 듣지 않으면 당장 죽여 버리겠다는 얼굴을 하는 것과 별개로 디텔 공작은 그의 십분지 일의 위협도 되지 않았던 것이었다.

귀족들은 멍청하지 않았다. 그들은 이디에트와 제이슨 사이의 미미한 그 대치를 알면서도 제이슨이 이디에트를 버리지 못하는 데는 나름의 이유가 있다는 것을 알았다. 그리고 이번 알렉산드르의 사건 또한 뭔가 이상하다는 것을 알고 있었다. 다만 태자가 결정한 사안에 굳이 말을 붙이지 않았을 뿐.

"태자 전하와 이 사건을 의논해 보지."

"디텔 공. 다시 말하지만 귀족원 원장의 자리는 저희 말을 태자 전하께 쪼르르 가서 일러바치는 자리가 아닙니다."

"이……."

"귀족원에서 결단을 내리고 다시 태자 전하께 건의를 올리는 편이 좋을 겁니다."

기실 귀족원이 이러는 것도 이유가 있었다. 아무리 그들이 태자에게 충성한다고 하나 이번 이디에트의 사건은 그들로 하여금 불안감에 떨게 했다. 태자비의 가문인 이디에트조차도 이리 대하면, 만약 훗날 자신이 왕실에 밉보였을 때 과연 왕실이 어찌 나올까 하는.

왕권과 귀족들의 관계는 언제나 미묘했다. 둘 사이의 대치는 영원한 주제였고, 따라서 태자의 뜻만을 따르려는 디텔이 곱게 보일 리가 없었다.

그 분위기를 읽어 낸 디텔이 흐음 한숨을 쉬었다. 결국 이런 일이 일어나고 말았다.

그라고 귀족들의 이런 반응을 예상하지 못했을까. 그가 이렇게 구는 것은 이유가 있었다.

오늘 아침 들려온 왕녀의 죽음에 제이슨이 짓던 표정은 그가 본 모든 표정을 통틀어 최악이었다. 그는 잠시 뭔가 고민하는 듯하다가 그저 나지막이 읊조렸다.

'재미있군.'

'대체 뭐가 재미있다는 것이지.'

디텔 공작이 미간을 좁혔다. 제이슨이 대체 무엇을 두고 재미를 논하는지는 알 수 없었으나 한 가지 확실한 것은 제이슨이 이 모든 사건의 범인을 알고 있다는 것이었다.

* * *

엘리미아는 긴장한 얼굴을 했다. 아무리 매번 하는 짓이지만 그래도 긴장하는 것을 막을 수는 없었다.

그녀는 조심스럽게 제이슨이 들어간 욕실의 문을 보며 천천히 품에서 작은 케이스 하나를 꺼냈다. 안에는 유리병으로 밀봉이 된 은색 액체가 넘실거리고 있었다. 방금 전 시종이 가져다 놓은 아침에 액체를 몇 방울 떨군 뒤 그녀는 자신의 손에 그것이 닿을세라 급히 다시 케이스에 그것을 넣었다.

그때 마침 제이슨이 방으로 들어왔다. 엘리미아는 티 나지 않게 조용하게 자신의 차를 들어 입에 댔다. 그녀는 그저께 밤에 무슨 일이 생겼는지 알고 있었다. 그럼에도 어젯밤에 그는 자신을 안았다. 모든 행동 하나하나에 그가 화를 이기지 못했음이 드러났다. 거칠었다는 뜻이었다. 그러나 그녀는 제이슨과 몇 년 동안 부부로 살아왔다. 소위 의무를 행하는 과정 따위 거칠든 부드럽든 상대가 제이슨이므로 감각은 똑같았다.

"오늘 장례식을 위해 디아나의 시신이 신전에서 오는 건 알고 있나?"

"알고 있어요. 준비하도록 하죠."

"마샤 왕비가 지휘하겠다고 하는군. 그 여자는 저번에 카티야의 일로 한 번 말을 얹기 시작하더니 왜 이렇게 요즘따라 갑자기 제 존재감을 드러내는지 모르겠어."

엘리미아는 굳이 제이슨에게 대꾸하지 않았다. 그저 조용하게 제이슨이 에트린이 들어 있는 아침을 제 입에 손수 넣는 것을 보았을 뿐이었다.

그녀는 마샤 왕비가 왜 이렇게 구는지 당연히 알았다. 저번에 왕비의 이름으로 한번 말을 한 것이 효과가 있었던 데다가, 알렉산드르가 죽은 현재 우습게도 그녀의 아들들은 본의 아니게 제이슨과 로건 다음으로 계승권을 갖게 되었다.

물론 알렉산드르 하나 죽은 것이 그렇게 근본적인 성질 변화를 가져온 것은 아니나, 사실 비비안의 예상대로 그는 마샤 왕비에게 꽤 큰 골칫덩이였다. 게다가 그녀는 아무래도 로건에게 왕위 욕심이 없다는 사실을 믿고 있는 모양이었다. 물론 그것 또한 사실이었지만.

"귀찮게 되었어. 신전에 처박혀 있는 왕녀를 대체 누가 죽였는지 모르겠군."

"가능성이야 다 있지요."

"태자비는 누구라고 생각하나?"

"견식이 좁아 모르겠습니다."

"그리 굴지 말고. 이제 후계자가 태어나면 태자비도 후계자의 교육을 맡아야 할 텐데."

"왕실에는 저보다 더 견식이 풍부한 이가 많습니다."

"하긴 그건 그렇지. 게다가 이디에트 공 또한 자신의 조카를 위해 힘을 써 줄 거야. 그렇지?"

"당연합니다."

"그러고 보니 이디에트 공을 슬슬 집에서 나오게 해야겠군."

순간 엘리미아가 두 눈을 반짝거렸다. 그녀의 눈에 이채가 도는 것을 보던 제이슨이 빙그레 웃었다.

"애초에 그럴 심산이었다. 적당하게 시일이 지나가면 저택에서 내보내려고 했지."

"그러면서도."

"한데 태자비가 내 아이를 낳아 주겠다는데 굳이 태자비의 요청을 거절할 필요는 없지 않나?"

엘리미아는 입술을 꼭 깨물었다. 그녀는 이미 제이슨이 무슨 말을 하든 그에게 접근할 생각이 있었기에 상관이 없었다. 그때 제이슨이 입을 열었다.

"오늘 내로 기사들을 철수시키지. 태자비도 동생이 무사한지 확인해 보는 것이 좋을 거다. 그리고 겸사겸사 내 말도 전하고."

"무슨."

"계집은, 왕을 하기에 적합하지 않다."

"……?"

"최소한 공작이 섬기기에는 지나칠 정도로 허점이 많은 존재야. 이 바첼론에서 계집을 꺾어 버리려면, 굳이 목숨을 위협하지 않아도 수백 가지 방법이 있거든."

그렇게 말한 제이슨이 비릿하게 웃었다.

* * *

과연 제이슨은 이디에트를 포위한 기사들을 철수시켰다. 다만 그는 위그의 귀족원 원장직까지 복귀시키지는 않았는데, 만약 2주 내로 알렉산드르와 디아나를 죽인 범인을 찾게 된다면 그때 다시 복귀를 시켜 주겠다고 말을 건넸다.

물론 그것은 기실 일종의 복귀 승낙이나 마찬가지였다. 하나는 제이슨이 죽었고 하나는 이디에트가 죽었다. 어느 쪽이든 진짜 범인을 내올 수는 없으니 가짜 범인을 만들어 진상하라는 말과 본질적으로 비슷했기 때문이었다.

그러나 위그도 비비안도 그 어떤 이도 이 상황을 낙관적으로 보지 않았다. 첫째로는 그 명령을 빨리 이행해야 한다는 사실이었고 둘째로는 이디에트가를 찾은 엘리미아가 묘한 말을 전했기 때문이었다.

아니, 묘할 것도 없었다. 그녀는 이디에트 저택으로 들어오자마자 위그와 비비안을 잡고 경악한 얼굴로 물었다.

"설마 너희가 왕으로 올리려고 한 게 크리스티나였니?"

그녀의 얼굴은 이미 새하얗게 질리다 못해 완전히 얼어붙어 있었다. 이미 울기 직전인 상태에서 몰아붙이는 그녀의 물음에 위그가 비비안을 힐끔 보았다. 엘리미아는 얼마나 흥분했던지 비비안과 위그를 통틀어 '너희'라고 지칭하고 있었다.

"대체 무슨 생각인 거야. 그래, 너희가 어느 정도 생각이 있다는 사실은 알아. 그러면 이런 식으로 디아나 왕녀를 먼저 죽이면 안 됐잖아!"

"엘리미아."

"차라리 로건이나 쌍둥이 왕자, 아니, 제이슨한테 먼저 손을 대지 그랬어. 제이슨은 크리스티나가 위협이 된다는 사실을 알아차렸어. 이제 제이슨은 크리스티나를 경계하고 어떤 식으로든 잡아먹기 위해 힘을 쓸 거라고."

"왕녀 하나를 제거하는데, 힘씩이나."

그러나 흥분한 엘리미아의 말 위로 덮인 비비안의 목소리는 차분하다 못해 이 상황을 즐기는 것으로 들렸다. 엘리미아는 저도 모르게 울컥해서 언성을 높이려고 했다. 그때 갑자기 비비안이 고개를 돌려 그녀에게 시선을 던졌다. 입을 열려던 엘리미아가 주춤했다.

비비안의 눈빛은 싸늘하기 그지없었다. 파란 눈동자는 마치 갓 얼어붙은 뾰족한 얼음처럼 엘리미아의 속을 들쑤시고 있었다. 그 공포스러운 눈길을 보던 엘리미아는 왠지 모르게 이 눈빛을 어디서 본 것 같다고 생각했다. 그리고 깨달았다. 저 눈빛은 그녀가 자주 보던 것이었다. 집에서는 제 동생과 아버지한테서, 또 왕실에서는 남편과 많은 귀족에게서.

엘리미아는 이제야 비비안이 저런 눈빛을 할 수 있다는 것을 완전히 깨달았다. 겁에 질려 천천히 위그를 보는데 그녀의 동생은 그저 무심하게 서 있었다. 이미 알고 있었던 것이었다. 끔찍하리만치 똑같은 눈빛을 한 두 사람이 그녀의 앞에 둘이나 앉아 있었다.

비비안은 엘리미아가 조금 흥분을 덜어 내는 듯하자 빙그레 웃었다. 그녀는 엘리미아를 싫어하지 않았다. 하지만 누군가가 자신의 선택을 이런 식으로 비난하고 막무가내로 언성을 높이면서 자신을 힐난하듯 말하는 것은 지독하게 싫어했다. 하긴 이걸 좋아하는 사람이 어디 있겠냐마는.

"태자비 전하께서 염려하시는 바는 알겠습니다만, 어차피 일은 벌어졌어요."

"……"

"지금 와서 소리를 고래고래 질러 보았자 딱히 변하는 것은 없겠지요?"

"비비 말이 맞다. 어차피 제이슨이 의심을 시작했어."

"하지만."

엘리미아는 말을 내뱉으려다가 말았다. 그렇지만, 그렇게 된다면 크리스티나의 목숨은 어쩐단 말인가. 그녀는 비록 크리스티나와 그렇게까지 깊은 정이 있지는 않지만 그래도 크리스티나가 살아 줬으면 했다. 여동생이 없는 그녀에게 크리스티나는 유일하게 자매 같은 이였다. 고귀하고 사랑스럽고 귀엽고. 그런데 그런 여동생이 갑자기 알고 보니 왕위를 노리고 있다고.

그야말로 까무러칠 수밖에 없는 소식이다.

"왕족으로서 누군가의 위협이 될 수 있다는 것은 일종의 영광에 가깝죠."

"……"

"나는 한평생 누군가의 위협이 되길 고대해 왔어요. 그렇지만 한 사람을 제외하고는 내 손에 죽기 직전까지도 나를 위협으로 여기지 않았답니다. 그 한 사람은 마침 제 남편이고요."

"하지만 기왕이면 목적을 위해 조용하게 숨죽이고 있는 편이 나았어요."

"그건 맞아요. 하지만 간과한 게 있다면 우리의 적은 인간이고 생각과 판단력이라는 게 있어요. 그리고 아주 불행하게도 그는 머리도 갖고 있는 모양이에요."

"제이슨, 크리스티나를 절대 가만히 두지 않을 거예요. 대체 왜 이런 식으로 크리스티나를 노출 속에 둔 거죠? 먼저 쌍둥이를 제거하면……."

"먼저 쌍둥이 쪽을 제거하는 것과 디아나 왕녀 쪽을 제거하는 것이 무슨 차이가 있나? 결국 왕위 순위로 볼 때 의심은 신전에 있는 디아나 왕녀보다 크리스티나 왕녀에게 갈 것이다. 그럴 바에야 차라리 더 쉽게 제거할 수 있는 디아나 왕녀 쪽에 손을 대는 게 좋지."

"겸사겸사 빨리 카티야를 이 모든 것에서 빠지게 하려는 이유도 있고요."

위그의 대답에 비비안이 한마디 덧붙였다. 그제야 엘리미아는 그간 잊고 있었던 인물을 상기해 냈다.

"설마 이 일을 한 게 레이디 카티야……."

"맞아요. 그리고 나는 빨리 카티야가 제 임무를 다 하고 이 모든 일에서 빠지기를 바랐어요. 그래서 디아나 왕녀를 죽이는 시간을 빨리한 것이고."

"카티야는 지금 어디 있죠?"

"수도의 호텔에 내가 감춰 놓았어요. 이제 로튼에 들러 내가 주는 대가를 정산받고 그녀는 바첼론을 떠날 거예요."

"바첼론을……."

"네, 떠날 거예요."

엘리미아는 입을 다물었다. 그녀는 알 수 없었다. 카티야는 대체 그 무고한 왕녀를 죽이면서 어떤 생각을 했을까. 물론 그녀가 비비안의 오빠를 죽이는 데에 한몫을 했다는 것을 알고 있었다. 하지만 엄연히 다르지 않은가. 하나는 남자고 하나는 여자인데. 그러나 이렇게 생각하던 그녀는 문득 두 개가 무슨 다른 점이 있는지 몰라 흠칫 떨고 말았다.

그러게, 무슨 다른 점이 있을까.

알 수 없었다.

그간 카티야에게 품고 있었던 생각까지 더불어 그녀는 자기 맘속에 존재하는 것이 일종의 일그러진 생각이었다는 것을 깨달았다. 그것이 너무 복잡해서 그녀는 더 말을 잇는 것을 포기했다. 결국 방 안에 침묵이 흘렀다. 그리고 얼마나 지났을까, 위그의 냉랭한 목소리가 흘렀다.

"어쨌든 제이슨이 나더러 알렉산드르와 디아나 왕녀를 죽인 범인을 찾아내라고 하더군."

"어차피 제이슨도 딱히 진범을 찾고 싶은 생각은 아닌 것 같은데."

"적당하게 처리하라는 말이다. 이대로 더 끌고 가면 왕실의 안위에 도움이 될 리가 없거든."

사실이었다. 이제 귀족들은 연속적으로 죽은 이 왕자와 왕녀의 참상에 바첼론 외적인 요소까지 생각하고 있었다. 혹은 어느 가문이 반역을 일으킬 가능성이라든가. 디텔을 제외한 대부분은 이디에트까지 생각이 닿을 수가 없었다. 현재까지 제이슨과 이디에트의 관계는 표면적으로 꽤 좋았기 때문이었다.

다만…….

"제이슨이 이디에트를 포기할 가능성은 없어?"

엘리미아가 물었다. 위그가 담담하게 대답했다.

"원래는 없었는데 지금 상태라면 생길 수도 있군. 왕위가 흔들리게 생겼는데 이디에트를 더 잡을 이유가 없다."

"그렇지?"

"너도 위험해지니까 조심해."

엘리미아는 위그를 응시했다. 정나미 떨어지는 제 동생의 얼굴에 그녀가 어떤 말을 해야 할지 몰라 숨을 길게 쉬었다. 그녀는 다시 시선을 비비안에게 돌렸다.

"그 에트린은…….""

"아. 그래요. 잘되고 있나요?"

"요즘따라 과하게 혈색이 좋아지는 느낌이긴 한데."

"그렇군요. 사람은 그러다가 갑자기 죽음을 맞이하죠. 열심히 해요."

열심히 해요.

그 한마디에 일말의 진심이라고는 느껴지지 않았다. 엘리미아는 말을 고르다가 다시 말했다.

"그런데 왜 로건을 먼저 죽이지 않았나요?"

물음이 향한 방향은 너무 뻔하게도 비비안이었다. 그러나 비비안은 대답하지 않았다. 대신 위그가 먼저 입을 열었다.

"로건은 크리스티나를 보호할 사람이거든."

"이대로 가만히 있다가 자신이 죽을 수도 있는데 왜."

"너도 알다시피 로건은 가족을 사랑……."

"로건이, 저를 사랑하거든요."

그러나 위그의 대답은 비비안의 답에 단칼에 잘렸다. 그에 위그도 엘리미아도 놀란 얼굴을 했다. 비비안이 생긋 웃었다.

"로건은 내 말을 따를 거예요. 아니, 정확히 말하자면 내 뜻을. 그리고 크리스티나를 설득하는 방향으로 갈 거예요. 아마 본인 또한 왕위를 포기하겠다는 의사를 내비쳐 살아남는 길을 선택하겠죠. 물론 나는 그를 죽일 거지만."

"지금…… 무슨 말을 하고 있는지 알고 있나요?"

"알고 있어요. 로건의 사랑을 이용하겠다는 거예요."

"어떻게 그런 생각을."

"왜, 나를 사랑하는 사람을 이용해서 살아남으면 안 되나요?"

엘리미아는 이 순간만큼은 비비안이 인간이 아니라고 생각되었다. 그는 위그를 보았다. 저런 여자와 지금 손을 잡으려고 한 거니? 엘리미아의 얼굴은 그렇게 말했다. 그러나 위그는 그저 침묵한 채 비비안을 응시하고 있었다. 그는 비비안에게 발생한 일의 전말을 안다. 그리고 그녀를 안다. 그녀는 진짜로 로건의 죽음을 초래할 수 있는 사람이다.

물론 비비안은 로건을 속이지 않았다. 그녀는 단 한 번도 로건에게 거짓을 말하거나 달콤한 말을 속삭인 적이 없었다. 최소한 그가 수도로 돌아온 뒤에는 그랬다.

비비안은 로건이 그녀에게 칼을 들이밀어도 아마 눈 하나 깜짝하지 않을 것이었다. 로건의 사랑은 비비안이 로건을 잡는 족쇄가 될 수 있지만, 만약 로건이 비비안을 사랑하지 않는다고 말하는 순간 비비안은 미련 없이 그

족쇄를 손에서 놓을 것이다.

그게 무엇을 의미하는지 아는 사람은 없다. 위그는 그래서 경악한 얼굴로 괴물 보듯 비비안을 보는 엘리미아를 향해 눈짓했다. 나가서 계속 얘기를 하자는 것이었다. 그것을 보던 비비안이 피식 웃었다.

결국 엘리미아는 그대로 방을 나갔다. 그 뒤를 따라 나간 위그는 방을 완전히 나오자마자 문을 닫았다. 그때 엘리미아의 떨리는 목소리가 들려왔다.

"나는 저 여자보다 더 끔찍한 사람을 몇 못 봤어."

그래도 엘리미아는 비비안을 가장 끔찍한 사람에 놓지는 않았다. 그것이 그녀의 말이 매우 진심임을 알려 주고 있었다. 위그는 자신의 누이를 응시했다.

"그 가장 끔찍한 인간은 제이슨이겠지?"

"두 번째는 우리 아버지야."

"세 번째는 나고."

"……."

엘리미아는 부정하지 않았다. 그녀는 죽어도 결혼하지 않겠다고 우는 자신을 차갑게 보던 어린 날의 동생을 잊지 않았다. 그러나 동생이나 아버지는 그렇다 쳐도 비비안은 절대 그녀의 인지 범위에 있지 않았다. 물론 그녀는 이것이 편견이라는 것을 알았다. 온실 속에서 곱게 큰 그녀는 저렇게 끔찍한 생각을 하는 여자가 있다는 것을 알 수 없었다. 마치, 라니사가 절대 거짓을 고하리라고 생각하지 않았듯이.

"나는, 모르겠어. 한때 저 단주가 꽤 대단하다고 생각했던 적이 있어. 하지만 지금은…… 지금은."

"비비안은 자신의 형제를 제법 사랑했다."

"……."

"하지만 죽였지."

"나는 단주를 저렇게 만든 게 이 세상이라고 생각했어."

"그것이야말로 철저한 편견이고."

"그래, 그럴 수 있지만."

"사람은 타인과 세상의 영향을 받지만, 동시에 주체성을 가진 인물이거든. 그리고 너는 타인의 선택이 과연 세상의 영향을 받은 것인지 아니면 그녀의 본질적인 선택인지 영원히 알 수 없다."

"……."

"그러니 판단은 집어치워. 이해할 수 없으면 입 다물고."

위그는 엘리미아의 뒤로 다가온 그녀의 시녀를 응시하며 입을 뗐다.

"그녀를 이해하는 건 내가 해."

말을 마친 위그가 문을 열고 방으로 들어갔다. 엘리미아는 이제 완전한 곤혹에 휩싸이고 말았다. 그러나 그녀는 결국 입을 앙다물고 걸음을 옮겼다.

〈다음 권에 계속〉